Benoît

MEURTRES EN SOUTANE

Couronnée « nouvelle reine du crime » par les Anglo-Saxons (le *Time Magazine* lui a consacré sa *cover-story* le 6 octobre 1986), l'Anglaise P.D. James est née à Oxford en 1920. Elle est l'auteur d'une quinzaine de romans, tous des best-sellers. Son style impeccable, ses intrigues imprévisibles, ses protagonistes non conformistes ont fait d'elle la virtuose du roman policier moderne.

D0278183

P. D. JAMES

Meurtres en soutane

ROMAN TRADUIT DE L'ANGLAIS PAR ÉRIC DIACON

FAYARD

Titre original :

DEATH IN HOLY ORDERS
édité par Faber and Faber Limited, Londres.

A Rosemary Goad,
éditrice et amie depuis quarante ans.

NOTE DE L'AUTEUR

En donnant pour cadre à cette histoire criminelle un collège théologique de l'Eglise d'Angleterre, je ne voudrais pas décourager les candidats au sacerdoce anglican, ni suggérer un seul instant que ceux qui se rendent dans un semblable collège en quête de paix et de renouveau spirituel risqueraient d'y trouver un repos plus permanent que celui auquel ils aspirent. Il est donc d'autant plus important de souligner que St Anselm ne correspond pas à un collège théologique réel, passé ou présent, et que ses prêtres excentriques, son personnel, ses séminaristes et visiteurs sont purement fictifs et n'existent que dans l'imagination de l'auteur et de ses lecteurs.

Je suis reconnaissante à tous ceux qui m'ont aimablement aidée en répondant à mes questions, et suis seule responsable d'éventuelles erreurs, théologiques ou non. Je suis particulièrement reconnaissante au défunt archevêque Lord Runcie, au Rév. Dr Jeremy Sheehy, au Rév. Dr Peter Groves, au Dr Ann Priston, OBE* du Forensic Science Service**, et à ma secrétaire, Mrs Joyce McLennan, dont l'aide ne s'est pas résumée, loin s'en faut, à l'habileté avec laquelle elle manie un ordinateur.

P. D. James

* Officer of the Order of the British Empire. *(Toutes les notes sont du traducteur.)*
** Institut médico-légal.

LIVRE PREMIER

Le sable qui tue

1

L'idée de raconter comment j'ai trouvé le corps m'est venue du père Martin.

Je lui ai demandé : « Comme si je racontais ça dans une lettre ?

— Ecrivez comme s'il s'agissait d'une fiction, m'a-t-il répondu, comme si vous étiez extérieure à l'affaire ; racontez ce qui s'est passé, ce que vous avez vu et ressenti, comme si c'était arrivé à quelqu'un d'autre. »

J'ai compris ce qu'il entendait, mais je ne voyais pas très bien par où commencer. Alors j'ai encore demandé : « Tout ce qui est arrivé, mon père, ou seulement ma promenade sur la plage et ma découverte du corps de Ronald ?

— Tout ce qui vous vient à l'esprit et que vous avez envie de dire. Vous pouvez parler du collège et de la vie que vous y menez, si vous voulez. Ça pourrait vous aider.

— Ça vous a aidé, vous ? »

Je ne sais pas pourquoi j'ai dit cela ; les mots me sont sortis sans que j'aie à réfléchir. C'était idiot, vraiment, et d'une certaine façon c'était impertinent. Mais il n'a pas paru se formaliser.

Après un silence, il a dit : « Non, ça ne m'a pas vraiment aidé. Mais c'était il y a très longtemps. Pour vous, ce sera peut-être différent. »

J'imagine qu'il pensait à la guerre, lorsqu'il était pri-
sonnier des Japonais, et à toutes les horreurs qu'il a
vécues dans le camp. La guerre, il n'en parle jamais
— pourquoi d'ailleurs m'en parlerait-il à moi ? Mais
je pense qu'il n'en parle à personne, pas même aux
autres prêtres.

Cette conversation a eu lieu il y a deux jours, alors
que nous nous promenions dans les cloîtres après
l'office du soir. Depuis que Charlie est mort, je ne vais
plus à la messe, mais je vais à l'office du soir. En fait,
c'est une question de courtoisie. Cela me semblerait
inconvenant de travailler ici, d'être rémunérée et trai-
tée avec gentillesse sans jamais assister à aucun des
offices. Mais je suis peut-être trop scrupuleuse.
Mr Gregory vit dans l'un des cottages, comme moi, et
enseigne le grec à mi-temps, mais il ne va à l'église que
lorsqu'il y a de la musique qui l'intéresse. Personne
ne fait pression sur moi ; personne ne m'a même
demandé pourquoi je n'allais plus à la messe. Mais
on l'a remarqué ; ici, rien ne passe inaperçu.
Quand je suis rentrée chez moi, j'ai pensé à ce que
le père Martin m'avait dit et à ce que je pourrais en
faire. Ecrire ne m'a jamais posé aucun problème. A
l'école, j'étais bonne en composition, et Miss Allison,
qui nous enseignait l'anglais, disait que j'avais peut-
être l'étoffe d'un écrivain. Mais je savais qu'elle se
trompait. Je n'ai aucune imagination, en tout cas
comme il en faut pour écrire un roman. Je ne sais pas
inventer. Je ne peux que raconter ce que j'ai vu et fait
— parfois aussi ce que je ressens, mais c'est déjà plus
difficile. De toute façon, j'ai toujours eu envie d'être
infirmière, même quand j'étais petite. J'ai soixante-
quatre ans et je suis à la retraite maintenant, mais je
continue de m'activer à St Anselm. Je m'occupe des
petits bobos et du linge. Ce sont de menues tâches,
mais j'ai le cœur fragile et c'est une chance déjà que
je puisse travailler. On me facilite les choses autant

qu'il est possible. On m'a même fourni un chariot pour que je n'aie pas à porter les gros ballots de linge. Il fallait que je le dise. Comme il faut que je dise mon nom. Je m'appelle Munroe, Margaret Munroe.

Je crois savoir pourquoi le père Martin pense que cela pourrait m'aider de me remettre à écrire. Il sait que chaque semaine j'écrivais une longue lettre à Charlie. A part Ruby Pilbeam, je pense qu'il est le seul à le savoir. Chaque semaine, je m'installais devant mon bloc et me remémorais ce qui s'était passé depuis ma dernière lettre, les petits riens que Charlie ne trouverait pas sans intérêt : ce que j'avais mangé, les plaisanteries que j'avais entendues, des anecdotes concernant les étudiants, le temps qu'il avait fait. On ne croirait pas qu'il y ait grand-chose à raconter dans un endroit tranquille et isolé comme celui-ci, en bordure des falaises, mais c'était étonnant tout ce que je trouvais à lui écrire. Et je sais que Charlie appréciait mes lettres. Quand il venait en permission, il me disait toujours : « Continue d'écrire, maman. » Et je lui écrivais.

Après qu'il a été tué, l'armée m'a renvoyé toutes ses affaires, et avec, le paquet de lettres. Pas toutes celles que je lui avais écrites, il ne pouvait pas les avoir toutes gardées, mais il avait conservé certaines des plus longues. Je les ai emportées sur le promontoire, et j'en ai fait un feu. C'était un jour venteux, comme il y en a beaucoup sur la côte est, et les flammes grondaient, crépitaient et changeaient de direction sous l'effet du vent. Les bouts de papier noircis s'élevaient dans l'air et voletaient autour de mon visage comme des papillons de nuit, et la fumée me prenait à la gorge. Cela m'étonnait parce que ce n'était qu'un petit feu. Mais ce que je voulais dire, c'est que je sais pourquoi le père Martin a suggéré que j'écrive cette histoire. Il pense qu'écrire quelque chose — n'importe quoi — pourrait contribuer à me redonner vie. C'est *un homme bon, peut-être même un saint homme, mais il y a tant de choses qu'il ne comprend pas.*

Cela me paraît curieux d'écrire cette histoire sans savoir qui la lira, si jamais quelqu'un la lit. Et je ne sais pas trop si j'écris pour moi-même ou pour un lecteur imaginaire qui ignore tout de St Anselm. Je crois donc qu'il me faut commencer par parler du collège et planter le décor, comme on dit. Il a été fondé en 1861 par Miss Agnes Arbuthnot, une dame pieuse qui voulait s'assurer qu'il y aurait toujours « des jeunes gens dévots et instruits élevés à la prêtrise dans l'Eglise d'Angleterre ». J'ai utilisé des guillemets parce que ce sont ses propres termes. Il y a un petit livre sur elle dans l'église, c'est ainsi que je connais l'histoire. Elle a donné les bâtiments, le terrain et presque tout le mobilier, et assez d'argent, pensait-elle, pour assurer à tout jamais l'entretien du collège. Mais il n'y a jamais assez d'argent, et aujourd'hui St Anselm est essentiellement financé par l'Eglise. Je sais que le père Sebastian et le père Martin ont peur que l'Eglise ne décide de fermer le collège. C'est une crainte dont ils ne parlent jamais ouvertement, et surtout pas avec le personnel, mais tout le monde est au courant. Dans une communauté petite et isolée comme St Anselm, les nouvelles et les on-dit circulent comme portés par le vent.

Non contente de donner la maison, Miss Arbuthnot a fait bâtir derrière celle-ci les cloîtres nord et sud pour y loger les étudiants, et des chambres pour les invités entre le cloître sud et l'église. Elle a aussi construit quatre cottages pour le personnel, disposés en demi-cercle sur le promontoire à une centaine de mètres du collège. Elle leur a donné le nom des quatre évangélistes. J'habite St Matthieu, le plus méridional. Ruby Pilbeam, qui est cuisinière et économe, et son mari, qui sert d'homme à tout faire, sont à St Marc. Mr Gregory occupe St Luc, et à St Jean, le cottage nord, se trouve Eric Surtees, qui seconde Mr Pilbeam. Eric élève des cochons, mais pour le plaisir plutôt que pour fournir le collège en porc. Nous ne sommes que quatre, mises à part les femmes de ménage qui viennent aider de Reydon et de Lowestoft, mais comme il n'y a que vingt séminaristes et quatre prêtres à demeure, nous nous débrouillons. Aucun de nous ne serait facile à remplacer. Ce promontoire désolé, balayé par le vent, sans village, sans pub ni magasin, est trop loin de tout pour la plupart des gens. Je m'y plais, mais il m'arrive à moi aussi de trouver l'endroit sinistre et un peu effrayant. La mer ronge les falaises sablonneuses au fil des ans, et parfois, debout face à l'eau, j'imagine qu'un grand raz de marée, scintillant et blanc, prend d'assaut le rivage, s'abat sur les tours, les tourelles, l'église et les cottages, et nous emporte tous. L'ancien village de Ballard's Mere est sous l'eau depuis des siècles, et les nuits de tempête, on dit qu'on peut parfois entendre le son lointain de ses cloches englouties. Et ce que la mer n'a pas pris, le feu s'en est chargé en 1695. Rien ne reste aujourd'hui du vieux village à part l'église médiévale, restaurée et incluse dans le collège par Miss Arbuthnot, et les deux piliers de brique rouge en ruine devant la maison sont les seuls vestiges du manoir élisabéthain qui se dressait là autrefois.

Il faut à présent que je dise quelque chose de Ronald Treeves, le garçon qui est décédé, puisque c'est à propos de sa mort que je suis censée faire cet exercice. Avant le début de l'enquête, la police m'a demandé si je le connaissais bien. Je pense que parmi le personnel j'étais celle qui le connaissait le mieux, mais je n'ai pas dit grand-chose. Qu'est-ce que j'aurais pu dire ? Ce n'est pas mon rôle de faire des ragots sur les étudiants. Je savais qu'il n'était guère aimé, mais je n'en ai rien dit. Le problème, c'est qu'il ne cadrait pas avec les autres, et je pense qu'il en était conscient. Pour commencer, son père, Sir Alred Treeves, dirige une grosse société d'armement, et Ronald voulait que tout *le monde sache qu'il était le fils d'un homme très riche. Sa Porsche en témoignait, surtout comparée aux voitures beaucoup plus modestes de ses camarades — pour ceux qui en ont une. Et il parlait de ses vacances dans des endroits lointains, coûteux, où les autres n'auraient pas pu aller, en tout cas en vacances.*

Tout cela aurait pu le faire apprécier dans d'autres collèges, mais pas ici. Chacun se laisse impressionner par quelque chose, qu'on le veuille ou non, mais ce qui impressionne ici n'est pas l'argent. Ni la famille — encore qu'il vaille mieux être le fils d'un ecclésiastique que d'une vedette pop. Je crois que ce qui compte surtout, c'est l'intelligence — l'intelligence, l'allure et l'esprit. Ici, on aime les gens qui font rire. Or Ronald était moins intelligent qu'il ne le pensait, et il ne faisait rire personne. On le trouvait ennuyeux, et lorsqu'il s'en est rendu compte, il est devenu plus ennuyeux encore. De tout cela, je n'ai rien dit à la police. A quoi bon ? Il était mort. Oh, et je crois aussi qu'il était un peu indiscret, qu'il aimait fouiner, poser des questions. De moi, il n'a jamais tiré grand-chose. Mais certains soirs, il passait au cottage et s'asseyait pour bavarder pendant que je tricotais. On n'aime guère voir les étudiants rendre visite au personnel sans y avoir été invités. Le père Sebastian tient à ce que nous ayons notre vie à nous. Mais le voir ne me dérangeait pas. Je me rends compte à présent qu'il devait se sentir seul. Sinon, que serait-il venu faire chez moi ? Et puis, je pensais à Charlie. Personne ne trouvait Charlie ennuyeux, tout le monde l'appréciait, mais j'aime à croire que, s'il s'était senti seul et avait éprouvé le besoin de parler, il aurait pu trouver quelqu'un comme moi pour l'accueillir.

Quand la police est arrivée, on m'a demandé pourquoi j'étais allée à sa recherche sur la plage. Ce n'était pas ce que j'avais fait, bien sûr. Environ deux fois par semaine, je vais me promener seule après déjeuner, et ce jour-là, quand je me suis mise en route, je ne savais même pas que Ronald avait disparu. Si je l'avais su, d'ailleurs, je ne l'aurais pas cherché sur la plage. C'est difficile d'imaginer ce qui peut arriver sur un rivage désert. Il n'y a guère de risque à moins qu'on ne se mette à grimper sur les brise-lames ou qu'on s'approche trop des falaises, et des écriteaux mettent en garde contre ces deux dangers. Dès leur arrivée, les étudiants sont prévenus qu'il vaut mieux éviter de se baigner seul et de marcher trop près des falaises, parce qu'elles sont instables.

A l'époque de Miss Arbuthnot, il était possible de descendre sur la plage depuis la maison, mais l'avancée de la mer a tout changé. Il faut maintenant parcourir plus de sept cents mètres au sud du collège avant d'atteindre le seul endroit où, la falaise étant assez basse et solide, une douzaine de marches branlantes et une main courante ont pu être installées. Au-delà se trouve l'étang de Ballard, entouré d'arbres et séparé de la mer par un étroit banc de galets. Je vais parfois jusqu'à l'étang, mais ce jour-là j'ai descendu les marches qui conduisent à la mer, et j'ai continué en direction du nord.

Après une nuit de pluie, l'air était vif et frais. Des nuages couraient sur le bleu du ciel, et la marée montait. J'ai contourné un petit monticule et vu la plage déserte étendue devant moi avec ses rangées de galets et la silhouette sombre des brise-lames émergeant de la mer. Et puis à une trentaine de mètres j'ai aperçu une sorte de paquet noir au pied de la falaise. Je m'en suis approchée, et j'ai vu que c'était une soutane et une pèlerine brune, toutes les deux soigneusement pliées. A quelques pas de là, le sable de la falaise avait glissé, formant de gros amas compacts mêlés de touffes d'herbe et de pierres. J'ai tout de suite compris ce qui devait être arrivé. Je crois que j'ai poussé un petit cri, et puis je me suis mise à gratter dans le sable. Je savais qu'un corps devait s'y trouver enterré, mais *je ne pouvais pas savoir où. Du sable s'incrustait sous mes ongles et je ne progressais pas, si bien que je me suis mise à donner des coups de pied, comme saisie de fureur, faisant voler du sable qui me retombait dans le visage et les yeux. C'est alors que j'ai remarqué une espèce de pieu à peut-être vingt mètres en direction de la mer. Je suis allée le chercher et je m'en suis servie pour creuser. Quelques minutes plus tard, il a buté sur quelque chose de mou. Après m'être remise à travailler avec les mains, j'ai vu que ce qu'il avait heurté était une paire de fesses dans un pantalon de velours fauve.*

Je n'ai pas pu continuer. Mon cœur cognait et je n'avais plus de force. Je sentais obscurément que j'avais humilié celui qui se trouvait là, qu'il y avait quelque chose de ridicule et de presque indécent dans ces deux bosses mises au jour. Je savais qu'il devait être mort et que toute ma hâte avait été vaine. Je n'aurais pas pu le sauver. Et maintenant j'étais incapable de continuer seule à le déterrer. Même si j'en avais eu la force, je n'aurais pas pu. Il fallait que je trouve de l'aide, que j'annonce ce qui était arrivé. Je crois que je savais déjà de qui il s'agissait, mais je me suis soudain souvenu que les pèlerines brunes des étudiants portaient toutes une étiquette avec leur nom. J'ai retourné le col de celle qui était là et j'ai lu.

Je suis revenue sur mes pas, trébuchant sur le sable dur au milieu des galets, et je suis remontée je ne sais comment jusqu'au haut de la falaise. Puis je me suis mise à courir sur le chemin conduisant au collège. A peine cinq cents mètres me séparaient de la maison, mais la distance semblait interminable, et j'avais l'impression de la voir reculer à chaque pas. Mon cœur battait, battait, et j'avais les jambes en coton. Et puis tout à coup j'ai entendu un bruit de moteur. Je me suis retournée, et j'ai vu une voiture qui venait dans ma direction. Je me suis plantée au milieu du chemin en agitant les bras. Quand la voiture a ralenti, j'ai reconnu Mr Gregory.

Je ne sais plus comment je lui ai annoncé la nouvelle, mais je me revois là debout, pleine de sable, les cheveux au vent, gesticulant en direction de la mer. Mr Gregory n'a rien dit ; il a simplement ouvert la portière et m'a fait monter. La chose la plus sensée aurait sans doute été de continuer jusqu'au collège, mais il a fait demi-tour et nous sommes retournés sur la plage. Peut-être ne m'avait-il pas cru et voulait-il voir par lui-même avant d'aller chercher de l'aide ? Quoi qu'il en soit, je ne me souviens plus de notre marche. Je nous revois seulement à côté du corps de Ronald. Toujours sans parler, Mr Gregory s'est agenouillé dans le sable et a commencé à creuser de ses mains. Comme il portait des gants, la chose lui était plus facile. Travaillant tous deux en silence, nous avons dégagé le haut du corps.

Une chemise grise, c'est tout ce que portait Ronald au-dessus de son pantalon de velours. C'était comme déterrer un animal, un chien ou un chat mort. Sous la surface, le sable était humide, et ses cheveux couleur de paille en étaient incrustés. J'ai essayé de l'enlever ; il était glacé et crissait sous mes doigts.

« Ne le touchez pas ! » m'a dit sèchement Mr Gregory. J'ai retiré ma main comme si je m'étais brûlée. « Il vaut mieux le laisser comme on l'a trouvé, m'a-t-il alors expliqué d'un ton calme. Il n'y a plus de doute quant à son identité maintenant. »

Je savais qu'il était mort, mais j'avais le sentiment que nous aurions dû le retourner. J'avais l'idée stupide qu'il aurait fallu tenter le bouche-à-bouche. Je savais que ce n'était pas raisonnable, mais j'avais malgré tout le sentiment qu'il fallait essayer quelque chose. Mais Mr Gregory a enlevé son gant gauche et appuyé deux doigts sur le cou de Ronald. Après quoi il a dit : « Il est mort, évidemment — bien sûr qu'il est mort. On ne peut plus rien pour lui. »

Agenouillés de part et d'autre du corps, nous sommes restés silencieux un moment. Nous devions avoir l'air de prier, et si les mots m'étaient venus, j'aurais certainement prononcé une prière. Et tout à coup le soleil est apparu, et la scène a pris un aspect irréel. Nous étions comme dans une photographie en couleurs. Tout était clair et précis. Les grains de sable dans les cheveux de Ronald brillaient comme des points lumineux.

Mr Gregory a dit : « Il faut chercher de l'aide, appeler la police. Ça ne vous ennuie pas d'attendre ici ? Ce ne sera pas long. Si vous préférez, vous pouvez venir avec moi, bien sûr, mais je crois que ce serait mieux si l'un de nous restait près de lui. »

J'ai répondu : « Allez-y. Vous aurez vite fait avec la voiture. Ça ne me fait rien d'attendre. »

Je l'ai regardé s'en aller en direction de l'étang et contourner le monticule avant de disparaître. Une minute plus tard, j'entendais démarrer sa voiture. Je me suis alors écartée du corps pour aller m'installer sur les galets, essayant de me faire une petite place confortable. Mais la pluie de la nuit précédente n'avait pas fini de sécher, et je n'ai pas tardé à sentir l'humidité transpercer mon pantalon de toile. Je suis pourtant restée là, les bras autour des genoux, à regarder la mer.

Et assise là, j'ai pensé à Mike pour la première fois depuis des années. Il s'est tué sur l'A1 dans un accident de moto. Nous étions rentrés de notre lune de miel moins de deux semaines auparavant et nous nous connaissions depuis moins d'un an. Je ne pouvais pas y croire. J'étais bouleversée. Mais ce que j'éprouvais n'était pas du chagrin, même si je le pensais. Ce n'est que bien plus tard que j'ai compris ce qu'était l'affliction. J'étais amoureuse de Mike, mais je ne l'aimais pas vraiment. Pour aimer, il faut avoir vécu ensemble, s'être souciés l'un de l'autre, et nous n'en avions pas eu le temps. Après sa mort, j'ai su que j'étais Margaret Munroe, veuve, mais en même temps j'avais le sentiment d'être toujours Margaret Parker, célibataire, vingt et un ans, infirmière diplômée depuis peu. Quand j'ai découvert que j'étais enceinte, ça m'a paru invraisemblable, et quand le bébé est arrivé, il m'a semblé n'avoir aucun rapport avec Mike et notre brève vie en commun, rien à voir avec moi. Cela n'est venu que plus tard, et peut-être avec d'autant plus de force. Lorsque Charlie est mort, je les ai pleurés tous les deux, mais je ne me rappelle toujours pas clairement le visage de Mike.

J'avais conscience du corps de Ronald derrière moi, mais j'étais contente de ne pas me trouver à côté. Certains de ceux qui veillent les morts prétendent qu'ils sont de bonne compagnie. Avec Ronald, je n'ai pas ressenti cela, seulement une grande tristesse. Et pas pour ce pauvre garçon, ni pour Charlie, pour Mike ou pour moi-même : une tristesse universelle qui semblait imprégner tout ce qui m'entourait, le vent sur ma joue, le ciel où un groupe de nuages paraissait avancer presque volontairement, et la mer elle-même. Malgré moi, j'ai pensé à tous ceux qui avaient vécu et étaient morts sur cette côte et aux ossements qui reposaient à un mille de là dans les grands cimetières sous les vagues. La vie de tous ces gens devait avoir compté, en leur temps, compté pour eux et ceux qui les aimaient ; mais à présent qu'ils étaient morts, c'était comme s'ils n'avaient jamais vécu. Dans cent ans, personne ne se souviendrait de Charlie, de Mike ou de moi. Nos vies n'ont pas plus d'importance qu'un grain de sable. Maintenant, mon esprit était vide, même de tristesse. Regardant la mer, acceptant que finalement, rien ne compte, rien n'existe que ce que nous pouvons tirer du moment présent, je me suis sentie en paix.

J'imagine que j'étais dans une sorte de transe, car je n'ai pas vu ni entendu les trois personnes qui approchaient avant qu'elles soient tout près de moi.

*Le père Sebastian et Mr Gregory avançaient côte à
côte, le premier bien enveloppé dans sa pèlerine noire,
pour se protéger du vent. Tous deux avaient la tête
baissée et marchaient d'un pas décidé, comme on va
au combat. Le père Martin suivait tant bien que mal,
trébuchant parmi les galets. Je me souviens d'avoir
pensé que les deux autres auraient bien pu l'attendre.*

*J'étais embarrassée qu'on me trouve assise. Je me
suis donc aussitôt levée, et le père Sebastian m'a
demandé : « Ça va, Margaret ? »*

*J'ai répondu que oui, et je me suis tenue à l'écart
tandis que les trois hommes s'approchaient du corps.*

*Le père Sebastian a fait le signe de croix, puis il a
commenté : « C'est un désastre. »*

*Même alors, j'ai trouvé que le mot était curieux, et
j'ai compris qu'il ne pensait pas uniquement à Ronald
Treeves mais aussi au collège.*

*Il s'est penché pour poser une main sur la nuque
de Ronald, et Mr Gregory a dit d'un ton sec : « Il est
mort, voyons. Mieux vaut ne plus toucher au corps. »*

*Le père Martin se tenait un peu à l'écart, et ses lèvres
remuaient. Je pense qu'il priait.*

*« Gregory, a dit le père Sebastian, retournez au col-
lège et attendez la police, le père Martin et moi nous
allons rester ici. Prenez Margaret avec vous. Elle est
sous le choc. Conduisez-la chez Mrs Pilbeam, à qui
vous raconterez ce qui s'est passé. Mrs Pilbeam lui
fera du thé et s'occupera d'elle. Mais qu'elles ne disent
rien à personne avant que j'aie informé l'ensemble du
collège. Si la police veut parler avec Margaret, qu'elle
le fasse. »*

*C'est drôle, je me souviens d'avoir ressenti un cer-
tain agacement en le voyant s'adresser à Mr Gregory
presque comme si je n'étais pas là. Et puis je n'avais
pas vraiment envie d'aller chez Ruby Pilbeam. Je
l'aime bien ; elle sait parfaitement se montrer aimable
sans être envahissante ; mais je n'avais qu'une envie :
me retrouver chez moi.*

Le père Sebastian s'est approché et a posé sa main sur mon épaule en disant : « Vous avez été très courageuse, Margaret, merci. Rentrez avec Mr Gregory maintenant, je passerai vous voir plus tard. Le père Martin et moi allons rester ici avec Ronald. »

C'était la première fois qu'il prononçait son nom.

Dans la voiture, après être resté silencieux un moment, Mr Gregory a remarqué : « Drôle de mort. Je me demande ce qu'en tirera le coroner*... et la police évidemment. »

J'ai dit : « C'est sûrement un accident.

— Un drôle d'accident, vous ne trouvez pas ? »

Comme je ne répondais rien, il a repris : « Ce n'est pas le premier mort que vous voyez, évidemment. Vous avez l'habitude.

— Je suis infirmière, Mr Gregory. »

J'ai repensé alors au premier mort que j'avais vu, il y a bien longtemps, quand j'avais dix-huit ans. Etre infirmière était autre chose à l'époque. Nous faisions nous-mêmes la toilette des morts, et en silence, avec le plus grand respect. Avant que nous commencions, l'infirmière en chef venait vers nous et disait une prière. Selon elle, c'était la dernière chose que nous pouvions faire pour nos malades. Mais je n'allais pas parler de ça à Mr Gregory.

Il a dit : « Ce qu'il y a de rassurant quand on voit un mort — n'importe lequel — c'est qu'on se rend compte que, si nous vivons comme des humains, nous mourons comme des animaux. Pour moi, c'est un soulagement. Je n'arrive pas à imaginer pire horreur que la vie éternelle. »

J'ai continué à me taire. Ce n'est pas que je ne l'aime pas : on ne se voit pratiquement jamais. Ruby Pilbeam lui lave son linge et fait son ménage une fois

---

* Institution britannique créée à la fin du XVIIᵉ siècle, le coroner est un officier de police judiciaire chargé d'enquêter sur les décès suspects. Il réunit un jury qui établit, à l'issue de ses investigations, un verdict sur les causes de la mort.

par semaine. C'est un arrangement qu'ils ont. Mais bavarder n'entre pas dans le cadre de notre relation, et je ne me sentais pas d'humeur à commencer.

La voiture a tourné à l'ouest entre les tours jumelles et s'est arrêtée dans la cour. Il a détaché sa ceinture et m'a aidée avec la mienne, en disant : « Je vais vous accompagner chez Mrs Pilbeam. Il se peut qu'elle ne soit pas là. Auquel cas, vous viendrez chez moi. Nous avons tous les deux besoin d'un verre. »

Ruby était chez elle, et j'en ai été bien contente pour finir. Mr Gregory a raconté très brièvement ce qui était arrivé, puis il a dit : « Le père Sebastian et le père Martin sont restés près du corps. La police sera bientôt là. Je vous en prie, ne parlez de rien à personne avant le retour du père Sebastian. Il s'adressera alors à tout le collège. »

Une fois Mr Gregory parti, Ruby m'a bien sûr préparé du thé, ce qui m'a fait grand bien. Tandis qu'elle s'agitait autour de moi, je ne disais rien, mais elle avait l'air de trouver cela parfaitement normal. Elle me traitait comme si j'étais malade. Elle m'a fait prendre place dans un fauteuil devant la cheminée, elle a allumé le chauffage électrique pour le cas où le choc m'aurait donné froid, et elle a fermé les rideaux pour que je puisse « bien me reposer ».

Il a dû s'écouler environ une heure avant que la police arrive, un jeune sergent avec l'accent gallois. Il s'est montré plein d'amabilité et de patience, et j'ai pu répondre calmement à toutes ses questions. En fin de compte, il n'y avait pas grand-chose à raconter. Il m'a demandé si je connaissais bien Ronald, quand je l'avais vu pour la dernière fois, et s'il m'avait paru déprimé. J'ai dit que je l'avais croisé la veille alors qu'il allait chez Mr Gregory, sans doute pour sa leçon de grec. Le trimestre venait de commencer, et je n'avais pas eu d'autres occasions de le voir. J'ai eu l'impression que le sergent — je crois qu'il s'appelait Jones, ou Evans, en tout cas un nom gallois — a regretté de m'avoir demandé si Ronald était déprimé. Il m'a dit de ne pas m'en faire, et après avoir posé le même genre de questions à Ruby, il s'en est allé.

Le père Sebastian a annoncé la nouvelle à l'ensemble du collège à cinq heures, juste avant les vêpres. La plupart des séminaristes avaient déjà deviné qu'il s'était passé quelque chose de tragique ; les voitures de police et la fourgonnette de la morgue n'avaient pas cherché à se cacher. Je ne suis pas allée à la bibliothèque, si bien que je n'ai pas entendu ce qu'a dit le père Sebastian. A ce moment-là, j'avais vraiment besoin d'être seule. Mais plus tard dans la soirée, Raphael Arbuthnot, le représentant des étudiants, est arrivé chez moi avec un petit pot de saint-paulia bleus de la part de tous les séminaristes en signe de sympathie. Il avait forcément fallu que l'un d'entre eux aille l'acheter à Pakefield ou Lowestoft. Quand Raphael me l'a donné, il s'est penché pour m'embrasser et il a dit : « Je suis désolé pour vous, Margaret. » C'est le genre de choses qu'on dit dans ces occasions-là, mais je n'ai pas eu le sentiment d'entendre une platitude. La phrase sonnait plutôt comme une excuse.

C'est le surlendemain que les cauchemars ont commencé. Je n'avais jamais souffert de cauchemars auparavant, même pas quand j'étais étudiante infirmière et que je faisais connaissance avec la mort. Maintenant, je redoute le moment d'aller me coucher et reste devant la télévision aussi tard que possible. C'est toujours le même rêve qui revient. Ronald Treeves est debout à côté du lit. Il est nu et son corps est couvert de sable mouillé. Ses cheveux en sont pleins et son visage aussi. Seuls ses yeux en sont exempts, et ils me regardent d'un air de reproche, comme pour me demander pourquoi je n'en ai pas fait plus pour le sauver. Je sais que je n'aurais rien pu faire. Je sais qu'il était mort bien avant que je découvre son corps. Pourtant, il reparaît nuit après

nuit avec ce même regard accusateur, et tandis qu'il
me fixe, du sable mouillé tombe par poignées de son
visage ingrat et replet.

   Maintenant que j'ai écrit tout cela peut-être me lais-
sera-t-il en paix. Je ne crois pas avoir tendance à fabu-
ler, mais il y a quelque chose de curieux dans cette
mort, quelque chose que je devrais me rappeler et qui
me nargue de quelque part dans un coin de ma tête.
Quelque chose me dit que la mort de Ronald Treeves
n'était pas une fin, mais un commencement.

2

   L'appel parvint à Dalgliesh à dix heures quarante,
juste avant qu'il ne regagne son bureau après une
réunion avec la section des relations communautaires. Elle avait duré plus longtemps que prévu
— ce genre de réunions n'y manquent jamais — et
il lui restait cinquante minutes avant de rejoindre
le préfet de police dans le bureau du ministre de
l'Intérieur à la Chambre des communes. Le temps,
se dit-il, de boire un café et de passer deux coups
de fil. Mais il n'avait pas eu le temps de s'asseoir que
son assistante glissait la tête par l'entrebâillement
de la porte.

   « Mr Harkness serait reconnaissant que vous
alliez le voir avant de partir. Sir Alred Treeves est
avec lui. »

   Et alors ? Sir Alred voulait quelque chose, bien
sûr : c'était généralement le cas des gens qui
venaient voir les gros bonnets du Yard. Et ce que
voulait Sir Alred, il ne manquait jamais de l'obtenir.
On ne dirige pas l'une des plus prospères multina-
tionales sans maîtriser d'instinct les complexités du

pouvoir dans les petites comme dans les grandes affaires. Dalgliesh le connaissait de réputation ; au XXIᵉ siècle, il ne pouvait en aller autrement. C'était l'employeur juste et même généreux d'un personnel compétitif, un soutien libéral des institutions charitables, un collectionneur respecté de l'art européen du XXᵉ siècle ; mais cela en faisait aussi, selon les préjugés nourris à son égard, un impitoyable élagueur de tous les médiocres et ratés, un partisan des causes à la mode soucieux de son image, un investisseur attentif aux gains à long terme. Même sa réputation de férocité était ambiguë. Comme celle-ci s'exerçait indifféremment à l'égard des puissants et des faibles, elle lui avait valu une réputation enviable d'égalitarisme.

Dalgliesh prit l'ascenseur jusqu'au septième, ne s'attendant pas à une partie de plaisir, mais animé d'une grande curiosité. En tout cas la rencontre ne pourrait pas s'éterniser ; il devrait s'en aller au quart pour se rendre jusqu'au ministère. Sur le chapitre des priorités, le ministre de l'Intérieur avait préséance sur Sir Alred Treeves lui-même.

L'adjoint du préfet et Sir Alred se tenaient à côté du bureau de Harkness, et tous deux se tournèrent face à Dalgliesh lorsqu'il fit son entrée. Comme c'est souvent le cas avec les gens que l'on connaît à travers les médias, la première impression que produisait Treeves était déconcertante. Il était plus lourd et moins séduisant dans sa rudesse qu'il ne le semblait à la télévision, et les contours de son visage étaient moins clairement définis. Mais l'impression de puissance latente, consciente et satisfaite d'elle-même, était encore plus forte. Il avait la manie de s'habiller en cultivateur prospère ; sauf dans les occasions très officielles, il portait des tweeds bien coupés. Et il y avait effectivement en lui quelque chose de campagnard : les épaules larges, les joues et le grand nez luisants, les cheveux rebelles qu'aucun coiffeur ne pouvait entièrement discipliner. Ils étaient très foncés, presque noirs, avec une mèche argentée qui partait vers l'arrière depuis le milieu du front. Chez un homme plus soucieux de son apparence, Dalgliesh aurait eu le sentiment qu'ils étaient teints.

Lorsqu'il entra, il eut droit de la part de Treeves à un regard franc qui le jaugeait ouvertement.

« Je crois que vous vous connaissez », dit Harkness.

Ils se serrèrent la main. Celle de Sir Alred était froide et robuste, mais il la retira immédiatement comme pour bien montrer que le geste était pure formalité. « Nous nous sommes déjà rencontrés, en effet, dit-il. A la fin des années quatre-vingt, je crois. Lors d'une conférence au ministère de l'Intérieur. Sur la politique dans les quartiers déshérités. Je ne sais pas pourquoi je m'y suis trouvé mêlé.

— Votre société avait généreusement soutenu l'un des projets proposés par les quartiers en question. Je pense que vous vouliez vous assurer que l'argent allait être bien employé.

— Sûrement, oui. Mais il ne fallait pas y compter. Les jeunes veulent des emplois suffisamment payés pour que cela vaille la peine de se lever, pas des formations en vue d'un travail qui n'existe pas. »

Dalgliesh se rappela ledit événement. Ç'avait été l'habituelle opération de relations publiques parfaitement organisée. Parmi les hauts fonctionnaires ou ministres, peu se faisaient des illusions, et il n'en était effectivement pas sorti grand-chose. Treeves, il s'en souvenait, avait posé des questions pertinentes, exprimé son scepticisme à l'égard des réponses données, et quitté les lieux avant la récapitulation du ministre. Pourquoi au juste s'était-il trouvé là ? Pourquoi avait-il voulu participer ? Pour lui aussi, peut-être, c'était une opération de relations publiques.

Harkness désigna d'un geste vague les fauteuils pivotants noirs disposés devant la fenêtre et prononça faiblement le mot « café ».

« Non merci, je ne prendrai pas de café », dit sèchement Treeves. Son ton sous-entendait que le breuvage excentrique qu'on lui proposait était inapproprié à onze heures moins le quart du matin.

Ils prirent place avec un peu de la circonspection solennelle de trois chefs maffieux réunis pour définir leurs différentes sphères d'influence. Treeves regarda sa montre. Un temps précis avait manifestement été imparti à cette rencontre. Il s'était présenté à l'heure qui lui convenait, sans prévenir, sans annoncer ce qu'il avait en tête. Ce qui, bien sûr, lui avait donné l'avantage. Il était venu avec la certitude qu'un haut fonctionnaire aurait nécessairement du temps pour lui, et il ne s'était pas trompé.

Maintenant il expliquait : « Mon fils aîné, Ronald — mon fils adoptif, soit dit en passant — est mort il y a dix jours lors d'un éboulement de falaise dans le Suffolk. Un éboulement de sable, pour être plus exact. Ces falaises au sud de Lowestoft sont rongées par la mer depuis le XVIIe siècle. Il a été étouffé. Ronald était étudiant au collège de théologie de St Anselm, à Ballard's Mere. Il s'agit d'un établissement Haute Eglise* pour la formation de prêtres anglicans. Encens, cloches et tout le tralala. » Il se tourna vers Dalgliesh. « Vous connaissez ça, non ? Votre père n'était-il pas prêtre ? »

Comment donc Sir Alred était-il au courant ? se

---

* La Haute Eglise *(High Church)* est la frange de la religion anglicane dont la liturgie est la plus proche de celle du catholicisme. La Basse Eglise *(Low Church)*, elle, est plus proche du calvinisme. Depuis le XVIIIe siècle, une troisième tendance, la Large Eglise *(Broad Church)*, défend l'unité protestante. Enfin, à l'intérieur de la Haute Eglise est apparu au XIXe siècle le puseyisme, ou mouvement tractarien, connu aussi sous le nom de mouvement d'Oxford.

demanda Dalgliesh. Il devait l'avoir entendu quelque part et, s'en souvenant à moitié, avoir demandé à l'un de ses satellites de vérifier avant de se mettre en route pour cette rencontre. C'était le genre d'homme qui jugeait bon d'avoir autant d'informations que possible au sujet de ceux auxquels il avait affaire. Si ces informations étaient à leur désavantage, tant mieux, mais il voyait comme un supplément de pouvoir gratifiant et potentiellement utile tout détail personnel qu'il avait appris sans que l'autre le sache.

Dalgliesh acquiesça : « Il était curé dans le Norfolk, oui.

— Votre fils faisait des études pour devenir prêtre ? s'enquit Harkness.

— Pour autant que je sache, ce qu'on lui apprenait à St Anselm ne pouvait le conduire à rien d'autre.

— Sa mort a été mentionnée dans les journaux, dit Dalgliesh, mais je ne me souviens pas d'avoir rien vu au sujet de l'enquête.

— Ce n'est pas étonnant. On en a parlé le moins possible. Mort accidentelle. Mais on aurait dû éviter de formuler des conclusions aussi précises. Si le directeur du collège et ses enseignants n'avaient pas été là en robe noire comme des terroristes, le coroner aurait probablement trouvé le courage de rendre un verdict plus réservé.

— Vous y étiez, Sir Alred ?

— Non. Je m'y étais fait représenter, car j'étais en Chine. Un contrat difficile à négocier à Pékin. Je suis revenu pour la crémation. Nous avons fait rapatrier le corps à Londres à cet effet. Il y a eu une sorte de service commémoratif — je crois qu'on appelle ça un requiem — à St Anselm, mais ni ma femme ni moi n'y avons assisté. C'est un endroit où je ne me suis jamais senti à l'aise. Tout de suite après l'enquête, je me suis arrangé pour que mon chauffeur se rende sur place avec un autre conducteur pour pouvoir ramener la Porsche de Ronald, et le collège lui a remis ses vêtements, son portefeuille et sa montre. Norris — c'est mon chauffeur — m'a rapporté le paquet. Ce n'était pas grand-chose. Les séminaristes ne sont pas encouragés à avoir plus que le minimum de vêtements : un costume, deux jeans, avec les chemises et pulls habituels, des chaussures et cette soutane noire qu'on les oblige à porter. Il y avait quelques livres, bien sûr, mais j'ai dit au collège qu'ils pouvaient les garder pour la bibliothèque. C'est étonnant à quelle vitesse une vie peut être liquidée. Et puis il y a deux jours, j'ai reçu ceci. »

Sans hâte il sortit de son portefeuille un rectangle de papier, qu'il déplia et passa ensuite à Dalgliesh. Celui-ci y jeta un coup d'œil avant de le tendre à l'adjoint du préfet. Harkness lut à haute voix :

« Pourquoi ne posez-vous pas certaines questions touchant la mort de votre fils ? Personne ne croit vraiment que c'était un accident. Ces prêtres sont prêts à cacher n'importe quoi pour conserver leur bonne réputation. Il se passe certaines choses dans ce collège qui devraient être dévoilées. Allez-vous les laisser s'en tirer comme ça ? »

Treeves déclara : « Pour moi, c'est presque une accusation de meurtre. »

Harkness remit le papier à Dalgliesh et dit : « Quelqu'un qui ne fournit pas de preuve et ne donne ni nom ni mobile pourrait aussi bien être un mauvais plaisant, quelqu'un qui cherche à créer des ennuis au collège, par exemple. »

Dalgliesh tendit le papier à Treeves, qui le refusa d'un geste impatient.

« C'est une possibilité, évidemment, dit Treeves, et je pense que vous en tiendrez compte. Mais pour ma part, je prends la chose plus au sérieux. Comme cette lettre sort d'un ordinateur, il n'y a bien sûr aucune chance de trouver ce petit *e* décentré si utile dans les romans et les films policiers. Et il n'y a pas d'empreintes, je l'ai fait vérifier moi-même. Discrètement, cela va sans dire. Rien, comme je m'y attendais. Et l'auteur, homme ou femme, n'est pas un illettré. L'orthographe et la ponctuation sont parfaitement correctes. A notre époque de sous-instruction, j'aurais tendance à en conclure qu'il ne s'agit pas de quelqu'un de tout jeune.

— Et écrit de manière à vous inciter à l'action, commenta Dalgliesh.

— Pourquoi dites-vous cela ?

— Vous êtes là, non ? »

Harkness demanda : « Vous avez dit que votre fils était adopté, d'où venait-il ?

— De nulle part. Sa mère avait quatorze ans quand il est né, et son père un an de plus. Il a été conçu contre un pilier du souterrain de la Westway. Il était blanc, sain, et venait de naître — un article de choix sur le marché de l'adoption. Pour dire les choses crûment, nous avons eu de la chance de l'obtenir. Pourquoi cette question ?

— Pour vous, cette lettre est une accusation de meurtre. Je me demandais à qui sa mort pouvait profiter, si elle devait profiter à quelqu'un.

— La mort profite toujours à quelqu'un. En l'occurrence, le seul bénéficiaire en sera mon cadet, Marcus, qui touchera à trente ans un fonds en fidéocommis plus important, tout comme son héritage sera plus important. Mais comme il se trouvait à l'école au moment crucial, je pense qu'on peut l'exclure.

— Ronald ne vous avait pas dit ou écrit qu'il était malheureux, déprimé ?

— Pas à moi : je suis la dernière personne à qui il se serait confié. Mais je ne me suis pas bien fait comprendre. Je ne suis pas venu ici pour être interrogé ou prendre part à votre enquête. Je vous ai dit le peu que je savais. A vous maintenant de vous occuper de l'affaire. »

Harkness jeta un coup d'œil à Dalgliesh. « L'affaire concerne bien sûr la police du Suffolk, dit-il. Elle est très efficace.

— Je n'en doute pas. Je ne doute pas que l'inspecteur de Sa Majesté la juge efficace. Mais c'est elle qui s'est chargée de l'enquête au départ. Maintenant je veux que ce soit vous. Plus précisément, je veux que ce soit le commandant Dalgliesh. »

L'adjoint du préfet regarda Dalgliesh et parut sur le point de protester, mais il se ravisa.

Dalgliesh dit : « Je dois prendre des vacances, la semaine prochaine, et j'ai l'intention de les passer dans le Suffolk. Je connais St Anselm. Je pourrais m'entretenir avec la police locale et les gens du collège, et voir si l'affaire vaut la peine qu'on la reprenne. Mais après le verdict de l'enquête et l'incinération de votre fils, il est très improbable qu'on trouve du nouveau. »

Harkness risqua : « Ce n'est pas orthodoxe.

— Ce n'est peut-être pas orthodoxe, dit Treeves, mais je trouve l'idée excellente. Je veux de la discrétion, c'est pourquoi je refuse de m'adresser aux gens du cru. Les journaux locaux en ont assez fait lorsque la nouvelle de sa mort a éclaté. Je ne veux pas maintenant des titres dans les tabloïds suggérant qu'il y a un mystère autour de cette mort.

— C'est pourtant ce que vous pensez, dit Harkness.

— C'est évident qu'il y a un mystère. La mort de Ronald était un accident, un suicide ou un meurtre. L'accident est peu vraisemblable, et le suicide ne s'explique pas. Il reste donc le meurtre. Je compte sur vous pour m'informer quand vous serez arrivés à une conclusion. »

Il s'apprêtait à se lever quand Harkness demanda : « Etiez-vous content, Sir Alred, du choix de votre fils ? » Il hésita avant d'ajouter : « Son choix de carrière, j'entends, sa vocation. »

Quelque chose dans son ton, compromis maladroit entre le tact et l'aplomb professionnel, montrait clairement qu'il ne s'attendait pas à ce que sa question fût bien reçue. Et elle ne le fut pas. Sir Alred rétorqua d'une voix calme et pourtant menaçante : « Qu'est-ce que vous essayez de me dire au juste ? »

Ayant commencé, Harkness n'avait pas l'intention de se laisser intimider. « Je me demandais si votre fils n'avait pas un souci, quelque chose qui le travaillait », répondit-il.

Sir Alred regarda ostensiblement sa montre et dit : « Vous pensez à un suicide ? Je croyais avoir été clair. C'est exclu. Exclu. Pourquoi diable se serait-il tué ? Il avait obtenu ce qu'il voulait. »

Dalgliesh remarqua tranquillement : « Mais si ce n'était pas ce que vous vouliez, vous ?

— Bien sûr que ce n'était pas ce que je voulais ! Un métier sans avenir. Si le déclin actuel continue, l'Eglise d'Angleterre sera morte dans vingt ans. Ou ce ne sera plus qu'une secte vouée à l'entretien des vieilles superstitions et des anciennes églises — si d'ici là l'Etat ne les prend pas en charge en tant que monuments nationaux. L'illusion de la spiritualité est peut-être un besoin. L'idée que la mort puisse être synonyme d'extinction n'a rien de réjouissant, et je veux bien admettre que la plupart des gens croient en Dieu. Mais ils ont cessé de croire au paradis, et ils n'ont plus peur de l'enfer, alors ils ne vont pas se remettre à aller à l'église. Avec son instruction, Ronald avait toutes sortes de possibilités. Il n'était pas idiot. Il aurait pu faire quelque chose de sa vie. Il savait ce que je pensais ; le chapitre était clos entre nous. Il n'allait sûrement pas se mettre la tête sous une tonne de sable pour me désobliger. »

Il se leva et adressa un bref signe de tête à Harkness et Dalgliesh. L'entrevue était terminée. Dalgliesh descendit avec lui et l'accompagna jusqu'à l'endroit où le chauffeur venait d'arrêter la Mercedes. Le programme s'était déroulé exactement comme prévu.

Au moment où Dalgliesh s'en allait, une voix péremptoire le rappela.

La tête sortie par la portière, Sir Alred lui dit : « Vous n'avez pas exclu la possibilité, j'imagine, que Ronald a pu être tué autre part et son corps amené sur la plage ?

— Il me paraît évident que la police du Suffolk y aura pensé, Sir Alred.

— Je ne sais si je partage votre confiance. En tout cas, c'est une idée qui vaut la peine qu'on s'y arrête. »

Le chauffeur se tenait au volant avec la rigidité d'une statue. Plutôt que de lui donner l'ordre de démarrer, Sir Alred dit, comme pris d'une impulsion : « Il y a quelque chose qui m'intrigue. La question m'est venue à l'église. Il m'arrive de m'y montrer... le service annuel de la City, il faut bien. Je me suis dit que si j'avais le temps, je creuserais le sujet. C'est à propos du Credo. »

L'habitude permit à Dalgliesh de cacher sa surprise. Lequel ? demanda-t-il gravement.

— Il y en a plus d'un ?

— Il y en a trois en fait.

— Grand Dieu ! Eh bien, n'importe lequel. Ils se ressemblent, j'imagine. D'où viennent-ils ? Je veux dire : qui les a écrits ? »

Intrigué, Dalgliesh fut tenté de lui demander s'il avait abordé la question avec son fils. Mais il opta pour la prudence et répondit : « Je crois qu'un théologien vous serait plus utile que moi, Sir Alred.

— Vous êtes fils de prêtre, non ? J'ai pensé que vous sauriez. Je n'ai pas le temps d'aller ici et là poser des questions. »

Dalgliesh retourna en esprit au bureau de son père, dans le presbytère du Norfolk, et à ce qu'il avait appris ou glané en farfouillant dans la bibliothèque, aux paroles qu'il ne prononçait plus guère aujourd'hui mais qui semblaient être restées gravées dans son esprit depuis l'enfance. Il expliqua : « Le Credo de Nicée a été formulé par le concile qui s'est tenu dans cette ville au IVᵉ siècle. » La date lui revint inexplicablement. « En 325, je crois. L'empereur Constantin avait réuni le concile pour fixer la doctrine de l'Eglise et mettre un terme à l'hérésie que représentait l'arianisme.

— Pourquoi l'Eglise n'adapte-t-elle pas tout cela à notre époque ? On ne se réfère pas au IVᵉ siècle en matière de médecine ou de science, pour comprendre la nature de l'univers. Je ne me réfère pas au IVᵉ siècle pour diriger mes sociétés. Pourquoi se référer à l'an 325 pour comprendre Dieu ?

— Vous préféreriez un Credo pour le XXIᵉ siècle ? » Dalgliesh était tenté de demander à Sir Alred s'il avait l'intention d'en écrire un. Au lieu de quoi il dit : « Dans une chrétienté divisée, je serais surpris qu'un nouveau concile arrive à un consensus. L'Eglise considère certainement que les évêques réunis à Nicée ont été inspirés par Dieu.

— Mais c'était un concile d'hommes, bien sûr ? D'hommes puissants. Qui amenaient avec eux leurs priorités, leurs préjugés et leurs rivalités. Tout cela n'était qu'une affaire de pouvoir : il s'agissait de savoir qui pouvait s'imposer et qui devait céder. Vous avez assisté à suffisamment de comités, vous savez comment ils fonctionnent. Est-ce que vous en avez déjà vu qui étaient inspirés par Dieu ? »

Dalgliesh répondit : « Pas les groupes de travail du ministère de l'Intérieur, je l'admets. » Puis il ajouta : « Avez-vous songé à écrire à l'archevêque, ou peut-être au pape ? »

Sir Alred le regarda d'un air méfiant mais jugea

manifestement que, si c'était une raillerie, mieux valait l'ignorer ou jouer le jeu. « Pas le temps, dit-il. Et puis, ce n'est pas vraiment mon domaine. Mais c'est intéressant. On va bien finir par y penser, non ? Faites-le-moi savoir, si vous découvrez quelque chose du côté de St Anselm. Je ne serai pas en Angleterre ce mois-ci, mais rien ne presse. Si le petit a été assassiné, je saurai que faire. S'il s'est suicidé, c'est son affaire, mais je voudrais bien le savoir quand même. »

Il inclina la tête puis se tourna vivement vers le chauffeur. « Allez-y, Norris, on retourne au bureau. »

La voiture démarra en douceur et Dalgliesh la regarda s'éloigner. Sir Alred n'était pas facile à cerner. Avec lui, il n'était pas question de s'en tenir aux apparences. Dans son mélange de naïveté et de subtilité, de suffisance et de curiosité — une curiosité qui, s'emparant du sujet le plus imprévu, l'investissait séance tenante de la dignité de son intérêt personnel —, l'homme était certainement très complexe. Mais Dalgliesh n'en demeurait pas moins perplexe. Pour surprenant qu'il fût, le verdict prononcé sur la mort de Ronald avait l'avantage d'être rassurant. Y avait-il autre chose que le souci paternel dans son insistance pour obtenir un supplément d'enquête ?

Dalgliesh regagna le septième étage. Harkness était posté devant la fenêtre. Sans se retourner, il lança : « Quel homme étonnant. Est-ce qu'il vous a dit autre chose ?

— Qu'il voulait réécrire le Credo de Nicée.

— C'est absurde.

— Oui, mais sans doute moins nuisible pour l'espèce humaine que la plupart de ses activités.

— Je parlais de son idée de rouvrir l'enquête sur la mort de son fils et de nous faire perdre du temps pour ça. Mais il faudra bien en passer par là. Alors qu'est-ce qu'on fait ? Vous vous en occupez ou je m'en charge ?

— Mieux vaut faire le moins de vagues possible. Peter Jackson a été transféré là-bas l'an dernier. Je lui en toucherai un mot. Et je connais un peu St Anselm. J'y ai passé trois étés quand j'étais enfant. Le personnel a sûrement changé, mais tout de même, on ne sera pas trop étonné de me voir.

— Vous croyez ? Ce n'est pas parce qu'ils vivent loin du monde que les gens de là-bas sont à ce point naïfs. Un commandant de la police métropolitaine soudain pris d'intérêt pour la mort accidentelle d'un étudiant ! Enfin, on n'a guère le choix. Treeves ne va pas laisser tomber, et on peut difficilement charger deux sous-fifres de se mettre à fouiner dans le secteur d'un autre. Mais si la mort est véritablement suspecte, il faudra que le Suffolk s'en occupe, que ça plaise ou non à Treeves, et il devra se faire une raison : enquêter sur un meurtre ne se fait pas en secret. C'est l'avantage du meurtre : une fois qu'il est connu, tout le monde se trouve sur un pied d'égalité. C'est là une chose que même Treeves ne peut manipuler à sa convenance. Mais c'est curieux, vous ne trouvez pas ? J'entends, qu'il fasse de cette histoire une affaire personnelle. S'il ne veut pas que la presse en parle, pourquoi tout remuer ? Et pourquoi prendre cette lettre au sérieux ? Des lettres de fous, il doit en recevoir sa part. Je ne comprends pas pourquoi il n'a pas balancé celle-là avec les autres. »

Dalgliesh ne dit rien. Quel qu'en soit l'auteur, le message ne l'avait pas frappé comme l'œuvre d'un détraqué. Harkness se rapprocha de la fenêtre et, dos voûté, s'abîma dans la contemplation de la vue comme s'il découvrait pour la première fois le panorama familier de tours et de flèches.

Sans se retourner, il dit : « Il n'a pas montré la moindre pitié pour le gosse, n'est-ce pas ? Ça n'a pas dû être facile pour lui — le gosse, j'entends. Il s'est fait adopter, sans doute parce que Treeves et sa femme pensaient ne pas pouvoir avoir d'enfants, et puis elle s'est trouvée enceinte et un fils est né, un vrai, leur chair et leur sang, pas un gamin choisi par les services sociaux. Ce n'est pas si rare, vous savez. Je connais un cas. L'enfant adopté a toujours l'impression d'être dans la famille pour de mauvaises raisons. »

La tirade avait été prononcée avec une véhémence mal contrôlée. Il y eut un moment de silence, après quoi Dalgliesh dit : « C'est peut-être ce qui explique l'affaire, ça ou la culpabilité. Il était incapable d'aimer l'enfant lorsqu'il était vivant, il ne peut même pas le pleurer maintenant qu'il est mort, mais il peut veiller à ce qu'il obtienne justice. »

Harkness se retourna enfin et dit d'un ton brusque : « A quoi bon, la justice envers les morts ? C'est pour les vivants qu'elle devrait compter. Mais vous avez probablement raison. Débrouillez-vous au mieux. Je vais mettre le préfet au courant. »

Lui et Dalgliesh s'appelaient par leurs prénoms depuis huit ans, et pourtant il venait de lui parler comme s'il congédiait un sergent.

3

Le dossier pour la réunion avec le ministre de l'Intérieur était tout préparé sur son bureau, y compris les annexes ; son assistante avait fait preuve de son efficacité coutumière. Tout en rangeant ses papiers dans sa serviette et en se dirigeant vers l'ascenseur, Dalgliesh chassa de son esprit les préoccupations du jour et le laissa rôder sur la côte venteuse de Ballard's Mere.

Il y retournait donc enfin. Mais pourquoi avait-il attendu si longtemps ? Sa tante avait vécu sur la côte d'East-Anglia, dans son cottage d'abord puis dans le moulin aménagé, et à l'occasion de ses visites chez elle il aurait facilement pu se rendre à St Anselm. S'il ne l'avait pas fait, était-ce parce qu'il répugnait d'instinct à risquer la déception, parce qu'il savait que la triste accumulation des années influence souvent de façon négative le jugement qu'on porte inévitablement sur les endroits qu'on a jadis aimés ? Et voilà qu'il allait y retourner comme un étranger. Le père Martin dirigeait le collège la dernière fois qu'il y était allé, mais sans doute avait-il pris sa retraite depuis longtemps ; il devait être octogénaire à présent. Il se retrouverait à St Anselm sans pouvoir partager ses souvenirs. Et il viendrait sans y être invité, officier de police chargé de rouvrir, sans justification sérieuse, une affaire qui avait causé chagrin et confusion parmi le personnel de l'établissement, lequel comptait certainement ne plus avoir à y revenir. Mais maintenant qu'il était sur le point d'y retourner, la perspective lui semblait pourtant agréable.

Il parcourut avec indifférence les quelques centaines de mètres sans surprise qui séparent Broadway de Parliament Square, l'esprit ailleurs, revisitant des lieux plus calmes, moins agités : les falaises sablonneuses s'effritant sur une plage ravinée par la pluie, les brise-lames à moitié détruits par des siècles de marées mais qui continuaient à résister aux assauts de la mer, le chemin de terre qui courait jadis à plus d'un kilomètre à l'intérieur et qui était maintenant dangereusement proche du bord de la falaise. Et St Anselm lui-même, les deux tours Tudor partiellement en ruine qui flanquaient la cour, la porte en chêne cernée de fer et, à l'arrière de la grande demeure victorienne de brique et de pierre, le cloître et la cour nord, menant directe-

ment à l'église médiévale qui servait de chapelle à
la communauté. Il se souvenait que les étudiants
portaient des soutanes dans l'enceinte du collège, et
qu'ils avaient aussi des pèlerines de laine brunes
comme protection contre le vent, jamais absent de
la côte. Il les revoyait en surplis pour le service du
soir, remplissant les stalles de l'église parfumée
d'encens, revoyait l'autel, chargé de plus de cierges
que son père n'eût jugé convenable, et dominé par
le grand tableau encadré de la Sainte Famille par
Rogier Van der Weyden. Le retrouverait-il ? Et cet
autre trésor, plus secret, plus mystérieux et plus
jalousement gardé, le papyrus d'Anselm ?

Il n'avait passé que trois étés au collège. Son père
avait fait un échange avec un prêtre en charge d'une
paroisse citadine difficile, se donnant ainsi la possibilité de changer de décor et de rythme. Comme ses
parents ne voulaient pas qu'il passe l'essentiel de
l'été enfermé dans une ville industrielle, il avait été
entendu que Dalgliesh resterait au presbytère avec
les nouveaux venus. Mais la nouvelle que le révérend Cuthbert Simpson et son épouse avaient
quatre enfants, dont les aînés étaient des jumeaux
de sept ans, l'avait rendu hostile à cette idée ; même
à quatorze ans, il avait besoin de solitude au cours
des grandes vacances. Il avait donc accepté une invitation venant du directeur de St Anselm, bien qu'il
fût désagréablement conscient que sa mère jugeait
plus généreux de sa part de rester et d'être présent
pour les jumeaux.

Le collège était à moitié vide, seuls quelques étudiants étrangers ayant choisi de rester. Eux et les
prêtres s'étaient donné du mal pour rendre son
séjour heureux, ménageant un terrain de cricket sur
un coin de pelouse spécialement tondu et lui servant
des balles sans se lasser. Il se souvenait que la nourriture était infiniment meilleure que celle de son
école — et même du presbytère — et que sa

chambre lui plaisait beaucoup, bien qu'elle n'eût pas vue sur la mer. Mais ce qu'il avait le plus apprécié, c'étaient les balades solitaires, en direction du sud et de l'étang ou du nord et de Lowestoft, le libre accès à la bibliothèque, le silence, l'assurance de pouvoir organiser chaque journée à son gré.

Et puis, lors de sa deuxième visite, à partir du 3 août, il y avait eu Sadie.

Le père Martin avait dit : « Mrs Millson aura sa petite-fille chez elle, Adam. Je crois que vous avez à peu près le même âge. Ça te fera de la compagnie. » Mrs Millson était la cuisinière. Qu'était-elle devenue ? A l'époque, elle avait déjà plus de soixante ans.

Quoi qu'il en fût, Sadie lui avait tenu compagnie. Elle avait quinze ans. Elle était mince, et de beaux cheveux dorés encadraient son visage étroit. La première fois qu'il l'avait vue, ses petits yeux gris piquetés de vert l'avaient fixé avec une intensité pleine de ressentiment. Mais elle avait semblé prendre plaisir à se promener avec lui, parlant rarement, ramassant parfois un galet pour le jeter dans la mer, démarrant soudain comme une flèche puis se retournant pour l'attendre, comme un chiot qui court après une balle.

Il se souvenait d'un jour après une tempête, alors que le ciel s'était dégagé mais que le vent soufflait toujours et que les vagues continuaient à s'écraser avec la même violence que pendant la nuit. Ils s'étaient assis côte à côte à l'abri d'un brise-lames, et buvaient l'un après l'autre au goulot d'une bouteille de limonade. Il lui avait écrit un poème — où il cherchait à imiter Eliot (sa dernière passion) bien plus qu'à exprimer ses véritables sentiments. Elle l'avait lu, sourcils froncés, ses petits yeux presque invisibles.

« C'est toi qui as écrit ça ?

— Pour toi, oui. Un poème.

— Un poème ? Sûrement pas. Ça ne rime pas.

Billy Price, un garçon de ma classe, en écrit, des poèmes. Ça rime toujours.

— C'est un autre genre de poème, s'était-il indigné.

— Non, non. Pour que ce soit un poème, il faudrait que les vers riment entre eux. C'est Billy Price qui me l'a dit. »

Il se laissa convaincre que Billy Price avait raison et déchira son œuvre en mille morceaux, qu'il jeta sur le sable mouillé, abandonnant aux vagues le soin de les désagréger. Voilà pour l'effet prétendument érotique de la poésie, se dit-il. Puis Sadie, laissant parler son génie féminin, réussit un tour moins sophistiqué, plus atavique. « Je suis sûre que tu n'oserais pas plonger du bout de ce brise-lames », lança-t-elle.

Il ne douta pas que, non content d'écrire de la poésie qui rimait, Billy Price n'aurait pas hésité à plonger. Sans un mot, il se mit donc debout, retira sa chemise et, vêtu de son seul short kaki, sauta sur le brise-lames et marcha jusqu'au bout pour plonger la tête la première dans la mer tourmentée. C'était moins profond qu'il ne s'y attendait, et il sentit les galets rouler sous ses paumes avant de remonter. Si comme toujours la mer était glacée, le choc du froid n'avait duré qu'un bref instant. Mais ce qui suivit fut terrifiant. Il se sentit soudain la proie d'une force incontrôlable, comme si deux puissantes mains l'avaient saisi par les épaules et le tiraient vers l'arrière et le fond. Crachouillant, il commença à se débattre, mais le rivage était maintenant oblitéré par une muraille d'eau, qui s'abattit sur lui et le chassa en direction du large avant de le ramener violemment à la surface. Il se remit aussitôt à nager de toutes ses forces vers le brise-lames, qui semblait reculer de seconde en seconde.

Sur la rive, Sadie gesticulait, les cheveux volant au vent. Elle criait quelque chose, mais il n'entendait rien qu'un bourdonnement dans ses oreilles. Il se concentra, attendit que la vague arrive et s'élança, se laissant porter aussi loin que possible puis luttant contre le reflux pour ne pas perdre toute l'avance qu'il avait gagné. Il s'efforçait de ne pas paniquer, de ménager ses forces, de profiter de chaque mouvement en avant. Luttant comme un forcené, il réussit enfin à s'accrocher à l'extrémité du brise-lames. A bout de souffle, il lui fallut plusieurs minutes avant de pouvoir bouger. Elle lui tendit alors la main et l'aida à sortir.

Ils s'assirent sur un banc de galets et, sans rien dire, elle enleva sa robe et se mit à lui frotter le dos. Quand il fut sec, toujours sans rien dire, elle lui tendit sa chemise. Il se rappelait que la vue de son corps, de ses petits seins pointus et de leur délicat mamelon rose, n'avait pas éveillé en lui de désir, mais une émotion dans laquelle il reconnaissait aujourd'hui un mélange d'affection et de pitié.

Puis elle dit : « Tu veux aller jusqu'à l'étang ? Je connais un endroit secret. »

L'étang serait toujours là, une étendue d'eau sombre séparée de la mer par du sable, sa surface huileuse suggérant d'insondables profondeurs. Sauf par les pires tempêtes, son eau stagnante et l'eau vive de la mer ne se rencontraient jamais. A la limite de la marée, des troncs noirs d'arbres fossilisés se dressaient tels les totems d'une civilisation depuis longtemps disparue. L'étang était un repaire célèbre d'oiseaux de mer, et des affûts en bois se cachaient parmi les arbres et les buissons, mais seuls les observateurs d'oiseaux les plus enthousiastes s'aventuraient au bord de cette nappe d'eau sinistre.

L'endroit secret de Sadie était la coque d'un bateau naufragé à moitié enfoui dans le sable sur la bande de terrain séparant l'étang de la mer. Il subsistait quelques marches pourries menant à la cabine, et c'est là qu'ils avaient passé le reste de

l'après-midi et tous les autres jours. La seule
lumière était celle qui filtrait entre les fentes des bor-
dages, et, suivant du doigt ses lignes mouvantes, ils
avaient ri de se voir ainsi zébrés. Lui lisait ou écrivait ou restait assis en silence, adossé à la paroi
courbe de la cabine, tandis que Sadie imposait à
leur petit monde ses talents domestiques un peu far-
felus. Les pique-niques fournis par sa grand-mère
étaient soigneusement disposés sur des pierres
plates, et Sadie lui tendait cérémonieusement la
nourriture lorsqu'elle jugeait venu le moment de
manger. Des roseaux, des herbes et des plantes non
identifiées poussant dans les fissures de la falaise
étaient mis en bouquet dans des pots de confiture
pleins de l'eau de l'étang. Ensemble, ils parcouraient
la plage à la recherche de pierres percées qu'elle
enfilait pour en faire une guirlande sur une ficelle
tendue le long de la paroi de la cabine.

Des années durant après cet été-là, l'odeur de mer,
de goudron et de chêne pourrissant avait gardé pour
lui une charge érotique. Où donc était Sadie, maintenant, se demandait-il ? Elle devait être mariée,
avec une nichée d'enfants à cheveux d'or — si leurs
pères n'avaient pas été noyés, électrocutés ou liqui-
dés de quelque autre façon au cours du processus
de sélection préliminaire inventé par ses soins. Il
était douteux qu'il restât quoi que ce fût de l'épave.
Des décennies de coups de boutoir devaient l'avoir
mise en miettes. Et bien avant que la mer n'eût
englouti le dernier bout de planche, la ficelle de la
guirlande devait s'être effilochée puis rompue, laissant choir sur le sable au fond de la cabine les
pierres si soigneusement choisies.

4

Le jeudi 12 octobre, Margaret Munroe prit la
plume pour la dernière fois.

*Relisant tout mon journal depuis le début, je le
trouve si ennuyeux que je me demande pourquoi je
continue. Relater mon train-train quotidien et parler
du temps qu'il fait n'a pas d'intérêt. Après l'enquête et
le requiem pour Ronald Treeves, il m'a parfois semblé que la tragédie avait été comme effacée, et que
Ronald n'avait jamais vécu ici. Ni les prêtres ni les
étudiants ne parlent jamais de lui, en tout cas pas
devant moi. Son corps n'est jamais revenu à
St Anselm, même pour le requiem. Sir Alred voulait
qu'il soit incinéré à Londres, si bien que c'est à
Londres que les pompes funèbres l'ont transporté
après l'enquête. Le père John a fait un paquet de ses
vêtements, et Sir Alred a envoyé deux hommes pour
ramener ses affaires et notamment sa Porsche. Je ne
crains plus les cauchemars, et je ne me réveille plus
en sueur avec ces visages d'horreur, couverts de sable,
le regard fixé sur moi.*

*Le père Martin avait donc raison : coucher toute
cette histoire sur le papier m'a aidée, et je continue-
rai d'écrire. J'en viens à me réjouir du moment où, la
journée terminée, la vaisselle du dîner débarrassée, je
m'installe à la table avec ce cahier. Je n'ai pas d'autre
talent, mais je prends plaisir à me servir des mots, à
penser au passé, à réfléchir à ce qui m'est arrivé pour
essayer d'en dégager le sens.*

*Mais ce que j'ai à raconter aujourd'hui sort de
l'ordinaire. Ce n'est pas comme hier. Quelque chose
d'important s'est produit et il faut que je l'écrive pour
que mon récit soit complet. Je me demande pourtant
si je fais bien. Ce n'est pas mon secret, après tout, et
même si personne d'autre que moi ne lit cette histoire,*

je ne peux m'empêcher de penser qu'il vaut mieux ne pas mettre certaines choses par écrit. Tant qu'on n'en parle pas, les secrets sont bien à l'abri dans l'esprit, mais en les écrivant comme en en parlant, on les libère et on leur donne la possibilité de se répandre dans l'air comme le pollen et d'entrer finalement dans d'autres esprits. Cela paraît un peu fou, mais il doit y avoir là-dedans quelque chose de vrai, sinon pourquoi sentirais-je si vivement que je devrais arrêter d'écrire ? Mais je ne peux pas continuer ce récit et laisser de côté les faits les plus intéressants. Surtout que je ne vois pas qui pourrait lire ces mots même si le tiroir où je range ce cahier n'est pas fermé à clé. Aucune des rares personnes qui viennent ici n'irait fouiller dans mes affaires. Mais peut-être devrais-je être plus prudente. Je verrai ce que je peux faire demain ; en attendant, je vais écrire ce que j'ai à dire aussi complètement que possible.

Le plus drôle, c'est que je ne me serais souvenue de rien si Eric Surtees ne m'avait offert quatre de ses poireaux. Il sait que j'adore en manger le soir avec une sauce au fromage, et il me fait souvent cadeau de légumes de son jardin. Je ne suis d'ailleurs pas la seule à qui il en donne ; il en distribue aussi au collège et dans les autres cottages. Avant son arrivée, j'avais relu le passage où je raconte comment j'ai découvert le corps, et au moment de déballer ses poireaux, j'avais toute fraîche en tête la scène sur le rivage. C'est alors que les choses se sont mises en place et que je me suis rappelé. Tout est revenu, aussi net qu'une photographie : chaque geste, chaque mot prononcé, tout sauf les noms — je me demande même si je les ai jamais sus. Cela s'est passé il y a environ douze ans, mais le souvenir aurait pu dater de la veille.

J'ai mangé mon dîner et j'ai emporté mon secret dans mon lit. Ce matin, j'ai compris que je devais m'en ouvrir à la personne la plus concernée. Quand ce serait fait, je pourrais me taire. Mais il fallait *d'abord que je vérifie que mes souvenirs étaient exacts, et j'ai donné un coup de téléphone cet après-midi quand je suis allée à Lowestoft faire des courses. Et puis il y a deux heures, j'ai dit ce que je savais. Ce n'est pas vraiment mon affaire, mais c'est réglé. C'était simple et facile ; il n'y avait pas de quoi s'en faire. Et j'aurais été mal à l'aise en continuant à vivre avec ce que je sais sans le dire, en me demandant constamment si j'agis bien. A présent je n'ai plus à m'inquiéter. Mais je continue à être stupéfaite quand je pense que j'aurais pu ne me souvenir de rien si Eric ne m'avait pas apporté ces poireaux.*

La journée a été épuisante, et je suis très fatiguée, peut-être trop fatiguée pour dormir. Je crois que je vais regarder le début de Newsnight *et aller me coucher.*

Elle se leva de table et alla ranger le cahier dans le tiroir du bureau. Puis elle enleva ses lunettes pour mettre la paire qu'elle réservait à la télévision, alluma le poste et s'installa dans son fauteuil avec la commande à distance. Elle devenait un peu sourde. Le bruit prit des proportions alarmantes avant qu'elle n'ajuste le volume, pendant la musique du générique. Elle allait probablement s'endormir devant le poste, mais qu'importe, l'effort qu'elle aurait dû faire pour aller se coucher lui semblait au-dessus de ses forces.

Elle somnolait quand elle sentit un courant d'air plus frais et se rendit compte, par instinct plus qu'à cause du bruit, que quelqu'un avait pénétré dans la pièce. La porte se referma. Elle se pencha pour regarder derrière le dossier de son fauteuil, vit qui c'était et dit : « Ah, c'est vous. Ça vous a surpris qu'il y ait encore de la lumière chez moi, j'imagine. Je pensais justement à aller me coucher. »

La silhouette s'approcha par-derrière, et Margaret Munroe leva la tête et regarda, attendant une réponse. Puis les mains s'abaissèrent, des mains puissantes gantées de caoutchouc jaune. Elles comprimèrent la bouche et bouchèrent le nez, ramenant la tête contre le dossier du fauteuil.

Elle comprit que c'était la mort, mais elle n'éprouva aucune crainte, rien qu'une immense surprise et un consentement las. Lutter eût été inutile, et elle n'en avait pas le moindre désir ; elle souhaitait seulement s'en aller au plus vite, sans peine et sans douleur. Sa dernière sensation terrestre fut la fraîcheur lisse du gant et l'odeur de latex dans ses narines alors que son cœur s'arrêtait sur un dernier battement.

5

Le mardi 17 octobre à dix heures moins cinq précises, le père Martin quitta la petite chambre qu'il occupait dans la tourelle sud de la maison, descendit l'escalier tournant sous le dôme et suivit le couloir menant au bureau du père Sebastian. Depuis quinze ans, le mardi à dix heures était réservé à la réunion hebdomadaire des prêtres résidants. Le père Sebastian faisait son rapport, les problèmes et les difficultés étaient discutés, et les détails de l'eucharistie chantée du dimanche matin et des autres services de la semaine étaient mis au point, les invitations d'autres prêtres décidées, et toutes les questions domestiques réglées.

Ensuite, le représentant des étudiants était convié à un entretien privé avec le père Sebastian. Son travail consistait à transmettre les avis, doléances et idées que le petit groupe de ses camarades souhaitait faire connaître, et de prendre note des instructions et des informations que le corps enseignant

voulait communiquer aux élèves, y compris le détail
des offices de la semaine. Là s'arrêtait la participa-
tion estudiantine. St Anselm s'en tenait toujours à
une interprétation surannée de *in statu pupillari*, et
la démarcation entre professeurs et étudiants était
à la fois admise et respectée. Malgré cela, le régime
était étonnamment accommodant, en particulier
concernant le congé du samedi ; tout ce qui était
exigé des élèves, c'était qu'ils ne partent pas avant
l'office du soir du vendredi, et qu'ils soient de retour
pour l'eucharistie de dix heures le dimanche matin.

Le bureau du père Sebastian donnait face à l'est,
au-dessus du porche, et jouissait d'une vue sans obstacle sur la mer entre les deux tours Tudor. La pièce
était trop grande pour un bureau mais, comme le
père Martin avant lui, il avait refusé d'en gâcher les
proportions par une quelconque cloison. Miss Bea-
trice Ramsey, sa secrétaire à temps partiel, occupait
la pièce d'à côté. Elle ne travaillait que du mercredi
au vendredi, accomplissant en trois jours ce que la
plupart des secrétaires auraient fait en cinq. C'était
une femme entre deux âges d'une rectitude et d'une
piété intimidantes, et le père Martin craignait toujours un peu de lâcher un pet par mégarde en sa
présence. Elle était totalement dévouée au père
Sebastian, mais sans l'excès de sentiment et les
démonstrations gênantes qui accompagnent parfois
l'affection d'une vieille fille pour un prêtre. En fait,
il semblait que son respect fût pour la fonction et
non pour l'homme, et qu'il était de son devoir de
veiller à ce que celui-ci fût à la hauteur.

En plus de ses imposantes dimensions, le bureau
du père Sebastian renfermait certains parmi les
plus précieux objets dont Miss Arbuthnot avait doté
le collège. Au-dessus de la cheminée de pierre portant gravés les mots *credo ut intelligam*, au cœur de
la théologie de St Anselm, était accroché un imposant tableau de Burne-Jones représentant des

jeunes femmes aux cheveux crêpelés d'une beauté surnaturelle folâtrant au milieu d'un verger. Dalgliesh se souvenait de l'avoir vu au réfectoire. Le père Sebastian l'avait fait transporter dans son bureau sans juger bon de justifier sa décision. Le père Martin soupçonnait malgré lui que la véritable raison était moins l'amour du directeur pour le tableau ou son admiration pour l'artiste que son désir d'avoir autant que possible autour de lui dans son bureau les objets de valeur que possédait le collège.

Ce mardi-là la réunion ne compterait que trois personnes : le père Sebastian, lui-même et le père Peregrine Glover. Le père John Betterton s'était fait excuser : il avait dû se rendre d'urgence chez le dentiste à Halesworth. Le père Peregrine, responsable de la bibliothèque, ne tarda pas à les rejoindre. Âgé de quarante-deux ans, il était le plus jeune des prêtres résidants, mais le père Martin le voyait souvent comme l'aîné. Avec son visage rond et lisse, il avait quelque chose d'une chouette, et cela d'autant plus qu'il portait de grosses lunettes à monture d'écaille ; une frange brune épaisse surmontait son front, et il ne lui manquait que la tonsure pour ressembler à un moine médiéval. La douceur de son visage donnait une fausse idée de sa force physique. Lorsqu'ils allaient se baigner, le père Martin était toujours surpris de voir combien le corps du père Peregrine était musclé. Lui-même ne se trempait qu'aux plus beaux jours et ne s'aventurait jamais loin de la rive, tandis que le père Peregrine s'ébattait dans les vagues comme un dauphin. Lors des réunions du mardi, le père Peregrine parlait peu, et d'ordinaire pour communiquer un fait plutôt que pour exprimer une opinion, mais on ne manquait jamais de l'écouter. Académiquement, il s'était distingué en obtenant une licence de sciences naturelles avec mention très bien à Cambridge, puis une

licence avec mention très bien en théologie lorsqu'il
s'était décidé pour la prêtrise anglicane. A
St Anselm, il enseignait l'histoire de l'Eglise, établissant parfois des parallèles déconcertants avec le
développement de la pensée scientifique. Il appréciait la solitude, et il refusait catégoriquement de
quitter sa petite chambre au rez-de-chaussée du
bâtiment voisin de la bibliothèque, peut-être parce
que son côté ascétique et spartiate lui rappelait la
cellule monacale qu'il rêvait d'occuper. Elle était
située à côté de la buanderie, et son seul souci lui
venait des élèves qui faisaient marcher les machines
à laver, bruyantes et quelque peu vétustes, après
vingt-deux heures trente.

Le père Martin plaça trois sièges en demi-cercle
devant la fenêtre, et, debout, tête basse, ils écou-
tèrent le père Sebastian prononcer la prière coutumière.

« Que Ta grâce, ô Seigneur, nous accompagne
dans toutes nos entreprises, et que Ton aide sou-
tienne toutes nos actions ; qu'en toutes nos tâches,
entamées, poursuivies et achevées en Toi, nous puissions glorifier Ton saint nom, et que par Ta miséri-
corde nous ayons la vie éternelle ; par Jésus-Christ,
Notre Seigneur, amen. »

Ils prirent alors place les mains sur les genoux, et
le père Sebastian commença.

« La première chose dont j'ai à vous faire part est
quelque peu gênante. J'ai reçu un coup de téléphone
de New Scotland Yard. Apparemment, Sir Alred
Treeves a exprimé son mécontentement quant au
jugement rendu sur la mort de Ronald, et il a
demandé au Yard d'enquêter. Le commandant Dalgliesh arrivera vendredi après le déjeuner. Il va sans
dire que je suis prêt à lui donner toute la coopération nécessaire. »

La nouvelle fut reçue en silence. Le père Martin
sentit son estomac se nouer. Puis il dit : « Mais le

corps a été incinéré. Une enquête a été menée, conclue par un verdict. Même si Sir Alred n'est pas d'accord avec les conclusions, je ne vois pas ce que la police pourrait découvrir à présent. Et pourquoi Scotland Yard ? Pourquoi un commandant ? Ça me paraît une curieuse façon de dépenser les deniers publics. »

Un sourire sardonique pinça les lèvres minces du père Sebastian. « Je crois que nous pouvons tenir pour garanti que Sir Alred a tiré les ficelles en haut lieu. C'est ce que font toujours les hommes de son espèce. Et comme la police du Suffolk s'était chargée de l'enquête préliminaire, ce n'est pas à elle qu'il allait demander de reprendre l'affaire. Quant au choix du commandant Dalgliesh, j'ai cru comprendre qu'il avait de toute façon l'intention de venir dans la région passer quelques jours de vacances, et qu'il connaissait St Anselm. Scotland Yard essaie sans doute de se concilier Sir Alred avec le minimum d'inconvénients pour nous et de dérangement pour eux-mêmes. Le commandant a parlé de vous, mon père. »

Le père Martin était partagé entre la joie et l'appréhension. Il dit : « J'étais ici quand il est venu trois ans de suite en vacances d'été. Son père était curé dans le Norfolk, je ne me rappelle plus dans quelle paroisse. Adam était un garçon sensible et intelligent, tout à fait charmant à mon goût. Naturellement, je ne sais pas à quoi il ressemble aujourd'hui, mais je serai ravi de le revoir. »

Le père Peregrine remarqua : « Les garçons sensibles et charmants ont une fâcheuse tendance à devenir des adultes insensibles et désagréables. Mais comme nous n'avons pas d'autre choix que de l'accueillir, je suis content qu'un de nous puisse se réjouir de sa venue. A part ça, je ne vois pas ce que Sir Alred espère tirer de cette enquête. Si le commandant en arrive à la conclusion qu'il pourrait y avoir quelque chose de louche, il faudra bien que la police locale reprenne le flambeau. »

Comme il était singulier, pensa le père Martin, d'entendre cette hypothèse énoncée à voix haute, car depuis la tragédie personne à St Anselm ne s'était autorisé à la formuler. La réaction du père Sebastian ne se fit pas attendre :

« L'idée de quelque chose de louche est ridicule, dit-il. Si quoi que ce soit avait suggéré que la mort n'était pas un accident, on en aurait parlé au moment de l'enquête. »

Mais il y avait, bien sûr, une troisième possibilité, et c'est à celle-ci que tout le monde pensait. St Anselm avait accueilli avec soulagement le verdict de mort accidentelle, mais de toutes les manières cette mort était pour le collège un désastre en puissance. Et il y en avait eu une autre. Ce suicide possible, songea le père Martin, n'avait-il pas éclipsé la crise cardiaque qui avait emporté Margaret Munroe ? Sa mort à elle n'était pas totalement inattendue ; le docteur Metcalf avait dit qu'elle pourrait survenir à n'importe quel moment. Et elle n'avait rien eu de dramatique. Ruby Pilbeam avait découvert Margaret le lendemain matin, paisiblement assise dans son fauteuil. Et maintenant, à peine cinq jours plus tard, c'était comme si elle n'avait jamais fait partie de St Anselm. Sa sœur, dont tout le monde ignorait l'existence jusqu'au moment où le père Martin avait mis le nez dans les papiers de Margaret, était venue avec une camionnette pour emmener toutes ses affaires, et l'enterrement n'avait pas eu lieu au collège. Seul le père Martin avait compris à quel point la mort de Ronald avait affecté Margaret. Il pensait parfois être le seul à l'avoir pleurée.

Le père Sebastian dit : « Tous les appartements des invités vont être occupés ce week-end. En plus du commandant Dalgliesh, Emma Lavenham arrivera comme prévu de Cambridge pour son cours de trois jours sur les poètes métaphysiques. Et l'inspecteur Roger Yarwood vient de Lowestoft. Il a récemment vécu une période difficile à la suite de la rupture de son mariage. Il espère rester une semaine. Il n'a, bien sûr, rien à voir avec l'enquête sur Ronald Treeves. Clive Stannard revient également ce week-end pour continuer ses recherches sur la vie domestique des derniers tractariens. Comme toutes les chambres d'hôtes seront occupées, le mieux serait qu'il prenne la chambre de Peter Buckhurst. Pour l'instant le docteur Metcalf veut que Peter reste à l'infirmerie. Il y sera beaucoup mieux.

— Je regrette que Stannard revienne, déclara le père Peregrine. J'espérais qu'on ne le verrait plus. C'est un jeune homme désagréable, et ses pseudo-recherches me laissent sceptique. Je lui ai demandé ce qu'il pensait de l'influence de l'affaire Gorham sur les convictions tractariennes de J. B. Mozley : il était clair qu'il ne savait pas de quoi je parlais. Je trouve sa présence à la bibliothèque perturbatrice — et les séminaristes aussi, je crois. »

Le père Sebastian dit : « Son grand-père a été le notaire du collège, et un de ses bienfaiteurs. Je n'aime pas l'idée qu'un membre de la famille puisse être malvenu. Mais c'est vrai que ça ne lui donne pas le droit de passer le week-end ici gratuitement quand il veut. La bonne marche du collège doit passer d'abord.

— Et le cinquième visiteur ? » demanda le père Martin.

L'effort que fit le père Sebastian pour contrôler sa voix ne fut qu'un demi-succès : « L'archidiacre Crampton a téléphoné pour dire qu'il arriverait samedi et resterait jusqu'à dimanche après la prière du matin. »

Le père Martin s'exclama : « Mais il était ici il y a

deux semaines ! Il n'a tout de même pas l'intention de s'inviter régulièrement ?

— C'est ce que je crains. La mort de Ronald Treeves a rouvert la question de l'avenir de St Anselm. Comme vous savez, ma politique a été d'éviter la controverse, de poursuivre tranquillement notre travail et de mettre à profit l'influence que je peux avoir dans les milieux ecclésiastiques pour empêcher la fermeture. »

Le père Martin dit : « Cette fermeture, rien ne la justifie si ce n'est la politique de l'Eglise qui veut centraliser la formation théologique dans trois endroits. Si cette décision est mise en application, St Anselm fermera, mais ce ne sera pas en raison de la qualité de notre enseignement et des étudiants qui sortent d'ici. »

Le père Sebastian ignora cette répétition d'une évidence. Il dit : « Sa visite pose bien sûr un autre problème. La dernière fois que l'archidiacre est venu, le père John a pris de petites vacances. Je ne crois pas qu'il puisse recommencer. Mais la présence de l'archidiacre lui sera forcément pénible, et ce sera embarrassant pour nous autres aussi si le père John reste ici. »

En effet, songea le père Martin. Le père John Betterton était venu à St Anselm au terme de deux ans de prison. Il avait été condamné pour abus sexuels sur la personne de deux jeunes garçons, servants dans l'église où il était prêtre. Il avait certes plaidé coupable, mais son crime consistait plutôt en excès d'affection et caresses déplacées qu'en abus sexuels proprement dits, et il n'y aurait sans doute pas eu de peine de prison si l'archidiacre Crampton ne s'était employé à réunir d'autres témoignages. D'anciens enfants de chœur, aujourd'hui adultes, avaient été interrogés, et sur la foi de ces témoins, on avait alerté la police. L'affaire dans son ensemble avait causé beaucoup de peine et de ressentiment,

et le père Martin était horrifié à la perspective
d'avoir sous le même toit l'archidiacre et le père
John. Il était saisi de pitié chaque fois qu'il voyait
ce dernier vaquer à ses devoirs presque en rampant,
prenant la communion mais ne célébrant jamais
l'office, trouvant à St Anselm un refuge plutôt qu'un
emploi. L'archidiacre avait manifestement fait ce
qu'il considérait comme son devoir, et peut-être
était-il injuste de penser qu'il y avait trouvé un certain plaisir. Pourtant il y avait quelque chose d'inex-
plicable dans le fait de s'acharner aussi impitoyable-
ment contre un confrère, qui plus est un confrère
auquel ne l'opposait aucun antagonisme personnel,
qu'il n'avait pratiquement jamais vu.

Il dit : « Je me demande si Crampton était vraiment... euh... lui-même, quand il s'en est pris au
père John. Il y avait dans toute l'affaire quelque
chose d'irrationnel.

— Dans quel sens n'aurait-il pas été vraiment lui-
même ? demanda sèchement le père Sebastian. Il
n'était pas mentalement malade, jamais rien n'a été
suggéré dans ce sens, si ? »

Le père Martin répliqua : « C'était peu après le
suicide de sa femme, une période difficile pour lui.

— Le deuil est toujours une période difficile. Je
ne vois pas comment la tragédie qu'il vivait aurait
pu affecter son jugement à propos du père John.
Moi aussi, j'ai vécu une période difficile quand Veronica s'est tuée. »

Le père Martin eut du mal à réprimer un léger
sourire. Veronica Morell s'était tuée dans un accident de chasse — une chute — à l'occasion d'un de
ses retours réguliers au domaine familial, qu'elle
n'avait jamais tout à fait quitté, et en pratiquant un
sport qu'elle aurait dû abandonner depuis longtemps. Le père Martin pensait que, à tout prendre,
puisqu'il fallait que le père Sebastian perde sa
femme, cette façon-là était sans doute celle qu'il

devait préférer. « Ma femme s'est cassé le cou à la chasse » avait plus d'allure que : « Ma femme est morte d'une pneumonie ». Le père Sebastian n'avait montré aucun désir de se remarier. Peut-être que d'avoir épousé la fille d'un comte, même de cinq ans plus âgée que lui et présentant une ressemblance plus que fugitive avec les animaux qu'elle adorait, avait rendu moins séduisante, voire légèrement avilissante, la perspective de s'unir à une femme de moindre rang. Reconnaissant que ses pensées étaient indignes, le père Martin fit un acte mental de contrition.

Mais il avait eu de l'affection pour Lady Veronica. Il se la rappelait dans le cloître, grande et maigre, aboyant après son mari au sortir du dernier office auquel elle avait assisté : « Ton sermon était trop long, Seb. Je n'en ai pas compris la moitié, et je suis sûre que c'était pareil pour les gars. » « Les gars » — jamais Lady Veronica ne parlait autrement des étudiants.

Il n'avait échappé à personne que le directeur était plus détendu et enjoué lorsque son épouse était au collège. L'imagination du père Martin se cabrait devant la vision du père Sebastian et de Lady Veronica dans le lit conjugal, mais il lui paraissait évident qu'ils avaient éprouvé une grande affection l'un pour l'autre. C'était encore un des mystères de la vie matrimoniale dont lui-même n'avait jamais été qu'un observateur fasciné. Peut-être, se disait-il, qu'une grande affection était non seulement plus durable, mais plus importante que l'amour.

Le père Sebastian dit : « Quand Raphael viendra, je lui parlerai bien sûr de la visite de l'archidiacre. Il est très frappé par ce qui est arrivé au père John ; il paraît même parfois un peu déraisonnable sur la question. Cela n'arrangera rien s'il provoque une querelle. Il faudra qu'il comprenne que l'archidiacre est à la fois un invité et un membre du conseil du collège, et qu'il doit être traité avec le respect dû à un prêtre. »

Le père Peregrine demanda : « Est-ce que le policier responsable de l'enquête sur le suicide de la première femme de l'archidiacre n'était pas l'inspecteur Yarwood ? »

Ses collègues le regardèrent d'un air surpris. C'était le genre d'information que le père Peregrine avait l'art de collectionner. Il semblait parfois que son subconscient fût un dépôt de bribes d'informations et de faits répertoriés sur lesquels il pouvait mettre la main quand il voulait.

Le père Sebastian dit : « Vous en êtes sûr ? A l'époque, les Crampton vivaient dans le nord de Londres. Ce n'est qu'après la mort de sa femme qu'il est venu dans le Suffolk. L'affaire devait relever de la police métropolitaine.

— J'ai lu ça quelque part, répondit placidement le père Peregrine. Je me souviens du compte rendu de l'enquête. On y apprenait que Roger Yarwood avait témoigné. Il était dans la police métropolitaine à l'époque... sergent, je crois. »

Le père Sebastian fronça les sourcils. « C'est embêtant. Leur rencontre ne manquera pas de rappeler des moments difficiles. Mais je ne vois pas comment on pourrait l'éviter. On ne peut rien faire. Yarwood a besoin de récupérer ; il lui faut du repos et on lui a promis la chambre. Il a été très obligeant à l'égard du collège, il y a trois ans, avant sa promotion, quand il était affecté à la circulation et que le père Peregrine est rentré dans ce camion en reculant. Comme vous le savez, il vient assez régulièrement à la messe du dimanche, et je crois que ça lui fait du bien. Si sa présence réveille chez l'archidiacre des souvenirs pénibles, il faudra qu'il s'y fasse — comme le père John devra se faire à sa présence à lui. Nous donnerons à Emma l'appartement Ambroise, à côté de l'église, Augustin à l'archidiacre, Jérôme au commandant Dalgliesh et Grégoire à Roger Yarwood. »

Le week-end qui les attendait ne serait pas de tout repos, songea le père Martin. Ce serait très dur pour le père John de se retrouver face à l'archidiacre, et Crampton lui-même ne prendrait sans doute pas plaisir à cette rencontre, encore que, pour lui, elle ne serait pas inattendue : il devait bien savoir que le père John était à St Anselm. Et si le père Peregrine avait raison — ce qui était certain —, une rencontre entre l'archidiacre et l'inspecteur Yarwood serait pour tous deux une cause d'embarras. Il serait en outre difficile de contrôler Raphael ou de le tenir à l'écart de l'archidiacre ; il était le représentant des séminaristes, après tout. Et puis il y avait Stannard. Mis à part les motifs douteux qui pouvaient l'amener à St Anselm, il n'avait jamais été un hôte facile. Mais plus problématique que tout serait la présence d'Adam Dalgliesh, rappel implacable d'événements malheureux qu'ils croyaient définitivement derrière eux, et qui retrouveraient vie sous son regard expérimenté et sceptique.

Il fut tiré de sa rêverie par le père Sebastian. « Et maintenant, je crois que c'est l'heure du café. »

6

Raphael Arbuthnot entra et attendit avec la gracieuse assurance dont il avait le secret. Contrairement à celles de ses camarades, sa soutane noire aux boutons gainés de tissu semblait de coupe récente et tombait parfaitement : sa sombre austérité, contrastant avec le visage pâle et les cheveux luisants de Raphael, conférait à celui-ci un aspect qui, paradoxalement, était à la fois hiératique et théâtral. Le père Sebastian ne le voyait jamais seul sans un soupçon de malaise. Lui-même était bel homme et avait toujours apprécié — peut-être un peu trop — la beauté chez les hommes aussi bien que chez les femmes. Il n'y avait qu'avec son épouse que cela n'avait pas eu d'importance. Mais la beauté chez un homme lui paraissait déconcertante, voire un peu répugnante. Il ne convenait pas que les jeunes gens, et surtout les Anglais, eussent cet air vaguement dissolu de dieu grec. Ce n'était pas que Raphael eût quoi que ce fût d'androgyne, mais le père Sebastian ne pouvait s'empêcher de penser que son genre de beauté, même s'il ne l'émouvait pas personnellement, était plus susceptible de plaire aux hommes qu'aux femmes.

Et, jointe à d'autres sujets d'inquiétude, une question venait sans cesse le hanter, qui lui rendait presque impossible de se trouver avec Raphael sans que renaissent ses anciens doutes. Que valait sa vocation ? Le collège avait-il eu raison de l'accepter comme étudiant alors qu'il faisait déjà pour ainsi dire partie de la famille ? St Anselm était la seule maison qu'il eût connue depuis que sa mère, la dernière Arbuthnot, l'y avait déposé, bébé de deux semaines illégitime et non désiré, vingt-cinq ans auparavant. N'aurait-il pas été plus sage, peut-être plus prudent, de l'encourager à chercher ailleurs, à s'inscrire à Cuddesdon ou St Stephen's House, à Oxford ? Raphael lui-même avait insisté pour être formé à St Anselm. N'y avait-il pas eu là-dessous une subtile menace ? N'était-ce pas une façon de dire : ce sera ici ou nulle part ? Le collège s'était peut-être montré trop accommodant dans son souci de garder dans le sein de l'Eglise le dernier Arbuthnot. Mais quoi, c'était trop tard maintenant, et il était d'autant plus irritant que ces vains sujets d'inquiétude à propos de Raphael vinssent s'imposer au milieu de préoccupations sans doute plus terre à terre mais aussi plus urgentes. Il les chassa résolument et revint aux affaires du collège.

« D'abord quelques détails mineurs, Raphael. Les étudiants qui persistent à se garer devant le collège doivent absolument le faire dans les règles. Comme tu sais, je préfère qu'on laisse les voitures et motos à l'arrière des bâtiments. S'il faut absolument qu'il y en ait dans la cour, le minimum serait qu'elles soient garées correctement, ne serait-ce que par respect pour le père Peregrine, pour qui c'est un constant sujet d'irritation. Et pour lui épargner du bruit, de grâce, que les étudiants cessent d'utiliser les machines à laver après complies. A part ça, maintenant que Mrs Munroe nous a quittés, il faudra pendant un temps que les lits ne soient changés que tous les quinze jours. Les étudiants s'en chargeront eux-mêmes ; ils trouveront tout ce dont ils ont besoin à la lingerie. Nous nous occupons de chercher une remplaçante, mais nous ne pouvons pas compter en trouver une tout de suite.

— Oui, mon père. J'en parlerai à mes camarades.

— Maintenant il y a deux questions importantes. Vendredi, nous aurons la visite du commandant Dalgliesh de New Scotland Yard. Apparemment, Sir Alred Treeves n'est pas satisfait du verdict rendu au sujet de la mort de Ronald et demande au Yard d'enquêter. Je ne sais pas combien de temps nous l'aurons — juste pour le week-end, sans doute. Naturellement, nous serons tous prêts à coopérer. Ce qui signifie répondre à ses questions de manière honnête et complète, et non hasarder des conjectures.

— Mais Ronald a été incinéré, mon père. Qu'est-ce que le commandant Dalgliesh espère pouvoir prouver ? Il ne peut pas revenir sur ce qu'on a découvert, si ?

— Je ne pense pas. Je crois plutôt qu'il s'agit de

convaincre Sir Alred qu'on a soigneusement enquêté sur la mort de son fils.

— Mais c'est absurde, mon père. La police du
Suffolk a fait un travail consciencieux. Qu'est-ce que
le Yard peut encore espérer découvrir maintenant ?

— Pas grand-chose, je pense. Mais il n'en reste
pas moins que le commandant Dalgliesh va venir et
occupera l'appartement Jérôme. En plus de lui,
nous aurons trois autres visiteurs. D'abord l'inspecteur Yarwood, qui vient ici se reposer quelques jours
— comme il a besoin de calme, il prendra sans
doute certains de ses repas dans sa chambre. Et puis
Mr Stannard, qui souhaite continuer ses recherches
à la bibliothèque. Et enfin l'archidiacre Crampton,
que nous attendons pour une brève visite : il arrivera samedi, et il pense repartir dimanche aussitôt
après le petit déjeuner. Je l'ai invité à prononcer
l'homélie de complies samedi soir. L'assemblée sera
peu nombreuse, mais je n'y peux rien. »

Raphael dit : « Si j'avais su, je me serais arrangé
pour ne pas être là.

— Je sais. Mais comme tu représentes les étudiants, je souhaite que tu sois là au moins
jusqu'après complies, et que tu le traites avec la
courtoisie à laquelle il a droit en tant qu'invité, en
tant qu'aîné et en tant que prêtre.

— Pour l'invité et l'aîné, je veux bien. Mais le
prêtre me reste en travers de la gorge. Comment
ose-t-il se présenter à nous, comment ose-t-il se
montrer devant le père John après ce qu'il a fait ?

— J'imagine que, comme il nous arrive à tous, il
se console en se disant qu'à l'époque il a fait ce qu'il
croyait être juste. »

Raphael s'empourpra. « Comment est-ce qu'il a
pu croire que ce qu'il faisait était juste — un prêtre,
s'acharner sur un autre prêtre et le faire mettre en
prison ? Ce serait une honte de la part de n'importe
qui, mais de sa part à lui, c'est abominable. Et faire

ça au père John, l'homme le plus doux, le plus gentil qui soit !

— Tu oublies qu'il a plaidé coupable, Raphael.

— Il a reconnu s'être mal conduit envers trois jeunes garçons. Il ne les a pas violés, il ne les a pas séduits, il ne leur a pas fait de mal physiquement. Il a plaidé coupable, d'accord, mais il n'aurait pas été mis en prison si Crampton n'avait pas pris sur lui d'aller fouiller dans son passé pour dénicher ces trois autres zigotos et les persuader de venir témoigner. Ça n'entrait pas dans ses fonctions, si ?

— Pour lui, si. Et nous devons nous rappeler que le père John a plaidé également coupable pour ces accusations plus graves que les jeunes gens en question ont portées contre lui.

— Evidemment. Il a plaidé coupable parce qu'il se sentait coupable. Il se sent coupable d'être en vie. Mais il a surtout voulu empêcher que ces témoins se parjurent à la barre. C'est ça qu'il ne pouvait pas supporter, le mal qui en résulterait, le mal qu'ils se feraient en mentant devant un tribunal. Il a préféré aller en prison plutôt que de les exposer à ça. »

Le père Sebastian demanda sèchement : « C'est lui qui te l'a dit ? Tu en as parlé avec lui ?

— Pas vraiment, pas directement. Mais c'est la vérité, je le sais. »

Le père Sebastian était mal à l'aise. Peut-être bien, oui. C'était quelque chose à quoi il avait lui-même réfléchi. Mais si cette subtile perception psychologique lui convenait en tant que prêtre, il ne pouvait s'empêcher de la trouver déroutante chez un étudiant. Il dit : « Tu n'avais pas le droit de parler de ça au père John, Raphael. Il a purgé sa peine, et il est venu vivre et travailler avec nous. Le passé est le passé. C'est malheureux qu'il lui faille rencontrer l'archidiacre, mais si tu essaies de t'en mêler, ça ne fera que rendre les choses plus difficiles pour lui et pour tout le monde. Nous avons tous notre part d'ombre. Celle du père John ne concerne que lui et Dieu, lui et son confesseur. Ton ingérence est de l'arrogance spirituelle. »

Raphael paraissait à peine avoir entendu. « On sait bien pourquoi Crampton vient, dit-il. Pour fouiner et trouver de nouvelles charges contre le collège. Il veut nous voir fermer. Il l'a montré clairement dès que l'évêque l'a nommé membre du conseil.

— Et manquer de courtoisie envers lui serait apporter de l'eau à son moulin, Raphael. J'ai réussi à garder St Anselm ouvert grâce à l'influence dont je dispose et en poursuivant tranquillement mon travail, pas en me créant des ennemis. Le collège connaît une période difficile, et la mort de Ronald Treeves n'a rien arrangé. » Il observa une pause, puis risqua une question qu'il n'avait pas encore osé poser : « Vous en avez parlé entre vous, de cette mort : qu'en pensent les séminaristes ? »

Il vit que la question était malvenue. Non sans hésiter, Raphael répondit : « Dans l'ensemble, je crois qu'ils pensent qu'il s'est suicidé.

— Mais pourquoi ? Vous avez une idée ? »

Il y eut cette fois un silence prolongé. Puis Raphael dit : « Non, mon père, je ne crois pas que nous en ayons. »

Le père Sebastian alla à son bureau consulter une feuille de papier. « Je vois que le collège sera presque vide ce week-end, dit-il. Rappelle-moi pourquoi il y a tant de départs si tôt dans le trimestre.

— Trois étudiants ont commencé leur travail en paroisse, mon père. On a demandé à Rupert de prêcher à l'église St Mark, et je crois que deux de ses condisciples vont l'écouter. La mère de Richard fête ses cinquante ans en même temps que ses vingt-cinq ans de mariage ; il a obtenu un congé spécial pour l'occasion. Et vous n'avez sûrement pas oublié que c'était l'installation de Toby Williams dans sa première paroisse : un tas de gens vont aller le soutenir. En sorte qu'il ne restera plus que Henry, Stephen, Peter et moi. Et j'espérais pouvoir partir après complies. Comme ça, si je manque l'installation proprement dite, je serai au moins là pour sa première messe. »

Le père Sebastian était toujours penché sur sa feuille. « Oui, le compte semble y être. Si tu y tiens, tu pourras t'en aller après avoir entendu le prêche de l'archidiacre. Mais est-ce que tu n'es pas censé avoir une leçon de grec avec Mr Gregory le dimanche après la messe ? Il faudra t'arranger avec lui.

— C'est fait, mon père. Il peut me prendre lundi.

— Bien, alors je crois que c'est tout pour cette semaine, Raphael. Tu peux prendre ta dissertation. Elle est sur le bureau. Dans l'un de ses livres de voyage, Evelyn Waugh dit qu'il voit la théologie comme la science de la simplification par laquelle des idées vagues et intangibles deviennent intelligibles et justes. Ton travail n'est ni l'un ni l'autre. Et tu te trompes sur l'emploi du mot "émule" : se faire l'émule de quelqu'un, ce n'est pas seulement l'imiter, c'est essayer de l'égaler.

— Oui, bien sûr. Excusez-moi, mon père. Vous, je peux vous imiter, mais je ne peux pas espérer vous égaler. »

Le père Sebastian se tourna pour cacher un sourire. « Et je te déconseillerais fortement d'essayer l'une ou l'autre chose. »

Il souriait toujours lorsque la porte se referma sur Raphael, et qu'il s'avisa tout à coup qu'il n'avait pas obtenu de promesse de bon comportement. Donnée, la promesse aurait été tenue. Mais il n'y avait pas eu d'engagement. Oui, le week-end allait être compliqué.

7

Dalgliesh quitta son appartement surplombant la Tamise avant l'aube. Situé à Queenshythe, l'immeuble, converti en bureaux par une société financière, était à l'origine un entrepôt, et l'odeur d'épices, fugace comme le souvenir, flottait encore dans les grandes pièces boisées qu'il occupait au dernier étage. Quand, dans le cadre d'un projet de développement, l'immeuble avait été vendu, il avait obstinément résisté aux efforts du nouveau propriétaire pour lui racheter son bail, et finalement, après qu'il eut refusé une offre ridiculement élevée, les promoteurs s'étaient avoués vaincus et le dernier étage était demeuré inviolé. Dalgliesh avait même obtenu aux frais de la princesse une discrète entrée personnelle sur le côté du bâtiment, et, en échange d'un loyer plus élevé mais avec une prolongation de son bail, un ascenseur privé menant directement à son appartement. Il se disait qu'au bout du compte la société qui avait racheté l'immeuble avait jugé l'espace largement suffisant, et que la présence d'un haut fonctionnaire de police au dernier étage devait donner au gardien de nuit une rassurante quoique fausse impression de sécurité. Quant à lui, il n'avait rien perdu de ce à quoi il attachait de l'importance : son intimité, la tranquillité de jour comme de nuit, et une large vue sur la Tamise toujours changeante, portée à ses pieds par la marée.

Il partit vers l'est à travers la Cité en direction de Whitechapel Road et de l'A12. Même à sept heures, les rues n'étaient pas sans circulation, et quelques employés de bureau sortaient déjà des stations de métro. Jamais Londres ne dormait complètement, et il prenait plaisir au calme du petit matin, à la vie commençante qui n'était pas encore agitation, à la conduite relativement facile dans les rues presque

vides. Au moment où, laissant derrière lui les tentacules d'Eastern Avenue, il rejoignit l'A12, la lueur
rose qui avait d'abord éclairé le ciel virait au blanc,
et les champs et les haies étaient devenus d'un gris
lumineux d'aquarelle japonaise, où les arbres prenaient lentement forme et laissaient peu à peu devi-
ner leurs teintes automnales. C'était, se dit-il, une
bonne saison pour regarder les arbres. Il n'y avait
qu'au printemps qu'ils donnaient davantage de joie.
Maintenant, ils n'étaient pas encore dépouillés de
leurs feuilles, et les dessins sombres des branches
devenaient visibles à travers une écume de vert, de
jaune et de rouge délavés.

Tout en conduisant, il pensait au but de son
voyage et analysait les raisons qui voulaient qu'il
jouât un rôle — sans doute peu orthodoxe — dans
une affaire sur laquelle on avait déjà enquêté, et qui
semblait aussi définitivement classée que le corps de
la victime avait été irrévocablement détruit par incinération. S'il avait proposé d'aller voir sur place, ce
n'était pas sur une impulsion — les impulsions gui-
daient rarement sa vie professionnelle. Et ce n'était
pas seulement non plus par désir de voir Sir Alred
sortir du bureau, encore que ce fût un homme dont
on devait souvent préférer l'absence à la présence.
Dalgliesh ne cessait de se poser des questions sur
l'intérêt qu'il portait à la mort de ce fils adoptif pour
lequel il n'avait montré aucun signe d'affection.
Mais peut-être jugeait-il un peu vite. Sir Alred n'était
certainement pas du genre à étaler ses sentiments.
Il en éprouvait peut-être plus pour cet enfant qu'il
ne le laissait voir. Ou alors était-il obsédé par le
besoin de connaître la vérité, aussi pénible, embarrassante et difficile à établir qu'elle fût ? Si tel était
le cas, Dalgliesh était de tout cœur avec lui.

Le trajet se fit sans encombre, et en moins de trois
heures il atteignit Lowestoft. Il n'y était pas revenu
depuis des années, et lors de son dernier passage il

avait été frappé par l'aspect décadent et pauvre de
la ville. Les hôtels du front de mer, qui accueillaient
jadis la bourgeoisie pour ses vacances d'été, ne pro-
posaient plus que des séances de loto. Beaucoup de
magasins étaient fermés, leurs vitrines condamnées,
et les gens au teint gris qu'on voyait dans les rues
marchaient d'un pas découragé. Mais maintenant,
il semblait se produire comme une renaissance. Les
toits étaient refaits, les maisons repeintes. Il avait
l'impression d'arriver dans une ville qui se projetait
dans l'avenir avec une certaine confiance. Le pont
menant aux docks lui était familier et il le traversa
le cœur léger. Dans sa jeunesse, il avait maintes fois
fait cette route à vélo pour aller acheter sur le quai
des harengs fraîchement débarqués. Il se souvenait
de l'odeur des poissons rutilants qu'on faisait glisser des seaux dans son sac de montagne, de leur
poids dans son dos tandis qu'il pédalait pour regagner St Anselm avec son cadeau pour les pères. Il
huma l'odeur caractéristique de l'eau et du goudron,
regardant les bateaux dans le port avec un plaisir
retrouvé, se demandant si l'on pouvait toujours
acheter du poisson sur le quai. Même si c'était possible, jamais plus il ne ramènerait un cadeau à
St Anselm avec la même excitation, avec le même
plaisir anticipé.

Il avait imaginé trouver un poste de police dans
le style de ceux de son enfance : une maison
mitoyenne ou individuelle transformée pour remplir des fonctions policières, et dont une lanterne
bleue signalait la métamorphose. Au lieu de quoi il
trouva un bâtiment moderne coupé d'une rangée de
fenêtres sombres, surmonté d'une imposante
antenne radio, et un mât à l'entrée sur lequel flottait le drapeau du Royaume-Uni.

Il était attendu. La jeune femme de la réception
l'accueillit avec un charmant accent du Suffolk
comme s'il ne manquait que lui à son bonheur.

« Le sergent Jones vous attend, monsieur. Je vais lui annoncer votre arrivée ; il sera là tout de suite. »

Le sergent Irfon Jones était brun et mince, et sa peau cireuse, à peine colorée par le vent et par le soleil, contrastait avec une chevelure presque noire. Ses origines galloises furent évidentes dès qu'il ouvrit la bouche.

« Mr Dalgliesh ? Je vous attendais. Mr Williams a laissé son bureau à notre disposition, si vous voulez bien me suivre. Il est désolé de ne pouvoir vous rencontrer. Et le chef est à Londres pour une réunion — mais vous devez le savoir. Est-ce que je peux vous demander une petite signature ? »

Le suivant de l'autre côté d'une porte latérale et le long d'un étroit couloir, Dalgliesh dit : « Vous êtes loin de chez vous, sergent.

— En effet, Mr Dalgliesh. A six cent cinquante kilomètres exactement. Ma femme est d'ici, et elle est fille unique. Sa maman ne va pas très fort, alors Jenny préfère rester dans les parages. Je me suis fait muter du Gower dès que j'en ai eu l'occasion. Ça m'est égal, du moment que je reste près de la mer.

— Une mer bien différente.

— Oui, et la côte est bien différente également, mais les deux sont tout aussi dangereuses. Heureusement, les accidents mortels sont rares. Ce pauvre garçon était le premier depuis trois ans et demi. Il faut dire qu'il y a des écriteaux, et les gens d'ici savent qu'il faut se méfier des falaises. Enfin, ils devraient le savoir. Et puis la côte est assez déserte. Ce n'est pas comme s'il y avait plein de familles avec des enfants. Par ici, monsieur. Mr Williams a débarrassé son bureau. Oh, il n'y avait pas grand-chose comme pièces à conviction... Vous voulez du café ? C'est là, voyez. Je n'ai qu'à presser sur le bouton. »

Un plateau était préparé avec deux tasses, les anses bien alignées, une cafetière, une boîte étiquetée « café », un pot de lait et une bouilloire électrique. Le sergent Jones s'affaira, rapide et efficace quoiqu'un peu tatillon. Le café était excellent. Ils s'installèrent dans les fauteuils de ministre placés devant la fenêtre.

Dalgliesh dit : « Vous vous êtes trouvé sur la plage, je crois. Comment ça s'est passé au juste ?

— Je n'étais pas le premier sur les lieux. Il y avait déjà le jeune Brian Miles, le gendarme local. Le père Sebastian l'avait alerté du collège, et il était parti immédiatement, si bien qu'une demi-heure plus tard il était sur place. Quand il est arrivé, il y avait deux personnes près du corps : le père Sebastian et le père Martin. Il était évident que ce pauvre garçon était mort, tout le monde pouvait s'en rendre compte. Mais c'est un gars sérieux, Brian, et il a trouvé ça bizarre. Je ne veux pas dire qu'il a pensé que la mort était suspecte, mais elle lui a paru curieuse quand même. Je suis son superviseur, alors il m'a appelé. J'étais là quand son coup de fil est arrivé, juste avant quinze heures, et comme il se trouvait que le docteur Mallinson, notre toubib maison, était là également, nous sommes allés sur place ensemble. »

Dalgliesh demanda : « Avec une ambulance ?

— Non, pas à ce moment-là. Je crois qu'à Londres le coroner a sa propre ambulance, mais ici, quand il y a un corps à transporter, on s'adresse au service local. Il nous a fallu plus d'une heure avant d'avoir un véhicule. Quand le corps est enfin arrivé à la morgue, j'ai parlé avec le représentant du coroner, qui m'a dit qu'il voudrait certainement une expertise. C'est quelqu'un de sérieux, Mr Mellish. On a donc décidé de considérer cette mort comme suspecte.

— Comment avez-vous procédé sur les lieux ?

— Eh bien, on a commencé par constater la mort. Et il n'y avait pas besoin d'être médecin pour ça. D'après le docteur Mallinson, il était mort depuis

cinq ou six heures. Au moment où on est arrivés, il
était encore partiellement enterré. Mr Gregory et
Mrs Munroe avaient dégagé l'essentiel du corps et
le sommet de la tête, mais le visage et les bras
n'étaient pas visibles. Le père Sebastian et le père
Martin sont restés sur place. Leur présence était
inutile, mais le père Sebastian tenait à rester jusqu'à
ce que le corps soit découvert. Je pense qu'il voulait
prier. Alors on a déterré ce pauvre garçon, on l'a
retourné, on l'a placé sur un brancard, et le docteur
Mallinson l'a examiné de plus près. Il n'y avait pas
grand-chose à voir. Il était couvert de sable et il était
mort, c'est tout ce qu'on pouvait dire.

— Pas de blessures ?

— Pas de blessures visibles en tout cas. Evidemment, quand on a affaire à ce genre d'accident, on
se pose toujours des questions, non ? Ça tombe sous
le sens. Mais le docteur Mallinson n'a trouvé aucune
marque de violence, pas de trace de coup à l'arrière
du crâne ni rien de semblable. Bien sûr, on ne savait
ce que pourrait découvrir le docteur Scargill, notre
médecin légiste. Mais tout ce que pouvait faire le
docteur Mallinson, c'était évaluer l'heure de la mort.
Pour le reste, il fallait attendre l'autopsie. A part ça,
on ne pensait pas que la mort était suspecte. Ce qui
s'était passé paraissait assez évident : il s'était aven-
turé jusqu'à la falaise, trop près du bord en sur-
plomb, qui s'était effondré sur lui. C'est l'idée qu'on
se faisait à première vue, et c'est la conclusion à
laquelle a abouti l'enquête.

— Alors rien de particulier ne vous a semblé
bizarre ou suspect ?

— Suspect, non, mais bizarre, oui. Sa position
était curieuse, le visage contre terre, comme un
lapin ou un chien qui creuse.

— Et il n'y avait rien près du corps ?

— Il y avait ses vêtements, une pèlerine brune et

un long truc noir — une soutane, je crois. Tout ça bien en ordre.

— Rien qui aurait pu servir d'arme ?

— Il y avait une espèce de pieu. On l'a trouvé en déterrant le corps. Pas loin de la main droite. J'ai pensé qu'il valait mieux le ramener au poste si jamais c'était important, mais on ne s'y est pas beaucoup intéressé. Je l'ai ici, si vous voulez le voir. Je ne sais pas pourquoi on ne l'a pas jeté après l'enquête. On n'a rien retrouvé dessus, ni empreintes ni sang. »

Il alla jusqu'à un placard situé au fond de la pièce et il en sortit un objet enveloppé de plastique. C'était un pieu en bois délavé d'environ soixante-dix centimètres de long. L'examinant de près, Dalgliesh y vit des traces de peinture bleue.

Le sergent Jones dit : « Il ne provenait pas de l'eau, monsieur, en tout cas je ne crois pas. Il a pu le trouver sur le sable et le ramasser comme ça, sans rien vouloir en faire de particulier. C'est une espèce d'instinct, ramasser des choses sur la plage. D'après le père Sebastian, ça venait peut-être d'une vieille cabine de bain que le collège a démolie et qui se trouvait au haut des marches qui permettent d'atteindre le pied de la falaise. Selon lui, c'était une horreur bleu et blanc qu'il fallait remplacer par quelque chose de plus simple en bois brut. Ce qui a été fait. C'est là qu'on range maintenant le hors-bord semi-démontable qui sert de bateau de sauvetage quand un baigneur est en difficulté. La vieille cabine commençait à se délabrer de toute façon. Mais quand ils l'ont démolie, ils n'ont pas tout enlevé, quelques planches pourries sont restées sur place. Elles ont disparu depuis, je crois.

— On a retrouvé des traces de pas ?

— C'est la première chose qu'on a cherchée, bien sûr. A proximité immédiate, celles du garçon avaient été recouvertes par la chute de sable, mais on en a retrouvé plus loin le long de la plage des traces à lui, on avait ses chaussures pour vérifier. Il avait marché la plupart du temps le long des galets, comme aurait pu le faire n'importe qui. Sur place, le sable était piétiné. Mrs Munroe, Mr Gregory et les deux ecclésiastiques n'avaient évidemment pas fait attention où ils mettaient les pieds.

— Personnellement, est-ce que le verdict vous a surpris ?

— Un peu, oui. Il m'aurait paru plus logique qu'on ne se prononce pas. Le docteur Mellish siégeait avec le jury ; il le fait volontiers quand l'affaire est un peu compliquée ou que le public se montre intéressé. Les huit jurés étaient d'accord. C'est vrai que laisser un verdict ouvert n'est jamais très satisfaisant, et St Anselm est hautement respecté dans la région. Le collège est à l'écart, d'accord, mais les étudiants prêchent dans les églises locales et essaient de faire du bien dans la communauté. Attention, je ne dis pas que le jury a eu tort. C'est comme ça que ça s'est passé, voilà. »

Dalgliesh remarqua : « Sir Alred ne peut pas se plaindre de ce que l'enquête ait manqué de sérieux. Je ne vois pas ce que vous auriez pu faire de plus.

— Moi non plus, Mr Dalgliesh, et le coroner dit la même chose. »

Il n'y avait apparemment plus rien à apprendre et, après avoir remercié le sergent Jones pour son aide et pour le café, Dalgliesh s'en alla. Le pieu avec ses traces de peinture bleue avait été emballé et étiqueté. Il l'emporta parce qu'apparemment c'était ce qu'on attendait de lui, et non parce qu'il pensait pouvoir en tirer quelque chose.

A l'extrémité du parking, un homme chargeait des cartons sur le siège arrière d'une Rover. Regardant autour de lui, il aperçut Dalgliesh à côté de la Jaguar, le regarda fixement puis s'approcha, comme s'il avait pris une décision soudaine. Dalgliesh vit alors un homme au visage prématurément vieilli, ravagé par le manque de sommeil ou la douleur — un air qu'il ne connaissait que trop bien.

« Vous êtes le commandant Adam Dalgliesh, j'imagine. Ted Williams m'a dit que vous alliez venir. Je suis l'inspecteur Roger Yarwood. Je suis actuellement en congé de maladie et je devais passer prendre des affaires. Je voulais vous prévenir que vous alliez me voir à St Anselm. Les pères m'hébergent de temps en temps. C'est moins cher que l'hôtel, et la compagnie est plus agréable que chez les fous, où je me rends parfois. Ah, et la nourriture aussi y est meilleure. »

Ces mots étaient sortis d'une traite, comme s'ils avaient été appris par cœur, et il y avait dans le regard de Yarwood une expression de honte et de défi mêlés. La nouvelle était fâcheuse. Déraisonnablement peut-être, Dalgliesh avait imaginé qu'il serait le seul invité.

Comme s'il avait saisi sa réaction, Yarwood dit : « Ne vous inquiétez pas. Je ne m'imposerai pas dans votre chambre après complies pour boire un verre. Je n'ai aucune envie de parler boutique, et je pense que vous êtes dans le même cas. »

Avant que Dalgliesh ait pu faire autre chose que de lui serrer la main, Yarwood lui adressa un bref signe de tête, tourna les talons et partit d'un pas vif rejoindre sa voiture.

8

Dalgliesh avait annoncé qu'il arriverait au collège après le déjeuner. Avant de quitter Lowestoft, il trouva une épicerie fine et acheta des petits pains chauds, une noix de beurre, du pâté de campagne et une demi-bouteille de vin. Comme toujours lorsqu'il était en déplacement, il avait emporté un verre et un thermos de café chaud.

Quittant la ville, il prit des petites routes puis tourna dans un chemin de terre juste assez large pour la Jaguar. Une barrière ouverte donnait sur une large étendue de champs automnaux, et il s'arrêta là pour pique-niquer. Mais il éteignit d'abord son portable. Puis il sortit de la voiture, s'adossa contre le montant de la barrière et ferma les yeux pour écouter le silence. Dans sa vie surchargée, il avait cruellement besoin de moments comme celui-là, où personne ne savait exactement où il était ni comment le joindre. Les petits bruits indistincts de la campagne lui arrivaient comme portés par l'air embaumé, le lointain gazouillis d'un oiseau, le murmure de la brise dans les hautes herbes, le craquement d'une branche au-dessus de sa tête. Une fois fini son déjeuner, il longea sur quelques centaines de mètres le chemin avant de revenir à la voiture pour aller reprendre l'A12 en direction de Ballard's Mere.

Un peu plus tôt qu'il ne s'y attendait, il reconnut tout à coup le tournant, le frêne immense maintenant couvert de lierre et assez mal en point, et sur sa gauche les deux charmants cottages avec leurs jardins de devant bien ordonnés. La route étroite, à peine plus qu'un chemin, passait entre deux haies qui cachaient à la vue le promontoire, si bien que tout ce qu'on apercevait de St Anselm entre deux trouées était un bout de cheminée de brique et le dôme. Mais lorsqu'il arriva au bord de la falaise et prit le chemin côtier en direction du nord, le collège apparut enfin, étrange édifice de pierre et de brique qui se profilait sur le bleu du ciel, irréel comme un découpage en carton. Il semblait s'approcher de lui plutôt que le contraire, porteur d'images à demi oubliées de son adolescence, avec ses sautes d'humeur, ses mélanges de joies et de peines, de doutes et de bouillants espoirs. La maison elle-même n'avait pas changé. Les tours jumelles en ruine dans les lézardes desquelles se logeaient des touffes d'herbe montaient toujours la garde à l'entrée de la cour, et au fond se dressait le bâtiment, dans tout son tarabiscotage et son autorité.

Quand Dalgliesh était jeune, il était de bon ton de mépriser le style victorien, et il avait toujours considéré la maison avec un dédain vaguement teinté de culpabilité. L'architecte, qui s'était sans doute trop laissé influencer par les goûts du propriétaire, avait amalgamé tout ce qui était alors à la mode : hautes cheminées, oriels, coupole, tour et créneaux, sans oublier un porche monumental. Mais il lui semblait aujourd'hui que le résultat était moins monstrueusement discordant qu'il ne le pensait jadis, et que l'architecte avait malgré tout obtenu un certain équilibre, une sorte d'harmonie, dans ce déploiement théâtral de romantisme moyenâgeux, de gothique renaissant et de prétention victorienne.

On avait dû guetter son arrivée, car avant même qu'il eût refermé la portière de sa voiture la porte d'entrée s'ouvrit, et une frêle silhouette claudicante apparut et descendit avec précaution les trois marches du perron.

Il reconnut aussitôt le père Martin Petrie, et s'étonna que l'ancien directeur fût toujours résidant à St Anselm alors qu'il ne pouvait avoir moins de quatre-vingts ans. Mais c'était indéniablement l'homme que, dans sa jeunesse, il avait révéré et, oui, aimé. Paradoxalement, les années s'envolèrent tandis que s'affichaient leurs inexorables ravages. L'ossature du visage saillait au-dessus du cou décharné ; la longue mèche qui barrait le front, jadis châtain foncé, était à présent blanche et fine comme du duvet ; la bouche mobile, avec sa lèvre inférieure

pleine, avait perdu de sa fermeté. Ils échangèrent
une poignée de main. Dalgliesh eut l'impression de
serrer des os disjoints tenus ensemble par un délicat gant de peau. Mais le père Martin ne manquait
pas de poigne. Et si ses yeux s'étaient quelque peu
enfoncés dans les orbites, ils avaient gardé le même
gris lumineux. La claudication qu'il avait rapportée
de la guerre s'était accentuée, mais il continuait de
se déplacer sans canne. Et son visage, toujours avenant, portait le sceau de l'autorité spirituelle. En le
regardant, Dalgliesh comprit qu'il ne l'accueillait
pas seulement comme un vieil ami : dans ses yeux
se lisait un mélange de crainte et de soulagement.
Une fois de plus, il s'étonna, avec une pointe de
mauvaise conscience, d'avoir pu laisser s'écouler
tant d'années loin d'ici. Il revenait par hasard,
presque sur une impulsion. Et maintenant, pour la
première fois, il se demandait ce qui pouvait bien
l'attendre à St Anselm.

Le conduisant à l'intérieur, le père Martin lui dit :
« Ce serait gentil de garer ta voiture derrière. Le
père Peregrine n'aime pas voir des autos dans la
cour. Mais rien ne presse. On t'a logé à Jérôme,
comme autrefois. »

Ils entrèrent dans le vaste hall avec son carrelage
de marbre en damier et son imposant escalier de
chêne. Les souvenirs affluaient, stimulés par l'odeur
de cire, d'encens, de livres et de nourriture. Rien ne
semblait avoir changé, à part une petite pièce nouvelle à côté de l'entrée. Apercevant un autel par la
porte ouverte, Dalgliesh en déduisit qu'elle devait
tenir lieu d'oratoire. La statue de la Vierge tenant
l'enfant Dieu dans ses bras était toujours au bas de
l'escalier, une lampe rouge brillant discrètement
au-dessous, et il y avait toujours à ses pieds un
unique vase de fleurs disposé sur le socle. Il s'arrêta
pour regarder, et le père Martin attendit patiemment à côté de lui. La statue était une copie de

grande qualité d'une Vierge à l'Enfant du Victoria and Albert Museum, il avait oublié par qui. Elle ne présentait rien de la douloureuse piété commune à ce genre de statues, aucune préfiguration symbolique des souffrances à venir. La mère et l'enfant riaient tous les deux, l'enfant tendant ses bras potelés, la Vierge, elle-même encore presque une enfant, le regardant avec adoration.

Tandis qu'ils montaient l'escalier, le père Martin dit : « Tu dois être surpris de me voir. Officiellement, je suis à la retraite, bien sûr, mais le collège me garde pour collaborer à l'enseignement de la théologie pastorale. Le père Sebastian Morell est le directeur depuis quinze ans. J'imagine que tu as envie de refaire le tour des lieux, mais il nous attend. Comme je le connais, je suis sûr qu'il aura entendu ta voiture. Le bureau de la direction est au même endroit qu'autrefois. »

Peut-être, mais l'homme qui s'avança vers eux pour les accueillir était bien différent du gentil père Martin. Il mesurait plus d'un mètre quatre-vingts, et il était plus jeune que Dalgliesh ne s'y attendait. Peignés en arrière, ses cheveux châtain clair à peine teintés de gris laissaient son haut front complètement dégagé. Une bouche sans concession, un nez légèrement crochu et un menton très affirmé donnaient de la force à un visage qui, autrement, aurait été un peu conventionnel dans son austère beauté. Les yeux étaient tout à fait remarquables ; d'un bleu foncé très limpide, ils avaient une couleur qui parut à Dalgliesh en contradiction avec l'intensité du regard qu'ils fixaient sur lui. Le visage était celui d'un homme d'action, d'un soldat plutôt que d'un intellectuel. La soutane bien coupée de gabardine noire semblait incongrue sur un homme dégageant une telle force.

L'ameublement de la pièce avait lui-même quelque chose de discordant. Le bureau, sur lequel trônaient un ordinateur et une imprimante, était presque agressivement moderne, mais au mur était accroché un crucifix de bois sculpté qui aurait pu dater du Moyen Age. Sur le mur d'en face se déployait une série de caricatures de prélats victoriens tirées de *Vanity Fair*, visages glabres ou à favoris, anémiés ou rubiconds, vaguement pieux ou pleins d'assurance au-dessus de la croix pectorale et des manches en batiste. De part et d'autre de la cheminée de pierre, avec sa devise gravée, étaient suspendues des gravures encadrées de personnages et d'endroits qui devaient occuper une place privilégiée dans le souvenir du maître des lieux. Mais le tableau qui se trouvait au-dessus était très différent. C'était une toile de Burne-Jones, un beau rêve romantique exsudant cette lumière surnaturelle si chère à l'artiste. Quatre jeunes femmes ornées de guirlandes et vêtues de longues robes roses et brunes de mousseline fleurie étaient groupées autour d'un pommier. L'une était assise avec un livre ouvert devant elle, un chaton niché au creux du bras droit ; une autre avait posé sa lyre à côté d'elle et regardait dans le lointain d'un air pensif ; les deux dernières étaient debout, l'une bras levé pour cueillir une pomme, l'autre tablier ouvert pour recevoir le fruit. Contre le mur de droite, Dalgliesh remarqua un autre objet de Burne-Jones : un buffet à roulettes haut sur pattes avec deux tiroirs et deux panneaux peints, représentant respectivement un enfant avec des agneaux et une femme nourrissant des oiseaux. Il se rappelait et le tableau et le buffet, mais si ses souvenirs étaient bons, c'est dans le réfectoire qu'il les avait vus lors de sa dernière visite. Leur romantisme débridé était en parfait désaccord avec l'austérité du reste de la pièce.

Un sourire éclaira un instant le visage du directeur, mais si brièvement qu'il aurait pu s'agir d'un spasme musculaire.

« Adam Dalgliesh ? Vous êtes le bienvenu parmi nous. Le père Martin m'a dit que votre dernier passage ici remontait à bien des années. Je regrette que votre retour ne se fasse pas sous de meilleurs auspices. »

Dalgliesh dit : « Moi aussi, mon père. J'espère que je ne vous dérangerai pas trop longtemps. »

Le père Sebastian se dirigea vers les fauteuils disposés de part et d'autre de la cheminée, et le père Martin approcha pour lui-même l'une des chaises de bureau.

« J'avoue que j'ai été surpris par l'appel de l'adjoint de votre préfet, commença le père Sebastian une fois qu'ils eurent pris place. Un commandant de la police métropolitaine envoyé enquêter sur la façon dont la police d'ici a traité une affaire qui, pour tragique qu'elle soit, n'est pas d'une importance majeure et a été officiellement classée, n'est-ce pas un peu extravagant ? » Il s'interrompit un instant avant d'ajouter : « Ou irrégulier ? »

— Pas irrégulier, mon père. Inhabituel tout au plus. Mais j'avais le projet de venir dans le Suffolk, et nous avons pensé que si je passais vous voir, nous gagnerions du temps sans vous causer trop de désagrément.

— Cette idée aura au moins eu l'avantage de vous ramener ici. Et nous répondrons bien sûr à toutes vos questions. Sir Alred Treeves n'a pas eu la courtoisie de s'adresser directement à nous. Il n'a pas assisté à l'enquête — nous avons cru comprendre qu'il se trouvait à l'étranger — mais il a nommé un représentant pour veiller à ses intérêts. Pour autant que je m'en souvienne, il n'a exprimé aucun mécontentement. Du peu que nous avons eu affaire avec lui, il ressort que Sir Alred n'est pas un homme commode. Il n'a jamais caché qu'il désapprouvait le choix professionnel de son fils — pour lui, il n'était évidemment pas question de vocation. Je comprends mal quels peuvent être ses motifs en souhaitant revenir sur l'enquête. Il n'y a que trois possibilités, dont nous pouvons d'emblée exclure le meurtre : Ronald n'avait ici aucun ennemi, et personne ne profite de sa mort. Le suicide, bien sûr, est toujours possible et ce serait affligeant, mais rien dans sa conduite ou son comportement n'a laissé supposer qu'il pouvait être à ce point malheureux. Reste donc la mort accidentelle, à laquelle l'enquête a conclu. J'aurais pensé que ce verdict était un soulagement pour Sir Alred. »

Dalgliesh dit : « Il y a eu une lettre anonyme, dont l'adjoint du préfet de police vous a sans doute parlé. Si Sir Alred ne l'avait pas reçue, je ne pense pas que je serais là en ce moment. »

La sortant de son portefeuille, Dalgliesh la tendit au père Sebastian. Celui-ci y jeta un coup d'œil rapide avant de remarquer : « Elle sort manifestement d'un ordinateur. Nous en avons ici. Il y en a même un sur mon bureau.

— Vous n'avez pas idée de qui peut l'avoir écrite ? »

Sans un autre regard pour la lettre, le père Sebastian la rendit à Dalgliesh avec un haussement d'épaules dédaigneux. « Pas la moindre. Nous avons nos ennemis. Encore que le mot soit trop fort ; il serait plus juste de dire qu'il se trouve des gens qui préféreraient que ce collège n'existe pas. Mais leur opposition est idéologique, théologique ou financière — elle concerne les ressources de l'Eglise —, et je ne saurais imaginer qu'aucun d'entre eux puisse être l'auteur d'une pareille lettre. D'ailleurs je m'étonne que Sir Alred l'ait prise au sérieux. Un homme dans sa situation sait forcément ce que sont les messages anonymes. Cela dit, bien sûr, nous vous apporterons toute l'aide possible. J'imagine qu'avant tout vous voudrez voir l'endroit où Ronald est mort. Vous ne m'en voudrez pas, j'espère, si je laisse au père Martin le soin de vous accompagner. J'attends quelqu'un cet après-midi, et des questions urgentes requièrent mon attention. Le service du soir est à cinq heures, si vous voulez vous joindre à nous. Ensuite nous nous réunirons ici pour prendre un verre. Le vendredi, nous ne servons pas de vin à table, comme vous vous en souvenez peut-être, mais lorsque nous avons des invités, il paraît juste de leur proposer un sherry avant le repas. Des invités, nous en avons quatre. L'archidiacre Crampton, membre du conseil du collège ; le Dr Emma Lavenham, qui vient de Cambridge une fois par trimestre pour initier nos étudiants à l'héritage littéraire de l'anglicanisme ; Mr Clive Stannard, qui se sert de notre bibliothèque pour des recherches ; et l'inspecteur Roger Yarwood, de la police locale, qui est pour l'instant en congé de maladie. Aucun d'entre eux n'était là quand Ronald est mort. Si vous voulez savoir qui se trouvait alors au collège, le père Martin devrait être en mesure de vous fournir une liste. Aurons-nous le plaisir de vous avoir à dîner ?

— Pas ce soir, mon père, si vous voulez bien m'excuser. Mais je pense être de retour pour complies.

— Alors je vous reverrai à l'église. J'espère que vous trouverez votre appartement à votre convenance. »

Le père Sebastian se leva. L'entrevue était manifestement terminée.

9

Le père Martin dit : « Je pense que tu voudras visiter l'église avant de t'installer ? »

Il était clair qu'il ne doutait pas de la réponse de Dalgliesh, qui se laissa faire de bon cœur. Il y avait dans la petite église certaines choses qu'il se réjouissait de revoir.

Il demanda : « La Madone de Van der Weyden est toujours au-dessus de l'autel ?

— Oui, bien sûr. Avec *le Jugement dernier*, c'est notre principale attraction. Mais le mot "attraction" est mal choisi. Nous ne faisons rien pour attirer les visiteurs. Ceux qui viennent ne sont pas nombreux, et les visites n'ont lieu que sur rendez-vous. Nous n'essayons pas de vanter nos richesses.

— Mais le Van der Weyden est assuré, mon père ?

— Non, il ne l'a jamais été. La prime serait trop élevée. Et comme dit le père Sebastian, le tableau est irremplaçable. L'argent ne nous en donnerait pas un autre. Mais nous faisons attention. Notre isolement nous aide, et nous avons un système d'alarme moderne. Il se trouve derrière la porte menant du cloître nord au sanctuaire et couvre également la porte sud. L'installation a dû se faire bien après ta dernière venue. L'évêque a insisté pour que nous consultions un spécialiste, et bien sûr il avait raison. Si nous voulions le garder ici, il fallait que le tableau soit bien protégé. »

Dalgliesh dit : « Je crois me souvenir qu'à mon époque l'église était ouverte toute la journée.

— C'est vrai, mais c'était avant que les experts déclarent que le tableau était authentique. Ça me fait de la peine de devoir la fermer à clé, surtout dans un collège théologique. C'est pourquoi j'ai aménagé ce petit oratoire à l'entrée quand j'étais directeur. Tu as dû le voir : il se trouve à gauche de la porte. L'oratoire même ne peut pas être consacré, étant donné qu'il fait partie d'un autre bâtiment, mais l'autel l'est, et les étudiants ont ainsi un endroit où prier et méditer après les offices quand l'église est fermée. »

Ils traversèrent le vestiaire, qui, à l'arrière de la maison, donnait accès au cloître nord. La pièce était divisée en deux par un long banc placé au-dessous d'une rangée de crochets, avec pour chaque crochet un réceptacle destiné aux bottes et chaussures extérieures. La plupart des crochets étaient vides, mais une demi-douzaine étaient occupés par des pèlerines brunes à capuchon. Celles-ci, de même que les soutanes que les étudiants portaient à l'intérieur, avaient sans doute été prescrites par Agnes Arbuthnot, la fondatrice, qui connaissait fort bien la force et l'âpreté des vents de l'est s'abattant sans frein sur la côte. A droite du vestiaire, la porte à demi ouverte de la buanderie laissait entrevoir quatre machines à laver et un séchoir.

Dalgliesh et le père Martin quittèrent l'obscurité de la maison pour le cloître, laissant derrière eux l'odeur d'encens et d'encaustique et accueillant l'air frais, le silence et le soleil. Comme autrefois, Dalgliesh eut le sentiment de remonter dans le temps. Ici, la simplicité de la pierre remplaçait la brique victorienne. Des galeries aux gracieuses colonnes couraient sur trois côtés d'une cour pavée. Une succession de portes de chêne identiques permettait d'accéder aux logements des étudiants. Les quatre appartements réservés aux visiteurs donnaient sur la façade ouest du bâtiment principal et étaient séparés du mur de l'église par une grille de fer ouvragée derrière laquelle on pouvait voir une étendue de broussailles et le vert sombre d'un champ de betteraves. Au milieu de la cour, un immense marronnier subissait les premières attaques de l'automne. Au pied de son tronc noueux, d'où des fragments d'écorce se détachaient comme des croûtes, des rejets se paraient de feuilles aussi fraîches et vertes que les premières pousses du printemps. Au-dessus, les feuilles qui restaient aux grandes branches étaient jaune et brun ; au-dessous les feuilles mortes se recroquevillaient, pareilles à des doigts momifiés parmi lesquels luisait l'acajou poli des marrons tombés.

Il y avait quelques nouveautés, se disait Dalgliesh, notamment les pots de terre cuite, d'une élégante simplicité, placés au pied de chaque pilier. En été, ils devaient offrir un ravissant spectacle, mais maintenant les tiges tordues des géraniums étaient devenues ligneuses, et les quelques fleurs qui restaient n'étaient qu'un pâle rappel de leur glorieux passé. Et sûrement n'avait-il encore jamais vu le fuchsia qui grimpait si vigoureusement sur la façade ouest de la maison. Il était encore tout chargé de fleurs, mais ses feuilles perdaient leurs couleurs, et les pétales tombés dessinaient par places comme des traînées de sang.

Le père Martin dit : « Nous passerons par la porte de la sacristie. »

Il tira un gros porte-clés de la poche de sa soutane. « Je crains qu'il ne me faille un moment avant de trouver les bonnes clés. Je sais, je devrais les connaître maintenant, mais il y en a tellement, et je me dis parfois que je ne me ferai jamais au système de sécurité. Il est réglé de telle façon qu'on a toute une minute avant de pouvoir composer les quatre chiffres, mais le bip est si faible qu'à présent je l'entends à peine. Le père Sebastian n'aime pas le bruit, surtout à l'église. Quand l'alarme se déclenche, ça fait un raffut terrifiant dans tout le bâtiment principal. »

Dalgliesh proposa : « Puis-je vous aider, mon père ?

— Non, non, merci, Adam. Je peux me débrouiller.

Je n'ai jamais de problème pour me souvenir du numéro : c'est l'année où Miss Arbuthnot a fondé le collège, 1861. »

Un numéro auquel pourrait penser n'importe quel intrus, songea Dalgliesh.

La sacristie était plus grande que dans son souvenir, et servait manifestement aussi de vestiaire et de bureau. A gauche de la porte menant à l'église s'alignaient des patères. Sur un autre mur, des armoires montant jusqu'au plafond contenaient les vêtements sacerdotaux. Dans un coin, un petit évier voisinait avec un placard sur lequel trônaient une bouilloire électrique et une cafetière. Deux grandes boîtes de peinture blanche et une, plus petite, de peinture noire étaient soigneusement rangées contre le mur avec un bocal contenant des pinceaux. A gauche de la porte, sous l'une des deux fenêtres, se trouvait un vaste bureau à tiroirs orné d'une croix d'argent et surmonté d'un coffre-fort mural. Voyant que Dalgliesh regardait celui-ci, le père Martin expliqua : « Le père Sebastian a fait installer ce coffre pour protéger notre calice et notre patène en argent du XVIIe siècle. Ils nous viennent de Miss Arbuthnot et sont de grande qualité. Et de grande valeur. Avant, on les conservait à la banque, mais le père Sebastian a décidé qu'il fallait s'en servir, et je lui donne raison. »

Au-dessus du bureau étaient accrochées des photographies sépia encadrées, dont certaines remontaient manifestement à l'époque des débuts du collège. Dalgliesh, que les vieilles photos intéressaient, s'approcha pour les regarder. L'une d'elles montrait une femme qui devait être Miss Arbuthnot. Elle était flanquée de deux prêtres en soutane et barrette, tous les deux nettement plus grands qu'elle. Mais elle s'imposait comme la personnalité dominante du groupe. Loin d'être écrasée par l'austérité cléricale de ses deux compagnons, elle était parfaitement à

l'aise, les mains négligemment jointes par-dessus les
plis de sa jupe. Elle était vêtue de façon simple mais
coûteuse ; même sur la photo on ne pouvait ignorer la splendeur de sa blouse de soie à manches à
gigot et la somptuosité de sa jupe. Elle portait pour
tous bijoux un camée et une croix. Sous la chevelure ramenée sur la tête en chignon, et qui semblait
très blonde, le visage avait la forme d'un cœur, et les
yeux au regard assuré étaient largement espacés
sous des sourcils bien dessinés. Dalgliesh se
demanda à quoi elle ressemblait quand d'aventure
elle se laissait aller à rire. Indéniablement, c'était
une belle femme, mais que sa beauté ne réjouissait
pas, et qui cherchait ailleurs les satisfactions du
pouvoir.

Le souvenir de l'église lui revint avec le parfum de
l'encens et l'odeur de bougie. Ils descendirent la nef
latérale nord, et le père Martin dit : « J'imagine que
tu veux revoir *le Jugement dernier*. »

Le Jugement dernier pouvait être éclairé par un
projecteur placé près du pilier voisin. Le père Martin leva le bras et la scène ténébreuse s'anima.
C'était une peinture sur bois, en forme de demi-lune
et d'une surface d'environ quatre mètres de dia-
mètre. Au sommet, le Christ en gloire, assis, tendait
ses mains blessées au-dessus du drame. Le personnage central était manifestement saint Michel. Il
tenait une lourde épée dans la main droite et, dans
la gauche, une balance sur laquelle il pesait les
âmes. A sa gauche, le diable, queue écailleuse et
sourire lascif, personnification de l'horreur, se préparait à réclamer son lot. Les justes levaient des
mains pâles en prière ; les damnés formaient une
masse torturée de noirs hermaphrodites ventripo-
tents. A côté, un groupe de diablotins armés de
fourches et de chaînes poussaient leurs victimes
dans la gueule d'un immense poisson aux dents acé-
rées comme des épées. A gauche du Ciel se dressait

un hôtel crénelé où un ange portier accueillait les âmes dénudées. Saint Pierre, en chape et triple tiare, recevait les plus importants des élus, qui, bien que nus, portaient toujours l'insigne de leur rang — un cardinal son chapeau pourpre, un évêque sa mitre, un roi et une reine leurs couronnes. Il y avait, songea Dalgliesh, peu de démocratie dans cette vision moyenâgeuse du Ciel. A ses yeux, les élus portaient tous une expression de pieux ennui ; les damnés paraissaient beaucoup plus vivants et semblaient animés par le défi plus que par le repentir tandis qu'ils plongeaient les pieds les premiers dans la gueule du poisson. L'un d'eux, plus grand que les autres, résistait à son sort et faisait un pied de nez dans la direction de saint Michel. *Le Jugement dernier*, autrefois placé bien en vue, se servait de la peur de l'Enfer pour amener les fidèles à la conformité sociale autant qu'à la vertu. Aujourd'hui, il n'était plus guère vu que par des visiteurs pour lesquels la peur de l'Enfer n'existait plus, et qui cherchaient le Ciel dans ce monde-ci plutôt que dans l'au-delà.

Tandis qu'ils contemplaient la scène, le père Martin dit : « Bien sûr, c'est un *Jugement dernier* tout à fait remarquable, sans doute l'un des plus extraordinaires du pays, mais je ne peux m'empêcher de le souhaiter ailleurs. Il doit dater d'environ 1480. Je ne sais pas si tu as vu celui de Wenhaston. Il ressemble tellement à celui-ci qu'il doit avoir été peint par le même moine de Blythburgh. Mais tandis que celui de Wenhaston a été restauré après avoir passé des années en plein air, le nôtre est beaucoup plus proche de son état original. Nous avons eu de la chance. Il a été découvert entre 1930 et 1940 dans une grange près de Wisset, où il servait de cloison entre deux pièces, si bien qu'il est probablement resté au sec depuis les années 1800. »

Le père Martin éteignit la lumière et poursuivit sur un ton enjoué : « Il y avait autrefois ici une très ancienne tour circulaire — tu connais peut-être celle de Bramfield — mais elle a depuis longtemps disparu. Et quant à ces fonts baptismaux, ils ont malheureusement perdu l'essentiel de leurs sculptures. D'après la légende, ils avaient été ramenés du fond de la mer lors d'une violente tempête à la fin des années 1700. A l'origine, ils se trouvaient peut-être dans l'une des églises englouties. Tant d'époques sont représentées ici. Comme tu le vois, nous avons encore quatre bancs clos du XVIIᵉ siècle. »

Malgré leur âge, Dalgliesh trouva aux bancs clos en question une allure victorienne. Enfermés là-dedans, le châtelain et sa famille pouvaient suivre le service sans être vus de la congrégation, et à peine de la chaire. Il se demanda s'ils prenaient avec eux des coussins, des sandwichs et à boire, et peut-être même un livre discrètement recouvert pour tromper l'ennui du sermon. Lorsqu'il était enfant, il s'était maintes fois demandé ce que faisait le châtelain s'il souffrait d'une faiblesse de la vessie. Comment réussissait-il à tenir — et le reste de l'assemblée avec lui — durant les deux services du dimanche du Saint-Sacrement, les interminables sermons et même les litanies dites ou chantées ? Peut-être la coutume voulait-elle qu'il y eût un pot de chambre sous le banc ?

Maintenant, ils remontaient la nef en direction de l'autel. Le père Martin s'approcha d'un pilier placé près de la chaire et pressa un interrupteur. Aussitôt, l'obscurité de l'église parut se renforcer tandis que, avec une soudaineté théâtrale, le tableau prenait vie et couleur. La Vierge et saint Joseph, figés depuis cinq cents ans dans une silencieuse adoration, parurent un instant se détacher du bois sur lequel ils étaient peints et rester suspendus dans l'air comme une tremblante vision. La Vierge se découpait sur un fond de brocart or et brun dont la richesse soulignait sa simplicité et sa fragilité. Elle était assise sur un tabouret bas avec l'Enfant-Dieu sur les genoux, couché sur un drap blanc. Son visage à l'ovale parfait était pâle, son nez mince et sa bouche délicate, et sous ses sourcils joliment arqués ses yeux aux lourdes paupières se tenaient fixés sur l'enfant avec un émerveillement résigné. De son haut front lisse, des mèches de cheveux frisés châtain-roux cascadaient sur le manteau bleu jusqu'aux mains fines rassemblées en prière. L'enfant levait les yeux vers elle, les bras écartés, comme en préfiguration de la crucifixion. Vêtu d'un manteau rouge, saint Joseph était assis sur la droite du tableau, prématurément vieux, gardien à moitié endormi, lourdement appuyé sur un bâton.

Un moment, Dalgliesh et le père Martin demeurèrent silencieux. Ce n'est qu'après avoir éteint la lumière, lorsque la magie du tableau cessa d'opérer, que le père Martin reprit la parole.

« Les experts semblent d'accord, dit-il alors. Il s'agit d'un Rogier Van der Weyden authentique, probablement peint entre 1440 et 1445. Les deux autres panneaux devaient représenter des saints avec des portraits du donateur et de sa famille. »

Dalgliesh demanda : « Comment se fait-il qu'il soit ici ?

— Miss Arbuthnot en a fait don au collège un an après sa fondation. Elle voulait qu'il serve de retable, et nous ne pouvons l'imaginer ailleurs qu'au-dessus de l'autel. C'est mon prédécesseur, le père Nicholas Warburg, qui a fait venir des experts. La peinture l'intéressait beaucoup, notamment la Renaissance hollandaise, et il était curieux de savoir si le tableau était authentique. Dans le document accompagnant son don, Miss Arbuthnot en parlait simplement comme d'un triptyque représentant Marie et Joseph, peut-être de Rogier Van der Weyden. Je ne peux pas m'empêcher de penser qu'il vaudrait mieux que nous en soyons restés là. Nous pourrions jouir du tableau sans être obsédés par sa sécurité.

— Comment Miss Arbuthnot se l'est-elle procuré ?

— Elle l'a acheté. Une grande famille terrienne vendait une partie de sa collection d'art pour maintenir le domaine à flot. Une histoire comme ça. Je ne crois pas que Miss Arbuthnot l'ait payé très cher. L'attribution n'était pas sûre, et même s'il était authentique, Van der Weyden n'était pas aussi connu et prisé dans les années 1860 qu'aujourd'hui. C'est une responsabilité pour nous, bien sûr. Je sais que l'archidiacre voudrait le voir ailleurs.

— Où ça ?

— Dans une cathédrale, par exemple, où une plus grande sécurité serait possible. Ou peut-être dans une galerie ou un musée. Je crois même qu'il a suggéré au père Sebastian de le vendre.

— Pour que l'argent revienne aux pauvres ?

— A l'Eglise, plus exactement. Il a aussi pour argument que davantage de gens devraient avoir la possibilité de le voir. Pour lui, un petit collège isolé comme le nôtre ne mérite pas un tel trésor. »

Il y avait une note d'amertume dans la voix du père Martin. Dalgliesh ne dit rien, et après un moment de silence, sentant qu'il était peut-être allé trop loin, son compagnon reprit : « Ces arguments se tiennent. Peut-être devrions-nous les prendre en compte. Mais il est difficile d'imaginer l'église sans ce retable. Si Miss Arbuthnot l'a donné, c'est pour qu'il soit ici, et je crois que nous devons fermement nous opposer à ce qu'il s'en aille. Je me passerais volontiers du *Jugement dernier*, mais pas de ce tableau. »

Lorsqu'ils s'en éloignèrent, l'esprit de Dalgliesh était occupé par des considérations plus prosaïques. Il n'aurait pas eu besoin des propos de Sir Alred quant à la vulnérabilité du collège pour se rendre compte à quel point son avenir devait être incertain. Que pouvait en effet espérer un collège de théologie dont la vision allait à l'encontre de celle qui prévalait au sein de l'Eglise, qui ne formait que vingt étudiants et occupait un site aussi isolé et difficile d'accès ? Or, si son avenir était en suspens, la mort mystérieuse de Ronald Treeves pourrait jouer un rôle déterminant dans la décision de le fermer. Et si le collège fermait, qu'adviendrait-il du Van der Weyden, de ses autres trésors et du bâtiment même ? D'après l'idée que la photographie permettait de se faire de Miss Arbuthnot, il était difficile d'imaginer que, fût-ce très à contrecœur, elle n'avait pas envisagé cette possibilité et pris certaines dispositions en conséquence. Et l'on en revenait ainsi à la question cruciale : qui profiterait de la situation ? Il aurait voulu le demander au père Martin, mais il décida que ce serait manquer de tact, en particulier dans ces lieux. Il n'en restait pas moins que la question devrait être soulevée.

10

Miss Arbuthnot avait décidé que les quartiers des invités porteraient les noms des quatre docteurs de l'Eglise d'Occident : Grégoire, Augustin, Jérôme et Ambroise. Après ce trait d'esprit théologique, et ayant décidé que les quatre cottages du personnel s'appelleraient Matthieu, Marc, Luc et Jean, son inspiration s'était apparemment tarie, et les chambres des étudiants étaient identifiées de manière moins imaginative mais plus commode par un simple numéro dans les cloîtres nord et sud.

Le père Martin dit : « Tu étais à Jérôme, autrefois. Je ne sais pas si tu t'en souviens. On t'y a remis. La chambre à coucher est une chambre double aujourd'hui, alors le lit devrait être confortable. Ton appartement est le deuxième à partir de l'église. Je n'ai pas de clé à t'offrir, hélas ! Nos appartements d'hôtes n'ont jamais eu de clés. Il n'y a rien à craindre ici. Si tu as des documents qui doivent être mis à l'abri, on peut les mettre dans le coffre-fort. J'espère que tu seras bien installé, Adam. Comme tu vois, tout a été refait. »

En effet. Le séjour, qui était autrefois un aimable bric-à-brac où semblait avoir abouti le rebut des ventes de paroisse, était à présent aussi rigidement fonctionnel qu'un bureau d'étudiant. Rien n'était superflu ; un bon goût simple et conventionnel avait remplacé les marques de l'individualité. Il y avait une table à tiroirs susceptible de servir de bureau, devant la fenêtre donnant à l'ouest sur la lande broussailleuse, deux fauteuils de part et d'autre de la cheminée, une table basse et une bibliothèque. Un plateau avec une bouilloire, une théière et deux tasses était placé sur le placard recouvert de formica à droite de la cheminée.

« Il y a un petit réfrigérateur dans ce placard, expliqua le père Martin. Mrs Pilbeam s'occupera d'y mettre un demi-litre de lait chaque matin. Comme tu vas le voir à l'étage, nous avons installé une douche dans un coin de la chambre à coucher. Tu te souviens sûrement qu'à l'époque il fallait traverser le cloître pour aller se laver dans l'une des salles de bains de la maison principale. »

Oui, Dalgliesh se souvenait. Cela avait été un des plaisirs de ses séjours ici que de sortir en robe de chambre dans l'air frais du matin pour se rendre à la salle de bains et aller parfois même jusqu'à la mer piquer une tête avant le petit déjeuner. Pour

moderne qu'elle fût, la douche était un piètre substitut.

Le père Martin dit : « Si tu veux bien, je vais
attendre ici pendant que tu déballes tes affaires. Il
y a deux choses que je voudrais te montrer. »

La chambre à coucher était tout aussi simplement
meublée que la pièce du bas. Elle contenait un
grand lit avec une table et une lampe de chevet, un
placard, une autre bibliothèque et un fauteuil. Dalgliesh ouvrit la fermeture Eclair de son sac de
voyage et suspendit le seul costume qu'il avait jugé
bon d'emporter. Après s'être rafraîchi, il rejoignit le
père Martin, qu'il trouva debout devant la fenêtre en
train de regarder le promontoire. Mais il se retourna
sitôt qu'il l'entendit, et, tirant un papier de sa poche,
il annonça :

« J'ai ici quelque chose que tu as oublié quand tu
avais quatorze ans. Je ne te l'ai pas renvoyé parce
que je n'étais pas sûr que tu serais content de savoir
que je l'avais lu. Mais je l'ai gardé, voilà. Maintenant
tu seras peut-être content de le récupérer. Il s'agit
de quatre vers. Je pense qu'on peut appeler ça un
poème. »

Un poème ! Dalgliesh réprima un soupir et prit le
papier que lui tendait le père Martin. Quelle bêtise
de jeunesse allait-il retrouver ? La vue de l'écriture,
familière en même temps qu'étrangère, un peu
informe et hésitante malgré le soin porté à la calli-
graphie, le ramena à son passé avec plus de force
que n'aurait pu le faire une photographie, parce que
plus personnelle. Il avait peine à croire que la main
qui avait écrit sur cette feuille de papier était la
même que celle qui la tenait en ce moment.
Il lut en silence.

L'affligé

« Encore une belle journée », as-tu dit en passant,
Voix morne, et, aveugle, tu as descendu la rue.
Tu n'as pas dit : « S'il te plaît, mets ta veste sur mes
                                                    [épaules,
Dehors, le soleil, dedans, la neige qui tourne en
                                                    [pluie et tue. »

Cela lui rappela un autre souvenir, épisode récurrent de son enfance : son père officiant lors d'un enterrement, la richesse de la terre en tas à côté du vert vif du gazon, quelques couronnes, le vent gonflant le surplis de son père, l'odeur des fleurs. Ces vers, il se rappelait qu'il les avait écrits après l'enterrement d'un enfant unique. Il se souvenait aussi qu'ils lui avaient donné bien du tracas.

Le père Martin dit : « Ces vers m'ont paru remarquables pour quelqu'un de quatorze ans. Si tu ne tiens pas à les avoir, je serais content de les garder. »

Dalgliesh acquiesça et lui remit le papier sans un mot. Le père Martin le rempocha avec la fierté d'un enfant.

« Il y avait autre chose que vous vouliez me montrer, lui rappela Dalgliesh.

— Oui, c'est vrai. Assieds-toi, je t'en prie. »

Une fois encore, le père Martin mit la main dans la vaste poche de son pardessus, et, après en avoir retiré ce qui semblait être un cahier d'écolier entouré d'un élastique, il le plaça sur ses genoux et posa dessus ses mains jointes comme pour le protéger. « Avant que nous allions sur la plage, j'aimerais que tu lises ça, dit-il. Tu vas comprendre pourquoi. La femme qui l'a écrit est morte d'une crise cardiaque le jour où se terminent ses notes. Tout cela n'a peut-être rien à voir avec la mort de Ronald Treeves. C'est l'avis du père Sebastian. Pour lui, il n'y a pas lieu d'en tenir compte. C'est peut-être sans importance, c'est vrai, mais ça me tourmente. Et j'ai pensé que ce serait une bonne idée de te le faire voir ici, quand nous ne risquons pas d'être interrompus. Ce qu'il faut lire, c'est le début et la fin. » Il passa le cahier à Dalgliesh et attendit silencieusement qu'il eût terminé sa lecture.

« Comment avez-vous mis la main dessus, mon père ? demanda alors Dalgliesh.

— En cherchant, répondit le père Martin. Margaret Munroe a été trouvée morte dans son cottage par Mrs Pilbeam à six heures et quart le vendredi 13 octobre. Mrs Pilbeam était en route pour le collège, et elle s'est étonnée de voir de la lumière si tôt au cottage St Matthieu. Quand on a eu emmené le corps après l'examen du docteur Metcalf, le généraliste qui soigne tout le monde à St Anselm, j'ai repensé à la suggestion que j'avais faite à Margaret de raconter par écrit sa découverte de Ronald sur la plage, et je me suis demandé ce qu'elle en avait fait. En cherchant chez elle, j'ai trouvé ce cahier sous son bloc de papier à lettres, dans le tiroir d'un petit bureau. Elle n'avait pas particulièrement cherché à le cacher.

— Et pour autant que vous le sachiez, personne d'autre ne connaît l'existence de ce document ?

— Personne sauf le père Sebastian. Je suis certain que Margaret n'en a pas parlé même à Mrs Pilbeam, qui était plus proche d'elle ici que n'importe qui. Et rien n'indique que le cottage ait été fouillé. Margaret avait l'air parfaitement paisible quand je l'ai vue morte. Elle était installée dans son fauteuil, un tricot sur les genoux.

— Et vous n'avez aucune idée de ce à quoi elle fait allusion ?

— Aucune. Quelque chose, apparemment, vu ou entendu le jour de la mort de Ronald, aurait ravivé des souvenirs, tout comme, plus tard, les poireaux d'Eric Surtees. C'est notre homme à tout faire. Mais tu le sais, bien sûr, tu viens de le lire.

— Sa mort était inattendue ?

— Pas vraiment. Elle était malade du cœur depuis des années. Le docteur Metcalf et le spécialiste qu'elle a vu à Ipswich avaient discuté avec elle d'une transplantation cardiaque, mais elle était catégorique : elle ne voulait pas d'opération. Elle disait que le peu de moyens dont on disposait devaient être réservés aux jeunes et aux parents qui élevaient des enfants. Je crois qu'elle s'en fichait un peu de vivre ou de mourir depuis que son fils avait été tué. Elle n'avait rien de morbide, mais elle ne tenait plus assez à la vie pour se battre. »

Dalgliesh dit : « J'aimerais garder ce cahier, si c'est possible. Ça n'a peut-être rien à voir avec ce qui nous occupe, comme le pense le père Sebastian, mais c'est un document intéressant étant donné les circonstances de la mort de Ronald Treeves. »

Il rangea le cahier dans sa serviette, la ferma et bloqua la serrure, après quoi ils restèrent un moment sans rien dire. Pour Dalgliesh, le silence qui s'était installé entre eux était lourd de craintes non formulées, de soupçons ébauchés, d'un sentiment général de malaise. Ronald Treeves était mort de façon mystérieuse, et une semaine plus tard, la femme qui avait trouvé son corps, et qui entre-temps avait découvert un secret qu'elle croyait important, était morte elle aussi. Ce n'était peut-être qu'une coïncidence. Jusqu'ici, rien ne prouvait qu'il y eût dans l'affaire quoi que ce fût de louche, et il comprenait que le père Martin eût plutôt envie d'être rassuré.

Il demanda : « Est-ce que le verdict de l'enquête vous a étonné ?

— Un peu, oui. Je ne m'attendais pas à ce qu'il soit aussi tranché. Mais pour nous autres, l'idée que Ronald puisse avoir mis fin à ses jours est particulièrement difficile à accepter.

— Quel genre de garçon était-il ? Heureux ?

— Heureux, je n'en suis pas sûr, mais je ne crois pas qu'il l'aurait été davantage dans un autre collège théologique. Il était intelligent, et travailleur, mais il manquait singulièrement de charme, pauvre garçon. Il était très critique pour quelqu'un de son âge. Je dirais qu'il était à la fois très peu sûr et très content de lui. Il n'avait pas d'amis intimes — encore que nous n'encouragions pas les amitiés intimes — et peut-être se sentait-il seul. Mais rien dans son travail ni dans sa vie ici ne pouvait laisser supposer qu'il était désespéré et envisageait de commettre un péché aussi grave que le suicide. S'il s'est tué, bien sûr, nous sommes en partie responsables. Nous aurions dû nous apercevoir qu'il était malheureux. Mais s'il l'était, il ne le montrait pas.

— Et sa vocation, elle vous semblait sérieuse ? »

Le père Martin réfléchit avant de répondre. « Pour le père Sebastian, elle l'était, mais je me demande s'il n'était pas influencé par ses résultats. Car si Ronald n'était peut-être pas aussi brillant qu'il le croyait, il était très doué quand même. De mon côté, j'avais des doutes. Il me semblait qu'il cherchait avant tout à impressionner son père. Manifestement, il n'était pas de taille à se mesurer à lui dans son monde, mais il pouvait se lancer dans une carrière où il n'y avait pas de comparaison possible. Et avec la prêtrise, notamment la prêtrise Haute Eglise, il y a toujours une certaine tentation du pouvoir. Une fois ordonné prêtre, il aurait été en mesure de prononcer l'absolution. Cela au moins, son père ne le pouvait pas. Mais ce que je te dis maintenant, je ne l'ai dit à personne, et il se peut que je me trompe. Lorsque sa candidature a été étudiée, je n'ai pas voulu me prononcer. Ce n'est jamais facile pour un directeur de collège d'avoir son prédécesseur dans les pattes. C'est un sujet sur lequel je ne me suis pas senti en droit de m'opposer au père Sebastian. »

C'est avec un sentiment de malaise croissant, bien qu'illogique, que Dalgliesh entendit le père Martin conclure : « Et maintenant, j'imagine que tu voudras voir l'endroit où il est mort. »

11

Eric Surtees quitta le cottage St Jean par la porte de derrière et, passant entre les rangées bien ordonnées de ses légumes d'automne, s'en alla s'entretenir avec ses cochons. Flairant son approche groin levé, Lily, Marigold, Daisy et Myrtle se mirent à grogner et se précipitèrent vers lui avec des grâces de pachydermes. Quelle que soit son humeur, une visite à la porcherie qu'il avait construite de ses mains le comblait toujours, d'ordinaire. Mais aujourd'hui, alors qu'il se penchait pour gratter le dos de Myrtle, rien ne pouvait alléger l'angoisse qui pesait comme une charge physique sur ses épaules.

Sa demi-sœur Karen devait arriver pour le dîner. Elle avait coutume de venir de Londres un week-end sur trois, et quel que fût le temps, le souvenir qu'il gardait de ces deux jours était ensoleillé et illuminait les semaines qui le séparaient de sa visite suivante. Depuis quatre ans, elle avait complètement changé sa vie. Normalement, qu'elle vînt ce week-end eût été un bonus, car il avait déjà eu sa visite la semaine précédente. Mais il savait que cette fois elle venait parce qu'elle avait quelque chose à lui demander, quelque chose qu'il lui avait refusé le dimanche d'avant et qu'il savait devoir trouver la force de lui refuser à nouveau.

Penché par-dessus la barrière de l'enclos, il repensa aux quatre ans qui venaient de s'écouler. Sa

relation avec Karen avait commencé sous des auspices assez peu favorables. Il avait vingt-six ans la
première fois qu'il l'avait vue ; elle était de trois ans
sa cadette, et pendant dix ans sa mère et lui
n'avaient rien su de son existence. Son père, travaillant pour un grand conglomérat d'édition, avait
dirigé avec succès deux maisons successives ; mais
au bout de dix ans, il n'avait plus pu supporter la
tension que représentait une double vie, et, unissant
son sort à celui de sa maîtresse, il était parti avec
elle. Pas plus qu'Eric sa mère n'avait regretté son
départ ; elle n'appréciait rien tant qu'un bon sujet de
doléance, et son mari lui en fournissait un qui allait
la maintenir dans un état béni d'indignation pendant les dix années qui lui restaient à vivre. Elle
s'était battue, mais sans succès, pour avoir la maison de Londres ; elle avait obtenu, cette fois sans
combat, la garde de son enfant unique, et elle n'avait
cessé de se disputer à propos de la pension qui
devait lui être allouée. Eric n'avait jamais revu son
père.

La maison de quatre étages faisait partie d'une
rangée d'immeubles victoriens située près de la sta-
tion de métro Oval. Quand sa mère, qui souffrait de
la maladie d'Alzheimer, finit par mourir, le notaire
de son père l'avisa qu'il pouvait continuer d'occuper
la maison sans payer de loyer jusqu'à la mort de ce
dernier. Une crise cardiaque l'avait emporté, il y
avait maintenant quatre ans, alors qu'il était au
volant de sa voiture, et Eric avait découvert qu'il
héritait de la maison avec sa demi-sœur.

Il avait vu celle-ci pour la première fois aux funérailles de son père. L'événement — on ne pouvait
guère ici parler de cérémonie — s'était déroulé dans
un crématorium du nord de Londres sans la parti-
cipation du clergé ni celle de qui que ce soit hormis
Karen et lui, plus deux représentants de la société
paternelle. Tout avait été réglé en quelques minutes.

En sortant du crématorium, sa demi-sœur lui dit sans préambule : « C'est ce que voulait papa. La religion, ça n'a jamais été son truc. Il ne voulait pas de fleurs, pas de cortège funèbre. Il faudra qu'on parle de la maison, mais pas maintenant. J'ai un rendez-vous urgent au bureau. J'ai eu du mal à me libérer. »

Elle ne lui proposa pas de le raccompagner, et il retourna seul dans la maison vide. Mais le lendemain, elle passa le voir. Il se souvenait de l'instant où il avait ouvert la porte. Comme pour les funérailles, elle portait un étroit pantalon de cuir noir, un gros pull rouge et des bottes à talons. Elle avait les cheveux hérissés et brillantinés, et portait un clou d'or à la narine gauche. Elle avait un style conventionnellement outré, mais il découvrit avec étonnement que son allure lui plaisait. Il la conduisit au salon, qui ne servait pour ainsi dire jamais, et elle regarda avec une curiosité dégoûtée ce qui lui restait de sa mère, les meubles écrasants qu'il ne s'était jamais donné la peine de remplacer, le dessus de la cheminée encombré de hideux bibelots ramenés d'Espagne.

Elle dit : « Il faut qu'on prenne une décision pour la maison. On peut la vendre ou la louer. Ou bien la transformer pour en faire des appartements meublés. Ça engagerait des frais, mais papa avait souscrit une assurance-vie, et je veux bien dépenser cet argent si ensuite mon pourcentage sur les loyers est plus important. Qu'est-ce que tu penses faire, toi ? Tu vas rester à Londres ?

— Je n'y tiens pas particulièrement. Si on vendait la maison, j'aurais peut-être assez d'argent pour m'acheter un petit cottage quelque part. Je me verrais bien faire de la culture maraîchère, un truc comme ça.

— Là, je crois que tu rêves, il te faudrait bien plus d'argent. Et puis tu gagnerais des clopinettes à

moins de faire ça à grande échelle. Mais si tu as
envie de partir, j'imagine que tu préfères vendre. »

Il se disait qu'elle savait ce qu'elle voulait et que,
quoi qu'il fît, elle aurait le dernier mot. Mais il s'en
fichait. Il la suivait d'une pièce à l'autre dans un état
second.

« Je veux bien qu'on la garde si c'est ce que tu
veux, dit-il.

— Ce n'est pas ce que je veux, c'est ce qu'il y a de
mieux à faire pour tous les deux. En ce moment, le
marché de l'immobilier est favorable et il se pourrait bien que les prix montent encore. Bien sûr, si
on transforme la maison, elle perdra sa valeur de
maison familiale. Mais l'avantage, c'est que ça nous
permettrait d'avoir un revenu régulier. »

Et c'est inévitablement ce qui s'était passé. Elle
avait commencé par le mépriser, il le savait, mais
son attitude s'était modifiée de façon perceptible à
mesure qu'avançaient les travaux. Elle avait été très
agréablement surprise de voir tout ce qu'il savait
faire de ses mains, tout ce qu'ils économisaient
parce qu'il savait peindre, poser du papier, installer
des placards et des rayonnages. Ne s'étant jamais
senti vraiment chez lui dans cette maison, il n'avait
pas cherché à l'améliorer. Maintenant, il se découvrait des talents imprévus. Ils avaient eu recours à
un plombier, à un électricien et même à un entre-
preneur pour le gros œuvre, mais c'était lui qui avait
fait l'essentiel des travaux. Et ils étaient devenus
partenaires malgré eux. Le samedi, ils couraient les
magasins à la recherche de meubles d'occasion, de
vaisselle et de linge bon marché, et ils se montraient
leurs trouvailles avec une fierté enfantine. Il lui avait
appris comment se servir d'une lampe à souder sans
danger, avait insisté pour préparer les boiseries dans
les règles avant de les peindre bien qu'elle protestât
que c'était inutile, l'avait stupéfiée par le savoir-faire
avec lequel il avait posé les éléments de cuisine. Pen-

dant qu'ils travaillaient, elle lui parlait de sa vie, du journalisme indépendant dans lequel elle commençait à se faire un nom, du plaisir de se voir imprimer, des vacheries, commérages et petits scandales du monde littéraire en marge duquel elle travaillait. Pour lui, ce monde était si étranger qu'il en devenait terrifiant. Il était bien heureux de ne pas avoir à le fréquenter. Il rêvait d'une maison à la campagne, d'un jardin potager, et de pouvoir enfin élever des cochons, sa passion secrète.

Il se souvenait — évidemment qu'il s'en souvenait — du jour où ils étaient devenus amants. Il venait d'installer des stores à lamelles à l'une des fenêtres sud, et ils peignaient maintenant tous les deux la pièce au rouleau. Elle travaillait gauchement, et alors qu'ils étaient loin d'avoir fini, elle annonça qu'elle avait chaud, qu'elle collait de partout et qu'elle avait besoin d'une douche. Ce serait l'occasion de tester la salle de bains nouvellement installée. Il avait profité de l'occasion pour arrêter de peindre lui aussi, et il s'était assis jambes croisées, adossé au seul mur encore vierge de peinture, regardant les stries de lumière que le store à demi ouvert dessinait sur le sol, s'abandonnant au contentement qui bouillonnait en lui.

Et elle était entrée, sans rien d'autre sur elle qu'une serviette autour de la taille, et un grand tapis de bain dans les mains. Elle avait étendu celui-ci par terre, s'y était accroupie et, riant, elle lui avait tendu les bras. Dans une espèce de transe, il s'était agenouillé en face d'elle, en murmurant : « On ne peut pas, on ne peut pas. On est frère et sœur.

— Seulement demi-frère et demi-sœur. Tout est pour le mieux. Ça reste en famille.

— Le store, avait-il chuchoté, il y a trop de lumière. »

Elle avait bondi comme un ressort afin de le fermer complètement. Maintenant, la pièce était sombre. De retour près de lui, Karen lui avait pris la tête et l'avait tenue contre ses seins.

Pour lui, c'était la première fois, et sa vie en avait été transformée. Il savait qu'elle ne l'aimait pas, et lui ne l'aimait pas encore. Lorsqu'ils faisaient l'amour, cette première fois comme par la suite, il fermait les yeux et se laissait aller à ses fantasmes, romantiques, tendres, violents, scandaleux. Et les images qui naissaient dans sa tête devenaient chair. Puis un jour, alors qu'ils étaient plus confortablement installés sur le lit, il avait ouvert les yeux et regardé dans les siens, et il avait compris que l'amour était là.

C'était Karen qui lui avait trouvé ce travail à St Anselm. Un jour qu'elle était à Ipswich pour une interview, elle était tombée sur l'annonce parue dans l'*East Anglian Daily News*. Le soir même, de retour à Londres, elle était passée le voir alors qu'il était en train de pique-niquer dans le sous-sol, où les travaux l'avaient forcé à se rabattre. Et elle lui avait montré le journal.

« Ça pourrait te convenir, une place de factotum dans un collège théologique, juste au sud de Lowestoft. Pour la solitude, tu serais servi. Et puis tu serais logé dans un cottage, ce qui veut dire que tu aurais un jardin — avec un peu de chance, tu pourrais même avoir des poules.

— Des poules, je n'en veux pas. Je préférerais des cochons.

— Alors des cochons, si ça ne pue pas trop. Le salaire n'est pas fantastique, mais tu devrais toucher deux cent cinquante livres par semaine avec les loyers d'ici. Tu auras plus d'argent qu'il n'en faut. Qu'est-ce que tu en penses ? »

C'était presque trop beau pour être vrai.

Elle dit : « Evidemment, peut-être qu'ils espèrent trouver un couple, mais ils n'en disent rien. Il vaudrait mieux faire vite. Je pourrais te conduire là-bas demain matin, si tu veux. Téléphone maintenant pour demander un rendez-vous, il y a un numéro. »

Le lendemain, elle l'avait conduit à l'entrée du collège, lui disant qu'elle reviendrait le chercher une heure plus tard. Il avait été reçu par le père Sebastian Morell et le père Martin Petrie. Il avait craint qu'ils ne veuillent des références ecclésiastiques ou ne demandent s'il allait régulièrement à l'église, mais il n'avait pas été question de religion.

Karen avait dit : « La mairie pourrait te recommander, mais le principal, c'est que tu leur montres ce que tu sais faire. Ce n'est pas un gratte-papier qu'ils cherchent. Je vais prendre des photos au polaroïd de tout ce que tu as fait ici, tu leur montreras. Il faut que tu te vendes, n'oublie pas. »

Mais il n'avait pas eu besoin de se vendre. Il avait répondu à leurs questions avec simplicité et sorti ses photos avec un empressement touchant, qui leur avait montré combien il souhaitait la place. Ils lui avaient fait visiter le cottage. Il était plus grand qu'il ne s'y attendait, ou qu'il ne le souhaitait, mais, situé à quatre-vingts mètres de l'arrière du collège, il offrait une vue dégagée et comprenait un petit jardin en friche. Il n'avait parlé des cochons qu'après avoir travaillé plus d'un mois, mais lorsqu'il l'avait fait, personne n'avait soulevé d'objections. Le père Martin avait dit un peu nerveusement : « Ils ne s'échapperont pas au moins ? » comme si Eric avait proposé de mettre en cage des chiens-loups.

« Non, mon père. Je vais leur construire une baraque et un enclos. Mais bien sûr je vous montrerai les plans avant d'acheter le bois. »

— Et l'odeur ? s'était enquis le père Sebastian. Il paraît que les cochons ne sentent pas, mais d'habitude il me semble que je les repère de loin. Enfin, c'est vrai que j'ai le nez plus sensible que la plupart des gens.

— Il n'y aura pas d'odeur, mon père. Les cochons sont des créatures très propres. »

Il avait donc eu son cottage, son jardin et ses cochons, et sa sœur venait le voir toutes les trois semaines. Il ne pouvait rêver une vie plus agréable.

A St Anselm, il avait trouvé la paix qu'il cherchait depuis toujours. Il ne comprenait pas pourquoi c'était si important pour lui, cette absence de bruit, d'agitation, de pressions extérieures. Il n'avait pas subi de violences de la part de son père. La plupart du temps, celui-ci était absent, et lorsqu'il était là, le désaccord qui régnait entre ses parents s'exprimait par des ronchonnements et des plaintes plutôt que par des cris. Ce qu'il considérait comme sa timidité devait depuis tout temps faire partie de lui. Même quand il travaillait à la mairie — un emploi qui n'avait rien de particulièrement excitant —, il se tenait soigneusement à l'écart des éclats de mauvaise humeur et des petites dissensions dont certains ne semblaient pas pouvoir se passer. Avant de connaître Karen, c'est en sa propre compagnie qu'il se sentait le mieux.

Et maintenant, dans la paix de ce sanctuaire, avec son jardin et ses cochons, avec un travail qu'il avait du plaisir à faire et pour lequel on l'appréciait, et aussi avec les visites régulières de Karen, il avait trouvé une vie qui le satisfaisait jusqu'au tréfonds de son esprit et dans les moindres fibres de son être. Cependant, la nomination de l'archidiacre Crampton comme administrateur avait tout changé. La crainte de ce que Karen pourrait lui demander n'était qu'un souci mineur comparé à l'inquiétude profonde dans laquelle il vivait depuis cette nomination.

Lors de la première visite de l'archidiacre, le père Sebastian lui avait dit : « L'archidiacre Crampton passera certainement vous voir dimanche ou lundi,

Eric. L'évêque l'a nommé administrateur, et je pense qu'il aura des questions à vous poser. »

Quelque chose dans le ton du père Sebastian l'avait mis sur ses gardes. Il avait demandé : « Des questions à propos de mon travail ?

— De vos conditions de travail, oui, et de tout ce qui lui passera par la tête. Il voudra peut-être aussi visiter le cottage. »

L'archidiacre avait en effet demandé à visiter les lieux. Il était arrivé le lundi matin juste après neuf heures. Karen, qui pour une fois n'était pas rentrée le dimanche, était partie en hâte à sept heures et demie. Elle avait un rendez-vous à Londres à dix heures, et elle craignait d'être en retard ; le lundi matin, l'A12 était généralement très encombrée, en particulier à l'approche de Londres. Dans sa précipitation, assez récurrente chez elle, Karen avait oublié une culotte et un soutien-gorge sur la corde à linge à côté de la maison. C'est la première chose que vit l'archidiacre.

Sans prendre la peine de se présenter, il remarqua : « Je ne savais pas que vous aviez de la visite. »

Eric arracha les objets outrageants de la corde à linge, et au moment même où il les fourrait dans sa poche il se rendit compte que, dans ce qu'il avait d'embarrassé et de furtif, son geste était une erreur.

Il dit : « Ma sœur a passé le week-end ici, mon père.

— Ne m'appelez pas ainsi, je ne suis pas votre père, je suis archidiacre.

— Oui, monsieur l'archidiacre. »

Il était grand, certainement plus d'un mètre quatre-vingts. Il avait un visage carré, des yeux perçants, des sourcils broussailleux et une moustache.

Ils suivirent en silence le chemin qui menait à la porcherie. Au moins, songea Eric, il ne pourra pas se plaindre de l'état du jardin.

Les cochons les accueillirent avec des cris plus

perçants que de coutume, et l'archidiacre dit : « Je n'avais pas compris que vous aviez des porcs. En fournissez-vous le collège ?

— De temps en temps, monsieur l'archidiacre. Mais je ne crois pas que le collège consomme beaucoup de porc. C'est le boucher de Lowestoft qui lui fournit la viande. J'aime bien les cochons. J'ai demandé au père Sebastian si je pouvais en avoir, et il m'a dit oui.

— Ils vous prennent beaucoup de temps ?

— Non, mon p... Non, monsieur l'archidiacre.

— Ils sont horriblement bruyants, mais au moins ils ne puent pas. »

Il n'y avait rien à ajouter à ça. L'archidiacre fit demi-tour et retourna vers la maison, suivi d'Eric. Dans le salon, celui-ci proposa d'un geste l'une des quatre chaises paillées disposées autour de la table. L'archidiacre ignora son invitation. Debout dos à la cheminée, il étudiait la pièce : les deux fauteuils — l'un à bascule, l'autre avec un coussin en patchwork —, la bibliothèque basse qui occupait toute une paroi, les affiches que Karen avait apportées avec elle et fixées au mur avec du Blu Tack.

« J'imagine que ce que vous avez utilisé pour fixer ces affiches n'endommagera pas le mur, dit-il.

— Normalement non. C'est fait exprès. C'est comme du chewing-gum. »

Enfin l'archidiacre tira brusquement l'une des chaises et s'assit, faisant signe à Eric d'en faire autant. Les questions qui suivirent ne furent pas formulées sur le mode agressif, mais Eric eut pourtant le sentiment de subir un interrogatoire à propos d'un crime dont il ignorait la nature.

« Depuis quand travaillez-vous ici ? Quatre ans, je crois ?

— Quatre ans, oui, monsieur l'archidiacre.

— Et quelles sont au juste vos fonctions ? »

Ses fonctions n'avaient jamais été définies. Eric

répondit : « Je suis l'homme à tout faire. Je répare tout ce qui n'est pas électrique et je nettoie dehors. C'est-à-dire que je lave le sol du cloître, je balaie la cour et je fais les vitres. Mr Pilbeam est responsable du nettoyage de l'intérieur ; une femme de Reydon vient l'aider.

— Ce n'est donc pas un travail trop pénible. Le jardin paraît bien entretenu. Vous aimez jardiner ?

— Beaucoup, oui.

— Mais vous n'avez pas assez de place pour faire pousser les légumes nécessaires au collège ?

— Pas tous en tout cas. Mais comme j'en ai beaucoup trop pour moi, j'apporte le surplus à la cuisine pour Mrs Pilbeam, et j'en distribue dans les autres cottages.

— On vous paie pour ça ?

— Oh non, personne ne me paie.

— Et qu'est-ce qu'on vous donne comme salaire pour le peu de chose que vous avez à faire ?

— Le salaire minimum pour cinq heures de travail par jour. »

Il ne précisa pas que ni lui ni le collège ne se souciaient de calculer ces heures de façon très précise. Certains jours, son travail était fait en moins de cinq heures ; d'autres, il prenait davantage de temps.

« En plus de quoi vous avez ce cottage gratuitement. Mais c'est vous qui payez le chauffage et l'électricité, et bien sûr votre taxe d'habitation ?

— Je paie ma taxe d'habitation, oui.

— Et le dimanche ?

— Le dimanche est mon jour de congé.

— Je pensais à l'église. Allez-vous à l'église ? »

Il allait occasionnellement à l'église, mais seulement à l'office du soir, où il s'asseyait et écoutait la musique et les voix mesurées du père Sebastian et du père Martin prononçant des paroles étranges mais douces à entendre. Mais ce n'était sûrement pas ce que voulait dire l'archidiacre.

Il dit : « Normalement non, je ne vais pas à l'église le dimanche.

— Le père Sebastian ne vous en a pas parlé quand il vous a engagé ?

— Non, il m'a seulement demandé ce que je savais faire.

— Il ne vous a pas demandé si vous étiez chrétien ? »

Là au moins il savait que répondre. « Je suis chrétien, dit-il. J'ai été baptisé quand j'étais bébé. J'ai une carte quelque part. » Il regarda vaguement autour de lui comme si la carte attestant le baptême, avec sa mièvre image du Christ bénissant les petits enfants, allait soudain se matérialiser.

Il y eut un silence. Il prit conscience que sa réponse n'avait pas été adéquate. Il se demanda s'il devait proposer du café, mais à neuf heures et demie, non, c'était sûrement trop tôt. Le silence se prolongeant, l'archidiacre finit par se lever.

Il dit : « Je vois que vous vivez ici très confortablement, et le père Sebastian paraît satisfait de vos services, mais rien ne dure éternellement. St Anselm existe depuis cent quarante ans, mais l'Eglise — et le monde avec elle — a subi de grandes transformations depuis. Si vous aviez vent d'un autre emploi qui puisse vous convenir je vous suggérerais de poser votre candidature.

— Vous voulez dire que St Anselm va fermer ? »

Eric sentit que l'archidiacre était allé plus loin qu'il ne le voulait.

« Ce n'est pas ce que je dis. Et ce n'est pas votre affaire. J'essaie simplement de vous faire comprendre que l'emploi que vous avez ici ne durera peut-être pas toujours, c'est tout. »

Sur quoi il s'en alla. Le regardant se diriger à grands pas vers le collège, Eric fut saisi d'une curieuse émotion. Il avait l'estomac noué et, dans la bouche, un goût amer comme de la bile. Alors qu'il

avait de tout temps eu grand soin d'éviter les émotions violentes, pour la deuxième fois de sa vie il en
éprouvait une qui se doublait d'une réaction physique irrépressible. La première fois, c'était lorsqu'il
avait pris conscience de son amour pour Karen.
Aujourd'hui, c'était différent. C'était tout aussi
extraordinaire, mais plus terrifiant. Il avait
conscience d'éprouver pour la première fois de sa
vie de la haine pour un de ses semblables.

12

Dalgliesh attendit dans le hall que le père Martin
aille dans sa chambre chercher sa pèlerine noire.
Lorsqu'il reparut, Dalgliesh dit : « On va peut-être
aller aussi près que possible avec la voiture, non ? »
Personnellement, il aurait préféré faire le chemin à
pied, mais il savait que pour son compagnon la
marche sur la plage allait être pénible, et pas seulement du point de vue physique.

Le père Martin accepta la suggestion avec un soulagement manifeste. Ni l'un ni l'autre ne parla avant
qu'ils aient atteint l'endroit où le chemin côtier
s'incurvait vers l'ouest pour rejoindre la route de
Lowestoft. Dalgliesh stoppa la Jaguar sur le bas-
côté, puis se pencha pour aider le père Martin à
défaire sa ceinture. Ensuite il alla lui ouvrir la portière et ils se dirigèrent vers la plage.

Ils suivaient un étroit sentier de sable et d'herbe
parsemé de touffes de fougère et de buissons. Par
endroits, ces buissons formaient voûte par-dessus le
sentier, et ils avançaient alors dans une obscurité où
le bruit de la mer n'était plus qu'un lointain gémissement rythmé. Déjà la fougère prenait une teinte

dorée, et chaque pas sur le sol spongieux semblait libérer d'âcres et nostalgiques effluves automnaux. Sortant de la pénombre, ils trouvèrent l'étang devant eux, ses eaux sinistrement étales séparées du joyeux tumulte de la mer par une cinquantaine de mètres de galets seulement. Dalgliesh eut l'impression que le nombre des troncs noirs évocateurs de monuments préhistoriques avait diminué. Il chercha alentour les vestiges d'un bateau naufragé, mais il ne vit qu'un pieu fendant comme un aileron de requin l'étendue lisse du sable.

Ici, l'accès à la plage était si aisé que le garde-fou et les six marches de bois à demi enfouies dans le sable étaient pratiquement superflus. Au haut de l'escalier, construite dans une petite dépression, se dressait une cabane rectangulaire en chêne naturel un peu plus grande qu'une cabine de plage ordinaire. Il y avait à côté un tas de bois recouvert d'une bâche. Dalgliesh en souleva un coin et vit, soigneusement empilées, des planches avec des traces de peinture bleue.

Le père Martin expliqua : « Ce sont les restes de notre ancienne cabine de bain. Elle était peinte, comme celles qu'on trouve sur la plage de Southwold, mais le père Sebastian la trouvait incongrue plantée toute seule ici. Comme elle tombait en ruine et qu'elle n'était vraiment pas belle à voir, il a décidé de la démolir complètement pour la remplacer par celle-ci, en bois naturel, et c'est vrai que c'est mieux. Isolés comme nous le sommes ici, elle n'est pas vraiment nécessaire, mais tout de même, il est bon d'avoir un endroit où se changer. Mieux vaut ne pas aggraver notre réputation d'excentriques. Et la cabine abrite aussi un petit canot de sauvetage. Se baigner sur cette côte peut être dangereux. »

Dalgliesh n'avait pas pris avec lui le pieu découvert près du corps, mais il lui parut évident qu'il provenait de l'ancienne cabine. Ronald Treeves l'avait-il ramassé distraitement, comme on ramasse un bout de bois qui traîne sur la plage sans idée préconçue sauf peut-être celle de le jeter dans la mer ? L'avait-il trouvé là ou plus loin, sur les galets ? L'avait-il pris dans l'intention de l'employer pour faire tomber sur lui la corniche de sable qui l'avait enseveli ? Ou encore était-ce quelqu'un d'autre qui s'en était servi ? Mais Ronald Treeves était jeune et costaud. Si l'on s'en était pris à lui, on aurait sans doute retrouvé sur le corps quelque trace de violence.

La mer se retirait, et comme ils dirigeaient leurs pas vers le sable humide qu'avaient abandonné les vagues, ils grimpèrent par-dessus deux brise-lames. Des brise-lames qui devaient être neufs — car de ceux dont Dalgliesh se souvenait, il ne restait que quelques poteaux profondément enfouis dans le sable, reliés entre eux par des planches pourries.

Relevant sa pèlerine pour passer par-dessus l'extrémité verte et glissante du second d'entre eux, le père Martin dit : « Ces nouveaux brise-lames viennent de la Communauté européenne. Ils font partie des défenses contre la mer. A certains endroits, ils ont sensiblement modifié le paysage. Sans doute y a-t-il plus de sable aujourd'hui que dans ton souvenir. »

Ils parcoururent encore quelque deux cents mètres, puis le père Martin annonça d'une voix calme : « Voilà l'endroit », et il bifurqua en direction de la falaise, où se dressait une croix faite de deux bouts de bois flottant solidement attachés ensemble.

« Nous avons mis cette croix-là le lendemain du jour où nous avons trouvé Ronald, dit le père Martin. Jusqu'ici, elle a tenu bon, mais même si elle n'a rien à craindre des promeneurs, je ne pense pas qu'elle dure longtemps. Avec les tempêtes de l'hiver, la mer va monter jusque-là. »

Au-dessus de la croix, la falaise sablonneuse légèrement ocrée semblait par places avoir été tranchée avec une lame. A son sommet, une frange d'herbe frissonnait dans le vent. En plusieurs endroits la paroi avait travaillé, laissant de profondes crevasses sous des bords en saillie. Il aurait été parfaitement possible, songea Dalgliesh, de se tenir au-dessous d'une de ces corniches et de taper avec un bâton pour déclencher une avalanche d'une demi-tonne de sable. Mais il aurait vraiment fallu toute l'énergie du désespoir. Il y avait sans doute peu de façons plus épouvantables de mourir. Et si Ronald Treeves avait voulu se donner la mort, ne lui aurait-il pas été plus facile de nager jusqu'à ce que le froid et l'épuisement aient raison de lui ? Jusque-là, le mot « suicide » n'avait pas encore été prononcé entre le père Martin et lui, mais il sentait que le moment était venu.

« Il me semble que cette mort ressemble davantage à un suicide qu'à un accident, mon père. Mais si Ronald Treeves avait envie de mourir, pourquoi ne pas avoir nagé jusqu'à épuisement ?

— Ça, Ronald ne l'aurait jamais fait. Il avait peur de l'eau. Il ne savait même pas nager. Jamais il ne se baignait avec les autres, et je ne me souviens pas de l'avoir vu même se promener sur la plage. C'est une des raisons pour lesquelles je trouve étonnant qu'il ait choisi St Anselm plutôt qu'un autre collège théologique. » Il s'interrompit avant d'ajouter : « J'avais peur que tu ne penses que le suicide était plus vraisemblable qu'un accident, Adam. Pour nous tous, cette idée est affreusement pénible. Si Ronald s'est donné la mort sans que nous nous doutions qu'il était à ce point malheureux, nous sommes impardonnables. Non, je n'arrive pas à croire qu'il soit venu ici dans l'intention de commettre ce qui ne pouvait être pour lui qu'un péché grave. »

Dalgliesh dit : « Il a enlevé sa pèlerine et sa soutane et les a pliées soigneusement. Est-ce qu'il aurait fait ça s'il avait simplement eu l'intention de gravir la falaise ?

— Peut-être. Il aurait été difficile de gravir quoi que ce soit dans cette tenue. Il y avait quelque chose de particulièrement poignant dans ces vêtements. Ils étaient si bien rangés, avec les manches pliées à l'intérieur, comme prêts à être mis dans une valise. Mais c'est vrai que Ronald était un garçon soigneux. »

Mais pourquoi escalader la falaise ? se demandait Dalgliesh. S'il cherchait quelque chose, qu'est-ce que ça pouvait être ? Friables et perpétuellement changeantes, les parois de sable entrecoupé de fines strates de galets et de pierres ne constituaient pas une cachette vraisemblable. Il arrivait, il le savait, qu'on y fasse des trouvailles intéressantes, notamment des bouts d'ambre ou d'os humains provenant de cimetières depuis longtemps sous la mer. Mais si Treeves avait repéré un objet quelconque, où donc celui-ci était-il à présent ? A part un pieu sans intérêt, on n'avait rien retrouvé sur la plage.

Ils firent le chemin du retour en silence, Dalgliesh réglant son allure sur le pas un peu vacillant du père Martin. Le vieux prêtre avançait tête baissée contre le vent et tenait serrés autour de lui les pans de sa pèlerine noire. Dalgliesh avait l'impression de marcher à côté de la personnification de la mort.

Une fois de retour à la voiture, il dit : « Je voudrais bien voir la personne qui a trouvé Mrs Munroe — Mrs Pilbeam, je crois ? Et ce serait bien aussi que je puisse parler avec le médecin, mais je ne vois pas sous quel prétexte. Je ne voudrais pas faire naître des soupçons là où il n'y en a pas. Cette mort est suffisamment triste comme ça.

— Le docteur Metcalf doit passer au collège cet après-midi, répliqua le père Martin. Peter Buckhurst, un de nos étudiants, se remet d'une mononucléose infectieuse. Il est tombé malade à la fin du trimestre dernier. Ses parents sont en poste outre-mer, alors nous l'avons gardé ici pendant les vacances pour qu'il puisse être soigné. Quand il vient, George Metcalf en profite d'ordinaire pour donner de l'exercice à ses chiens s'il a un peu de temps libre avant ses autres rendez-vous. On va peut-être tomber sur lui. »

La chance leur sourit. Au moment de passer entre les deux tours pour entrer dans la cour, ils virent une Range Rover garée devant la maison, et tandis qu'ils descendaient de voiture, le docteur apparut sur le perron, portant sa trousse et se retournant vers l'intérieur pour faire signe à quelqu'un qu'on ne voyait pas. Le docteur était grand et bronzé ; il devait approcher de l'âge de la retraite, estima Dalgliesh. Il se dirigea vers la Range Rover, d'où jaillirent deux dalmatiens qui se précipitèrent sur lui en aboyant dès qu'il eut ouvert la portière. En même temps qu'il lançait des imprécations, le médecin sortit deux grands bols et une bouteille en plastique qu'il dévissa pour remplir les bols d'eau. Les chiens se mirent alors à laper bruyamment avec force battements de queue.

Comme Dalgliesh s'approchait avec le père Martin, il lança : « Bonjour, mon père. Peter se remet, il n'y a pas à s'inquiéter. Il devrait sortir un peu plus maintenant. Davantage d'air frais et moins de théologie. Je vais faire un saut jusqu'à l'étang avec Ajax et Jasper. Vous allez bien, j'espère ?

— Très bien, merci, George. Je vous présente Adam Dalgliesh, de Londres. Il va passer quelques jours avec nous. »

Le docteur se tourna pour regarder Dalgliesh et, tout en lui serrant la main, eut un mouvement de tête approbateur, comme s'il lui délivrait un certificat de bonne santé.

Dalgliesh dit : « J'espérais voir Mrs Munroe à

l'occasion de ce séjour, mais j'arrive trop tard. Je ne me doutais pas qu'elle était si malade ; d'après ce que m'a dit le père Martin, sa mort n'était pas vraiment une surprise. »

Le docteur troqua sa veste contre un gros pull et ses chaussures de ville contre des bottes. « Pour moi, la mort est toujours une surprise, dit-il. On croit qu'un malade n'en a plus que pour une semaine, et un an plus tard il est toujours là qui vous enquiquine. On pense alors qu'il est encore bon pour six mois, et la nuit même il plie bagage. C'est pourquoi je ne me risque jamais à parler d'échéance avec mes malades. Mais pour ce qui est de Mrs Munroe, elle savait que son cœur était en mauvais état — elle était infirmière après tout — et, en effet, sa mort ne m'a pas étonné. Ça pouvait arriver n'importe quand. Elle le savait comme moi. »

Dalgliesh dit : « Grâce à quoi une deuxième autopsie a été évitée au collège.

— C'est vrai, dans son cas, ce n'était vraiment pas nécessaire. Je la voyais régulièrement ; en fait j'étais passé la veille même de sa mort. Je suis désolé que vous l'ayez manquée. C'était une vieille amie ? Elle savait que vous alliez venir ?

— Non, répondit Dalgliesh, elle ne savait pas.

— Dommage. Si elle avait pu se réjouir de vous voir, elle aurait peut-être tenu le coup. On ne sait jamais avec les malades cardiaques. On ne sait jamais avec personne, d'ailleurs. »

Il prit congé d'un geste et partit à grands pas, les chiens courant et bondissant à côté de lui.

Le père Martin dit : « On peut passer voir si Mrs Pilbeam est chez elle, si tu veux. Je te conduirai jusqu'à sa porte, et une fois les présentations faites, je vous laisserai. »

13

Au cottage St Marc, la porte du porche était grande ouverte, et la lumière qui tombait sur le carrelage rouge faisait luire les feuilles des plantes disposées de part et d'autre sur des étagères basses dans des pots de terre cuite. A peine le père Martin eut-il levé la main vers le heurtoir que la porte intérieure s'ouvrit sur Mrs Pilbeam, qui, souriante, s'écarta pour les faire entrer. Après quelques mots de présentation, le père Martin s'en alla, hésitant sur le pas de la porte comme s'il se demandait si l'on attendait de lui une bénédiction.

Dalgliesh entra dans le petit salon encombré de meubles avec le sentiment rassurant et nostalgique de retrouver son enfance. Quand sa mère faisait des visites paroissiales, il attendait dans une pièce identique, assis à la table jambes ballantes, mangeant du cake ou, à Noël, des mince-pies, conscient de la voix basse et mal assurée de sa mère. Tout ici lui était familier : la petite cheminée et sa hotte décorée ; la table centrale carrée recouverte d'un tapis de chenille rouge sur lequel trônait un gros aspidistra dans un cache-pot vert ; les deux fauteuils, dont un à bascule, placés de chaque côté de la cheminée ; les bibelots sur le chambranle, deux chiens de porcelaine au regard éploré, un vase tarabiscoté avec l'inscription « Cadeau de Southend » et un choix de photographies dans des cadres d'argent. Les murs étaient décorés de gravures victoriennes dans leur cadre de noyer d'origine : *le Retour du pêcheur, le Chouchou de grand-papa*, et une procession de parents et d'enfants trop propres se rendant à l'église à travers un pré. La fenêtre sud était ouverte et donnait sur le promontoire ; l'étroit rebord était garni de bacs où des cactus alternaient avec des saintpaulias. La seule note discordante était le gros

téléviseur et le magnétoscope occupant tout un coin
de la pièce.

Mrs Pilbeam était une petite femme rondelette au
visage ouvert et hâlé sous une chevelure blonde soigneusement ondulée. Elle portait sur sa jupe un
tablier à fleurs, mais elle l'enleva sans plus tarder et
l'accrocha à une patère derrière la porte. Elle désigna le fauteuil à bascule à Dalgliesh, et ils s'assirent
l'un en face de l'autre, Dalgliesh devant lutter contre
la tentation de se renverser en arrière pour se balan-
cer.

Le voyant regarder les gravures, Mrs Pilbeam dit :
« Elles m'ont été laissées par ma grand-mère. J'ai
grandi au milieu d'elles. Reg les trouve trop sentimentales, mais moi, elles me plaisent. On ne peint
plus comme ça aujourd'hui.

— En effet », acquiesça Dalgliesh.

Les yeux qui le regardaient étaient pleins de gentillesse et d'intelligence. Sir Alred Treeves avait
insisté pour que son enquête soit discrète, mais il
n'avait pas exigé le secret. Mrs Pilbeam avait droit
à la vérité au même titre que le père Sebastian.

« C'est à propos de la mort de Ronald Treeves,
commença-t-il. Son père, Sir Alred, ne se trouvait
pas en Angleterre au moment de l'enquête, et il m'a
demandé de prendre certains renseignements sur ce
qui s'était passé au juste afin de pouvoir se
convaincre que le verdict était fiable. »

Mrs Pilbeam dit : « Le père Sebastian nous a
annoncé votre visite. C'est une drôle d'idée, non, de
la part de Sir Alred ? J'aurais plutôt pensé qu'il
serait content d'en rester là. »

Dalgliesh la regarda. « Vous, personnellement,
est-ce que le verdict vous a satisfaite, Mrs Pilbeam ?

— Ma foi, ce n'est pas moi qui ai trouvé le corps
et mené l'enquête. J'étais complètement hors du
coup. Mais ça paraît un peu bizarre, non ? Tout le

monde sait que ces falaises sont dangereuses. Enfin, ce pauvre garçon est mort maintenant. Je ne vois pas ce que son père espère obtenir en remuant tout ça. »

Dalgliesh dit : « J'arrive malheureusement trop tard pour poser des questions à Mrs Munroe, mais elle vous a sûrement parlé de sa découverte du corps. Le père Martin m'a dit que vous étiez amies.

— La pauvre. Oui, je pense qu'on peut dire que nous étions amies. Mais Margaret n'était pas du genre à faire des visites impromptues. Même quand son Charlie a été tué, je n'ai jamais senti que nous étions très proches. Il était capitaine dans l'armée, et je peux vous dire qu'elle était fière de lui. Il était soldat et il n'avait jamais souhaité être autre chose. Mais l'IRA l'a capturé. Il faisait je ne sais trop quoi de secret, et on l'a torturé pour le faire parler. Quand la nouvelle est arrivée, je suis allée m'installer chez elle pendant une semaine. Le père Sebastian me l'a demandé, mais je l'aurais proposé de toute façon. Elle m'a laissée faire. Je crois qu'elle n'avait même pas conscience que j'étais là. Simplement, quand je mettais de la nourriture devant elle, elle en mangeait une bouchée ou deux. J'étais plutôt contente quand tout à coup elle m'a demandé de m'en aller. Elle m'a dit : "Je regrette d'avoir été de si mauvaise compagnie, Ruby. Vous avez été très gentille, mais il vaut mieux que vous retourniez chez vous maintenant." Et je suis partie.

« Après, quand je l'observais, j'avais l'impression de la voir subir les tortures de l'enfer sans pouvoir crier, sans pouvoir rien dire. Ses yeux devenaient de plus en plus grands, mais à part ça, elle se ratatinait. Et puis il m'a semblé, non pas qu'elle se remettait — comment est-ce qu'on pourrait se remettre de la mort d'un enfant ? — mais qu'elle retrouvait un certain intérêt à la vie. C'est ce qu'il nous a semblé à tous. Et puis il y a eu cet accord du Vendredi saint et tous ces assassins qui ont été libérés — elle n'a pas supporté. Je crois qu'elle se sentait seule. Elle aimait beaucoup les garçons — nos étudiants, pour elle, c'étaient "les garçons" —, elle les soignait quand ils étaient malades. Mais je crois qu'ils étaient un peu mal à l'aise avec elle depuis la mort de Charlie. Les jeunes n'aiment pas être témoins du malheur, on comprend ça.

— Il faudra pourtant bien qu'ils s'y fassent une fois qu'ils seront prêtres.

— Oh, ils s'y feront, ils s'y feront. Ce sont de braves petits. »

Dalgliesh demanda : « Mrs Pilbeam, aviez-vous de l'affection pour Ronald Treeves ? »

Elle réfléchit avant de répondre. « Je n'ai pas à me demander qui j'aime et qui je n'aime pas. Ce n'est pas une question qu'on peut se poser ici. Dans une petite communauté comme la nôtre, on ne peut pas avoir de favoris. Le père Sebastian a toujours été absolument contre. Mais Ronald n'était pas très populaire, il faut bien le dire. Et je ne crois pas qu'il se sentait chez lui à St Anselm. Il était un peu trop satisfait de lui et un peu trop critique envers les autres — parce qu'il manquait d'assurance sûrement. Et puis il ne nous laissait jamais oublier que son père avait de l'argent.

— N'était-il pas ami avec Mrs Munroe ?

— Avec Margaret ? Oui, on peut peut-être dire les choses comme ça. Je l'ai souvent vu aller chez elle en tout cas. Les étudiants ne sont censés entrer dans les cottages que si on les invite, mais je crois qu'il passait chez Margaret à l'improviste. Elle ne s'en est jamais plainte du reste. Je me demande bien ce qu'ils pouvaient se dire. Mais ils devaient trouver plaisir à être ensemble, c'est sûr.

— Est-ce que Mrs Munroe vous a parlé de sa découverte du corps ?

— Pas vraiment, et je ne voulais pas poser de

questions. Bien sûr, on en a parlé au moment de l'enquête et j'ai lu les journaux, mais je ne suis pas allée voir. Ici, il n'était question que de ça. Sauf quand le père Sebastian était dans le coin. Il a horreur des bavardages. Mais d'une façon ou d'une autre, j'ai fini par apprendre tous les détails, ou plutôt le peu de détails qu'il y avait à apprendre.

— Est-ce qu'elle vous a dit qu'elle mettait toute l'histoire par écrit ?

— Non, mais ça ne m'étonne pas. Elle adorait écrire, Margaret. Avant que Charlie se fasse tuer, il avait droit à une lettre chaque semaine. Quand j'allais la voir, elle était à sa table et n'en finissait pas d'écrire. Mais là, pour Ronald, elle ne m'avait rien dit.

— Après sa crise cardiaque, c'est vous qui l'avez trouvée, non ? Comment est-ce que ça s'est passé ?

— Eh bien, comme j'allais au collège, juste après six heures, j'ai vu de la lumière chez elle. Ça faisait deux jours qu'on ne s'était pas parlé, j'avais un peu mauvaise conscience. Je me disais que je la négligeais et que ça lui ferait peut-être plaisir de venir dîner avec Reg et moi. Alors je suis passée la voir. Et je l'ai trouvée morte dans son fauteuil.

— La porte était ouverte ou vous aviez la clé ?

— Oh, c'était ouvert. C'est rare qu'on ferme les portes à clé ici. J'ai frappé, et sans attendre de réponse, je suis entrée. C'était notre habitude. Et c'est alors que je l'ai trouvée. Elle était déjà toute froide, raide comme une planche, avec son tricot sur les genoux. Une des aiguilles était encore dans sa main droite, enfilée dans une maille. Forcément, j'ai appelé le père Sebastian, et il a fait venir le docteur Metcalf. Le docteur Metcalf était passé la voir pas plus tard que la veille. Elle avait le cœur en très mauvais état, alors pour le certificat de décès, il n'y a pas eu de problème. C'était pour elle une bonne façon de s'en aller. Tout le monde n'a pas cette chance.

— Et vous n'avez rien trouvé, pas de papier, pas de lettre ?

— Je n'ai rien vu, et je n'ai pas eu l'idée de chercher. Pourquoi est-ce que j'aurais fait ça ?

— Je comprends, Mrs Pilbeam. Je pensais simplement qu'il aurait pu se trouver quelque chose sur la table.

— Non, rien, et c'est pour ça que je me suis dit qu'elle ne devait pas vraiment tricoter.

— Je ne comprends pas.

— Elle tricotait un pull pour le père Martin. Il en avait vu un qui lui plaisait dans une boutique d'Ipswich, il lui en avait parlé, et je crois qu'elle voulait lui en tricoter un pareil comme cadeau de Noël. Mais le modèle était très compliqué, des espèces de torsades avec un motif entre-deux. Quand elle y travaillait, elle avait toujours le modèle sous les yeux. Je l'avais vue souvent, elle ne cessait de s'y rapporter. Et en plus, les lunettes qu'elle portait n'étaient pas les bonnes, c'étaient ses lunettes de télévision. Pour voir de près, elle avait des lunettes à monture dorée.

— Et le modèle n'était pas là ?

— Non. Elle avait ses aiguilles et la laine sur les genoux, c'est tout. Elle tenait l'aiguille d'une drôle de façon. Elle ne tricotait pas comme moi. Elle tricotait à la façon continentale, d'après ce qu'elle m'avait expliqué. C'était très curieux. Elle tenait l'aiguille gauche pour ainsi dire rigide, et elle faisait tourner l'autre autour. J'ai tout de suite trouvé ça bizarre qu'elle ait son tricot sur les genoux alors qu'elle ne pouvait pas être en train de tricoter.

— Vous en avez parlé ?

— Non. Ça me semblait sans intérêt. Un peu bizarre, c'est tout. J'ai pensé qu'elle s'était peut-être sentie mal juste après avoir pris son tricot et qu'elle avait donc oublié le modèle. Mais elle me manque, vous pouvez me croire. Ça me fait un drôle d'effet de voir le cottage vide. Et on peut dire qu'elle a disparu du jour au lendemain. Je croyais qu'elle n'avait pas de famille, mais voilà que tout à coup une sœur a débarqué de Surbiton. Elle a pris les dispositions nécessaires pour que le corps soit emmené à Londres pour être incinéré, et elle est revenue avec son mari vider le cottage. Il n'y a rien de tel que la mort pour que la famille se manifeste. Margaret n'aurait pas voulu de requiem, mais le père Sebastian a organisé à l'église un très joli service. Où chacun de nous avait un rôle à tenir. Le père Sebastian pensait que je pourrais lire un passage de saint Paul, mais j'ai préféré dire une petite prière. Je ne sais pas pourquoi, mais je n'aime pas saint Paul. Il me fait l'effet d'un agitateur. Il y avait ces petits groupes de chrétiens qui s'entendaient plutôt bien dans l'ensemble, et puis saint Paul est arrivé sans que personne lui demande rien et il s'est mis à tout régenter, à tout critiquer, à envoyer ses épîtres virulentes — pas le genre de lettres que j'aurais du plaisir à recevoir. J'ai expliqué tout ça au père Sebastian.

— Et qu'est-ce qu'il a dit ?

— Que saint Paul était un grand génie religieux et que sans lui nous ne serions pas chrétiens aujourd'hui. "Alors qu'est-ce qu'on serait ?" je lui ai demandé. Apparemment, il n'en savait rien. Il m'a promis d'y réfléchir, mais il ne m'en a plus reparlé. Il m'a dit que les questions que je soulevais ne faisaient pas partie du programme de la faculté de théologie de Cambridge. »

Lorsque Dalgliesh s'en fut allé, ayant refusé le thé et le gâteau que lui offrait aimablement Mrs Pilbeam, il se dit que les questions qu'elle soulevait ne se limitaient pas à la théologie.

14

Le Dr Emma Lavenham quitta Cambridge plus tard qu'elle ne l'avait espéré. Giles était venu déjeuner, et pendant qu'elle préparait ses bagages, il avait parlé de diverses questions qui, disait-il, devaient être réglées avant son départ. Elle avait la nette impression qu'il avait pris plaisir à la retarder. Il n'appréciait pas les trois journées de cours qu'elle donnait chaque trimestre à St Anselm. Il n'y avait jamais fait d'objections directes, sentant probablement qu'elle y verrait une ingérence impardonnable dans sa vie personnelle, mais il avait des façons plus subtiles d'exprimer sa désapprobation à l'égard d'une activité dont il était exclu et qui avait lieu dans une institution pour laquelle, athée déclaré, il n'avait qu'un piètre respect. Mais il ne pouvait pas se plaindre que le travail qu'elle faisait à Cambridge en souffrît.

Son départ tardif signifiait qu'elle n'échapperait pas aux embouteillages du vendredi soir, et le même scénario se répétant, elle en voulait à Giles des tactiques qu'il utilisait pour la retarder et s'irritait de se laisser avoir chaque fois. A la fin du dernier trimestre, elle avait commencé à prendre conscience qu'il se montrait de plus en plus possessif et demandait qu'elle lui consacre de plus en plus de temps et d'affection. Maintenant, avec la perspective d'une chaire dans une université du Nord, il parlait mariage, sans doute parce qu'il voyait là le plus sûr moyen de s'assurer qu'elle viendrait avec lui. Il avait une conception précise de la femme qu'il lui fallait, et elle correspondait malheureusement à l'idée qu'il s'en faisait. Durant les quelques jours qu'elle passerait à St Anselm, elle était résolue à chasser de son

esprit ces préoccupations et tous les problèmes de
sa vie universitaire.

L'arrangement avec le collège remontait à trois
ans. Le père Sebastian l'avait recrutée selon sa
méthode habituelle. Il avait tâté le terrain auprès de
ses contacts à Cambridge. Ce qu'il cherchait, c'était
un universitaire, de préférence jeune, pour donner
trois séminaires au début de chaque trimestre sur
« Le patrimoine poétique de l'anglicanisme »,
quelqu'un qui ait une réputation ou soit en passe de
se faire un nom, qui puisse s'entendre avec de futurs
prêtres et se conformer à l'esprit de St Anselm. Ce
qu'était cet esprit, le père Sebastian n'avait pas jugé
nécessaire de le préciser. Le poste, avait-il par la
suite expliqué à Emma, était directement issu des
vœux de la fondatrice du collège, Miss Arbuthnot.
Fortement influencée en cela comme en d'autres
matières par les amis Haute Eglise qu'elle avait à
Oxford, celle-ci croyait important que les prêtres
anglicans nouvellement ordonnés aient une certaine
connaissance de leur patrimoine littéraire. Agée de
vingt-huit ans et depuis peu nommée maître assistant, Emma avait été conviée à ce que le père Sebastian présentait comme une discussion informelle
sur la possibilité qu'elle intègre la communauté
pour ces neuf jours de cours par an. Ayant été retenue comme candidate au poste, Emma ne l'avait
accepté qu'à condition que la poésie étudiée ne se
réduise pas à celle d'auteurs appartenant à l'Eglise
d'Angleterre et ne soit pas limitée dans le temps.
Elle avait insisté pour inclure dans son cours les
poèmes de Gerard Manley Hopkins et étendre la
période étudiée de manière à inclure des poètes
modernes comme T. S. Eliot. Le père Sebastian,
apparemment persuadé d'avoir trouvé le professeur
qu'il lui fallait, lui avait accordé là-dessus toute lati-
tude. En dehors d'une apparition durant le troisième séminaire, où sa présence silencieuse avait eu

un effet un peu intimidant, il ne s'était plus mêlé de
rien.

Ces trois jours à St Anselm précédés d'un week-
end étaient devenus importants pour Emma, qui
s'en réjouissait sans jamais être déçue. A Cambridge, il y avait toujours des tensions, des soucis.
Elle était devenue maître assistant très jeune
— peut-être trop jeune, se disait-elle. Car c'était une
lourde charge de concilier l'enseignement, qu'elle
aimait beaucoup, avec la recherche, les responsabilités administratives et le tutorat individuel pour
une poignée d'étudiants qui l'accablaient souvent de
leurs difficultés personnelles. Parmi eux, beaucoup
étaient les premiers de leur famille à entrer à l'Université. Ils arrivaient chargés d'espoirs et d'inquié-
tudes. Certains, qui s'en étaient très bien tirés au
bac, trouvaient les listes de lectures à faire effroya-
blement longues ; d'autres, qui s'ennuyaient de leur
famille et avaient honte de l'avouer, manquaient de
l'aplomb nécessaire pour faire face à leur nouvelle
vie.

Ses propres complications sentimentales et les
exigences de Giles ne rendaient pas ces difficultés
plus légères. Aussi était-ce un soulagement pour elle
de se retrouver dans un endroit comme St Anselm,
de parler de la poésie qu'elle adorait avec des jeunes
gens pleins d'intelligence qui n'avaient pas, eux,
l'obligation de faire une dissertation par semaine,
qui ne cherchaient pas, plus ou moins consciem-
ment, à lui plaire en présentant des opinions con-
formes aux siennes, et que n'obsédait pas l'idée
d'obtenir une licence avec mention. Elle aimait bien
ces étudiants, et tout en décourageant les approches
amoureuses, elle était ravie de sentir qu'ils
l'aimaient bien aussi, qu'ils appréciaient sa présence
de femme au collège, et qu'ils la percevaient le plus
souvent comme une alliée. Mais ce n'était pas seulement les étudiants qui l'appréciaient. Tout le monde

la traitait comme une amie. En ce qui concernait le père Sebastian, malgré ses façons un tantinet guindées, il était évident qu'il se félicitait d'avoir une fois de plus déniché l'oiseau rare, et les autres pères ne cachaient pas la joie que leur procurait chacun de ses retours.

Alors que ses séjours à St Anselm étaient chaque fois un plaisir anticipé, ses retours réguliers et consciencieux chez elle auprès de son père ne manquaient jamais de lui peser. Après avoir quitté Oxford, il s'était installé dans un grand appartement près de la gare de Marylebone. La maison en brique rouge avait pour Emma la couleur de la viande crue. Les meubles lourds, le papier sombre qui tapissait les murs, les voilages des fenêtres, tout contribuait à créer dans les pièces une atmosphère lugubre que son père ne semblait même pas remarquer. Henry Lavenham s'était marié sur le tard et avait perdu son épouse d'un cancer du sein peu après la naissance de leur deuxième fille. Emma avait alors trois ans, et bien plus tard elle comprit que son père avait transféré sur sa petite sœur tout l'amour qu'il avait pour sa femme. Qu'elle fût la moins aimée, Emma le savait depuis toujours. Elle n'en avait jamais éprouvé de rancœur ni de jalousie, mais elle avait compensé le manque d'amour par l'acharnement au travail et la volonté de réussir. Brillante et belle, elle entendait ces mots depuis son adolescence. Cependant, si elle possédait en effet l'intelligence et la beauté, ces deux qualités lui avaient aussi été un fardeau, la première par l'attente d'un succès qui lui était venu trop facilement pour lui valoir aucun mérite, la seconde par ce qu'elle représentait de mystère et parfois de tourment. La beauté ne lui était venue qu'à l'adolescence, où, se regardant dans le miroir pour essayer d'évaluer ce bien tellement surestimé, elle était déjà à demi consciente que c'était un cadeau empoisonné.

Jusqu'au moment où sa sœur Marianne avait eu onze ans, les deux filles avaient été élevées par une sœur de leur père, femme consciencieuse et peu démonstrative, totalement dénuée d'instinct maternel, mais qui connaissait son devoir. S'en étant acquitté, elle avait retrouvé son monde de chiens, de bridge et de voyages dès qu'elle avait jugé Marianne assez grande pour pouvoir s'en aller. Les deux sœurs l'avaient vue partir sans regret.

Mais ensuite, Marianne était morte, tuée par un conducteur ivre le jour de son treizième anniversaire, et Emma était restée seule avec son père. Lorsqu'elle retournait le voir, il lui témoignait une courtoisie scrupuleuse un peu pénible. Elle se demandait si leur manque de communication et leur façon d'éviter toute démonstration de tendresse — en l'occurrence, elle ne pouvait pas parler d'éloignement étant donné qu'ils n'avaient jamais été proches — résultaient chez lui du sentiment qu'à plus de soixante-dix ans il serait gênant, voire avilissant, de demander à sa fille une affection dont il n'avait précédemment jamais manifesté le besoin.

Elle arrivait enfin au terme de son voyage. La route étroite conduisant à la mer n'était guère fréquentée que les week-ends d'été, et ce soir elle était parfaitement déserte. Elle se déroulait devant elle, pâle, indistincte et un peu sinistre dans le jour tombant. Comme toujours lorsqu'elle venait à St Anselm, Emma se sentait approcher une côte en train de se désagréger, sauvage, mystérieuse et isolée dans le temps comme dans l'espace.

Lorsqu'elle prit le chemin conduisant au collège et que les hautes cheminées commencèrent d'apparaître, menaçantes, sur le ciel assombri, elle aperçut à une cinquantaine de mètres devant elle la petite silhouette du père John Betterton.

Arrivée à sa hauteur, elle s'arrêta, baissa la vitre

et demanda : « Je peux vous ramener au collège, mon père ? »

Il cligna des yeux un instant comme s'il ne la reconnaissait pas, puis un chaud sourire enfantin éclaira son visage. « Emma. Merci, merci. J'accepte volontiers. Ma balade du côté de l'étang a été plus longue que je ne pensais. »

Il portait un gros manteau de tweed et avait des jumelles autour du cou. Une fois qu'il se fut installé dans la voiture, celle-ci s'emplit de l'odeur d'eau saumâtre qui imprégnait son pardessus.

« Vous avez vu des oiseaux intéressants, mon père ?

— Ceux qu'on voit d'habitude en cette saison, rien de plus. »

Le silence qui suivit n'avait rien de désagréable. A un moment donné, pendant une courte période, Emma avait eu un peu de peine à se sentir à l'aise avec le père John. Cela remontait à sa première visite, trois ans plus tôt, lorsque Raphael lui avait parlé de son emprisonnement.

Il avait dit : « Que ce soit à Cambridge ou ici, vous finirez forcément par l'apprendre, alors je préfère vous le dire moi. Le père John a avoué avoir abusé de deux garçons de sa chorale. C'est le terme qui a été employé mais je doute vraiment qu'il y ait eu le moindre abus. Il a fait trois ans de prison.

— Je ne connais pas grand-chose à la loi, avait rétorqué Emma, mais trois ans, ça me paraît beaucoup.

— C'est que l'histoire s'est compliquée. Un prêtre du voisinage, Matthew Crampton, est allé farfouiller dans le passé du père John, et il a déniché trois jeunes gens qui l'ont accusé des pires énormités. Ces trois-là étaient des délinquants, et ils ont déclaré que sa conduite envers eux les avait rendus malheureux, asociaux et incapables de travailler régulièrement. Ils mentaient, mais le père John a plaidé coupable malgré tout. Il avait ses raisons. »

Sans partager nécessairement la confiance de Raphael dans l'innocence du père John, Emma éprouvait pour lui une grande pitié. Il lui faisait l'effet d'un homme qui s'est replié sur lui-même pour préserver tant bien que mal le centre d'une personnalité vulnérable, comme s'il portait en lui quelque chose de fragile qu'un mouvement brusque pouvait suffire à mettre en pièces. Il était infailliblement poli, aimable, et elle n'avait détecté son angoisse que dans les rares occasions où, plongeant son regard dans le sien, elle s'était sentie aussitôt contrainte de détourner les yeux pour ne pas voir sa peine. Sans doute portait-il également un certain poids de culpabilité. Mais se pouvait-il que l'on s'attire un tel enfer volontairement ? Une partie d'elle-même regrettait que Raphael lui ait parlé. Elle n'osait pas imaginer ce qu'avait été la vie du père John en prison. Et celle qu'il menait à présent à St Anselm ne devait pas être facile non plus. Il occupait un appartement privé au troisième étage avec une sœur célibataire que, charitablement, on ne pouvait décrire que comme une excentrique. Même si, les quelques fois où elle les avait vus ensemble, il avait paru évident à Emma qu'il lui était tout dévoué, qui sait si cet amour n'était pas un fardeau plutôt qu'un réconfort ?

Elle se demandait maintenant si elle devait dire quelque chose au sujet de la mort de Ronald Treeves. Elle avait lu un bref compte rendu de l'affaire dans les quotidiens nationaux, et Raphael, qui apparemment croyait de son devoir de la tenir au courant de ce qui se passait à St Anselm, lui avait téléphoné pour lui annoncer la nouvelle. Après réflexion, elle avait écrit une brève lettre de condoléances au père Sebastian, qui avait accusé réception par une réponse plus brève encore de son élégante écriture. Sans doute aurait-il été naturel qu'elle parle maintenant de Ronald au père John, mais quelque chose la retenait. Elle avait l'impression que le sujet serait mal accueilli et probablement douloureux.

Désormais St Anselm était bien en vue, ses cheminées, tourelles, tour et coupole assombries par la lumière mourante. Devant, les deux piliers en ruine de l'ancien corps de garde élisabéthain délivraient leurs messages ambigus ; grossiers symboles phalliques, sentinelles invincibles devant l'inexorable approche de l'ennemi, rappels opiniâtres de la fin à laquelle la maison ne pourrait échapper. Etait-ce la présence du père John à côté d'elle ou la pensée de Ronald Treeves étouffant sous le poids du sable qui était la cause de cette vague de tristesse et d'appréhension ? se demandait Emma. Jusqu'ici, c'était invariablement dans la joie qu'elle était arrivée à St Anselm ; aujourd'hui, elle s'en approchait avec un sentiment très voisin de la peur.

Tandis qu'ils s'arrêtaient devant la porte, celle-ci s'ouvrit et elle vit Raphael se profiler dans la lumière du hall. Il était clair qu'il l'attendait. Vêtu de sa soutane noire, les yeux fixés sur eux, il se tenait immobile, comme taillé dans la pierre. Elle se souvint de sa première vision de lui : elle était restée un moment incrédule, puis elle avait éclaté de rire devant son impuissance à cacher sa surprise. Stephen Morby, un autre étudiant qui se trouvait avec eux, avait ri lui aussi.

« Extraordinaire, non ? L'autre jour, alors qu'on était dans un pub à Reydon, une femme s'est approchée et a demandé : "D'où venez-vous, de l'Olympe ?" Moi, j'avais envie de monter sur la table et de crier : "Regardez-moi ! Regardez-moi, j'existe aussi !" »

Il avait parlé sans aucune trace d'envie. Peut-être comprenait-il que, chez un homme, la beauté est

une arme à double tranchant, et de fait Emma ne
voyait jamais Raphael sans penser à la méchante fée
qui devait être présente à son baptême. Par ailleurs,
elle s'étonnait de pouvoir le regarder sans éprouver
la moindre attirance sexuelle. Peut-être plaisait-il
aux hommes davantage qu'aux femmes. Mais quel
que fût son pouvoir sur l'un ou l'autre sexe, il en
paraissait inconscient. A la confiance et à l'aisance
de son comportement, elle voyait bien qu'il se savait
beau et qu'il comprenait que sa beauté le rendait
différent. Il appréciait la chose et s'en félicitait, mais
il semblait indifférent à l'effet qu'elle pouvait avoir
sur les autres.

Il eut alors un brusque sourire et se mit à descendre le perron, main tendue. Dans l'état d'appréhension à demi superstitieuse où elle était, Emma
y vit un geste d'avertissement plutôt que de bienve-
nue. Le père John salua de la tête avec un petit sourire et partit de son côté.

Ayant pris la valise d'Emma, Raphael dit : « Je
suis content de vous voir. Je ne peux pas vous promettre un week-end agréable, mais il sera sûrement
intéressant. Nous accueillons deux policiers, dont
l'un de New Scotland Yard, rien de moins. Le commandant Dalgliesh est ici pour poser des questions
à propos de Ronald Treeves. Et puis il y a un autre
invité, dont je me passerais volontiers. J'ai l'intention de m'en tenir aussi éloigné que possible, et je
vous conseille vivement d'en faire autant. C'est
l'archidiacre Matthew Crampton. »

15

Il restait une visite à faire. Dalgliesh retourna brièvement dans sa chambre, puis franchit la grille placée entre Ambroise et l'église, et parcourut les quatre-vingts mètres qui le séparaient du cottage St Jean. L'après-midi était presque fini, et l'orient se parait de couleurs tapageuses. Le long du chemin, de hautes herbes frissonnaient dans la brise puis se couchaient sous une soudaine bourrasque. Derrière lui, la façade ouest de St Anselm était éclairée, et les trois cottages habités brillaient comme les avant-postes d'une forteresse assiégée, à côté de St Matthieu, sombre et désert.

Tandis que la lumière baissait, le bruit de la mer s'intensifiait, son doux gémissement rythmé devenant un grondement assourdi. De ses anciens séjours ici il se rappelait comment les derniers feux du jour s'accompagnaient toujours du sentiment que la mer redoublait de puissance, comme si la nuit et les ténèbres étaient ses alliées naturelles. Il s'asseyait alors à la fenêtre de Jérôme et regardait par la fenêtre l'obscurité prendre possession du promontoire, se représentant un rivage où les châteaux de sable allaient être emportés, les cris et les rires des enfants réduits au silence, les chaises longues pliées et emmenées, et dont la mer s'emparerait, roulant les ossements de marins noyés dans les cales de navires depuis longtemps naufragés.

La porte du cottage St Jean était ouverte et de la lumière tombait sur le petit chemin qui y menait. On voyait encore clairement les parois de bois de la porcherie sur la droite, et l'on entendait des grognements étouffés. Dans l'air flottait une odeur animale, mais discrète et pas déplaisante. Derrière la porcherie, on devinait le jardin potager avec ses rangées de légumes indistincts et les rames de quelques plantes tardives de haricots, et, tout au fond, la silhouette d'une petite serre.

Entendant des pas s'approcher, Eric Surtees apparut à la porte. Il sembla d'abord hésiter puis, d'un geste raide, invita Dalgliesh à entrer. Dalgliesh savait que le père Sebastian avait prévenu le personnel de sa visite, mais il ignorait quelles explications il avait données. Il eut le sentiment d'être attendu mais non pas bienvenu.

Il dit : « Mr Surtees ? Je suis le commandant Dalgliesh de la police métropolitaine. Je crois que le père Sebastian vous a annoncé que j'aurais des questions à poser sur la mort de Ronald Treeves. Son père ne se trouvait pas en Angleterre au moment de l'enquête, et il est naturel qu'il veuille en savoir aussi long que possible sur ce qui s'est passé. J'aurais à vous parler quelques minutes si vous voulez bien. »

Surtees hocha la tête. « Je vous fais entrer ? »

Dalgliesh le suivit dans la pièce située à droite du couloir. L'intérieur du cottage n'aurait pu être plus différent de celui de Mrs Pilbeam. Malgré la table et les quatre chaises qui en occupaient le centre, la pièce servait manifestement d'atelier. Sur le mur faisant face à la porte on avait installé des râteliers pour le rangement des instruments de jardin, pelles, fourches, houes, ainsi que des scies et cisailles, toutes impeccablement propres, et au-dessous des compartiments contenaient des boîtes et des outils de petite dimension. Il y avait un établi devant la fenêtre, éclairé par un tube au néon. De la cuisine, dont la porte était ouverte, arrivait une odeur déplaisante : Surtees faisait bouillir la pâtée pour ses porcs.

Tirant bruyamment une chaise de dessous la table, il dit : « Si vous voulez bien m'attendre un instant, il faut que je me lave. Je viens de m'occuper des cochons. »

Par la porte, Dalgliesh le vit qui se lavait vigou-

reusement à l'évier, s'aspergeant d'eau la tête et le
visage. Il avait l'air d'un homme qui devait se puri-
fier d'autre chose que d'un peu de saleté de surface.
Il revint enfin, une serviette autour du cou, et s'assit
en face de Dalgliesh, parfaitement raide, comme un
prisonnier qui se prépare à un interrogatoire. Brusquement, il dit d'une voix trop forte : « Vous voulez
du thé ? »

Pensant que du thé pourrait contribuer à le
mettre à l'aise, Dalgliesh répondit : « Volontiers, si
ça ne vous cause pas de dérangement.

— Ça ne me cause pas de dérangement, j'utilise
des sachets. Lait, sucre ?

— Juste du lait. »

Surtees revint quelques minutes plus tard et posa
deux gros mugs sur la table. Le thé était fort et
bouillant. Ni l'un ni l'autre n'essayèrent de boire.
Rarement Dalgliesh avait interrogé quelqu'un qui
donnait une telle impression de culpabilité. Mais de
quoi pouvait-il être coupable ? Il était difficile d'imaginer ce timide garçon — car ce n'était guère plus
qu'un garçon — tuer un être vivant. Même ses
cochons devaient être égorgés dans le cadre hygié-
nique et strictement réglementé d'un abattoir. Ce
n'était pourtant pas la force physique qui lui manquait. Sous les manches courtes de sa chemise à car-
reaux, les muscles de ses bras saillaient comme des
cordes, et ses mains très puissantes étaient d'une
taille si incongrue par rapport au reste de son corps
qu'elles avaient l'air greffées. Son visage aux traits
fins était tanné par le soleil et par le vent, et la peau
qu'on apercevait par son col ouvert semblait
blanche et douce comme celle d'un enfant.

Levant son mug, Dalgliesh demanda : « Vous éle-
vez des cochons depuis toujours ou seulement
depuis que vous travaillez ici ? Cela fait quatre ans,
n'est-ce pas ?

— Seulement depuis que je travaille ici. Mais les

cochons, je les ai toujours aimés. Quand j'ai obtenu mon emploi, le père Sebastian m'a dit que je pourrais en avoir une demi-douzaine à condition qu'ils ne soient pas trop bruyants et ne sentent pas mauvais. Mais ce sont des animaux très propres. On a tort de penser qu'ils puent.

— Et la porcherie, c'est vous qui l'avez construite ? Je m'étonne qu'elle soit en bois. Je croyais que les cochons pouvaient détruire pratiquement n'importe quoi.

— C'est vrai. Mais c'est l'extérieur seulement qui est en bois. Le père Sebastian ne voulait pas de ciment. Les parois sont doublées de parpaings. »

Surtees avait attendu que Dalgliesh commence à boire pour s'y mettre à son tour. Savourant sa première gorgée, Dalgliesh dit : « Je ne connais pas grand-chose aux cochons, mais il paraît qu'ils sont sociables et très intelligents. »

Son vis-à-vis était maintenant beaucoup plus détendu. « Oui, dit-il, ils comptent parmi les animaux les plus intelligents. Je les ai toujours aimés.

— Ils ont de la chance à St Anselm. Ça leur fait du porc sans produits chimiques.

— Ce n'est pas vraiment pour le collège que je les élève. En fait je les élève... oui, pour la compagnie. Mais il faut bien finir par les tuer, et là, ça se complique. Avec tous les règlements de l'Europe sur les abattoirs et la présence obligatoire d'un vétérinaire, on n'accepte pas quelqu'un qui arrive avec un tout petit nombre de bêtes. Et puis il y a le problème du transport. Heureusement, tout près de Blythburgh, il y a un paysan qui m'aide, Mr Harrison. Il emmène mes cochons à l'abattoir avec les siens. Et il garde une partie de la viande pour son usage personnel. Comme ça, si les pères ont envie d'un bon rôti, ils savent que j'ai ce qu'il faut. Mais à part du bacon, ils ne mangent pas beaucoup de porc. Et le père

Sebastian insiste toujours pour le payer, mais moi, ça me paraît évident qu'ils doivent l'avoir gratuit. »

Dalgliesh s'étonna une fois de plus de la capacité des hommes à aimer les animaux, à pourvoir à leurs besoins et à se soucier sincèrement de leur bien-être, et en même temps à se faire si facilement à l'idée de les abattre. Mais il était temps d'en venir au but de sa visite.

Il demanda : « Est-ce que vous connaissiez Ronald Treeves, personnellement, je veux dire ?

— Non, pas vraiment. Je savais qu'il était étudiant ici, je le rencontrais de temps en temps, mais on ne se parlait pas. J'ai l'impression que c'était un solitaire. Quand je le voyais, il était presque toujours seul.

— Qu'est-ce qui s'est passé le jour où il est mort ? Vous étiez ici ?

— Oui, j'étais ici avec ma sœur. Elle passait le week-end chez moi. Le samedi, on n'a pas vu Ronald, et la première fois qu'on a entendu parler de sa disparition, c'est quand Mr Pilbeam est passé voir s'il était ici. On lui a dit que non. Et puis on n'a plus eu de nouvelles jusque vers cinq heures, quand je suis sorti balayer les feuilles dans les cloîtres et laver le dallage. Il avait plu le jour d'avant, il y avait un peu de boue, alors le père Sebastian m'avait demandé de nettoyer au jet avant le service du soir. J'étais en train de le faire quand Mr Pilbeam m'a dit qu'on avait trouvé le corps de Ronald Treeves. Ensuite, le père Sebastian nous a tous réunis dans la bibliothèque pour nous apprendre ce qui s'était passé.

— Ça a dû vous faire un choc à tous. »

Surtees regardait ses mains jointes sur la table. Soudain il les retira de sa vue comme un enfant coupable et se pencha en avant. « Un choc, oui, dit-il à voix basse. Il y avait de quoi.

— Il semble que vous êtes le seul jardinier de

St Anselm. C'est pour vous ou pour le collège que vous cultivez des légumes ?

— Pour moi et pour tous ceux qui en veulent. Mais il n'y en a pas assez pour le collège, en tout cas pas quand les étudiants sont tous là. On a beau être près de la mer, la terre est bonne. Je pourrais sûrement agrandir le jardin, mais ça prendrait trop de temps. Quand ma sœur vient ici, elle repart avec des légumes. Et puis Miss Betterton, qui cuisine pour elle-même et le père John, les apprécie aussi. Et bien sûr Mrs Pilbeam. »

Dalgliesh dit : « Mrs Munroe a laissé un journal intime. Elle a noté que vous aviez eu la gentillesse de lui apporter des poireaux le 11 octobre, c'est-à-dire la veille de sa mort. Vous vous souvenez ? »

Après un moment de silence, Surtees répondit : « C'est possible, oui, peut-être. Mais je ne me rappelle pas. »

Dalgliesh insista doucement : « Ça ne fait pas si longtemps, à peine plus d'une semaine. Vous ne vous souvenez vraiment pas ?

— Maintenant que j'y réfléchis, si. J'avais ramassé des poireaux en fin de journée. Mrs Munroe disait qu'elle aimait en manger le soir, avec une sauce au fromage, alors je lui en ai apporté quelques-uns.

— Et qu'est-ce qui s'est passé ? »

Il leva les yeux, l'air sincèrement perplexe.

« Rien, Absolument rien. Elle m'a juste remercié et les a pris.

— Elle vous a fait entrer ?

— Non. De toute façon je n'aurais pas accepté. Je voulais rentrer chez moi retrouver ma sœur. Cette semaine-là, elle est restée jusqu'au jeudi matin. J'étais passé à tout hasard, en me disant que si Mrs Munroe n'était pas chez elle je laisserais les poireaux devant la porte.

— Mais elle était chez elle. Vous êtes sûr qu'elle

n'a rien dit, qu'il ne s'est rien passé ? Elle a juste pris les poireaux ?

— Elle a pris les poireaux et elle m'a dit merci, c'est tout. »

Dalgliesh entendit alors un bruit de moteur. Une voiture approchait. Surtees devait l'avoir entendu aussi, car il se leva de sa chaise d'un air soulagé et dit : « Ça doit être Karen, ma sœur. Elle vient pour le week-end. »

A présent la voiture s'était arrêtée. Surtees sortit en hâte. Le sentant anxieux de parler à sa sœur seul à seul, peut-être pour l'avertir de sa présence, Dalgliesh le suivit sans se presser et resta sur le pas de la porte.

Une femme était descendue de la voiture et le regardait, plantée à côté de Surtees. Presque aussitôt elle se retourna sans dire un mot et sortit de la voiture un gros sac à dos et toute une collection de sacs en plastique. Puis elle fit claquer la portière et s'avança vers la maison avec son frère, chargé de paquets tout comme elle.

Surtees fit les présentations. « Karen, c'est le commandant Dalgliesh de New Scotland Yard. Il enquête au sujet de Ronald. »

Elle était nu-tête et ses cheveux foncés se dressaient en courtes pointes. Les grosses boucles dorées qu'elle portait aux oreilles accusaient la finesse et la pâleur de son visage. Sous l'arc délicat des sourcils, ses yeux sombres brillaient, tout comme brillait sa bouche, lourdement soulignée de rouge. Son visage était une savante composition en rouge, noir et blanc. Après avoir décoché à Dalgliesh un regard hostile lui exprimant que sa présence était inopportune, elle parut le jauger puis baissa prudemment les yeux.

Ils entrèrent tous les trois dans la pièce servant d'atelier, et Karen déposa sur la table son volumineux sac à dos. « J'ai apporté des repas tout préparés qu'il faudrait mettre dans le congélateur, dit-elle à son frère. Et il y a une caisse de vin dans la voiture. »

Surtees les regarda l'un après l'autre avant de se décider à sortir. Silencieusement, Karen commença à sortir ses affaires de son sac.

Dalgliesh dit : « Je vois bien que ma visite tombe mal, mais puisque je suis là, on gagnerait du temps si vous vouliez bien répondre à quelques questions.

— Allez-y. Vous savez peut-être que je suis la demi-sœur d'Eric ; je m'appelle Surtees, comme lui. Mais vous arrivez un peu tard, non ? Je ne vois pas à quoi ça peut vous servir de poser des questions à propos de Ronald Treeves maintenant. Il y a eu une enquête, c'est fini. Il n'y a même plus de corps à exhumer, il a été incinéré à Londres. On ne vous l'a pas dit ? Et puis en quoi est-ce que cela concerne Scotland Yard ? C'est l'affaire de la police du Suffolk, non ?

— En principe, oui. Mais Sir Alred voudrait en savoir aussi long que possible sur la mort de son fils, c'est bien naturel, et comme je devais venir dans la région, il m'a demandé de voir si je pourrais apprendre du nouveau.

— Si la mort de son fils l'avait vraiment intéressé, il aurait été présent lors de l'enquête. J'imaginerais plutôt que c'est sa conscience qui le travaille et qu'il joue les pères concernés. Mais je ne vois pas de quoi il s'inquiète. Il ne se figure tout de même pas que son fils s'est fait assassiner ? »

Il était curieux d'entendre un mot si lourd de sens prononcé avec tant de légèreté. « Non, je ne crois pas.

— Alors je ne peux rien pour lui. Je n'ai vu son fils qu'une ou deux fois quand je me baladais, et tout ce qu'on s'est dit c'est : "Bonjour, quelle belle journée", ce genre de platitudes.

— Vous n'étiez pas amis ?

— Je ne fréquente pas les étudiants d'ici. Et si par ami vous entendez ce que je crois, je viens ici pour voir mon frère et me changer de Londres, pas pour baiser avec de futurs prêtres ! Encore que ça ne leur ferait sûrement pas de mal.

— Mais vous étiez ici le jour où Ronald Treeves est mort ?

— Oui. Je suis arrivée le vendredi à peu près à la même heure qu'aujourd'hui.

— Et vous avez vu Ronald, ce week-end-là ?

— Non, ni moi ni mon frère. On a appris qu'il avait disparu quand Pilbeam est venu nous demander s'il était ici. On a dit que non. Fin de l'histoire. Ecoutez, si vous avez encore des questions à poser, vous ne pourriez pas revenir demain ? J'aimerais bien m'installer, défaire mes bagages, me faire du thé — vous comprenez ? La sortie de Londres était un enfer. Alors vous seriez gentil de laisser tomber pour l'instant. Et puis de toute manière je ne vois pas ce que je pourrais vous dire d'autre. Pour moi, ce Ronald était un étudiant parmi les autres, c'est tout.

— Mais avec votre frère, vous devez vous être fait une idée sur sa mort, vous en avez sûrement parlé. »

Ayant fini de ranger ce qu'il avait à ranger, Surtees revint alors de la cuisine. Karen le regarda. « Evidemment qu'on en a parlé, dit-elle. Comme tout le collège, j'imagine. Si vous tenez à le savoir, moi, j'ai pensé qu'il devait s'être suicidé. Je ne sais pas pourquoi, et ce n'est pas mes oignons. Comme je l'ai déjà dit, je le connaissais à peine, mais comme accident, ça m'a paru vraiment bizarre. Avec les écriteaux et tout, il ne pouvait pas ignorer que les falaises étaient dangereuses. Et puis qu'est-ce qu'il faisait sur la plage ?

— On peut se le demander, c'est vrai », acquiesça Dalgliesh.

Il allait s'en aller après les avoir remerciés lorsqu'une idée lui vint. « Les poireaux que vous avez apportés à Mrs Munroe, dit-il, vous vous souvenez s'ils étaient emballés ? »

Surtees réfléchit. « Je n'en suis pas sûr, mais je pense que je les avais emballés dans un journal. C'est ce que je fais d'ordinaire avec les légumes.

— Essayez de vous souvenir dans quel journal c'était. Je sais que ce n'est pas facile. » Et comme Surtees ne disait rien, il ajouta : « Essayez de vous rappeler le format : est-ce que c'était un quotidien habituel ou bien un tabloïd ? Quels journaux lisez-vous ? »

Finalement, ce fut Karen qui répondit. « C'était dans la *Sole Bay Weekly Gazette*. Je suis journaliste, j'ai l'œil pour les journaux.

— Vous étiez dans la cuisine ?

— Je pense, oui. En tout cas j'ai vu Eric emballer ces poireaux. Il m'a dit qu'ils étaient pour Mrs Munroe.

— Vous ne vous rappelez pas par hasard la date du journal ?

— Ça non. Mais je me souviens qu'au milieu, à la page où Eric l'a ouvert, il y avait une photo de l'enterrement d'un paysan de la région. Il voulait que sa génisse favorite assiste à la cérémonie, alors on la voyait au bord de la tombe — je ne crois pas qu'on l'avait laissée entrer dans l'église — avec des rubans noirs au cou et aux cornes. Le genre de photos que les rédacteurs adorent. »

Dalgliesh se tourna vers Surtees : « Quand est-ce qu'elle sort, cette gazette ?

— Le jeudi. Mais en général j'attends le week-end pour la lire.

— Alors ça devait être celle de la semaine précédente. » Puis, s'adressant à Karen, Dalgliesh dit : « Merci, vous m'avez été très utile. » Et à nouveau il vit son regard qui le jaugeait.

Ils l'accompagnèrent jusqu'à la porte. Au bout du

chemin, il regarda par-dessus son épaule, et les aperçut côte à côte qui le suivaient des yeux comme pour
s'assurer qu'il partait vraiment. Puis ils se retournèrent simultanément et fermèrent la porte derrière
eux.

16

Après son dîner solitaire à la Couronne de Southwold, Dalgliesh avait prévu de rentrer pour complies. Mais le repas, bien trop bon pour être bâclé,
se prolongea, et une fois de retour à St Anselm, il
vit que l'office avait commencé. Il attendit dans son
appartement jusqu'à ce que la cour s'éclaire, la porte
sud de l'église s'étant ouverte pour laisser sortir la
petite congrégation. Puis il se rendit à la porte de la
sacristie, où le père Sebastian apparut enfin et
ferma à clé derrière lui.

S'approchant de lui, Dalgliesh lui demanda :
« Pouvons-nous parler, mon père ? Ou préférez-vous
que nous attendions demain ? »

Il savait qu'à St Anselm l'habitude voulait qu'on
garde le silence après complies, mais le directeur
répliqua : « Est-ce que ce sera long, commandant ?

— J'espère que non, mon père.

— Alors allons-y maintenant, si vous voulez.
Venez dans mon bureau. »

Une fois assis à son bureau, le directeur montra
à Dalgliesh la chaise placée en face de lui. Il n'était
pas question de s'installer confortablement devant
la cheminée, et le directeur n'avait aucunement
l'intention d'entamer la conversation ni de demander à Dalgliesh où il en était de ses conclusions au
sujet de la mort de Ronald Treeves. Il se contenta

d'attendre en silence — un silence qui, sans être hostile, donnait l'impression d'une épreuve de patience.

Dalgliesh prit enfin la parole : « Le père Martin m'a montré le journal que tenait Mrs Munroe. Ronald Treeves semble avoir passé avec elle plus de temps qu'on ne le pensait d'ordinaire, et bien sûr, c'est elle qui a trouvé le corps. Du coup, les allusions qu'elle fait à lui prennent un relief particulier. Je pense notamment à ce qu'elle a écrit la veille de sa mort. Vous n'avez pas pris au sérieux sa déposition selon laquelle elle avait découvert un secret qui la tourmentait ?

— Sa *déposition*, voilà bien un mot de policier, commandant. Mais ne vous y trompez pas, j'ai pris la chose très au sérieux puisque c'était sérieux pour elle. J'avais des réticences à l'idée de lire ce qu'on peut considérer comme un journal intime, mais comme le père Martin l'avait incitée à l'écrire, il était curieux d'en prendre connaissance. Cette curiosité était certainement naturelle ; pourtant, je garde le sentiment qu'il aurait mieux valu le détruire sans le lire. Il n'en reste pas moins que les faits semblent clairs. Margaret Munroe était une femme sensée, une femme intelligente. Elle a découvert quelque chose qui l'a tracassée, elle en a parlé à la personne intéressée, et elle a eu l'explication qu'elle voulait. Cette explication lui a apporté la paix. Personne n'y aurait rien gagné, au contraire, si je m'étais mis à fouiner là-dedans. Vous ne pensez tout de même pas que j'aurais dû réunir le collège et demander si quelqu'un partageait un secret avec Mrs Munroe ? J'ai préféré m'en tenir à ce qu'elle avait écrit, et considérer avec elle que l'explication qu'elle avait obtenue rendait inutile toute nouvelle démarche. »

Dalgliesh dit : « Apparemment, Ronald Treeves était plutôt du genre solitaire. Est-ce que vous aviez de l'affection pour lui, mon père ? »

La question était dangereusement provocante, mais le père Sebastian ne broncha pas. L'observant, Dalgliesh crut percevoir un léger durcissement de son beau visage, mais il n'aurait juré de rien.

La réponse du directeur, lorsqu'elle vint, aurait pu contenir un léger reproche, mais sa voix elle-même ne trahissait aucun ressentiment. « Dans mes relations avec les séminaristes, je ne m'embarrasse pas de questions affectives. Elles sont pour moi déplacées. Le favoritisme, ou ce qu'on prend pour tel, est particulièrement dangereux dans une petite communauté. Ronald était un garçon singulièrement dénué de charme, mais depuis quand le charme fait-il partie des vertus chrétiennes ?

— Mais vous n'étiez pas insensible au fait qu'il puisse être malheureux chez vous ?

— St Anselm n'a pas pour but de promouvoir le bonheur personnel. Pourtant c'est vrai, si je l'avais su malheureux, je me serais inquiété. Nous prenons très au sérieux notre responsabilité pastorale à l'égard de nos étudiants. Mais jamais Ronald n'a demandé d'aide ni laissé entendre qu'il avait besoin d'un quelconque soutien. Cela ne m'ôte d'ailleurs pas toute culpabilité. Dans la vie de Ronald, la religion jouait un rôle très important ; il se trouvait ici par vocation. Pour lui, il ne pouvait pas y avoir de doute : le suicide était un péché grave. Et il aurait été d'autant plus grave qu'avec la marche jusqu'à l'étang puis sur la plage son acte n'aurait pu être impulsif. Par ailleurs, pour qu'il se donne la mort, il aurait fallu qu'il soit profondément désespéré. Il serait impardonnable que le désespoir d'un de mes étudiants m'échappe, et là je ne savais rien. »

Dalgliesh remarqua : « Le suicide chez les jeunes, les jeunes en bonne santé, est toujours un mystère. Ils meurent, et nul ne sait pourquoi. Peut-être eux-mêmes n'auraient-ils pas pu l'expliquer.

— Je ne demandais pas votre absolution, commandant. J'exposais des faits. »

Le silence s'installa. La prochaine question que Dalgliesh avait à poser était également délicate, mais il ne pouvait pas en faire l'économie. Se demandant s'il ne péchait pas par excès de franchise, voire par manque de tact, il se dit que le père Sebastian appréciait certainement la franchise davantage que le tact. Entre eux, la compréhension dépassait les mots.

Il demanda enfin : « Si le collège fermait, qui en tirerait profit ?

— Moi, entre autres. Mais je crois que les mieux placés pour répondre à ce genre de questions sont Stannard, Fox et Perronet, nos hommes de loi. Ils s'occupent de St Anselm depuis sa création, et Paul Perronet est à présent l'un des administrateurs du collège. Leur cabinet est à Norwich. Perronet pourrait vous raconter un tas de choses sur notre collège, si ça vous intéresse. Je sais qu'il travaille parfois le samedi. Vous voulez que je prenne rendez-vous ? Je vais voir si je peux le joindre chez lui.

— Je vous remercie, mon père. »

Le directeur tendit la main vers le téléphone. Il connaissait le numéro par cœur. Lorsqu'il eut pressé sur les touches, il y eut un bref silence puis il dit : « Paul ? C'est Sebastian Morell. J'appelle de mon bureau. Je suis avec le commandant Dalgliesh. Vous vous souvenez, nous avons parlé de sa visite jeudi soir ? Il a des questions à poser au sujet du collège auxquelles vous saurez mieux répondre que moi... Oui, tout ce qu'il demande. Il n'y a rien à cacher... C'est gentil, Paul. Je vous le passe. »

Sans un mot, il tendit le combiné à Dalgliesh. « Ici Paul Perronet, annonça une voix profonde. Je serai dans mon bureau demain matin. J'ai un rendez-vous à dix heures. Si vous pouviez venir avant, mettons neuf heures, ça nous laisserait suffisamment de

temps. Je serai sur place à partir de huit heures et
demie. Le père Sebastian vous donnera l'adresse.
C'est à côté de la cathédrale. Je vous attendrai. A
demain. »

Lorsque Dalgliesh lui eut rendu le combiné, le
directeur demanda : « Y a-t-il encore autre chose
dont vous voulez parler ?

— J'aurais bien voulu jeter un coup d'œil au dossier de Margaret Munroe si vous l'avez toujours.

— De son vivant, il était confidentiel, mais maintenant qu'elle est morte, je n'ai pas d'objection à
vous le montrer. Miss Ramsey a tout ça à côté. Je
vais vous le chercher. »

Il sortit, et Dalgliesh l'entendit bientôt qui ouvrait
un tiroir métallique. Quelques secondes plus tard,
le directeur revenait avec une chemise en carton. Il
ne demanda pas ce que le dossier de Margaret Munroe pouvait avoir à faire avec la mort de Ronald
Treeves, et Dalgliesh crut comprendre pourquoi. Il
reconnaissait dans le père Sebastian un tacticien
habile qui évitait de poser une question lorsqu'il
pensait que la réponse pourrait être donnée avec
réticence ou désagréable à entendre. Il avait promis
de coopérer et il ne manquerait pas de le faire, mais
il garderait en réserve toutes les demandes inoppor-
tunes ou indiscrètes que lui faisait Dalgliesh
jusqu'au moment où il croirait bon de souligner le
peu de résultats que tant d'exigences avaient eus.

« Vous voulez le prendre avec vous ? demanda-
t-il.

— Jusqu'à demain matin, si ça ne vous ennuie
pas, mon père.

— Bon, alors s'il n'y a rien d'autre pour l'instant,
je vous souhaite bonne nuit. » Et il se leva pour
ouvrir la porte.

Peut-être était-ce un simple geste de politesse,
mais pour Dalgliesh, on aurait dit l'attitude d'un

proviseur s'assurant qu'un parent contrariant s'en allait pour de bon.

La porte du cloître sud était ouverte. Pilbeam ne l'avait pas encore fermée pour la nuit. La cour, mal éclairée par les quelques appliques placées sous la galerie, était très sombre, et dans les chambres des étudiants deux fenêtres seulement laissaient voir un peu de lumière. Tandis qu'il se dirigeait vers Jérôme, il vit deux silhouettes devant la porte d'Ambroise. Quelqu'un qu'il reconnut parce qu'on le lui avait présenté — et sa figure pâle dans la faible lumière était reconnaissable entre toutes —, et une femme. Entendant ses pas, celle-ci se tourna vers lui, et l'espace d'une seconde ils se fixèrent du regard comme sous l'effet d'une stupeur mutuelle. La lumière placée au-dessus de la porte tombait sur un visage d'une beauté rare et grave, et sa vue valut à Dalgliesh un instant d'émotion comme il n'en connaissait plus guère.

Raphael dit : « Je ne crois pas que vous vous connaissiez. Emma, voici le commandant Dalgliesh qui est venu directement de Scotland Yard pour nous dire comment Ronald est mort. Commandant, je vous présente le Dr Emma Lavenham qui vient trois fois par an de Cambridge pour nous civiliser. Après avoir vertueusement assisté à complies, nous avons décidé chacun de notre côté de sortir regarder les étoiles. Nous nous sommes rencontrés au bord de la falaise. Et maintenant, en hôte attentionné, je la reconduis chez elle. Bonsoir, Emma. »

Il parlait et se comportait en propriétaire, et Dalgliesh sentit chez elle un léger mouvement de retrait. « J'aurais parfaitement pu trouver mon chemin toute seule, fit-elle. Mais merci tout de même, Raphael. »

Il sembla un moment qu'il allait lui prendre la main, mais, s'adressant apparemment à l'un comme

à l'autre, elle dit d'une voix ferme « Bonne nuit », et
s'engouffra à l'intérieur.

« Les étoiles étaient décevantes, remarqua Raphael. Bonne nuit, commandant. J'espère que vous
avez tout ce qu'il vous faut. » Il fit demi-tour et partit à grands pas à travers la cour pour regagner sa
chambre dans le cloître nord.

Pour une raison qu'il avait du mal à s'expliquer,
Dalgliesh se sentait irrité. Raphael Arbuthnot était un
jeune homme charmant qui était à coup sûr trop
beau pour son bien. Vraisemblablement, c'était le
descendant de l'Arbuthnot qui avait fondé St Anselm.
Alors, de combien allait-il hériter si le collège était
forcé de fermer ?

S'asseyant au bureau avec détermination, il ouvrit
le dossier de Mrs Munroe pour le passer au crible.
Elle était arrivée à St Anselm le 1er mai 1994 après
avoir quitté Ashcombe House, un hospice situé dans
les environs de Norwich. St Anselm avait fait
paraître une petite annonce à la fois dans le *Church
Times* et dans un journal local pour demander une
employée à demeure qui s'occupe du linge et aide à
l'entretien de la maison. La maladie de cœur de
Mrs Munroe venait d'être diagnostiquée, et dans son
offre de service elle précisait que le travail d'infirmière était devenu trop lourd pour elle et qu'elle
souhaitait un emploi moins exigeant. La lettre de
recommandation de l'infirmière-chef de l'hospice
était élogieuse, quoique sans excès d'enthousiasme.
Mrs Munroe, qui était entrée en fonction le 1er juin
1988, avait été une infirmière consciencieuse et
dévouée, mais elle se montrait peut-être un peu trop
réservée dans ses rapports avec les autres. S'occuper de mourants était devenu physiquement et mentalement trop fatigant pour elle ; toutefois l'hospice
estimait qu'elle serait capable d'assurer certains
soins légers dans le cadre d'un collège en plus de son
travail de lingère. Après son installation au collège,

il semblait qu'elle se fût rarement absentée. Il y avait très peu de demandes de congé adressées au père Sebastian ; apparemment, elle préférait passer ses vacances dans son cottage avec son fils unique, officier dans l'armée. L'impression générale que donnait sur elle son dossier était qu'il s'agissait d'une femme consciencieuse et travailleuse qui préservait son intimité et n'avait que peu d'intérêts en dehors de son fils, dont une note signalait qu'il avait été tué dix-huit mois après l'arrivée de sa mère à St Anselm.

Dalgliesh rangea le dossier dans le tiroir du bureau, prit une douche et se mit au lit. Eteignant la lumière, il essaya de trouver le sommeil, mais ses préoccupations de la journée ne le laissaient pas en paix. Il se retrouvait sur la plage avec le père Martin. Il imaginait la pèlerine brune et la soutane pliées avec autant de soin qu'en vue d'un départ en voyage. Qui sait, peut-être Ronald avait-il vu les choses ainsi. Avait-il réellement enlevé ces vêtements pour gravir quelques mètres dans cette paroi de sable et de cailloux agglomérés maintenus par des touffes d'herbe ? Pourquoi cette escalade ? Qu'espérait-il atteindre ou découvrir ? Sur cette partie de la côte, il arrivait que des squelettes enterrés depuis longtemps apparaissent dans le sable ou à la surface de la falaise, arrachés des générations auparavant à des cimetières engloutis situés maintenant à un mille du rivage. Mais parmi ceux qui étaient venus sur place, personne n'avait rien vu. Et même si Treeves avait repéré la courbe lisse d'un crâne ou l'extrémité d'un tibia ressortant du sable, pourquoi aurait-il jugé nécessaire de retirer sa pèlerine et sa soutane pour essayer de l'atteindre ? Pour Dalgliesh, ces vêtements soigneusement pliés signifiaient autre chose. C'était peut-être une manière réfléchie et quasi rituelle de se départir d'une vie, d'une vocation et même d'une foi.

Des pensées de cette mort affreuse, son esprit, partagé entre pitié, curiosité et conjecture, retourna au journal de Margaret Munroe. Ce qu'elle avait écrit le dernier jour, il l'avait relu si souvent qu'il aurait pu le réciter par cœur. Elle avait découvert un secret à ce point important qu'elle ne pouvait se résoudre à en parler sinon de façon indirecte. Elle s'en était ouverte à la personne la plus concernée, et quelques heures plus tard elle était morte. Etant donné l'état de son cœur, cette mort aurait pu survenir n'importe quand. En l'occurrence, peut-être l'inquiétude devant les conséquences de sa découverte l'avait-elle hâtée. Mais peut-être aussi sa mort arrangeait-elle les affaires de quelqu'un. Quelqu'un qui aurait pu la tuer avec une facilité sans pareille, elle, une femme vieillissante au cœur fragile vivant toute seule dans un cottage et régulièrement examinée par un médecin qui signerait sans état d'âme un certificat de décès. Et pourquoi, si elle avait mis ses lunettes de télévision, avait-elle son tricot sur les genoux ? Et si elle était morte en regardant une quelconque émission, qui avait éteint l'appareil ? Bien sûr, toutes ces bizarreries pouvaient s'expliquer. C'était la fin de la journée, elle était fatiguée. Mais même si d'autres faits venaient à être découverts, il y avait peu d'espoir que le mystère puisse être éclairci. Comme Ronald Treeves, elle avait été incinérée. L'idée le frappa qu'à St Anselm on disposait des morts avec une remarquable célérité. Mais c'était injuste de sa part. Sir Alred et la sœur de Mrs Munroe avaient tous les deux soustrait les obsèques de leur mort au collège.

Il regrettait de ne pas avoir vu le corps de Ronald Treeves. C'était toujours frustrant d'avoir des témoignages de deuxième main. Et aucune photo n'avait été prise sur les lieux. Mais les comptes rendus étaient assez clairs, et ce qu'ils semblaient indiquer, c'était un suicide. Mais pourquoi ? Treeves y aurait vu un péché, un péché mortel. Qu'est-ce qui aurait pu le pousser à une pareille extrémité ?

17

Quiconque visite un chef-lieu historique se rend rapidement compte que les plus belles maisons du centre sont des cabinets juridiques. Messrs Stannard, Fox & Perronet ne faisaient pas exception. Leurs bureaux étaient installés à deux pas de la cathédrale dans une très élégante maison georgienne séparée du trottoir par une étroite bande de pavés. La rutilante porte d'entrée avec son heurtoir en tête de lion, les peintures miroitantes, les étincelantes fenêtres qui réfléchissaient le soleil du matin, les voilages immaculés, tout proclamait la respectabilité, la prospérité et le caractère exclusif de l'établissement. A la réception, qui de toute évidence avait jadis fait partie d'une pièce de dimensions plus vastes, une jeune fille au frais visage leva les yeux de son magazine et salua Dalgliesh avec un plaisant accent du Norfolk.

« Commandant Dalgliesh ? Mr Perronet vous attend. Il m'a dit de vous faire monter tout de suite. C'est au premier, sur le devant. Comme son assistante ne vient pas le samedi, je suis seule avec lui, mais je vous préparerai volontiers du café si vous voulez. »

Dalgliesh la remercia en souriant, déclina l'offre et monta l'escalier entre les photos encadrées des anciens membres du cabinet.

L'homme qui l'attendait à la porte était moins jeune que ne le suggérait sa voix au téléphone ; il ne devait pas avoir loin de soixante ans. Grand et maigre, il avait le menton en galoche, des yeux gris et doux derrière des lunettes à monture d'écaille, et des cheveux couleur paille qui tombaient en mèches molles sur son front haut. Son visage était celui d'un comédien plutôt que d'un juriste. Il portait un costume foncé à rayures très fines, manifestement vieux mais extrêmement bien coupé, dont l'orthodoxie était démentie par une chemise à larges rayures bleues et un nœud papillon rose à pois bleus. On eût dit qu'il était conscient d'une certaine discordance dans sa personnalité et qu'il se donnait beaucoup de mal pour la cultiver.

La pièce dans laquelle Dalgliesh fut introduit correspondait à son attente. Le bureau était georgien et ne comptait pas un seul papier ou dossier. Il y avait une huile, représentant sans doute l'un des pères fondateurs, au-dessus de l'élégante cheminée de marbre, et des aquarelles de Cotman ou d'un de ses émules.

« Vous ne prenez pas de café ? Voilà qui est sage. Il est beaucoup trop tôt. Je sors boire le mien à onze heures. A côté de St Mary Mancroft. C'est l'occasion de prendre l'air. J'espère que ce fauteuil n'est pas trop bas. Non ? Prenez l'autre si vous préférez. Le père Sebastian m'a demandé de répondre à toutes les questions que vous auriez à me poser au sujet de St Anselm. Exactement. Bien sûr, s'il s'agissait d'une enquête de police officielle, j'aurais à la fois le devoir et le désir de coopérer. »

La douceur de ses yeux était illusoire. Son regard pouvait être perçant. Dalgliesh dit : « C'est vrai que je ne suis pas ici à titre véritablement officiel. Ma position est ambiguë. Je pense que le père Sebastian vous aura dit que Sir Alred était mécontent du verdict rendu sur la mort de son fils. Il nous a demandé de faire une petite enquête pour voir s'il y avait lieu de pousser les choses plus loin. Comme je devais venir dans la région et que je connais un peu

St Anselm, il a paru tout naturel que je m'en charge.
Bien sûr, si quoi que ce soit nous donnait à penser
qu'il s'agit d'une affaire criminelle, la police du Suffolk reprendrait officiellement les choses en main.

— Mécontent du verdict ? s'étonna Paul Perronet. J'aurais plutôt pensé qu'il l'aurait accueilli avec
un certain soulagement.

— Les arguments prouvant une mort accidentelle
lui ont paru peu convaincants.

— Peut-être, mais rien non plus ne prouvait autre
chose. Enfin, un verdict ouvert aurait sans doute été
plus approprié, c'est vrai.

— C'est vrai aussi qu'avec les difficultés que
connaît St Anselm la publicité aurait été très malvenue.

— Exactement, mais la tragédie a été traitée avec
beaucoup de discrétion. Le père Sebastian est
orfèvre en la matière. Du reste, pour ce qui est de
la publicité, St Anselm a connu bien pire. Il y a eu
un scandale homosexuel en 1923, quand le père
Cuthbert, qui enseignait l'histoire de l'Eglise, est
tombé passionnément amoureux d'un des étudiants
et que le directeur les a pris en flagrant délit.
Ensuite, ils sont partis ensemble sur le tandem du
père Cuthbert, ayant, j'imagine, troqué leurs soutanes contre des culottes de golf. Charmant
tableau ! Et puis il y a eu un scandale plus grave
encore en 1932, quand le directeur s'est converti au
catholicisme avec la moitié des enseignants et le
tiers des élèves. Là, Agnes Arbuthnot a dû se retourner dans sa tombe ! Mais c'est vrai que l'affaire qui
nous intéresse arrive à un bien mauvais moment.
Exactement.

— Vous-même, est-ce que vous étiez à l'enquête ?

— Oui, comme représentant du collège. Le cabinet représente St Anselm depuis sa fondation.
Miss Arbuthnot — et sa famille en général — avait
horreur de Londres. Quand son père a déménagé

dans le Suffolk et a fait bâtir la maison, en 1842, il nous a demandé de nous charger de ses affaires juridiques. Nous n'étions pas dans le comté, bien sûr, mais je crois que ce qu'il voulait, c'était un cabinet de l'East-Anglia, pas nécessairement du Suffolk. Miss Arbuthnot a maintenu cette collaboration après la mort de son père. Le collège a toujours compté un de nos associés parmi ses administrateurs. Miss Arbuthnot a pris des dispositions dans ce sens dans son testament, précisant qu'il devrait s'agir d'un membre pratiquant de l'Eglise d'Angleterre. Je suis l'administrateur actuel. Je ne sais pas ce qui se passera le jour où il ne restera plus que des associés catholiques, protestants ou carrément incroyants. Je pense qu'il faudra que quelqu'un se convertisse. Mais jusqu'ici nous avons toujours eu un associé ayant les qualités requises.

— Votre maison existe depuis longtemps ? s'enquit Dalgliesh.

— Depuis 1792. Mais elle ne compte plus de Stannard aujourd'hui ; le dernier descendant enseigne dans une des nouvelles universités, je crois. En revanche, un jeune Fox vient d'entrer parmi nous — ou plutôt *une* jeune Fox, Priscilla, diplômée depuis un an mais très prometteuse. J'aime beaucoup cette continuité. »

Dalgliesh dit : « D'après le père Martin, la mort de Ronald Treeves risque de hâter la fermeture de St Anselm. En tant qu'administrateur, est-ce que c'est aussi votre avis ?

— Hélas oui. Mais attention, hâter, pas causer. L'Eglise, comme vous le savez sans doute, a pour politique de regrouper son enseignement théologique dans quelques centres, et St Anselm a toujours représenté une sorte d'anomalie, si bien que tôt ou tard le collège fermera, c'est sûr. Et ce n'est pas qu'une question de politique et de ressources ecclésiastiques. L'esprit qu'il représente est démodé.

De tout temps on l'a critiqué comme étant "élitiste", "snob", "trop isolé" ; on lui reproche même de trop bien nourrir ses élèves. Il est vrai que le vin qu'on y sert est remarquable — j'ai soin de ne pas effectuer mes visites trimestrielles le vendredi ou pendant le carême. Mais ce vin est pour l'essentiel le fruit d'un héritage. Il ne coûte pas un sou au collège. Le vieux chanoine Cosgrove, qui avait le palais fin, lui a légué sa cave. Le vin qui reste devrait durer jusqu'à la fermeture.

— Et quand cette fermeture se produira, que deviendront les bâtiments et leur contenu ?

— Le père Sebastian ne vous l'a pas dit ?

— Il m'a simplement dit qu'il compterait parmi les bénéficiaires, et que pour les détails vous m'en informeriez.

— Exactement. Exactement. »

Mr Perronet se leva de son bureau et, ouvrant un placard à gauche de la cheminée, il en sortit non sans peine un grand carton marqué ARBUTHNOT en lettres blanches.

Il dit : « Si l'histoire du collège vous intéresse, comme il semble que ce soit le cas, le mieux serait peut-être de commencer par le début. Tout est là. Oui, toute l'histoire de la famille tient dans cette boîte. Commençons par le père d'Agnes, Claude Arbuthnot, qui est mort en 1859. Il était fabricant de boutons et de boucles, des boutons pour ces bottines montantes qu'affectionnaient alors les dames, ce genre de choses. Son usine était près d'Ipswich. Il a fait d'excellentes affaires et il est devenu très riche. Agnes, née en 1820, était l'aînée de ses enfants. Ensuite sont venus Edwin, né en 1823, et, deux ans plus tard, Clara. Cette Clara-là, nous pouvons l'oublier : elle ne s'est jamais mariée, et elle est morte de la tuberculose en Italie en 1849. Elle a été enterrée dans le cimetière protestant de Rome — en très bonne compagnie, ma foi. Pauvre Keats !

Enfin, c'est ce qu'on faisait à l'époque. On partait dans le Sud dans l'espoir que le soleil allait vous guérir, et le voyage vous tuait. Dommage qu'elle ne soit pas allée tout bêtement se reposer à Torquay. Bref, oublions Clara.

« C'est évidemment Claude, le père, qui a construit la maison. Il avait fait son beurre, et il voulait que ça se voie. Exactement. Et c'est Agnes qui a hérité la maison. Quant à l'argent, il devait être divisé entre son frère Edwin et elle. L'attribution de la maison a, je crois, soulevé certaines dissensions. Mais Agnes y tenait, elle y vivait — ce qui n'était pas le cas d'Edwin — et elle l'a obtenue. Bien sûr, si son père, protestant rigoriste, avait su ce qu'elle allait en faire, il en serait peut-être allé autrement. Mais une fois dans la tombe, on n'est pas maître de ses biens, et comme il avait légué la maison à sa fille, c'est sa fille qui l'a eue. Et l'année qui a suivi la mort de son père, séjournant à Oxford chez une amie d'école, elle est tombée sous l'influence du mouvement d'Oxford et a décidé de fonder St Anselm. Non seulement elle a donné la maison, mais elle a fait construire les deux cloîtres et les quatre cottages, et a restauré et intégré l'église. »

Dalgliesh demanda : « Et son frère, qu'est-ce qu'il est devenu ?

— Il était explorateur. A part Claude, le père, il semble que, dans la famille, les hommes aient tous eu le virus des voyages. Lui a fait des fouilles importantes au Moyen-Orient. Il revenait rarement en Angleterre, et il est mort au Caire en 1890.

— C'est lui qui a donné au collège le fameux papyrus de St Anselm ? »

Derrière les lunettes à monture d'écaille, les yeux se firent méfiants, et il s'écoula un moment avant que Perronet ne se décide à parler. « Vous êtes au courant ? Le père Sebastian ne m'en a rien dit.

— Je ne sais presque rien. Mais mon père était

dans le secret, et malgré toute sa discrétion, j'ai compris certaines choses alors que j'étais avec lui à St Anselm. Un garçon de quatorze ans a l'oreille plus fine et l'esprit plus curieux que les adultes n'en ont parfois conscience. Sur ce que j'ai appris, mon père m'a fait promettre de garder le secret. De toute façon, je ne crois pas que l'idée me serait venue d'en parler.

— Tant mieux. Cela dit, je ne crois pas que j'aie grand-chose à vous apprendre au sujet de ce papyrus. Vous devez en savoir autant que moi. C'est certainement son frère qui, en 1887, l'a donné à Miss Arbuthnot, mais il se peut fort bien qu'il s'agisse d'un faux — un faux qu'il aurait lui-même fabriqué ou fait fabriquer. A ce qu'il paraît, c'était le genre de farce qu'il affectionnait. C'était un athée fervent, si tant est qu'un athée puisse être fervent. En tout cas, il était contre la religion.

— Mais ce papyrus, de quoi est-ce qu'il traite au juste ?

— Apparemment c'est un message de Ponce Pilate à un officier de la garde touchant l'enlèvement d'un certain cadavre. Pour Miss Arbuthnot, ce ne pouvait être qu'un faux, et les directeurs du collège ont généralement partagé cet avis. Je n'ai pas vu le document moi-même, mais mon père si, et le vieux Stannard également, je crois. Mon père n'a jamais pensé qu'il était authentique, mais d'après lui c'était un faux très habile. »

Dalgliesh observa : « C'est curieux qu'Agnes Arbuthnot ne l'ait pas détruit.

— Ah non, je ne trouve pas. Non, je ne vois là rien de curieux. Il y a une note là-dessus dans ces papiers. En gros, Miss Arbuthnot explique que si le papyrus était détruit, son frère rendrait la chose publique et se servirait de sa destruction pour établir son authenticité. Une fois détruit, en effet, personne ne pourrait plus prouver qu'il s'agissait d'un faux. Elle a laissé des instructions précises, disant que les directeurs successifs devaient en assurer la garde jusqu'au moment de leur mort.

— Ce qui signifie que c'est le père Martin qui l'a aujourd'hui ?

— Exactement. Le père Martin doit le conserver quelque part. Je serais surpris que le père Sebastian sache où. Si vous voulez d'autres informations sur ce papyrus, c'est à lui qu'il faut vous adresser. Mais je ne vois pas quel rapport il pourrait avoir avec la mort du jeune Treeves. »

Dalgliesh répliqua : « Moi non plus, du moins pour l'instant. Mais qu'est devenue la famille après la mort d'Edwin ?

— Il avait un fils, Hugh, né en 1880 et mort dans la Somme en 1916. Mon grand-père aussi est mort au combat. Les victimes de cette guerre continuent à hanter nos rêves, n'est-ce pas ? Enfin, Hugh laissait deux fils, dont l'aîné, Edwin, né en 1903, ne s'est jamais marié et est mort à Alexandrie en 1979. Le second, Claude, né en 1905, était le grand-père de Raphael Arbuthnot, qui est aujourd'hui étudiant au collège. Mais vous le savez, bien sûr. Raphael est le dernier de la famille.

— Est-ce qu'il hérite ? demanda Dalgliesh.

— Non. Malheureusement, ce n'est pas un enfant légitime. Or le testament de Miss Arbuthnot ne laisse rien au hasard. Je ne pense pas que la chère dame ait jamais envisagé que le collège puisse fermer, mais celui de mes prédécesseurs qui s'occupait de ses affaires lui a dit qu'il fallait prévoir cette éventualité. Ce qu'elle a fait. Le testament stipule que la propriété et tous les objets du collège et de l'église provenant de Miss Arbuthnot et existant encore au moment de l'éventuelle fermeture devront être divisés en parts égales entre les descendants directs de son père, pourvu que ceux-ci soient légitimes aux yeux de la loi anglaise et membres pratiquants de l'Eglise d'Angleterre. »

Dalgliesh remarqua : « Je ne me souviens pas d'avoir rencontré cette formule : "légitimes aux yeux de la loi anglaise".

— Elle n'est pourtant pas si rare. Miss Arbuth- not était une représentante typique de son époque et de sa classe. En ce qui concerne les héritages, les victoriens craignaient toujours qu'un rejeton à la légitimité douteuse, fruit d'une union irréguliè- rement contractée à l'étranger, ne tente de faire valoir ses droits. Certaines affaires du genre sont demeurées célèbres. Dans le cas de St Anselm, à défaut d'héritiers légitimes, la propriété et son contenu doivent être divisés, ici encore à parts égales, entre les prêtres résidant au collège au moment de la fermeture.

— Ce qui signifie que les bénéficiaires actuels sont le père Sebastian Morell, le père Martin Petrie, le père Peregrine Glover et le père John Betterton. C'est un peu dur pour Raphael, non ? J'imagine que son illégitimité ne fait aucun doute ?

— Sur le premier point, je suis d'accord avec vous. Du reste, l'injustice n'a pas échappé au père Sebastian. La question de la fermeture du collège s'est posée pour la première fois il y a deux ans, et il m'en a parlé alors. Comme on peut le comprendre, il n'est pas très heureux du testament, si bien qu'il m'a suggéré qu'en cas de fermeture un arrangement soit fait entre les bénéficiaires au profit de Raphael. Normalement, bien sûr, les legs peuvent être modi- fiés avec l'accord des ayants droit, mais la question ici est compliquée. Je lui ai dit que je ne pouvais pas lui donner de réponses promptes et précises aux problèmes relatifs à la succession. Que va devenir, par exemple, le tableau de très grande valeur qui se trouve dans l'église ? Miss Arbuthnot l'a donné pour qu'il soit placé au-dessus de l'autel. Si l'église reste

consacrée, faudra-t-il l'enlever ou laisser à qui sera
responsable de l'église la possibilité de l'acquérir ?
L'archidiacre Crampton, récemment nommé administrateur, voudrait le faire enlever dès maintenant,
soit pour être mis dans un endroit plus sûr, soit pour
être vendu au profit de l'ensemble du diocèse. Il voudrait faire retirer tous les objets de valeur. Je lui ai
dit que, pour ma part, je déplorerais une telle ini-
tiative, mais il arrivera peut-être à ses fins. Il a une
influence considérable, et s'il obtenait ce qu'il voulait, ce ne serait plus des particuliers mais surtout
l'Eglise qui profiterait de la fermeture du collège.

« Et puis il y a le problème des bâtiments. J'avoue
que je ne vois pas trop ce qu'on pourrait en faire,
surtout que dans vingt ans ils ne seront peut-être
plus là. La mer progresse vite sur cette côte. Il va
sans dire que l'érosion compromet leur valeur. En
fin de compte, même sans le tableau, leur contenu,
c'est-à-dire l'argenterie, les livres, les meubles,
représente sûrement davantage d'argent.

— Et puis il y a le papyrus de St Anselm. »

A nouveau, Dalgliesh eut l'impression que son
allusion était malvenue.

Perronet dit : « Sans doute ira-t-il également aux
ayants droit. Et il pourrait en résulter certaines difficultés. Mais si le collège ferme et qu'il n'y ait donc
plus de directeur, le papyrus fera partie de la succession au même titre que le reste.

— Mais, authentique ou non, j'imagine que c'est
un objet de valeur ?

— Oui, acquiesça Perronet, il a de la valeur pour
quiconque s'intéresse à l'argent ou au pouvoir. »

Comme Sir Alred Treeves, songea Dalgliesh. Mais
même s'il connaissait son existence, il était difficile
d'imaginer Sir Alred plaçant au collège son fils
adoptif dans le but de s'approprier le papyrus de
St Anselm.

Il demanda encore une fois : « J'imagine qu'il n'y a pas de doute quant à l'illégitimité de Raphael ?

— Aucune, commandant, aucune. Enceinte, sa mère, Clara Arbuthnot, ne faisait pas mystère du fait qu'elle n'était pas mariée et n'avait aucune envie de l'être. Elle n'a jamais révélé le nom du père, mais elle ne cachait pas qu'elle le méprisait et le détestait. Quand l'enfant est né, elle l'a déposé au collège dans un panier avec un mot qui disait : "Vous qui êtes censés pratiquer la charité chrétienne, exercez-la sur ce bâtard. Si vous souhaitez de l'argent, adressez-vous à mon père." Le billet est là, parmi les papiers Arbuthnot. Ce n'est pas courant de la part d'une mère. »

En effet, songea Dalgliesh. Il arrive que des femmes abandonnent leurs enfants, ou même qu'elles les tuent. Mais ce rejet-là dénotait une brutalité calculée et venait d'une femme qui ne devait manquer ni d'argent ni d'amis.

« Elle est tout de suite partie à l'étranger, poursuivit Perronet. Pendant les dix années suivantes, elle n'a cessé de voyager en Extrême-Orient et en Inde. Je crois qu'elle était généralement accompagnée par une amie, une femme médecin, qui s'est suicidée juste avant que Clara ne rentre en Angleterre. Clara est morte d'un cancer le 30 avril 1988 à Ashcombe House, un hospice des environs de Norwich.

— Sans avoir revu son enfant ?

— Elle ne s'est jamais plus intéressée à lui. Elle est morte jeune, c'est sûr. Autrement, les choses auraient peut-être changé. Le père de Clara avait plus de cinquante ans quand il s'est marié ; au moment où son petit-fils est né, il était trop vieux pour l'élever et n'en avait aucune envie. Mais il a créé un petit fonds en fidéicommis, et à sa mort, le directeur de St Anselm est devenu le tuteur légal. En fait, le collège a été le foyer de Raphael. Dans l'ensemble, les pères s'en sont très bien tirés avec lui.

Ils ont eu la sagesse de l'envoyer en pension pour qu'il se trouve avec d'autres garçons de son âge — le fonds couvrait juste les frais. Mais c'est au collège qu'il passait la majeure partie de ses vacances. »

Le téléphone sonna et, après avoir répondu, Perronet annonça : « Sally me dit que mon prochain rendez-vous est arrivé. Y a-t-il autre chose que vous souhaiteriez savoir, commandant ?

— Non, merci. Je ne sais pas dans quelle mesure ça va me servir, mais je suis content de tout ce que j'ai appris. Merci d'avoir été si généreux de votre temps. »

Perronet dit : « On dirait que nous nous sommes fortement éloignés de notre sujet de départ : la mort de ce pauvre garçon. J'espère que vous me tiendrez au courant de vos recherches. En tant qu'administrateur du collège, ça m'intéresse. »

Dalgliesh promit qu'il n'y manquerait pas. Puis il retrouva le soleil de la rue et s'en alla d'un pas tranquille vers St Mary Mancroft. Il était en vacances, après tout, il avait le droit de prendre quelques heures pour lui.

Il réfléchit à ce qu'il venait d'apprendre. N'était-ce pas étrange que Clara Arbuthnot soit morte dans le même établissement que celui où Margaret Munroe avait été infirmière ? Pas tant que ça — ça pouvait très bien être une simple coïncidence. Il n'y avait rien de surprenant à ce que Clara Arbuthnot ait souhaité mourir dans le comté de son enfance, et c'était par hasard que Mrs Munroe avait trouvé un emploi au collège. De toute façon les deux femmes ne pouvaient pas s'être rencontrées. Il devait vérifier les dates, mais la chose lui paraissait claire : Clara Arbuthnot était morte un mois avant que Margaret Munroe commence à travailler à Ashcombe House.

L'autre fait qu'il avait appris compliquait désagréablement les choses. De quelque manière qu'elle se soit produite, la mort de Ronald Treeves hâterait la fermeture de St Anselm, et lorsque celle-ci aurait lieu, les quatre pères du collège se trouveraient soudain riches.

Il avait décidé qu'à St Anselm on serait content de se passer de lui pour la journée, mais il avait promis au père Martin d'être de retour pour le dîner. Après une promenade de deux heures dans la ville, il dénicha un petit restaurant sans prétention et y déjeuna en toute simplicité. Il lui restait encore une chose à faire avant de rentrer au collège. Consultant l'annuaire des téléphones au restaurant, il trouva l'adresse des éditeurs de la *Sole Bay Weekly Gazette*. Leurs bureaux, où étaient publiés différents magazines et journaux locaux, était un bâtiment de brique dans le style hangar situé aux abords de la ville. Il put obtenir sans difficultés le numéro qui l'intéressait. La mémoire de Karen Surtees ne l'avait pas trompée : dans le journal paru la semaine précédant la mort de Mr Munroe, il y avait en effet la photo d'une génisse enrubannée sur la tombe de son maître.

Dalgliesh, qui s'était garé devant le bâtiment, regagna sa voiture pour éplucher le journal. C'était un hebdomadaire de province typique, centré sur la vie locale et rurale, loin des préoccupations sans surprise de la presse nationale. On y parlait des concours de fléchettes et des tournois de whist, des ventes de charité, des enterrements et des rencontres d'associations et de groupements locaux. Une page était consacrée aux photos des mariés de la semaine, têtes penchées l'un vers l'autre et souriant à l'appareil, et plusieurs aux maisons, cottages et bungalows à vendre ou à louer. Les petites annonces et messages personnels occupaient quatre pages. Quant aux nouvelles moins innocentes et d'intérêt plus général, elles étaient réduites à deux articles. Sept émigrants clandestins avaient été découverts dans une grange, après avoir été apparemment débarqués d'un bateau indigène. Ayant trouvé de la cocaïne, la police avait procédé à deux arrestations et soupçonnait l'existence d'un trafic local.

Dalgliesh replia le journal. Son intuition ne l'avait mené nulle part. Si quoi que ce soit dans la *Gazette* avait réveillé les souvenirs de Margaret Munroe, le secret était mort avec elle.

18

De son presbytère de Cressingfield, au sud d'Ipswich, le révérend Matthew Crampton, archidiacre de Reydon, gagna St Anselm par la route la plus courte. Il rejoignit l'A12 avec l'assurance confortable d'avoir laissé en ordre sa paroisse, sa femme et son bureau. Jeune déjà, il n'avait jamais quitté la maison sans penser, même s'il ne le formulait pas à haute voix, qu'il pourrait ne pas revenir. Ce n'était pas une réelle inquiétude, mais l'idée était là, comme d'autres peurs non formulées, lovée comme un serpent au fond de son esprit. Il se disait parfois qu'il vivait sa vie tout entière dans l'attente quotidienne de sa fin. Les petits rituels diurnes que cela impliquait n'avaient rien à voir avec une préoccupation morbide par rapport à sa mort, ou à sa foi, mais plutôt avec la façon dont l'avait éduqué sa mère, qui, chaque matin, insistait pour qu'il mette des sous-vêtements propres, car ce jour-là une voiture pourrait l'écraser, et il ne fallait pas qu'il soit exposé aux regards des médecins, des infirmières et des croque-morts comme une pitoyable victime de la négligence maternelle. Enfant, il imaginait volontiers la scène finale : lui couché à la morgue à côté de sa mère, consolée et ragaillardie à l'idée qu'au moins il était mort avec un caleçon propre.

Son premier mariage était bien rangé dans son coin, comme tout dans son bureau était bien à sa place. Les rencontres silencieuses au détour d'un couloir, les visions fugitives par la fenêtre, le choc soudain d'un rire à demi oublié étaient miséricordieusement amortis par la routine hebdomadaire, les devoirs paroissiaux et son second mariage. Le premier, il l'avait consigné dans une sombre oubliette de son esprit, mais non sans l'avoir préalablement condamné. Il avait entendu l'une de ses paroissiennes, mère d'une fille dyslexique et légèrement sourde, raconter comment celle-ci avait été « statufiée » par l'administration locale, et il avait compris qu'elle entendait par là qu'on avait statué sur l'état de son enfant et les mesures qu'il convenait de prendre. De même, dans un contexte très différent mais avec une autorité égale, il avait « statufié » son mariage. Pas plus qu'ils n'avaient été prononcés, les mots n'avaient été consignés par écrit, mais dans sa tête il pouvait se les réciter, parlant toujours de lui à la troisième personne, comme s'ils concernaient une vague connaissance. Dans sa tête, il pouvait même les voir, et ils étaient toujours écrits en italique.

L'archidiacre Crampton a épousé sa première femme peu après avoir été nommé curé dans un quartier pauvre. Barbara Hampton avait dix ans de moins que lui ; elle était belle, têtue et déséquilibrée — un fait dont la famille n'avait jamais parlé. Au début, le mariage fut heureux. Il se voyait comme l'époux comblé d'une femme qu'il ne méritait pas. A l'aise avec tout le monde, belle et généreuse, elle fit rapidement la conquête de la paroisse. Des mois durant, les problèmes demeurèrent soigneusement cachés. Puis les membres du conseil paroissial passèrent le voir au presbytère lorsqu'elle n'y était pas, rapportant des histoires gênantes. Les accès de violence, les cris, les insultes, les incidents dont il s'était jusque-là cru la seule victime avaient fait des ravages dans la paroisse. Cependant, elle refusa de se faire soigner, disant que c'était lui le malade. Et elle se mit à boire de plus en plus.

Un après-midi, alors qu'ils étaient mariés depuis quatre ans, il dut aller rendre visite à des malades, et, sachant qu'elle s'était mise au lit sous prétexte qu'elle était fatiguée, il passa dans la chambre voir comment elle allait. Il ouvrit donc la porte et, croyant qu'elle dormait paisiblement, la referma aussitôt pour éviter de la déranger. Le soir, une fois de retour, il découvrit qu'elle était morte. Elle avait pris une surdose d'aspirine. L'enquête qui s'ensuivit conclut au suicide. Il se reprocha d'avoir épousé une femme trop jeune pour lui et inapte à remplir le rôle d'épouse de curé. Il trouva le bonheur dans un second mariage, plus équilibré, mais ne cessa de pleurer sa première femme.

Telle était l'histoire qu'il se racontait mentalement, mais de moins en moins souvent à mesure que le temps passait. Il s'était remarié dix-huit mois après le drame. Un prêtre devenu veuf tragiquement est une proie toute trouvée pour les marieuses. Il lui semblait que sa deuxième femme avait été choisie pour lui, mais il avait acquiescé de grand cœur à ce choix.

Aujourd'hui, un travail l'attendait, et il s'en délectait d'avance tout en se convainquant que cette tâche était un devoir : il s'agissait de persuader le père Sebastian Morell qu'il fallait fermer St Anselm, et de trouver des arguments supplémentaires qui contribueraient à hâter cette fermeture inéluctable. Il croyait fermement que St Anselm — coûteux à entretenir, isolé et élitiste, ne comptant que vingt étudiants triés sur le volet et jouissant de privilèges excessifs — était le symbole de tout ce qui allait mal dans l'Eglise d'Angleterre. Il admettait — et se félicitait mentalement de son honnêteté — que son aversion à l'égard de l'institution s'étendait à son directeur, et que cette aversion était essentiellement d'ordre personnel, allant bien au-delà des questions religieuses et ecclésiastiques. Son ressentiment, il en convenait, était lié à un problème de classes. Lui-même avait dû se battre pour être ordonné prêtre et obtenir de l'avancement. Même si ses années d'études avaient été facilitées par l'octroi de bourses assez généreuses, et si sa mère, qui n'avait d'autre enfant que lui, l'avait toujours gâté. Morell, lui, était fils et petit-fils d'évêques, et l'un de ses ancêtres du XVIIIe siècle avait compté parmi les grands princes-évêques de l'Eglise. Les Morell s'étaient toujours sentis chez eux dans les palais, et l'archidiacre savait que son adversaire ferait jouer tous les tentacules de son influence familiale et personnelle pour trouver des appuis aux sources du pouvoir, que ce soit à Whitehall, à l'Université ou dans l'Eglise, et que dans sa lutte pour garder son fief il ne céderait pas un pouce de terrain.

Et puis il y avait eu sa redoutable épouse à tête de cheval — Dieu seul savait pourquoi Morell l'avait épousée. Lors de sa première visite au collège, bien avant qu'il en devienne un administrateur, Lady Veronica se trouvait là, et à dîner elle l'avait installé à sa gauche. Il gardait de cette occasion un bien mauvais souvenir. Enfin, elle était morte maintenant. Il n'aurait plus à entendre les braiments de sa voix, cet accent aristocratique qui ne s'acquiert qu'après des siècles d'arrogance insensible. Que savaient-ils, elle et son mari, de la pauvreté et de ses humiliations ? Que savaient-ils de la violence et des problèmes sans solution que l'on rencontre dans les paroisses défavorisées des grandes villes ? Morell n'avait eu la charge d'une paroisse que pendant deux ans, et encore s'agissait-il d'une paroisse chic. Quant à savoir pourquoi un homme de sa réputation et de sa stature intellectuelle se contentait de diriger un petit collège théologique éloigné de tout, l'archidiacre n'avait pas fini de se le demander, et il pensait ne pas être le seul à y voir un mystère.

Cependant, il pouvait y avoir une explication, et celle-ci se trouvait dans le déplorable testament de Miss Arbuthnot. Par quel phénomène ses conseillers juridiques l'avaient-ils laissée prendre de pareilles dispositions ? Evidemment, elle ne pouvait pas savoir que les tableaux et l'argenterie dont elle avait fait don à St Anselm allaient prendre tant de valeur en moins d'un siècle et demi. Depuis quelques années, l'Eglise devait contribuer à la survie de l'établissement. Moralement, ce ne serait que justice si, le collège n'ayant plus sa raison d'être, les biens qu'il renfermait revenaient à l'Eglise et à ses œuvres. Il était inconcevable que Miss Arbuthnot ait eu l'intention de faire des multimillionnaires des quatre prêtres résidant par hasard à St Anselm au moment de sa fermeture, et parmi lesquels il y avait aujourd'hui un pédophile et un octogénaire. Il se ferait un devoir d'enlever au collège tous les objets de valeur qui s'y trouvaient avant qu'il ne soit officiellement fermé. Pour Sebastian Morell, il ne serait guère possible de s'opposer à une telle décision sans risquer d'être taxé d'égoïsme et de cupidité. Sa sournoise campagne pour garder St Anselm ouvert était probablement une ruse dissimulant sa convoitise.

Son plan de bataille était au point, et l'archidiacre ne doutait pas que le combat décisif qu'il allait mener lui apporterait la victoire.

19

Le père Sebastian savait que le week-end ne se ter-
minerait pas sans un affrontement avec l'archidiacre, mais il ne voulait pas que celui-ci ait lieu
dans l'église. Il était prêt, il avait hâte de défendre
sa cause, mais pas devant l'autel. Cependant, quand
l'archidiacre exprima le désir de voir sans plus tarder le Rogier Van der Weyden, le père Sebastian, ne
trouvant pas d'excuse pour éviter de l'accompagner
et sentant qu'il serait impoli de lui remettre purement et simplement les clés, se consola à la pensée
que la visite ne durerait pas longtemps. Dans
l'église, à quoi donc l'archidiacre pourrait-il s'en
prendre sinon peut-être à l'odeur d'encens ? Il
décida de garder son sang-froid en dépit de tout ce
qui pourrait se dire, et de s'en tenir autant que possible à des banalités. Dans un tel lieu, deux prêtres
devaient pourtant bien être capables de se parler
sans acrimonie.

Ils traversèrent le cloître nord et entrèrent dans
la sacristie sans qu'un mot soit échangé. Rien ne se
dit avant que le père Sebastian eût allumé le projecteur éclairant le retable, et encore restèrent-ils alors
un moment à le regarder côte à côte en silence.

Le père Sebastian, qui n'avait jamais trouvé les
mots adéquats pour décrire l'effet qu'avait sur lui la
révélation soudaine du tableau, ne crut pas devoir
s'y essayer maintenant. Il s'écoula bien trente
secondes avant que l'archidiacre se décide à parler,
et sa voix éclata alors dans le silence avec une force
un peu déconcertante.

« Il ne devrait pas être ici, bien sûr. Avez-vous déjà
pensé sérieusement à le mettre ailleurs ?

— Ailleurs ? Où donc, monsieur l'archidiacre ?
Miss Arbuthnot en a fait don pour qu'il soit placé

dans cette église, à l'endroit où il est, au-dessus de l'autel.

— Ce n'est pas un endroit sûr, compte tenu de sa valeur. Combien vaut-il, à votre avis ? Cinq millions ? Huit ? Dix ?

— Je n'en ai aucune idée. Mais pour ce qui est de la sécurité, il est là depuis plus de cent ans. Où proposeriez-vous de le mettre, au juste ?

— Plus en sécurité, et dans un endroit où davantage de gens pourraient en profiter. Le mieux — et j'en ai discuté avec l'évêque — serait de le vendre à un musée. L'Eglise, ou n'importe quelle institution charitable, trouverait sans peine à employer l'argent. Et il en va de même pour vos deux calices les plus précieux. C'est indécent que des objets d'une telle valeur ne servent qu'au plaisir d'une vingtaine de séminaristes. »

Le père Sebastian, tenté de lui répondre par un verset de l'Ecriture — « Car cet onguent aurait pu être vendu très cher et l'argent distribué aux pauvres » —, eut la prudence de s'abstenir. Mais lorsqu'il répondit, une note de colère perçait dans sa voix.

« Ce retable est la propriété du collège. Il ne sera pas vendu ; tant que je suis directeur, il restera ici. Et l'argenterie restera dans le coffre où elle est rangée pour remplir la fonction à laquelle elle est destinée.

— Même si sa présence signifie que l'église doit être fermée à clé et que son accès se trouve ainsi interdit aux étudiants ?

— S'ils veulent s'y rendre, les étudiants n'ont qu'à demander les clés.

— La spontanéité du besoin de prier ne s'accommode pas toujours de la nécessité de demander une clé.

— C'est pourquoi nous avons l'oratoire. »

L'archidiacre se détourna, et le père Sebastian se

dirigea vers l'interrupteur. Cependant, son interlocuteur reprit : « Quand le collège fermera, il faudra de toute façon que ce tableau s'en aille. Je ne sais pas ce que le diocèse a en tête concernant cette église. Elle est trop à l'écart pour servir d'église paroissiale : on peut encore imaginer un prêtre venant de l'extérieur, mais devant quels fidèles prêcherait-il ? Et si la maison se vend, qui aurait envie d'une chapelle privée ? Pour ma part, je ne vois pas qui pourrait s'intéresser à cet endroit. Isolé, d'entretien peu commode, difficile à atteindre, sans accès direct à la plage, il ne conviendrait ni pour un hôtel ni pour une maison de convalescence. Et avec l'érosion de la côte, rien ne permet d'être sûr que tout n'aura pas disparu dans vingt ans. »

Le père Sebastian attendit d'être sûr de pouvoir parler calmement. « Monsieur l'archidiacre, vous parlez comme si la décision de fermer St Anselm avait déjà été prise. En tant que directeur, je pense pourtant qu'on me consulterait. Or jusqu'ici personne ne m'a parlé, personne ne m'a écrit.

— Vous serez bien évidemment consulté. Quoi qu'il en coûte en temps et en ennui, tout sera fait dans les règles. Mais l'issue est inévitable, vous le savez très bien. L'Eglise d'Angleterre centralise et rationalise sa formation théologique. On a déjà trop attendu pour réformer. St Anselm est trop petit, trop éloigné, trop coûteux et trop élitiste.

— Elitiste ?

— C'est à dessein que j'ai utilisé ce mot. Quand pour la dernière fois avez-vous accepté un élève issu de l'enseignement public ?

— C'est de là que vient Stephen Morby. Probablement le plus intelligent de nos séminaristes.

— Un cobaye, j'imagine. Et sortant sans doute d'Oxford avec une mention très bien. Et quand accepterez-vous une femme parmi vos étudiants ? Ou une femme prêtre parmi vos enseignants ?

— Aucune femme n'a jamais cherché à entrer chez nous.

— Précisément. Parce qu'elles savent que vous ne voulez pas d'elles.

— Je crois que notre histoire récente le dément. Nous sommes sans préjugés. L'Eglise, ou plutôt le synode, a pris sa décision. Mais ce collège est trop petit pour accueillir des femmes. Même des établissements plus grands ont des difficultés. Et ce sont les étudiants qui en pâtissent. Je ne voudrais pas diriger une institution chrétienne dont certains membres refuseraient de recevoir la communion des mains des autres.

— Et l'élitisme n'est pas votre seul problème. A moins que l'Eglise ne s'adapte pour répondre aux besoins du XXIe siècle, elle mourra. La vie que vos jeunes gens mènent ici est ridiculement privilégiée, sans aucun rapport avec celles des hommes et des femmes qu'ils seront appelés à servir. L'étude du grec et de l'hébreu a sa place, je ne le conteste pas, mais il faut voir aussi ce que peuvent nous apporter les nouvelles disciplines. Qu'apprennent-ils en matière de sociologie, de relations interraciales, de coopération interconfessionnelle ? »

Le père Sebastian réussit à garder son calme. « La formation que nous offrons ici compte parmi les meilleures du pays, dit-il d'une voix égale. Nos rapports d'inspection l'attestent. Et il est absurde de prétendre que nous sommes hors du monde et que nos étudiants sont inaptes à faire face à la réalité. Des prêtres sortis de St Anselm ont rempli leur ministère dans les régions les plus défavorisées, les plus difficiles, ici et outre-mer. Que dites-vous du père Donovan, mort du typhus en Extrême-Orient parce qu'il n'a pas voulu quitter ses ouailles, ou du père Bruce, martyrisé en Afrique ? Et il y en a d'autres. Sans compter que St Anselm a formé deux des évêques les plus distingués du siècle.

— Leur époque n'était pas la nôtre. Vous parlez du passé. Ce qui m'intéresse, ce sont les besoins actuels, et particulièrement ceux des jeunes. Nous ne conduirons pas les gens à la foi avec des conventions caduques, une liturgie archaïque, une Eglise qui passe pour prétentieuse, ennuyeuse, bourgeoise... voire raciste. St Anselm est devenu un anachronisme. »

Le père Sebastian rétorqua : « Et qu'est-ce que vous voulez ? Une Eglise sans mystère, dépouillée du savoir, de la tolérance et de la dignité qui ont fait la grandeur de l'anglicanisme ? Une Eglise sans humilité devant l'ineffable et l'amour de Dieu tout-puissant ? Des offices avec des chants vulgaires, une liturgie abâtardie, et une communion qui ressemblerait à un pique-nique ? Une Eglise pour un "pays cool" ? Je suis désolé, ce n'est pas la façon dont je conçois les offices. Mais j'admets que certaines différences sont légitimes entre nos conceptions de la prêtrise. J'essaie d'être objectif.

— Mais vous ne l'êtes pas, Morell. Laissez-moi vous parler franchement.

— C'est ce que vous faites, non ? Mais l'endroit est-il bien choisi ?

— St Anselm va devoir fermer. Le collège a fait dans le passé un travail magnifique, mais aujourd'hui, il n'a plus sa raison d'être. Son enseignement est bon, je le reconnais, mais est-il meilleur que ne l'était celui de Chichester, de Salisbury et de Lincoln ? Ils ont bien dû accepter d'être fermés, eux.

— Le collège ne sera pas fermé. Moi vivant, il ne sera pas fermé. Je ne suis pas sans influence.

— Ça, nous le savons. Et c'est précisément ce que je déplore — le pouvoir de l'influence, connaître les gens qu'il faut, fréquenter les milieux qu'il faut, glisser un mot à l'oreille qu'il faut. Cette vision de l'Angleterre est aussi dépassée que St Anselm. Le monde de Lady Veronica est mort. »

Cette fois, la colère mal contenue du père Sebastian éclata. Il tremblait, il avait du mal à parler, et quand les mots sortirent enfin, déformés par la haine, c'est à peine s'il reconnut sa voix : « Comment osez-vous ! Comment osez-vous mentionner le nom de ma femme ! »

Ils se regardèrent comme des boxeurs, puis l'archidiacre se radoucit soudain. « Je regrette, s'excusa-t-il, j'ai manqué de mesure et de charité. Ce n'étaient pas les mots justes, et l'endroit était inapproprié. Allons-nous-en. »

Un instant, il fut sur le point de tendre la main, mais il se ravisa. Ils longèrent alors le mur nord en silence pour rejoindre la sacristie. Tout à coup, le père Sebastian s'arrêta et dit : « Il y a quelqu'un. Nous ne sommes pas seuls ici. »

Ils restèrent un moment immobiles à tendre l'oreille. « Je n'entends rien, dit enfin l'archidiacre. L'église est manifestement vide à part nous. La porte était fermée à clé et l'alarme était mise quand nous sommes arrivés. Il n'y a personne.

— Evidemment. Comment pourrait-il y avoir quelqu'un ? C'était juste une impression. »

Le père Sebastian remit l'alarme et verrouilla la porte de la sacristie, après quoi ils se retrouvèrent dans le cloître nord. L'archidiacre s'était excusé, mais le père Sebastian savait que les mots qu'ils avaient échangés ne pourraient jamais être oubliés. Qu'il se soit ainsi laissé emporter l'emplissait de dégoût pour lui-même. L'archidiacre n'était pas sans reproches, bien sûr, mais en tant qu'invité, il n'avait pas la même responsabilité. Et il n'avait fait qu'exprimer ce que d'autres pensaient, ce que d'autres disaient. Le père Sebastian sentit s'abattre sur lui un pénible sentiment de dépression, accompagné d'une émotion moins familière et plus pénétrante que l'appréhension : la peur.

20

Le samedi après-midi, le thé se prenait sans façons, servi dans le salon des étudiants, à l'arrière de la maison, pour ceux qui avaient annoncé leur présence. Leur nombre était d'ordinaire limité, surtout s'il y avait à distance raisonnable un match de football valant le déplacement.

Il était trois heures, et Emma, Raphael Arbuthnot, Henry Bloxham et Stephen Morby traînassaient dans le salon de Mrs Pilbeam, situé entre la cuisine et le couloir menant au cloître sud. De ce même couloir, une volée de marches conduisait à la cave. Avec son équipement moderne de qualité, ses plans de travail en acier rutilant, la cuisine était interdite aux étudiants. C'était dans le petit salon adjacent, avec son poêle à gaz et sa table carrée, que Mrs Pilbeam préparait de préférence les scones, les gâteaux et le thé. La pièce était chaleureuse, familière, voire un peu négligée en comparaison de la cuisine parfaitement ordonnée et d'une propreté chirurgicale. La cheminée d'origine, avec sa hotte de fer décorée, était toujours en place, et bien qu'elle marchât désormais au gaz et que la braise fût synthétique, elle ajoutait au confort de la pièce.

Ce salon était avant tout le domaine de Mrs Pilbeam. Le dessus de la cheminée était occupé par quelques-uns de ses trésors, pour la plupart ramenés de leurs vacances par d'anciens étudiants : une théière décorée, un assortiment de mugs et de cruchons, les chiens de porcelaine qu'elle affectionnait, et même une poupée fastueusement vêtue dont les jambes pendaient à l'extérieur de la tablette.

Mrs Pilbeam avait trois fils, maintenant tous éparpillés, et aux yeux d'Emma il était évident qu'elle avait autant de plaisir à se retrouver une fois par semaine avec ces jeunes qu'eux-mêmes en éprouvaient à échapper à l'austérité masculine qui était leur lot quotidien. Comme eux, Emma trouvait réconfortante l'affection maternelle sans mièvrerie de Mrs Pilbeam. Cependant, elle se demandait si le père Sebastian approuvait sans réserve sa propre présence parmi eux. Car il devait sans aucun doute en être informé ; de ce qui se passait au collège, fort peu échappait à son attention.

Cet après-midi-là, trois étudiants seulement étaient présents. Peter Buckhurst, toujours convalescent après sa mononucléose infectieuse, se reposait dans sa chambre.

Emma était blottie dans les coussins d'un fauteuil d'osier à droite de la cheminée, les longues jambes de Raphael étendues devant elle. Henry avait déployé sur un bout de la table l'édition du *Times* du samedi, tandis qu'à l'autre bout Stephen suivait la leçon de cuisine que lui donnait Mrs Pilbeam. Comme sa grand-mère et son arrière-grand-mère, sa mère, originaire du Nord, pensait que les garçons ne devaient prendre aucune part aux travaux ménagers. Mais alors qu'il était à Oxford, Stephen s'était fiancé à une brillante jeune généticienne qui ne s'accommodait pas de ce genre d'opinions. Ce jour-là, avec les encouragements de Mrs Pilbeam et les critiques occasionnelles de ses camarades, il s'initiait à la pâtisserie, et il s'occupait pour l'instant de mélanger du beurre et du saindoux avec de la farine.

« Non, pas comme ça, Mr Stephen, protestait Mrs Pilbeam. Doucement avec les doigts. Levez les mains et laissez le mélange retomber en pluie dans la jatte. Pour qu'il s'aère bien.

— Je me sens complètement idiot. »

Henry dit : « Et tu en as l'air. Si ton Alison te voyait, elle aurait des doutes quant à ta capacité d'engendrer les deux brillants rejetons que vous devez avoir programmés.

— Pour ça, ça m'étonnerait, rétorqua Stephen avec un joyeux sourire de réminiscence.

— Ce qu'il y a de sûr, c'est que ça a une drôle de couleur. Pourquoi tu ne vas pas au supermarché ? Ils vendent de délicieux gâteaux congelés.

— Rien ne vaut la pâtisserie maison, Mr Henry. Ne le découragez pas. A présent, ça a l'air à peu près bien. Commencez à ajouter l'eau. Non, ne prenez pas le pot. Il faut en mettre une cuillère à la fois. »

Stephen dit : « Je faisais une excellente recette de poulet à la casserole quand j'avais une piaule à Oxford. On achète des morceaux de poulet au supermarché et on y ajoute une boîte de soupe aux champignons. Ou bien à la tomate, ça marche avec n'importe quelle soupe. Et le résultat est toujours réussi. Qu'est-ce que vous en pensez, Mrs P ? »

Mrs Pilbeam regarda dans la jatte où la pâte avait enfin pris consistance et formait une masse luisante. « Nous ferons du poulet à la casserole la semaine prochaine. Bon, ça m'a l'air tout à fait bien. Maintenant on va la couvrir et la faire reposer au frigo.

— Quoi ? Il faut qu'elle se repose ? Mais c'est moi qui suis fatigué ! Dites-moi, elle a toujours cette couleur-là ? Ça me paraît bizarre. »

A ce moment-là, Raphael sortit de sa torpeur et demanda : « Où est notre limier ? »

Ce fut Henry qui répondit, les yeux fixés sur son journal : « Je ne crois pas qu'il rentre avant le dîner. Je l'ai vu partir tout de suite après le petit déjeuner. J'étais soulagé de lui voir tourner les talons. Sa présence me met mal à l'aise.

— Qu'est-ce qu'il peut bien espérer découvrir ? demanda Stephen. Il ne peut pas rouvrir l'enquête, si ? Est-ce qu'il peut y avoir une deuxième enquête une fois que le corps a été incinéré ? »

Henry leva les yeux et dit : « Pas sans difficultés,

j'imagine. Mais demande à Dalgliesh, c'est lui le spécialiste. » Et il retourna à sa lecture.

Stephen alla se laver les mains à l'évier. « Je me sens un peu coupable à propos de Ronald, dit-il. On ne s'est jamais beaucoup occupés de lui, si ?

— S'occuper de lui ? Pourquoi est-ce qu'on aurait dû s'occuper de lui ? On n'est plus à l'école ici. » Raphael prit une voix pédante et haut perchée : « "Voici le petit Treeves, Arbuthnot, il sera dans votre dortoir. Prenez-le sous votre aile. Mettez-le au courant." Mais c'est vrai que lui avait l'air de se croire à l'école primaire, avec cette horrible habitude de tout étiqueter. Son nom sur ses vêtements et sur tout ce qu'il avait. Qu'est-ce qu'il croyait ? Qu'on allait le voler ? »

Henry dit : « Les émotions que suscite une mort brutale sont toujours les mêmes : choc, chagrin, colère et culpabilité. On a surmonté le choc, on n'a guère éprouvé de chagrin, et on n'avait aucune raison de ressentir de la colère. Il nous reste donc la culpabilité. Nos prochaines confessions seront d'une uniformité consternante. Le père Beeding en aura marre d'entendre le nom de Ronald Treeves. »

Intriguée, Emma demanda : « Ce ne sont pas les prêtres de St Anselm qui vous entendent en confession ?

— Seigneur, non, répondit Henry en riant. Nous sommes peut-être incestueux, mais pas à ce point-là. Un prêtre vient deux fois par trimestre de Framlingham. » Il en avait fini avec son journal et le pliait soigneusement.

« A propos de Ronald, est-ce que je vous ai dit que je l'avais vu le vendredi soir avant sa mort ? »

Raphael dit : « Non. Tu l'as vu où ?

— Il sortait de la porcherie.

— Qu'est-ce qu'il faisait là ?

— Comment veux-tu que je le sache ? Il grattait le dos des cochons, j'imagine. En fait, je lui ai trouvé

l'air malheureux ; un moment, j'ai même eu
l'impression qu'il pleurait. Mais je ne crois pas qu'il
m'ait vu. Il est parti tout droit en direction du promontoire.

— Tu as raconté ça à la police ?

— Non, je ne l'ai dit à personne. Tout ce que la
police m'a demandé — avec une finesse et un tact
remarquables —, c'est si je pensais que Ronald avait
des raisons de se tuer. Même s'il avait l'air déprimé
en sortant de la porcherie la veille, cela ne justifiait
pas qu'il se mette la tête sous une tonne de sable.
Et je n'étais pas sûr de ce que j'avais vu. Il est passé
tout près de moi, mais il faisait nuit. Eric n'a sûrement rien dit, sinon on en aurait parlé à l'enquête.
Et puis de toute façon Ronald a été vu plus tard par
Mr Gregory, qui a dit qu'il était normal à sa leçon
de grec. »

Stephen dit : « C'était curieux, tout de même,
non ?

— Plus curieux maintenant qu'on y pense que sur
le moment. Je n'arrive pas à m'enlever ça de la tête.
Et Ronald est toujours un peu là, vous n'avez pas
cette impression ? Parfois, il me semble plus présent
physiquement, plus réel, que quand il était bien
vivant. »

Il y eut un silence. Emma n'avait rien dit. Elle
tourna la tête vers Henry et regretta, comme il lui
arrivait souvent, de ne pas avoir de clé qui lui eût
permis de mieux comprendre son personnage. Elle
se rappela une conversation qu'elle avait eue avec
Raphael peu après l'arrivée de Henry au collège.

« Henry m'intrigue, pas vous ?

— Vous m'intriguez tous, avait-elle rétorqué.

— Tant mieux. Nous n'avons pas envie d'être
transparents. Et puis vous aussi, vous nous intriguez. Mais Henry... qu'est-ce qu'il fait ici ?

— La même chose que vous, j'imagine.

— Si je gagnais un demi-million net par an plus

un million de dividendes à Noël pour bonne
conduite, je ne crois pas que je laisserais tout tomber pour dix-sept mille livres annuelles — au mieux
— sans même pouvoir espérer un presbytère décent.
Parce que les presbytères décents, on les vend maintenant comme demeures aux nouveaux riches qui
ont un penchant pour l'architecture victorienne.
Nous, il faut qu'on se contente d'une affreuse maison mitoyenne avec une place de parking pour
mettre la Fiesta d'occasion. Vous vous rappelez,
dans Luc, ce passage tellement embarrassant où le
jeune homme riche s'en va tout triste parce qu'il a
de grands biens ? Je m'imagine parfaitement dans
sa peau. Heureusement, je suis pauvre et bâtard.
Croyez-vous que Dieu s'arrange pour que nous ne
rencontrions pas de tentations plus fortes que celles
auxquelles Il sait que nous pouvons résister ?

— Il ne me semble pas que l'histoire du
XXe siècle aille dans le sens de cette thèse, avait
répondu Emma.

— Je devrais peut-être soumettre cette idée au
père Sebastian, lui proposer que j'en fasse un sermon ? Enfin, peut-être pas, après tout. »

La voix de Raphael la rappela au présent. Il
disait : « Ronald était plutôt casse-pieds à vos cours,
non ? La manière dont il s'acharnait à vouloir poser
une question intelligente, toutes ces notes qu'il ne
cessait de prendre — sans doute des passages à utiliser pour de futurs sermons. Rien de tel qu'une pin-
cée de poésie pour élever le médiocre au rang de
l'exceptionnel, surtout si l'assemblée ne se rend pas
compte que vous n'en êtes pas l'auteur.

— Je me suis parfois demandé pourquoi il venait,
dit Emma. Les séminaires sont facultatifs, non ? »

Raphael répondit par un rire ironique qui irrita
Emma. « Mais oui, ma chère, absolument. Seulement ici, facultatif n'a pas vraiment le même sens

qu'ailleurs. Mettons que certains comportements sont mieux vus que d'autres.

— Vraiment ? Moi qui croyais que vous veniez tous par amour de la poésie. »

Stephen s'en mêla : « Nous aimons la poésie, mais le problème, c'est que nous ne sommes que vingt et que nous sommes ainsi toujours sous surveillance. Les prêtres n'y peuvent rien, c'est une question de nombre. C'est pour cette raison que l'Eglise estime qu'il faut être soixante pour faire un bon collège de théologie. Elle a raison. Et l'archidiacre aussi quand il dit que St Anselm est trop petit.

— Oh, l'archidiacre, est-ce qu'il faut vraiment parler de lui ? fit Raphael avec humeur.

— D'accord, ce n'est pas une obligation. Mais c'est un drôle de zigoto, non ? Je n'arrive pas à le situer. Si on admet que l'Eglise anglicane comporte quatre courants différents, dans lequel faut-il le classer ? Ce n'est pas le genre charismatique. Il se dit évangélique, et pourtant il accepte les femmes prêtres. Il parle toujours de la nécessité de changer pour s'adapter au XXIᵉ siècle, mais il n'est pas représentatif de la théologie libérale : sur le chapitre du divorce et de l'avortement, il est absolument intransigeant. »

Henry dit : « C'est un victorien attardé. Quand il est ici, j'ai l'impression d'être dans un roman de Trollope — sauf que les rôles sont inversés : le père Sebastian devrait être l'archidiacre Grantly, et Crampton jouer le rôle de Slope.

— Non, pas Slope, protesta Stephen. Slope est un hypocrite. L'archidiacre est sincère, il faut lui reconnaître ça.

— Sincère, oui, ricana Raphael. Comme Hitler. Comme Gengis Khan. Les tyrans sont toujours sincères.

— Dans sa paroisse, ce n'est pas un tyran, dit doucement Stephen. A mon avis, c'est un bon prêtre

de paroisse. N'oubliez pas que j'ai fait une semaine
de stage là-bas à Pâques dernier. On l'aime bien. On
apprécie même assez ses sermons. Comme le disait
un des conseillers paroissiaux : "Il sait ce qu'il croit,
et il nous le sert sans détours. Et dans cette paroisse,
tous ceux qui sont dans la peine ou le besoin lui sont
reconnaissants." On le voit sous son pire jour, ici ;
c'est un autre homme dans sa paroisse. »

Raphael rétorqua : « Il s'est acharné après un de
ses confrères et il l'a fait mettre en prison. C'est ça,
la charité chrétienne ? Il déteste le père Sebastian,
c'est ça, l'amour du prochain ? Et il déteste tout ce
que représente cet endroit. Il veut faire fermer
St Anselm.

— Mais le père Sebastian veille à ce que le collège ne soit pas fermé, dit Henry. Nous sommes du
bon côté.

— Je n'en suis pas si sûr. La mort de Ronald n'a
rien arrangé.

— L'Eglise ne peut pas fermer un collège théologique parce qu'un étudiant se suicide. De toute
façon, il s'en ira demain après le petit déjeuner
— apparemment, on a besoin de lui dans sa
paroisse. Nous n'avons que deux repas à prendre
avec lui. Essaie de te conduire correctement,
Raphael.

— Le père Sebastian m'a déjà chapitré là-dessus.
J'essaierai de me contrôler.

— Et si tu n'y arrives pas, tu lui présenteras des
excuses au petit déjeuner ?

— Pour ça non, dit Raphael. Ça m'étonnerait que
quiconque s'excuse auprès de l'archidiacre demain
matin. »

Dix minutes plus tard, les étudiants étaient partis prendre le thé dans leur salon. Mrs Pilbeam
remarqua : « Vous avez l'air fatigué, mademoiselle.
Restez encore un peu. Maintenant que nous

sommes seules, ce sera plus tranquille. Vous prendrez bien le thé avec moi ?

— Volontiers, Mrs Pilbeam. Merci. »

Mrs Pilbeam tira une table basse à côté d'elle et y
posa une tasse de thé accompagnée de scones beur-
rés et de confiture. Comme c'était agréable, se dit
Emma, d'être tranquillement assise avec une autre
femme, de sentir l'odeur des scones chauds, de
regarder les flammes bleues dans la cheminée.

Elle regrettait qu'il ait été question de Ronald
Treeves. Elle ne s'était pas rendu compte à quel
point sa mort pesait sur le collège. Et pas seulement
sa mort à lui. Celle de Mrs Munroe, naturelle, paisible, et qu'elle avait peut-être elle-même souhaitée,
n'en était pas moins une perte, et d'autant plus
grande que la communauté était petite. Henry avait
raison ; on se sentait toujours coupable. Elle se
reprocha de ne pas s'être donné plus de peine avec
Ronald, de ne pas avoir montré à son égard plus de
patience et de gentillesse. Elle avait du mal à chasser de son esprit l'image qu'elle avait de lui à présent, quittant d'un pas mal assuré le cottage de Surtees.

Et puis il y avait l'archidiacre. L'aversion de
Raphael pour lui tournait à l'obsession. Et c'était
davantage que de l'aversion. Il parlait de lui avec
haine. Emma prenait conscience de l'importance
que revêtaient pour elle ses séjours au collège. Les
mots familiers du rituel de l'Eglise anglicane flot-
taient dans son esprit. Cette paix que ne pouvait
donner le monde. Mais il n'y avait pas de paix dans
cette image d'un jeune homme ouvrant la bouche
pour respirer et ne trouvant que du sable à avaler.
Et St Anselm faisait partie du monde. Prêtres ou
futurs prêtres, ses professeurs et ses élèves restaient
des hommes. Isolé sur son promontoire, le collège
apparaissait comme un défi, mais à l'intérieur de ses
murs la vie était intense, étroitement contrôlée,

claustrophobique. Quelles émotions pouvaient bien fermenter dans cette atmosphère de serre chaude ?

Et Raphael, élevé sans mère dans ce monde retiré, n'en sortant que pour la vie tout aussi masculine, tout aussi contrôlée du pensionnat. Avait-il véritablement la vocation ou remboursait-il une vieille dette de la seule manière qu'il connût ? Pour la première fois, elle se surprit en train de critiquer mentalement les prêtres. L'idée devait pourtant leur être venue qu'il aurait mieux valu pour lui qu'il soit formé dans un autre collège. Elle avait prêté au père Sebastian et au père Martin une sagesse et une bonté à peine compréhensibles pour ceux qui, comme elle, trouvaient dans la religion organisée une structure de combat moral plutôt que l'ultime dépositaire de la vérité révélée. Mais elle en revenait toujours à la même pensée dérangeante : les prêtres n'étaient que des hommes.

Le vent se levait. Elle entendait maintenant son mugissement irrégulier à peine distinct de celui de la mer.

Mrs Pilbeam dit : « On annonce beaucoup de vent, mais à mon avis, le pire ne viendra que demain. Tout de même, il faut s'attendre à une rude nuit. »

Elles burent un moment leur thé en silence, puis Mrs Pilbeam reprit : « Ce sont de bons garçons, vous savez, tous autant qu'ils sont.

— Oui, dit Emma, je sais. » Et il lui sembla que c'était elle qui réconfortait son interlocutrice.

21

Le père Sebastian n'aimait pas prendre le thé. Il ne mangeait jamais de gâteau et estimait que les sandwichs et les scones n'étaient bons qu'à gâter son dîner. Il trouvait normal de faire une apparition à quatre heures lorsqu'il y avait des invités, mais il restait d'ordinaire juste le temps d'avaler deux tasses d'Earl Grey avec du citron et de saluer ses hôtes. Ce samedi, il avait laissé au père Martin le soin de les accueillir, et à quatre heures dix il décida qu'il était temps d'aller se montrer. Cependant, comme il descendait l'escalier, il vit l'archidiacre qui montait vers lui en courant.

« Morell, il faut que je vous parle. Dans votre bureau, s'il vous plaît. »

Quoi encore ? pensa le père Sebastian avec lassitude tandis qu'il faisait demi-tour pour suivre l'archidiacre. Celui-ci montait quatre à quatre, et une fois devant le bureau il se précipita à l'intérieur. Le père Sebastian entra plus calmement et l'invita d'un geste à prendre place devant la cheminée, mais son geste fut ignoré. Les deux hommes se tenaient plantés face à face, et si près l'un de l'autre que le père Sebastian sentait l'haleine aigre de son vis-à-vis. Contraint de le regarder, il rencontra des yeux qui jetaient des éclairs puis prit désagréablement conscience de chaque détail de son visage : les deux poils noirs qui sortaient de sa narine gauche, les pommettes qu'enflammait la colère, une miette collée au coin de la bouche. Il resta sans rien dire, laissant à l'archidiacre le temps de se ressaisir.

Lorsqu'il parla, Crampton était plus calme, mais sa voix n'en était pas moins menaçante. « Qu'est-ce que ce policier fait ici ? Qui l'a invité ?

— Le commandant Dalgliesh ? Je crois vous avoir expliqué...

— Je ne parle pas de Dalgliesh. Yarwood. Roger Yarwood. »

Le père Sebastian répondit tranquillement : « Comme vous, Mr Yarwood est un de nos invités. Il est inspecteur dans la gendarmerie du Suffolk et il prend une semaine de congé.

— C'était votre idée de le faire venir ?

— C'est un habitué et nous avons plaisir à l'accueillir. En ce moment, il est en congé de maladie. Il nous a demandé s'il pouvait venir passer la semaine ici. Nous avons de l'affection pour lui et nous sommes heureux qu'il soit là.

— C'est lui qui a enquêté sur la mort de ma femme. Ne me dites pas que vous l'ignoriez ?

— Et comment le saurais-je ? Comment aucun de nous pourrait-il le savoir ? Ce n'est certainement pas lui qui en aurait parlé. Quand il vient ici, c'est pour oublier son travail. Si vous êtes contrarié de le trouver chez nous, je suis désolé. Je comprends que sa présence puisse réveiller de mauvais souvenirs, mais croyez-moi, ce n'est qu'une coïncidence. L'inspecteur Yarwood a été muté de la police métropolitaine dans le Suffolk il y a cinq ans, je crois. Ça devait être un peu après la mort de votre femme. »

Bien que le père Sebastian eût évité de prononcer le mot *suicide*, on le sentait flotter entre eux. Dans les milieux ecclésiastiques, tout le monde, bien sûr, était au courant de la tragédie qui avait frappé l'archidiacre.

Crampton dit : « Il faut qu'il s'en aille, ça va de soi. Je ne suis pas prêt à me mettre à table avec lui. »

Le père Sebastian était partagé entre une sympathie tout à fait sincère — encore qu'assez légère pour ne pas trop l'incommoder — et une émotion d'ordre plus personnel. « Je ne peux pas lui demander de partir, rétorqua-t-il. Comme je vous l'ai dit, il est notre invité. Quels que soient les souvenirs qu'il vous rappelle, des adultes comme vous devraient pouvoir s'asseoir à la même table sans créer un scandale.

— Un scandale ?

— Le mot me semble approprié. Pourquoi vous mettre dans un état pareil, monsieur l'archidiacre ? Yarwood n'a fait que son travail. Il n'y avait rien de personnel entre vous.

— Détrompez-vous. Il en a fait une affaire personnelle dès qu'il a mis les pieds au presbytère. Il m'a plus ou moins accusé de meurtre. Il s'est acharné sur moi alors que j'étais au fond du gouffre, m'accablant de questions, revenant sans fin sur les moindres détails de mon mariage, des questions personnelles qui ne le regardaient en rien, en rien ! Après l'enquête, je me suis plaint à la police, et la police a reconnu qu'il avait montré trop de zèle.

— Trop de zèle ? » Le père Sebastian se rabattit sur une banalité. « Mais il pensait sûrement remplir son devoir.

— Ça n'avait rien à voir avec le devoir ! Il a cherché à se faire valoir. Il a profité de la situation. Accuser un curé d'avoir tué sa femme, c'était un joli coup, non ? Mais vous savez quel tort une telle allégation peut provoquer dans une paroisse, dans un diocèse ? Il m'a torturé, et il a pris plaisir à me torturer. »

Le père Sebastian avait du mal à concilier cette accusation avec le Yarwood qu'il connaissait. Il ressentait des émotions contradictoires : compassion pour Crampton, indécision quant à ce qu'il fallait faire avec Yarwood, souci de ne pas inquiéter inutilement un homme qui lui semblait fragile à la fois physiquement et mentalement, nécessité de venir à bout du week-end sans se mettre l'archidiacre encore plus à dos. Et toutes ces préoccupations se nouaient de façon absurde autour du problème du placement à dîner. Il ne pouvait pas mettre les deux policiers côte à côte ; ils ne devaient pas avoir envie de se sentir obligés de parler travail, et lui-même préférait éviter ce genre de discussion à sa table. (Le père Sebastian ne pensait jamais au réfectoire de St Anselm que comme à « sa » salle à manger, « sa » table.) Il était clair que ni Raphael ni le père John ne pouvaient être placés en face ou à côté de l'archidiacre. Clive Stannard était trop ennuyeux pour qu'on puisse l'infliger à Crampton ou à Dalgliesh. Il regretta sa femme. Avec Veronica, tout se serait bien passé. Il éprouva une poussée de ressentiment à l'idée qu'elle l'avait quitté si mal à propos.

C'est alors qu'on frappa à la porte. Content de l'interruption, il cria : « Entrez », et Raphael entra. Après lui avoir jeté un coup d'œil, l'archidiacre sortit en disant : « Je vous laisse arranger ça, Morell. »

Tout heureux qu'il fût de l'interruption, le père Sebastian n'était pas d'humeur à se montrer aimable, et son « Qu'est-ce qu'il y a, Raphael ? » manquait singulièrement de chaleur.

« C'est au sujet de l'inspecteur Yarwood, mon père. Il préfère ne pas dîner avec nous et demande s'il lui serait possible d'être servi dans sa chambre.

— Il est malade ?

— Il ne m'a pas semblé très en forme, mais il n'a pas dit qu'il était malade. Il a vu l'archidiacre au thé, et je crois qu'il n'a pas envie de se retrouver avec lui. Il est reparti sans rien prendre, alors je l'ai suivi dans sa chambre pour voir ce qui n'allait pas.

— Il t'a dit ce qui le dérangeait ?

— Oui.

— Il n'avait pas le droit de se confier à toi, ni à qui que ce soit ici. C'était irresponsable et déplacé. Tu n'aurais pas dû le laisser faire.

— Il n'a pas dit grand-chose, mon père, mais ce qu'il a dit était intéressant.

— Quoi qu'il ait dit, il aurait mieux fait de se taire. Maintenant, va demander à Mrs Pilbeam de lui préparer de quoi dîner. De la soupe et une salade, quelque chose comme ça.

— Il n'en demande pas plus, mon père. Tout ce qu'il veut, c'est être seul. »

Le père Sebastian se demanda s'il devait parler à Yarwood et décida d'y renoncer. S'il avait envie d'être seul, c'était peut-être pour le mieux. L'archidiacre devait partir tout de suite après le petit déjeuner du lendemain afin de pouvoir servir dans sa paroisse la grand-messe de dix heures et demie. Il avait laissé entendre qu'il devait y avoir quelqu'un d'important dans l'assemblée. Avec un peu de chance, Yarwood et lui n'auraient plus à se voir.

D'un pas fatigué, le père Sebastian quitta son bureau et redescendit l'escalier pour aller avaler ses deux tasses d'Earl Grey avec les étudiants.

22

Le réfectoire donnait au sud et, par la taille comme par le style, c'était presque une réplique de la bibliothèque, dont il avait le même plafond voûté et les mêmes fenêtres hautes et étroites, avec ici au lieu de vitraux figuratifs des panneaux de verre jaune pâle décorés de feuilles de vigne et de grappes de raisin. Entre elles, le mur était égayé pas trois grands tableaux préraphaélites, dons de la fondatrice. L'un, de Dante Gabriel Rossetti, représentait une jeune fille à la chevelure flamboyante lisant près d'une fenêtre un livre qu'on imaginait volontiers être un livre de piété. Le deuxième, trois jeunes femmes dansant sous un oranger dans un tourbillon de soies or et brunes par Edward Burne-Jones, était d'inspiration franchement profane. Le dernier, le plus grand, de William Holman Hunt, montrait un prêtre en train de baptiser un groupe d'anciens Bretons devant une chapelle primitive. Ce n'était pas le genre de tableaux qu'Emma aurait rêvé de posséder, mais elle ne doutait pas qu'ils constituaient une part appréciable du patrimoine de St Anselm. Quant à la pièce elle-même, il était évident qu'elle avait été conçue comme une salle à manger familiale, mais avec un désir d'ostentation plutôt que d'intimité et de confort. Même une famille nombreuse de l'époque victorienne se serait sentie écrasée par ce monument à la grandeur du père. Apparemment, le collège n'avait fait que peu de changements pour l'adapter à son usage. La table ovale en chêne sculpté occupait toujours le centre de la pièce, mais on y avait ajouté deux mètres de rallonge au milieu. Les sièges, y compris le fauteuil réservé au chef de famille, étaient manifestement d'origine, et à défaut de passe-plat, la nourriture était servie depuis un long buffet recouvert d'une nappe blanche.

Mrs Pilbeam s'occupait du service avec deux étudiants, qui changeaient tous les jours. Les Pilbeam prenaient leurs repas en même temps que les autres, mais à côté, dans le salon de Mrs Pilbeam. Dès sa première visite, Emma avait été frappée par le bon fonctionnement de cette curieuse organisation. Mrs Pilbeam semblait savoir d'instinct à quel moment servir et apparaissait juste à temps. Il n'y avait ni cloche ni sonnette, et l'entrée et le plat principal se mangeaient en silence cependant qu'un des séminaristes faisait la lecture depuis une tribune placée à côté de la porte. Cet étudiant aussi changeait chaque jour, et le choix de la lecture lui était laissé. Ce pouvait être un passage de la Bible, mais pas nécessairement. A l'occasion de ses séjours à St Anselm, Emma avait entendu Henry Bloxham, Peter Buckhurst et Stephen Morby lire respectivement des extraits de *la Terre vaine*, du *Journal de per-*

sonne et d'une nouvelle de *Mr Mulliner raconte*, de
P. G. Wodehouse. Pour Emma, hormis l'intérêt que
pouvait présenter le texte et de ce que révélait son
choix à propos du lecteur, ce système avait l'avantage de permettre de savourer la délicieuse cuisine
de Mrs Pilbeam sans avoir à papoter d'un côté et de
l'autre.

Sous la présidence du père Sebastian, le dîner
avait un peu de la raideur qu'il peut avoir dans une
maison privée. Mais une fois terminés la lecture et
les deux premiers plats, le silence qui avait régné
jusque-là semblait stimuler la conversation, qui se
poursuivait d'ordinaire tranquillement pendant que
le lecteur, s'étant servi sur la plaque chauffante, rat-
trapait son retard. Pour finir, tout le monde allait
prendre le café dans le salon des étudiants ou dans
le cloître. Souvent, la séance se prolongeait jusqu'à
complies, après quoi la coutume voulait que les
séminaristes regagnent leurs chambres et gardent le
silence.

Habituellement, les étudiants s'asseyaient sur la
première chaise venue, mais cette fois-ci le père
Sebastian avait fixé lui-même la place de chacun des
invités et membres du personnel. Il avait installé à
sa gauche l'archidiacre Crampton puis Emma et le
père Martin. Le commandant Dalgliesh, le père Peregrine et Clive Stannard se succédaient à sa droite.
George Gregory, qui ne dînait qu'occasionnellement
au collège, se trouvait présent ce soir-là et était assis
entre Stannard et Stephen Morby. Emma s'était
attendue à voir l'inspecteur Yarwood, mais il ne se
montra pas et personne ne fit de commentaire sur
son absence. Trois des quatre étudiants présents ce
week-end choisirent leur place parmi celles qui restaient, et, comme les autres, attendirent debout derrière leur chaise le bénédicité. C'est alors qu'apparut Raphael, boutonnant sa soutane. Il marmonna
quelques mots d'excuse et, ouvrant le livre qu'il por-

tait, prit place à la tribune. Le père Sebastian prononça une prière en latin, puis tout le monde s'assit.

Installée à côté de l'archidiacre, Emma avait
conscience de sa présence physique, tout comme lui
devait avoir conscience de la sienne. Elle comprit
d'instinct qu'il s'agissait d'un homme chez qui les
femmes suscitaient une puissante réaction sexuelle,
soigneusement réprimée. Il était aussi grand que le
père Sebastian, mais plus puissamment bâti, avec
des épaules larges, un cou de taureau et de beaux
traits accusés. Ses cheveux étaient presque noirs, sa
barbe à peine semée de gris, et ses yeux profondément enfoncés sous une paire de sourcils si bien
dessinés qu'on aurait pu les croire épilés. Ils étaient
comme une note discordante de féminité dans cet
ensemble de sombre virilité. Quand le père Sebastian l'avait présenté à Emma dans la salle à manger,
il lui avait serré la main avec une force qui ne communiquait aucune chaleur, et l'air aussi surpris que
s'il s'était trouvé devant une énigme qu'il lui eût
incombé de résoudre avant que le dîner soit terminé.

Le premier plat attendait sur la table : des auber-
gines et des poivrons cuits au four dans de l'huile
d'olive. Il y eut un léger bruit de fourchettes tandis
que la compagnie commençait à manger, et, comme
s'il attendait ce signal, Raphael se mit alors à lire :
« Voici le premier chapitre des *Tours de Barchester*
d'Anthony Trollope. »

C'était une œuvre dont Emma, qui aimait les
romans victoriens, était familière, et elle se
demanda pourquoi Raphael l'avait choisie. Il arrivait que les séminaristes lisent un extrait de roman,
mais d'ordinaire ils choisissaient plutôt un passage
qui formait un tout. Raphael lisait bien, et Emma
était tellement prise par ce qu'elle entendait qu'elle
en oubliait de manger. St Anselm était un endroit
qui convenait parfaitement à la lecture de Trollope.

Son architecture permettait d'imaginer sans peine
la chambre à coucher de l'évêque dans le palais de
Barchester, où l'archidiacre Grantly assiste à l'ago-
nie de son père tout en sachant que, s'il vit jusqu'à
ce que le gouvernement tombe — ce qui peut arriver d'une heure à l'autre —, lui-même n'aura plus
aucune chance de lui succéder comme évêque. A un
moment particulièrement dramatique, l'ambitieux
fils tombe à genoux et prie pour que lui soit pardonné son désir criminel de voir mourir son père.

Depuis le début de la soirée, le vent soufflait de
plus en plus fort. Les bourrasques qui maintenant
secouaient la maison étaient comme des salves
d'artillerie. A chaque nouvel assaut, Raphael arrêtait de lire comme un maître d'école qui attend que
sa classe fasse silence, et quand venaient les accalmies sa voix résonnait avec une clarté et une gra-
vité presque surnaturelles.

Emma ne tarda pas à se rendre compte que son
voisin de droite s'était figé. Les mains de l'archidiacre étaient crispées sur son couteau et sa four-
chette, et quand Peter Buckhurst, qui circulait silencieusement avec le vin, s'arrêta près de lui, il lâcha
son couteau pour mettre la paume sur son verre
d'un mouvement si brutal qu'elle craignit qu'il
n'éclate sous sa main. Considérant cette main, sur
les phalanges de laquelle se dressaient des poils
noirs, elle la vit si grande en imagination qu'elle en
devenait monstrueuse. Puis elle s'aperçut que Dalgliesh, assis en face de l'archidiacre, le regardait
d'un air méditatif. Emma ne pouvait pas croire que
la tension qu'elle ressentait si fortement chez son
voisin ne soit pas ressentie de même par toute la
tablée, mais Dalgliesh seul semblait en être
conscient. Gregory mangeait en silence, et avec une
satisfaction évidente. De temps en temps, il jetait à
Raphael un coup d'œil vaguement ironique.

Raphael continua de lire pendant que Mrs Pilbeam et Peter Buckhurst changeaient les assiettes et apportaient le plat principal : un cassoulet. Entre-temps, l'archidiacre s'était ressaisi, mais il ne mangea presque rien. Quand arrivèrent les fruits, le fromage et les biscuits, Raphael ferma son roman, puis alla prendre son assiette sur la plaque chauffante et s'installa au bout de la table. Emma vit alors que le père Sebastian, le visage rigide, tenait les yeux fixés sur lui, et que Raphael semblait refuser obstinément de croiser son regard.

Personne ne se soucia de rompre le silence jusqu'au moment où l'archidiacre, faisant un effort sur lui-même, se tourna vers Emma et se mit à l'interroger sur ses liens avec le collège. Quand avait-elle été nommée ? Qu'enseignait-elle ? Ses étudiants étaient-ils dans l'ensemble réceptifs ? Que pensait-elle personnellement de l'enseignement de l'anglais et de la poésie religieuse dans le cadre d'un programme d'études théologiques ? Elle savait qu'il essayait de la mettre à l'aise, ou du moins qu'il faisait un effort de conversation, mais elle avait le sentiment de subir un interrogatoire et l'impression pénible que dans le silence leurs questions et leurs réponses résonnaient avec trop de force. Son regard s'égarait sans cesse du côté de Dalgliesh, qui, tourné vers le père Sebastian, s'entretenait avec lui. Ils semblaient avoir plein de choses à se dire. Quoi ? Ils ne parlaient certainement pas de la mort de Ronald, pas à cette table. Parfois, elle sentait sur elle le regard de Dalgliesh, mais quand leurs yeux se rencontrèrent, elle détourna vivement les siens et s'en voulut tout aussitôt de sa gaucherie.

Enfin on passa au salon pour le café, mais le changement de lieu ne parvint pas à ranimer la conversation. Celle-ci s'était réduite à un échange de platitudes, et bien avant qu'il ne soit temps de se préparer pour complies, l'assemblée se dispersa. Emma fut parmi les premiers à partir. Malgré la tempête, elle éprouvait le besoin de prendre un peu d'air et d'exercice avant la nuit. Tant pis, elle manquerait l'office du soir. Jamais encore elle n'avait ressenti à ce point la nécessité de se libérer de la maison. Mais lorsqu'elle sortit par la porte menant au cloître sud, la force du vent l'atteignit comme un coup. Il serait bientôt difficile de se tenir debout. Ce n'était pas une nuit à se promener seule sur le promontoire. Elle se demanda ce que faisait Dalgliesh. Il aurait probablement la courtoisie d'assister à complies. Pour sa part, elle allait travailler — il y avait toujours du travail — et se coucher tôt. Longeant le cloître faiblement éclairé, elle se dirigea vers Ambroise et la solitude qui l'y attendait.

23

Il était vingt et une heures vingt-neuf, et Raphael, entrant le dernier dans la sacristie, n'y trouva que le père Sebastian revêtant son aube pour l'office. Il avait la main sur la porte menant à l'église quand le père Sebastian demanda : « C'est pour ennuyer l'archidiacre que tu as choisi ce chapitre de Trollope ?

— C'est un chapitre que j'aime beaucoup, mon père. Cet homme fier et ambitieux qui s'agenouille au chevet de son père, affrontant son secret espoir que l'évêque va mourir à temps. C'est l'un des textes les plus forts que Trollope ait écrits. J'ai pensé qu'on l'apprécierait.

— Je ne te demande pas un cours sur Trollope. Tu n'as pas répondu à ma question. Est-ce que tu l'as choisi exprès pour mettre l'archidiacre mal à l'aise ? »

Raphael répondit calmement : « Oui, mon père.

— A cause de ce que tu as appris de l'inspecteur Yarwood avant le dîner, j'imagine ?

— Il était très déprimé. L'archidiacre avait plus ou moins forcé sa porte pour l'affronter. Roger a laissé échapper quelque chose et m'a dit ensuite qu'il s'agissait d'une confidence, que je devais essayer de l'oublier.

— Et pour oublier, tu as choisi un extrait qui non seulement bouleverserait notre hôte, mais trahirait le fait que l'inspecteur Yarwood s'était confié à toi ?

— Ce passage n'aurait pas blessé l'archidiacre si ce que Roger m'a dit n'était pas vrai.

— Je vois. Tu joues *Hamlet*. Tu sèmes la zizanie et tu désobéis à mes instructions quant à la façon dont tu dois te comporter avec l'archidiacre alors qu'il est notre invité. Il faut que nous réfléchissions, toi et moi. Il faut que je sache si je peux en mon âme et conscience te recommander pour l'ordination. Et toi, il faut que tu te demandes si tu es vraiment fait pour être prêtre. »

C'était la première fois que le père Sebastian formulait un doute qu'il osait à peine reconnaître, même en pensée. Il s'obligea à regarder Raphael dans les yeux tout en attendant sa réponse.

Raphael dit sans s'émouvoir : « Est-ce que nous avons vraiment le choix, vous et moi, mon père ? »

Ce qui étonna le père Sebastian, ce ne furent pas tant les mots que le ton sur lequel ils étaient prononcés. Il avait entendu dans la voix de Raphael ce qu'il voyait par ailleurs dans ses yeux, non un défi à son autorité, ni même sa pointe habituelle de détachement vaguement cynique, mais quelque chose de plus troublant, de plus pénible : une note de résignation triste qui était en même temps un appel à l'aide. Sans rien dire, le père Sebastian finit de s'habiller puis attendit que Raphael lui ouvre la porte de la sacristie pour le suivre dans la pénombre de l'église éclairée par les cierges.

24

A complies, Dalgliesh était le seul fidèle de l'assistance. Assis au milieu de la nef, à droite de l'allée centrale, il regarda Henry Bloxham, en surplis blanc, allumer les deux cierges de l'autel puis ceux qui éclairaient les stalles du chœur. Henry avait tiré les verrous de la grande porte sud avant l'arrivée de Dalgliesh, qui s'attendait à l'entendre s'ouvrir derrière lui. Mais ni Emma ni aucun visiteur ou membre du personnel ne vint. L'église était faiblement éclairée, et il se trouvait seul dans un calme concentré où le tumulte de la tempête, si lointain, paraissait faire partie d'une autre réalité. Enfin Henry alluma la lumière éclairant l'autel et le Van der Weyden prit soudain vie. Puis, après une génuflexion, Henry disparut dans le sanctuaire, et deux minutes plus tard, les quatre prêtres résidants entrèrent, suivis des étudiants et de l'archidiacre. Avançant d'un pas digne dans leurs surplis blancs, ils allèrent sans bruit prendre place, et le silence fut rompu par la voix du père Sebastian prononçant la première prière.

« Que le Seigneur tout-puissant nous accorde une nuit paisible et une fin parfaite. Amen. »

Le plain-chant de l'office avait une perfection née de la pratique et de la compréhension. Dalgliesh s'agenouillait aux moments opportuns et joignait sa voix aux répons ; il n'avait aucun désir de jouer les voyeurs. Il chassa de son esprit toute pensée en rapport avec Ronald Treeves et la mort. Il n'était pas là en tant que policier ; l'assentiment du cœur, voilà tout ce qui lui était demandé pour l'instant.

Entre la prière finale et la bénédiction, l'archidiacre quitta sa stalle pour prononcer son homélie. Renonçant à monter en chaire comme à se placer devant le lutrin, il resta devant la balustrade de l'autel. C'était aussi bien comme ça, songea Dalgliesh, car sinon il aurait prêché devant une seule personne, et sans doute celle à qui il était le moins soucieux de s'adresser. L'homélie fut brève, moins de six minutes, mais proférée avec une force tranquille qui donnait à penser que l'archidiacre savait que les mots importuns gagnent en intensité lorsqu'ils sont dits doucement. Sombre et barbu, il se tenait comme un prophète de l'Ancien Testament devant ses auditeurs en surplis, immobiles comme des statues, qui n'osaient pas le regarder.

L'homélie portait sur la qualité de disciple du Christ dans le monde moderne et s'en prenait à peu près à tout ce qu'avait représenté St Anselm pendant plus de cent ans, à tout ce qui comptait pour le père Sebastian. C'était un message sans ambiguïté. L'Eglise ne pourrait survivre pour répondre aux besoins d'un siècle violent, troublé et de plus en plus incroyant, qu'à condition de retourner aux fondements de la foi. Le disciple d'aujourd'hui ne devait pas se laisser séduire par la beauté d'un langage archaïque, par des paroles qui, trop souvent, étaient plus obscures qu'elles n'affirmaient la réalité de la foi. Il devait éviter de surestimer l'intelligence et l'accomplissement intellectuel qui faisaient de la théologie un exercice philosophique servant à justifier le scepticisme. Il devait éviter également de céder à la tentation d'accorder une importance démesurée au rituel, aux vêtements sacerdotaux et au formalisme, à l'obsession compétitive de la perfection musicale qui faisait de tant de services religieux des spectacles profanes. L'Eglise n'était pas une organisation sociale dans laquelle la bourgeoisie pouvait satisfaire sa soif d'ordre et de beauté, sa nostalgie, son illusion de vie spirituelle. Ce n'était que par un retour à la vérité de l'Evangile que l'Eglise pouvait espérer combler les besoins du monde actuel.

Au terme de l'homélie, l'archidiacre regagna sa stalle, et les prêtres et les étudiants se mirent à genoux pour recevoir la bénédiction du père Sebastian. Après que la petite procession eut quitté l'église, Henry revint éteindre les cierges et le projecteur éclairant l'autel. Puis il descendit vers la porte sud pour souhaiter courtoisement bonne nuit à Dalgliesh et pousser les verrous derrière lui.

Entendant le grincement du métal, Dalgliesh eut l'impression d'être à jamais exclú de quelque chose qu'il n'avait qu'à demi compris et accepté, et dont l'accès lui était désormais interdit. Protégé par le cloître du plus gros de la tempête, il franchit tête basse les quelques mètres qui séparaient l'église de Jérôme et de son lit.

LIVRE II

Mort d'un archidiacre

1

Après complies, l'archidiacre ne lambina pas. Il
ôta son aube en silence dans la sacristie, et, après
avoir adressé un bref « Bonne nuit » au père Sebastian, disparut dans le cloître venteux.

La cour était un tourbillon de bruit et de fureur.
La pluie qui tombait jusque-là avait cessé, mais le
vent du sud-est, gagnant en force, soufflait et tour-
noyait autour du marronnier, sifflant à travers le
feuillage et imprimant aux plus grandes branches
les lents mouvements majestueux d'une danse
funèbre. Des rameaux plus petits cassaient avec un
bruit sec et s'abattaient sur les pavés comme les restes des fusées d'un feu d'artifice. Les feuilles tom-
bées tourbillonnaient à travers le cloître sud, s'accu-
mulant en une sorte de bouillasse contre la porte de
la sacristie et le mur du cloître nord.

A l'entrée du collège, l'archidiacre enleva les
feuilles collées sous ses chaussures, et, traversant le
vestiaire, entra dans le hall. Malgré la violence de la
tempête, la maison était étrangement silencieuse. Il
se demanda si les quatre prêtres s'attardaient dans la
sacristie, à s'indigner de son homélie. Les étudiants,
eux, devaient déjà avoir regagné leurs chambres. Il y
avait néanmoins dans ce calme quelque chose
d'excessif et d'un peu inquiétant.

Il n'était pas encore dix heures et demie. L'archi-

diacre se sentait nerveux et se voyait mal se mettre
au lit tout de suite, mais la marche en plein air qui
l'aurait apaisé semblait impraticable ; il serait probablement dangereux de s'aventurer dans la nuit
avec un vent pareil. A St Anselm, il le savait, on
observait généralement le silence après complies, et
bien que cette convention n'eût pas sa sympathie il
préférait ne pas l'enfreindre. Il avait vu un poste de
télévision dans le salon des séminaristes, mais les
émissions du samedi soir n'étaient jamais bien
bonnes, et il ne voulait pas troubler le calme. En
revanche, il y trouverait certainement un livre, et on
ne pourrait guère lui en vouloir s'il regardait les
nouvelles de la nuit sur ITV.

Quand il ouvrit la porte, il vit toutefois que la
pièce était occupée. L'homme assez jeune qu'on lui
avait présenté au déjeuner sous le nom de Clive
Stannard regardait un film et parut contrarié par
son intrusion. L'archidiacre hésita un moment, puis
se retira en marmonnant « Bonne nuit » par la porte
jouxtant l'escalier de la cave et traversa la cour pour
rejoindre Augustin dans la tourmente.

A onze heures moins vingt, il était en pyjama et
robe de chambre, prêt à se mettre au lit. Il avait lu
un chapitre de l'Evangile de Marc et dit ses prières
coutumières, mais ce soir, comme un exercice rou-
tinier de piété conventionnelle. Il connaissait par
cœur les paroles de l'Ecriture, et il se les répétait en
silence comme pour en extraire un sens demeuré
secret jusque-là. Enlevant sa robe de chambre, il
s'approcha de la fenêtre pour s'assurer qu'elle était
bien fermée, puis se glissa dans son lit.

Pour tenir les souvenirs à distance, rien ne vaut
l'action. Maintenant, couché entre les draps tandis
que mugissait le vent, il savait que le sommeil serait
long à venir. Les événements de la journée avaient
laissé son esprit excité. Peut-être aurait-il dû braver
les éléments pour faire sa promenade malgré tout.

Il pensa à son homélie, mais avec satisfaction plutôt qu'avec regret. Il l'avait préparée soigneusement et prononcée sans s'emporter, avec juste ce qu'il fallait de passion et d'autorité. Certaines choses devaient être dites, et il les avait dites ; s'il avait achevé de se mettre à dos Sebastian Morell, si son homélie avait fait de lui un ennemi, c'est qu'il devait en être ainsi. Non qu'il cherchât à se rendre impopulaire : il tenait beaucoup à s'entendre avec les gens qu'il respectait. Il était ambitieux, et il savait que ce n'est pas en se rendant hostile une fraction importante de l'Eglise qu'il obtiendrait la mitre, même si ladite Eglise n'avait plus la puissance qu'elle avait autrefois. Sebastian Morell était moins influent qu'il ne l'imaginait. Dans le combat qui les opposait, il ne doutait pas d'être du côté victorieux. Mais il fallait se battre si l'on voulait que l'Eglise d'Angleterre continue à vivre et à remplir son rôle durant le nouveau millénaire. La fermeture de St Anselm ne serait peut-être dans cette guerre qu'une simple escarmouche, mais il aurait plaisir à en sortir vainqueur.

Qu'y avait-il donc à St Anselm qu'il trouvait si troublant ? Pourquoi avait-il l'impression qu'ici, sur cette côte désolée battue par les vents, la vie spirituelle se devait d'être vécue avec une plus grande intensité qu'ailleurs, que lui et son passé étaient mis en accusation ? St Anselm n'avait pourtant pas une bien longue histoire. Certes, l'église datait du Moyen Âge, et l'on devait, supposait-il, entendre entre ses quatre murs l'écho de siècles de plain-chant. Lui-même n'y était pas sensible. A ses yeux, une église était là pour remplir une fonction ; c'était un lieu de culte, non pas un objet de culte en soi. St Anselm n'était que la création d'une vieille fille victorienne trop riche et manquant de discernement, portée sur les aubes bordées de dentelle, les barrettes et les prêtres célibataires. Sans doute était-elle un peu

folle. Il était grotesque que son influence perni-
cieuse continue à régler la vie d'un collège au
XXIe siècle.

Il remua vigoureusement les jambes pour desser-
rer le drap qui l'emprisonnait. Il regretta soudain
que Muriel ne soit pas avec lui pour qu'il pût trouver dans ses bras accueillants l'oubli momentané du
sexe. Mais même si, en pensée, il se tournait vers
elle, entre eux se glissa, comme souvent dans le lit
conjugal, le souvenir de cet autre corps, de ces bras
délicats d'enfant, de ces seins pointus, de cette
bouche explorant son intimité. « Tu aimes ça ? Et
ça ? Et ça ? »

Leur amour avait été une erreur dès le départ ; il
était si peu sage, si manifestement voué au désastre,
qu'il se demandait maintenant comment il avait pu
s'y laisser prendre. Leur relation était de celles qu'on
trouve dans les romans de gare, et c'est dans le cadre
d'un roman de gare qu'elle avait débuté : une croi-
sière en Méditerranée. Un ami et confrère, engagé
comme guide pour un voyage sur des sites archéo-
logiques et historiques d'Italie et d'Asie, était tombé
malade à la dernière minute et l'avait proposé
comme remplaçant. S'ils l'avaient pu, sans doute
les organisateurs auraient-ils choisi quelqu'un de
plus qualifié, mais faute de mieux, ils l'avaient pris.
Par chance, aucun des passagers n'était particulièrement savant et, après une préparation consciencieuse, il s'en était tiré en emmenant dans ses
bagages les meilleurs ouvrages.

Barbara était à bord et faisait un voyage d'étude
avec sa mère et son beau-père. Elle était la plus
jeune parmi les passagers, et il n'était pas le seul
homme qu'elle eût ensorcelé. Plutôt que comme une
femme de dix-neuf ans, il la voyait comme une
enfant, une enfant d'un autre temps. Avec ses cheveux noir de jais coupés à la Jeanne d'Arc, sa frange
tombant sur des yeux bleus immenses, son visage en

forme de cœur, ses petites lèvres pleines et son corps de garçon toujours vêtu de robes très courtes, son style était celui des années vingt. Les passagers qui avaient vécu les années trente et presque connu la folle décennie précédente soupiraient avec nostalgie et murmuraient qu'elle leur rappelait Claudette Colbert. Pour lui, l'image était fausse. Elle n'avait pas la sophistication d'une star de cinéma, mais la gaieté, l'innocence et la vulnérabilité d'une enfant, ce qui lui permettait d'interpréter son désir sexuel comme un besoin de la chérir et de la protéger. Il ne put croire sa chance lorsqu'elle décida de lui accorder ses faveurs et s'attacha à lui avec une dévotion de propriétaire. Trois mois plus tard, ils étaient mariés. Elle avait tout juste vingt ans alors qu'il en avait trente-neuf.

Elevée dans une succession d'écoles dont la religion était le multiculturalisme et l'orthodoxie libérale, elle ne savait rien de l'Eglise mais se montrait avide de s'informer et de s'instruire. Ce ne fut que plus tard qu'il prit conscience que la relation maître-élève était pour elle puissamment érotique. Elle aimait être dominée, et pas que physiquement. Cependant, aucun de ses enthousiasmes ne dura, pas même celui qu'elle avait manifesté pour le mariage. L'église où il était alors curé avait vendu le grand presbytère victorien jusque-là attaché à la paroisse, et construit à la place une maison de deux étages facile à entretenir mais sans la moindre valeur architecturale. Ce n'était pas la maison qu'elle avait espérée.

Extravagante, têtue et capricieuse, elle était — il le comprit vite — l'antithèse de la femme qui convenait à un membre ambitieux du clergé anglican. Leurs ébats mêmes ne tardèrent pas à se teinter d'angoisse. Elle était particulièrement exigeante lorsqu'il n'en pouvait plus de fatigue, ou bien les rares fois où ils accueillaient quelqu'un pour la nuit ; dans ces cas-là, il était cruellement conscient de la minceur des cloisons alors qu'elle manifestait sans gêne son plaisir. Le lendemain au petit déjeuner, elle apparaissait en peignoir, levant les bras pour faire glisser la soie sur sa peau nue, aguicheuse, triomphante et l'œil ensommeillé.

Pourquoi l'avait-elle épousé ? Pour se sentir en sécurité ? Pour quitter la mère et le beau-père qu'elle détestait ? Pour être choyée, gâtée et dorlotée ? Pour être à l'abri ? Pour être aimée ? Il se mit à redouter ses réactions imprévisibles, ses bruyants éclats de fureur. Il s'efforçait de les tenir ignorés des paroissiens, mais des échos ne tardèrent pas à lui revenir. Il se souvenait avec une gêne cuisante de la visite d'un de ses conseillers paroissiaux qui se trouvait être médecin. « Votre femme n'est pas ma patiente, monsieur le curé, et je ne voudrais pas me mêler de ce qui ne me regarde pas, mais elle est malade, elle devrait se faire aider. » Cependant, lorsqu'il lui avait suggéré d'aller voir un psychiatre, elle l'avait accusé en pleurant de vouloir la faire enfermer pour être débarrassé d'elle.

Dehors le vent, qui s'était apaisé durant quelques minutes, se mit à hurler de plus belle. D'ordinaire, il prenait plaisir à l'entendre, bien au chaud dans son lit ; mais la petite chambre fonctionnelle où il se trouvait ressemblait davantage à une prison qu'à un havre de paix. Depuis la mort de Barbara, il avait prié pour qu'il lui soit pardonné de l'avoir épousée, et, l'ayant épousée, de ne pas lui avoir montré assez d'amour et de compréhension ; jamais il n'avait demandé à ce que lui soit pardonnée l'envie de la voir morte. A présent, dans ce lit étroit, le passé s'imposait à lui sans qu'il puisse s'en défendre. Ce n'était pas par un acte de volonté que s'ouvrait la porte du sombre donjon où il avait enfermé son mariage. Il n'avait pas choisi les visions du passé qui lui venaient à l'esprit. St Anselm, la rencontre si

pénible avec Yarwood et la tempête qui se déchaînait semblaient se liguer pour l'obliger à se souvenir.

Entre rêve et cauchemar, il s'imagina dans une
salle d'interrogatoire, moderne, fonctionnelle, sans
caractère. Puis il se rendit compte que c'était la salle
de séjour de son ancien presbytère. Il était assis sur
le canapé entre Dalgliesh et Yarwood. Ils ne lui
avaient pas passé les menottes, pas encore, mais il
savait qu'il avait été jugé coupable, qu'ils avaient
contre lui toutes les preuves nécessaires. L'acte
d'accusation se déroulait devant lui comme un film
de mauvaise qualité qu'on aurait tourné à la déro-
bée. De temps en temps, Dalgliesh disait « Arrêtez »
et, sur un geste de Yarwood, l'image se figeait, et ils
la regardaient dans un silence accusateur. Toutes ses
petites transgressions, toutes ses petites méchance-
tés défilaient sous ses yeux en même temps que
l'échec capital de l'amour. Et maintenant commençait la dernière bobine, tournée au cœur même des
ténèbres.

Il n'était plus coincé sur le sofa entre ses deux
accusateurs. Il s'était transporté dans l'image pour
revivre chaque geste, chaque mot, chaque émotion
comme pour la première fois. C'était la fin d'après-
midi d'une journée d'octobre sans soleil. Une pluie
aussi fine que de la bruine tombait sans disconti-
nuer depuis trois jours d'un ciel vert-de-gris. Il revenait de deux heures de visites auprès de malades
et autres paroissiens cloués chez eux. Comme
toujours, il avait consciencieusement essayé de
répondre aux besoins personnels de chacun ; de
Mrs Oliver, aveugle, qui aimait qu'il lui lise la Bible
et prie avec lui ; du vieux Sam Possinger, qui recom-
mençait à chaque visite la bataille d'Alamein ; de
Mrs Poley, prisonnière dans son déambulateur,
avide des derniers potins de la paroisse ; de Carl
Lomas, qui n'avait jamais mis les pieds à

St Botolph mais aimait discuter théologie et passer en revue les défauts de l'Eglise d'Angleterre. Avec son aide, Mrs Poley avait réussi à aller jusqu'à la cuisine pour préparer du thé et chercher le pain d'épice qu'elle avait confectionné pour lui. Lors de sa première visite, quatre ans auparavant, il avait commis l'imprudence de lui dire qu'il le trouvait bon et, n'osant pas lui avouer qu'il avait toujours eu horreur du pain d'épice, il était condamné depuis à en manger semaine après semaine. Mais le thé bouillant qu'elle lui avait servi l'avait ragaillardi.

Il gara sa Vauxhall Cavalier le long du trottoir et gagna la porte par l'allée de ciment séparant en deux la pelouse détrempée, spongieuse, où des pétales de rose achevaient de se décomposer. La maison était totalement silencieuse et, comme toujours, il entra avec appréhension. Barbara s'était montrée maussade et agitée au petit déjeuner. Cette agitation, comme le fait qu'elle n'avait pas pris soin de s'habiller, était de mauvais augure. Au déjeuner — une soupe en boîte et une salade —, toujours en peignoir, elle avait repoussé son assiette et s'était déclarée trop fatiguée pour manger ; cet après-midi, elle allait se mettre au lit et essayer de dormir.

Elle avait dit avec irritation : « Va voir tes vieilles barbes de paroissiens, c'est tout ce qui t'intéresse de toute façon. Mais ne me dérange pas quand tu rentres. Je ne veux pas que tu me parles d'eux. Je ne veux pas que tu me parles de quoi que ce soit. »

Sans rien dire, partagé entre la colère et la pitié, il l'avait regardée monter lentement les marches, la ceinture de soie de son peignoir traînant derrière elle, tête ballante, comme dans un paroxysme de désespoir.

Maintenant, rentrant chez lui plein d'appréhension, il ferma la porte en se demandant s'il allait la trouver au lit ou si, après son départ, elle s'était décidée à s'habiller pour aller faire dans la paroisse un de ses esclandres humiliants. Il fallait qu'il sache. Il monta l'escalier sans bruit, ne voulant pas la réveiller si jamais elle dormait.

La porte de la chambre à coucher était fermée ; il tourna doucement le bouton. La pièce était plongée dans une semi-obscurité, les rideaux cachant en partie la longue fenêtre donnant sur le rectangle d'herbe raboteux et les deux parterres en triangle qui tenaient lieu de jardin, et, au-delà, les rangées de maisons identiques. Elle était couchée sur le côté droit, une main sous la joue, le bras gauche sur la couverture. Il se pencha vers elle et entendit sa respiration lente et lourde, sentit son haleine avinée et, plus forte, plus désagréable, une odeur aigre qu'il identifia comme celle du vomi. Sur la table de chevet, il y avait une bouteille de cabernet sauvignon, et, reposant sur le flanc avec son capuchon dévissé à côté, un grand flacon vide — un flacon qui avait contenu de l'aspirine soluble.

Il se dit qu'elle dormait, qu'elle était saoule, qu'il fallait la laisser tranquille. Presque instinctivement, il souleva la bouteille pour voir ce qui restait à l'intérieur, mais une voix intérieure lui conseilla de la reposer. Il vit alors un mouchoir dépasser de dessous l'oreiller. Il le prit, en essuya la bouteille, puis le remit sur le lit. Il avait le sentiment d'agir en dépit de sa volonté comme en dépit de sa raison. Enfin il sortit de la chambre, ferma la porte et regagna le rez-de-chaussée. Il se répétait : elle dort, elle est saoule, elle ne veut pas qu'on la dérange. Une demi-heure plus tard, il allait tranquillement dans son bureau chercher les papiers dont il avait besoin pour la réunion du conseil de paroisse, qui devait se tenir à six heures, et quittait la maison.

Il n'avait pas d'image mentale, aucun souvenir de la réunion en question, mais il se rappelait être rentré avec Melvyn Hopkins, un des conseillers paroissiaux. Il lui avait promis de lui montrer le dernier rapport de la commission ecclésiastique sur la mission sociale de l'Eglise, et proposé qu'ils se rendent ensemble au presbytère. A partir de là, les images redevenaient claires. Il s'excusait du fait que Barbara ne soit pas là et expliquait à Melvyn qu'elle ne se sentait pas très bien ; il retournait dans la chambre à coucher, rouvrait doucement la porte, voyait dans la pénombre le corps immobile, la bouteille de vin, le flacon de cachets posé sur le côté. Il s'approchait du lit. Cette fois, il n'y avait plus de souffle rauque. Mettant une main sur sa joue, il la sentit toute froide et sut que ce qu'il touchait, c'était la mort. Et alors des mots lui revinrent en mémoire, des mots qu'il avait lus ou entendus, des mots qui semblaient soudain terrifiants dans ce qu'ils impliquaient : lorsqu'on découvrait un cadavre, mieux valait être avec quelqu'un.

Le service funèbre et l'incinération, il ne pouvait pas les revivre : il n'en avait aucun souvenir. Il ne voyait qu'un fouillis de visages — compatissants, émus et parfois bouleversés — qui sortaient de l'obscurité et se projetaient vers lui, déformés, grotesques. Et maintenant arrivait le visage redouté. Il était à nouveau assis sur le sofa, mais cette fois avec le sergent Yarwood et un garçon en uniforme qui ne semblait pas plus âgé que ses choristes et restait silencieux durant tout l'interrogatoire.

« Et quand vous êtes rentré chez vous après ces visites à vos paroissiens, vers dix-sept heures à ce que vous dites, qu'avez-vous fait, monsieur ?

— Je vous l'ai dit, sergent. Je suis allé dans la chambre à coucher voir si ma femme dormait encore.

— Quand vous avez ouvert la porte, est-ce que la lampe de chevet était allumée ?

— Non. Les rideaux étaient en grande partie tirés et la pièce était dans la pénombre.

— Vous êtes-vous approché du corps ?

— Comme je vous l'ai dit, sergent, j'ai simplement regardé à l'intérieur, et voyant que ma femme était toujours au lit, j'ai pensé qu'elle dormait.

— Au lit, à quel moment s'y était-elle mise ?

— A déjeuner. Vers midi et demi, j'imagine. Elle a dit qu'elle n'avait pas faim, qu'elle voulait dormir.

— Et vous n'avez pas trouvé drôle qu'elle dorme toujours cinq heures plus tard ?

— Non. Elle avait dit qu'elle était fatiguée. Elle dormait fréquemment l'après-midi.

— L'idée ne vous est pas venue qu'elle pouvait être malade ? L'idée ne vous est pas venue de vous approcher d'elle pour vous assurer que tout allait bien ? L'idée ne vous a pas effleuré qu'elle pouvait avoir d'urgence besoin d'un médecin ?

— Je vous ai dit, et j'en ai assez de vous le répéter : j'ai pensé qu'elle dormait.

— Vous avez vu ce qu'il y avait sur la table de chevet... la bouteille de vin et le flacon d'aspirine ?

— J'ai vu la bouteille de vin. J'ai pensé que ma femme avait bu.

— Est-ce que vous l'avez vue aller se coucher avec la bouteille ?

— Non. Elle a dû descendre la chercher après mon départ.

— Et elle l'a montée dans la chambre pour se mettre au lit ?

— Je pense. Il n'y avait personne d'autre dans la maison. Bien sûr qu'elle l'a prise avec elle. Sinon, comment se serait-elle trouvée sur la table de chevet ?

— Comment, oui. On peut se poser la question. Parce que, voyez-vous, il n'y avait pas d'empreintes sur la bouteille. Avez-vous à ça une explication ?

— Comment voulez-vous ! J'imagine qu'elle l'a essuyée. Il y avait un mouchoir sous l'oreiller.

— Un mouchoir... et vous l'avez vu alors que vous n'avez pas vu le flacon renversé ?

— Pas à ce moment-là. Je l'ai vu plus tard. Quand je l'ai trouvée morte. »

Et les questions continuaient. Yarwood revenait sans cesse, parfois avec le jeune agent en uniforme, parfois seul. Crampton en arrivait à redouter les coups de sonnette et n'osait plus regarder par la fenêtre de peur de voir la silhouette en manteau gris monter la courte allée conduisant à la porte. Les questions étaient toujours identiques, et ses réponses devenaient de moins en moins convaincantes, même à ses propres oreilles. Et le verdict de suicide ne mit pas fin à la persécution. Alors que Barbara était incinérée depuis des semaines et qu'il ne restait d'elle que quelques poignées d'os réduits en poudre enterrées dans un coin du cimetière, Yarwood poursuivait son enquête.

Rarement Némésis était apparue sous un aspect aussi minable. Yarwood avait l'air d'un commis voyageur, obstiné au point d'être insensible à tout rejet, transportant avec lui l'odeur rance de l'échec comme une mauvaise haleine. Il était étriqué, sans doute juste assez grand pour être admis dans la police, avec une peau malsaine, des yeux fourbes et un haut front osseux. Il ne regardait presque jamais Crampton pendant ses interrogatoires ; les yeux dans le vide, il avait l'air de communier avec quelque guide intérieur. Sa voix était invariablement monotone, et les silences qui entrecoupaient ses questions chargés d'une menace qui visait plus que sa victime. Le plus souvent, il n'annonçait pas sa venue, mais il semblait savoir quand il allait trouver Crampton chez lui, et il attendait qu'il lui ouvre avec une patience docile. Il n'y avait jamais de préliminaires ; les questions commençaient tout de suite.

« Diriez-vous que votre mariage était heureux, monsieur ? »

Sous le coup, Crampton resta d'abord muet, puis il s'entendit répliquer d'une voix si brutale qu'il la reconnut à peine : « J'imagine que pour la police les relations même les plus sacrées peuvent être cataloguées. Vous devriez établir un questionnaire sur le mariage, ça gagnerait du temps. Cochez la case appropriée : Très heureux. Heureux. Moyennement heureux. Un peu malheureux. Malheureux. Très malheureux. Infernal. »

Il y eut un bref silence, puis Yarwood demanda : « Quelle case cocheriez-vous, monsieur ? »

Pour finir Crampton s'était plaint au chef de la police et les visites avaient cessé. On avait reconnu qu'après l'enquête Yarwood avait abusé de son autorité, notamment en venant seul et sans qu'on lui en ait donné l'ordre. Dans l'esprit de Crampton, Yarwood s'était incrusté comme le noir symbole du reproche. Le temps, une nouvelle paroisse, sa promotion comme archidiacre et son second mariage, rien n'était parvenu à calmer la brûlante colère qui le consumait chaque fois qu'il pensait à lui.

Et aujourd'hui cet homme était réapparu. Il avait oublié ce qu'ils s'étaient dit au juste, mais il savait que sa rancœur et son amertume avaient jailli en un torrent furieux de vitupérations.

Depuis la mort de Barbara, il avait prié, d'abord régulièrement puis par intermittence, pour que soient pardonnés ses péchés contre elle, son impatience et son intolérance, son manque d'amour et de compréhension, son incapacité à la comprendre et l'accepter. Mais le péché consistant à souhaiter sa mort, il ne l'avait jamais laissé prendre racine dans son esprit. Et il avait été absous du péché plus véniel de négligence. Cette absolution lui était venue du médecin traitant de Barbara.

« Une chose me pèse, lui avait dit Crampton juste avant l'enquête. Quand je suis rentré à la maison, si je m'étais rendu compte que Barbara n'était pas endormie, qu'elle était dans le coma, et que j'aie appelé une ambulance, est-ce qu'on aurait pu la sauver ? »

Ce à quoi l'autre avait répondu : « Avec tout ce qu'elle avait pris et bu, elle n'avait aucune chance. »

Qu'est-ce qui, à présent, dans ce lieu, l'obligeait à reconnaître ses mensonges ? Il avait su qu'elle était en danger de mort. Il avait espéré qu'elle mourrait. Au regard de son Dieu, il devait être aussi coupable que s'il avait lui-même dissous ces cachets et les lui avait fait avaler de force, que s'il avait porté le verre de vin à ses lèvres. Comment pouvait-il continuer à jouer son rôle de pasteur et prêcher le pardon des péchés alors que son péché le plus grave restait inavoué ? Comment avait-il pu parler devant l'assemblée de ce soir avec cette noirceur dans son âme ?

Il sortit la main de sous la couverture et alluma. La lumière qui éclaira la chambre lui parut nettement plus brillante que celle de tout à l'heure, quand il avait lu son passage biblique. Il quitta son lit et s'agenouilla, la tête dans les mains. Il n'eut pas besoin de chercher ses mots ; ils lui vinrent tout naturellement, en même temps qu'une promesse de pardon et de paix. « Seigneur, aie pitié de moi, pauvre pécheur. »

C'est pendant qu'il était à genoux que son portable se mit à sonner sur la table de nuit — une sonnerie tellement incongrue qu'il lui fallut cinq secondes avant de comprendre de quoi il s'agissait. Les muscles ankylosés, il se leva alors péniblement et saisit l'appareil pour le porter à son oreille.

2

Un peu avant cinq heures et demie, le père Martin se réveilla avec un cri d'effroi. Il s'assit d'un bond dans son lit, raide comme un automate, écarquillant les yeux dans les ténèbres. La sueur perlait sur son front. L'essuyant d'une main, il sentit sa peau tendue et glacée comme la peau d'un mort. Peu à peu, à mesure que se dissipait l'horreur du cauchemar, la chambre reprenait forme autour de lui et des silhouettes grises émergeaient de l'obscurité, familières et réconfortantes : une chaise, la commode, le montant du lit, le contour d'un cadre. Les rideaux des quatre fenêtres circulaires étaient tirés, mais, du côté de l'orient, il distinguait la vague lueur qui planait sur la mer même au plus sombre de la nuit. Il prit conscience de la tempête. Le vent était devenu de plus en plus fort au cours de la soirée, et alors qu'il s'était mis au lit, il hurlait autour de la tour comme la *banshee* annonciatrice de mort. D'une certaine façon, l'accalmie qu'il y avait en ce moment était encore plus menaçante, et, parfaitement immobile, il tendit l'oreille pour percer le silence. Mais il n'entendit rien, ni bruits de pas ni voix.

Deux ans plus tôt, lorsque les cauchemars avaient commencé, il avait demandé qu'on lui donne la petite pièce ronde de la tour sud, expliquant qu'il aimait la vue sur la mer et la côte, et qu'il avait besoin de solitude et de silence. Les escaliers devenaient pénibles à monter, mais dans cet endroit retiré il pouvait du moins espérer que ses cris ne seraient pas entendus. Cependant, le père Sebastian devait avoir deviné la vérité, en tout cas en partie. Le père Martin n'avait pas oublié la brève conversation qu'ils avaient eue un dimanche après la messe.

Le père Sebastian lui avait demandé : « Vous dormez bien, mon père ?

— Raisonnablement bien, merci.

— Si vous êtes troublé par de mauvais rêves, certaines choses peuvent aider. Je ne parle pas de psychothérapie, en tout cas pas au sens habituel, mais on dit qu'il peut être bon de parler du passé avec des gens qui ont connu les mêmes difficultés. »

La conversation avait surpris le père Martin. Le père Sebastian ne cachait pas la méfiance que lui inspiraient les psychiatres, pour lesquels il aurait eu, disait-il, davantage de respect s'ils avaient pu expliquer la base médicale ou philosophique de leur discipline, ou lui faire comprendre la différence entre l'esprit et le cerveau. Mais on n'en finissait pas de s'étonner de tout ce que savait le père Sebastian sur ce qui se passait à St Anselm. Cette conversation n'avait pas été du goût du père Martin, qui n'y avait pas donné suite. Il savait qu'il n'était pas le seul rescapé des camps japonais à être tourmenté dans son vieil âge par des horreurs qu'un cerveau jeune avait pu refouler. Il n'avait nulle envie de s'asseoir en cercle pour parler de ses expériences avec des compagnons d'infortune, même s'il avait lu que certains le faisaient avec profit. C'était quelque chose dont il avait l'impression qu'il devait s'occuper lui-même.

Maintenant, le vent reprenait, gémissement cadencé devenant mugissement puis hurlement, manifestation du Malin plus que d'une force de la nature. Il sortit du lit, enfila ses pantoufles et alla d'un pas raide ouvrir la fenêtre qui donnait à l'est. La bourrasque d'air froid lui parut bienfaisante, débarrassant sa bouche et ses narines de l'odeur fétide de la jungle, noyant dans sa cacophonie sauvage les plaintes et les cris trop humains, purifiant son esprit des images les plus horribles.

Le cauchemar était toujours le même. Rupert avait été ramené au camp le soir d'avant, et les prisonniers étaient à présent disposés en rangs pour assister à sa décapitation. Après ce qu'on lui avait fait, le jeune homme avait peine à marcher jusqu'à l'emplacement désigné, où il se laissait tomber à genoux avec soulagement. Cependant, il faisait un dernier effort et réussissait à lever la tête avant que la lame ne s'abatte. Pendant deux secondes, la tête restait en place avant de basculer lentement, et la grande fontaine rouge jaillissait, ultime célébration de vie. Telle était l'image que devait endurer le père Martin nuit après nuit.

Au réveil, il était toujours torturé par les mêmes questions. Pourquoi Rupert avait-il essayé de s'échapper alors qu'il savait que c'était du suicide ? Pourquoi n'avait-il pas fait part de son projet ? Pis que tout, pourquoi lui-même n'avait-il pas protesté avant que la lame ne tombe ? Pourquoi n'avait-il pas tenté de l'arracher au garde ? Pourquoi n'était-il pas mort avec son ami ? L'amour qu'il avait éprouvé pour Rupert, partagé mais non consommé, avait été le seul amour de sa vie. Tout le reste n'avait été qu'un exercice de bienveillance, un effort général de gentillesse. En dépit des moments de joie, malgré de rares bonheurs spirituels, il portait toujours avec lui l'ombre de cette trahison. Il n'avait pas le droit d'être en vie. Mais il y avait un lieu où il savait pouvoir toujours trouver la paix, un lieu où il allait se rendre sans plus tarder.

Il prit son trousseau de clés sur la table de nuit, et, accroché au dos de la porte, le vieux cardigan aux coudes renforcés de cuir qu'il portait l'hiver sous son manteau. Une fois chaudement vêtu, il quitta sa chambre et descendit les marches.

Il n'avait pas besoin de lampe de poche ; une maigre ampoule éclairait chaque palier, et des appliques jalonnaient l'escalier en spirale un peu périlleux. Il y avait une nouvelle accalmie. Un silence absolu régnait dans la maison, et le gémissement étouffé du vent en soulignait le calme, lui conférant une dimension plus sinistre que la simple absence de bruits humains. Il était difficile d'imaginer qu'il y ait eu des dormeurs derrière ces portes closes, que des bruits de pas et de voix aient jamais troublé ce silence de mort, que la lourde porte d'entrée n'ait pas été fermée et verrouillée depuis des décennies.

Dans le hall, la petite lampe rouge installée au pied de la Vierge à l'Enfant éclairait vaguement le visage souriant de la mère et mettait une touche de rose sur les bras potelés de l'enfant divin. Le bois devenait chair vivante. Il passa du hall dans le vestiaire, où la rangée de pèlerines brunes était le premier signe d'occupation humaine, mais semblait avoir été abandonnée là par une génération disparue depuis longtemps. Maintenant, il entendait distinctement le vent, qui parut redoubler de fureur lorsqu'il passa dans le cloître nord.

Il fut surpris de voir que la lampe placée au-dessus de la porte et les appliques du cloître étaient éteintes. Mais lorsqu'il pressa sur l'interrupteur, tout s'alluma, et il vit que le sol de pierre était jonché de feuilles. Alors qu'il refermait la porte, une violente rafale secoua le grand marronnier, déclenchant une averse de feuilles qui s'abattirent sur lui comme un vol d'oiseaux bruns, lui effleurant la joue, se posant sur ses épaules avec une légèreté de plumes, et roulant à ses pieds.

Parvenu à la porte de la sacristie, il leva son trousseau vers la lumière pour identifier les deux clés dont il avait besoin. Une fois à l'intérieur, il alluma, composa le code qui mettait l'alarme hors service, puis entra dans l'église. L'interrupteur qui commandait les deux rangées de lampes éclairant la nef se trouvait sur sa droite, et il tendait mécaniquement la main vers celui-ci lorsque, surpris sans en être alarmé, il s'aperçut qu'on avait oublié d'éteindre le projecteur qui illuminait *le Jugement dernier*, et que son reflet baignait toute l'extrémité ouest de l'église. Renonçant alors à allumer la nef, il longea le mur nord, sur lequel son ombre se mouvait avec lui.

Et quand il eut atteint *le Jugement dernier*, il se figea devant l'horreur qui gisait à ses pieds. Le sang. Il était là aussi, dans le lieu même où il cherchait asile, aussi rouge que dans son cauchemar. Il ne jaillissait pas, mais s'étalait en flaques et en ruisseaux sur le dallage. Il ne coulait plus ; il semblait frémir et devenir visqueux sous ses yeux. Le cauchemar n'était pas fini, mais le lieu d'épouvante où il se trouvait à présent n'était pas de ceux que l'on quitte au réveil. A moins qu'il ne soit devenu fou. Il ferma les yeux et pria : « Mon Dieu, aide-moi. » Puis son esprit conscient reprit le dessus et il ouvrit les yeux, s'obligeant à regarder.

Ses sens, incapables de saisir l'ensemble de la scène, en prenaient connaissance par bribes, détail après détail. Le crâne fracassé ; les lunettes de l'archidiacre reposant à côté, intactes ; les deux chandeliers placés de part et d'autre du corps comme dans un acte de mépris sacrilège ; les mains de l'archidiacre ouvertes, semblant se retenir à la pierre, plus blanches et délicates qu'elles ne semblaient de son vivant ; sa robe de chambre violette tout imprégnée de sang. Le père Martin leva enfin les yeux sur *le Jugement dernier*. Le diable qui dansait au premier plan avait à présent des lunettes, une moustache et une courte barbe, et son bras droit avait été allongé dans un geste grossier de défi. Par terre, il y avait une petite boîte de peinture noire et un pinceau posé sur son couvercle.

Le père Martin vacilla en avant et tomba à genoux à côté de la tête de l'archidiacre. Il essaya de prier, mais les mots refusaient de venir. Soudain, il éprouva le besoin d'autres présences humaines, de la compagnie, des voix, des bruits de ses semblables. Sans trop savoir ce qu'il faisait, il se releva et, chancelant, traversa l'église pour aller se suspendre à la corde de la cloche. Son tintement, aussi doux que de coutume, lui parut résonner avec une puissance redoutable.

Puis il gagna la porte sud et, les mains tremblantes, tira les lourds verrous de fer et ouvrit. Le vent s'engouffra à l'intérieur, apportant avec lui quelques feuilles déchiquetées. Laissant alors la porte entrebâillée, il retourna auprès du corps d'un pas plus ferme, et trouva finalement la force de prononcer les mots qu'il fallait dire.

Il était toujours à genoux, un pan de son manteau traînant dans le sang, lorsqu'il entendit des pas puis une voix féminine. Emma s'agenouilla à côté de lui et mit les bras autour de ses épaules. Il sentit la caresse de ses cheveux contre sa joue, et le doux parfum de sa peau chassa de son esprit l'odeur métallique du sang. Elle tremblait, mais sa voix était calme. Elle dit : « Venez, mon père, il faut partir maintenant. Tout va bien. »

Mais rien n'allait. Jamais plus rien n'irait.

Il voulut la regarder mais fut incapable de lever la tête. Les lèvres, c'est tout ce qu'il pouvait remuer. « Oh, mon Dieu, murmura-t-il, qu'avons-nous fait, qu'avons-nous fait ? » Et il sentit alors les bras d'Emma se resserrer sur lui dans un mouvement de peur. Derrière eux, la grande porte sud s'ouvrait en grinçant.

3

D'ordinaire, Dalgliesh s'endormait sans grande difficulté, même dans un lit qu'il ne connaissait pas. Des années de travail dans la police l'avaient habitué aux inconforts de toutes les couches possibles, et pourvu qu'il eût une lampe de chevet ou de poche pour la brève période de lecture dont il avait besoin avant de s'endormir, son esprit laissait généralement la journée derrière lui aussi facilement que ses membres fatigués. Mais ce soir, c'était différent. Sa chambre paraissait propice au sommeil ; le lit était confortable sans être mou, la lampe à la bonne hauteur pour lire, la literie adéquate. Cependant, il prit sa traduction de *Beowulf* par Seamus Heaney et en lut les cinq premières pages comme s'il obéissait à un rite obligé plutôt que par plaisir, et lorsque, à onze heures, il se décida à éteindre, le sommeil ne vint pas.

Il attendit en vain le moment bienvenu où l'esprit se libère du fardeau de la conscience et plonge sans crainte dans sa petite mort quotidienne. Peut-être est-ce la fureur du vent qui le tint éveillé. Normalement, le bruit de la tempête l'aidait à s'endormir, mais cette tempête-ci était différente. Il y avait des accalmies, de brèves périodes de silence absolu, puis le mugissement du vent reprenait et s'enflait jusqu'à ressembler à un chœur de démons enragés. Durant ces crescendos, il entendait gémir le marronnier et imaginait son grand tronc en train de basculer, d'abord comme à regret puis dans une terrifiante culbute au cours de laquelle ses hautes branches traversaient la fenêtre de sa chambre. La mer, accompagnement frémissant du tumulte du vent, le soulignait de sa lourde batterie, et il paraissait impossible que rien de vivant parvînt à résister à ce double assaut de l'air et de l'eau.

Au cours d'une accalmie, il alluma la lampe de chevet et regarda sa montre. Il fut surpris de voir qu'il était déjà cinq heures et demie passées. Il avait dû dormir, ou du moins somnoler pendant plus de six heures. Il en venait à croire que la tempête s'était définitivement apaisée quand le mugissement reprit et s'enfla de plus belle. Puis, durant l'accalmie qui suivit, un son différent frappa son oreille, un son qu'il connaissait depuis l'enfance et qu'il reconnut aussitôt : celui d'une cloche — un seul tintement, clair et harmonieux. L'espace d'une seconde, il se demanda si ce son ne faisait pas partie d'un rêve, après quoi la réalité s'imposa : il était tout à fait réveillé et savait parfaitement ce qu'il venait d'entendre. Mais il eut beau guetter, le son ne se reproduisit pas.

Il agit promptement. Depuis longtemps, il ne se couchait jamais sans mettre à portée de main ce qui pourrait lui être nécessaire en cas d'urgence. Il enfila sa robe de chambre, mit ses chaussures plutôt que ses pantoufles, et prit la lampe de poche, assez lourde pour servir de matraque, qu'il avait posée sur la table de nuit.

Quittant l'appartement sans autre lumière que celle de sa torche, il ferma la porte et affronta une rafale de vent chargée de feuilles qui tourbillonnaient comme des oiseaux fous. Les appliques éclairant les cloîtres nord et sud étaient juste suffisantes pour tracer le contour des colonnes et jeter sur le sol de pierre une lueur sinistre. La grande maison était plongée dans les ténèbres, et il ne vit de lumière qu'à la fenêtre d'Ambroise, à côté, où il savait que logeait Emma. Passant devant sans s'arrêter, il sentit soudain la crainte l'envahir. Une fente de lumière indiquait que la grande porte sud de l'église était entrouverte. Les gonds grincèrent lorsqu'il la poussa pour entrer avant de la refermer derrière lui.

Pendant quelques secondes, pas plus, il resta cloué sur place devant le tableau qui s'offrait à son regard. Il n'y avait aucun obstacle entre lui et *le Jugement dernier*, qu'il voyait encadré par deux piliers de pierre, et si brillamment éclairé que ses couleurs fanées semblaient nouvellement peintes.

Les dégradations qu'il avait subies n'étaient rien en comparaison de l'horreur qui gisait à ses pieds. Etendu devant lui, l'archidiacre avait l'air prosterné dans un paroxysme d'adoration. Deux lourds chandeliers de bronze se dressaient cérémonieusement de chaque côté de sa tête, et le sang qui luisait par terre était d'un rouge si éclatant qu'il en paraissait surnaturel. Même les deux personnages vivants — le prêtre agenouillé, la jeune femme accroupie à côté entourant ses épaules d'un bras — paraissaient irréels. Désorienté, Dalgliesh faillit croire un instant que les démons du *Jugement dernier* avaient sauté hors du tableau et dansaient autour de la tête d'Emma.

Celle-ci se retourna au bruit de la porte, puis se releva précipitamment et courut vers lui.

« Dieu merci, vous êtes là. »

Elle s'agrippa à lui, tremblante, dans un geste instinctif de soulagement. Puis elle se dégagea et dit : « Le père Martin, il refuse de bouger. »

Le père Martin, bras étendu par-dessus le corps de Crampton, avait la paume gauche plantée dans la mare de sang. Posant sa lampe de poche, Dalgliesh mit une main sur l'épaule du prêtre et dit avec douceur : « C'est Adam, mon père. Venez, je suis là, tout va bien maintenant. »

Tout va bien maintenant ! Au moment où Dalgliesh prononçait ces mots anodins, leur fausseté le fit grincer des dents.

Cependant, le père Martin ne bougeait toujours pas. Sous la main de Dalgliesh, son épaule était aussi raide que celle d'un cadavre.

« Venez, mon père, reprit-il d'une voix plus forte. Il ne faut pas rester là. Vous ne pouvez rien faire. »

Cette fois, comme si les mots l'avaient enfin atteint, le père Martin se laissa aider à se mettre debout, puis, regardant sa main ensanglantée avec une stupeur enfantine, il l'essuya à un pan de son

manteau. Voilà qui va compliquer les examens, songea Dalgliesh. Des préoccupations plus urgentes
prenaient le pas sur la compassion que lui inspirait
le vieux prêtre — il fallait garder la scène en l'état
et s'assurer que la façon dont le meurtre avait été
commis serait tenue secrète. La porte sud devait
avoir été fermée comme d'habitude, et le meurtrier
être entré par le cloître nord et la sacristie. Avec
l'aide d'Emma, il conduisit le père Martin jusqu'à la
rangée de chaises la plus proche de la porte.

Lorsqu'ils furent assis, il dit à Emma : « Attendez
ici quelques minutes. Je ne serai pas long. Je vais
verrouiller la porte sud et sortir par la sacristie. Je
fermerai la porte à clé. Pour que personne ne puisse
entrer. »

Il se tourna vers le père Martin : « Vous m'entendez, mon père ? »

Le père Martin leva les yeux pour la première fois.
La douleur et l'horreur qu'y lut Dalgliesh excédaient
presque ce qu'il pouvait supporter.

« Oui, oui. Ça va. Je suis désolé, Adam. Je me suis
conduit comme un enfant. C'est fini maintenant. »

Le père Martin était encore tout ébranlé, mais du
moins enregistrait-il ce qu'on lui disait.

« Il y a une chose que je dois vous demander,
reprit Dalgliesh. A tous les deux. Je regrette si ça
vous paraît déplacé et manquer de sensibilité, mais
c'est important. Ne dites à personne ce que vous
avez vu ici. A personne. Vous comprenez ? »

Ils murmurèrent un vague assentiment, puis le
père Martin répéta plus distinctement : « Nous com-
prenons. »

Dalgliesh allait s'éloigner quand il entendit Emma
demander : « Il n'est plus là, n'est-ce pas ? Il n'est
pas caché quelque part dans l'église ? »

— Il n'est sûrement plus là, mais je vais vérifier. »

Il ne voulait pas allumer davantage de lumière.
Apparemment, seuls Emma et lui avaient été réveillés

par la cloche. La dernière chose qu'il souhaitait, c'était attirer des curieux. Il alla verrouiller la porte sud puis, torche en main, procéda à un examen rapide, mais méthodique, de l'église. Une longue expérience lui avait permis de comprendre que la mort était très récente. Il entra dans les deux bancs clos et s'agenouilla pour regarder sous les sièges. Dans le second, des traces dans la poussière trahissaient le passage de quelqu'un. Quelqu'un s'était certainement caché là.

Ayant terminé ses recherches, il retourna vers les deux autres et annonça : « Il n'y a rien à craindre, nous sommes seuls. » Puis, s'adressant au père Martin : « Est-ce que la porte de la sacristie est fermée ?

— Oui, je l'ai refermée à clé après être entré.

— Je peux vous demander les clés ? »

Le père Martin plongea la main dans la poche de son manteau et en retira le trousseau. Ses doigts tremblants eurent quelque mal à trouver les bonnes clés.

Dalgliesh dit encore : « Je ne serai pas long. Je fermerai à clé derrière moi. Vous pourrez attendre jusqu'à mon retour ?

— Il ne faudrait pas que le père Martin ait à attendre trop longtemps, répliqua Emma.

— Je vous l'ai dit, ce ne sera pas long. »

Il ne faudrait que quelques minutes pour aller chercher Roger Yarwood, pensait Dalgliesh. Quelle que soit l'équipe qui se chargerait de l'enquête, il avait besoin d'aide tout de suite. Et puis il y avait une question de protocole. Yarwood était de la police du Suffolk. D'ici que son chef ait désigné le responsable de l'enquête, il était normal que Yarwood s'en charge. Il fut content de trouver un mouchoir dans la poche de sa robe de chambre et s'en servit pour éviter de laisser ses empreintes sur la porte de la sacristie. Après avoir remis l'alarme et fermé à clé derrière lui, pataugeant dans une bouillie de feuilles, il se hâta vers les appartements des invités. Il se souvenait que Roger Yarwood était logé à Grégoire.

Il n'y avait de lumière nulle part, et lorsqu'il appela dans l'escalier, personne ne répondit. Il monta au premier et trouva la porte de la chambre ouverte. Yarwood s'était couché, mais il n'était plus dans son lit. Dalgliesh alla voir dans la douche : elle était vide. Il regarda dans le placard : il n'y avait ni manteau ni chaussures. Yarwood devait être sorti malgré la tempête.

Il était inutile de le chercher. Il pouvait être n'importe où sur le promontoire. Dalgliesh retourna donc dans l'église, où il trouva Emma et le vieux prêtre assis là où il les avait laissés.

Il dit doucement au père Martin : « Pourquoi n'iriez-vous pas chez le Dr Lavenham ? Elle vous préparerait du thé. J'imagine que le père Sebastian voudra s'adresser à l'ensemble du collège. En attendant, il faut que vous vous reposiez un peu et vous serez très bien chez elle. »

Le père Martin leva vers lui des yeux perplexes. « Mais le père Sebastian aura besoin de moi », dit-il d'un ton pitoyable.

Ce fut Emma qui répliqua. « Bien sûr qu'il aura besoin de vous, mais c'est vrai qu'il faut peut-être attendre que le commandant Dalgliesh lui ait parlé. Le mieux est que vous veniez chez moi. Je vais préparer du thé, ça nous fera du bien. »

Le père Martin acquiesça et se leva. Dalgliesh dit : « Avant de partir, mon père, il faudrait que nous allions voir si on n'a pas touché au coffre. »

Ils se rendirent dans la sacristie et Dalgliesh demanda la combinaison. Puis, couvrant ses doigts de son mouchoir afin de préserver les empreintes qui pouvaient se trouver sur le bouton, il tourna celui-ci précautionneusement et ouvrit la porte. A l'intérieur, un grand sac de cuir souple reposait sur une pile de documents. Il le prit et l'ouvrit sur le bureau, révélant, emballés dans du papier de soie blanc, deux magnifiques calices ornés de pierreries et une patène datant d'avant la Réforme, dons de la fondatrice de St Anselm.

Le père Martin dit doucement : « Tout est là », et Dalgliesh remit le sac à sa place et referma le coffre. Comme il le pensait, le motif n'était pas le vol.

Il fit sortir Emma et le père Martin par la porte sud et la verrouilla derrière eux avant de sortir lui-même par la sacristie. Une fois dehors, il vit que la tempête avait perdu de son intensité ; le sol était jonché de feuilles et de branches cassées, mais les bourrasques de vent s'espaçaient et n'avaient plus rien d'effrayant. Il traversa le cloître et monta les deux étages qui le séparaient de l'appartement du directeur.

Le père Sebastian ne tarda pas à ouvrir. Il portait une robe de chambre de laine écossaise, et ses cheveux ébouriffés le faisaient paraître curieusement jeune. Les deux hommes se regardèrent. Pour Dalgliesh, il était évident que le père Sebastian savait quels mots il allait prononcer. Ils étaient durs, mais il n'y avait pas de façon délicate d'annoncer la nouvelle.

Il dit : « L'archidiacre Crampton a été assassiné. Le père Martin a découvert son corps dans l'église un peu après cinq heures et demie. »

Le directeur fouilla dans sa poche et en sortit sa montre-bracelet. « Il est déjà plus de six heures, dit-il. Pourquoi ne m'a-t-on pas averti plus vite ?

— Le père Martin a tiré la cloche pour donner l'alarme et je l'ai entendue. Le Dr Lavenham aussi ; elle était la première sur les lieux. J'ai eu des choses à faire. Maintenant, il faut que j'appelle la police du Suffolk.

— Mais nous avons ici l'inspecteur Yarwood. Il me semble que c'est son affaire.

— En effet. Mais Yarwood n'est pas là. Est-ce que je peux me servir de votre bureau, mon père ?

— Evidemment. Je m'habille et je vous rejoins. Est-ce que quelqu'un d'autre est au courant ?

— Pas encore, mon père.

— Alors c'est moi qui leur dirai. »

Il ferma la porte et Dalgliesh descendit au bureau à l'étage au-dessous.

4

Le numéro de téléphone du Suffolk dont il avait besoin était dans son portefeuille, dans sa chambre, mais après deux secondes de réflexion, il réussit à s'en souvenir. Lorsqu'il se fut présenté, on lui passa le commissaire de police. Dès lors, tout fut rapide et simple. Ce n'était pas la première fois que son interlocuteur était tiré de son sommeil pour une affaire urgente. Il lui expliqua ce qui s'était passé en termes brefs, et il n'eut pas besoin de se répéter.

Il y eut un silence, puis le commissaire dit : « La disparition de Yarwood est une complication majeure. Alred Treeves en est une autre, mais moins importante. Je ne vois pas comment on va arranger ça. Ce qu'il y a de sûr, c'est qu'il n'y a pas de temps à perdre, les trois premiers jours sont toujours les plus importants. Bon, je vais avertir le préfet. En attendant, avez-vous besoin d'une équipe pour faire rechercher Yarwood ?

— Pas pour l'instant. Il est peut-être simplement parti faire un tour. Il se peut même qu'il soit de retour, maintenant. Sinon, dès le lever du jour, j'enverrai des étudiants d'ici voir s'ils le trouvent dans les parages. Je vous ferai part des résultats. S'il n'y en a pas, vous prendrez le relais.

— D'accord. Je ne sais pas ce qu'on en dira de votre côté, mais à mon avis c'est une affaire pour vous. Si Londres est d'accord, je pense que vous voudrez votre équipe à vous ?

— Ce serait plus simple. »

Il y eut une nouvelle pause, puis le commissaire reprit : « Je connais St Anselm. Ce sont des gens bien. Transmettez ma sympathie au père Sebastian. Tout ça risque de faire du tort au collège. »

Cinq minutes plus tard, le Yard appelait pour faire part de l'accord auquel on était parvenu. Dalgliesh était chargé de l'affaire. Les inspecteurs Kate Miskin, Piers Tarrant et le sergent Robbins avaient déjà pris la route, et l'équipe du labo — trois personnes sans compter le photographe — ne tarderait pas à suivre. Dalgliesh étant déjà sur place, on avait jugé inutile de faire les frais d'un hélicoptère. L'équipe effectuerait le voyage en train jusqu'à Ipswich, d'où la police du Suffolk assurerait le transport jusqu'au collège. Le docteur Kynaston, avec qui Dalgliesh travaillait d'ordinaire, s'occupait pour l'instant d'une autre affaire. Le médecin légiste local était en vacances à New York, mais son remplaçant, le docteur Mark Ayling, était disponible. Le mieux serait d'avoir recours à lui. Toutes les analyses à faire devraient être adressées soit au labo de Huntingdon soit à celui de Lambeth, qui s'en chargeraient selon leurs disponibilités.

Le père Sebastian avait eu le tact d'attendre dans la pièce attenante pendant le coup de téléphone. Lorsqu'il comprit que la conversation était finie, il entra et dit : « Je voudrais maintenant me rendre à l'église. Vous avez vos responsabilités, commandant, mais j'ai les miennes aussi.

— Il faudrait d'abord s'occuper de chercher

Roger Yarwood, répliqua Dalgliesh. Quel est votre étudiant le plus apte à s'en charger ?

— Stephen Morby. Il pourrait prendre la Land Rover avec Pilbeam. »

Il décrocha le téléphone et composa un numéro, obtenant presque immédiatement une réponse.

« Bonjour, Pilbeam. Vous êtes habillé ? Parfait. Auriez-vous l'obligeance d'aller réveiller Mr Morby et de venir avec lui dans mon bureau ? Tout de suite. »

Il ne fallut pas longtemps avant que l'on entende des pas dans l'escalier, puis la porte s'ouvrit sur les deux hommes. C'était la première fois que Dalgliesh voyait Pilbeam — un costaud de plus d'un mètre quatre-vingts avec un cou de taureau, une peau tannée de paysan et un duvet de cheveux blond paille — mais il lui trouva tout de suite un air familier. Il comprit alors qu'il ressemblait de façon frappante à un acteur dont il avait oublié le nom, un acteur qu'on voyait souvent dans des films de guerre, dans des rôles de sous-officier un peu simple mais d'une loyauté sans défaut, et qui finissait invariablement par mourir sans une plainte, pour la plus grande gloire du héros.

Il restait debout à attendre, parfaitement à l'aise. A côté de lui, Stephen Morby, qui pourtant n'avait rien d'une mauviette, avait l'air d'un gamin. Ce fut à Pilbeam que le père Sebastian s'adressa :

« Mr Yarwood a disparu. Je crains qu'il n'ait eu une nouvelle crise de vagabondage.

— Ce n'est pas un temps à vagabonder, mon père.

— C'est vrai, et j'espère qu'il ne va pas tarder à revenir. Mais je ne pense pas qu'il faille attendre : je voudrais que vous et Mr Morby preniez la Land Rover pour aller à sa recherche. Votre téléphone portable marche ?

— Oui, mon père.

— Appelez-moi immédiatement s'il y a du nouveau. S'il n'est pas sur le promontoire ou dans le voisinage de l'étang, inutile de chercher plus loin. Ce sera alors l'affaire de la police. Et surtout, Pilbeam...

— Oui, mon père.

— Quand vous reviendrez avec Mr Morby, que vous ayez retrouvé Mr Yarwood ou non, ne parlez de rien à personne. Compris ?

— Oui, mon père. »

Stephen Morby s'inquiéta : « Il est arrivé quelque chose, non ? Il ne s'agit pas seulement de la disparition de Mr Yarwood.

— Je vous expliquerai quand vous serez de retour. Vous ne pourrez peut-être pas grand-chose avant qu'il fasse tout à fait jour, mais je voudrais que vous vous y mettiez sans tarder. Prenez des lampes de poche, des couvertures et du café. Et une chose encore, Pilbeam : je ferai une communication générale à sept heures trente dans la bibliothèque. Ayez l'obligeance de demander à votre épouse de se joindre à nous.

— Oui, mon père. »

Lorsqu'ils furent sortis, le père Sebastian dit : « Ils ont tous les deux du bon sens. Si Yarwood est sur le promontoire, ils le trouveront. Il m'a paru préférable de remettre les explications à plus tard.

— Je crois aussi que c'était plus sage. »

Il semblait évident que l'autoritarisme inné du père Sebastian s'adaptait rapidement aux circonstances. Pour Dalgliesh, qu'un suspect prenne une part active à l'enquête était une nouveauté dont il se serait bien passé. La situation exigeait la plus grande prudence.

« Vous aviez raison, bien sûr, reconnut le directeur. Trouver Yarwood est ce qui compte avant tout. Mais maintenant peut-être pourrais-je aller là où mon devoir m'appelle : au côté de l'archidiacre ?

— J'ai encore quelques questions, mon père.

— Qui ne peuvent pas attendre ?

— Pas vraiment. Comme vous le disiez tout à l'heure, nous avons chacun nos responsabilités.

— Et les vôtres passent d'abord ?

— Pour l'instant, oui. Dites-moi, combien existe-t-il de clés de l'église, et qui en possède ? »

Le père Sebastian eut la prudence de ne pas montrer son agacement. « Il existe sept jeux de deux clés pour la porte de la sacristie, répondit-il sans impatience, une Chubb de sécurité et une Yale. La porte sud se verrouille de l'intérieur. Chacun des quatre prêtres résidants en a un jeu, et les trois qui restent sont dans un petit placard, dans le bureau de Miss Ramsey, à côté. Nous devons fermer l'église à cause des trésors qu'elle contient, mais si les séminaristes veulent y aller, ils n'ont qu'à prendre les clés et signer. Ce sont eux qui sont chargés du nettoyage, pas le personnel.

— Et le personnel, justement, et les gens que vous avez en visite, comment accèdent-ils à l'église ?

— En se faisant accompagner. Sauf à l'heure des offices, bien sûr, et comme il y en a quatre par jour — la prière du matin, l'eucharistie, la prière du soir et complies — les occasions ne manquent pas. Je préférerais que l'église reste ouverte en permanence, mais c'est le prix qu'il nous faut payer si nous voulons garder le Van der Weyden. L'ennui, c'est que les jeunes sont parfois tête en l'air et oublient de remettre l'alarme.

— A propos de l'alarme, qui connaît le code au collège ?

— Tout le monde, j'imagine. Ce n'est pas contre les nôtres mais contre les intrus que nous protégeons nos trésors.

— Les étudiants, qu'est-ce qu'ils ont, comme clés ?

— Les mêmes que celles qu'on vous a remises à vous comme à n'importe quel visiteur : celle de la grille qui sépare le promontoire de la cour ouest, entrée qu'ils empruntent d'ordinaire, et celle du cloître nord ou sud, selon la situation de leur chambre. Aucun n'a les clés de l'église.

— Les clés de Ronald Treeves, est-ce que vous les avez récupérées ?

— Oui. Elles sont dans le bureau de Miss Ramsey. Mais lui non plus n'avait pas de clés pour l'église, évidemment... Et maintenant, s'il vous plaît, je voudrais bien me rendre auprès de l'archidiacre.

— Bien sûr, mon père. Nous allons vérifier au passage si les trois jeux de clés de l'église sont bien là où ils devraient être. »

Le père Sebastian ne répliqua rien. Dans la pièce attenante, il se dirigea vers un étroit placard situé à gauche de la cheminée. Il n'était pas fermé. A l'intérieur, il y avait deux rangées de crochets, avec des noms et des clés. Dans la première rangée, trois crochets étaient étiquetés ÉGLISE. L'un d'eux était vide.

Dalgliesh demanda : « Vous souvenez-vous de la dernière fois où vous avez vu les clés, mon père ? »

Le père Sebastian réfléchit un instant avant de répondre : « Je crois que c'était hier matin avant le déjeuner. On a livré de la peinture pour Surtees — il doit repeindre la sacristie. Pilbeam est venu prendre un jeu de clés ; j'étais là quand il a signé, et j'y étais toujours quand il est revenu cinq minutes plus tard. »

Il alla jusqu'au bureau de Miss Ramsey et sortit un cahier du tiroir de droite. « Je pense qu'il a été le dernier à signer ce cahier ; vous pouvez vérifier. Comme vous voyez, il ne les a gardées que cinq minutes. Mais le dernier à les avoir vues doit être Henry Bloxham. C'était à lui de préparer l'église pour complies hier soir. J'étais ici quand il est venu prendre un jeu de clés, et dans mon bureau à côté quand il est venu le rendre. S'il en avait manqué, il l'aurait dit.

— Vous l'avez vraiment vu remettre les clés à leur place, mon père ?

— Non, pas vraiment. J'étais dans mon bureau avec la porte ouverte et il m'a dit bonne nuit. Son nom ne sera pas dans le cahier. Les étudiants qui prennent les clés avant un office n'ont pas à signer. Et maintenant, commandant, j'insiste pour me rendre à l'église. »

Il n'y avait pas encore de bruit dans la maison. Ils passèrent en silence dans le hall, et quand le père Sebastian s'engagea dans le vestiaire, Dalgliesh dit : « Nous éviterons autant que possible le cloître nord. »

Aucun mot ne fut ajouté avant qu'ils arrivent à la porte de la sacristie. « Laissez-moi m'occuper de ça », dit alors Dalgliesh en voyant le père Sebastian se débattre avec les clés.

Il ouvrit la porte et la referma derrière eux, après quoi ils passèrent dans l'église. Il avait laissé allumé le projecteur éclairant *le Jugement dernier*, et l'horreur de la scène fut tout de suite visible. Les pas du père Sebastian ne faiblirent pas tandis qu'il approchait. Il ne dit rien. Il regarda d'abord le tableau profané puis son adversaire mort. Ensuite, il fit le signe de croix et s'agenouilla pour prier en silence. L'observant, Dalgliesh se demanda quels mots il adressait à son Dieu. Il ne pouvait guère prier pour l'âme de Crampton ; c'eût été faire offense au protestantisme rigide de l'archidiacre.

Il se demanda quels mots lui-même eût trouvés appropriés s'il avait prié en ce moment. « Aide-moi à résoudre cette affaire sans que des innocents aient à en souffrir, et protège mon équipe. » La dernière fois qu'il avait prié avec passion en croyant que sa prière serait entendue, c'était quand sa femme se mourait. S'il avait été entendu, il n'avait pas été exaucé. Il songea à la mort, à son caractère définitif et inéluctable. L'illusion que le mystère de la mort pouvait être vaincu, et que tous les désordres de la vie, tous les doutes et toutes les peurs pouvaient être éliminés, comptait-elle parmi les attraits de son métier ?

Il entendit alors que le père Sebastian parlait comme si, conscient de sa présence silencieuse, il avait besoin de le faire participer, ne serait-ce que comme auditeur, au secret ministère que constituait pour lui l'expiation. Prononcés de sa belle voix, les mots familiers n'étaient pas une prière mais une affirmation, et ils faisaient si mystérieusement écho aux pensées de Dalgliesh que celui-ci les entendit comme pour la première fois, avec un frisson de crainte révérencielle.

« C'est Toi, Seigneur, qui as posé les fondements de la terre ; et les cieux sont l'œuvre de Tes mains : ils périront mais Tu demeures ; et tous deviendront vieux comme un vêtement ; et comme un vêtement, Tu les plieras et ils seront changés ; mais Tu restes le même et Tes années sont infinies. »

5

Il était sept heures vingt-cinq ; à nouveau, Dalgliesh avait rejoint le directeur dans son bureau. Le père Sebastian regarda sa montre. « Il est temps d'aller à la bibliothèque. Je dirai quelques mots d'abord, et puis je vous laisserai la parole. Ça vous va ?

— Parfaitement. »

Depuis son arrivée à St Anselm, c'était la première fois que Dalgliesh entrait dans la bibliothèque. Le père Sebastian alluma une série de lampes éclairant les rayonnages, et les souvenirs affluèrent des

longues heures vespérales passées là sous le regard
aveugle des bustes qui surmontaient les étagères,
des derniers rayons du soleil faisant briller les
reliures de cuir et composant des bouquets de couleurs sur le bois poli, de ces fins d'après-midi où le
grognement de la mer semblait croître en intensité
à mesure que baissait le jour. Mais à présent, le haut
plafond voûté se perdait dans l'obscurité, et au
centre des fenêtres en ogive, les vitraux n'étaient que
des renfoncements noirs veinés de plomb.

Du côté nord, une série de rayonnages étaient disposés à angle droit par rapport aux fenêtres et
constituaient des compartiments, chacun meublé
d'un double pupitre. Le père Sebastian alla prendre
deux chaises dans le plus proche et les disposa au
milieu de la pièce. Il dit : « Nous aurons besoin de
quatre sièges, trois pour les femmes et un pour
Peter Buckhurst — il est encore trop faible pour rester debout longtemps. Pour la sœur du père John,
inutile de lui prévoir une chaise, elle ne viendra certainement pas. Elle n'est plus très jeune et ne sort
pratiquement jamais de leur appartement. »

Sans faire de commentaires, Dalgliesh apporta lui
aussi deux sièges, que le père Sebastian mit à la
suite des autres avant de reculer légèrement comme
pour vérifier leur bon alignement.

Un bruit de pas discret se fit alors entendre, et les
trois séminaristes, en soutane noire, entrèrent en
groupe et allèrent se placer derrière les chaises. Parfaitement immobiles, ils avaient le visage pâle et
figé, et gardaient les yeux fixés sur le père Sebastian.
La tension qu'ils avaient apportée dans la pièce était
presque palpable.

Moins d'une minute plus tard arrivèrent Emma et
Mrs Pilbeam. Le père Sebastian leur fit signe de
s'asseoir, et elles s'installèrent côte à côte sans un
mot, se tenant légèrement penchées l'une vers
l'autre, comme si un simple frôlement d'épaules

pouvait suffire à les réconforter. Entendant sans doute souligner par là l'importance de l'occasion, Mrs Pilbeam avait abandonné sa blouse de travail blanche, et, vêtue d'une jupe de lainage verte et d'un chemisier bleu ciel avec une broche au cou, elle avait un petit air de fête plutôt incongru. Très pâle, Emma s'était elle aussi habillée avec soin, peut-être pour compenser le désordre que le meurtre introduisait dans la normalité. Ses chaussures marron à talons plats étaient parfaitement astiquées, et elle portait sur un pantalon de velours fauve un blouson de cuir et un chemisier crème qui semblait fraîchement repassé.

Le père Sebastian dit à Buckhurst : « Vous ne vous asseyez pas, Peter ?

— Je préfère rester debout, mon père.

— Moi, je préférerais vous voir assis. »

Sans autres objections, Peter Buckhurst s'assit alors à côté d'Emma.

Puis les trois prêtres firent leur apparition. Le père John et le père Peregrine se mirent de part et d'autre des étudiants, et le père Martin, comme en réponse à une invitation non formulée, alla se placer à côté du père Sebastian.

Le père John dit : « Ma sœur dormait encore, j'ai préféré ne pas la réveiller. Si on a besoin d'elle, ça peut peut-être attendre ?

— Bien sûr », marmonna Dalgliesh. Il observait Emma et la voyait qui regardait le père Martin avec une tendre sollicitude. Elle est bonne autant qu'elle est belle et intelligente, songea-t-il. Son cœur fondit, et cette sensation inhabituelle le contraria. Mon Dieu, non, se dit-il, pas de complications. Pas maintenant. Jamais.

On attendit encore plusieurs minutes avant que de nouveaux pas se fassent entendre. Cette fois, c'était George Gregory et Clive Stannard. Stannard tombait du lit ou n'avait pas cru bon de se mettre en frais. Il avait enfilé un pantalon et une veste de tweed sur son pyjama, dont le tissu rayé dépassait autour de son cou et ruchait par-dessus ses chaussures. Par comparaison, Gregory, en chemise blanche et cravate, semblait tiré à quatre épingles.

« Désolé si je vous ai fait attendre, dit-il. Je n'aime pas m'habiller avant d'avoir pris ma douche. »

Il alla se placer derrière Emma, mit une main sur le dossier de sa chaise, puis la retira tranquillement, sentant apparemment que son geste était déplacé. Son regard, rivé sur le père Sebastian, était circonspect, mais Dalgliesh crut y voir aussi une pointe de curiosité amusée. A côté de lui, Stannard avait l'air affolé et s'efforçait de cacher sa peur sous une nonchalance affectée.

Il dit : « Ça me paraît un peu tôt pour un drame, mais si quelque chose est arrivé, qu'on nous le dise ! »

Personne ne répondit, peut-être parce que la porte s'ouvrit alors, livrant passage aux deux dernières personnes qu'on attendait. Eric Surtees était en tenue de travail. Il hésita sur le pas de la porte et jeta un regard surpris à Dalgliesh, comme si sa présence l'étonnait. Sa sœur Karen, bigarrée comme un perroquet dans son long tricot rouge et son pantalon vert, n'avait pris que le temps de se mettre du rouge à lèvres. Ses yeux, dénués de maquillage, semblaient encore pleins de sommeil. Après avoir regardé autour d'elle, elle prit place sur la chaise restée libre, et son frère se planta derrière elle. A présent, tout le monde était là. Dalgliesh songea qu'ils avaient l'air d'un groupe hétéroclite posant lors d'un mariage devant un photographe trop zélé.

Le père Sebastian dit : « Prions. »

L'invitation était inattendue. Seuls les prêtres et les séminaristes réagirent automatiquement en courbant la tête et joignant les mains. Les femmes ne savaient trop que faire, mais après un coup d'œil au père Martin, elles se levèrent, Emma et Mrs Pilbeam tête baissée, Karen Surtees braquant sur Dalgliesh un regard belliqueux et incrédule, comme si elle le tenait pour personnellement responsable des problèmes actuels. Gregory, souriant, regardait droit devant lui, et Stannard fronçait les sourcils en se balançant d'un pied sur l'autre. Le père Sebastian dit la prière du jour, s'arrêta un instant, puis reprit la prière qu'il avait prononcée à complies une dizaine d'heures plus tôt.

« Seigneur, visite ce lieu, nous T'en prions, et élimines-en tous les pièges de l'ennemi ; que Tes anges demeurent parmi nous et nous gardent en paix ; que Ta bénédiction nous accompagne à jamais ; par Jésus-Christ Notre Seigneur. Amen. »

Le « amen » fut repris en chœur, timidement par les femmes, avec plus de confiance par les séminaristes, puis le groupe bougea. C'était moins un mouvement qu'une expiration générale. Ils savent maintenant, songea Dalgliesh, ils savent, c'est évident ; mais l'un d'eux sait depuis le début. Les femmes se rassirent. A nouveau, tous les yeux étaient fixés sur le directeur, qui se mit à parler d'une voix calme et pour ainsi dire dénuée d'expression.

« La nuit dernière, un grand malheur est arrivé dans notre communauté. L'archidiacre Crampton a été sauvagement assassiné dans l'église. Son corps a été découvert par le père Martin à cinq heures et demie ce matin. Le commandant Dalgliesh, qui est notre hôte pour une autre affaire, est maintenant ici également en tant qu'officier de police enquêtant sur un meurtre. Par devoir aussi bien que par choix, nous lui apporterons toute l'aide possible en répondant à ses questions pleinement et honnêtement, et en ne faisant rien en paroles ni en actes qui puisse entraver la police ou la faire se sentir importune parmi nous. J'ai téléphoné à ceux de nos étudiants qui sont absents ce week-end pour les prier de ne revenir que la semaine prochaine. Pour nous qui sommes là, il faudra nous efforcer de continuer à vivre et à travailler dans ces murs tout en coopérant de notre mieux avec la police. J'ai mis le cottage St Matthieu à la disposition de Mr Dalgliesh, et c'est là que s'installera son équipe. A la demande de Mr Dalgliesh, l'église et l'accès au cloître nord ont été fermés, ainsi que le cloître lui-même. La messe sera dite dans l'oratoire à l'heure habituelle, et c'est là aussi que seront célébrés les offices jusqu'à ce que l'église soit rouverte et prête pour le service divin. La mort de l'archidiacre est désormais l'affaire de la police. Ne spéculez pas, ne bavardez pas entre vous. Le meurtre, bien sûr, ne peut être tenu caché. Inévitablement, la nouvelle s'en répandra dans l'Eglise et dans le monde. Je vous prierai de ne pas la communiquer vous-mêmes, que ce soit par téléphone ou autrement. Ainsi nous pourrons espérer au moins un jour de paix. Si certaines questions vous inquiètent, le père Martin et moi sommes à votre disposition. » Il s'interrompit avant d'ajouter : « Comme toujours. Et maintenant je laisse la parole à Mr Dalgliesh. »

L'auditoire avait écouté dans un silence quasi total. Dalgliesh avait seulement entendu quelqu'un — Mrs Pilbeam, pensait-il — prendre rapidement son souffle et pousser un petit cri vite réprimé lorsque le mot *assassiné* avait été prononcé. Raphael, livide, se tenait si raide que Dalgliesh craignait qu'il ne perde connaissance. Eric Surtees avait jeté un regard terrifié à sa sœur avant de détourner promptement les yeux et de les fixer sur le père Sebastian. Sourcils froncés, Gregory était dans un état d'intense concentration. On sentait la présence de la peur. Les gens n'osaient pas se regarder dans les yeux. Ils devaient redouter ce qu'ils pourraient y voir, songea Dalgliesh.

Agréablement surpris que le père Sebastian n'ait

pas parlé de l'absence de Yarwood, de Pilbeam et de Stephen Morby, Dalgliesh décida d'être bref. Lorsqu'il enquêtait sur un meurtre, il n'avait pas l'habitude de s'excuser des désagréments qui pouvaient en découler et auxquels, estimait-il, chacun devait s'attendre.

« Il a été convenu que la police métropolitaine s'occuperait de cette affaire, commença-t-il. Une petite équipe de policiers et d'experts arrivera ce matin. Comme vous l'a annoncé le père Sebastian, l'église est fermée, ainsi que le cloître nord et la porte qui y mène depuis la maison. Moi ou l'un de mes hommes, nous nous entretiendrons avec chacun de vous à un moment ou à un autre de la journée. Mais nous gagnerions du temps en établissant certains faits dès maintenant. Quelqu'un a-t-il quitté sa chambre la nuit dernière après complies ? Quelqu'un s'est-il rendu dans l'église ou à proximité ? Quelqu'un a-t-il vu ou entendu quoi que ce soit qui puisse être en rapport avec le crime ? »

Il y eut un silence, puis Henry dit : « Je suis sorti prendre l'air un peu après dix heures et demie. J'ai passé cinq minutes à marcher dans les cloîtres puis j'ai regagné ma chambre. Je suis au numéro deux du cloître sud. Je n'ai rien vu ni entendu de particulier. Le vent soufflait très fort et il y avait des tourbillons de feuilles dans le cloître nord. C'est à peu près tout ce dont je me souviens.

— Hier soir avant complies, c'est vous qui avez allumé les cierges et ouvert la porte sud de l'église, remarqua Dalgliesh. Vous avez pris les clés dans le bureau de Miss Ramsey ?

— Oui. Je suis allé les chercher juste avant l'office et je les ai remises en place après. Il y avait trois jeux au départ, et trois à l'arrivée. »

Dalgliesh dit : « Je répète ma question : quelqu'un parmi vous est-il sorti après complies ? »

Il attendit un moment et, n'obtenant pas de

réponse, il poursuivit : « Je demanderai à voir les chaussures et les vêtements que vous portiez hier soir, et nous devrons en outre prendre les empreintes de chacun pour pouvoir procéder aux éliminations qui s'imposent. Voilà. Je crois que c'est tout pour l'instant.

— J'ai une question, Mr Dalgliesh. » C'était Gregory. « Trois personnes sont absentes, dont un représentant de la police. Est-ce que cela a quelque chose à voir avec l'enquête ?

— Pour autant que nous le sachions, non. »

Stimulé par l'exemple, Stannard se lança dans une diatribe acrimonieuse : « Pourrais-je savoir pourquoi le commandant a décrété que le coupable était forcément quelqu'un de la maison ? Pendant qu'on s'occupe de prendre nos empreintes et d'examiner nos vêtements, le meurtrier est probablement à des kilomètres. En fin de compte, cet endroit n'est pas sûr du tout. Pour ma part, je ne passerai pas une nuit de plus ici sans avoir le moyen de fermer ma porte.

— Je comprends votre inquiétude, dit le père Sebastian. Je ferai installer des serrures dans les appartements des invités.

— Et pour ma question, qu'en est-il ? Pourquoi considère-t-on que le coupable est l'un d'entre nous ? »

C'était la première fois que cette idée était clairement émise, et Dalgliesh eut l'impression que plus personne n'osait regarder son voisin de peur d'avoir l'air de l'accuser.

« Nous ne considérons rien de tel », rétorqua-t-il.

Le père Sebastian dit : « La fermeture du cloître nord signifie que les séminaristes qui habitent là vont devoir déménager. Avec tous les absents, la chose ne vaut que pour toi, Raphael. En échange de tes clés, tu en recevras une pour la chambre trois du cloître sud et une pour la porte du couloir.

— Et mes affaires, mon père, mes livres, mes vêtements ? Je peux aller les chercher ?

— Pour l'instant, il faudra que tu t'en passes. Tes camarades te prêteront ce dont tu as besoin. Je ne saurais assez souligner combien il est important de vous tenir à l'écart des lieux dont la police a interdit l'accès. »

Sans un mot, Raphael sortit un trousseau de clés de sa poche et, en ayant retiré deux, s'avança pour les remettre au père Sebastian.

Dalgliesh dit : « Je sais que tous les prêtres résidants ont les clés de l'église. Pourriez-vous vérifier qu'elles sont bien en votre possession ? »

Le père Betterton s'excusa : « Je regrette, mais je ne les ai pas avec moi. Je les laisse toujours sur ma table de nuit. »

Dalgliesh avait toujours les clés que le père Martin lui avait remises à l'église. Il ne s'occupa donc que de s'assurer que les deux autres prêtres avaient effectivement les leurs, puis il fit un geste au père Sebastian, qui conclut : « Je crois que l'essentiel a été dit. Dans la mesure du possible, nous suivrons le programme de la journée. Il n'y aura pas de prière du matin, mais la messe sera célébrée à l'oratoire à midi. Merci. »

Il fit demi-tour et sortit de la bibliothèque, après quoi les autres se levèrent, échangèrent des regards interrogateurs et se décidèrent enfin à gagner la porte.

Dalgliesh avait éteint son portable durant la réunion, mais maintenant il se mit à sonner. C'était Stephen Morby.

« Commandant Dalgliesh ? Nous avons trouvé l'inspecteur Yarwood. Il est tombé dans un fossé le long de la route d'accès. J'ai essayé de téléphoner plus tôt, mais je n'ai pas pu vous joindre. Il était à moitié dans l'eau, et il a perdu connaissance. A notre avis, il s'est cassé une jambe. On avait peur de le déplacer, ça risquait d'aggraver les choses, mais ce n'était pas possible de le laisser où il était. On l'a donc sorti de là avec précaution, et on a fait venir une ambulance. L'ambulance est là. Elle va le conduire à l'hôpital d'Ipswich.

— Vous avez bien fait, apprécia Dalgliesh. Mais comment va-t-il ? C'est grave ?

— D'après l'équipe de l'ambulance, il n'y a pas à s'inquiéter, mais il n'a pas repris conscience. Je l'accompagne à l'hôpital. Je vous en dirai plus à mon retour. Mr Pilbeam nous suit avec la Land Rover, comme ça, je pourrai rentrer avec lui.

— Parfait Mais ne traînez pas. On a besoin de vous deux ici. »

Quand Dalgliesh lui eut annoncé la nouvelle, le père Sebastian dit : « C'est ce que je craignais. C'est comme ça, avec sa maladie. Si j'ai bien compris, c'est une forme de claustrophobie ; quand ça lui prend, il faut qu'il sorte, qu'il marche. Quand sa femme est partie avec les enfants, il lui est arrivé plusieurs fois de disparaître pendant des jours. Il marchait parfois jusqu'à tomber d'épuisement ; la police le ramenait chez lui. Enfin, Dieu merci, on l'a retrouvé, et à temps, semble-t-il. Maintenant, si vous voulez bien venir dans mon bureau, il faudrait que nous discutions de ce dont vos collègues et vous aurez besoin au cottage St Matthieu.

— Plus tard, mon père. Il faut d'abord que je voie les Betterton.

— Je pense que le père John a regagné son appartement. Il est au troisième étage côté nord. Il doit certainement vous attendre. »

Le père Sebastian avait gardé pour lui ses spéculations sur l'implication possible de Yarwood dans le meurtre. Mais la charité chrétienne s'arrêtait sans doute là. Une partie de son esprit devait avoir espéré une issue qui arrangerait tout : que le meurtre ait été commis par un homme temporairement irresponsable. Et si d'aventure Yarwood ne survivait pas, il resterait définitivement suspect. Sa mort pourrait certainement profiter à quelqu'un.

Avant de se rendre chez Betterton, Dalgliesh passa dans son appartement et appela le commissaire.

6

Il y avait une sonnette à l'entrée de l'appartement de Betterton, mais c'est à peine si Dalgliesh eut le temps d'y appuyer le doigt avant que la porte s'ouvre.

L'ayant fait entrer, le père John dit : « Si ça ne vous fait rien d'attendre un moment, je vais chercher ma sœur. Je crois qu'elle est à la cuisine. Nous avons une petite cuisine dans l'appartement, et elle préfère manger ici plutôt que de prendre ses repas avec la communauté. Ce ne sera pas long. »

La pièce où Dalgliesh se trouvait était basse de plafond mais vaste, avec quatre fenêtres voûtées donnant côté mer. Elle était encombrée de meubles qui avaient l'air d'être les restes de demeures précédentes ; des fauteuils capitonnés bas et, devant la cheminée, un sofa un peu défoncé recouvert d'un tissu indien ; une table centrale ronde en acajou massif avec six chaises dépareillées ; un bureau ministre installé entre deux fenêtres ; un assortiment de tables basses chargées de souvenirs témoignant de deux longues existences — des photos encadrées, des figurines de porcelaine, des boîtes en bois et en argent, un pot-pourri au parfum éventé depuis longtemps.

A gauche de la porte, le mur entier était occupé par une bibliothèque. Celle-ci contenait les livres de jeunesse du père John, mais aussi toute une collection de volumes reliés noirs intitulés *Pièces de l'année* et datant des années trente et quarante. A côté, une série de romans policiers apprit à Dalgliesh que le père John était un mordu des femmes écrivains de l'âge d'or : Dorothy L. Sayers, Margery Allingham et Ngaio Marsh. A droite de la porte, un sac de golf contenant une demi-douzaine de crosses était appuyé contre le mur, complètement incongru dans une pièce où rien, par ailleurs, n'évoquait le sport.

Les tableaux n'étaient pas moins variés que les autres objets : des huiles victoriennes d'une sentimentalité douteuse mais de bonne facture, des estampes de fleurs, des broderies et des aquarelles qui devaient avoir été faites par des ancêtres de l'époque victorienne — trop bonnes pour être l'œuvre d'amateurs, pas assez pour être celle de professionnels. En dépit de sa mélancolie, la pièce était tellement vivante, tellement personnelle et tellement confortable qu'elle n'avait rien de déprimant. A côté de chacun des deux fauteuils à haut dossier placés de part et d'autre de la cheminée, il y avait une table avec une lampe d'architecte. Le frère et la sœur pouvaient lire face à face dans le plus grand confort.

Aussitôt que Miss Betterton entra, Dalgliesh fut frappé par l'étonnante disparité que pouvait produire l'assemblage des gènes. Le père John était petit et trapu avec un visage doux et un air perpétuellement inquiet et perplexe. Sa sœur, qui mesurait au moins quinze centimètres de plus que lui, avait le corps anguleux et le regard méfiant. Leur ressemblance se résumait aux lobes allongés des oreilles, aux paupières tombantes et aux petites bouches aux lèvres pincées. De toute évidence, elle était considérablement plus âgée que lui. Ses cheveux gris acier, tirés en arrière, étaient retenus par un peigne au sommet de la tête, où leur extrémité formait un petit éventail. Elle portait une longue jupe de tweed, une chemise rayée qui paraissait provenir de la garde-robe de son frère, et un cardigan beige aux manches duquel des trous de mite étaient clairement visibles.

Le père John dit : « Agatha, voici le commandant Dalgliesh, de New Scotland Yard.

— Un policier ? »

Dalgliesh tendit la main. « Oui, Miss Betterton, je suis un policier. »

La main qu'elle finit par lui tendre était froide et si maigre qu'on en sentait chaque os.

« Tiens donc, dit-elle avec un accent des plus raffinés, moi qui croyais que les commandants se trouvaient dans la marine. En tout cas, nous avions justement un cousin qui était commandant dans la Navy, cousin Raymond. Mais il est mort pendant la dernière guerre. Vous avez peut-être vu ses crosses de golf à côté de la porte ? Mais pourquoi n'êtes-vous pas en uniforme, Mr Dalgliesh ? J'aime voir un homme en uniforme. La soutane, ce n'est pas pareil.

— J'ai rang de commandant dans la police, Miss Betterton, rien à voir avec la Navy. Dans la police, ce grade n'existe qu'à Londres. »

Sentant que le dialogue avait assez duré, le père John intervint. « Agatha, dit-il avec douceur mais fermeté, il est arrivé quelque chose de terrible. Ecoute-moi bien, et reste calme. L'archidiacre Crampton a été assassiné. C'est pourquoi le commandant Dalgliesh doit te parler, comme à nous tous. Il faut que nous l'aidions de notre mieux à découvrir qui est l'auteur de cette abomination. »

Son appel au calme était superflu. Miss Betterton prit la nouvelle avec la plus parfaite indifférence. « Un chien vous serait certainement plus utile que nous, Mr Dalgliesh, dit-elle en se tournant vers lui. Et où est-il mort ? Je parle de l'archidiacre, bien sûr.

— Dans l'église, Miss Betterton.

— Le père Sebastian ne va pas apprécier. Il faudrait le lui dire, non ?

— Il sait, Agatha, dit son frère. Tout le monde sait à présent.

— Ici, il ne manquera à personne. C'était un homme extrêmement déplaisant, capitaine. Je pourrais vous expliquer pourquoi, mais il s'agit d'affaires familiales confidentielles. Vous comprendrez cela, j'en suis sûre. Vous avez l'air de quelqu'un d'intelligent et de discret — votre passé dans la Navy sans doute. Voyez-vous, il y a des gens qui sont mieux morts. Je ne vous expliquerai pas pourquoi l'archidiacre fait partie du nombre, mais le fait est que le monde se portera beaucoup mieux sans lui. Mais tout de même, on ne peut pas laisser son cadavre dans l'église. Le père Sebastian n'aimerait pas cela du tout. Ce serait très dérangeant pour les services. Je n'y assiste pas, bien sûr, je ne suis pas pratiquante, mais mon frère si, et je le vois mal passer par-dessus le corps de l'archidiacre. Quoi que nous pensions de lui, ce serait désagréable. »

Dalgliesh la rassura : « Le corps sera enlevé, Miss Betterton. Mais l'église va rester fermée pendant quelques jours. Et j'ai certaines questions à vous poser. Hier soir après complies, est-ce que vous ou votre frère avez quitté cet appartement ?

— Et pourquoi l'aurions-nous fait, capitaine ?

— Commandant.

— Commandant, oui. Pourquoi l'aurions-nous fait ?

— Je ne sais pas, je vous pose la question : l'un de vous est-il sorti hier soir après onze heures ? »

Il les regarda l'un après l'autre, et le père John dit : « Onze heures est l'heure à laquelle nous allons au lit. Je n'ai quitté l'appartement ni avant ni après, et Agatha non plus, j'en suis sûr. Il n'y avait pas de raison.

— Si l'un de vous était sorti, l'autre l'aurait entendu ? »

Ce fut Miss Betterton qui répondit : « Bien sûr que non. Nous ne restons pas éveillés à nous demander ce que fait l'autre. Mon frère est libre de se promener où il veut s'il en a envie. Mais je ne vois pas pourquoi il serait sorti. Ce que vous vous demandez, c'est si l'un de nous a tué l'archidiacre. Je vous vois venir, commandant, je ne suis pas idiote. Mais non, je ne l'ai pas tué, et je serais étonnée que mon frère l'ait fait. Ce n'est pas un homme d'action.

— Bien sûr que je ne l'ai pas tué, s'indigna le père John, manifestement bouleversé. Comment peux-tu imaginer une chose pareille, Agatha ?

— Ce n'est pas moi qui l'imagine, c'est le commandant. » Elle se tourna vers Dalgliesh. « L'archidiacre avait l'intention de nous mettre à la porte. Il me l'a dit. Mon frère et moi.

— Ce n'est pas possible, Agatha. Tu as sûrement mal compris. »

Dalgliesh s'en mêla : « Quand donc est-ce arrivé, Miss Betterton ?

— La dernière fois que l'archidiacre est venu ici. C'était un lundi matin. J'étais allée à la porcherie voir si Surtees n'avait pas des légumes pour moi. Il est d'un grand secours quand on est en panne. Je m'en retournais quand j'ai croisé l'archidiacre. Je ne sais pas s'il voulait lui aussi obtenir des légumes gratuits, ou s'il voulait voir les cochons. En tout cas, je l'ai reconnu tout de suite. C'est vrai que je ne m'attendais pas à le voir et que je n'ai peut-être pas été très aimable. Je n'aime pas l'hypocrisie, je ne fais pas semblant d'aimer les gens quand ce n'est pas le cas. Je ne suis pas croyante, je n'ai pas besoin de pratiquer la charité chrétienne. Et personne ne m'avait dit qu'il était en visite au collège. Pourquoi ne me tient-on pas au courant de ce genre de choses ? Je n'aurais même pas su qu'il était là maintenant si Raphael Arbuthnot ne me l'avait pas dit. »

Elle se tourna vers Dalgliesh. « Je pense que vous connaissez Raphael Arbuthnot ? C'est un garçon délicieux, très intelligent. Il dîne ici de temps en temps et nous lisons une pièce ensemble. Si les prêtres ne lui avaient pas mis la main dessus, il aurait pu devenir acteur. Il peut jouer n'importe quel rôle et prendre n'importe quelle voix. Un talent remarquable.

— Ma sœur raffole du théâtre, expliqua le père John. Elle se rend à Londres avec Raphael une fois par trimestre et, après avoir fait des courses et déjeuné, ils s'offrent une matinée. »

Miss Betterton dit : « C'est essentiel pour lui de pouvoir sortir d'ici. Mais hélas, mes oreilles ne sont plus ce qu'elles étaient. Aujourd'hui, les acteurs n'apprennent plus à projeter leur voix. Ils marmonnent, ils marmonnent, c'est à se demander s'ils ne suivent pas des cours de marmonnage. Même devant on a peine à entendre. Mais je ne me plains pas à Raphael, bien sûr. Je ne voudrais pas blesser ses sentiments.

— L'archidiacre, reprit doucement Dalgliesh, qu'est-ce qu'il a dit, au juste, quand vous avez pensé qu'il menaçait de vous mettre à la porte ?

— Il a parlé des gens qui étaient toujours prêts à profiter de l'Eglise mais qui ne donnaient rien en échange.

— Voyons, Agatha, tu as certainement mal compris.

— Il n'a peut-être pas employé tout à fait ces mots-là, mais j'ai parfaitement compris le sens de son propos, John. Il a dit aussi que je ne devais pas tenir pour acquis que j'allais finir mes jours ici. Qu'est-ce que c'était sinon une menace de nous mettre à la porte ? »

Accablé, le père John gémit : « Mais ce n'est pas possible, Agatha. Il n'en avait pas le pouvoir.

— Oui, c'est ce que m'a dit Raphael quand je lui ai raconté ça. Nous en avons parlé la dernière fois qu'il est venu dîner ici. Moi, je lui ai rétorqué que si l'archidiacre avait réussi à faire emprisonner mon frère, il pourrait aussi nous chasser d'ici. Et Raphael m'a dit : "Non, il ne pourra pas. Je l'en empêcherai." »

Le père John, désespéré par la tournure qu'avait prise l'entretien, s'était approché de la fenêtre. « Une moto sur la route de la côte, dit-il. C'est bizarre. Je ne crois pas que nous attendions qui que ce soit ce matin. C'est peut-être pour vous, commandant. »

Dalgliesh le rejoignit. « Il va maintenant falloir que je vous quitte, Miss Betterton, annonça-t-il. Merci de votre coopération. Si j'ai d'autres questions à vous poser, je vous demanderai à quel moment vous pouvez me recevoir. Et maintenant, mon père, puis-je voir votre jeu de clés ? »

Le père John disparut et revint presque aussitôt, un trousseau à la main. Dalgliesh compara les clés avec celles de l'église puis demanda : « Hier soir, où avez-vous laissé ces clés, mon père ?

— Comme toujours, sur ma table de nuit. »

En s'en allant, Dalgliesh jeta un coup d'œil sur le sac de golf, dont les têtes des crosses dépassaient, leur métal luisant. L'image qui s'imposa alors à son esprit était aussi désagréable que convaincante. Evidemment, la personne devait savoir bien viser et il aurait fallu cacher la crosse jusqu'à ce que se présente le moment de frapper, le moment où l'attention de l'archidiacre serait fixée sur le tableau profané du *Jugement dernier*. Mais était-ce un problème ? Il aurait suffi de la dissimuler derrière un pilier. Et avec une arme aussi longue, le risque de se tacher de sang était beaucoup moins grand. Il eut soudain la vision très nette d'un jeune homme blond attendant dans l'ombre, la crosse à la main. L'archidiacre ne se serait pas rendu dans l'église à la demande de Raphael, mais Raphael n'était-il pas capable de prendre n'importe quelle voix ?

7

L'arrivée du docteur Mark Ayling était d'autant plus surprenante qu'elle se produisait à une heure aussi matinale. Dalgliesh descendait de chez les Betterton lorsqu'il entendit la moto vrombir dans la cour. Pilbeam avait ouvert la grande porte comme tous les matins, et Dalgliesh sortit dans la fraîche lumière d'un jour qui, après la tempête de la nuit, avait le calme de l'épuisement. Même le bruit de la mer était étouffé. La puissante machine fit le tour de la cour avant de s'arrêter pile devant la porte d'entrée. Le conducteur enleva son casque, prit sa trousse sur le porte-bagages, et, casque sous le bras, gravit les marches du perron comme un simple coursier apportant un paquet.

Il se présenta : « Mark Ayling. Le corps est dans l'église ?

— Adam Dalgliesh. Oui, par ici. On va passer par la maison et prendre la porte sud. J'ai condamné la porte séparant la maison du cloître nord. »

Le hall était vide, et Dalgliesh eut le sentiment que les pas du docteur Ayling résonnaient anormalement fort. On ne lui demandait pas d'entrer furtivement, mais son arrivée en fanfare manquait de tact. Après s'être demandé s'il devait aller présenter le médecin légiste au père Sebastian, Dalgliesh y renonça. Ce n'était pas une visite mondaine, et il n'y

avait pas de temps à perdre. Mais il ne doutait pas
que l'arrivée du médecin avait été remarquée, et,
comme ils suivaient le couloir menant à la porte du
cloître sud, il eut le sentiment idiot de contrevenir
aux bonnes manières. Mener une enquête dans une
atmosphère de non-coopération et d'hostilité à
peine déguisée était moins compliqué que d'avoir
affaire aux nuances sociales et théologiques d'un
endroit comme celui-ci, songea-t-il.

Ils traversèrent la cour sous les branches à moitié dénudées du grand marronnier et arrivèrent sans
un mot devant la porte de la sacristie.

Tandis que Dalgliesh l'ouvrait, Ayling demanda :
« Où est-ce que je peux me changer ?

— Ici. La sacristie fait office de bureau et de vestiaire. »

Se changer, c'était apparemment troquer ses cuirs
contre une blouse marron et ses bottes contre des
chaussons souples, par-dessus lesquels il enfila des
chaussettes de coton blanc.

« Il est probable que le meurtrier est entré par ici,
expliqua Dalgliesh en reverrouillant la porte.
L'église restera fermée jusqu'à l'arrivée de l'équipe
de Londres. »

Ayling plia soigneusement ses cuirs sur le fauteuil
pivotant placé devant le bureau et rangea ses bottes
à côté. « Pourquoi Londres et pas la police du Suffolk ? demanda-t-il.

— Il y a un inspecteur de la police du Suffolk qui
séjourne au collège en ce moment. Ça complique
l'affaire. Comme je me trouvais là pour une autre
raison, il a paru normal que je prenne les choses en
main. »

Ayling sembla se satisfaire de l'explication.

Ils passèrent dans l'église. L'éclairage de la nef
devait juste suffire pour des fidèles qui connaissaient la liturgie par cœur. Arrivé devant *le Jugement
dernier*, Dalgliesh alluma le projecteur. Dans l'obs-

curité alentour, dont on pouvait imaginer qu'elle
s'étendait au-delà des murs de l'église en une nuit
infinie, le faisceau projetait une lumière plus
brillante encore que dans son souvenir. Peut-être
était-ce la présence d'une autre personne qui trans-
formait ce spectacle en scène de Grand-Guignol,
songea-t-il — le corps de l'acteur gisant, immobile,
dans une pose étudiée, deux chandeliers placés
habilement de part et d'autre de la tête, et lui-même,
attendant dans l'ombre d'un pilier le moment de
faire son entrée.

Ayling, un instant figé dans la soudaine lumière,
avait l'air de juger l'effet du tableau. Lorsqu'il se mit
à s'agiter autour du corps, on aurait pu le prendre
pour un metteur en scène en train de vérifier l'angle
de la caméra et de s'assurer que la position du mort
était à la fois réaliste et artistiquement réussie. Dalgliesh nota certains détails avec plus de clarté : l'éra-
flure marquant la pantoufle de cuir noir tombée du
pied droit de Crampton, la grandeur et l'étrangeté
de ce pied nu avec son vilain gros orteil. A cause du
visage partiellement invisible, ce pied unique, maintenant pour toujours immobile, acquérait plus de
force que si le corps entier avait été nu, suscitant à
la fois un élan de pitié et d'indignation.

Dalgliesh n'avait vu Crampton que peu de temps,
et celui-ci ne lui avait inspiré qu'un vague agacement par sa conduite peu sympathique. Mais maintenant, il éprouvait la même violente colère que
devant n'importe quel meurtre. Il se répéta les mots
familiers dont la source persistait à lui échapper :
« Qui a fait cette chose ? » Il découvrirait la réponse,
et cette fois, il trouverait aussi la preuve ; cette fois
il ne refermerait pas le dossier en connaissant
l'identité du coupable, son mobile et les moyens par
lesquels il était arrivé à ses fins, mais sans avoir la
possibilité de procéder à son arrestation. Le poids

de cet échec passé pesait toujours sur lui, mais cette affaire allait l'en délivrer.

Un moment encore, Ayling continua de se déplacer précautionneusement autour du corps, sans jamais lever les yeux, comme s'il se trouvait devant un phénomène intéressant mais inhabituel dont il ignorait comment il allait réagir à l'examen. Puis il s'accroupit à côté de la tête, renifla délicatement la blessure, et demanda : « Qui est-ce ?

— Désolé. Je pensais qu'on vous l'avait dit. C'est l'archidiacre Crampton. Il était depuis peu l'un des administrateurs du collège. Il est arrivé samedi matin.

— Quelqu'un ne l'aimait pas, ou alors il a surpris un intrus dans l'église. Est-ce qu'il y a quelque chose à voler ?

— Le retable a de la valeur, mais il serait difficile à déplacer. Et il ne semble pas qu'on ait essayé. A part ça, il y a de l'argenterie précieuse dans le coffre de la sacristie. Mais le coffre n'a pas été touché.

— Et les chandeliers sont toujours là, remarqua Ayling. Il n'y a guère de doute quant à l'arme employée et la cause du décès. Un coup porté au-dessus de l'oreille droite par un instrument lourd à bord tranchant. Si le premier coup ne l'a pas tué, il l'aura fait tomber. Et l'agresseur aura remis ça. Avec une sorte de frénésie. »

Il se releva et prit dans sa main gantée le chandelier sur lequel il n'y avait pas de sang. « C'est lourd. Ça demande une certaine force. Mais une femme ou bien un homme âgé aurait pu le faire en se servant des deux mains. Il fallait également savoir viser, d'autant que la victime n'allait pas attendre gentiment dos tourné devant un étranger, ou en tout cas devant quelqu'un en qui elle ne pouvait pas avoir entière confiance. Comment est-il entré... Crampton, j'entends ? »

Dalgliesh prenait conscience que le légiste auquel

il avait affaire ne craignait pas de sortir du champ précis de ses responsabilités.

« Pour autant que je sache, il n'avait pas de clé. Ou bien quelqu'un qui était déjà là l'a fait entrer, ou bien il a trouvé la porte ouverte. *Le Jugement dernier* a été vandalisé. Il a peut-être été attiré dans l'église.

— Ça m'a tout l'air d'une affaire interne, ce qui a l'avantage de réduire le nombre des suspects. Quand est-ce qu'on l'a trouvé ?

— A cinq heures trente. Je suis arrivé sur place environ quatre minutes plus tard. A en juger d'après l'aspect du sang et le début de rigidité du visage, il devait être mort depuis environ cinq heures.

— Je vais prendre sa température, mais ça m'étonnerait que je puisse être plus précis. A une heure près, il est mort vers minuit. »

Dalgliesh s'enquit : « Et le sang ? Il a jailli très fort ?

— Pas après le premier coup. Vous savez ce que c'est avec ce genre de blessures à la tête : l'hémorragie a lieu à l'intérieur de la boîte crânienne. Mais des coups, il y en a eu plusieurs, et avec les suivants, oui, il y aura eu des éclaboussures — des éclaboussures plutôt qu'un jet. Si l'agresseur était alors près de la victime, il aura été aspergé. S'il était droitier, son bras droit, et peut-être même sa poitrine, auront été ensanglantés. Mais il devait s'y attendre, bien sûr. Il était peut-être en chemise et les manches retroussées. Il était peut-être en tee-shirt, ou mieux, nu. Ce ne serait pas la première fois. »

Tout ce qu'il venait d'entendre, Dalgliesh l'avait déjà pensé. « Vous ne croyez pas que l'archidiacre aurait trouvé ça un peu surprenant ? » lança-t-il.

Mais Ayling ignora l'interruption. « Il fallait qu'il soit assez rapide. Il ne pouvait pas compter que la victime resterait dos tourné plus d'une ou deux secondes. Ça laisse peu de temps pour relever ses manches et attraper un chandelier caché quelque part.

— A votre avis, il était où, le chandelier ?

— Dans le banc clos ? Un peu trop loin, peut-être. Pourquoi pas simplement derrière un pilier ? Il avait besoin de n'en cacher qu'un seul, bien sûr. Il pouvait ensuite aller chercher l'autre sur l'autel pour compléter sa petite mise en scène. Je me demande pourquoi il a fait ça. Pas vraiment un signe de respect. »

Voyant que Dalgliesh ne réagissait pas, il reprit : « Je vais prendre sa température et voir si on peut ainsi déterminer l'heure de la mort, mais ça m'étonnerait que j'arrive à une meilleure approximation que la vôtre. C'est quand je l'aurai sur la table que je pourrai vous en dire plus. »

Dalgliesh, qui ne tenait pas à assister à cette première violation de l'intimité du cadavre, se promena dans l'église jusqu'à ce que, jetant un coup d'œil à Ayling, il constate qu'il avait terminé et se relevait.

Ils retournèrent alors tous deux à la sacristie, où le légiste ôta sa blouse et remit ses cuirs. Puis Dalgliesh lui proposa : « Un café vous ferait plaisir ? Ça devrait pouvoir s'arranger.

— Non, merci. Je suis pressé, et je ne pense pas qu'on souhaite trop me voir ici. Je devrais pouvoir faire l'autopsie demain matin. Je vous téléphonerai. Mais je ne m'attends pas à de grandes surprises. Le coroner voudra que l'expertise soit faite — il est prudent. Vous aussi, j'imagine. Si jamais Huntingdon est saturé, je devrais pouvoir employer le labo de la Met. On viendra chercher le corps une fois que des photos auront été prises et que votre équipe aura fait son travail. Ici, je pense qu'on sera heureux d'en être débarrassé. »

Lorsque Mark Ayling fut prêt à partir, Dalgliesh remit l'alarme et referma la porte de la sacristie. Pour une raison qu'il aurait été bien en peine de définir, il n'avait pas envie de faire repasser son compagnon à travers la maison.

Il dit : « On va sortir par la grille donnant sur le promontoire. Ça vous évitera d'être intercepté au passage. »

Ils contournèrent donc la cour en empruntant le chemin d'herbe. Un peu plus loin, il y avait de la lumière dans les trois cottages occupés, qui ressemblaient aux avant-postes d'une garnison assiégée. Il y avait de la lumière aussi à St Matthieu, et Dalgliesh pensa que Mrs Pilbeam devait faire le ménage afin que le cottage soit propre pour l'arrivée de la police. Il repensa aussi à Margaret Munroe et à sa mort solitaire, qui devait avoir été si commode pour quelqu'un. Et la conviction lui vint, aussi puissante qu'irrationnelle, que les trois morts étaient liées : le suicide apparent, la mort prétendument naturelle et le meurtre déclaré. Entre elles, le lien pouvait être ténu et suivre une voie détournée, mais une fois qu'il l'aurait tracée, elle le conduirait au cœur du mystère.

Dans la cour de devant, il attendit qu'Ayling ait disparu sur sa moto, puis, comme il s'apprêtait à rentrer, il vit approcher les phares d'une voiture. Elle venait de quitter la route d'accès et se dirigeait maintenant vers le collège. C'était l'Alfa Romeo de Piers Tarrant. Les deux premiers membres de son équipe arrivaient.

8

Le téléphone avait réveillé Piers Tarrant à six heures quinze. Dix minutes plus tard, il était prêt à partir. Il avait reçu pour instruction de passer

prendre Kate Miskin chez elle, ce qui ne le retarde-
rait pas : l'appartement de Kate, situé juste après
Wapping, se trouvait sur la route qu'il se proposait
de prendre pour sortir de Londres. Le sergent Robbins, qui habitait à la frontière de l'Essex, se rendrait sur place avec sa propre voiture. Avec un peu
de chance, Piers espérait le dépasser. Il alla chercher
son Alfa dans le garage où il avait une place grâce
à la police municipale, mit son sac à l'arrière et prit
la même route que Dalgliesh deux jours auparavant.

Comme tous les dimanches à cette heure, les rues
étaient désertes. Kate l'attendait devant son
immeuble, où elle occupait un appartement donnant sur la Tamise. Elle ne l'avait jamais invité à
entrer, et elle non plus n'avait jamais vu l'intérieur
de son appartement de la Cité. Elle adorait le fleuve,
que la lumière autant que la marée rendait toujours
changeant, tout comme lui adorait la Cité, où il
vivait dans un trois-pièces au-dessus d'un traiteur
dans une ruelle proche de St Paul. Les copains de
la police n'entraient pas chez lui. Dans son appartement, où rien n'était superflu, tout était soigneusement choisi et aussi coûteux que ses moyens le lui
permettaient. Avec ses églises et ses petites rues, ses
cours et ses passages pavés, la Cité était l'endroit où
il se changeait les idées et se détendait après le travail. Comme Kate, il était fasciné par la Tamise,
mais dans la mesure où elle faisait partie de la vie
et de l'histoire de la Cité. Il allait travailler à vélo et
n'utilisait sa voiture que lorsqu'il quittait Londres,
mais quand il conduisait, il fallait que ce soit une
voiture dont il puisse être fier d'être propriétaire.

Après un bref bonjour, Kate s'attacha sur le siège
à côté de lui, et les premiers kilomètres se passèrent
en silence. Cependant, il sentait son excitation,
comme il savait qu'elle sentait la sienne. Il avait de
l'affection pour elle et il la respectait, mais leurs rapports professionnels n'allaient pas sans occasion-

nelles manifestations d'agacement ou de rivalité.
L'afflux d'adrénaline qui accompagnait le début
d'une enquête était toutefois une réaction qu'ils partageaient. Il lui arrivait de se demander si cette émotion quasi viscérale n'avait pas un rapport gênant
avec le goût du sang ; en tout cas, elle devait être
parente de celle que connaissait le chasseur.

Lorsqu'ils eurent laissé les Docklands derrière
eux, Kate dit : « Mets-moi au parfum, maintenant.
Tu as fait de la théologie à Oxford, tu dois avoir
entendu parler de ce collège. »

Qu'il ait jadis étudié la théologie à Oxford était
une des rares choses qu'elle savait de lui, et qui,
d'ailleurs, n'avait jamais cessé de l'intriguer. Parfois,
il se disait qu'elle le croyait doté d'une perspicacité
particulière ou d'un savoir ésotérique qui lui donnaient un certain avantage lorsqu'il s'agissait de
comprendre les mobiles d'un acte et les vicissitudes
du cœur humain. Elle lui avait déjà demandé : « La
théologie, ça sert à quoi ? Dis-moi. Tu y as consacré trois ans, tu devais penser que ça t'apporterait
quelque chose, quelque chose d'utile ou d'important. » Il n'était pas sûr qu'elle l'ait cru lorsqu'il lui
avait expliqué que ce n'était pas par goût, mais
parce qu'elle lui offrait plus de chances d'obtenir
une place à Oxford, qu'il avait choisi la théologie
plutôt que l'histoire. Et il ne lui avait pas dit ce que
cette matière lui avait apporté de plus important :
un aperçu de l'extraordinaire complexité des bas-
tions intellectuels que l'homme est capable d'édifier
contre les assauts de l'incrédulité. Son incrédulité à
lui était restée intacte, mais jamais il n'avait regretté
ces trois ans.

« Je ne sais pas grand-chose à propos de
St Anselm, répondit-il enfin. J'ai un copain qui est
allé là-bas après sa licence, mais nous avons perdu
contact. D'après les photos que j'ai vues, c'est une
baraque victorienne située dans un des coins les

plus désolés de la côte. Le collège a donné naissance
à toutes sortes de mythes — des mythes qui, comme
toujours, doivent être en partie fondés. La tendance
est Haute Eglise, avec des ajouts catholiques assez
curieux. L'accent est mis sur la théologie, et on
s'oppose là-bas à tout ce qui se passe dans l'anglicanisme depuis cinquante ans. Pour être admis, il
faut avoir obtenu une licence avec mention très
bien. Mais il paraît que la nourriture est excellente.

— Ça m'étonnerait qu'on ait l'occasion d'y goûter.
Bon, si j'ai bien compris, c'est un collège élitiste ?

— Si on veut, oui, mais Manchester United aussi
à sa façon.

— Tu n'as jamais envisagé d'y aller ?

— Non, parce que je n'ai jamais eu l'intention
d'entrer dans les ordres. Et de toute façon, on ne
m'aurait pas pris. Mes résultats n'étaient pas assez
bons. Le directeur est un personnage. C'est un spécialiste de Richard Hooker, un théologien du XVIe,
et je peux te dire que pour écrire un livre qui fait
autorité sur lui, il ne faut pas être intellectuellement
déficient. Je ne serais pas surpris que nous ayons
des difficultés avec le père Sebastian Morell.

— Vraiment ? Et la victime, AD t'en a parlé ?

— Il m'a dit qu'il s'agissait de l'archidiacre
Crampton, et qu'on l'avait trouvé mort dans l'église,
c'est tout.

— C'est quoi, un archidiacre ?

— Pour l'Eglise, c'est une espèce de rottweiler : il
veille sur ses biens. A part ça, il est chargé de la cérémonie d'installation des prêtres et règne sur un certain nombre de paroisses qu'il visite une fois l'an.
Ça peut être une femme, d'ailleurs. Pour nous, ce
serait l'équivalent de l'inspecteur du ministère de
l'Intérieur.

— Autrement dit, c'est une de ces affaires où tous
les suspects sont réunis sous le même toit, et où il
va falloir qu'on mette des gants pour éviter des

coups de fil personnels au préfet ou des plaintes de l'archevêque de Canterbury. Pourquoi c'est nous qui nous en occupons, d'ailleurs ?

— AD ne m'a pas parlé longtemps. Tu le connais. Mais j'ai cru comprendre qu'un inspecteur du Suffolk a passé la nuit au collège. Le commissaire de la police locale a dû penser qu'il valait mieux confier l'affaire à d'autres. »

Kate ne posa pas d'autres questions, mais Piers avait la nette impression qu'elle était mécontente que ce ne soit pas à elle qu'on ait téléphoné. Elle avait plus d'ancienneté que lui dans la maison, même si elle n'y attachait que peu d'importance. Il hésita puis renonça à lui expliquer que, si AD l'avait appelé, lui, c'était pour gagner du temps, parce que sa voiture était la plus rapide.

Ainsi qu'il l'avait espéré, ils rattrapèrent Robbins peu après Colchester. Piers savait que si Kate avait conduit elle aurait ralenti pour que tout le monde arrive ensemble. Pour sa part, il adressa un petit signe de main à Robbins et appuya sur le champignon.

Kate, la tête renversée en arrière, paraissait somnoler. Lui ayant jeté un coup d'œil, ayant une fois de plus admiré son profil, Piers songea à leur relation. Elle avait changé depuis deux ans qu'était paru le rapport Macpherson*. Il ne connaissait que peu de choses de sa vie, mais il savait qu'elle était fille illégitime et qu'elle avait été élevée par sa grand-mère dans l'un des quartiers les plus défavorisés de la ville. Nombre de ses voisins, de ses camarades de classe étaient noirs. D'apprendre qu'elle faisait partie d'une police où le racisme était institutionnalisé l'avait remplie d'indignation, et depuis, il s'en ren-

---

* Enorme rapport établi en février 1999 à la suite du meurtre de Stephen Lawrence, crime raciste perpétré par un groupe d'hommes blancs le 22 avril 1993. Ce rapport mettait au jour le racisme de certains services de police impliqués dans l'enquête.

dait compte aujourd'hui, cette indignation avait modifié toute son attitude envers son métier. Politiquement plus subtil qu'elle, et plus cynique, il avait essayé d'apporter un peu de calme dans leurs discussions passionnées.

Elle lui avait demandé : « Après la publication de ce rapport, tu aurais eu envie d'entrer dans la police si tu avais été noir ?

— Ni en tant que noir ni en tant que blanc. Mais j'y suis maintenant, et je ne vois pas pourquoi Macpherson devrait m'en chasser. »

Il savait à quoi il avait envie d'arriver, un poste important dans la division antiterroriste. L'avenir était là. En attendant, il était satisfait de la place qu'il occupait au sein d'une équipe prestigieuse, avec un patron exigeant qu'il respectait, et suffisamment de variété et d'excitation pour tenir l'ennui à distance.

Kate dit : « C'est ce qu'ils voulaient alors ? Décourager les Noirs d'entrer dans la police et en chasser les non-racistes ?

— Je t'en prie, Kate, laisse tomber. Tu deviens casse-pieds.

— Le rapport dit qu'un acte est raciste quand la victime le perçoit comme tel. Je perçois ce rapport comme raciste — raciste contre moi en tant que Blanche et en tant que fonctionnaire. Où est-ce que je dépose ma plainte ?

— Tu peux essayer de t'adresser à l'équipe des relations interethniques, mais je ne pense pas que ça t'apporte grand-chose. Tu ferais mieux d'en parler à AD. »

Peut-être l'avait-elle fait. En tout cas, elle était toujours là. Mais Piers savait qu'il travaillait maintenant avec une autre Kate. Elle était toujours consciencieuse, appliquée, prenant son travail au sérieux. Jamais elle ne laisserait tomber l'équipe. Mais quelque chose s'était perdu : la certitude que le travail dans la police répondait à une vocation et demandait davantage qu'un engagement de routine. Et lui qui, auparavant, trouvait son idéalisme romantique et naïf n'était pas loin de le regretter. Au moins, se disait-il, le rapport Macpherson avait eu l'avantage de détruire en elle une certaine vénération pour la magistrature.

A huit heures trente, ils traversaient le village de Wrentham, à peine réveillé, et qui paraissait d'autant plus tranquille que les arbres et les haies portaient les stigmates d'une tempête nocturne qui avait à peine touché Londres. Kate rassembla son attention pour consulter la carte et guetter le tournant de Ballard's Mere. Piers ralentit l'allure.

« D'après AD, dit-il, on risque de rater la bifurcation. Il faut repérer un grand frêne un peu décrépit sur la droite avec en face deux cottages en pierre. »

Avec son lourd manteau de lierre, le frêne ne pouvait pas se manquer, mais tandis qu'ils tournaient pour prendre la petite route, ils virent qu'une grosse branche en avait été arrachée et gisait maintenant sur le bas-côté, où, dans la lumière montante, elle avait l'aspect blanc et lisse de l'os. L'arbre présentait une grande blessure à l'endroit où la branche s'était détachée, et la route, à nouveau praticable, était encore jonchée des débris de la chute : guirlandes de lierre, bouts de branches et d'écorce au milieu d'un éparpillement de feuilles vert et jaune.

Il y avait de la lumière aux fenêtres des deux cottages. Piers se rangea sur le côté et klaxonna. Quelques secondes plus tard, une femme entre deux âges traversait le jardin pour venir vers eux. Corpulente, elle avait un visage avenant sous une touffe de cheveux en désordre, et portait un tablier à fleurs sur des vêtements de laine. Kate baissa la vitre.

Penché par-dessus elle, Piers dit : « Bonjour. On dirait que vous avez eu des ennuis.

— Elle est tombée hier soir à dix heures juste. C'est la tempête, vous comprenez. Elle s'est déchaînée toute la nuit. Heureusement qu'on a entendu la chute — il faut dire que ça a fait un sacré boucan. Mon mari avait peur qu'il y ait un accident, alors il est tout de suite allé mettre une lanterne au milieu de la route, et ce matin, avec Mr Daniels, notre voisin, il a sorti le tracteur pour tirer la branche sur le côté. Ce n'est pas qu'il passe grand monde à part les visites pour les pères et les étudiants du collège. Mais quand même, on n'allait pas attendre que la commune s'en occupe. »

Kate demanda : « Il était quelle heure quand ils ont dégagé la route, Mrs... ?

— Finch. Mrs Finch. Il était six heures et demie. Il faisait encore nuit, mais mon Brian voulait faire ça avant le travail.

— Et c'est nous qui en bénéficions, dit Kate. C'était bien gentil de votre part, merci. Autrement dit, personne n'a pu passer ici ni dans une direction ni dans l'autre, entre dix heures hier soir et six heures et demie ce matin ?

— Exactement. On a vu une moto, c'est tout. Sûrement quelqu'un pour le collège, la route ne mène que là. Elle n'est pas encore repassée.

— Et à part cette moto, rien ?

— Rien que j'aie vu en tout cas, et d'ordinaire je vois : la cuisine donne sur le devant. »

Ils la remercièrent encore puis continuèrent leur chemin. Regardant en arrière, Kate vit que Mrs Finch refermait la barrière et remontait vers la maison.

Piers remarqua : « Le motocycliste qui n'est pas encore repassé, c'est peut-être le légiste, bien que les légistes se déplacent plutôt en voiture. Enfin, on a des nouvelles pour AD. Si cette route est le seul accès... »

Kate regarda la carte. « Oui, c'est le seul, pour les véhicules en tout cas. Si le meurtrier ne fait pas partie du collège, il a dû arriver hier soir avant dix heures, et il n'est toujours pas reparti, ou alors à pied. Non, c'est sûrement quelqu'un de la maison.

— C'est aussi ce qu'avait l'air de penser AD. »

La question de l'accès au promontoire était si importante que Kate s'étonna qu'AD n'ait pas déjà envoyé quelqu'un interroger Mrs Finch. Mais elle se souvint alors que, avant qu'elle arrive avec Piers, il n'avait personne sous la main à envoyer où que ce soit.

La petite route était déserte. Elle était plus basse que les champs alentour et bordée de buissons, si bien que Kate eut la surprise et le plaisir de découvrir tout à coup l'étendue grise et chiffonnée de la mer du Nord. Non loin, une grande bâtisse victorienne se profilait sur le ciel.

Comme ils approchaient, elle s'exclama : « Seigneur, quelle monstruosité ! Qui a pu avoir l'idée de construire une maison pareille littéralement à quelques mètres de la mer ?

— Personne, dit Piers. Au moment où elle a été construite, elle n'était pas si près.

— Ne me dis pas que ça te plaît.

— Pas vraiment. Mais ça témoigne d'une certaine assurance. »

Un motocycliste arrivait en sens inverse. Quand il les eut croisés, Kate dit : « C'était sûrement le médecin légiste. »

Piers ralentit cependant qu'ils passaient entre les deux piliers de brique en ruine pour rejoindre l'endroit où Dalgliesh attendait.

9

Le cottage St Matthieu ne répondait pas aux besoins d'une enquête de grande envergure, mais compte tenu des circonstances, Dalgliesh jugea que l'on pourrait s'en satisfaire. Il n'y avait pas de locaux de police adéquats dans le voisinage, et installer des caravanes sur le promontoire eût constitué une dépense inutile. Mais la situation engendrait un certain nombre de problèmes matériels, entre autres celui de la nourriture ; quel que soit le degré de détresse ou d'urgence, meurtre ou pas, l'homme doit avoir de quoi manger comme il doit avoir un endroit où dormir. Il se rappelait les soucis de sa mère — qui, d'ailleurs, avaient eu l'avantage d'émousser momentanément son chagrin — quand, à la mort de son père, elle avait dû loger plusieurs personnes au presbytère, les nourrir, puis organiser une collation pour toute la paroisse. Maintenant, le sergent Robbins s'occupait de téléphoner aux hôtels signalés par le père Sebastian afin de réserver des chambres pour lui-même, Piers, Kate et les trois membres de l'équipe du labo. Dalgliesh, lui, continuerait de loger au collège.

Le cottage constituait le quartier général le plus original de sa carrière. En s'occupant de le vider et d'en ôter toute trace d'occupation physique, la sœur de Mrs Munroe lui avait enlevé aussi tout caractère, si bien que l'air même qu'on y respirait paraissait insipide. Les deux petites pièces du rez-de-chaussée étaient meublées à présent de bric et de broc sans aucun souci esthétique. Dans le salon à gauche de l'entrée, un fauteuil en bois courbé et une chaise de jardin avaient été placés de chaque côté de la petite cheminée victorienne. Une table carrée et quatre chaises occupaient le centre de la pièce. Deux autres étaient disposées contre le mur. Sur la gauche de la cheminée, une petite étagère contenait en tout et pour tout une bible reliée en cuir et un exemplaire d'*Alice à travers le miroir*. La pièce en face, avec une table plus petite contre le mur, deux chaises en acajou, un vieux fauteuil et un vieux canapé, était un peu plus accueillante. Quant aux deux pièces d'en haut, elles étaient vides. Dalgliesh décida que le salon servirait de bureau et de salle d'interrogatoire, et la pièce à côté de salle d'attente, tandis qu'une des chambres à coucher accueillerait le téléphone et l'ordinateur que la police du Suffolk devait s'occuper d'installer.

La question de la nourriture avait été réglée. L'idée de dîner avec la communauté ne plaisait pas à Dalgliesh. Sa présence, pensait-il, inhiberait jusqu'au père Sebastian pourtant très doué dans l'art de la conversation. Le directeur lui avait proposé de prendre ses repas au collège, mais sans s'attendre à ce qu'il accepte l'invitation. Dalgliesh avait donc décidé de dîner ailleurs, mais il avait été convenu que le collège fournirait à toute son équipe de la soupe et des sandwichs en guise de déjeuner. De part et d'autre, on s'était abstenu avec tact de parler de ce qu'il en coûterait, mais cette situation avait quelque chose de bizarre. Parfois, Dalgliesh se demandait si ce ne serait pas le premier meurtre où l'assassin logerait et nourrirait gratis le policier chargé de l'enquête.

Tout le monde était pressé de se mettre à l'œuvre, mais il convenait d'abord d'aller voir le corps. Dalgliesh emmena donc Kate, Piers et Robbins à l'église, où ils entrèrent avec des couvre-chaussures et longèrent le mur nord jusqu'au *Jugement dernier*. Il savait qu'aucun d'eux ne risquait de faire de mauvaises plaisanteries pour essayer de couper court aux émotions qu'un tel spectacle pouvait susciter : les tenants de l'humour de cimetière ne servaient pas longtemps sous ses ordres. Lorsqu'il eut allumé

le projecteur, ils restèrent un moment à regarder le
corps en silence. Le gibier ne se profilait pas encore
à l'horizon et l'on n'avait même pas trouvé sa trace,
mais c'était là son œuvre dans toute son horreur et
il était bon qu'ils la voient.

Se décidant enfin à parler, Kate demanda : « Les
chandeliers, où sont-ils normalement ?

— Sur l'autel.

— Et le tableau, quand est-ce qu'on l'a vu intact
pour la dernière fois ?

— Hier soir à complies. L'office est célébré à vingt
et une heures trente. »

Après avoir rebranché l'alarme et refermé l'église,
ils se rendirent dans leur QG improvisé pour y tenir
leur première réunion. Dalgliesh savait que celle-ci
ne devait pas être bâclée. Une information qu'il
omettrait de donner ou qui serait imparfaitement
comprise risquait d'entraîner des retards, des
erreurs et des malentendus. Il fit donc un compte
rendu détaillé de tout ce qu'il avait vu et fait depuis
son arrivée à St Anselm, sans oublier de parler du
journal de Margaret Munroe et de ses investigations
touchant la mort de Ronald Treeves. Les autres
écoutaient sans rien dire, prenant parfois des notes.

Assise bien droite, Kate gardait les yeux fixés sur
son calepin sauf quand, avec une troublante intensité, elle les levait sur Dalgliesh. Comme toujours
lorsqu'elle travaillait, elle portait des chaussures de
marche confortables, un pantalon étroit et une veste
bien coupée. Dessous, elle avait un pull en cachemire à col roulé remplaçant le chemisier de soie
qu'elle mettait en été. Ses cheveux châtain clair
étaient ramenés en arrière en une courte tresse. Son
visage, apparemment non maquillé et agréable plutôt que vraiment beau, exprimait ce qu'elle était
fondamentalement : honnête, fiable et consciencieuse, mais peut-être pas complètement en paix
avec elle-même.

Piers, impatient comme toujours, avait du mal à demeurer assis. Après avoir essayé différentes positions, il était maintenant à califourchon sur sa chaise dont il entourait le dossier d'un bras. Mais son visage mobile, légèrement grassouillet, rayonnait d'intérêt, et sous ses lourdes paupières, ses yeux chocolat avaient leur habituelle expression d'amusement moqueur. Apparemment moins attentif que Kate, il ne perdait rien pour autant. Tout vêtu de lin, chemise verte et pantalon beige, il affichait un aspect un peu négligé qui, en réalité, était aussi étudié que la tenue plus conventionnelle de Kate.

Robbins, aussi correct et compassé qu'un chauffeur de maître, était assis au bout de la table, parfaitement à l'aise, et se levait de temps à autre pour refaire du café et remplir leurs mugs.

Quand Dalgliesh eut fini son exposé, Kate demanda : « Comment est-ce qu'on va appeler ce meurtrier, monsieur ? »

Au début d'une enquête, l'équipe avait coutume de lui donner un nom mais s'efforçait de ne pas tomber dans la facilité.

« Caïn ne serait pas mal, dit Piers. Ce n'est pas d'une grande originalité, mais un nom biblique me paraît parfaitement convenir à la situation.

— Va pour Caïn, acquiesça Dalgliesh. Et maintenant, au boulot. Je veux les empreintes de tous ceux qui étaient là hier soir, y compris les invités et les occupants des cottages. Pour celles de l'archidiacre, on va attendre l'arrivée du labo. Mais pour les autres, prenez-les tout de suite. Puis, vous examinerez les vêtements que chacun portait hier soir, y compris les prêtres. J'ai regardé de près les pèlerines des séminaristes. Elles sont toutes à leur place et elles ont l'air propres, mais vérifiez encore. »

Piers dit : « Ça m'étonnerait que le meurtrier ait porté une pèlerine ou une soutane. S'il a été attiré par quelqu'un dans l'église, Crampton se sera

attendu à voir cette personne en tenue de nuit
— pyjama ou robe de chambre. Surtout que l'assassin a dû frapper très vite, dès que Crampton s'est
tourné vers *le Jugement dernier*. Il a peut-être juste
pris le temps de relever sa manche. Il ne se sera pas
encombré de vêtements lourds. Peut-être qu'il était
nu ou à moitié nu sous sa robe de chambre et qu'il
l'a enlevée au dernier moment. De toute manière, il
a fallu qu'il soit rudement rapide.

— Le médecin légiste aussi a pensé qu'il pouvait
être nu, dit Dalgliesh.

— Pourquoi pas ? rétorqua Piers. Après tout, il
n'avait pas besoin de se montrer à Crampton. Il lui
suffisait de laisser la porte de l'église entrouverte,
d'allumer le projecteur du *Jugement dernier* et de se
cacher derrière un pilier. Crampton aurait été surpris de ne voir personne, mais ça ne l'aurait pas
empêché de s'approcher du tableau : il était éclairé,
et Caïn lui avait dit qu'on l'avait vandalisé. »

Kate s'en mêla : « Est-ce qu'il n'aurait pas téléphoné au père Sebastian avant de se rendre à
l'église ?

— Pas avant d'avoir vu par lui-même. Il n'aurait
pas voulu se ridiculiser en donnant l'alarme pour
rien. Mais je me demande quelle excuse a trouvé
Caïn pour justifier sa présence à l'église à cette
heure-là. Il a peut-être dit que la tempête l'avait
réveillé, qu'il était allé à la fenêtre, qu'il y avait de
la lumière, qu'il avait aperçu quelqu'un, et qu'il avait
décidé d'aller voir. Mais il est probable que la question n'aura même pas été soulevée. Crampton aura
tout de suite voulu se rendre à l'église.

— Si Caïn portait une pèlerine, dit Kate, pourquoi l'aurait-il remise en place et pas les clés ? Ces
clés manquantes sont de première importance.
L'assassin ne pouvait pas prendre le risque de les
garder en sa possession. Il pouvait s'en débarrasser
sans problème, simplement en les jetant n'importe

où sur le promontoire. Mais pourquoi ne pas les avoir remises à leur place ? S'il avait eu le culot d'aller les prendre, pourquoi est-ce qu'il n'aurait pas eu celui d'aller les rapporter ?

— Parce qu'il avait du sang sur lui, sur ses mains ou sur ses vêtements, suggéra Piers.

— Mais non, rien ne pressait, il pouvait rentrer se laver chez lui. Le corps ne risquait pas d'être découvert avant l'ouverture de l'église, à sept heures et quart, pour l'office du matin. Mais il y a une chose...

— Quoi ? demanda Dalgliesh.

— Si l'assassin n'a pas remis les clés en place, c'est peut-être parce qu'il vit hors de la maison. Les pères ont le droit de s'y trouver à n'importe quelle heure du jour et de la nuit. Pour eux, il n'y avait aucun risque à remettre les clés à leur place.

— Vous oubliez une chose, Kate, signala Dalgliesh, ils n'avaient pas besoin de les prendre. Les quatre prêtres ont chacun un jeu de clés — et j'ai vérifié, ils les ont toujours en leur possession. »

Piers dit : « L'un d'entre eux aurait pu les prendre pour faire porter les soupçons sur le personnel, les séminaristes, les invités.

— C'est possible, admit Dalgliesh. Tout comme il est possible que la vandalisation du tableau n'ait rien à voir avec l'assassinat. Il y a là-dedans une espèce de malice enfantine qui ne cadre pas avec la brutalité du meurtre. Mais ce qu'il y a de plus extraordinaire, dans ce meurtre, c'est qu'il ait été perpétré de cette façon. Si on voulait tuer Crampton, il n'y avait pas besoin de l'attirer dans l'église. Les logements des invités n'ont ni serrures ni clés. Il était donc parfaitement possible de tuer Crampton dans son lit. Vu la disposition du collège, même quelqu'un de l'extérieur aurait pu le faire. Il n'y a pas plus facile à escalader qu'une grille ornementale en fer forgé.

— Mais on sait que ce n'est pas quelqu'un de l'extérieur, dit Kate. Avec cet arbre tombé, aucune voiture n'a pu passer après vingt-deux heures. Evidemment, Caïn aurait pu venir à pied, mais ce n'aurait pas été facile avec la tempête qui se déchaînait.

— Et comme il savait où trouver les clés et connaissait le code de l'alarme, tout porte à croire que c'est quelqu'un d'ici, renchérit Dalgliesh. Du reste, il a tout fait pour qu'on le sache. Si le meurtre avait été moins bizarre, moins spectaculaire, il n'aurait pas été aussi facile de l'imputer à quelqu'un de St Anselm. Il y aurait toujours eu la possibilité que quelqu'un se soit introduit de l'extérieur, un voleur qui aurait su que les portes n'étaient pas fermées à clé et qui aurait tué dans un moment de panique parce que Crampton l'aurait surpris. Mais en l'occurrence, non seulement l'assassin voulait que Crampton meure, mais il voulait que sa mort soit rattachée à St Anselm. Une fois qu'on aura découvert pourquoi, on sera près de la solution. »

Assis tranquillement dans son coin, le sergent Robbins prenait des notes. Entre autres qualités, il avait celles d'être discret et de connaître la sténo. Mais sa mémoire était si sûre et précise que prendre des notes n'était guère nécessaire. S'il était le plus subalterne, il n'en était pas moins un membre de l'équipe, et Kate attendait que Dalgliesh dise un mot pour l'intégrer. « Une théorie, sergent ? demanda-t-il alors.

— Pas vraiment, monsieur. On peut être presque certain que c'est quelqu'un de la maison, et que celui qui l'a fait veut que nous le sachions. Mais je me demandais si le chandelier avait quelque chose à voir ? Est-ce bien l'arme du crime ? D'accord, il y a du sang dessus, mais il a pu être utilisé alors que Crampton était déjà mort. Je ne vois pas comment l'autopsie pourrait démontrer de façon concluante que le premier coup a été porté avec le chandelier : elle ne pourra révéler que la présence ou non de sang et de cervelle de Crampton.

— C'est quoi, ton idée ? demanda Piers. Tu mets en doute la préméditation ?

— Oui, supposons qu'il n'y ait pas eu préméditation. Il paraît clair que Crampton a été attiré dans l'église, sans doute pour venir constater les dommages infligés au tableau. Quelqu'un l'attend, avec qui la discussion tourne mal. Caïn perd la tête et frappe. Crampton s'écroule, mort. Caïn voit alors une façon d'impliquer St Anselm : il prend deux chandeliers, se sert de l'un pour porter à Crampton un nouveau coup, puis les dispose tous les deux à côté de sa tête.

— C'est possible, dit Kate, mais il aurait alors fallu que Caïn ait avec lui quelque chose d'assez lourd pour défoncer un crâne.

— Il pouvait avoir un marteau, n'importe quel outil lourd, un instrument de jardin. Admettons qu'il ait vu de la lumière et décidé d'aller voir, il aurait été logique qu'il prenne la première arme venue. Ensuite il trouve Crampton, une dispute éclate et il frappe.

— Mais pourquoi y serait-il allé seul, armé ou non ? objecta Kate. Pourquoi ne pas avoir alerté quelqu'un de la maison ?

— Peut-être qu'il voulait mener sa petite enquête personnelle, et peut-être qu'il n'était pas seul. Peut-être qu'il avait quelqu'un avec lui. »

Peut-être une sœur, songea Kate. La théorie était intéressante.

Après un bref silence, Dalgliesh dit : « Nous avons beaucoup à faire, à nous quatre. Je suggère que nous nous y mettions. »

Il hésita, se demandant s'il devait dire ce qu'il avait en tête. Il ne fallait pas qu'il complique le meurtre indiscutable dont ils avaient à s'occuper par des questions qui étaient peut-être sans rapport. Mais par ailleurs il tenait à ce que l'on tienne compte de ses soupçons.

« Je crois qu'il nous faut voir ce meurtre dans le contexte des deux morts précédentes, dit-il enfin, celles du jeune Treeves et de Mrs Munroe. J'ai l'intuition — rien de plus pour l'instant — qu'elles sont liées. Même si le lien est ténu, je crois qu'il existe. »

L'idée fut accueillie par quelques secondes d'un silence étonné. Puis Piers dit : « Je croyais que pour vous il était plus ou moins évident que Treeves s'était suicidé. S'il a été assassiné, il est vrai que ce serait une curieuse coïncidence : on peut difficilement imaginer qu'il y ait deux meurtriers à St Anselm. Mais il me paraît clair que la mort de Treeves ne peut être qu'un suicide ou un accident. D'après ce que vous nous avez dit, son corps a été retrouvé à deux cents mètres de l'unique accès à la mer. L'amener là-bas n'aurait certainement pas été facile ; il n'y serait sûrement pas allé de son plein gré avec son assassin. Il était costaud, en bonne santé. Pour lui envoyer une demi-tonne de sable sur la tête, il aurait d'abord fallu le droguer, le saouler ou l'assommer. D'après l'autopsie, il est clair qu'il n'a subi aucun traitement de ce genre. »

Kate s'adressa directement à Piers : « Bon, admettons qu'il se soit suicidé. Il devait avoir une raison. Laquelle ? Qu'est-ce qui aurait pu le pousser jusque-là ?

— Sûrement rien qui ait quoi que ce soit à voir avec le meurtre de Crampton. Crampton n'était pas à St Anselm à ce moment-là. Et rien n'indique qu'il ait jamais rencontré Treeves. »

Kate s'obstina : « Mrs Munroe s'est souvenue de quelque chose de son passé, ce souvenir l'a remuée, elle en a parlé à la personne concernée, et tout de suite après elle est morte. Le moins qu'on puisse dire, c'est que sa mort s'est produite à point nommé. »

Piers protesta : « D'accord, elle savait quelque chose, mais ce quelque chose n'était pas forcément important. C'était peut-être un détail qui aurait déplu au père Sebastian et aux autres prêtres, mais que personne d'autre n'aurait pris au sérieux. Et maintenant elle est incinérée, son cottage a été vidé, et il n'y a plus d'espoir de retrouver des indices — à supposer qu'il y en ait eu. Et ce qu'elle s'est rappelé remonte à douze ans. Est-ce que l'on tue pour ça ?

— N'oublie pas que c'est elle qui a trouvé le corps de Treeves.

— Je ne vois pas le rapport. Ce qu'elle a écrit à ce propos est explicite. Ce dont elle s'est souvenue ne lui est pas revenu en voyant le corps de Treeves, mais en voyant les poireaux que Surtees lui amenait de son jardin.

— Les poireaux... il ne peut pas y avoir un jeu de mots ?

— C'est ça, oui, elle a dû penser à Hercule Poirot, ricana Piers avant de se tourner vers Dalgliesh. Monsieur, devons-nous comprendre que nous enquêtons sur deux morts, celle de Crampton et celle de Mrs Munroe ?

— Non. Je ne vous demande pas de compromettre une enquête à cause d'une intuition. Tout ce que je voulais dire, c'est qu'il y a peut-être un lien et qu'il serait bon d'y penser. Maintenant, au travail. D'abord les empreintes, et puis les questions rituelles aux prêtres et aux étudiants. Vous vous en chargerez avec Piers, Kate, ils m'ont assez vu. Tout comme Surtees et sa sœur. Eux aussi, il faudra aller les voir. Qu'ils se trouvent en face de quelqu'un de nouveau, ça n'en sera que mieux. Mais je ne pense pas que nous irons très loin tant que l'inspecteur Yarwood ne sera pas en état d'être interrogé. Au mieux, ça ne pourra pas se faire avant deux jours.

— S'il sait quelque chose d'important, ou s'il est suspect, est-ce qu'il ne vaudrait pas mieux que quelqu'un veille sur lui discrètement ? demanda Piers.

— Quelqu'un veille sur lui discrètement, ne vous inquiétez pas, répondit Dalgliesh. Nos confrères du Suffolk s'en chargent. Etant donné qu'il n'était pas dans sa chambre la nuit dernière, il n'est pas impossible qu'il ait vu l'assassin. Il n'est donc pas question de le laisser sans protection. »

Un bruit de moteur se fit entendre, et le sergent Robbins alla voir à la fenêtre. « Mr Clark et l'équipe du labo arrivent, monsieur », annonça-t-il.

Piers regarda sa montre. « Pas mal, mais c'est plus rapide par la route. Encore heureux qu'il n'y ait pas eu de retard de train.

— Dites-leur de mettre leur matériel ici, ordonna Dalgliesh à Robbins. Ils pourront disposer de la deuxième chambre à coucher. Et puis peut-être qu'ils voudront du café avant de commencer.

— Oui, monsieur. »

Dalgliesh avait décidé que l'équipe du labo pourrait se changer dans l'église, pourvu que ce soit à distance respectable du *Jugement dernier*. Brian Clark, le chef de l'équipe, que l'on surnommait Nobby, n'avait encore jamais travaillé avec Dalgliesh. Calme, impassible et dénué d'humour, ce n'était pas le plus inspirant des collègues, mais il passait pour sûr et consciencieux, et lorsqu'il condescendait à communiquer, ses propos étaient pleins de bon sens. S'il y avait quoi que ce soit à trouver, il le trouverait. Il se méfiait de l'enthousiasme et, devant un indice potentiellement précieux, il ne savait que dire : « Du calme, les enfants. C'est une empreinte de main, ce n'est pas le Saint Graal. » Il croyait aussi en la séparation des fonctions. La sienne consistait à découvrir, recueillir et conserver les indices, non pas à enquêter. Pour Dal-

gliesh, qui encourageait le travail en équipe et était
ouvert aux idées des autres, cette réserve était loin
d'être une qualité.

En fait, et ce n'était pas la première fois, il regrettait Charlie Ferris, avec qui il avait travaillé lors de
l'enquête sur les meurtres Berowne/Harry Mack, qui
eux aussi avaient eu lieu dans une église. Il revoyait
clairement Charlie — surnommé le Furet —, petit,
blond roux, les traits aigus, aussi souple et agile
qu'un lévrier, sautillant gentiment sur place comme
un coureur qui attend le coup de pistolet ; il revoyait
l'invraisemblable tenue de travail qu'il avait imagi-
née pour l'occasion : avec son tee-shirt et son mini-
short blancs, avec son bonnet de plastique ajusté, il
ressemblait à un nageur ayant oublié d'enlever ses
sous-vêtements. Mais à présent, il avait pris sa
retraite ; il tenait un pub dans le Somerset, et sa voix
de basse inattendue pour sa stature faisait le bonheur du chœur de l'église de sa paroisse.

Un nouveau médecin légiste, une nouvelle équipe
de labo, et il y en aurait d'autres après eux. Il avait
sans doute de la chance que Kate Miskin soit toujours là. Mais le moment n'était pas venu de penser
à elle et à son avenir. Sans doute était-ce l'âge qui
commençait à lui rendre les changements plus difficiles à accepter.

Heureusement, le photographe au moins lui était
familier. Barney Parker avait maintenant atteint
l'âge de la retraite et ne travaillait plus qu'à
mi-temps pour la police. C'était un petit homme
volubile, nerveux et enjoué qui n'avait pas du tout
changé depuis que Dalgliesh le connaissait. A côté
de ce travail, il prenait des photos de mariage
— agréable réconfort après les dures séances dans
la police —, et de même que dans les mariages il
devait s'assurer qu'il avait bien photographié tout le
monde, lorsqu'il travaillait sur un meurtre on le
voyait s'agiter et regarder autour de lui comme pour

être certain qu'aucun cadavre n'avait échappé à son attention. Cela dit, c'était un excellent professionnel, et on n'avait jamais rien à lui reprocher.

Dalgliesh conduisit tout le monde à l'église, traversa la sacristie et contourna la scène du crime. Le changement de tenue se fit près de la porte sud, et dans un silence qui sans doute n'avait rien à voir avec l'aspect sacré des lieux. Le petit groupe, qui avec ses combinaisons à capuchon blanches ressemblait à présent à une équipe de cosmonautes, regarda Nobby Clark reprendre avec Dalgliesh le chemin de la sacristie. Avec son capuchon godant autour de son visage et ses dents supérieures légèrement en avant, il ne manquait plus à Clark qu'une paire d'oreilles pour ressembler à un grand lapin chagrin, songea Dalgliesh.

« Le meurtrier est presque forcément entré par le cloître nord et la sacristie, dit-il. Ce qui signifie qu'il va falloir examiner le sol du cloître pour voir si on trouve des empreintes. Mais avec toutes ces feuilles, ça m'étonnerait. Et sur la porte, on va certainement trouver les empreintes de tout le monde, ce qui ne nous mènera nulle part. »

Revenant dans l'église, Dalgliesh poursuivit : « Des empreintes, ce serait trop beau d'en trouver sur *le Jugement dernier* et le mur à côté — il aurait fallu qu'il soit fou pour ne pas mettre de gants. Sur le chandelier de droite, il y a du sang et des cheveux, mais là encore, sûrement pas d'empreintes. Ce qu'il y a d'intéressant, c'est ça. » Ils étaient arrivés vers le deuxième banc clos. « Quelqu'un s'est caché sous le siège, on voit que la poussière a été remuée. Je ne sais pas si vous pourrez relever des empreintes sur le bois, mais ce n'est pas impossible.

— Bien, bien, fit Clark. Et le déjeuner ? Je ne vois pas de bistrots dans le coin.

— Le collège va fournir des sandwichs. Robbins

s'occupe de vous trouver des lits pour la nuit. On verra où on en est demain.

— Ça m'étonnerait qu'on puisse terminer en deux jours, avec toutes les feuilles qu'il va falloir examiner dans le cloître. »

Dalgliesh n'attendait rien de bon de ce travail fastidieux, mais il ne voulait pas décourager Clark d'apporter toute son attention aux détails. Après avoir dit quelques mots aux deux autres membres de l'équipe, il les laissa à leur travail et partit de son côté.

10

Avant que les entrevues individuelles ne commencent, on procéda au relevé des empreintes de tous les occupants de St Anselm. Cette tâche incomba à Piers et à Kate. Tous deux savaient que Dalgliesh préférait que les empreintes des femmes soient prises par une représentante de leur sexe. « Il y a longtemps que je n'ai pas fait ça, dit Piers avant de commencer. Occupe-toi des femmes, comme d'habitude. Moi, ça me paraît un raffinement superflu. On croirait que c'est une forme de viol. »

Kate faisait les préparatifs. « Oui, on peut le voir comme une sorte de viol. Innocente ou pas, j'aurais horreur de me faire tripoter les doigts par un policier.

— Il ne s'agit pas de tripotage. Bon, il faut y aller, maintenant. Par qui est-ce qu'on commence ?

— Pourquoi pas Arbuthnot ? »

Kate observa avec grand intérêt la réaction des différents suspects qui se présentèrent, plus ou moins consentants, durant l'heure suivante. Le père

Sebastian, qui arriva avec les autres prêtres, se montra coopératif mais ne put réprimer une grimace de dégoût quand Piers lui prit les doigts pour les lui passer au savon et à l'eau avant de les rouler fermement sur le tampon encreur. Il remarqua : « Je crois que je pourrais faire ça tout seul. »

Piers ne se démonta pas. « Désolé, monsieur. C'est pour s'assurer que les empreintes sont bonnes jusque sur les bords. Une question d'expérience en fait. »

Le père John ne prononça pas un mot du début à la fin, mais son visage était d'une blancheur de mort, et Kate vit qu'il tremblait. Il garda les yeux clos pendant toute la brève procédure. Franchement intéressé, le père Martin montra un étonnement presque enfantin devant les boucles et les volutes qui témoignaient de son identité unique. Le père Peregrine, qui ne semblait pas vouloir quitter des yeux le collège où il avait hâte de retourner, paraissait à peine remarquer ce qui se passait. Ce n'est que lorsqu'il vit ses doigts maculés d'encre qu'il commença à s'agiter, marmonnant qu'il espérait que cette saleté s'en irait facilement et que les étudiants auraient soin de bien se laver les mains avant de se rendre à la bibliothèque. Il mettrait une note au tableau d'affichage.

Parmi les séminaristes et membres du personnel, nul ne fit de difficultés, mais pour Stannard, il était évident que la procédure constituait une infraction flagrante à la liberté civique. « J'espère que vous êtes autorisé à faire ce que vous faites, dit-il.

— Avec votre consentement, oui, monsieur, répondit calmement Piers. Je pense que vous connaissez la loi.

— Assez pour me douter que si je ne consens pas, vous trouverez un moyen de me contraindre. Enfin, j'imagine que si vous arrêtez quelqu'un — si par hasard vous y parvenez — et que je sois innocenté, mes empreintes seront détruites. Comment puis-je être sûr que ce sera le cas ?

— Vous pouvez assister à leur destruction si vous en faites la demande.

— Je n'y manquerai pas, dit-il tandis qu'on lui plaçait ses doigts sur le tampon encreur. Soyez sûr que je n'y manquerai pas. »

Ils avaient maintenant terminé ; Emma Lavenham, la dernière dont ils avaient pris les empreintes, venait de s'en aller. Avec une désinvolture tellement appuyée qu'elle-même trouva que son ton manquait de naturel, Kate demanda : « A ton avis, qu'est-ce que AD pense d'elle ?

— Etant homme, hétérosexuel et poète, il doit penser ce que pense tout homme hétérosexuel et poète. C'est-à-dire ce que je pense. Il doit avoir envie de l'entraîner vers le lit le plus proche.

— Oh, je t'en prie, tu n'as pas besoin d'être aussi grossier. On dirait que vous n'êtes pas capables de penser à une femme sans penser plumard.

— Ce que tu es prude, ma pauvre Kate ! Je t'ai dit ce qu'il devait penser, pas ce qu'il allait faire. Il a tous ses instincts bien sous contrôle, ce serait plutôt ça son problème. Mais ici, elle fait tache, non ? Je me demande ce que le père Sebastian avait en tête en l'engageant. Fournir un exercice temporaire de résistance à la tentation ? Pourquoi ne pas avoir choisi un mec, même mignon ? Quoique les quatre étudiants qu'on a rencontrés jusqu'ici aient l'air désespérément hétéros.

— Parce que toi, tu peux dire ça au premier coup d'œil ?

— Toi aussi, tu peux. A propos de beauté, qu'est-ce que tu penses de l'adonis Raphael ?

— Son prénom lui va presque trop bien. Il n'aurait pas eu la même tête si on l'avait appelé Albert. Il est trop beau, et il le sait.

— Il te branche ?

— Pas plus que toi. A part ça, il est temps de nous mettre à nos visites. Par qui est-ce qu'on commence ? Le père Sebastian ?

— Tu veux commencer par le haut ?

— Pourquoi pas ? Ensuite, AD me veut avec lui pour son entretien avec Arbuthnot.

— Et qui va mener le jeu avec le directeur ?

— Moi. En tout cas au début.

— Tu penses qu'il y a des chances qu'il s'ouvre davantage avec une femme ? Tu as peut-être raison, mais je ne crois pas qu'il faille tabler là-dessus. Ils ont l'habitude du confessionnal, ces prêtres. Ça leur donne un avantage quand il s'agit de garder des secrets, y compris les leurs. »

11

Le père Sebastian avait dit : « Vous souhaiterez bien sûr voir Mrs Crampton avant son départ. Je vous ferai savoir quand elle sera prête. Si elle a envie de se rendre dans l'église, j'imagine qu'elle peut le faire ? »

Dalgliesh avait répondu brièvement que oui tout en se demandant pourquoi, si Mrs Crampton tenait à voir l'endroit où son mari avait été tué, ce devrait être à lui de l'accompagner. Il se posait d'ailleurs d'autres questions, mais il jugea que le moment n'était pas venu de discuter, d'autant que Mrs Crampton n'aurait peut-être aucune envie de mettre les pieds dans l'église. De toute façon, il faudrait qu'il la voie.

Le message annonçant qu'elle était prête à le rencontrer fut apporté par Stephen Morby, promu messager général par le père Sebastian. Dalgliesh avait déjà remarqué à quel point celui-ci avait horreur du téléphone.

Lorsqu'il entra dans le bureau du directeur, Mrs Crampton se leva pour aller à sa rencontre, main tendue. Elle était plus jeune qu'il ne s'y attendait. La poitrine abondante, la taille fine, elle avait un visage agréable, ouvert et naturel. Elle ne portait pas de chapeau, et ses cheveux châtain coupés court étaient si bien peignés qu'elle avait l'air de sortir de chez le coiffeur. Elle portait un tailleur de tweed bleu et rouille avec un gros camée épinglé au revers. La broche était manifestement moderne et ne s'accordait guère avec le côté campagnard du tweed. Dalgliesh se demanda si c'était un cadeau de son mari et si elle la portait comme un symbole d'allégeance ou de défi. Un manteau de voyage léger était posé sur le dossier d'une chaise. Elle était parfaitement calme, et la main que Dalgliesh serra dans la sienne était froide mais ferme.

Le père Sebastian fit les présentations, et Dalgliesh prononça les quelques mots rituels de sympathie. Des condoléances, il en avait présenté à la famille de la victime d'un meurtre plus souvent qu'il ne s'en souvenait ; elles lui semblaient toujours manquer de sincérité.

Le père Sebastian annonça : « Mrs Crampton aimerait voir l'église et vous demande de l'y accompagner. Si vous avez besoin de moi, vous me trouverez ici. »

Ils traversèrent ensemble le cloître sud et la cour pour gagner l'église. Le corps de l'archidiacre avait été enlevé, mais l'équipe du labo était toujours sur les lieux, et un de ses membres s'occupait de déblayer les feuilles du cloître nord, les examinant soigneusement une à une. Il y avait déjà un passage dégagé jusqu'à la porte de la sacristie.

Il faisait froid dans l'église, et Dalgliesh vit que

Mrs Crampton frissonnait. « Voulez-vous que j'aille chercher votre manteau ? demanda-t-il.

— Non merci, commandant. Ça ira. »

Il la conduisit jusque vers *le Jugement dernier*. Il était inutile de rien dire : les dalles étaient encore tachées du sang de son mari. Avec un peu de raideur, mais sans la moindre gêne, elle s'agenouilla, et Dalgliesh s'éloigna discrètement.

Quelques minutes plus tard, elle le rejoignit. « Pourquoi ne pas s'asseoir un moment ? suggéra-t-elle. Je pense que vous avez des questions à me poser.

— On pourrait aller dans le bureau du père Sebastian ou au QG du cottage St Matthieu, si vous préférez.

— Je préfère que ce soit ici. »

Les deux membres du labo s'étaient repliés avec tact dans la sacristie. Dalgliesh et Mrs Crampton restèrent un instant assis en silence, puis elle demanda : « Comment mon mari est-il mort, commandant ? Le père Sebastian ne m'en a rien dit.

— On ne lui en a rien dit non plus, Mrs Crampton. »

Ce qui ne signifiait pas qu'il l'ignorait, évidemment. Dalgliesh se demanda si elle en était consciente. « Pour l'instant, dit-il, il est important pour le succès de l'enquête que les détails soient gardés secrets.

— Je comprends. Je ne dirai rien. »

Doucement, Dalgliesh expliqua : « L'archidiacre est mort d'un coup à la tête. Ça a dû se passer très vite. Je ne pense pas qu'il ait souffert. Il n'a sans doute même pas eu le temps d'avoir peur.

— Merci, commandant. »

Il y eut un nouveau silence, mais qui n'avait rien de désagréable et ne demandait pas à être rompu dans les plus brefs délais. Même dans son chagrin, qu'elle supportait avec stoïcisme, Mrs Crampton était quelqu'un de reposant. Etait-ce cette qualité qui avait attiré l'archidiacre ? se demanda Dalgliesh. Regardant son visage, il vit une larme scintiller sur sa joue. L'ayant essuyée du revers de la main, elle se mit à parler d'une voix calme.

« Mon mari n'était pas le bienvenu ici, commandant. Mais je sais qu'à St Anselm personne ne peut l'avoir tué. Je refuse de croire qu'un membre d'une communauté chrétienne soit capable d'un tel acte. »

Dalgliesh dit : « Il faut que je vous pose une question, Mrs Crampton. Est-ce que votre mari avait des ennemis, quelqu'un susceptible de lui faire du mal ?

— Non. On le respectait beaucoup dans la paroisse. Je crois même qu'on peut dire qu'on l'aimait. Il était bon, compatissant et consciencieux. Et toujours sur la brèche. Je ne sais pas si quelqu'un vous a dit qu'il était veuf quand nous nous sommes mariés. Sa première femme s'est suicidée. Elle était très belle, mais déséquilibrée. Il l'aimait beaucoup. Sa mort l'a profondément affecté. Mais je crois qu'il avait surmonté cette tragédie. Il apprenait à être heureux. Nous étions heureux, lui et moi. Comme c'est triste que tous ses espoirs aient abouti là.

— Vous dites qu'il n'était pas bienvenu à St Anselm. Etait-ce pour des questions théologiques ou pour d'autres raisons ? Vous avait-il parlé de sa visite ici ?

— Il me parlait de tout, commandant, de tout ce qui ne lui avait pas été confié en tant que prêtre. Pour lui, St Anselm avait fait son temps et n'avait plus de raison d'être. Et il n'était pas le seul à le penser. Je crois que le père Sebastian lui-même se rend compte que le collège est un anachronisme et qu'il devra fermer. A part ça, ils étaient tous les deux très différents dans leur rapport à la religion, ce qui n'arrangeait rien. Et puis je pense que vous avez entendu parler du problème du père John Betterton ? »

Dalgliesh répondit prudemment : « J'ai compris qu'il y avait un problème, mais je n'en connais pas les détails.

— C'est une vieille histoire. Assez tragique. Il y a quelques années, le père Betterton a été déclaré coupable de délits sexuels à l'encontre de certains de ses jeunes choristes et condamné à la prison. Mon mari a contribué à l'accusation et participé comme témoin au procès. Nous n'étions pas encore mariés, sa femme venait de mourir, mais je sais que ça lui a causé bien du tourment. Il a fait ce qu'il considérait comme étant son devoir et cela lui a été très pénible. »

Sûrement pas autant qu'au père John, songea Dalgliesh.

Il demanda : « Est-ce que, avant de venir ici, votre mari vous a dit quelque chose comme quoi il aurait rendez-vous avec quelqu'un ou que sa visite ici serait particulièrement difficile ?

— Non, rien. Je suis sûre qu'il n'avait aucun rendez-vous de prévu à part avec les gens d'ici. Il ne se réjouissait pas du week-end, mais il ne le redoutait pas non plus.

— Et vous n'avez plus été en rapport avec lui depuis son départ ?

— Non. Il ne m'a pas téléphoné, et je ne m'attendais pas à ce qu'il le fasse. Le seul appel ne relevant pas des affaires de la paroisse que j'ai reçu venait du bureau du diocèse. Apparemment, ils avaient perdu le numéro du portable de mon mari et en avaient besoin pour leurs dossiers.

— A quelle heure avez-vous reçu ce coup de téléphone ?

— Il était tard, et ça m'a étonnée car le bureau devait être fermé. C'était samedi, juste avant neuf heures et demie.

— Vous avez parlé avec votre interlocuteur ? Est-ce que c'était un homme ou une femme ?

— Il m'a semblé que c'était un homme. Sur le moment, j'ai pensé que c'était un homme en tout cas, mais je n'en jurerais pas. Non, nous n'avons pas vraiment parlé : il m'a demandé le numéro, je le lui ai donné, il m'a dit merci et il a tout de suite raccroché. »

Bien sûr, songea Dalgliesh, il n'allait pas prononcer un mot superflu. Tout ce qu'il voulait, c'était le numéro qu'il ne pouvait pas obtenir autrement, et qu'il utiliserait plus tard depuis l'église pour faire venir Crampton. N'était-ce pas là la réponse à l'un des problèmes que soulevait l'affaire ? Il ne serait pas difficile de retrouver trace de cet appel de vingt et une heures trente, et des ennuis risquaient d'en résulter pour quelqu'un à St Anselm. Pourtant, un mystère demeurait. Caïn, l'assassin, n'était pas un idiot. Son crime avait été soigneusement préparé. Ne s'attendait-il pas à ce que Dalgliesh s'entretienne avec Mrs Crampton ? N'était-il pas possible, et même plus que possible, que son appel soit découvert ? Mais en y réfléchissant bien, n'était-il pas possible que ce soit là précisément ce que voulait Caïn ?

12

Après la prise d'empreintes, Emma passa chez elle chercher divers papiers, puis elle se mit en route pour la bibliothèque. Comme elle traversait le cloître sud, des pas pressés se firent entendre derrière elle, et Raphael la rattrapa.

« J'ai quelque chose à vous demander, dit-il. Je peux vous parler maintenant ? »

Elle faillit lui répondre : « Si ce n'est pas trop long », mais un coup d'œil à son visage l'arrêta. Elle ignorait ce qu'il voulait, mais il semblait avoir besoin de réconfort. Elle répondit donc : « Oui, vous pouvez. Mais je croyais que vous aviez des travaux pratiques avec le père Peregrine ?

— Ils sont reportés. La police m'a fait appeler. On va me cuisiner. C'est pourquoi j'ai besoin de vous. J'imagine que vous ne seriez pas d'accord pour dire à Dalgliesh que nous étions ensemble la nuit dernière ? Après onze heures, c'est le moment crucial. Jusque-là, j'ai un alibi.

— Ensemble où ?

— Chez vous ou chez moi. Je crois que je suis en train de vous demander de dire que nous avons passé la nuit ensemble. »

Elle s'arrêta net et le regarda. « Il n'en est pas question ! Raphael, quelle chose invraisemblable à demander ! Vous me surprenez.

— La chose en elle-même ne serait pas totalement invraisemblable... si ? »

Elle s'était remise à marcher, mais il ne la lâchait pas d'une semelle. « Ecoutez, dit-elle, je ne vous aime pas et je ne suis pas amoureuse de vous.

— J'aime bien la nuance ! Mais ce serait possible, non ? Vous n'êtes pas complètement allergique à l'idée ? »

Emma se tourna vers lui. « Raphael, si j'avais couché avec vous la nuit dernière, j'aurais honte de l'avouer. Mais je n'ai pas couché avec vous, je n'en ai pas l'intention et je ne mentirai pas là-dessus. Ce serait non seulement contraire à ma morale, mais stupide et dangereux. Est-ce que vous croyez que Dalgliesh s'y laisserait prendre ? Même si j'étais une bonne menteuse, et je ne le suis pas, il aurait tôt fait de se rendre compte que c'est faux. C'est son boulot de savoir. Vous voulez quoi ? Qu'il pense que vous avez tué l'archidiacre ?

— Il doit déjà le penser. Et mon alibi ne vaut pas grand-chose. Je suis allé tenir compagnie à Peter pour qu'il ne soit pas seul pendant la tempête. Mais il s'est endormi avant minuit, et j'aurais pu sortir sans qu'il s'en aperçoive. C'est sûrement ce que Dalgliesh croira. »

Emma dit : « A supposer qu'il vous soupçonne, ce qui m'étonnerait, fabriquer un faux alibi ne ferait qu'aggraver les choses. Ça vous ressemble si peu, Raphael. C'est stupide, pitoyable et insultant pour vous comme pour moi. Qu'est-ce qui vous prend ?

— J'avais peut-être envie de savoir ce que vous pensiez de l'idée en principe.

— Ce n'est pas en principe, c'est en pratique qu'on couche avec quelqu'un.

— Et le père Sebastian n'aimerait pas ça, bien sûr. »

Il avait parlé avec une ironie désinvolte, mais la note d'amertume qui perçait dans sa voix n'échappa pas à Emma.

« Evidemment qu'il n'aimerait pas ça, dit-elle. Vous êtes séminariste, je suis prof invitée. Même si j'avais envie de coucher avec vous, ce qui n'est pas le cas, ce serait contraire aux bonnes manières. »

Cette remarque le fit rire, mais d'un rire sans joie. « Les bonnes manières ! répéta-t-il. C'est la première fois qu'on me rembarre sous ce prétexte. La morale sexuelle, oui, ça ferait peut-être un bon sujet de cours. »

Elle demanda encore : « Mais pourquoi, Raphael ? Vous deviez vous douter de la réponse ?

— J'ai juste pensé qu'en obtenant votre affection — ou peut-être même un début d'amour — je ne serais plus dans une telle pagaïe. Tout s'arrangerait. »

Elle dit plus gentiment : « Mais ce n'est pas possible. On ne peut pas demander à l'amour d'apporter de l'ordre dans la pagaïe.

— Mais c'est ce que les gens font. »

Ils restèrent un moment sans rien dire devant la

porte sud, et comme Emma se tournait pour entrer, Raphael la retint par la main et, se penchant, l'embrassa sur la joue. « Je regrette, Emma, dit-il. Je savais que c'était une mauvaise idée... je rêvais. Excusez-moi. »

Elle le regarda s'en aller à grands pas à travers le cloître et attendit qu'il eût franchi la grille pour entrer elle-même dans le collège, déconcertée et malheureuse. Avait-elle manqué de compréhension ? Cherchait-il à se confier ? Aurait-elle dû l'encourager ? Mais si les choses allaient de travers pour lui — et tout en donnait l'impression —, comment pouvait-il espérer qu'elle pourrait y remédier ? En un sens, elle avait peut-être agi de la sorte avec Giles. Fatiguée des importunités, des demandes d'amour, des jalousies et des rivalités, elle s'était dit qu'avec sa position, sa force et son intelligence, Giles lui assurerait ce dont elle avait besoin pour continuer tranquillement ce qui comptait le plus dans sa vie, c'est-à-dire son travail. A présent, elle se rendait compte qu'elle s'était trompée. C'était une grosse erreur, les choses ne marchaient pas comme ça. Une fois de retour à Cambridge, elle s'expliquerait, elle serait honnête avec lui. Ce ne serait pas une séparation agréable — Giles n'avait pas l'habitude d'être rejeté — mais... elle y penserait plus tard. Ce futur traumatisme n'était rien en comparaison de la tragédie que vivait St Anselm et dont elle faisait irrévocablement partie.

13

Juste avant midi, le père Sebastian appela le père Martin, installé dans la bibliothèque à corriger des dissertations, et lui demanda s'il pouvait lui dire un mot. C'était sa façon habituelle de procéder : il lui téléphonait personnellement. Du jour où il était devenu directeur, il avait eu soin de ne jamais convoquer son prédécesseur par le truchement d'un étudiant ou d'un membre du personnel ; son règne ne serait pas un grossier exercice d'autorité. Pour la plupart des gens, l'idée que l'ancien directeur allait rester comme résidant et professeur à temps partiel eût été une promesse de désastre. Il avait jusque-là été considéré comme allant de soi que le directeur sortant non seulement parte avec toute la dignité requise, mais qu'il s'éloigne le plus possible du collège. D'abord envisagé comme temporaire pour pallier le départ imprévu du professeur de théologie pastorale, l'accord passé avec le père Martin s'était toutefois prolongé par consentement mutuel à la satisfaction des deux parties. Le père Sebastian n'avait pas montré d'embarras en reprenant la stalle que son prédécesseur occupait dans l'église ou sa place au haut bout de la table du réfectoire, ni en réorganisant son bureau et en introduisant les changements qu'il avait soigneusement préparés. Le père Martin, légèrement amusé, acceptait sans rancœur sa nouvelle situation et la comprenait à merveille. Jamais il n'était venu à l'esprit du père Sebastian qu'un quelconque prédécesseur puisse constituer une menace pour son autorité ou ses innovations. Pas plus qu'il ne se confiait à lui, il ne consultait le père Martin. S'il voulait des renseignements sur certains détails administratifs, il demandait à sa secrétaire. Parfaitement sûr de lui, il se serait sans peine fait à l'idée que l'archevêque de Canterbury en personne occupe dans son équipe une place subalterne.

La relation entre lui et le père Martin était faite de confiance et de respect, et même, du côté de ce dernier, d'affection. Ayant eu personnellement certaines difficultés à s'accepter dans le rôle de directeur, le père Martin était ravi d'avoir un successeur. Et s'il rêvait parfois d'entretenir avec lui une relation un peu plus chaleureuse, il savait que c'était impossible. Mais maintenant, assis au coin du feu dans son fauteuil habituel devant un père Sebastian pour une fois agité, il était désagréablement conscient qu'on attendait quelque chose de lui — réconfort, conseil, partage du sujet d'inquiétude. Immobile sur son siège, il ferma les yeux et murmura une brève prière.

Le père Sebastian arrêta de faire les cent pas et dit : « Mrs Crampton est partie il y a dix minutes. L'entretien a été pénible. Pénible pour nous deux, ajouta-t-il.

— Vu les circonstances, il ne pouvait guère en aller autrement », commenta le père Martin.

Il croyait percevoir dans le ton du directeur une petite note maussade de ressentiment à l'égard de l'archidiacre pour avoir aggravé ses méfaits en se faisant assassiner sous leur toit. Et cette pensée en amena une autre : qu'aurait pu dire Lady Macbeth à la veuve de Duncan si celle-ci était venue voir au château d'Inverness le corps de son époux ? « Déplorable affaire, Madame, que nous regrettons profondément, mon mari et moi. Jusque-là, la visite s'était parfaitement déroulée. Nous avons fait tout ce qui était en notre pouvoir pour être agréable à Sa Majesté. » Le père Martin s'étonna qu'une idée aussi diaboliquement inopportune eût germé dans sa tête. Je perds la boule, songea-t-il.

Mais le père Sebastian poursuivait : « Elle a voulu se rendre dans la chapelle pour voir où son mari était mort. Je ne trouvais pas ça raisonnable, mais le commandant Dalgliesh a cédé. Elle a tenu à ce que ce soit lui et non moi qui l'y accompagne. Malgré ce que j'en pensais, j'ai trouvé plus commode de ne pas insister. Ce qui signifie qu'elle a vu *le Jugement dernier*, bien sûr. Si Dalgliesh pense qu'elle va s'abstenir de parler du vandalisme dont il a fait l'objet, pourquoi n'a-t-il pas la même confiance en mon personnel ? »

Le père Martin s'abstint de dire qu'elle n'était pas suspecte alors que le personnel, lui, l'était.

Comme s'il prenait soudain conscience de son agitation, le père Sebastian alla s'asseoir en face de son confrère. « Je ne voulais pas la laisser rentrer seule au volant de sa voiture, et j'ai suggéré que Stephen Morby l'accompagne. Ça n'aurait pas été pratique, évidemment. Il aurait fallu qu'il prenne le train pour rentrer et un taxi de Lowestoft. Mais elle a décliné mon offre. Je lui avais également proposé de déjeuner ici. Elle aurait pu manger tranquillement dans cette pièce, ou dans mon appartement. Le réfectoire était bien sûr hors de question. »

Le père Martin acquiesça en silence. Il eût certes été fâcheux pour Mrs Crampton d'avoir à déjeuner au milieu des suspects, acceptant peut-être le plat de pommes de terre des mains de l'assassin.

« Je crains de ne pas avoir été à la hauteur, reprit le directeur. On débite les formules d'usage et on se rend compte qu'elles n'ont plus de sens, plus rien à voir avec la foi.

— Quoi que vous ayez dit, je suis sûr que personne ne lui aurait mieux parlé que vous », répliqua le père Martin.

Mrs Crampton n'avait sans doute que faire des incitations à se montrer courageuse et à mettre son espoir en Dieu, songea-t-il.

Cependant, le père Sebastian, qui ne cessait de remuer sur son siège, s'obligea à rester immobile.

« Je n'ai rien dit à Mrs Crampton de mon altercation avec son mari hier dans la chapelle. Ça n'aurait servi à rien, sinon à ajouter à son chagrin. Je regrette beaucoup cet épisode. Il m'est pénible de savoir que l'archidiacre est mort avec tant de colère dans son cœur. Lui et moi, nous étions bien loin d'un quelconque état de grâce.

— Mon père, dit doucement le père Martin, nous ne pouvons pas savoir dans quel état spirituel se trouvait l'archidiacre au moment de sa mort. »

Son compagnon ne parut pas l'entendre. « J'ai trouvé un peu léger de la part de Dalgliesh d'envoyer ses subalternes interroger les prêtres, déclara-t-il. Il aurait pu le faire lui-même. Naturellement, j'ai coopéré, comme tout le monde, j'imagine. Mais j'aimerais que la police soit plus ouverte à la possibilité d'un meurtrier venu de l'extérieur — encore que je répugne à croire que l'inspecteur Yarwood y soit pour quelque chose. Enfin, le plus vite il parlera, le mieux ce sera. Et je suis bien sûr très impatient que l'église puisse rouvrir. Sans elle, j'ai l'impression que le cœur du collège ne bat plus.

— Je ne pense pas qu'on nous laisse y retourner avant que *le Jugement dernier* ait été nettoyé. Et peut-être que ce ne sera pas possible. Je veux dire : pour l'enquête, on en a peut-être besoin en l'état.

— C'est ridicule, voyons. Il suffit de prendre des photos. Mais c'est vrai que le nettoyage pose problème. C'est un travail pour experts. Le tableau est un trésor national. Je vois mal Pilbeam le nettoyer à la térébenthine. Et puis il faudra procéder à la reconsécration de l'église avant qu'elle puisse être utilisée. J'ai été voir ce que je trouvais là-dessus à la bibliothèque : il y a étonnamment peu de chose. Le canon F15 traite des églises profanées mais ne dit rien de leur resanctification. Il y a un rite catholique, bien sûr, que l'on pourrait peut-être adapter, mais ça me paraît bien compliqué et pas très approprié. Il est question d'une procession menée par un porteur de croix suivi de l'évêque et de tout le personnel pastoral, célébrants, diacres et autres ministres en vêtements liturgiques défilant dans l'église devant les fidèles. »

Le père Martin observa : « J'ai du mal à imaginer que l'évêque puisse accepter d'y prendre part. Vous lui avez appris la nouvelle, bien sûr ?

— Bien sûr. Il sera ici mercredi soir. Il m'a fait remarquer avec raison, je crois, que s'il venait plus tôt il risquait de nous déranger et de déranger la police. Il va sans dire qu'il a parlé avec les administrateurs, et je ne me fais pas d'illusions sur ce qu'il m'annoncera quand il sera ici. A coup sûr, St Anselm va fermer à la fin du trimestre. Des dispositions devraient pouvoir être prises pour que nos étudiants soient accueillis ailleurs. Cuddesdon et St Stephen pourront certainement nous aider, non sans difficultés, cela dit. Je me suis mis en rapport avec leurs directeurs. »

Le père Martin, scandalisé, protesta d'une voix chevrotante : « Mais ce n'est pas possible. Ça nous laisse moins de deux mois. Que va devenir le personnel, les Pilbeam, Surtees ? Faudra-t-il qu'ils quittent leurs cottages ?

— Bien sûr que non. » La voix du père Sebastian trahissait une légère impatience. « C'est le collège théologique qui fermera à la fin du trimestre. Le personnel à demeure restera jusqu'à ce qu'une décision soit prise touchant l'avenir des bâtiments. Le personnel à mi-temps aussi. J'ai eu Paul Perronet au téléphone ; il va venir jeudi avec les autres administrateurs. Il est catégorique : pour l'instant, aucun objet de valeur ne doit sortir du collège ni de la chapelle. Le testament de Miss Arbuthnot est parfaitement clair quant à ses intentions, mais juridiquement parlant la situation sera sans doute compliquée. »

Le père Martin avait été mis au courant des dispositions testamentaires lorsqu'il avait été nommé directeur. Il savait donc que lui et les trois autres prêtres allaient se retrouver riches. Jusqu'à quel point ? se demanda-t-il. Cette pensée l'horrifia. Il vit que ses mains tremblaient. Regardant les taches brunes qui en marquaient la peau, il se dit qu'elles avaient l'air d'être des signes de maladie plutôt que de vieillesse, et il eut l'impression que les maigres forces qu'il avait en réserve étaient en train de le quitter.

Se tournant vers le père Sebastian, il comprit soudain, dans un éclair d'intuition, que, derrière l'expression stoïque de son visage pâle, son esprit, miraculeusement imperméable aux pires ravages de l'inquiétude et du chagrin, évaluait l'avenir. Les dés étaient jetés. Tout ce pour quoi le père Sebastian avait œuvré s'achevait dans l'horreur et le scandale. Il ne manquerait pas d'y survivre, mais maintenant, pour la première fois peut-être, il aurait eu besoin d'être rassuré sur ce point.

Ils restaient assis sans rien dire. Le père Martin aurait bien voulu trouver les mots appropriés, mais ils refusaient de venir. En quinze ans, pas une seule fois on ne lui avait demandé conseil, réconfort, sympathie ou aide, et maintenant qu'on en avait besoin, il était incapable de les offrir. Et cette impuissance dépassait le moment présent. Elle lui semblait marquer sa vie de prêtre entière. Qu'avait-il su donner à ses paroissiens, à ses étudiants ou à St Anselm ? La gentillesse, l'affection, la tolérance et la compréhension étaient ce que distribuaient autour d'eux tous les gens bien intentionnés. Mais au cours de son ministère, avait-il changé le cours d'une seule vie ? Les mots qu'il avait entendu prononcer par une femme au moment de quitter sa dernière paroisse lui revinrent alors en mémoire : « Le père Martin est un prêtre dont personne ne dit jamais de mal. » Il y voyait maintenant la pire condamnation.

Au bout d'un moment, il se décida à se lever, et le père Sebastian l'imita. « Voulez-vous que je jette un coup d'œil au rite catholique pour voir s'il peut être adapté à notre usage ? » demanda-t-il.

Le père Sebastian répondit : « S'il vous plaît, oui, ça pourrait nous être utile. » Sur quoi il retourna à son bureau tandis que le père Martin quittait la pièce, refermant sans bruit la porte derrière lui.

14

Le premier des séminaristes à être officiellement interrogé fut Raphael Arbuthnot. Dalgliesh décida de le voir avec Kate. Arbuthnot prit son temps pour répondre à la convocation, et il fallut bien dix minutes avant que Robbins l'amène dans la salle affectée à cet usage.

Dalgliesh fut étonné de constater que Raphael ne s'était pas remis ; il était encore sous le choc, aussi démoli que lorsqu'il l'avait vu à la bibliothèque. Peut-être même avait-il pris davantage conscience du danger qu'il courait durant le bref laps de temps qui s'était écoulé depuis. Il se mouvait avec la raideur d'un vieillard, et il refusa de s'asseoir lorsque Dalgliesh l'y invita. Il demeura planté derrière une chaise, agrippant le dossier des deux mains, les jointures aussi blanches que son visage. L'idée ridicule vint à Kate que si elle touchait la peau de Raphael ou une boucle de ses cheveux, elle toucherait de la pierre. Le contraste entre la blonde tête hellénique et le noir absolu de la soutane semblait plus théâtral et outré que jamais.

Dalgliesh dit : « Hier soir à dîner, j'ai remarqué comme tout le monde que vous détestiez l'archidiacre. Pourquoi ? »

Ce n'était pas le début auquel s'était attendu Arbuthnot. Peut-être, songea Kate, s'était-il mentalement préparé à une entrée en matière plus académique, à des questions préliminaires sur son parcours estudiantin qui mèneraient peu à peu à un interrogatoire plus serré. Le regard fixé sur Dalgliesh, il resta silencieux.

Il semblait impossible qu'une réponse puisse sortir de ces lèvres rigides, mais lorsqu'il parla, sa voix était calme. « A quoi bon vous expliquer ? Ça devrait vous suffire de savoir que je le détestais. » Il s'interrompit un instant puis reprit : « Non, c'était plus fort que ça : je le haïssais. Ma haine pour lui était devenue une obsession. Je m'en rends compte, maintenant. Peut-être que je projetais sur lui une haine que je ne pouvais pas admettre ressentir pour quelqu'un ou quelque chose d'autre, une personne, un endroit, une institution. »

Il réussit à esquisser un sourire. « Si le père Sebastian m'entendait, il dirait que je me laisse aller à mon goût déplorable pour la psychologie. »

D'une voix étonnamment douce, Kate dit : « Nous sommes au courant pour la condamnation du père John. »

A tort ou à raison, Dalgliesh eut l'impression que Raphael se détendait un peu. « Evidemment. J'aurais dû y penser. Vous savez tout ce qu'il y a à savoir sur nous. Pauvre père John ! Alors vous savez que Crampton a été un des principaux témoins de l'accusation. C'est lui, ce n'est pas le jury, qui a envoyé le père John en prison.

— Ce n'est pas le jury, c'est le juge qui envoie les gens en prison », dit Kate. Puis, comme si elle craignait que Raphael ne s'évanouisse, elle ajouta : « Vous devriez vous asseoir, Mr Arbuthnot. »

Faisant un effort évident sur lui-même, il se décida à prendre place sur la chaise et déclara une fois assis : « Les gens qu'on hait ne devraient pas se faire tuer. Ça leur donne un avantage injuste. Je ne l'ai pas tué, mais je me sens aussi coupable que si je l'avais fait.

— Le passage de Trollope que vous avez lu hier au dîner, c'est vous qui l'aviez choisi ? demanda Dalgliesh.

— Oui, c'est moi. Nous choisissons toujours nos lectures.

— Un ambitieux qui s'agenouille auprès de son père agonisant et demande pardon de souhaiter sa mort. Le personnage et l'époque ont beau être différents, il semble que l'archidiacre l'ait pris pour lui.

— C'était bien ce que je voulais. » Après un instant de réflexion, Raphael dit encore : « Je me suis toujours demandé pourquoi il s'acharnait à ce point sur le père John. Ce n'était pas qu'il était gay lui-même et ne voulait pas le savoir, ou ne voulait pas que ça se sache. Non, je sais maintenant qu'il évacuait sa propre culpabilité.

— Sa culpabilité pour quoi ? demanda Dalgliesh.

— Je crois que vous feriez mieux de le demander à l'inspecteur Yarwood. »

Dalgliesh décida de laisser tomber pour l'instant. Il avait bien d'autres questions à poser à Yarwood, et d'ici qu'il soit en état de répondre, il fallait se résigner à tâtonner. Changeant de sujet, il demanda à Raphael ce qu'il avait fait après complies.

« Je suis d'abord allé directement dans ma chambre. On est censés garder le silence après complies, mais la règle n'est pas forcément appliquée. On peut se parler entre nous, on n'est pas des trappistes, mais d'habitude on regagne nos chambres. Une fois chez moi, j'ai lu et travaillé à une dissertation jusqu'à dix heures et demie. Et comme le vent faisait un bruit d'enfer — vous étiez là, vous l'avez entendu — j'ai décidé d'aller dans la maison voir comment ça allait pour Peter. Peter Buckhurst. Il se remet d'une mononucléose, mais il est encore loin d'être guéri. Je sais qu'il déteste la tempête — l'orage, le tonnerre, la pluie, ça ne lui fait rien : c'est le bruit du vent qu'il ne supporte pas. Sa mère est morte dans la chambre voisine de la sienne quand il avait sept ans une nuit où le vent se déchaînait, et depuis, ça le rend fou.

— Comment êtes-vous entré dans la maison ?

— Comme d'habitude. Ma chambre est la numéro trois, dans le cloître nord. Je suis passé par le vestiaire, j'ai traversé le hall, puis je suis monté au deuxième. Il y a une chambre de malade, là-haut, et Peter y est depuis quelques semaines. Il m'a paru clair qu'il n'avait pas envie d'être seul, alors je lui ai dit que je passerais la nuit là — il y a un second lit dans la pièce. J'avais déjà demandé au père Sebastian la permission de quitter le collège après complies — j'ai promis d'assister à la première messe d'un ami dans une église des environs de Colchester —, mais comme je ne voulais pas quitter Peter, j'ai décidé que je partirais ce matin. La messe est à dix heures et demie : ça ne posait pas de problème.

— Pourquoi ne m'avez-vous pas dit tout ça dans la bibliothèque, Mr Arbuthnot ? J'ai demandé si quelqu'un avait quitté sa chambre après complies.

— Qu'est-ce que vous auriez fait, à ma place ? Je n'avais pas envie d'humilier Peter en disant devant tout le collège qu'il a peur du vent.

— Qu'avez-vous fait, ensemble ?

— On a parlé. Et puis je lui ai fait la lecture. Je lui ai lu une nouvelle de Saki, si ça vous intéresse.

— Avez-vous rencontré quelqu'un d'autre que Peter Buckhurst quand vous êtes entré dans le bâtiment principal vers vingt-deux heures trente ?

— Le père Martin, c'est tout. Il est passé voir

Peter vers onze heures, mais il n'est pas resté. Il se faisait du souci pour lui, comme moi.

— Il se faisait du souci parce que Mr Buckhurst a peur du vent ? demanda Kate.

— Oui. C'est le genre de choses que le père Martin parvient à savoir. Mais à part nous deux, je crois que personne n'était au courant.

— Et vous êtes retourné dans votre chambre au cours de la nuit ?

— Non. Si je voulais prendre une douche, il y en a une, là-haut. Et je n'avais pas besoin de pyjama.

— Mr Arbuthnot, dit Dalgliesh, êtes-vous certain que vous avez refermé à clé la porte de la maison quand vous êtes arrivé du cloître nord ?

— Absolument. Mr Pilbeam a l'habitude de vérifier si tout est bien fermé une fois qu'il a verrouillé la porte principale, vers vingt-trois heures. Il pourra vous le confirmer.

— Et vous n'avez pas quitté votre ami Peter avant ce matin ?

— Non. Je suis resté toute la nuit à l'infirmerie. On a dû éteindre vers minuit. J'ai dormi comme une souche. Quand je me suis réveillé, un peu avant six heures et demie, j'ai vu que Peter dormait toujours. Je regagnais ma chambre quand j'ai croisé le père Sebastian qui sortait de son bureau. Il n'a pas semblé surpris de me voir ; il ne m'a pas demandé pourquoi je n'étais pas parti. J'ai compris par la suite qu'il devait avoir autre chose en tête. Il m'a dit d'avertir tout le monde, séminaristes, personnel, invités, qu'il y aurait réunion à la bibliothèque à sept heures trente. "Et l'office du matin ?" j'ai demandé. Il m'a répondu : "L'office du matin est supprimé."

— Il ne vous a pas donné le motif de la réunion ?

— Non. C'est quand je suis arrivé moi-même à la bibliothèque que j'ai appris ce qui s'était passé.

— Et vous n'avez rien d'autre à nous apprendre,

rien qui puisse avoir trait au meurtre de l'archidiacre ? »

Arbuthnot secoua la tête, puis il y eut un long silence durant lequel il resta le regard fixé sur ses mains jointes. Enfin, comme s'il venait de prendre une décision, il leva les yeux sur Dalgliesh et dit : « Vous m'avez posé des tas de questions. C'est votre métier, je sais. Mais est-ce que je pourrais vous demander quelque chose, moi aussi ?

— Bien sûr, mais je ne vous promets pas de répondre.

— Alors voilà. Il est clair que vous, la police, vous croyez que l'archidiacre a été tué par quelqu'un qui passait la nuit au collège. Vous avez sûrement des raisons pour croire ça, mais à moi, il me paraît beaucoup plus vraisemblable que ce soit quelqu'un de l'extérieur, un voleur, par exemple, que l'archidiacre aurait surpris. Vous ne pensez pas que ce serait plus logique ? On n'est pas dans une forteresse, ici. N'importe qui peut entrer dans la cour et pénétrer dans la maison pour prendre les clés de la chapelle, dont tout le monde sait où elles se trouvent. Alors je me demandais pourquoi vous vous concentriez sur nous, les prêtres et les séminaristes, je veux dire.

— Nous n'avons pas d'idées préconçues sur la personne qui a commis le meurtre, répondit Dalgliesh. Je ne peux pas vous en dire plus.

— C'est que j'ai réfléchi, vous comprenez. Je me suis dit que si quelqu'un du collège avait tué Crampton, ça ne pouvait être que moi. Personne d'autre. Personne ne le haïssait autant que moi. Personne d'autre n'aurait pu. Alors je me demande si j'ai pu le faire sans m'en rendre compte. Peut-être que je me suis levé pendant la nuit et qu'en retournant dans la chambre je l'ai vu entrer dans l'église. Est-ce que ce ne serait pas possible que je l'aie suivi, que je me sois disputé avec lui et que je l'aie tué ? »

Dalgliesh demanda d'une voix parfaitement neutre : « Pourquoi pensez-vous ça ?

— Parce que ça, au moins, ça me paraîtrait possible. Si c'est quelqu'un de la maison qui l'a tué, qui ça pourrait être à part moi ? Et puis il y a quelque chose qui va dans ce sens. Quand je suis retourné dans ma chambre, ce matin, après avoir téléphoné à tout le monde de se rendre à la bibliothèque, j'ai compris que quelqu'un y était entré pendant la nuit. A l'intérieur, il y avait une petite branche devant la porte. A moins que quelqu'un l'ait enlevée, elle doit toujours y être. Maintenant que vous avez fermé le cloître nord, je ne peux pas aller vérifier. C'est une sorte de preuve, mais de quoi, je n'en sais rien.

— Vous êtes sûr que cette branche n'était pas dans votre chambre quand vous en êtes parti après complies pour aller retrouver Peter Buckhurst ?

— Oui, je suis sûr qu'elle n'y était pas. Je l'aurais remarquée. Forcément. Quelqu'un est venu dans ma chambre après que je l'ai quittée pour aller voir Peter. J'ai dû y retourner pendant la nuit. Qui d'autre, avec cette tempête ? »

Dalgliesh demanda : « Est-ce qu'il vous est déjà arrivé de souffrir d'amnésie temporaire ?

— Non, pas que je sache.

— Et vous me dites la vérité, quand vous m'affirmez que vous n'avez pas le souvenir d'avoir tué l'archidiacre ?

— Je vous le jure.

— Moi, tout ce que je peux vous dire, c'est que celui, ou celle, qui a commis ce meurtre sait parfaitement ce qu'il a fait la nuit dernière.

— Vous voulez dire que, si c'était moi, je me serais réveillé ce matin avec du sang sur les mains — littéralement, sur les mains ?

— Je n'ai rien dit d'autre que ce que je vous ai dit. Je crois que ça suffit maintenant. Si quelque chose vous revient, faites-le-nous savoir, s'il vous plaît. »

Le renvoi était sommaire et, Kate le voyait, inattendu. Sans quitter Dalgliesh des yeux, Arbuthnot murmura cependant : « Merci », et il s'en alla.

Ils attendirent que la porte se fût refermée derrière lui, après quoi Dalgliesh dit : « A votre avis, qui est-il, Kate ? Un acteur consommé ? ou un jeune innocent qui s'inquiète ?

— Je pense qu'il est assez bon acteur. Avec son physique on n'attend pas autre chose. Ce qui n'en fait pas un coupable, je sais. Mais son histoire était habile, non ? Il avoue plus ou moins le meurtre dans l'espoir d'apprendre ce que nous savons. De toute façon, sa nuit avec Buckhurst n'est pas un alibi ; il a pu sortir pendant que l'autre dormait, prendre les clés de la chapelle et appeler l'archidiacre. Nous savons par Miss Betterton qu'il est doué pour imiter les voix ; il a pu prendre celle de n'importe lequel des prêtres ; et si jamais quelqu'un le surprenait dans la maison, il avait tout à fait le droit de s'y trouver. Même si Peter Buckhurst s'est réveillé et a constaté son absence, il hésitera à le dire pour ne pas trahir un ami.

— Il faut l'interroger maintenant, décréta Dalgliesh. Vous vous en chargerez avec Piers. Mais si c'est Arbuthnot qui a pris la clé, pourquoi ne l'aurait-il pas remise en place ? Ce qui paraît plus ou moins certain, c'est que celui qui a tué Crampton n'est pas retourné au collège après, ou en tout cas, il a voulu que nous le pensions. Si Raphael a tué l'archidiacre — et tant que nous n'avons pas interrogé Yarwood, c'est lui notre suspect numéro un —, jeter la clé est ce qu'il pouvait faire de plus malin. Vous avez remarqué qu'il n'a pas mentionné une seule fois Yarwood comme un suspect éventuel ? Il n'est pas idiot, il doit comprendre ce que peut impliquer la disparition de Yarwood. Il n'est certainement pas assez naïf pour croire qu'un policier n'est pas capable d'un meurtre.

— Et cette branche, dans sa chambre ?

— Il dit qu'elle doit toujours y être, et c'est sûrement vrai. Reste à savoir quand et comment elle est arrivée là. Il faudra que les gars du labo aillent jeter un coup d'œil chez lui. S'il dit la vérité, cette branche peut être importante. Mais ce meurtre a été soigneusement préparé. Si Arbuthnot s'était mis en tête de tuer l'archidiacre, pourquoi compliquer les choses en allant chez Peter Buckhurst ? Il était coincé, avec cette peur de la tempête. Rien ne lui garantissait que son copain allait s'endormir.

— Mais s'il voulait se fabriquer un alibi, Peter Buckhurst était peut-être sa seule chance. Quelqu'un qui est malade et qui a peur est facile à tromper sur le temps. Si Arbuthnot avait prévu de tuer l'archidiacre à minuit, par exemple, il pouvait dire à Buckhurst qu'il était bien plus tard quand ils ont éteint la lumière.

— Mais tout cela ne lui était utile qu'à condition que le médecin légiste puisse nous dire de façon plus ou moins précise à quelle heure l'archidiacre a été tué. Arbuthnot n'a pas d'alibi, mais personne d'autre n'en a au collège.

— Surtout pas Yarwood.

— Oui. Et il détient peut-être la clé de toute l'affaire. Il faut qu'on continue, bien sûr, mais tant qu'il n'est pas en état d'être interrogé, il se peut qu'il nous manque un élément vital.

— Vous ne le croyez pas suspect, monsieur ? demanda Kate.

— Pour l'instant, il est suspect comme tous les autres, mais ce n'est pas un suspect convaincant. Je ne peux pas imaginer qu'un homme dans un état mental aussi précaire ait pu planifier et commettre un meurtre aussi compliqué. S'il avait été saisi de folie meurtrière en découvrant Crampton à St Anselm, il l'aurait tué dans son lit.

— Mais ce que vous dites là aussi, c'est valable pour les autres.

— C'est vrai. Et on en revient à la question centrale : pourquoi le meurtre a-t-il été conçu de cette façon ? »

Nobby Clark et le photographe étaient apparus à la porte. Clark avait la même expression de respect solennel que s'il entrait dans une église. Ce qui était signe qu'il avait de bonnes nouvelles. S'approchant de la table, il y posa des photos d'empreintes : de l'index à l'auriculaire d'une main droite, et une paume, de main droite également, avec quatre doigts plus le côté du pouce. A côté, il mit une fiche d'empreintes standard.

« Dr Stannard, annonça-t-il. On ne pourrait rien espérer de plus net. L'empreinte de la paume a été relevée sur le mur à la droite du *Jugement dernier* ; l'autre vient du second banc clos. On pourrait prendre une empreinte de la paume, mais avec ce qu'on a là, je crois que c'est vraiment superflu. Inutile d'envoyer au labo pour vérification. J'ai rarement vu empreintes plus nettes. Ce sont celles du Dr Stannard, il n'y a pas le moindre doute. »

15

Piers dit : « Si Stannard est Caïn, jamais on n'aura bouclé une affaire aussi vite. Et ce sera le retour dans la pollution. Dommage. Je me réjouissais de dîner au Crown et de faire une balade sur la plage avant le petit déjeuner. »

Debout devant la fenêtre donnant à l'est, Dalgliesh regardait le promontoire et la mer. « Tout reste encore possible », dit-il en se retournant.

Ils avaient tiré le bureau de devant la fenêtre pour le mettre au milieu de la pièce avec les deux chaises derrière. Stannard s'installerait sur le fauteuil bas maintenant placé en face. Il aurait le siège le plus confortable mais, psychologiquement parlant, il y serait à son désavantage.

Ils attendirent en silence. Dalgliesh n'était pas enclin à parler, et Piers travaillait avec lui depuis assez longtemps pour savoir quand se taire. Robbins devait avoir du mal à trouver Stannard. Cinq minutes encore s'écoulèrent avant qu'ils entendent s'ouvrir la porte d'entrée.

« Le Dr Stannard », annonça Robbins, qui alla se placer discrètement dans un coin, son calepin à la main.

Stannard entra d'un pas décidé, répondit sèchement au « Bonjour » de Dalgliesh, et regarda autour de lui comme s'il se demandait où prendre place.

« Asseyez-vous là, Dr Stannard », dit Piers.

Un moment, Stannard continua à inspecter la pièce, l'air vaguement dégoûté, puis il s'installa dans le fauteuil indiqué. S'appuyant d'abord contre le dossier, il renonça ensuite à prendre ses aises et s'assit sur le bord du siège, jambes serrées, les mains dans les poches de sa veste. Le regard qu'il fixait sur Dalgliesh était plus curieux que belliqueux, mais Piers y lut aussi de la rancœur et quelque chose qui ressemblait à de la peur.

Nul n'est au mieux de sa forme lorsqu'il se trouve aux mains de la police. Même le témoin le plus raisonnable, le plus décidé à collaborer, peut ressentir les questions qu'on lui pose comme une intrusion dans sa vie, et nul n'a jamais la conscience absolument nette. Des fautes mineures, passées, remontent à la surface comme de la mousse. Mais même en tenant compte de tout cela, Piers trouvait à Stannard un air singulièrement peu sympathique. Ce n'était pas à cause de son préjugé contre les moustaches tombantes, décida-t-il ; ce type lui déplaisait, c'est tout. Son visage au long nez étroit, aux yeux rapprochés, semblait s'être fixé dans une expression de mécontentement. C'était le visage de quelqu'un qui n'a pas obtenu ce qu'il croit être son dû. Qu'avait-il espéré ? se demanda Piers. La mention très bien et non juste bien ? Enseigner à Oxbridge plutôt que dans une de ces nouvelles petites universités ? Posséder plus de pouvoir, plus d'argent, plus de femmes ? Non, côté femmes, il devait avoir ce qu'il voulait ; ces Che Guevara du pauvre les faisaient facilement craquer. A Oxford, sa Rosie avait bien quitté Piers pour un branleur de ce genre. Après tout, c'était peut-être de là que lui venait son antipathie. Il ne la laisserait pas l'influencer, non, il savait se contrôler ; mais reconnaître un tel sentiment lui donnait un plaisir pervers.

Il travaillait depuis assez longtemps avec Dalgliesh pour savoir comment se jouerait la scène. Il poserait la plupart des questions, et Dalgliesh interviendrait quand bon lui semblerait. Ce n'était jamais ce qu'attendait le témoin. Piers se demanda si Dalgliesh se rendait compte à quel point sa présence attentive et silencieuse pouvait être intimidante.

Il se présenta puis se mit à poser les questions préliminaires d'usage d'une voix égale. Nom, adresse, date de naissance, profession, état civil. Lorsque vint cette dernière question, Stannard commenta : « Je ne vois pas ce que mon état civil a à faire là-dedans. Mais j'ai quelqu'un dans ma vie, oui. Une femme. »

Sans autres commentaires, Piers demanda : « Et quand est-ce que vous êtes arrivé, monsieur ?

— Vendredi soir, pour un long week-end. Je dois partir ce soir avant dîner. Je suppose que rien ne m'en empêche ?

— Vous venez régulièrement ici ?

— Assez. Depuis environ un an et demi, je viens de temps en temps en week-end.

— Pourriez-vous être plus précis ?

— J'ai dû venir une demi-douzaine de fois.

— La dernière remonte à quand ?

— Il y a un mois. J'ai oublié la date exacte. Cette fois-là, je suis resté du vendredi soir au dimanche. Comparé à ce week-end, c'était tranquille. »

Dalgliesh intervint pour la première fois. « Que venez-vous faire ici, Dr Stannard ? »

Stannard ouvrit la bouche puis hésita. Piers se demanda s'il avait été tenté de répondre : « Ça vous regarde ? » et avait jugé plus prudent d'y renoncer. Lorsque la réponse vint, elle sembla soigneusement préparée.

« Je prépare un livre sur la vie des premiers trac-tariens, leur enfance, leur jeunesse, leur mariage éventuellement et leur vie de famille. L'idée est d'étudier la première expérience du sentiment reli-gieux et de la sexualité. Comme cette institution est anglicane, sa bibliothèque est particulièrement utile, et j'y ai mes entrées. Mon grand-père était Samuel Stannard, un associé du cabinet Stannard, Fox et Perronet de Norwich. Ils ont représenté St Anselm depuis sa fondation et, avant ça, la famille Arbuthnot. En plus, quand je viens ici, ça me fait un changement agréable.

— Et où en êtes-vous dans vos recherches ? demanda Piers.

— Pas très avancé. Je n'ai pas beaucoup de temps libre. Contrairement à ce qu'on croit, les universi-taires sont surchargés.

— Mais vous avez des papiers avec vous témoi-gnant de ce que vous avez fait jusqu'ici ?

— Non, je laisse tout chez moi. »

Piers insista : « Après tous vos passages ici, vous n'avez pas encore fait le tour de la bibliothèque ?

Il y en a d'autres où vous pourriez aller. La Bodléienne, ça ne vous tente pas ?

— Il n'y a pas que la Bodléienne, répliqua aigrement Stannard.

— C'est vrai. Il y a aussi Pusey House à Oxford. Je crois qu'ils ont une remarquable collection tractarienne. Le bibliothécaire devrait pouvoir vous aider. » Il se tourna vers Dalgliesh. « Et puis il y a Londres, bien sûr. Est-ce que la bibliothèque du Dr Williams à Bloomsbury existe toujours, monsieur ? »

Si Dalgliesh avait l'intention de répondre, Stannard ne lui en laissa pas le temps. « En quoi ça vous regarde, l'endroit où je fais mes recherches ? Si vous voulez me faire comprendre qu'il y a des gens cultivés dans la police, laissez tomber, je m'en fiche. »

Piers dit : « J'essayais seulement de vous aider. Vous êtes donc venu ici une demi-douzaine de fois en un an et demi pour profiter de la bibliothèque tout en passant un week-end réparateur. Est-ce que vous avez eu l'occasion de voir l'archidiacre Crampton au cours de ces dix-huit mois ?

— Non. Je ne l'avais jamais vu avant samedi. Je ne sais pas quand il est arrivé exactement, mais c'est au thé que je l'ai vu pour la première fois. Le thé était servi dans le salon des étudiants, et la pièce était assez pleine à quatre heures quand je suis arrivé. Quelqu'un — je crois que c'était Raphael Arbuthnot — m'a présenté à ceux que je ne connaissais pas, mais je n'étais pas d'humeur à parler, alors j'ai pris une tasse de thé et deux sandwichs et je suis retourné à la bibliothèque. Le père Peregrine m'a fait l'honneur de lever la tête suffisamment longtemps pour me dire qu'il était interdit de boire et de manger dans les lieux. Je suis donc allé dans ma chambre. Le soir, j'ai vu l'archidiacre au dîner. Ensuite, j'ai encore travaillé à la bibliothèque jusqu'à complies... où je ne suis pas allé : je suis athée.

— Et quand avez-vous appris qu'il s'était passé quelque chose ?

— Juste avant sept heures, quand Raphael Arbuthnot a téléphoné pour dire qu'il y avait réunion à la bibliothèque à sept heures et demie. Je n'aime pas trop qu'on me dise ce que je dois faire comme si j'étais un écolier, mais j'ai pensé que ce serait intéressant d'apprendre ce qui se passait. »

Piers demanda : « Est-ce que vous avez déjà assisté à un office ici ?

— Non, jamais. Je viens ici pour la bibliothèque et pour le calme, pas pour les offices. Les prêtres s'en fichent, alors je ne vois pas pourquoi vous vous en inquiétez.

— C'est que tout nous intéresse, Mr Stannard, dit Piers. Est-ce qu'il nous faut comprendre que vous n'avez jamais mis les pieds dans l'église ?

— Pas du tout. Mais j'y suis allé par curiosité, c'est tout. Et j'ai vu l'intérieur, y compris *le Jugement dernier*, qui présente pour moi un certain intérêt. Tout ce que j'ai dit, c'est que je n'avais jamais assisté à un office. »

Sans lever les yeux des papiers qu'il avait devant lui, Dalgliesh demanda : « Quand êtes-vous allé dans l'église pour la dernière fois, Dr Stannard ?

— Je ne m'en souviens pas. Comment voulez-vous ? En tout cas, pas ce week-end.

— Et ce week-end, quand avez-vous vu l'archi-diacre Crampton pour la dernière fois ?

— Après complies. J'ai entendu quelqu'un rentrer vers dix heures et quart. J'étais dans le salon des étu-diants à regarder une vidéo. Il n'y avait rien d'inté-ressant à la télévision, mais ils ont une petite col-lection de films. J'ai mis *Quatre mariages et un enterrement*, que j'avais déjà vu mais qui me sem-blait valoir une seconde vision. Crampton est entré quelques secondes, et comme je n'étais pas particulièrement accueillant, il est reparti. »

Piers dit : « Alors vous devez être la dernière personne, ou une des dernières personnes, à l'avoir vu en vie.

— Ce qui est forcément suspect, j'imagine. Mais la dernière personne qui l'a vue en vie, c'est son assassin, et ce n'est pas moi. Ecoutez, combien de fois faudra-t-il que je vous le dise ? Je ne connaissais pas ce type. Je ne me suis pas disputé avec lui, et je ne me suis pas approché de l'église hier soir. J'étais au lit à onze heures et demie. Quand mon film a été fini, je suis rentré chez moi par le cloître sud. La tempête était déchaînée ; ce n'était pas un soir à aller prendre l'air sur la plage. Je suis donc allé directement à mon appartement. C'est le numéro un, dans le cloître sud.

— Est-ce qu'il y avait de la lumière dans l'église ?

— Pas que j'aie remarqué. Maintenant que j'y pense, je n'ai vu de lumière nulle part, ni chez les étudiants ni chez les invités. Il n'y avait que le faible éclairage des cloîtres.

— Vous comprendrez que nous avons besoin de nous faire une idée aussi complète que possible de ce qui s'est passé au cours des heures précédant la mort de l'archidiacre, dit Piers. Est-ce que vous avez entendu ou remarqué quelque chose qui pourrait être intéressant ? »

Stannard ricana. « J'imagine qu'il se passait des tas de choses, mais je ne sais pas lire dans l'esprit des gens. J'ai eu l'impression que l'archidiacre n'était pas vraiment bienvenu, mais personne ne l'a menacé de mort en ma présence.

— Vous lui avez parlé après qu'on vous l'a présenté ?

— Seulement au dîner, pour lui demander de me passer le beurre. Il me l'a passé. Je ne suis pas doué pour la conversation, alors je me suis concentré sur la nourriture et le vin, qui étaient supérieurs à la société. Ça n'a pas été un repas particulièrement gai. Il n'y régnait pas le joyeux esprit de corps habituel : tous-réunis-devant-Dieu... ou devant Sebastian Morell, ce qui revient au même. Mais votre patron y était, au dîner. Il peut vous en parler.

— Le commandant sait ce qu'il a vu et entendu. C'est vous qu'on interroge.

— Je vous l'ai dit, le dîner n'était pas très gai. Les étudiants ne disaient pas grand-chose, le père Sebastian présidait avec une courtoisie glacée, et certains avaient du mal à détacher les yeux d'Emma Lavenham, ce dont je ne les blâme pas. Raphael Arbuthnot a lu un passage de Trollope, un romancier que je ne connais pas, et qui m'a paru assez inoffensif. Mais pas à l'archidiacre. Si Arbuthnot a voulu le mettre mal à l'aise, il a réussi. Ce n'est pas facile de faire semblant de prendre plaisir à un repas quand vos mains tremblent et que vous avez l'air prêt à vomir dans votre assiette. Le dîner terminé, tout le monde a fichu le camp à l'église, et je n'ai revu Crampton que lorsqu'il est venu dans le salon où je regardais mon film.

— Et pendant la nuit, vous n'avez rien vu ni entendu de suspect ?

— Vous nous avez demandé ça à la réunion dans la bibliothèque. Si j'avais vu ou entendu quoi que ce soit de suspect, je vous l'aurais dit à ce moment-là. »

Cette fois, ce fut Piers qui posa la question : « Vous n'avez donc pas mis les pieds dans l'église au cours de ce week-end ?

— Combien de fois faudra-t-il vous le répéter ? La réponse est non. Non. Non. Non. »

Dalgliesh leva les yeux et regarda Stannard : « Alors comment expliquez-vous qu'on y ait trouvé vos empreintes — des empreintes toutes fraîches — sur le mur à côté du *Jugement dernier* et sur le siège du deuxième banc clos ? Où la poussière a été déplacée, en plus. Je serais très surpris qu'on n'en retrouve pas des traces sur votre veste. C'est là que vous vous êtes caché lorsque l'archidiacre est entré dans l'église ? »

Ce que Piers avait à présent sous les yeux, c'était l'image de la terreur. Comme toujours, il en fut décontenancé. Plutôt qu'un sentiment de triomphe, il éprouvait de la honte. C'est une chose que de mettre un suspect en position de faiblesse ; c'en est une autre que de le voir se transformer en un animal terrifié. Stannard parut se rétrécir, devenir comme un enfant malingre dans un fauteuil trop grand pour lui. Il sortit les mains de ses poches et mit les bras autour de lui comme pour se protéger. Le fin tweed se tendit, et Piers crut entendre la doublure se déchirer.

Dalgliesh dit d'une voix calme : « La preuve n'est plus à faire. Vous nous avez menti depuis que vous êtes arrivé dans cette pièce. Si vous n'avez pas tué l'archidiacre, le moment est venu de nous dire la vérité, toute la vérité. »

Stannard ne dit rien. Il avait maintenant les mains jointes sur les genoux et se tenait tête baissée comme un homme en prière. Apparemment, il réfléchissait, et les autres attendirent en silence. Quand enfin il leva la tête pour parler, il était évident qu'il était allé jusqu'au bout de sa peur et qu'il était maintenant prêt à se défendre. Dans sa voix, Piers perçut un mélange d'arrogance et d'obstination.

« Je n'ai pas tué Crampton et vous ne pouvez pas prouver le contraire. D'accord, j'ai menti en disant que je n'étais pas allé dans l'église. C'était normal. Je savais que si je vous disais la vérité, vous me tomberiez dessus et feriez de moi le premier suspect. Ça vous arrangerait, hein ? Ce serait plus pratique que de coller ça à quelqu'un de St Anselm. J'ai le profil qu'il faut, tandis que les prêtres, c'est sacro-saint.

Mais il faudra vous débrouiller autrement. Ce n'est pas moi.

— Alors pourquoi étiez-vous dans l'église ? demanda Piers. Je ne pense pas que vous allez nous dire que c'était pour prier ? »

Cette fois encore, Stannard ne répondit pas tout de suite. Il semblait s'armer en vue de l'inévitable explication, choisir les mots les plus appropriés, les plus convaincants. Et lorsqu'il finit par se décider, il fixait le mur, évitant soigneusement le regard de Dalgliesh. Sa voix était relativement calme, mais le besoin de se justifier la rendait un peu hargneuse.

« Bon, d'accord, je vous dois une explication. Je n'ai rien à me reprocher, et ça n'a rien à voir avec la mort de Crampton. Cela dit, j'aimerais bien avoir l'assurance que vous garderez ça pour vous. »

Dalgliesh dit : « C'est une assurance que je ne peux pas vous donner, vous le savez bien.

— Mais je vous ai dit que ça n'avait rien à voir avec Crampton. Je l'ai rencontré samedi pour la première fois. Je ne l'avais jamais vu avant. Je n'avais rien contre lui, je n'avais pas de raison de souhaiter sa mort. Je n'aime pas la violence. Je suis un pacifiste, et pas seulement par conviction politique.

— Dr Stannard, je vous prie de répondre à ma question, reprit Dalgliesh. Pourquoi vous cachiez-vous dans l'église ?

— Pourquoi ? Parce que je cherchais quelque chose. Je cherchais le papyrus d'Anselm. Je ne sais pas si vous savez ce que c'est — le document n'est pas très connu. C'est censé être un ordre signé de Ponce Pilate demandant au capitaine des gardes d'enlever le corps crucifié d'un agitateur politique. Vous voyez l'importance. Ce papyrus a été donné par son frère à Miss Arbuthnot, la fondatrice de St Anselm, et depuis, c'est le directeur du collège qui en a la garde. L'histoire veut qu'il s'agisse d'un faux, mais comme nul n'a le droit de le voir pour le soumettre à un examen scientifique, la question reste ouverte. Manifestement, c'est un document d'un grand intérêt pour tout véritable érudit.

— Comme vous ? ironisa Piers. Je n'avais pas compris que vous étiez un spécialiste des manuscrits prébyzantins. Je vous croyais sociologue.

— Ça ne m'empêche pas de m'intéresser à l'histoire de l'Eglise.

— Et comme vous saviez qu'on ne vous laisserait pas voir ce document, poursuivit Piers, vous avez décidé de le voler ? »

Stannard le regarda d'un œil mauvais et rétorqua sèchement : « Voler, c'est prendre avec l'intention de priver le propriétaire de son bien de façon permanente. En tant que policier, il me semble que vous devriez savoir ça. »

Dalgliesh intervint : « Dr Stannard, je ne sais pas si cette agressivité vous est naturelle ou si c'est une façon un peu infantile de vous décharger de votre tension, mais croyez-moi, vous auriez intérêt à vous montrer plus modéré dans une enquête comme celle qui nous occupe. Donc, vous êtes allé dans l'église. Pourquoi pensiez-vous que le papyrus s'y trouvait caché ?

— Ça me semblait évident. J'avais regardé partout dans la bibliothèque — enfin, autant qu'il est possible avec le père Peregrine qui, l'air de rien, remarque tout. Je me suis dit qu'il était temps de regarder ailleurs. L'idée m'est venue qu'il pouvait être caché derrière *le Jugement dernier*. Je suis allé dans l'église samedi après-midi. Le collège est toujours tranquille le samedi après déjeuner.

— Comment êtes-vous entré dans l'église ?

— J'avais les clés. J'étais ici juste après Pâques, alors que la plupart des étudiants étaient partis et que Miss Ramsey était en congé. J'ai pris les clés dans son bureau — une Chubb et une Yale — et j'en ai fait faire des doubles à Lowestoft. Pendant les deux heures où je les ai gardées, personne n'a rien remarqué. J'avais prévu de dire que je les avais trouvées dans le cloître sud. N'importe qui aurait pu les perdre.

— Vous avez pensé à tout. Et où sont-elles, ces clés, maintenant ?

— Après la bombe de Sebastian Morell, ce matin à la bibliothèque, j'ai décidé que ce n'était pas exactement le genre de chose que j'avais envie qu'on trouve sur moi. Alors je m'en suis débarrassé. Plus exactement, j'ai essuyé mes empreintes et j'ai enterré les clés sous une touffe d'herbe au bord de la falaise. »

Piers demanda : « Vous les retrouveriez ?

— Je pense. Peut-être pas du premier coup, mais je sais où je les ai enterrées, mettons, dans un rayon de dix mètres.

— Eh bien, vous irez les chercher, dit Dalgliesh. Le sergent Robbins vous accompagnera. »

Piers demanda encore : « Et ce papyrus de St Anselm, qu'est-ce que vous en auriez fait si vous l'aviez trouvé ?

— Je l'aurais copié. J'en aurais tiré un article et je l'aurais remis là où devrait être un document de cette importance : dans le domaine public.

— Pour le fric ou pour la gloire ? »

Stannard foudroya Piers du regard. « Si j'avais écrit un livre, comme j'en avais l'intention, il aurait certainement rapporté de l'argent.

— L'argent, la gloire, le prestige, votre photo dans les journaux... il y en a qui ont tué pour moins que ça. »

Avant que Stannard ait eu le temps de protester, Dalgliesh lança : « Quoi qu'il en soit, vous ne l'avez pas trouvé, ce papyrus ?

— Non. Je m'étais muni d'un long coupe-papier en bois pour déloger ce qui pourrait se trouver derrière le tableau. J'étais debout sur une chaise lorsque j'ai entendu quelqu'un entrer dans l'église. J'ai remis la chaise à sa place et je me suis caché. Apparemment, vous savez où.

— Dans le deuxième banc clos, dit Piers, comme un gamin. Ce n'était pas un peu humiliant ? Vous n'auriez pas pu simplement vous mettre à genoux ? Ah non, c'est vrai, que vous fassiez semblant de prier n'aurait guère été convaincant.

— Et puis je n'avais aucune envie qu'on sache que j'avais les clés de l'église, figurez-vous. » Il se tourna vers Dalgliesh. « Mais je peux prouver que je dis la vérité. Je n'ai pas regardé qui venait, mais quand ils ont remonté la nef, j'ai parfaitement entendu ce qu'ils disaient. C'était Morell et l'archidiacre. Ils se disputaient à propos de l'avenir de St Anselm. Je pourrais vous répéter l'essentiel de leur conversation. J'ai une bonne mémoire pour ça, et ils parlaient bien assez fort pour que je n'en perde pas un mot. Si vous cherchez quelqu'un qui en voulait à l'archidiacre, il n'y a pas besoin d'aller voir plus loin. Il était notamment question d'enlever le retable de l'église. »

Piers demanda avec un intérêt qui paraissait sincère : « S'ils avaient regardé sous le siège et vous avaient trouvé, qu'est-ce que vous auriez dit ? Vous qui réfléchissez à tout, vous deviez avoir une explication toute prête, non ? »

Stannard eut l'air agacé qu'il devait prendre lorsqu'un étudiant pas très prometteur lui posait une question idiote. « C'est ridicule, voyons. Il n'y avait aucune raison qu'ils regardent dans le banc clos, et encore moins sous le siège. Mais s'ils l'avaient fait, oui, j'aurais été dans une situation embarrassante.

— Vous êtes dans une situation embarrassante, Dr Stannard, dit Dalgliesh. Vous avez admis avoir fouillé l'église sans succès. Comment pourrions-nous être sûrs que vous n'y êtes pas retourné durant la nuit ?

— Non, je vous en donne ma parole. Qu'est-ce que je peux vous dire d'autre ? D'ailleurs, vous ne pouvez pas prouver le contraire », ajouta-t-il sur un ton agressif.

Piers dit : « D'après ce que vous nous avez raconté, vous aviez pris avec vous un long coupe-papier en bois pour passer derrière le tableau. Etes-vous sûr que c'est tout ce que vous avez utilisé ? Hier soir, pendant que la communauté était à complies, vous ne seriez pas allé dans les cuisines pour chercher un couteau à découper ? »

La nonchalance, l'arrogance et l'agressivité de Stannard avaient maintenant fait place à la terreur. Le sang s'était retiré de son visage, où sa bouche trop rouge ressortait comme une plaie.

Il se tourna d'un bloc vers Dalgliesh : « Bon sang, Dalgliesh, il faut me croire ! Je ne suis pas allé dans la cuisine. Je n'ai poignardé personne. Je ne pourrais pas égorger un chat. C'est ridicule ! C'est horrible de le suggérer. Je ne suis allé dans cette chapelle qu'une seule fois, je vous le jure, et tout ce que j'avais avec moi, c'était un coupe-papier en bois. Je peux vous le montrer, si vous voulez. Je vais le chercher. »

Il s'était à moitié levé de son siège et regardait désespérément tantôt l'un tantôt l'autre. Voyant qu'ils restaient silencieux, il reprit tout à coup avec une note de triomphe dans la voix : « Il y a quelque chose d'autre. Je crois que je peux prouver que je n'y suis pas retourné. J'ai appelé mon amie à New York à vingt-trois heures trente, heure d'ici. Nous avons certaines difficultés en ce moment. Nous nous téléphonons presque tous les jours. Je me sers de mon portable ; je peux vous donner son numéro. Je n'aurais pas passé une demi-heure à lui parler si j'avais prévu de tuer l'archidiacre.

— Pas si vous l'aviez prévu, en effet », dit Piers.

Cependant, regardant dans les yeux terrifiés de Stannard, Dalgliesh comprit que l'homme qu'il avait devant lui pouvait presque certainement être éliminé de la liste des suspects : il n'avait aucune idée de la façon dont l'archidiacre était mort.

Stannard dit : « On m'attend à l'université demain matin. Je pensais donc partir ce soir. Pilbeam devait me conduire à Ipswich. Vous ne pouvez pas me garder ici, je n'ai rien fait de mal. »

N'obtenant pas de réponse, il ajouta d'une voix à la fois suppliante et furieuse : « Ecoutez, j'ai mon passeport ici. Comme il faut avoir ses papiers et que je n'ai pas de permis de conduire, je l'ai toujours sur moi. J'imagine que, si je vous le donne, vous ne verrez pas d'objection à me laisser partir ?

— Vous le laisserez à l'inspecteur Tarrant, il vous fera un reçu, dit Dalgliesh. L'enquête n'est pas terminée, mais vous pouvez partir.

— J'imagine que vous allez raconter ce qui s'est passé à Sebastian Morell ?

— Non, répondit Dalgliesh. Je vous en laisse le soin. »

16

Dalgliesh avait rejoint le père Martin dans le bureau du père Sebastian, lequel se souvenait presque mot pour mot de la conversation qu'il avait eue dans l'église avec l'archidiacre. Il la répéta comme s'il avait appris une leçon par cœur, mais Dalgliesh n'en perçut pas moins une note de dégoût de soi dans sa voix. Son récit terminé, il ne chercha ni à s'expliquer ni à s'excuser. Pendant son récit, le père Martin était demeuré immobile, tête basse, comme s'il s'était trouvé dans un confessionnal.

Il y eut une pause, puis Dalgliesh dit : « Je vous remercie, mon père. Cela correspond à ce que nous a raconté le Dr Stannard.

— Je ne voudrais pas me mêler de vos affaires, mais le fait qu'il se soit caché dans l'église samedi après-midi ne signifie pas qu'il n'y soit pas retourné la nuit, remarqua le père Sebastian. Pourtant, il semble que vous l'écartiez des suspects ? »

Dalgliesh n'avait pas l'intention de révéler que Stannard ignorait comment l'archidiacre était mort, et il se demandait si son interlocuteur avait oublié ce que signifiait la clé manquante quand le père Sebastian ajouta : « Ayant fait faire un double des clés, il n'avait évidemment pas besoin de celles du bureau. Mais il a pu prendre un jeu pour égarer les soupçons.

— Ce qui signifierait que le meurtre était prémédité. Tout est possible. Et Stannard reste suspect comme tout le monde. Mais je n'ai pas vu de raison de le retenir, et j'ai pensé que vous ne le regretteriez pas.

— En effet. Nous commencions du reste à nous demander si ses recherches sur la vie domestique des premiers tractariens ne cachaient pas autre chose. Le père Peregrine surtout se méfiait. Mais le grand-père de Stannard faisait partie du cabinet juridique qui s'est occupé du collège depuis le début. Nous lui sommes très redevables, et désobliger son petit-fils nous aurait été très désagréable. Peut-être que l'archidiacre avait raison : nous sommes prisonniers de notre passé. Mais je me serais bien dispensé de faire la connaissance de Stannard. Je l'ai tout de suite trouvé à la fois prétentieux et fuyant. A part ça, il n'est pas le premier à cacher sa cupidité et sa malhonnêteté derrière le caractère sacré de la recherche historique. »

Le père Martin n'avait pas dit un mot de tout l'entretien. Mais lorsqu'il eut quitté le bureau à la suite de Dalgliesh, il s'arrêta pour demander : « Ça t'intéresserait de voir le papyrus d'Anselm ?

— Beaucoup, oui.

— Je le garde chez moi. Viens. »

Ils montèrent l'escalier en colimaçon. De la tour, la vue était spectaculaire, mais la pièce elle-même manquait de confort. L'ameublement était hétéroclite — des meubles trop vieux pour qu'on en veuille ailleurs mais trop bons pour être jetés — et le mélange qui en résultait était plus déprimant que sympathique. Dalgliesh se demanda si le père Martin s'en rendait compte.

Sur le mur faisant face au nord, il y avait une petite gravure religieuse dans un cadre de cuir brun. Il était difficile d'en discerner les détails, mais à première vue, elle n'avait guère de valeur artistique et ses couleurs étaient si pâles que l'on avait du mal à distinguer les figures centrales de la Vierge et de l'Enfant. Le père Martin la décrocha et fit coulisser la partie supérieure du cadre, dont il retira la gravure. Dessous se trouvaient deux plaques de verre, et entre elles ce qui apparaissait comme un épais carton fendillé aux bords irréguliers et couvert de caractères noirs anguleux. Le père Martin ne l'approcha pas de la fenêtre, et Dalgliesh eut du mal à déchiffrer le latin en dehors de l'en-tête. Il semblait y avoir une marque ronde au coin inférieur droit, où le papyrus était déchiré. On distinguait nettement l'entrecroisement des roseaux dont il était fait.

Le père Martin dit : « Il n'a été examiné qu'une fois, et peu après que Miss Arbuthnot l'eut reçu. Le papyrus lui-même est ancien, il ne semble pas qu'il y ait de doute à ce sujet ; il date presque certainement du premier siècle. Il n'a pas dû être difficile à Edwin, son frère, de se le procurer. Comme tu dois le savoir, il était égyptologue.

— Mais pourquoi l'a-t-il donné à sa sœur ? Quelle que soit sa provenance, je trouve ça curieux. Si c'était un faux fabriqué pour discréditer la religion, pourquoi le garder secret ? Et si le frère le croyait authentique, pourquoi, à plus forte raison, ne pas le faire connaître du public ?

— C'est une des principales raisons pour lesquelles nous l'avons toujours considéré comme un faux. S'il était authentique, pourquoi s'en séparer alors que sa découverte aurait valu à Edwin Arbuthnot le prestige et la gloire ? Mais peut-être comptait-il que sa sœur le détruirait. Il devait en avoir des photos, en sorte que si elle l'avait fait, il aurait pu accuser le collège d'avoir détruit un papyrus d'une importance exceptionnelle. Pour ce qui est de la sœur, elle a sûrement agi avec sagesse. Quant à lui, ses motifs sont moins clairs. »

Dalgliesh remarqua : « Il y a aussi la question de savoir pourquoi Pilate aurait mis un pareil ordre par écrit. Le donner oralement aurait été la procédure normale.

— Ce n'est pas certain. Personnellement, je n'y vois pas de problème.

— Mais si vous le vouliez, l'affaire pourrait être réglée, maintenant. L'encre peut être datée au carbone. Aujourd'hui, on a les moyens nécessaires pour connaître la vérité là-dessus. »

Le père Martin remit avec soin le document dans le cadre, raccrocha la gravure au mur et, prenant deux pas de recul pour s'assurer qu'elle ne penchait pas, demanda doucement : « Adam, ne crois-tu pas que la vérité puisse parfois faire du mal ?

— Ce n'est pas ça, je pense seulement qu'il faut la chercher, qu'elle soit source de désagréments ou non.

— C'est ton métier, de chercher la vérité. Mais pour ce qui est de la connaître tout entière, comment pourrais-tu ? Tu es un homme très intelligent, mais ce que tu fais n'aboutit pas à la justice. Il y a la justice des hommes et celle de Dieu.

— Je ne vous contredirai pas sur ce point, mon père, rétorqua Dalgliesh. La justice à laquelle j'essaie de contribuer est la justice des hommes. Et même cette justice-là ne dépend pas de moi. Moi, je procède à une arrestation ; le jury décide s'il y a culpabilité ou non, le juge prononce la sentence.

— Et le résultat est la justice ?

— Pas toujours. Peut-être même pas souvent. Mais vu l'imperfection du monde, que peut-on espérer de mieux en matière de justice ? »

Le père Martin dit : « Je ne nie pas l'importance de la vérité. Bien sûr que non. Je dis seulement que sa recherche peut être dangereuse, comme la vérité même peut l'être une fois découverte. Tu penses qu'il faudrait faire examiner le papyrus d'Anselm, et vérifier son authenticité par la datation au carbone. Mais la controverse ne s'arrêterait pas pour autant. Certains affirmeraient qu'il ne peut qu'être la copie d'un document plus ancien. D'autres refuseraient purement et simplement de croire les spécialistes. Et après des années de discussions, le mystère resterait entier. Regarde ce qui s'est passé avec le suaire de Turin. »

Dalgliesh avait envie de poser une question mais hésitait à le faire, la trouvant indiscrète, et sachant qu'il y serait répondu avec une honnêteté qui pourrait être douloureuse. Il finit par se décider : « Mon père, si le papyrus était examiné et qu'il soit prouvé avec une quasi-certitude qu'il est authentique, est-ce que votre foi en serait modifiée ? »

Le père Martin sourit. « Mon fils, dit-il, moi qui ai chaque heure de ma vie l'assurance de la présence vivante du Christ, penses-tu que je me soucie de ça ? »

À l'étage au-dessous, le père Sebastian avait fait

venir Emma dans son bureau. Lorsqu'elle se fut assise, il dit : « Je pense que vous souhaitez rentrer à Cambridge aussi vite que possible. J'ai parlé avec le commandant Dalgliesh : il ne voit pas d'objection à ce que vous partiez. Si j'ai bien compris, il ne peut pour l'instant retenir ici personne contre son gré — prêtres et séminaristes exceptés, bien sûr.

— Vous voulez dire que Mr Dalgliesh et vous avez décidé de ce que je devais faire ? » Une irritation frôlant la colère rendait la voix d'Emma plus dure qu'elle n'en avait conscience. « Ne croyez-vous pas que je suis assez grande pour ça ? »

Le père Sebastian courba la tête et resta ainsi un moment avant de la regarder dans les yeux. « Je suis désolé, Emma, je me suis mal fait comprendre. Nous n'avons rien décidé pour vous. Je pensais seulement que vous auriez envie de partir.

— Mais pourquoi ? Pourquoi ?

— Mon enfant, il y a un meurtrier parmi nous. C'est une réalité. Je me sentirais mieux si je vous savais loin d'ici. Je sais bien que rien ne permet de supposer qu'aucun de nous n'est en danger à St Anselm, mais je ne vois pas comment ni vous ni personne pourriez vous sentir bien ici en ce moment. »

La voix d'Emma se radoucit. « Je suis d'accord, mais je n'ai pas pour autant envie de partir. Vous disiez que, autant que possible, la vie devait continuer comme d'habitude. Pour moi, ça signifiait que j'allais rester et donner mes trois séminaires. Je ne vois pas ce que ça a à voir avec la police.

— Rien, Emma. J'ai parlé à Dalgliesh parce que je savais qu'il nous faudrait avoir cette discussion, vous et moi. Avant, je voulais m'assurer que vous étiez libre de partir. Excusez mon manque de tact. Nous sommes tous plus ou moins prisonniers de notre éducation. Instinctivement, j'ai envie de mettre les femmes et les enfants dans les canots de sauvetage. » Il sourit avant d'ajouter : « C'est une habitude dont ma femme se plaignait. »

Emma demanda : « Et Mrs Pilbeam, et Karen Surtees, elles partent ? »

Le père Sebastian hésita puis esquissa un sourire timide qui fit rire Emma. « Oh, mon père, ne me dites pas qu'elles n'ont rien à craindre parce qu'elles ont toutes les deux un homme pour les protéger !

— Non, je craindrais d'aggraver mon cas. Miss Surtees a fait savoir à la police qu'elle avait l'intention de rester avec son frère jusqu'à ce qu'il y ait une arrestation. Elle risque donc d'être là quelque temps. Et pour la protection, je crois que c'est elle qui va l'assurer. Quant aux Pilbeam, j'ai suggéré que Mrs Pilbeam aille rendre visite à l'un de ses fils mariés, mais elle m'a demandé avec aigreur qui, dans ce cas, se chargerait de la cuisine. »

Soudain mal à l'aise, Emma dit : « J'ai réagi un peu vivement, je suis désolée. Je suis égoïste. Si, pour vous et pour tout le monde, il est plus facile que je parte, je m'en irai, bien sûr. Je ne veux pas être un poids et ajouter à vos soucis. Je n'ai pensé qu'à ce dont j'avais envie.

— Dans ce cas, je vous en prie, restez. Il se peut que votre présence ajoute à mes soucis, mais elle ajoutera encore beaucoup plus à notre confort et à notre agrément. Vous avez toujours eu un effet bénéfique sur cet endroit, Emma. Il n'y a pas de raison pour que cela ne continue pas. »

A nouveau, leurs yeux se rencontrèrent, et elle ne douta pas de ce qu'elle vit dans les siens : du plaisir et du soulagement. Elle détourna son regard, consciente du fait que, dans ses yeux à elle, il pourrait voir une émotion plus difficile à accepter : la pitié. Il n'est plus jeune, songeait-elle, et ce qui se passe est terrible pour lui ; c'est peut-être la fin de tout ce pour quoi il a travaillé et de tout ce qu'il a aimé.

17

A St Anselm, le déjeuner était plus simple que le dîner ; il consistait d'ordinaire en une soupe suivie de salades variées avec de la viande froide et d'un plat chaud végétarien. Comme celui du soir, ce repas se prenait partiellement en silence, un silence particulièrement bienvenu aujourd'hui, songeait Emma, convaincue que les autres partageaient son sentiment. Quand la communauté était réunie, le silence semblait être la seule réponse possible à une tragédie qui, par son effroyable singularité, se situait au-delà des mots aussi bien que de la compréhension. Du reste, le silence était toujours une bénédiction à St Anselm, et aujourd'hui il donnait au repas un semblant de normalité. Pourtant, on ne mangea guère, et Mrs Pilbeam, blanche et défaite, vit revenir maints bols de soupe à moitié pleins.

Emma avait d'abord pensé retourner à Ambroise pour travailler, mais elle se rendit compte qu'elle serait incapable de se concentrer. L'idée lui vint alors de passer voir si George Gregory était chez lui. Il ne se trouvait pas toujours au collège lorsqu'elle-même y venait, mais quand il était là, ils prenaient plaisir à la compagnie l'un de l'autre sans pour autant qu'il y ait d'intimité entre eux. Pour l'heure, elle éprouvait le besoin de parler à quelqu'un qui était de St Anselm sans en être, quelqu'un avec qui elle n'aurait pas besoin de peser chaque mot. Ce serait un soulagement de pouvoir parler du meurtre avec un homme qui, pensait-elle, y trouverait matière à intérêt sans être trop touché personnellement.

Gregory était chez lui. La porte du cottage St Luc était ouverte, et en approchant elle reconnut une musique de Haendel, un enregistrement qu'elle possédait aussi : le haute-contre James Bowman chantant *Ombra mai fu*. Elle attendit que l'exquise voix se taise et, au moment où elle levait la main vers le heurtoir, Gregory lui cria d'entrer. Elle traversa son bureau tapissé de livres pour gagner le jardin d'hiver, qui donnait sur le promontoire. Une riche odeur de café emplissait la pièce. Comme elle n'en avait pas bu au collège, elle accepta avec plaisir la tasse que Gregory lui proposa. Il mit une table basse à côté du fauteuil d'osier dans lequel elle avait pris place, et elle ne tarda pas à se sentir étonnamment heureuse de se trouver là.

Elle était venue sans idées précises, mais il y avait quelque chose dont elle voulait parler. Elle le regarda verser le café. Son bouc donnait un côté légèrement méphistophélique à un visage que, par ailleurs, elle avait toujours trouvé beau plutôt que séduisant. De son haut front oblique, ses cheveux grisonnants partaient en arrière en ondulations parfaitement régulières. Sous de fines paupières, ses yeux considéraient le monde avec un mépris amusé. Il prenait soin de sa personne. Elle savait qu'il courait tous les jours et qu'il ne renonçait à se baigner que durant les mois les plus froids. Lorsqu'il lui tendit sa tasse, elle revit ce qu'il ne cherchait jamais à cacher : la moitié supérieure de son annulaire gauche avait été sectionnée par une hache lorsqu'il était adolescent. Il lui avait raconté les circonstances de l'accident la première fois qu'elle l'avait vu, soulignant le fait que lui-même en était responsable, qu'il s'agissait d'un accident et non d'une difformité congénitale, et elle s'était étonnée qu'il accorde une telle importance à quelque chose qui ne devait constituer qu'un léger handicap. Pour elle, cela devait refléter le prix qu'il accordait à sa personne.

« Il y a quelque chose sur quoi j'aurais voulu vous consulter, commença-t-elle, enfin plutôt quelque chose dont j'aurais voulu vous parler.

— Je suis flatté, mais pourquoi moi ? Est-ce qu'un des prêtres ne serait pas plus indiqué ?

— Je ne veux pas inquiéter le père Martin avec ça, et je sais ce que dirait le père Sebastian — enfin, je crois le savoir, mais avec lui, on n'est jamais à l'abri des surprises.

— Mais si c'est une question morale, ce sont eux les spécialistes.

— Oui, on peut dire que c'est une question morale, j'imagine — une question éthique en tout cas —, mais je ne crois pas que j'aie envie d'un spécialiste pour y répondre. Jusqu'où croyez-vous que nous devions coopérer avec la police ? Qu'est-ce qu'on doit dire et ne pas dire ?

— C'est votre question ?

— C'est ma question, oui.

— Autant être clair. J'imagine que vous voulez que le meurtrier de Crampton soit pris ? Ce n'est pas ça qui vous dérange ? Vous ne pensez pas que dans certaines circonstances le meurtre devrait être toléré ?

— Non, ce n'est pas mon sentiment. Je pense que les meurtriers devraient toujours être pris. Je ne sais pas trop ce qu'il faut en faire ensuite, mais même si on peut éprouver de la compassion ou de la sympathie pour eux, il vaut mieux qu'ils soient pris.

— Mais vous ne souhaitez pas avoir à jouer un trop grand rôle dans leur capture ?

— Oui, j'aurais peur qu'un innocent ait à en pâtir.

— Ah ça, on ne fait pas d'omelette sans casser des œufs. Il y a toujours des innocents pour pâtir des enquêtes criminelles. Mais à quel innocent en particulier pensez-vous ?

— Je préfère ne pas le dire. »

Il y eut un silence, après quoi elle reprit : « Je ne sais pas pourquoi je vous ennuie avec ça. Je crois que j'avais besoin de parler à quelqu'un qui ne soit pas tout à fait du collège.

— Et vous me parlez à moi parce que je ne suis pas important pour vous, rétorqua-t-il. Je ne vous attire pas sexuellement. Vous êtes contente d'être ici parce que rien de ce que nous pourrons nous dire ne va changer notre relation ; il n'y a rien à changer. Vous pensez que je suis intelligent, honnête, difficile à choquer, et que vous pouvez me faire confiance. Tout cela est vrai. Et incidemment vous ne pensez pas que j'aie pu tuer Crampton. C'est vrai aussi. Il m'était totalement indifférent quand il était vivant, et il ne me l'est pas moins maintenant qu'il est mort. Par une curiosité qui me paraît naturelle, je voudrais bien savoir qui l'a tué, mais ça s'arrête là. Et je voudrais bien savoir aussi de quelle façon il est mort, mais vous n'allez pas me le dire, et je ne vais pas m'exposer à un refus en vous le demandant. Mais je suis impliqué dans l'affaire. Comme tout le monde. Dalgliesh ne m'a pas encore convoqué, mais je sais bien que ce n'est pas parce que je figure en queue sur la liste des suspects.

— Alors, quand il vous convoquera, qu'est-ce que vous allez dire ?

— Je répondrai à ses questions honnêtement. Je ne mentirai pas. S'il me demande un avis, je le lui donnerai avec la plus grande prudence. Je ne formulerai pas de théorie, et je ne donnerai que les informations qu'on me demandera. Je ne vais sûrement pas essayer de faire le travail des policiers pour eux ; on les paie bien assez. Et j'aurai soin de ne pas oublier qu'il est toujours possible de compléter ce qu'on leur a dit, mais qu'on n'en peut rien retrancher. Voilà mon programme. Mais lorsque j'aurai affaire à Dalgliesh ou à un de ses sous-fifres, je serai probablement trop arrogant, ou trop curieux, pour m'y tenir. Ça vous aide ?

— Si je résume, répondit Emma, vous me conseillez de ne pas mentir mais de ne pas en dire plus que nécessaire, d'attendre qu'on me pose une question et puis d'y répondre en toute honnêteté ?

— C'est plus ou moins ça, oui. »

Elle en vint alors à quelque chose qu'elle voulait lui demander depuis leur première rencontre, s'étonnant que ce moment précis lui semble approprié. « Je ne vous sens pas en accord avec St Anselm, dit-elle. Est-ce parce que vous n'avez pas la foi, ou parce que vous pensez qu'eux ne l'ont pas ?

— Oh, pour ce qui est de la foi, ils l'ont, mais ce en quoi ils croient n'a plus de sens. Je ne parle pas de l'enseignement moral ; l'héritage judéo-chrétien a fait la civilisation occidentale, et nous devons en être reconnaissants. Mais l'Eglise qu'ils servent est agonisante. Quand je regarde *le Jugement dernier*, j'essaie de comprendre ce qu'il signifiait pour les hommes et les femmes du XVe siècle. Lorsque la vie est courte, difficile, pleine de souffrance, l'espoir en l'au-delà est essentiel ; lorsqu'il n'y a pas de loi efficace, la force de dissuasion de l'Enfer est une nécessité. L'Eglise offrait le réconfort et la lumière, des histoires, des tableaux, et l'espoir de la vie éternelle. Le vingt et unième siècle offre d'autres compensations. A commencer par le football. Le football réunit rites, couleurs, drame et sentiment d'appartenance ; le football a ses grands prêtres et ses martyrs. Et puis il y a les boutiques, les achats, l'art et la musique, les voyages, l'alcool, les drogues. Nous avons tous nos ressources pour conjurer les monstres que sont l'ennui et la conscience d'être mortels. Aujourd'hui, en plus, nous avons Internet. On pianote, et la pornographie est là. On a envie de trouver un cercle de pédophiles, d'apprendre à fabriquer une bombe pour se débarrasser de son voisin, tous les renseignements sont là — plus des mines sans fond d'informations de toute espèce, parmi lesquelles il y en a même qui sont exactes.

— Mais si rien de tout cela ne marche, ni la musique, ni la poésie, ni la peinture ?

— Alors là, ma chère, je me tournerai vers la science. Si ma fin promet d'être fâcheuse, je compterai sur la morphine et la compassion de mon médecin. Ou alors j'entrerai dans la mer et...

— Pourquoi restez-vous ici ? demanda Emma. Pourquoi êtes-vous venu travailler ici ?

— Parce que j'ai plaisir à enseigner le grec ancien à des jeunes gens intelligents. Pourquoi vous-même avez-vous choisi cette carrière ?

— Parce que j'aime enseigner la littérature anglaise à des jeunes gens et des jeunes femmes intelligents. Mais la réponse est incomplète. Je me demande parfois où je vais. Ce ne serait pas mal aussi de faire soi-même quelque chose de vraiment créatif plutôt que d'analyser la créativité des autres.

— Voilà l'impitoyable compétition de la vie universitaire ! Non, moi, j'en suis sorti. Cet endroit me convient admirablement. J'ai assez d'argent à moi pour ne pas devoir travailler à plein temps. J'ai ma vie à Londres, que les bons pères n'approuveraient pas, mais qui me permet d'autant mieux d'apprécier le calme. Car j'ai besoin de calme aussi, de calme pour écrire et de calme pour penser. C'est ce que je trouve ici. Personne ne vient m'embêter. Je tire prétexte du fait que je n'ai qu'une chambre à coucher pour tenir les gens à l'écart. Je peux prendre mes repas au collège quand j'en ai envie, et je sais alors que je peux compter sur une nourriture excellente, des vins toujours buvables et parfois exceptionnels, et une conversation souvent enrichissante, rarement ennuyeuse. J'adore me promener seul, et la désolation de cette côte me plaît. Je suis logé et nourri gratuitement. Et notre assassin va mettre fin

à tout ça. Je commence à lui en vouloir sérieusement.

— Ce qui est terrible, c'est de savoir que ça pourrait être quelqu'un d'ici, quelqu'un que nous
connaissons.

— Quelqu'un de la maison, comme dirait nos
chers policiers. Eh oui, Emma, il faut se faire une
raison et voir la vérité en face. On imagine mal un
voleur faire une longue route par une nuit de tempête dans l'espoir de trouver un tronc à vider dans
une église perdue, qui aurait d'ailleurs toutes les
chances d'être fermée. Ce qui fait que le nombre des
suspects est assez limité. Et je suis certain que vous
n'en êtes pas, ma chère. Dans les polars — un genre
dont les prêtres ici raffolent, soit dit en passant —,
il est évidemment très louche d'arriver le premier
sur les lieux, mais je crois que vous pouvez compter être au-dessus de tout soupçon. Ce qui fait qu'il
reste les quatre étudiants qui étaient là la nuit dernière, plus sept personnes : les Pilbeam, Surtees et
sa sœur, Yarwood, Stannard et moi. Je pense que
même Dalgliesh ne soupçonne sérieusement aucun
de nos saints pères, encore qu'il ne doive pas les éliminer complètement, surtout s'il n'a pas oublié son
Pascal : "Les hommes ne font jamais le mal si complètement et joyeusement que lorsqu'ils le font par
conviction religieuse." »

Emma n'avait pas envie de parler des prêtres. Elle
dit calmement : « Il me semble qu'on peut écarter
les Pilbeam, non ?

— Ils font des tueurs assez improbables, c'est
vrai, mais cette remarque est valable pour tout le
monde. Cela dit, je serais désolé de voir une aussi
bonne cuisinière condamnée à perpétuité. Alors
d'accord, oublions les Pilbeam. »

Emma était sur le point de dire que les quatre
séminaristes devaient pouvoir être éliminés aussi,
mais quelque chose la retint. Elle avait peur de ce

qu'elle pourrait entendre. « Et vous, vous ne faites sûrement pas non plus partie des suspects, dit-elle. Vous n'aviez pas de raison de détester l'archidiacre. En fait, sa mort pourrait bien décider de la fermeture de St Anselm. Et c'est la dernière chose que vous désiriez, non ?

— La fermeture était dans l'air, de toute façon. L'étonnant, c'est que le collège ait tenu si longtemps. Mais c'est vrai, je n'avais pas de raison de souhaiter la mort de Crampton. Si j'étais capable de tuer quelqu'un autrement que pour me défendre, je m'en prendrais plutôt à Sebastian Morell.

— Le père Sebastian ? Pourquoi ?

— Une vieille rancune. Il a empêché ma nomination à All Souls. Je m'en fiche aujourd'hui, mais c'était important à l'époque. Et pas qu'un peu. Il avait écrit une critique féroce de mon dernier livre, dans laquelle il m'accusait pratiquement de plagiat — ce n'était pas vrai, rien qu'une de ces invraisemblables coïncidences d'expressions et d'idées. Mais ça m'a coulé.

— C'est affreux.

— Pas tant que ça. Ça arrive, il faut le savoir. C'est le cauchemar de tous les écrivains.

— Mais pourquoi vous a-t-il pris ici ? Il n'avait sûrement pas oublié ?

— Il ne m'en a jamais parlé. C'est possible qu'il ait oublié. C'était beaucoup moins important pour lui que pour moi, cette histoire. Et s'il s'en est souvenu quand j'ai présenté ma candidature, il aura passé par-dessus pour avoir un bon prof bon marché. »

Emma ne répliqua rien. Posant les yeux sur elle, Gregory dit : « Prenez encore un peu de café et racontez-moi les derniers potins de Cambridge. »

18

Quand Dalgliesh l'appela pour lui demander de venir au cottage St Matthieu, George Gregory répondit : « J'avais espéré pouvoir être interrogé ici. J'attends un coup de fil de mon agente, et c'est le numéro qu'elle a. J'ai horreur des téléphones portables. »

Un téléphone d'affaires le samedi, Dalgliesh n'y crut guère. Comme s'il percevait son scepticisme, Gregory ajouta : « J'étais censé la retrouver demain à Londres pour déjeuner, à l'Ivy. Je me suis dit que ce ne serait pas possible maintenant. J'ai essayé de la joindre, mais sans succès. Finalement, je lui ai laissé un message demandant qu'elle me rappelle. Si je ne l'ai pas au téléphone d'ici demain, il faudra que j'aille à Londres. J'imagine qu'il n'y aura pas d'objections.

— Pour l'instant, je n'en vois pas, dit Dalgliesh. Mais j'aurais préféré garder tout le monde ici au moins jusqu'à ce que la première partie de l'enquête soit finie.

— Je n'ai aucune envie de m'enfuir, je vous assure. Bien au contraire. Ce n'est pas tous les jours qu'on connaît de si près l'excitation du meurtre.

— Je ne pense pas que Miss Lavenham prenne à cette expérience autant de plaisir que vous, remarqua Dalgliesh.

— Evidemment, la pauvre. Mais il faut dire qu'elle a vu le corps, elle. Sans l'impact visuel, le frisson que procure le meurtre doit être atavique, plus Agatha Christie que réel. Je sais que la terreur imaginaire passe pour plus terrifiante que la terreur réelle, mais je ne peux pas croire que ce soit vrai lorsqu'on a affaire à un meurtre. Quelqu'un qui a vu un corps assassiné ne peut sûrement pas effacer cette vision de son esprit. Etant donné les circonstances, vous voulez bien venir ici ? Merci. »

Le commentaire de Gregory manquait totalement de sensibilité, mais il n'en était pas faux pour autant. C'était alors qu'il venait d'être nommé à la criminelle, à genoux à côté du corps de cette inoubliable première victime, que Dalgliesh avait ressenti, dans un mélange de stupeur, d'indignation et de pitié, la puissance destructrice du meurtre. Il se demanda comment s'en sortait Emma Lavenham, et s'il n'y avait pas quelque chose qu'il pourrait ou devrait faire pour elle. Sans doute mieux valait-il la laisser. Toute tentative pour l'aider risquait d'être ressentie comme une intrusion, ou une manifestation de condescendance. A St Anselm, il n'y avait personne à qui elle pouvait parler ouvertement de ce qu'elle avait vu dans l'église à part le père Martin, qui sans doute avait plus besoin de réconfort et de soutien qu'il n'était capable d'en donner. Bien sûr, elle pouvait s'en aller et emmener son secret avec elle, mais elle n'était pas femme à fuir. Pourquoi, ne la connaissant pas, en était-il si sûr ? Il mit résolument de côté le problème que posait Emma et se concentra sur le travail en cours.

L'idée de voir Gregory au cottage St Luc lui convenait parfaitement. Il n'avait pas l'intention d'interroger les étudiants chez eux ou à leur convenance ; qu'ils se déplacent était à la fois plus pratique et plus approprié. Mais sur son propre terrain, Gregory serait plus à l'aise, et les suspects à l'aise étaient moins sur leurs gardes. En outre, lui-même pourrait en apprendre davantage en examinant discrètement son intérieur qu'en posant une douzaine de questions directes. Les livres, les tableaux, la disposition des objets étaient parfois plus révélateurs que les mots.

Tandis que, accompagné de Kate, Dalgliesh suivait Gregory à l'intérieur, il fut une fois de plus frappé par la différence de personnalités exprimée par les trois cottages occupés, l'aimable confort de celui des Pilbeam, l'aspect pratique de celui de Surtees, où régnait une odeur de bois, de térébenthine et de nourriture animale, et celui-ci enfin, manifestement habité par un intellectuel amoureux de l'ordre. L'endroit avait été adapté aux deux intérêts dominants de Gregory, la littérature et la musique classiques. La pièce principale était tapissée de rayons de bibliothèque du sol au plafond, à l'exception de l'espace délimité par la cheminée, au-dessus de laquelle était accrochée une gravure de l'*Arc de Constantin* de Piranèse. De toute évidence, il était important pour Gregory que la hauteur des rayons corresponde à la taille des livres — un faible que Dalgliesh partageait — et l'impression d'ensemble était celle d'une pièce bien ordonnée revêtue de cuir aux luisances or et brunes. Un bureau de chêne sur lequel trônait un ordinateur était placé devant la fenêtre, où un store à lamelles tenait lieu de rideaux.

Ils passèrent de là au jardin d'hiver, qui occupait toute la longueur du cottage et dont Gregory avait fait son salon. Il était meublé d'un sofa et de fauteuils en osier légers mais confortables, d'une table à boissons et d'une table ronde assez vaste, couverte de livres et de revues soigneusement empilés. Les parois et le toit de verre étaient pourvus de stores — l'été, ceux-ci devaient être indispensables, songea Dalgliesh. Même aujourd'hui, la pièce était agréablement chaude. Devant, au-delà de la lande, on voyait le sommet des arbres entourant l'étang et, à l'est, la vaste étendue grise de la mer du Nord.

Les fauteuils bas ne se prêtaient guère à un interrogatoire de police, mais il n'y avait pas d'autres sièges. Gregory s'installa face à la fenêtre et appuya la tête contre le dossier de son fauteuil, ses longues jambes étendues devant lui, parfaitement à l'aise.

Dalgliesh commença par poser des questions dont

une lecture attentive des dossiers personnels lui avait déjà donné les réponses. Le dossier de Gregory était toutefois moins instructif que celui des étudiants. Le premier document, une lettre de Keble College, à Oxford, expliquait clairement comment il était arrivé à St Anselm. Dalgliesh, qui mémorisait l'écrit presque mot pour mot, n'eut aucun mal à s'en souvenir.

Maintenant que Bradley a enfin pris sa retraite (comment diable l'en avez-vous persuadé ?), le bruit court que vous cherchez un remplaçant. Je me demande si vous avez pensé à George Gregory ? Je sais qu'il est actuellement occupé par une nouvelle traduction d'Euripide et qu'il cherche un poste à mi-temps, de préférence à la campagne, où il puisse poursuivre sa grande œuvre en paix. Du point de vue académique, bien sûr, vous ne pourriez pas trouver mieux, et en plus c'est un bon enseignant. C'est l'histoire classique de l'érudit qui n'a jamais trouvé à exploiter toutes ses potentialités. Ce n'est pas un homme facile, mais je crois qu'il pourrait vous convenir. Nous en avons parlé vendredi dernier quand il est venu dîner ici. Je ne lui ai pas fait de promesse, mais je lui ai dit que je tâterais le terrain pour connaître vos dispositions. Si l'argent entre en compte, je ne pense pas que ce soit l'essentiel. Ce qu'il cherche avant tout, c'est la solitude et la paix.

Dalgliesh dit : « Vous êtes venu ici en 1995, et sur invitation.

— Oui. Je correspondais à la tête qu'on cherchait. Le collège voulait un professeur expérimenté de grec ancien qui soit aussi capable d'enseigner un peu d'hébreu. Je cherchais un poste d'enseignant à mi-temps, si possible à la campagne, où je sois logé. J'ai une maison à Oxford, mais elle est louée en ce moment. Le locataire est quelqu'un de responsable et le loyer est intéressant. Je n'ai pas envie de

remettre ça en question. Le père Martin aurait qualifié notre accord de providentiel. Pour le père
Sebastian, ma venue était une illustration de plus de
sa faculté d'ordonner les événements à son avantage
et à l'avantage du collège. Je ne peux pas parler pour
St Anselm, évidemment, mais je crois qu'aucune des
deux parties n'a regretté notre accord.

— Quand est-ce que vous avez fait la connaissance de l'archidiacre Crampton ?

— Quand il est venu ici pour la première fois, il
y a trois mois, après sa nomination comme administrateur. Pour la date exacte, je ne m'en souviens
pas. Ensuite, il est revenu il y a deux semaines, et
puis hier. Lors de sa deuxième visite, il a pris la
peine de venir me trouver pour m'interroger sur les
conditions précises de mon emploi ici. Et j'ai eu le
sentiment que, si je ne le décourageais pas, il
m'entreprendrait aussi sur mes convictions religieuses. Je l'ai renvoyé à Sebastian Morell pour
s'informer de la première question, et j'ai été suffisamment désagréable sur le second chapitre pour
qu'il juge préférable d'aller chercher ailleurs des victimes plus faciles — Surtees, par exemple.

— Et cette fois-ci ?

— Je ne l'ai pas vu avant l'heure du dîner hier. Ce
n'était pas la fête. Mais vous étiez là, vous avez vu et
entendu aussi bien que moi, et probablement mieux.
Après le dîner, je suis rentré ici sans attendre le café.

— Et ensuite, Mr Gregory ?

— Je suis resté chez moi. J'ai lu, j'ai corrigé une
demi-douzaine de dissertations. Et puis j'ai écouté
de la musique — Wagner — avant de me mettre au
lit. Ne perdez pas votre salive à me poser la question : je n'ai pas quitté le cottage de la nuit, je n'ai
vu personne, et je n'ai rien entendu hormis la tempête.

— A quel moment est-ce que vous avez appris la
mort de l'archidiacre ?

— Quand Raphael Arbuthnot m'a téléphoné à sept heures moins le quart pour annoncer que le père Sebastian réunissait tout le monde dans la bibliothèque à sept heures et demie. En fait, il ne m'a pas donné d'explication, et ce n'est qu'au moment de la réunion que j'ai appris le meurtre.

— Quelle a été votre réaction ?

— C'est compliqué. D'abord, j'ai essentiellement ressenti un choc, et je suis resté incrédule. Je ne connaissais pas l'homme, je n'avais pas de raison d'éprouver du chagrin ou du regret. Quelle comédie, dans la bibliothèque, non ? On peut faire confiance à Morell pour ce genre de spectacle. J'imagine que l'idée de cette réunion venait de lui. On était tous là comme une grande famille, une grande famille avec de gros problèmes. J'ai dit que ma première réaction avait été un choc, et c'est vrai, j'ai ressenti un choc, mais je n'ai pas été vraiment surpris. Quand je suis arrivé dans la bibliothèque et que j'ai vu le visage d'Emma Lavenham, j'ai compris que c'était grave. Je crois que j'ai compris ce qui s'était passé avant même que Morell ne se mette à parler.

— Vous saviez que l'archidiacre Crampton n'était pas particulièrement bienvenu à St Anselm ?

— J'essaie de ne pas me mêler de la politique du collège. Les petites institutions comme celle-ci, surtout quand elles sont isolées, sont des foyers de ragots et d'allusions malveillantes. Mais je ne suis ni sourd ni aveugle. Je crois que nous savons tous que l'avenir du collège est incertain et que l'archidiacre Crampton était déterminé à le faire fermer.

— Est-ce que cette fermeture vous dérangerait ?

— Elle ne me ferait pas particulièrement plaisir. Pourtant, je n'étais pas ici depuis longtemps quand j'ai compris que je devais me faire à cette éventualité. Mais vu la vitesse à laquelle les choses bougent dans l'Eglise d'Angleterre, je pensais être bon pour au moins dix ans. Je regretterai de perdre le cottage, surtout que j'ai installé le jardin d'hiver à mes frais. Je trouve cet endroit très agréable pour travailler et je serai désolé de le quitter. Mais qui sait, avec un peu de chance, ce ne sera pas nécessaire. Je ne sais pas ce que l'Eglise pense faire des bâtiments, mais ils ne seront sûrement pas faciles à vendre. Je pourrai peut-être acheter le cottage. Enfin, c'est un peu tôt pour y penser, je ne sais même pas si St Anselm dépend de la commission d'administration de l'Eglise ou du diocèse. Ce monde m'est étranger. »

Ainsi, soit Gregory ignorait les termes du testament de Miss Arbuthnot, soit il voulait faire croire qu'il ne les connaissait pas.

Ne voyant pas venir d'autres questions, Gregory crut pouvoir se lever. Mais Dalgliesh n'en avait pas fini. « Ronald Treeves était un de vos élèves, n'est-ce pas ? demanda-t-il alors.

— Bien sûr. J'enseigne le grec classique et l'hébreu à tous les étudiants sauf ceux qui ont une licence de lettres classiques. Treeves avait étudié la géographie ; il devait donc suivre le cours de trois ans et commencer le grec à zéro. C'est vrai, j'oubliais : c'est pour sa mort que vous êtes venu ici. A présent, elle semble relativement peu importante, non ? Mais j'imagine que vous n'avez jamais pris très au sérieux l'éventualité d'un meurtre. Ça ressemblait davantage à un suicide.

— C'est l'impression que vous avez eue quand vous avez vu le corps ?

— C'est ce que je me suis dit dès que j'ai eu le temps de penser calmement. Ces habits pliés, c'est ça qui m'a fait réfléchir. Un jeune homme qui se propose d'escalader une falaise ne met pas un soin maniaque à plier ses vêtements. Il était venu ici le vendredi même après complies pour une leçon particulière. Il m'a paru normal ; il n'était pas particulièrement gai, mais pas plus triste que d'habitude. Je ne me souviens pas que nous ayons parlé de quoi que ce soit d'autre que de la traduction sur laquelle il avait travaillé. Je suis parti pour Londres immédiatement après, et là-bas, j'ai passé la nuit à mon club. C'est le samedi après-midi, au moment où je rentrais en voiture, que Mrs Munroe m'a fait signe de m'arrêter. »

Kate demanda : « Il était comment ?

— Ronald Treeves ? Flegmatique, travailleur, intelligent — mais peut-être pas aussi malin qu'il le croyait, manquant de confiance en soi, extraordinairement intolérant pour quelqu'un de son âge. Je pense que son père jouait dans sa vie un rôle déterminant. Leur relation explique sans doute son choix professionnel : ne pouvant espérer réussir dans le domaine de papa, il a choisi ce qui pouvait le plus l'indisposer. Mais nous n'avons jamais parlé de sa vie privée. Je me suis fait une règle de ne pas me mêler de la vie des séminaristes. Les résultats peuvent être désastreux, surtout dans un petit collège comme celui-ci. Je suis là pour enseigner le grec et l'hébreu, pas pour fouiller dans leur psyché. Quand je dis que j'ai besoin de solitude, je parle aussi de solitude par rapport aux pressions que peuvent créer les personnalités humaines. A propos, quand pensez-vous que le public va être informé de ce meurtre ? Ça va faire la joie des médias, j'imagine.

— Oui, on ne va pas pouvoir tenir le secret éternellement. Je suis en train de voir avec le père Sebastian en quoi la section des relations publiques pourrait nous aider. Le moment venu, nous tiendrons une conférence de presse.

— Et vous ne voyez pas d'objection à ce que je parte à Londres aujourd'hui ?

— Je ne peux pas vous en empêcher. »

Gregory se leva lentement. « Enfin, tout bien considéré, je crois que je vais renoncer au déjeuner de demain. Je crois que ce qui va se passer ici sera plus intéressant pour moi qu'une discussion barbante sur les manquements de mon éditeur et le passage au crible de mon dernier contrat. Je suppose que vous préféreriez que je n'explique pas pourquoi j'annule ?

— En effet, ce serait préférable pour l'instant. »

Gregory se dirigeait vers la porte. « Dommage. J'aurais eu grand plaisir à annoncer que je ne peux pas venir à Londres parce que je suis suspect dans une affaire de meurtre. Au revoir, commandant. Si vous avez à nouveau besoin de moi, vous savez où me trouver. »

19

L'équipe termina la journée tout comme elle l'avait commencée, par une réunion au cottage St Matthieu. Mais la réunion avait lieu maintenant dans la pièce la plus confortable, autour du dernier café de la journée. Il était temps de faire le point. On avait retrouvé la trace du coup de téléphone reçu par Mrs Crampton. Il avait été donné de l'appareil mural placé dans le couloir à l'entrée du salon de Mrs Pilbeam, à vingt et une heures vingt-huit. Ainsi, on avait la preuve de ce qu'on soupçonnait depuis le début : l'assassin était quelqu'un de St Anselm.

Ayant réfléchi à l'information, Piers fit part de ses déductions : « Si, comme on l'imagine, l'auteur de ce coup de fil a ensuite appelé l'archidiacre sur son mobile, ça innocente tous ceux qui étaient à complies. En sorte qu'il ne reste que Surtees et sa sœur, Gregory, l'inspecteur Yarwood, les Pilbeam et Emma Lavenham — que personne ne soupçonne sérieusement, je pense. Et puis il y a Stannard, bien sûr, mais il me semble qu'on l'a déjà éliminé.

— Pas tout à fait, corrigea Dalgliesh. Je suis pratiquement sûr qu'il ignore la façon dont Crampton est mort, mais cela ne signifie pas nécessairement qu'il n'est pas impliqué. Ce n'est pas parce qu'il a quitté St Anselm qu'il faut l'éliminer.

— Et il y a encore une chose, reprit Piers. Arbuthnot n'est arrivé à la sacristie qu'au tout dernier moment pour l'office. Je tiens cette information du père Sebastian, qui ne se doutait pas de son importance. J'ai vérifié avec Robbins. Tous les deux, on a pu aller du couloir où se trouve le téléphone jusqu'à la sacristie en dix secondes. Il aurait donc juste eu le temps de donner ce coup de fil et d'être à l'église à neuf heures trente.

— C'était un peu risqué, non ? remarqua Kate. Tout le monde aurait pu le voir.

— Dans l'obscurité ? Avec le faible éclairage du cloître ? Et qui veux-tu qui l'ait vu ? Tout le monde était à l'église. Il n'y avait pas grand risque. »

Robbins dit : « Je me demande s'il ne serait pas prématuré d'écarter tous ceux qui étaient à complies. Caïn avait peut-être un complice. Rien ne prouve qu'il ait agi seul. Ceux qui étaient dans l'église avant neuf heures vingt-huit ne peuvent pas avoir téléphoné, mais ça ne signifie pas qu'aucun d'eux n'est impliqué dans le meurtre.

— Une conspiration ? » Piers réfléchit. « Ce n'est pas impossible. Il y avait assez de gens ici qui le détestaient. Le crime a peut-être été commis par un homme et une femme. Quand Kate et moi on a interrogé les Surtees, il était clair qu'ils avaient quelque chose à cacher. Eric était carrément terrifié. »

Le seul suspect dont il était sorti quelque chose d'intéressant était Karen Surtees. Elle avait déclaré que ni elle ni son frère n'avaient quitté le cottage St Jean à aucun moment de la soirée. Ils avaient regardé la télévision jusqu'à onze heures, après quoi ils étaient allés se coucher. Lorsque Kate lui avait demandé s'il n'était pas possible que l'un d'eux soit sorti sans que l'autre le sache, elle avait dit : « Si je comprends bien, vous voulez savoir si l'un de nous a bravé la tempête pour assassiner l'archidiacre. Eh bien, non. Si vous croyez qu'Eric a pu quitter le cottage sans que je m'en aperçoive, la réponse est non. Nous dormons dans le même lit, si vous voulez savoir. En fait, je suis sa demi-sœur, et de toute manière, vous enquêtez sur un meurtre, pas sur un inceste ; nos relations ne vous regardent pas. »

Dalgliesh demanda : « Vous êtes certains qu'elle vous a dit la vérité ?

— J'en ai eu la preuve en regardant la tête de son frère, répondit Kate. Je ne sais pas si elle l'avait prévenu de ce qu'elle allait dire, mais lui, ça ne lui a pas plu. Et c'est curieux, non, qu'elle ait décidé de nous raconter ça ? Si elle voulait un alibi, elle aurait tout aussi bien pu nous raconter que la tempête les avait tenus réveillés la majeure partie de la nuit. Bon, c'est certainement quelqu'un qui aime choquer, mais de là à nous informer de leur relation incestueuse... s'il s'agit vraiment d'inceste.

— Moi, dit Piers, ce que j'en retire, c'est qu'elle était pressée de trouver un alibi. Ces deux-là, c'est un peu comme s'ils prenaient de l'avance, comme s'ils nous disaient la vérité maintenant parce qu'ils risquent d'en avoir besoin au tribunal. »

Une petite branche avait effectivement été trouvée chez Raphael Arbuthnot, mais c'est tout ce que l'équipe du labo avait découvert chez lui. Durant la journée, Dalgliesh avait eu la confirmation de l'importance de cette trouvaille. Si sa théorie était juste, la branche était un indice essentiel, mais il estimait qu'il était encore un peu tôt pour faire part de ses soupçons.

On discuta du résultat des entrevues. A l'exception de Raphael, tous les habitants de St Anselm disaient avoir été couchés à onze heures et demie et n'avoir rien vu ou entendu de particulier à part les hurlements du vent. Le père Sebastian s'était montré plus ou moins coopératif, mais très réservé. On sentait qu'il n'appréciait pas le fait d'être interrogé par des subalternes, et il avait tout de suite dit qu'il n'avait que peu de temps parce qu'il attendait Mrs Crampton. Ce peu de temps avait suffi. Le directeur avait raconté qu'il avait travaillé jusqu'à onze heures à un article destiné à une revue théologique, et qu'il s'était mis au lit une demi-heure plus tard après avoir bu son petit verre habituel de whisky. Le père John Betterton et sa sœur avaient lu jusqu'à dix heures et demie, puis Miss Betterton leur avait préparé du cacao. Les Pilbeam, enfin, avaient regardé la télévision tout en buvant force tasses de thé pour s'armer contre la tempête.

A huit heures, il était temps de mettre un terme à la journée. L'équipe du labo était partie depuis longtemps pour son hôtel, et maintenant, Kate, Piers et Robbins s'apprêtaient à se séparer pour la nuit. Demain, Kate et Robbins iraient à Ashcombe House voir s'ils pourraient y apprendre quelque chose sur Margaret Munroe. Dalgliesh enferma dans sa serviette les papiers qu'il considérait comme confidentiels et partit rejoindre Jérôme.

A peine était-il arrivé que le téléphone sonna. C'était Mrs Pilbeam. Le père Sebastian pensait que le commandant Dalgliesh serait peut-être content de dîner chez lui pour s'épargner le déplacement jusqu'à Southwold. Le dîner serait simple — soupe, viande froide, salade et fruit — mais, s'il s'en contentait, Pilbeam serait ravi de le lui apporter. Heureux de ne pas avoir à reprendre la voiture, Dalgliesh la remercia et dit que le repas serait le bienvenu. Il arriva dix minutes plus tard, apporté par Pilbeam. Dalgliesh pensa qu'il ne voulait pas laisser sa femme traverser la cour une fois la nuit tombée.

Lorsqu'il eut disposé le couvert et la nourriture

sur le bureau, Pilbeam dit : « Si vous voulez bien laisser le plateau dehors, je passerai le reprendre dans une heure. »

Le thermos contenait un minestrone de toute évidence fait maison. Mrs Pilbeam avait fourni un bol avec du parmesan râpé, des petits pains chauds enveloppés d'une serviette et du beurre. Il y avait en outre une assiette de salade et d'excellent jambon. Une bouteille de bordeaux avait été prévue — peut-être une idée du père Sebastian —, mais Dalgliesh, n'aimant pas boire seul, la laissa de côté. Le repas terminé, il se fit du café et mit le plateau dehors. Quelques minutes plus tard, entendant les pas de Pilbeam, il ouvrit la porte pour le remercier et lui souhaiter bonne nuit.

Il se trouvait dans cet état déprimant de fatigue physique et d'excitation mentale qui est fatal au sommeil. Le silence était sinistre et, lorsqu'il alla à la fenêtre, il vit que le collège avec ses cheminées, sa tour et sa coupole formait une masse noire uniforme contre le gris plus clair. On apercevait le ruban bleu et blanc que la police avait tendu entre les colonnes du cloître nord, maintenant en partie débarrassé de ses feuilles. Dans la lumière qui tombait de la lampe surmontant la porte du cloître sud, les pavés de la cour brillaient, et le fuchsia prenait un éclat aussi incongru qu'une tache de peinture rouge sur le mur de pierre.

Il s'installa pour lire, mais la paix environnante ne trouvait pas d'écho en lui. Qu'y avait-il dans cet endroit qui lui donnait le sentiment que sa vie était jugée ? Il songea aux longues années de solitude volontaire qu'il avait connues depuis la mort de sa femme. Ne s'était-il pas servi de son travail pour éviter l'engagement de l'amour, pour garder inviolé quelque chose de plus que cet appartement parfaitement ordonné au-dessus de la Tamise, qu'il était sûr de retrouver soir après soir exactement dans le même état que celui où il l'avait laissé le matin ? Etre un observateur détaché de la vie n'était pas dénué de dignité ; exercer un métier qui préservait votre vie privée tout en vous procurant une excuse pour aller farfouiller dans celle des autres — et même en vous l'intimant au titre du devoir — présentait sans doute certains avantages pour un écrivain. Mais n'y avait-il pas là aussi quelque chose d'indigne ? A force de rester à l'écart, ne risquait-on pas de voir se dessécher ce que les prêtres d'ici auraient appelé l'âme ? Il lui vint alors six vers à l'esprit, qu'il nota aussitôt sur une demi-feuille de papier :

Epitaphe pour un poète mort

En terre enfin qui fut si sage,
Dans un trou de six pieds sur trois.
Là où nulle main ne se tend, où nulle lèvre ne frémit,
Où nulle voix n'importune plus son amour.
Curieux qu'il ne puisse apprécier ni voir
Cet ultime état de parfaite autarcie.

Peu après, il ajouta au-dessous : « Avec mes excuses à Marvell. » Et il repensa à l'époque où les vers lui venaient avec la même aisance que ce soir ce poème ironique. Maintenant, c'était plus cérébral, un choix et un arrangement de mots plus calculés. Restait-il dans sa vie quelque chose qui fût spontané ?

Il se dit que cette introspection devenait malsaine. Il fallait qu'il se secoue, qu'il sorte de St Anselm. Oui, avant de se mettre au lit, il avait besoin de marcher. Il ferma la porte de Jérôme, passa devant Ambroise où nulle lumière n'était visible derrière les rideaux bien tirés, ouvrit la grille de fer et se dirigea d'un pas décidé vers le sud et la mer.

20

C'était Miss Arbuthnot qui avait décrété que les portes des chambres des séminaristes n'auraient pas de serrures. Emma se demandait ce qu'elle avait craint qu'ils fassent s'ils n'étaient pas sans cesse sous la menace d'une intrusion. Cela exprimait-il une peur inavouée de la sexualité ? Peut-être était-ce sur cette lancée qu'on avait de même laissé sans serrures les appartements destinés aux invités. La grille verrouillée donnant sur le promontoire devait assurer la sécurité jugée nécessaire pour la nuit ; de l'autre côté, qu'y avait-il à craindre ? Cette absence généralisée de serrures impliquait qu'on n'en gardait pas en réserve, et Pilbeam avait été trop occupé toute la journée pour pouvoir aller en acheter à Lowestoft, à supposer qu'il ait pu en trouver un dimanche. Lorsque le père Sebastian avait demandé à Emma si elle ne se sentirait pas mieux dans le bâtiment principal, ne voulant pas montrer son inquiétude, elle avait déclaré que tout irait bien. Le père Sebastian n'avait pas insisté, et quand après complies elle était revenue chez elle et avait constaté qu'aucune serrure n'avait été posée, la fierté l'avait empêchée de confesser sa peur et de dire qu'elle était revenue sur sa décision.

Elle se déshabilla et mit sa robe de chambre, puis s'installa devant son ordinateur portable dans l'intention de travailler. Mais elle était trop fatiguée. Les pensées et les mots qui lui venaient étaient brouillés par les événements de la journée. C'était en fin de matinée que Robbins était venu la chercher pour l'interroger dans la pièce prévue à cet effet. Là, avec l'inspecteur Miskin à sa gauche, Dalgliesh était revenu avec elle sur ce qui s'était passé la nuit précédente. Emma lui avait raconté comment, réveillée par le vent, elle avait entendu la note claire de la cloche. Elle était incapable d'expliquer pourquoi elle avait mis sa robe de chambre pour aller voir sur place. Avec le recul, sa réaction lui semblait dangereuse et stupide. A demi endormie, sans doute avait-elle répondu au son de la cloche comme elle avait appris à le faire au cours de son enfance et de son adolescence, en obéissant sans se poser de questions.

Cependant, elle était tout à fait réveillée lorsqu'elle avait poussé la porte de l'église et vu entre les piliers *le Jugement dernier* brillamment éclairé et les deux personnages qui se trouvaient au-dessous, l'un couché sur le ventre et l'autre effondré à côté dans une attitude de pitié ou de désespoir. Dalgliesh ne lui avait pas demandé de décrire la scène en détail. Pourquoi l'aurait-il fait, d'ailleurs : il l'avait vue de ses yeux. Il n'avait pas cru non plus devoir exprimer un quelconque sentiment de sympathie pour le choc qu'elle avait subi. Ses questions étaient claires et simples, mais sans qu'il cherche à l'épargner ; s'il avait voulu savoir quelque chose de précis, rien ne l'aurait retenu de le lui demander, se disait-elle. Quand le sergent Robbins l'avait fait entrer dans la pièce et qu'elle avait vu le commandant Dalgliesh se lever pour l'accueillir, elle avait pensé : l'homme que j'ai devant moi n'est pas l'auteur d'*Une affaire à résoudre et autres poèmes*, c'est un policier. Dans ce rôle, il ne pouvait être son allié. Il y avait des gens qu'elle aimait et voulait protéger tandis que lui ne défendait qu'une chose, la vérité. Pour finir, il avait posé la question qu'elle redoutait :

« Est-ce que le père Martin a dit quelque chose quand vous vous êtes approchée de lui ?

— Oh, juste quelques mots.

— Mais encore ? »

Elle était demeurée muette. Elle était incapable de mentir, mais elle avait le sentiment que se rappeler les mots qu'il avait prononcés était déjà une trahison.

Le silence se prolongeant, Dalgliesh avait fini par dire : « Dr Lavenham, vous avez vu le corps. Vous avez vu ce qu'on a fait à l'archidiacre. C'était un homme grand, un homme solide. Le père Martin a près de quatre-vingts ans ; il est sur le déclin. Pour s'en servir comme d'une arme, le chandelier exigeait de la force. Vous pensez vraiment que le père Martin aurait pu ?

— Bien sûr que non ! s'était-elle exclamée. Il est incapable de la moindre cruauté. Il n'est qu'amour et gentillesse ; c'est le meilleur homme que je connaisse. Jamais je n'ai pensé une chose pareille. Personne ne le peut. »

Le commandant Dalgliesh avait tranquillement rétorqué : « Dans ce cas, pourquoi voulez-vous que je le pense ? » Puis il reposa sa question.

Le regardant dans les yeux, elle avait enfin répondu : « Il a dit : "Oh, mon Dieu, qu'avons-nous fait, qu'avons-nous fait ?"

— Et que pensez-vous qu'il voulait dire par là ? »

Elle y avait réfléchi. Ce n'étaient pas des mots qu'on pouvait oublier. Rien de toute cette scène ne pouvait s'oublier. Sans quitter des yeux son interlocuteur, elle avait expliqué : « A mon avis, il voulait dire que l'archidiacre serait toujours vivant s'il n'était pas venu à St Anselm. Qu'il n'aurait peut-être pas été assassiné si son meurtrier n'avait su à quel point on le détestait ici. Que cette haine avait contribué à sa mort. Que le collège n'était pas innocent. »

Il avait alors dit plus gentiment : « En effet. C'est l'explication que le père Martin lui-même m'a donnée. »

Elle regarda sa montre. Il était onze heures vingt. Sachant qu'elle ne pourrait pas travailler, elle décida de se coucher. Comme son appartement se situait au bout du bâtiment, la chambre à coucher avait deux fenêtres, dont l'une donnait sur le mur sud de l'église. Elle tira les rideaux avant de se mettre au

lit et tenta d'oublier l'absence de serrure. Mais aussitôt qu'elle eut les yeux fermés, des images de mort
se mirent à bouillonner comme du sang sur sa
rétine, l'imagination ne faisant que rendre la réalité
plus horrible. Elle revit la mare de sang visqueux,
mais semée d'éclats de cervelle pareils à du vomi
grisâtre. Puis les figures grotesques des damnés et
des diables se mirent à s'agiter dans une ronde infer-
nale. Et lorsqu'elle ouvrit les yeux pour échapper à
ces visions hideuses, les ténèbres de la chambre
l'accablèrent. Même l'air sentait la mort.

Elle sortit du lit et ouvrit la fenêtre qui donnait
sur la lande, avide de respirer l'air pur. Sous le ciel
piqueté d'étoiles, le lointain murmure de la mer
troublait seul le silence.

Elle retourna s'allonger sans trop espérer que le
sommeil allait venir. Ses jambes tremblaient de
fatigue, mais la peur l'emportait sur l'épuisement.
Pour finir elle se leva et descendit. Voir dans les
ténèbres cette porte sans serrure était moins
effrayant que l'imaginer qui s'ouvrait lentement,
être au salon valait mieux que de rester couchée,
impuissante, à guetter des bruits de pas dans l'escalier. Elle se demanda si elle n'allait pas coincer une
chaise sous la poignée de la porte, mais elle y
renonça, estimant que ce serait à la fois humiliant
et inefficace. Elle se méprisait d'être lâche ; elle se
répétait que personne ne lui voulait du mal. Mais
alors des images d'os brisés lui revenaient à l'esprit.
Quelqu'un du promontoire, ou même du collège,
avait pris un chandelier de laiton et fracassé le crâne
de l'archidiacre, le frappant encore et encore dans
une frénésie de sang et de haine. Il fallait être fou
pour commettre un tel acte. Nul n'était en sécurité
à St Anselm.

C'est alors qu'elle entendit le grincement de la
grille qui s'ouvrait et se refermait, puis des pas, pai-
sibles et confiants, des pas qui n'avaient rien de fur-

tif. Elle ouvrit prudemment sa porte et jeta un coup d'œil à l'extérieur, le cœur battant. Le commandant Dalgliesh rentrait à Jérôme. Elle devait avoir fait un peu de bruit car il se retourna et vint à elle. Elle le fit entrer, éprouvant un intense soulagement à le voir, à se trouver avec un être humain. Son émotion devait se voir.

« Ça va ? » s'inquiéta-t-il.

Elle parvint à sourire. « Ça n'allait pas très fort, mais ça va déjà mieux maintenant. Je n'arrivais pas à dormir.

— Je pensais que vous vous seriez installée dans le bâtiment principal. Le père Sebastian ne vous l'a pas suggéré ?

— Si, mais je me suis dit que je serais très bien là. »

Il regarda en direction de l'église. « Je crois que ce voisinage n'est pas bon pour vous. Vous ne voulez pas intervertir avec moi ? »

Son visage s'éclaira. « Ce ne serait pas un trop grand dérangement ?

— Pas du tout. La plupart de nos affaires, on pourra les déménager demain. Tout ce qu'il nous faut maintenant, c'est la literie. Je crains que votre drap de dessous ne soit trop petit pour mon lit — j'ai un lit double.

— On pourrait ne changer que les oreillers et les duvets ?

— Bonne idée. »

Transportant à Jérôme sa couette et son oreiller, elle vit qu'il avait déjà descendu les siens de la chambre à coucher et les avait posés sur un fauteuil à côté d'un sac de voyage. Apparemment, il avait réuni ce dont il aurait besoin pour la nuit et pour le lendemain.

Se dirigeant vers le placard, il dit : « Le collège nous fournit les boissons inoffensives habituelles, et il y a un demi-litre de lait dans le réfrigérateur. Est-ce que vous auriez envie de cacao ou d'ovaltine ? Ou si vous préférez, j'ai une bouteille de bordeaux ?

— Je boirais bien du vin, merci. »

Il retira les affaires qui encombraient le fauteuil pour qu'elle pût s'y asseoir et alla dans le placard chercher la bouteille, le tire-bouchon et deux gobelets.

« Le collège ne prévoit pas que ses invités boivent du vin. Il n'y a pas de verres. Seulement des gobelets et des mugs.

— Un gobelet fera l'affaire. Mais ça signifie que vous allez ouvrir une bouteille ?

— Le meilleur moment pour en ouvrir une, c'est quand on en a envie. »

Elle était surprise de se sentir si à l'aise avec lui. Voilà ce qu'il me fallait, se dit-elle, la présence de quelqu'un. Ils ne bavardèrent pas longtemps, pas plus qu'il ne fallait pour déguster lentement un verre de vin. Dalgliesh lui parla de ses vacances au collège quand il était enfant, de ses parties de cricket avec les prêtres, de ses expéditions à bicyclette pour aller acheter du poisson à Lowestoft, de son plaisir à lire seul dans la bibliothèque. Il s'informa de son programme à St Anselm, de la façon dont elle choisissait les poètes à étudier et des réactions de ses étudiants. Il ne fut pas question du meurtre. Les propos s'enchaînaient tout naturellement. Elle prenait plaisir à l'entendre parler. Elle avait l'impression qu'une partie de son esprit flottait au-dessus d'elle et se laissait bercer par le son de sa voix.

Lorsqu'elle se leva pour monter se coucher, il lui dit d'un ton cérémonieux : « Si vous le voulez bien, je vais passer la nuit dans ce fauteuil. Si l'inspecteur Miskin avait été ici, je lui aurais dit de rester. Comme elle n'est pas là, je prends sa place. A moins que vous ne préfériez que je m'en aille. »

Elle comprit qu'il faisait de son mieux pour lui être agréable, qu'il ne voulait pas s'imposer mais qu'il avait compris qu'elle redoutait de se retrouver seule. Elle dit : « Mais ce serait très gênant, vous passeriez une nuit affreuse.

— Je serai très bien. J'ai l'habitude de dormir dans des fauteuils. »

La chambre à coucher de Jérôme était presque identique à celle qu'elle avait à côté. La lampe de chevet était allumée, et elle vit qu'il n'avait pas pris ses livres. Il était en train de lire — et sûrement de relire — *Beowulf*. Il y avait un vieux livre de poche aux couleurs passées, *les Premiers Romanciers victoriens*, de David Cecil, avec au dos une photo où l'auteur paraissait ridiculement jeune et dans un coin le prix de l'époque. Il aimait donc, comme elle, acheter des livres d'occasion chez les bouquinistes. Il y avait enfin un troisième ouvrage, *Mansfield Park*. Se demandant si elle devait les lui descendre, elle y renonça par crainte de le déranger.

C'était curieux d'être couchée sur son drap. Elle espérait qu'il ne verrait pas dans sa couardise une raison de la mépriser. Le soulagement qu'elle éprouvait à le savoir en bas était immense. Lorsqu'elle ferma les yeux, nulle image de mort ne vint la troubler et elle s'endormit en quelques minutes.

Elle se réveilla à sept heures après une nuit sans rêves. L'appartement était parfaitement silencieux, et quand elle descendit, elle vit qu'il était déjà parti, emmenant sa couette et son oreiller. Il avait ouvert la fenêtre comme pour effacer jusqu'au souvenir de son haleine. Elle savait qu'il ne dirait à personne où il avait passé la nuit.

LIVRE III

Voix du passé

1

Ruby Pilbeam n'avait pas besoin de réveil. Depuis dix-huit ans, été comme hiver, elle se réveillait à six heures. Elle n'y manqua pas ce lundi-là, tendant automatiquement la main pour allumer la lampe de chevet. Aussitôt, Reg remua, repoussa la couette et entreprit de sortir du lit. L'odeur chaude de son corps apporta à Ruby le réconfort habituel. Elle se demanda s'il avait dormi jusque-là ou s'il s'était seulement tenu tranquille en attendant qu'elle bouge. En fait de sommeil, ils n'avaient connu l'un et l'autre que de courtes périodes d'assoupissement, et vers trois heures, ils s'étaient levés pour aller boire du thé à la cuisine en attendant le matin. La fatigue avait alors enfin eu raison d'eux, et lorsqu'ils étaient retournés se coucher une heure plus tard, ils avaient dormi d'un sommeil agité mais ils avaient dormi.

Ils avaient été occupés tout le dimanche, et seule leur incessante activité avait donné à cette sombre journée un semblant de normalité. Le soir, assis à la table de la cuisine, ils avaient parlé du meurtre en chuchotant comme s'il y avait des oreilles à l'affût entre les quatre murs de leur petit cottage. Leurs propos avaient été retenus, émaillés de soupçons inexprimés, de phrases inachevées et de silences malheureux. Même dire qu'il était absurde d'imaginer que quelqu'un de St Anselm pût être le meurtrier leur semblait proche de la déloyauté, et citer le nom de quelqu'un pour l'éliminer de la liste des coupables possibles, c'était admettre l'inadmissible : qu'un des résidants du collège ait pu commettre un crime aussi horrible.

Ils avaient toutefois fini par échafauder deux théories possibles, et ils se les étaient répétées à nouveau avant de retourner au lit, tels des mantras. Quelqu'un avait volé les clés de l'église, quelqu'un qui était venu à St Anselm peut-être des mois plus tôt et savait pouvoir les trouver dans le bureau de Miss Ramsey, jamais fermé à clé. Cette personne avait pris rendez-vous avec l'archidiacre avant qu'il n'arrive. Pourquoi dans l'église ? Parce que c'était le meilleur endroit s'ils voulaient que personne ne les voie. Qui sait, c'était peut-être l'archidiacre lui-même qui avait pris les clés et ouvert l'église pour accueillir son visiteur. Et puis l'entrevue avait mal tourné. Le visiteur avait peut-être prémédité son acte, pris avec lui une arme — revolver, matraque, couteau. Ils ignoraient comment l'archidiacre était mort, mais ils visualisaient tous les deux très bien un couteau. Et ensuite il était reparti en escaladant la grille, comme il était entré. La deuxième théorie n'était pas moins plausible, au contraire. L'archidiacre avait emprunté les clés de l'église et s'y était rendu pour une quelconque raison. Cependant, un intrus s'y était introduit pour voler le retable ou l'argenterie. L'archidiacre l'avait surpris, et, saisi de panique, le voleur l'avait tué. Une fois cette explication tacitement acceptée comme rationnelle, Ruby et son mari n'avaient plus reparlé du meurtre.

D'ordinaire Ruby allait seule au collège. Le petit déjeuner, servi après la messe de sept heures et demie, ne devait être prêt que pour huit heures, mais Ruby aimait commencer sa journée en la planifiant. Le père Sebastian prenait son petit déjeuner

— jus d'orange, café, deux tranches de pain complet toastées et marmelade maison — dans son appartement, et sa table devait être mise. A huit heures et demie arrivaient d'ordinaire de Reydon les deux aides ménagères, Mrs Bardwell et Mrs Stacey, la première emmenant la seconde dans sa vieille Ford. Mais aujourd'hui, on ne les verrait pas. Le père Sebastian leur avait téléphoné pour leur dire de ne pas venir avant deux jours. Ruby se demandait quelle explication il leur avait donnée, mais elle n'avait pas osé poser la question. Leur absence signifiait qu'elle et Reg auraient davantage de travail, mais Ruby n'était pas mécontente que lui soient épargnées leur curiosité, leurs spéculations, leurs exclamations horrifiées. Pour ceux qui ne connaissaient pas la victime et ne faisaient pas partie des suspects, le meurtre pouvait être un sujet exaltant. Elsie Bardwell ne manquerait sûrement pas d'en tirer le meilleur parti.

Alors que d'habitude il s'attardait à la maison après qu'elle était partie, ce jour-là Reg quitta le cottage St Marc en même temps qu'elle. Il ne dit pas pourquoi, mais elle comprit parfaitement. Désormais, St Anselm n'était plus un endroit sûr et sacré. Eclairant le chemin de sa torche électrique, il la précéda jusqu'à la grille qui donnait dans la cour ouest. A l'horizon, l'aube commençait à poindre sur la lande, mais Ruby avait l'impression de cheminer dans des ténèbres impénétrables. Reg braqua la torche sur la grille pour trouver la serrure. De l'autre côté, les appliques éclairaient les piliers du cloître et projetaient des ombres sur le dallage. Toujours condamné par la police, le cloître nord était débarrassé de ses feuilles sur la moitié de sa longueur. Le tronc du marronnier, immobile et noir, jaillissait d'un fatras de feuilles. Quand les rayons de la lampe de poche éclairèrent le fuchsia, ses fleurs rouges apparurent contre le mur est comme des gouttes de sang. Une fois dans le couloir séparant son salon de la cuisine, Ruby chercha l'interrupteur et prit alors conscience que l'obscurité n'était pas totale. La porte de la cave était ouverte, et de la lumière s'en échappait.

Elle dit : « C'est drôle, Reg, la porte de la cave est ouverte. Quelqu'un s'est levé tôt. Ou est-ce que tu n'as pas vérifié si elle était fermée hier soir ?

— Elle était fermée hier soir. Ce n'est pas moi qui l'ai laissée ouverte. »

Ils s'approchèrent du haut de l'escalier. Il était très bien éclairé, et équipé d'une solide rampe de bois de chaque côté. En bas, on voyait le corps étendu d'une femme.

Ruby poussa un cri. « Mon Dieu, Reg, c'est Miss Betterton. »

Reg écarta Ruby. « Reste ici », ordonna-t-il, et elle entendit claquer ses souliers sur la pierre. Elle hésita quelques secondes avant de le suivre, s'accrochant des deux mains à la rampe de gauche. Bientôt, ils furent tous les deux agenouillés à côté du corps.

Elle était couchée sur le dos, la tête vers l'escalier. On ne voyait qu'une entaille au front, avec un peu de sang séché. Elle était vêtue d'une vieille robe de chambre de laine à motif cachemire et d'une chemise de nuit de coton blanche. Une tresse de cheveux gris maintenus par un élastique tombait sur le côté de son cou. Ses yeux ouverts, braqués sur le haut de l'escalier, étaient sans vie.

« Oh mon Dieu, non ! murmura Ruby. Pauvre femme, pauvre femme ! »

Elle mit instinctivement une main sur son épaule. Une odeur de vieux pas très propre lui monta aux narines, et elle s'étonna qu'elle persiste alors que Miss Betterton n'était plus. Prise de pitié, elle retira sa main. Miss Betterton n'aurait pas voulu qu'elle la touche de son vivant ; pourquoi le faire maintenant qu'elle était morte ?

Reg se redressa. « Elle est morte, dit-il. Elle est froide. Elle s'est sûrement brisé la nuque. On ne peut plus rien pour elle. Il faudrait que tu ailles avertir le père Sebastian. »

La perspective de réveiller le père Sebastian, de trouver les mots et la force de parler horrifiait Ruby. Elle aurait de beaucoup préféré laisser ce soin à Reg, mais alors il aurait fallu qu'elle reste seule avec le corps, et cela l'effrayait encore davantage. Chez elle, la peur l'emportait à présent sur la pitié. La cave et ses recoins se perdaient dans l'obscurité, où rôdait le danger. Ruby n'était pas une femme très imaginative, mais il lui semblait à présent que le monde familier de la routine, du travail consciencieux, de la camaraderie et de l'amour se dissolvait autour d'elle. Elle savait que Reg n'avait qu'à avancer la main pour que la cave, avec ses casiers de bouteilles étiquetés et ses murs blanchis à la chaux, redevienne aussi inoffensive que lorsqu'elle venait y chercher le vin du dîner avec le père Sebastian. Mais Reg n'avança pas la main. Tout devait rester en l'état.

Lorsqu'elle remonta, chaque pas lui parut une montagne à escalader ; ses jambes la portaient à peine. Elle alluma toutes les lumières du hall et demeura là un moment pour rassembler ses forces avant de gravir les deux étages supplémentaires qui la séparaient de l'appartement du père Sebastian. Frappant d'abord trop faiblement, elle donna ensuite du poing contre la porte, qui s'ouvrit avec une soudaineté déconcertante. Elle n'avait jamais vu le père Sebastian en robe de chambre, et l'espace d'un instant elle se crut devant un étranger. Surpris de la voir, il lui fit signe d'entrer, mais elle ne bougea pas.

« C'est Miss Betterton, annonça-t-elle. Reg et moi

l'avons trouvée au bas de l'escalier de la cave. Je crois qu'elle est morte. »

Elle était étonnée que sa voix soit aussi calme. Sans dire un mot, le père Sebastian ferma sa porte avant de descendre avec elle, la tenant par le bras. Au haut de l'escalier de la cave, Ruby s'arrêta et le regarda descendre, dire quelques mots à Reg, puis se mettre à genoux à côté du corps.

Une fois qu'il se fut relevé, il s'adressa à Reg avec son autorité coutumière. « Vous avez subi un choc, tous les deux. Je crois que le mieux est que vous continuiez tranquillement votre programme habituel. Le commandant Dalgliesh et moi ferons le nécessaire. Pour sortir de toutes ces horreurs, il n'y a que le travail et la prière. »

Reg rejoignit Ruby au haut de l'escalier, et sans un mot, ils s'en allèrent dans la cuisine.

« Je pense qu'ils voudront leur petit déjeuner, dit Ruby.

— Evidemment, mon cœur. Ils ne vont pas affronter la journée l'estomac vide. Tu as entendu ce que le père Sebastian a dit : il faut continuer tranquillement notre programme habituel. »

Ruby le regarda d'un air pitoyable. « C'est un accident, hein ?

— Bien sûr, un accident qui aurait pu arriver n'importe quand. Pauvre père John ! Ce sera terrible pour lui. »

Ruby n'en était pas si sûre. Ce serait un choc, bien sûr, la mort soudaine l'était toujours. Mais indéniablement, Miss Betterton n'était pas quelqu'un de facile à vivre. Elle passa sa blouse blanche, et, le cœur triste, se mit à préparer le petit déjeuner.

Le père Sebastian alla dans son bureau et téléphona à Dalgliesh. La rapidité avec laquelle celui-ci répondit indiqua clairement qu'il était déjà levé. Le père Sebastian le mit au courant et, cinq minutes plus tard, ils étaient tous les deux debout près du corps. Dalgliesh se pencha et toucha le visage de Miss Betterton d'une main experte, puis se releva et resta à la contempler en silence.

« Il faudra avertir le père John, dit le père Sebastian. C'est ma responsabilité, bien sûr. Je pense qu'il dort encore, mais il faut que je le voie avant qu'il descende à l'oratoire pour le service du matin. Ce sera dur, pour lui. Ce n'était sans doute pas une femme facile, mais elle était sa seule famille. » Le père Sebastian se tourna alors vers Dalgliesh. « Vous avez une idée de ce qui est arrivé ?

— D'après l'état de rigidité du corps, elle doit être morte depuis environ sept heures. Le médecin légiste pourra peut-être nous en dire plus. Un examen superficiel ne permet jamais d'être précis. Il faudra faire une autopsie, bien sûr. »

Le père Sebastian dit : « Elle est morte après complies, alors, peut-être aussi tard que minuit. Personne ne l'aura entendue. Elle était toujours tellement silencieuse. Elle se déplaçait comme une ombre. » Il s'interrompit avant d'ajouter : « Je ne veux pas que son frère la voie ici. Pas comme ça. Il faut la ramener dans sa chambre. Elle n'était pas croyante, je le sais. Nous devons respecter sa sensibilité. Elle n'aurait pas voulu qu'on la mette à l'église ou dans l'oratoire.

— Il faudra qu'elle reste là jusqu'à ce que le médecin légiste l'ait examinée, mon père. Nous devons traiter cette mort comme une mort suspecte.

— Alors couvrons-la au moins. Je vais chercher un drap.

— Oui, acquiesça Dalgliesh, on peut la couvrir. » Et comme le père Sebastian commençait à monter l'escalier, il lui lança : « Vous avez une idée de ce qu'elle faisait là, mon père ? »

Le père Sebastian se retourna et hésita avant de répondre : « Je le crains, oui. Miss Betterton venait se servir de vin assez régulièrement. Tous les prêtres le savaient, et je pense que les séminaristes et le personnel s'en doutaient. Elle ne prenait jamais qu'une bouteille environ deux fois par semaine, et pas du meilleur vin. Naturellement, j'ai parlé du problème avec le père John, mais tant que la situation en restait là, j'ai décidé de ne rien faire de plus. Le père John payait régulièrement le vin, en tout cas les bouteilles qu'il découvrait. On se rendait compte du danger que représentait un escalier aussi raide pour une femme de son âge, bien sûr. C'est pourquoi on a fait placer ces deux rampes de bois ; avant, il n'y avait qu'une corde.

— Autrement dit, vous découvrez une chapardeuse et vous prenez des mesures pour qu'elle puisse opérer en toute sécurité ?

— Ça vous étonne, commandant ?

— Non. Compte tenu de vos priorités, ça ne m'étonne pas. »

Dalgliesh regarda le père Sebastian remonter l'escalier et fermer la porte derrière lui. Qu'elle se soit cassé le cou, un examen superficiel suffisait à le déterminer. Elle portait des pantoufles de cuir, et il avait remarqué que la semelle de celle de droite se décollait. L'escalier était bien éclairé, et l'interrupteur se trouvait à plus de cinquante centimètres du haut de l'escalier. Comme tout portait à croire que la lumière était allumée lorsqu'elle était tombée, ce n'était pas l'obscurité qui pouvait expliquer sa chute. Mais si elle avait trébuché sur la première marche, serait-elle tombée le visage en avant, ou sur le dos ? Au niveau de la troisième marche à partir du bas, il avait remarqué comme une traînée de sang. D'après la position du corps, il semblait qu'elle avait été projetée en l'air, et qu'elle avait ensuite donné de la tête contre cette marche de pierre avant de culbuter par terre. Mais pour être projetée avec tant de force, il aurait fallu qu'elle coure, ce qui était ridicule. Ou que quelqu'un la pousse... Dalgliesh se sentit écrasé par un sentiment d'impuissance. S'il s'agissait d'un meurtre, comment le prouver avec cette semelle abîmée ? Officiellement, la mort de Margaret Munroe était due à des causes naturelles. Son corps avait été incinéré et ses cendres enterrées ou disséminées. Cette nouvelle mort, dans quelle mesure pouvait-elle être utile à l'assassin de l'archidiacre Crampton ?

Aujourd'hui, c'est vrai, les spécialistes pourraient faire leur travail. Mark Ayling essaierait de déterminer s'il s'agissait ou non d'un meurtre. Nobby Clark et son équipe passeraient la cave au peigne fin en quête d'indices qu'ils ne trouveraient certainement pas. Mais si Agatha Betterton avait vu ou entendu quelque chose, si elle avait appris quoi que ce soit et en avait parlé à la mauvaise personne, il y avait bien peu de chances qu'il l'apprenne jamais maintenant.

Il attendit que le père Sebastian revienne avec un drap et le déploie respectueusement sur le corps, puis tous deux remontèrent. Une fois sur le palier, le père Sebastian éteignit, ferma la porte et tira le verrou placé au haut de celle-ci.

Mark Ayling arriva avec sa promptitude habituelle et plus de bruit que jamais. Suivant Dalgliesh à travers le hall, il dit : « J'espérais apporter le rapport d'autopsie de l'archidiacre Crampton, mais on n'avait pas fini de le taper. De toute façon, il ne vous apprendra rien de nouveau. La mort est due à de multiples coups portés à la tête par un objet lourd avec un bord tranchant, autrement dit le chandelier. C'est presque certainement le deuxième coup qui a été mortel. A part ça, la victime était en parfaite santé. »

Il enfila de fins gants en latex avant de descendre précautionneusement l'escalier de la cave, mais il ne prit pas le temps de revêtir sa tenue de travail pour examiner le corps.

Au bout de quelques minutes, il se releva et dit : « La mort remonte à environ six heures. Elle s'est brisé la nuque, mais ça, je pense que vous n'aviez pas besoin de moi pour le savoir. Le tableau paraît clair : après une chute violente, elle s'est cognée le front sur la troisième marche à partir du bas et elle est retombée sur le dos. Maintenant la question est de savoir si elle est tombée seule ou si on l'a aidée.

— Exactement.

— A mon avis, on l'a poussée, mais ce n'est qu'une impression, et je n'en jurerais pas devant une cour. Le problème, c'est la pente de l'escalier. On dirait qu'il a été conçu pour tuer les vieilles dames. Il est parfaitement possible qu'elle n'ait pas touché les marches avant de s'assommer sur la troisième. Accident ou meurtre, les deux sont possibles. Mais vous, qu'est-ce qui vous rend méfiant ? Vous pensez qu'elle a vu quelque chose samedi soir ? A part ça, je me demande ce qu'elle faisait dans cette cave — vous le savez, vous ? »

Dalgliesh dit prudemment : « Elle avait l'habitude de se promener la nuit.

— C'est le vin qui l'intéressait ? »

Il ne répondit pas. Le médecin légiste referma sa trousse et annonça : « Je vais envoyer une ambulance pour la chercher, que je puisse m'occuper de l'autopsie au plus vite, encore que je ne voie pas trop ce qu'elle pourrait nous apprendre. On dirait que la mort vous suit, commandant. Je remplace Colby Brooksbank pendant qu'il marie son fils à New York, et grâce à vous, j'ai à m'occuper de plus de morts violentes que si j'étais dans le Bronx... A propos, est-ce que vous avez des nouvelles du coroner concernant le rendez-vous pour l'enquête Crampton ?

— Pas encore.

— Ça ne va pas tarder. Il a déjà pris contact avec moi. »

Il jeta un dernier coup d'œil au cadavre et dit avec une douceur surprenante : « Pauvre femme. Mais au moins, ça aura été rapide : deux secondes de terreur et plus rien. N'empêche, comme nous tous, elle aurait sûrement préféré mourir dans son lit. »

2

Dalgliesh n'avait pas vu de raisons de revenir sur ses instructions à Kate concernant la visite à Ashcombe House, si bien qu'à neuf heures du matin elle et Robbins se mirent en route. Il faisait un froid pénétrant. Un jour rose comme du sang dilué s'était levé sur la mer grise, après quoi du crachin s'était mis à tomber. Il fallut mettre les essuie-glaces. Le paysage semblait vidé de ses couleurs ; même le vert des champs de betteraves avait perdu tout son éclat. Kate ravalait tant bien que mal sa mauvaise humeur. Elle n'était pas contente d'avoir été choisie pour une mission dans laquelle elle ne voyait qu'une perte de temps. Pourtant elle savait que les intuitions d'AD, comme de tout bon enquêteur, reposaient d'ordinaire sur la réalité — un mot, un regard, une coïncidence, quelque chose d'apparemment insignifiant ou sans rapport avec l'enquête qui s'enracinait dans le subconscient et y faisait naître un malaise. Souvent il n'en résultait rien, mais il arrivait aussi qu'il en sorte un élément vital, si bien qu'il eût été fou de les ignorer. L'idée de laisser Piers sur les lieux du crime ne lui plaisait guère, mais elle se consolait en tirant tout le plaisir possible de la Jaguar que lui avait confiée AD.

Et elle n'était pas mécontente de quitter momentanément St Anselm. Elle avait rarement participé à une enquête où elle s'était sentie aussi mal à l'aise physiquement et psychologiquement. Le collège était trop masculin, trop fermé, trop claustrophobique même pour qu'elle s'y sente bien. Les prêtres et les séminaristes s'étaient montrés d'une politesse sans faille, mais leur courtoisie sonnait faux. Ils la voyaient d'abord comme une femme, pas comme un policier ; or elle avait cru que cette bataille-là était gagnée. Elle les sentait aussi en possession d'un savoir secret, d'une source d'autorité ésotérique qui, subtilement, diminuait la sienne. Elle se demandait si AD et Piers avaient le même sentiment. Probablement pas, car ils étaient des hommes et St Anselm, malgré sa douceur apparente, était un monde presque agressivement masculin. C'était par ailleurs un monde universitaire, et sur ce plan-là non plus AD et Piers ne pouvaient se sentir dépaysés. Certains de ses complexes sociaux et intellectuels revenaient. Elle trouvait humiliant qu'une poignée d'hommes en soutane les lui fassent revivre alors qu'elle croyait les avoir surmontés. C'est donc avec un sentiment de réel soulagement qu'elle obliqua vers l'ouest et s'éloigna de la falaise et de la mer, qui battait depuis trop longtemps à ses oreilles.

Elle aurait préféré être avec Piers. Ils auraient au moins pu parler de l'affaire en égaux, se disputer, argumenter et être plus ouverts qu'elle ne pouvait l'être avec un subalterne. Et elle commençait à trouver le sergent Robbins irritant. Il était trop gentil pour être vrai. Elle regarda son profil bien dessiné, ses yeux gris fixés sur la route, et se demanda une fois de plus pourquoi il avait choisi la police. S'il y était entré par vocation, ils étaient tous les deux dans le même cas. Elle avait voulu un travail où elle puisse se sentir utile et où le manque de diplôme universitaire ne soit pas un désavantage, un travail qui soit stimulant, excitant, varié. Pour elle, la police avait été un moyen de laisser à jamais derrière elle la tristesse et la pauvreté de son enfance, l'odeur d'urine dans l'escalier d'Ellison Fairweather Buildings. Le service lui avait apporté beaucoup, y compris cet appartement sur la Tamise où elle avait encore du mal à croire qu'elle était chez elle. En échange, elle avait donné une loyauté et un dévouement qui n'en finissaient pas de l'étonner. Pour Robbins, prêcheur laïc à ses moments perdus, servir son Dieu protestant était sans doute aussi une vocation. Elle se demanda si ce qu'il croyait était différent de ce que croyait le père Sebastian, et si oui, dans quelle mesure et comment, mais elle jugea que le moment était malvenu pour entamer une discussion théologique. Et d'ailleurs à quoi bon ? A l'école, il y avait eu dans sa classe treize nationalités et presque autant de religions différentes. Pour elle, aucune ne représentait une philosophie cohérente. Elle se disait qu'elle pouvait vivre sans Dieu ; elle n'était pas certaine de pouvoir vivre sans son travail.

L'hospice était dans un village situé au sud-est de Norwich. Kate dit : « Il ne faut pas nous laisser prendre par la circulation de la ville. Guettez à droite la route de Bramerton. »

Cinq minutes plus tard, ils avaient quitté l'A146 et roulaient plus lentement entre des haies dénudées au-delà desquelles des groupes de maisons identiques et de bungalows à toit rouge témoignaient de l'envahissement de la campagne par la ville.

Robbins dit tranquillement : « Ma mère est morte dans un hospice il y a deux ans. Le truc habituel. Un cancer.

— Je suis désolée. Cette visite, ça ne va pas être trop rude pour vous ?

— Ça va. Tout le monde a été merveilleux avec elle, dans cet hospice. Et avec nous aussi. »

Sans quitter la route des yeux, Kate dit : « Tout de même, ça va vous rappeler des souvenirs pénibles.

— C'est ce qu'elle a vécu avant d'entrer dans cet

hospice qui était pénible. » Il y eut un silence puis il ajouta : « Henry James appelle la mort "cette chose distinguée". »

Mon Dieu, songea Kate, d'abord AD et sa poésie, ensuite Piers et Richard Hooker, maintenant Robbins et Henry James ! Pourquoi ne me donne-t-on pas un sergent dont toute l'ambition littéraire se résume à lire Jeffrey Archer ?

« J'ai eu un petit ami bibliothécaire qui voulait me faire découvrir Henry James, dit-elle. Mais quand j'arrivais à la fin d'une phrase, j'avais déjà oublié le début.

— Tout ce que j'ai lu, c'est *le Tour d'écrou*. C'était après avoir vu le téléfilm. Je suis tombé je ne sais où sur cette citation sur la mort et ça m'a frappé.

— Elle fait de l'effet, mais ce n'est pas vrai. La mort est comme la naissance, pénible, malpropre, sans dignité. La plupart du temps en tout cas. » Et c'est peut-être tout aussi bien, songea-t-elle. Ça nous rappelle que nous sommes des animaux. On s'en tirerait peut-être mieux si on essayait de se comporter un peu plus comme des animaux et un peu moins comme des dieux.

Après un long silence, Robbins déclara : « La mort de maman n'était pas sans dignité. »

Alors elle a eu de la chance, se dit Kate.

Ils trouvèrent l'hospice sans difficulté. Il était situé aux abords du village dans le parc d'une solide maison de brique rouge. Un grand panneau les orienta vers le parking, situé sur la droite de celle-ci. Derrière se trouvait l'hospice même, un bâtiment moderne à un seul étage donnant sur une pelouse qu'égayaient deux parterres circulaires plantés de petits arbustes vert et jaune et de bruyère.

Le hall, plein de fleurs et d'activité, donnait d'abord une impression de lumière. Il y avait déjà deux personnes à la réception : une femme qui prenait des dispositions pour emmener son mari en

promenade le lendemain, et derrière elle un ecclésiastique attendant patiemment. Une poussette
passa avec un bébé dont la tête chauve était ridiculement ornée d'un ruban avec un grand nœud. Une
fillette, visiblement accompagnée de sa mère, arriva
avec un petit chien dans les bras en criant : « On
amène Trixie voir grand-mère. » Une jeune infirmière en blouse rose aidait un jeune homme éma-
cié à traverser le hall. Des visiteurs entraient avec
des fleurs et des paquets, lançant des saluts pleins
d'entrain. Kate s'était attendue à une atmosphère de
calme respectueux, et non pas à cette impression
d'activité, de fonctionnalité et de vie due à un
va-et-vient de gens qui se sentaient là chez eux.

Lorsque la femme à cheveux gris qui s'occupait de
la réception se tourna vers eux, elle regarda la pièce
d'identité que lui tendait Kate comme si l'arrivée de
deux représentants de la police métropolitaine
n'avait rien d'extraordinaire. Elle dit : « Vous vous
êtes annoncés par téléphone, je crois. La directrice
— Miss Whetstone — vous attend. Son bureau est
juste en face. »

Miss Whetstone attendait à la porte comme si elle
les avait entendus venir. Elle les fit entrer dans une
pièce aux trois quarts vitrée, située au centre de
l'hospice et où la vue donnait sur deux couloirs par-
tant vers le nord et le sud. A l'est, la fenêtre ouvrait
sur un jardin bien entretenu, avec des bancs de bois
régulièrement espacés le long de chemins dallés, et
des plates-bandes où quelques derniers boutons de
roses mettaient un semblant de couleur.

Miss Whetstone leur désigna deux chaises, prit
elle-même place derrière le bureau et leur fit un sourire bienveillant d'institutrice accueillant de nouveaux élèves peu prometteurs. C'était une petite
femme à forte poitrine avec d'épais cheveux gris
dont une frange lui tombait sur les yeux — des yeux
qui voyaient tout mais étaient pleins de charité, se

dit Kate. Elle portait une robe d'uniforme bleu pâle avec une ceinture à boucle d'argent et un badge d'hôpital épinglé sur son sein. Malgré son atmosphère décontractée, Ashcombe House avait choisi une directrice selon les critères de sérieux d'autrefois.

Kate expliqua : « Nous enquêtons sur la mort d'un étudiant de St Anselm, le collège de théologie. Son corps a été découvert par Mrs Margaret Munroe, qui travaillait ici avant d'être engagée à St Anselm. Rien ne laisse supposer qu'elle ait quoi que ce soit à voir avec la mort du jeune homme en question, mais elle a laissé un journal intime dans lequel elle raconte de façon détaillée comment elle a trouvé son corps. Plus loin, elle dit que la tragédie l'a fait se ressouvenir de quelque chose qui s'est passé douze ans plus tôt. Apparemment, il s'agissait d'un événement qui, quand elle se l'est rappelé, a été pour elle une source de tracas. Nous aimerions bien trouver ce que c'était. Comme elle était alors infirmière ici, il se peut que ce soit quelque chose qui s'est passé ici, concernant quelqu'un qu'elle aurait rencontré, un malade qu'elle aurait soigné. Peut-être que vos archives pourraient nous aider. Ou peut-être que, parmi le personnel, il se trouve quelqu'un qui l'a connue et à qui nous pourrions parler. »

Pendant le trajet, Kate avait préparé ce qu'elle allait dire, choisissant soigneusement ses mots. Elle l'avait fait pour clarifier les choses, pour elle autant que pour Miss Whetstone. Avant de partir, elle avait été à deux doigts de demander à AD ce qu'elle devait chercher au juste, mais elle y avait renoncé de peur de laisser voir sa confusion, son ignorance et son manque d'empressement devant la mission dont il l'avait chargée.

Comme s'il avait senti tout cela, Adam Dalgliesh avait dit : « Quelque chose d'important s'est passé il y a douze ans. Il y a douze ans, Margaret Munroe était infirmière à l'hospice d'Ashcombe House. Il y a douze ans, le 30 avril 1988, Clara Arbuthnot est morte dans cet hospice. Il y a peut-être un rapport entre les deux faits, ou peut-être pas. Il s'agit d'une recherche aléatoire plutôt que d'une enquête précise »

Kate avait rétorqué : « Je comprends qu'il puisse y avoir un lien entre la mort de Ronald Treeves et celle de Mrs Munroe, mais je ne vois pas encore ce qu'elles auraient à voir avec la mort de l'archidiacre.

— Moi non plus, Kate, et pourtant je sens que ces trois morts sont liées. Peut-être pas directement, mais quand même. En tout cas, si Margaret Munroe a été assassinée — ce qui est possible —, sa mort et celle de l'archidiacre sont presque forcément liées. Je ne peux pas imaginer qu'il y ait deux assassins à St Anselm. »

Sur le moment, l'argument lui avait paru parfaitement crédible. Mais maintenant qu'elle avait fini le petit discours qu'elle avait préparé, elle était à nouveau en proie au doute, et le regard sceptique de Miss Whetstone n'arrangeait rien.

« Si je comprends bien, dit cette dernière, Mrs Munroe est morte récemment d'une crise cardiaque, laissant un journal où elle fait allusion à un événement important dans sa vie qui s'est passé il y a douze ans. En relation avec je ne sais quelle enquête, vous voudriez savoir de quoi il s'agissait. Et comme il y a douze ans elle travaillait ici, vous imaginez que c'est peut-être ici que cet événement s'est passé, et vous espérez que nos registres pourraient vous aider, ou qu'un membre de notre personnel actuel était déjà là il y a douze ans et se souvient des incidents d'alors ?

— Ce serait un coup de chance, je sais. Mais il faut que nous suivions la piste que nous ouvre ce journal.

— En relation avec un garçon qui a été trouvé mort. Vous pensez à un meurtre ?

— Je n'ai pas dit cela, Miss Whetstone.

— Mais il y a eu un meurtre récemment à St Anselm, c'est sûr. Les nouvelles vont vite à la campagne. L'archidiacre Crampton a été assassiné. Est-ce que votre visite est liée à cette enquête ?

— Rien n'indique que ces morts soient liées. Et notre intérêt pour le journal de Margaret Munroe date d'avant l'assassinat de l'archidiacre.

— Je vois. Notre devoir est d'aider la police, et je ne vois aucune objection à consulter pour vous le dossier de Mrs Munroe et à vous transmettre toutes les informations susceptibles de vous être utiles, sauf s'il s'agit de quelque chose qu'elle aurait manifestement refusé de vous dire elle-même. Mais je ne pense pas que son dossier vous apprenne grand-chose. Et avec les morts que nous avons ici, on peut dire qu'il se passe beaucoup d'événements importants à Ashcombe House.

— Selon ce que nous savons, dit Kate, une de vos pensionnaires, Miss Clara Arbuthnot, est morte un mois avant que Mrs Munroe commence à travailler ici. Nous voulons vérifier les dates. Peut-être que les deux femmes ont eu l'occasion de se rencontrer.

— A moins qu'elles ne l'aient fait en dehors d'Ashcombe House, ça me paraît hautement improbable. Mais je peux vérifier les dates pour vous, si vous voulez. Nos dossiers sont informatisés maintenant, mais nous ne sommes pas encore remontés douze ans en arrière. Nous ne gardons les dossiers du personnel qu'au cas où un éventuel employeur demanderait des références. Tout cela se trouve au siège de la maison. Il se peut qu'il y ait des informations dans le dossier médical de Miss Arbuthnot, mais je considère qu'elles sont confidentielles. Vous comprendrez que je ne vous les communique pas. »

Kate dit : « Il nous serait très utile de voir ces deux

dossiers : le dossier professionnel de Mrs Munroe et le dossier médical de Miss Arbuthnot.

— Je ne crois pas que j'aie le droit de vous les laisser voir. La situation est exceptionnelle, bien sûr. Je n'ai encore jamais été confrontée à ce genre de demande. Vous n'avez pas été très explicite quant à votre intérêt pour Mrs Munroe ou Miss Arbuthnot. Avant d'aller plus loin, je crois qu'il faut que je parle à Mrs Barton — c'est notre présidente. »

Sans laisser à Kate le temps de répondre, Robbins dit : « Si ce qu'on vous a dit vous paraît vague, c'est que nous ne savons pas nous-mêmes ce que nous cherchons. Tout ce que nous savons, c'est qu'il s'est passé quelque chose d'important dans la vie de Mrs Munroe il y a douze ans. Cette dame ne semblait guère avoir d'intérêt hors de son travail, et il est possible que l'événement concerne Ashcombe House. Vous pourriez peut-être jeter un coup d'œil aux dossiers pour voir si les dates correspondent, et si vous voyez dans le dossier de Mrs Munroe quelque chose qui vous semble significatif, demander à Mrs Barton si vous avez le droit de nous le révéler. D'accord ? »

Miss Whetstone le regarda un moment sans ciller. « Ça me paraît sensé, répondit-elle enfin. Je vais voir si je peux mettre la main sur ces dossiers. Ça risque de me prendre un peu de temps. »

A ce moment-là, la porte s'ouvrit et une tête se montra. « Mrs Wilson vient d'arriver en ambulance, Miss Whetstone. Ses filles l'accompagnent. »

Aussitôt le visage de Miss Whetstone s'illumina. On aurait dit qu'elle allait accueillir un hôte de marque dans un hôtel de luxe.

« Parfait. Parfait. Je viens. Je viens tout de suite. On va la mettre avec Helen, c'est bien ça ? Je crois qu'elle se sentira mieux avec quelqu'un de son âge. » Elle se tourna vers Kate. « Je vais être occupée un moment. Vous préférez revenir plus tard ou attendre ? »

Kate sentait que leur présence physique dans le bureau était ce qui avait le plus de chances de leur valoir rapidement leur information. « Si ça ne vous dérange pas, nous allons attendre », répondit-elle. Mais Miss Whetstone avait déjà quitté la pièce.

Kate dit : « Merci de votre intervention, sergent. C'était parfait. »

Elle alla à la fenêtre et resta là à surveiller les allées et venues du couloir. Elle regarda Robbins : son visage était blanc et dur. Elle crut même détecter une perle d'humidité au coin de son œil, ce qui la fit aussitôt regarder ailleurs. « Je ne suis pas aussi bonne ou aussi gentille qu'il y a deux ans. Qu'est-ce qui m'arrive ? AD avait raison : si je ne peux pas donner à ce travail ce qu'il requiert, humanité incluse, je ferais mieux de laisser tomber. » Pensant à Dalgliesh, elle regretta son absence. Et elle sourit en se rappelant comment, dans ce genre de situations, il était incapable de résister à l'attrait des mots. Ce besoin de lecture semblait parfois une obsession chez lui. Il était trop scrupuleux pour se mettre à fouiller dans les papiers laissés sur le bureau, mais il n'aurait sûrement pas manqué d'aller lire les nombreux avis épinglés au tableau d'affichage qui cachait une partie de la fenêtre.

Ni elle ni Robbins ne parlèrent. Ils restèrent plantés à l'endroit où ils se trouvaient lorsque Miss Whetstone était sortie. Ils n'eurent pas à attendre longtemps. Moins d'un quart d'heure plus tard, elle était de retour avec deux dossiers, prenait place à son bureau et les posait devant elle.

« Asseyez-vous, je vous en prie », dit-elle.

Kate se sentait comme une candidate pas très sûre de son C.V. se préparant à subir un entretien.

Miss Whetstone avait manifestement étudié les dossiers avant de revenir. « J'ai bien peur qu'il n'y ait rien là-dedans qui puisse vous aider, annonça-t-elle. Mrs Munroe est arrivée chez nous le 1er juin 1988, et elle en est repartie le 30 avril 1994. Elle souffrait d'une maladie de cœur, et son médecin lui avait vivement recommandé de se trouver un travail moins astreignant. Comme vous le savez, elle est allée à St Anselm essentiellement pour s'occuper du linge et pour prodiguer un minimum de soins aux habitants de l'endroit, des jeunes gens en bonne santé pour la plupart. Son dossier ne contient pas grand-chose hormis les demandes de congé usuelles, les certificats médicaux et le rapport annuel confidentiel. Je suis arrivée six mois après son départ, si bien que je ne l'ai pas connue personnellement, mais il semble qu'elle ait été consciencieuse et sympathique, encore que peu imaginative. Mais l'absence d'imagination peut également être une vertu, tout comme l'est l'absence de sentimentalité. Ici, la sensiblerie n'a jamais aidé qui que ce soit. »

Kate demanda : « Et Miss Arbuthnot ?

— Clara Arbuthnot est morte un mois avant que Margaret Munroe ne commence à travailler ici. Elle n'a donc pas été soignée par Miss Munroe, et si elles se sont rencontrées, ce n'était pas ici en tant que malade et infirmière.

— Est-ce que Miss Arbuthnot est morte seule ?

— Aucun malade ne meurt seul chez nous, inspecteur. Elle n'avait pas de parents auprès d'elle, mais un prêtre, le révérend Hubert Johnson, qui est venu la voir à sa demande avant qu'elle ne meure.

— Est-ce que ce serait possible de lui parler ? » demanda Kate.

Miss Whetstone répondit sèchement : « Pour ça, je crains que ce soit impossible même pour la police métropolitaine. C'était un de nos malades, à l'époque ; il séjournait ici temporairement pour recevoir des soins. Et il est revenu mourir ici deux ans plus tard.

— Il n'y a plus personne ici qui ait connu Mrs Munroe il y a douze ans ?

— Si, Shirley Legge, la plus ancienne parmi notre personnel. Nous n'avons pas un taux élevé de renouvellement du personnel, mais le travail comporte des exigences si particulières que nous considérons comme sage pour les infirmières qu'elles changent de cadre de temps en temps pour aller travailler dans un endroit où l'on meurt moins souvent. Je crois que c'est la seule à s'être trouvée là il y a douze ans, mais il faudrait que je vérifie. Et franchement, inspecteur, je n'ai pas le temps. Le mieux serait que vous parliez directement avec Mrs Legge. Je crois qu'elle est de garde en ce moment.

— Je suis désolée des problèmes que nous vous causons, Miss Whetstone, mais ce serait vraiment bien que nous puissions la voir. Merci. »

Miss Whetstone disparut une nouvelle fois, laissant les deux dossiers sur son bureau. Kate fut d'abord tentée d'y jeter un coup d'œil, mais quelque chose la retint. D'une part, elle pensait que Miss Whetstone avait été de bonne foi et qu'il n'y avait rien de plus à apprendre, et d'autre part, elle se rendait compte que chacun de leurs mouvements était visible à travers la cloison de verre. A quoi bon se mettre Miss Whetstone à dos ? L'enquête n'y gagnerait rien.

La directrice revint cinq minutes plus tard avec une femme aux traits accentués, entre deux âges, qu'elle présenta comme Mrs Shirley Legge. Mrs Legge entra aussitôt dans le vif du sujet.

« Notre directrice dit que vous cherchez des renseignements sur Margaret Munroe. Je ne peux guère vous aider. Je l'ai connue, mais juste comme ça. Elle n'était pas du genre à se lier. Je me souviens qu'elle était veuve et avait un fils qui avait obtenu une bourse pour je ne sais plus quelle école privée. Il voulait entrer dans l'armée, et c'est l'armée, je crois, qui payait ses études. Quelque chose comme ça en tout cas. Je suis navrée d'apprendre qu'elle est morte. Je crois que leur famille se réduisait à eux deux. Ça doit être dur pour son fils. »

Kate dit : « Il est mort avant elle. Il a été tué en Irlande du Nord.

— Alors ça a dû être un coup terrible pour elle. Un coup à lui enlever le goût de vivre. Il était tout pour elle, son fils. Je regrette de ne pas pouvoir vous aider davantage. S'il lui est arrivé quelque chose d'important ici, elle ne m'en a rien dit, mais vous pourriez essayer auprès de Mildred Fawcett. » Elle se tourna vers Miss Whetstone. « Vous vous rappelez Mildred, Miss Whetstone ? Elle a pris sa retraite peu après votre arrivée. Elle, elle la connaissait, Margaret Munroe. Je crois qu'elles avaient suivi la même formation. Ça vaudrait certainement la peine de lui parler.

— Auriez-vous son adresse, Miss Whetstone ? » demanda Kate.

Shirley Legge répondit à la place de la directrice : « Ne vous inquiétez pas, je peux vous la donner. Nous échangeons toujours des vœux à Noël. Et elle a une adresse facile à retenir. Elle a un cottage peu avant Medgrave, pas loin de l'A146, le Clippety-Clop Cottage. Il me semble qu'il y a un élevage de chevaux juste à côté. »

La chance semblait enfin jouer en leur faveur. Mildred Fawcett aurait aussi bien pu se retirer dans un cottage de Cornouailles ou du Nord-Est. Mais l'endroit où elle habitait était pratiquement sur la route de St Anselm. Kate remercia Miss Whetstone et Shirley Legge pour leur aide et demanda à pouvoir consulter un annuaire. Là encore, ils eurent de la chance : Miss Fawcett était sur la liste des abonnés.

Sur le comptoir de la réception, une boîte était étiquetée « Pour les fleurs ». Kate y glissa un billet de cinq livres. Elle doutait de pouvoir justifier la dépense dans le cadre de l'enquête, et ne savait pas trop si son geste était dicté par la superstition ou par la générosité.

3

Dans la voiture, ceintures attachées, Kate appela le Clippety-Clop Cottage, mais sans obtenir de réponse. Elle dit : « Je ferai mieux de rendre compte de nos progrès — ou plutôt de notre absence de progrès. »

La conversation fut brève. « On passe voir Mildred Fawcett comme prévu, annonça-t-elle en raccrochant. Ensuite, il veut nous voir aussi vite que possible. Le légiste vient de partir.

— AD t'a dit ce qui s'était passé ? C'était un accident ?

— Trop tôt pour se prononcer, mais ça en a l'air. Et si ce n'en est pas un, ça ne sera sûrement pas facile à prouver.

— La quatrième mort, fit Robbins.

— Merci, sergent, je sais compter. »

Elle conduisit très prudemment jusqu'à la route, où elle accéléra. La mort de Miss Betterton avait quelque chose d'inquiétant au-delà du choc initial que sa nouvelle avait provoqué. Comme tout le monde, Kate avait besoin de sentir que, une fois sur une affaire, la police avait les choses en main. Une enquête pouvait se dérouler plus ou moins bien, mais c'était la police qui questionnait, examinait, disséquait, évaluait, décidait d'une stratégie et tirait les ficelles. Dans l'affaire Crampton, elle avait toutefois ressenti presque depuis le début une sourde anxiété à laquelle elle n'avait pas encore fait face. C'était l'idée que le pouvoir pouvait se situer ailleurs, qu'à côté de l'intelligence et de l'expérience de Dalgliesh un autre esprit était à l'œuvre, tout aussi intelligent et doté d'une autre expérience. Elle craignait que déjà ne commence à leur échapper le contrôle de la situation qui, une fois perdu, ne pouvait jamais être récupéré. Elle était impatiente d'être de retour à St Anselm. Jusque-là, il était inutile de spéculer.

« Désolée d'avoir été un peu sèche, sergent. Mais je crois qu'il est inutile de discuter avant que nous en sachions davantage.

— Si on chasse l'oie sauvage, au moins elle vole dans la bonne direction », rétorqua Robbins de façon sibylline.

A l'approche de Medgrave, Kate ralentit ; pour ne pas perdre de temps, le mieux était encore de circuler lentement et de ne pas rater le cottage. « Regardez à gauche, dit-elle ; moi, je regarde à droite. On pourrait demander, bien sûr, mais je préférerais qu'on ne se fasse pas remarquer. »

Il ne fut pas nécessaire de demander. Comme ils approchaient du village, elle vit un joli cottage de brique et de tuile planté sur une petite éminence à une douzaine de mètres de la route. Sur le portail, un écriteau blanc portait son nom en lettres noires : CLIPPETY-CLOP COTTAGE. Il y avait un porche central avec au-dessus la date de 1893 gravée dans la pierre, des fenêtres en saillie de chaque côté et une rangée de trois fenêtres au premier étage. La peinture était d'un blanc éclatant, les vitres des fenêtres miroitaient, et le chemin dallé qui menait à la porte ne laissait pas voir un brin d'herbe. A première vue s'imposait une impression d'ordre et de confort. Ayant garé la voiture sur le bord de la route, ils gagnèrent la porte et secouèrent le heurtoir en forme de fer à cheval. Personne ne répondit.

Kate dit : « Elle est probablement dehors. Faisons le tour pour voir de l'autre côté. »

La bruine avait cessé, et bien qu'il fît froid, le ciel s'était éclairci et l'on y discernait à l'est quelques traces de bleu. Sur la gauche de la maison, un chemin de pierre menait à une barrière ouvrant sur le jardin. Kate, née et élevée en ville, ne connaissait pas grand-chose en fait de jardinage, mais elle comprit tout de suite qu'ici une passionnée était à l'œuvre. L'espacement des arbres et des buissons, les parterres bien dessinés et le potager légèrement en retrait attestaient que Miss Fawcett était une spécialiste. Grâce à la situation dominante du terrain, elle avait de la vue. Le paysage d'automne étalait devant eux toute la variété de ses verts, de ses ors et de ses bruns sous le vaste ciel de l'East-Anglia.

Une femme penchée au-dessus d'une plate-bande, un sarcloir à la main se redressa et s'approcha d'eux. Grande, elle ressemblait un peu à une gitane avec son visage brun profondément ridé, et ses cheveux noirs à peine striés de gris tirés en arrière et attachés sur la nuque. Elle portait un tablier de jardinier sur une longue jupe de laine, de grosses chaussures et des gants. Elle ne parut ni surprise ni déconcertée de les voir.

Kate se présenta et présenta le sergent Robbins, montra sa carte et répéta pour l'essentiel ce qu'elle avait dit peu avant à Miss Whetstone, ajoutant : « A l'hospice, on n'a pas pu nous aider, mais Mrs Shirley Legge nous a dit que vous étiez là-bas il y a douze ans et que vous connaissiez Mrs Munroe. Nous avons essayé de vous prévenir de notre visite par téléphone, mais impossible de vous joindre.

— Je devais être au fond du jardin. Mes amis me disent que je devrais avoir un téléphone portable, mais c'est la dernière chose dont j'aie envie. C'est un vrai fléau. Je ne prendrai plus le train tant qu'il n'y aura pas des compartiments où ils sont interdits. »

Contrairement à Miss Whetstone, elle ne posait pas de questions. On aurait dit que, pour elle, la visite de deux policiers était un phénomène courant. Fixant sur Kate un regard tranquille, elle dit : « Nous serons mieux à l'intérieur. Je vais voir si je peux vous aider. »

Elle les conduisit dans une pièce au sol cimenté avec un grand évier sous la fenêtre et des placards et rayonnages sur le mur opposé. Il y régnait une odeur de terre humide et de pommes à laquelle se mêlait un soupçon de paraffine. Il y avait une caisse de pommes et des oignons mis à sécher sur un rayon, des écheveaux de raphia, des seaux, un tuyau d'arrosage enroulé et, sur un porte-outils, des instruments de jardin, tous plus propres les uns que les autres. Miss Fawcett retira son tablier et ses chaussures et les précéda, pieds nus, dans le salon.

Pour Kate, ce salon évoquait une vie indépendante et solitaire. Il y avait un fauteuil à haut dossier devant la cheminée, une table avec une lampe, une autre table avec des livres. Devant la fenêtre, une table ronde avec une seule chaise, les trois chaises restantes ayant été poussées contre le mur. Un gros chat roux était lové sur un fauteuil capitonné. Il leva une tête féroce à leur entrée, les regarda d'un œil fixe, et, offusqué, quitta sa place pour sortir de la pièce d'un pas traînant. Kate n'avait jamais vu de chat plus vilain.

Miss Fawcett les fit asseoir et se dirigea vers une armoire placée dans un renfoncement à côté de la cheminée. « Je ne sais pas si je pourrai vous aider, dit-elle, mais si quelque chose de particulier est arrivé à Margaret Munroe à l'époque où nous étions toutes les deux infirmières à l'hospice, j'ai dû le noter dans mon journal. Mon père insistait pour que nous tenions notre journal, enfants ; l'habitude m'est restée. C'est comme la prière qu'on nous apprend à dire avant de dormir : on commence enfant, et puis on se sent tenu de continuer. Vous disiez que c'était il y a douze ans. Ça nous ramène à 1988. »

Elle s'installa devant le feu avec ce qui ressemblait à un cahier d'écolier.

Kate demanda : « Est-ce que vous vous souvenez d'avoir soigné une certaine Miss Clara Arbuthnot quand vous travailliez à Ashcombe House ? »

Si elle trouva curieuse la soudaine mention de Clara Arbuthnot, Miss Fawcett n'en montra rien. « Je me souviens de Miss Arbuthnot. J'étais l'infirmière spécialement chargée de ses soins depuis le jour de son admission jusqu'à sa mort, cinq semaines plus tard. » Elle se mit à feuilleter son journal, s'arrêtant çà et là à l'éveil d'un souvenir. Kate se demanda si sa lenteur était délibérée. Mais après s'être longuement attardée sur une page, elle posa brusquement les mains sur son cahier et leva ses yeux intelligents sur Kate.

« J'ai trouvé un passage où il est question à la fois de Clara Arbuthnot et de Margaret Munroe, dit-elle. Mais ça me pose un problème. J'ai promis le secret à l'époque et je ne vois pas pourquoi je reviendrais maintenant sur ma parole. »

Kate réfléchit un instant avant d'expliquer : « Ce n'est pas seulement pour éclairer la mort d'un étudiant que l'information que vous avez là peut être cruciale pour nous. Il est vraiment très important que nous sachions ce que vous avez écrit, et le plus vite possible. Clara Arbuthnot et Margaret Munroe sont mortes toutes les deux. Pensez-vous qu'elles voudraient que vous vous taisiez alors qu'il s'agit d'aider la justice ? »

Miss Fawcett se leva et dit : « Je voudrais que vous alliez faire un tour dans le jardin pendant quelques minutes. J'ai besoin de réfléchir. Je toquerai à la vitre quand vous pourrez rentrer. »

Ils allèrent jusqu'au fond du jardin et restèrent un moment à contempler les champs. Tourmentée par l'impatience, Kate dit : « Ce journal était à portée de main, il aurait suffi que j'y jette un coup d'œil. Qu'est-ce qu'on fait si elle ne veut rien dire ? Si l'affaire passe devant les tribunaux, on pourrait l'assigner à comparaître, bien sûr, mais il faudrait que ce qu'elle a dans son journal vaille vraiment la peine. C'est probablement un passage où elle raconte comment Mrs Munroe et Clara Arbuthnot ont fait l'amour sous la jetée de Frinton.

— Il n'y a pas de jetée à Frinton, observa Robbins.

— Et Miss Arbuthnot était mourante en plus. Oh, zut, retournons là-bas. Il ne faut pas qu'on rate son coup à la fenêtre. »

Quand elle leur fit signe, ils rentrèrent dans le salon avec calme, soucieux de cacher leur impatience.

Miss Fawcett dit : « J'aimerais que vous me donniez votre parole que l'information que vous cherchez est nécessaire pour votre enquête, et que si elle se révèle inutile il ne sera pas fait mention de ce que je dis.

— Nous ne pouvons pas savoir si elle sera utile ou non. Nous ne pouvons vous donner aucune assurance. Nous ne pouvons que vous demander votre aide.

— Merci de votre honnêteté. Mais vous avez de la chance, mon grand-père était commissaire de police, et je suis de celles, hélas de plus en plus rares, qui font confiance à la police. Je suis prête à dire ce que je sais et à vous remettre ce journal s'il peut vous être utile. »

Jugeant plus prudent de ne pas discuter davantage, Kate se contenta de dire « merci » et attendit.

« J'ai réfléchi pendant que vous étiez dans le jardin, reprit Miss Fawcett. Vous m'avez dit que si vous étiez là, c'était à cause de la mort d'un étudiant du collège St Anselm. Vous m'avez dit aussi que Margaret Munroe n'avait rien à voir dans cette mort, si ce n'est qu'elle a trouvé le corps. Mais il y a autre chose, non ? Vous ne seriez pas ici si cette mort ne cachait pas quelque chose. Vous enquêtez sur un meurtre, n'est-ce pas ?

— Oui, reconnut Kate. Nous faisons partie d'une équipe qui enquête sur le meurtre de l'archidiacre Crampton au collège St Anselm. Il n'y a peut-être aucun rapport avec le journal de Mrs Munroe, mais il faut que nous en soyons sûrs. Je pense que vous êtes au courant de la mort de l'archidiacre ?

— Non, je ne savais pas. J'achète rarement le journal et je n'ai pas la télévision. Mais s'il s'agit d'un meurtre, évidemment... A la date du 27 avril 1988, il y a quelque chose dans mon journal qui concerne Mrs Munroe. Le problème, c'est que, à l'époque, on avait toutes les deux promis le secret.

— Vous pouvez me montrer ce passage, Miss Fawcett ?

— Je ne pense pas qu'il vous éclairerait beaucoup. J'ai juste noté quelques détails. Mais j'ai en tête d'autres souvenirs. Oui, je crois que j'ai le devoir de vous raconter. Mais je vous le répète, ça n'a peut-être rien à voir avec votre enquête, et si c'est le cas, je voudrais l'assurance que les choses en resteront là.

— Sur ce point, vous avez ma promesse », dit Kate.

Les deux mains à plat sur son journal ouvert comme pour cacher ce qui y était écrit, Miss Fawcett se lança dans son récit : « En avril 1988, je soignais les malades en fin de vie à Ashcombe House. Un jour, une malade m'a dit qu'elle désirait se marier avant de mourir, mais que son intention et la cérémonie devaient être gardées secrètes. Elle m'a demandé de servir de témoin. J'ai accepté. Poser des questions n'était pas dans mon rôle, et je n'en ai posé aucune. C'était le vœu d'une femme à laquelle je m'étais attachée, et à qui il restait peu de temps à vivre. La surprise, c'est qu'elle ait eu la force d'affronter la cérémonie. Le mariage a pu se faire grâce à une autorisation de l'archevêque, et il a été célébré à midi le 27 avril dans la petite église St Osyth, à Clampstoke-Lacey, près de Norwich. Le prêtre était le révérend Hubert Johnson, que ma malade avait rencontré à l'hospice. Je n'ai vu le fiancé qu'au moment où il est venu nous prendre en voiture, comme pour aller faire une balade. Le père Hubert devait trouver un second témoin, mais, je ne sais plus pour quelle raison, il n'avait trouvé personne. Et comme nous allions partir, j'ai vu Margaret Munroe. Elle sortait de l'entretien qu'elle venait d'avoir avec la directrice pour un poste d'infirmière. En fait, c'est sur mon conseil qu'elle avait postulé. Je savais que je pouvais compter sur son absolue discrétion. Elle était bien plus jeune que moi, mais nous avions été formées ensemble au vieil hôpital Westminster, à Londres. Moi, j'avais d'abord fait des études universitaires ; je voulais être infirmière, mais mon père refusait d'en entendre parler — il a fallu que j'attende sa mort pour commencer ma formation. Mais revenons à nos moutons. La cérémonie une fois terminée, je suis rentrée à l'hospice avec ma malade. Par la suite, elle m'a semblé beaucoup plus heureuse et en paix, mais jamais nous n'avons reparlé du mariage. Il s'est passé tant de choses pendant que je travaillais à l'hospice que je l'aurais peut-être oublié si je n'avais rien noté dans mon journal. Mais il a suffi que je voie les quelques mots que j'avais écrits — sans citer de noms, bien sûr — pour que cette journée me revienne en mémoire avec une clarté surprenante. Je me souviens qu'il

faisait beau, que le cimetière de St Osyth était jaune
de jonquilles et que nous sommes sortis de l'église
sous le soleil. »

Kate demanda : « Votre malade, c'était Clara
Arbuthnot ? »

Miss Fawcett la regarda. « Oui, c'était elle.

— Et le fiancé ?

— Je ne sais pas. Je ne me rappelle ni son visage
ni son nom, et si Margaret était toujours en vie, je
ne pense pas qu'elle s'en souviendrait non plus.

— Mais en tant que témoin, elle a dû signer le certificat de mariage et a sûrement eu connaissance des
noms.

— C'est possible, oui, mais pourquoi s'en serait-
elle souvenu ? Il ne faut pas oublier que c'était un
mariage religieux et qu'à l'église on ne cite que les
prénoms pendant la cérémonie. » Elle s'interrompit
un instant avant d'ajouter : « Je dois avouer que je
n'ai pas été tout à fait franche avec vous. Il me fallait le temps de penser, de réfléchir à ce que j'allais
vous dire si j'acceptais de parler. Je n'avais pas
besoin de consulter mon journal pour répondre à
votre question. Je l'avais déjà regardé à cette date le
jeudi 12 octobre quand Margaret Munroe m'a téléphoné d'une cabine de Lowestoft. Elle voulait justement connaître le nom de la mariée — je le lui ai
donné — et celui du mari, mais là je lui ai dit que
je l'ignorais, que je ne l'avais pas noté dans mon
journal et que je l'avais oublié.

— Vous ne vous souvenez de rien à propos de cet
homme ? Il avait quel âge, il ressemblait à quoi, il
parlait comment ? Vous ne l'avez pas revu à l'hospice ?

— Non, même pas quand Clara est morte. Pour
autant que je sache, il n'est pas venu à la crémation.
C'est un cabinet juridique de Norwich qui s'est
chargé de tout. Je ne l'ai jamais revu, et je n'ai
jamais plus entendu parler de lui. Mais il y a une

chose dont je me souviens. Je l'ai remarquée quand il a passé l'anneau au doigt de Clara. A la main gauche, il lui manquait l'extrémité de l'annulaire. »

Kate ressentit un élan de triomphe et d'excitation qu'elle eut bien du mal à dissimuler. Elle évita de regarder Robbins. S'efforçant de garder une voix calme, elle demanda : « Est-ce que Miss Arbuthnot vous a confié les raisons de ce mariage ? Il n'est pas impossible qu'il y ait eu, par exemple, un enfant dans l'affaire ?

— Un enfant ? Elle n'a jamais parlé d'enfant ; il n'y avait pas de mention de grossesse dans son dossier. Aucun enfant n'est jamais venu la voir... mais c'est vrai que l'homme qu'elle a épousé ne lui avait jamais rendu visite non plus.

— Alors elle ne vous a rien dit ?

— Seulement qu'elle envisageait de se marier, que le mariage devait rester absolument secret, et qu'elle avait besoin de mon aide.

— Et vous ne voyez personne à qui elle aurait pu se confier ?

— Le prêtre qui l'a mariée, le père Hubert Johnson. Il a passé beaucoup de temps auprès d'elle avant qu'elle ne meure. Je me souviens qu'il lui a donné la communion et qu'il l'a confessée. Je devais veiller à ce qu'on ne les dérange pas quand il était avec elle. Elle a dû tout lui dire, que ce soit en tant que prêtre ou en tant qu'ami. Mais il était déjà bien malade à l'époque, et il est mort deux ans plus tard. »

Il n'y avait plus rien à apprendre et, après avoir remercié Miss Fawcett de son aide, Kate et Robbins retournèrent à la voiture. Miss Fawcett les regardant depuis la porte, Kate attendit d'être hors de vue pour arrêter la Jaguar plus loin sur le bas-côté. Elle prit alors son téléphone et dit avec satisfaction : « Quelque chose de positif à rapporter. Nous allons enfin quelque part. »

4

Après le déjeuner, ne voyant pas apparaître le père John, Emma alla frapper à la porte de son appartement. Elle redoutait de le voir, mais lorsqu'il ouvrit, elle trouva qu'il avait la même tête que d'ordinaire. Son visage s'éclaira et il lui fit signe d'entrer.

« Mon père, je suis désolée, vraiment désolée », dit-elle, retenant ses larmes. Elle était venue pour le réconforter et non pour ajouter à sa détresse. Mais c'était comme consoler un enfant. Elle avait envie de le prendre dans ses bras. Il lui désigna un siège devant le feu — un siège dont elle imagina qu'il devait être celui de sa sœur — et prit place en face d'elle.

Il dit : « Je me demandais si vous pourriez faire quelque chose pour moi, Emma.

— Bien sûr. Tout ce que vous voulez, mon père.

— Il s'agit de ses vêtements. Je sais qu'il faudra les trier et les donner. Ça paraît prématuré d'y penser maintenant, mais j'imagine que vous allez nous quitter à la fin de la semaine, et je me demandais si vous accepteriez de vous en charger. Mrs Pilbeam pourrait m'aider, je sais, elle est très aimable. Mais je préférerais que ce soit vous. Peut-être demain, si ça vous va ?

— Pas de problème. Je viendrai après mon séminaire de l'après-midi.

— Tout ce qu'elle possédait est dans sa chambre. Il doit y avoir quelques bijoux. Vous pourriez peut-être les prendre et les vendre pour moi, je voudrais donner l'argent à une association qui aide les prisonniers. Je crois qu'il y en a une.

— Il y en a certainement, mon père, je m'informerai pour vous. Mais il vaudrait peut-être mieux que vous regardiez les bijoux avant pour voir si vous avez envie de garder quelque chose.

— Non. C'est gentil d'y penser, mais je préférerais que tout disparaisse. »

Après une pause, il reprit : « La police est venue ce matin. Elle voulait voir l'appartement, notamment sa chambre. Pour la fouille, il y avait un de ces policiers en blouse blanche. L'inspecteur Tarrant me l'a présenté sous le nom de Clark.

— Mais qu'est-ce qu'ils ont à venir fouiller chez vous ? s'indigna Emma.

— Ils n'en ont rien dit. Ils ne sont pas restés longtemps et ils ont tout laissé parfaitement en ordre. » Il y eut un nouveau silence, puis il dit : « L'inspecteur Tarrant m'a demandé ce que je faisais la nuit dernière entre complies et six heures.

— Mais c'est intolérable ! » s'exclama Emma.

Il sourit tristement. « Non, pas vraiment. Il faut bien les poser, ces questions. L'inspecteur Tarrant s'est montré plein de tact. Il n'a fait que son devoir. »

Emma se dit avec colère que les gens qui prétendaient ne faire que leur devoir causaient souvent bien des dégâts.

« Le médecin légiste est venu, reprit le père John de sa voix calme. Mais vous avez dû l'entendre arriver.

— Toute la communauté a dû l'entendre. Il ne donne pas dans la discrétion. »

Le père John sourit. « C'est vrai. Et il n'est pas resté longtemps. Le commandant Dalgliesh m'a demandé si je voulais être présent quand ils emmèneraient le corps. J'ai dit que je préférais rester chez moi. Après tout, ce n'est pas Agatha qu'ils emmènent. Elle est partie depuis longtemps. »

Partie depuis longtemps. Que voulait-il dire par

là ? se demanda Emma, les trois mots résonnant dans sa tête comme un glas.

Se levant pour prendre congé, elle lui serra encore une fois la main et dit : « A demain, mon père. Je viendrai m'occuper des vêtements. Mais n'y a-t-il rien d'autre que je puisse faire ?

— Si. Je ne voudrais pas abuser de votre bonté, mais j'aimerais que vous alliez trouver Raphael. Je ne l'ai pas vu depuis que ça s'est passé et je crains qu'il ne soit profondément affecté. Il était toujours très gentil avec elle, et je sais qu'elle l'aimait beaucoup. »

Elle trouva Raphael planté au bord de la falaise à une centaine de mètres du collège. Lorsqu'elle l'eut rejoint, il s'assit dans l'herbe et elle en fit autant.

Les yeux tournés du côté de la mer, il dit sans la regarder : « C'était la seule personne qui se souciait de moi.

— Ce n'est pas vrai, Raphael, vous le savez très bien.

— Je veux dire la seule personne qui se souciait de *moi*, moi, Raphael. Pas moi en tant qu'objet de la bienveillance générale. Pas moi en tant que candidat à la prêtrise. Pas moi en tant que dernier des Arbuthnot — même si je suis un bâtard. On a dû vous le dire. Abandonné dans un de ces moïses. Tant qu'à faire, on aurait pu me laisser dans les roseaux de l'étang. Mais je pense que ma mère aurait eu peur qu'on ne me trouve pas. Et elle a préféré le collège. Au collège, on n'a guère eu le choix, il a bien fallu me prendre. Grâce à quoi cela fait vingt-cinq ans qu'ils peuvent se féliciter d'exercer leur charité chrétienne avec moi.

— Vous savez bien qu'ils ne pensent pas comme ça.

— C'est mon impression. J'ai l'air égoïste, j'ai l'air de m'apitoyer sur mon sort. C'est vrai. Vous n'avez pas besoin de me le dire. Il m'arrivait de penser avant que tout irait mieux si je pouvais vous décider à m'épouser.

— Raphael, c'est ridicule, voyons. Réfléchissez un peu. Le mariage n'est pas une thérapie.

— Mais c'est quelque chose qui m'ancrerait.

— Et l'Eglise, elle ne vous ancre pas ?

— Elle m'ancrera quand je serai prêtre. A ce moment-là, je ne pourrai plus revenir en arrière. »

Emma réfléchit avant de rétorquer : « Vous ne serez peut-être jamais ordonné prêtre. C'est à vous de décider, et à personne d'autre. Si vous n'êtes pas sûr de bien faire, mieux vaudrait renoncer.

— Vous parlez comme Gregory. Quand je prononce le mot vocation, il me dit de ne pas parler comme un personnage de Graham Greene. » Il s'interrompit et se mit à rire. « Dans ces voyages à Londres, elle était parfois insupportable, mais je n'aurais voulu les faire avec personne d'autre. Bon, je vous laisse. »

Et sans rien ajouter, il se leva et partit à grands pas vers le collège. Emma n'essaya pas de le rattraper. Suivant lentement le bord de la falaise, elle éprouvait une grande tristesse pour lui, pour le père John et pour tous les gens qu'elle aimait à St Anselm.

Elle avait atteint la grille menant dans la cour ouest lorsqu'elle entendit une voix l'appeler. Elle se retourna et vit Karen Surtees qui venait vers elle à travers la lande. Elles s'étaient rencontrées d'autres week-ends alors qu'elles se trouvaient toutes les deux au collège, mais elles ne s'étaient jamais parlé sinon pour échanger un occasionnel bonjour. Emma ne ressentait pourtant pas d'antagonisme entre elles. Elle attendit avec curiosité ce qui allait se dire maintenant. Karen jeta un bref coup d'œil en arrière vers le cottage St Jean avant de se mettre à parler.

« Désolée de vous attraper comme ça, mais je voulais vous demander quelque chose. C'est quoi, cette histoire ? On a retrouvé la vieille Betterton morte dans la cave ? Le père Martin est venu nous annoncer ça ce matin, mais il n'a pas été particulièrement explicite. »

Estimant qu'il n'y avait pas de raisons de cacher le peu qu'elle savait, Emma dit : « Je crois qu'elle a trébuché dans l'escalier.

— On ne l'a pas poussée ? Voilà une mort qu'on ne pourrait pas nous mettre sur le dos à Eric ou à moi — en tout cas si elle est morte avant minuit. On est allés à Ipswich voir un film et dîner hier soir. Il fallait qu'on s'en aille d'ici un moment. Vous savez ce que devient l'enquête ? Au sujet de la mort de l'archidiacre, j'entends.

— Je n'en ai aucune idée. La police ne dit rien.

— Même pas le beau commandant ? Non, tout bien considéré, ça m'étonnerait : ce type est sinistre. Qu'il trouve ce qu'il cherche, bon Dieu, j'ai envie de retourner à Londres. Enfin, maintenant j'ai décidé de rester ici avec Eric jusqu'à la fin de la semaine. Mais c'est autre chose que je voulais vous demander. Peut-être que vous ne pourrez pas m'aider, ou peut-être que vous ne voudrez pas, mais je ne vois pas à qui d'autre m'adresser. Vous allez à l'église ? Vous communiez ? »

La question était si inattendue qu'Emma resta interloquée. « Je vous parle de l'église, reprit Karen d'une voix où perçait l'impatience. Lorsque vous allez à l'église, est-ce que vous communiez ?

— Ça m'arrive, oui.

— Je me demandais, pour les hosties qu'on distribue, comment ça se passe ? Il faut ouvrir la bouche pour qu'on vous la mette sur la langue ou bien tendre la main ? »

Malgré l'étrangeté de la conversation, Emma répondit : « Certains ouvrent la bouche, mais dans les églises anglicanes il est plus fréquent de tendre les deux mains les paumes l'une sur l'autre.

— Et j'imagine que le prêtre vous regarde pendant que vous avalez l'hostie ?

— C'est possible, s'il vous dit tous les mots du rituel, mais en général il les partage avec le communiant suivant, et puis il peut y avoir un moment d'attente avant que lui ou un autre prêtre s'approche avec le calice. Mais pourquoi est-ce que vous voulez savoir ça ?

— Oh, comme ça. Par curiosité. Je me suis dit que je devrais essayer une fois, et j'ai peur de ne pas faire les bons gestes. Mais il faut avoir été confirmé, non ? On risque de me refouler ?

— Ça m'étonnerait, répondit Emma. Il y a une messe à l'oratoire demain matin. Vous n'avez qu'à dire au père Sebastian que vous avez envie d'y prendre part. Tout ce qu'il risque de vous demander, c'est de vous confesser avant.

— Me confesser au père Sebastian ! Ça ne va pas ? Je crois que je vais attendre d'être de retour à Londres pour ma régénération spirituelle. A propos, jusqu'à quand est-ce que vous restez ?

— Normalement, je devais rentrer jeudi, mais je peux prendre un jour de plus. Je vais sûrement rester jusqu'à la fin de la semaine.

— Alors bonne chance, et merci pour l'information. »

Elle fit demi-tour et s'en alla d'un pas rapide vers le cottage St Jean.

La regardant s'éloigner, Emma se dit que c'était tout aussi bien qu'elle ne se soit pas attardée. Il eût été tentant de parler du meurtre avec une autre femme, une femme de son âge, tentant et peut-être imprudent. Karen aurait pu lui poser des questions sur ce qui s'était passé lorsqu'elle avait trouvé le corps de l'archidiacre, lui poser des questions qu'elle aurait eu du mal à éluder. A St Anselm, tout

402   *Meurtres en soutane*

le monde avait observé une réserve scrupuleuse,
mais la réserve n'était pas une qualité qu'elle prêtait
à Karen Surtees. Elle continua son chemin, intriguée. Parmi tout ce que Karen aurait pu lui demander, la question qu'elle lui avait posée était certainement celle à laquelle elle s'attendait le moins.

5

Il était une heure et quart lorsque Kate et Robbins
rentrèrent. Entendant Kate faire son rapport, Dalgliesh comprit qu'elle s'efforçait de réprimer une
note de triomphe et d'excitation. C'était toujours
dans ses plus grands moments de succès qu'elle se
montrait le plus détachée et le plus professionnelle,
mais sa voix comme ses yeux laissaient transpa-
raître son enthousiasme, et Dalgliesh en était ravi.
Il avait l'impression de retrouver la Kate d'autrefois,
la Kate pour qui le travail de police était plus qu'un
travail, plus qu'un salaire convenable avec une promotion en perspective, plus qu'une échelle pour sortir de la misère de son enfance.

Elle avait téléphoné la nouvelle du mariage aussitôt qu'elle et Robbins avaient pris congé de
Miss Fawcett. Dalgliesh leur avait demandé de se
débrouiller pour obtenir une copie du certificat de
mariage, puis de rentrer à St Anselm aussi vite que
possible. Un coup d'œil à la carte leur avait appris
que Clampstoke-Lacey ne se trouvait qu'à une vingtaine de kilomètres, et il leur avait paru raisonnable
de commencer leurs recherches par l'église.

Mais ils n'avaient pas eu de chance. St Osyth était
alors dans l'attente de la nomination d'un nouveau
prêtre, et celui qui y officiait temporairement des-

servait par ailleurs plusieurs églises. Il se trouvait absent au moment de leur visite, et sa jeune épouse n'avait aucune idée de l'endroit où étaient les registres paroissiaux. En fait, elle paraissait à peine savoir ce dont il s'agissait, et tout ce qu'elle put leur suggérer, ce fut d'attendre le retour de son mari. Elle l'attendait pour le dîner à moins qu'un paroissien ne l'invite à manger chez lui. Si c'était le cas, il allait sûrement téléphoner, mais il lui arrivait d'être à ce point préoccupé par les problèmes de la paroisse qu'il oubliait de le faire. La légère note de ressentiment que Kate perçut dans la voix de la jeune femme lui donna à penser que la chose n'était pas si rare. Le mieux semblait donc d'aller consulter les registres de Norwich. Là, la chance leur sourit, et ils eurent bientôt en main une copie du certificat de mariage.

Pendant ce temps, Dalgliesh avait téléphoné chez Paul Perronet à Norwich. Il devait obtenir la réponse à deux importantes questions avant d'interroger George Gregory. Il voulait connaître d'une part la formulation exacte du testament de Miss Arbuthnot et d'autre part les clauses d'une certaine loi et la date à laquelle elle était entrée en vigueur.

Kate et Robbins, qui n'avaient pas pris le temps de déjeuner, se jetèrent avidement sur les sandwichs et le café que Mrs Pilbeam avait préparés.

Dalgliesh dit : « On peut imaginer maintenant que c'est de ce mariage que Mrs Munroe s'est souvenue. Elle écrivait son journal, tournée vers le passé, et deux images se sont superposées : Gregory sur la plage enlevant son gant gauche pour tâter le pouls de Ronald Treeves, et les photos de mariage de la *Sole Bay Weekly Gazette*. La fusion de la mort et de la vie. Le lendemain, elle a téléphoné à Miss Faw-cett, non pas du cottage, où elle aurait pu être dérangée, mais d'une cabine de Lowestoft. Elle a eu la confirmation de ce dont elle se doutait : le nom de la mariée. C'est alors seulement qu'elle a parlé à la personne la plus concernée — la personne la plus concernée, il n'y en a que deux à qui ces mots peuvent s'appliquer : George Gregory et Raphael Arbuthnot. Quelques heures plus tard, Margaret Munroe était morte. »

Remettant dans le dossier la copie du certificat de mariage, il ajouta : « Nous allons parler à Gregory dans son cottage, pas ici. Je voudrais que vous veniez avec moi, Kate. Sa voiture est là ; s'il est sorti, il ne peut pas être bien loin.

— Mais le mariage ne donne pas de mobile à Gregory pour le meurtre de l'archidiacre, dit Kate. Il a eu lieu vingt-cinq ans trop tard. Raphael Arbuthnot ne peut pas hériter. Le testament dit qu'il doit être légitime selon la loi anglaise.

— Mais c'est exactement la raison du mariage : il rend l'enfant légitime selon la loi anglaise. »

Gregory venait apparemment de rentrer. Il leur ouvrit la porte en survêtement noir avec une serviette autour du cou. Ses cheveux étaient mouillés et le coton de sa veste collait à sa poitrine.

Sans s'écarter pour les laisser entrer, il dit : « J'allais me doucher. C'est urgent ? »

Il leur faisait comprendre qu'ils étaient aussi malvenus que des représentants de commerce importuns, et pour la première fois Dalgliesh lut dans ses yeux le défi d'un antagonisme qu'il ne prenait pas la peine de cacher.

« C'est urgent, oui, répondit-il. On peut entrer ? »

Les conduisant à travers le bureau dans le jardin d'hiver, Gregory commenta : « Vous avez l'air de quelqu'un qui commence enfin à faire des progrès, commandant. Mieux vaut tard que jamais, pourrait-on dire. Et espérons que tout cela ne finira pas dans le bourbier du découragement. »

Il leur désigna le sofa et prit place au bureau, en

faisant pivoter le fauteuil, les jambes étendues devant lui. Puis il se mit à se frotter vigoureusement les cheveux. De sa place, Dalgliesh sentait l'odeur de sa transpiration.

Sans sortir de sa poche le certificat de mariage, il dit : « Vous avez épousé Clara Arbuthnot le 27 avril 1988 à l'église St Osyth, à Clampstoke-Lacey, dans le Norfolk. Pourquoi ne me l'avez-vous pas dit ? Auriez-vous sérieusement pensé que les circonstances de ce mariage n'avaient rien à voir avec l'enquête en cours ? »

Pendant quelques secondes, Gregory resta immobile et silencieux, mais lorsqu'il répondit, sa voix était parfaitement calme et détendue. Dalgliesh se demanda depuis quand il se préparait à cette rencontre.

« Par circonstances du mariage, je pense que vous vous référez à l'importance de la date. Je ne vous en ai pas parlé parce que je pensais que cela ne vous regardait pas. Première raison. Deuxième raison, j'avais promis à ma femme que le mariage resterait secret jusqu'à ce que j'en aie informé notre fils. Entre parenthèses, Raphael est mon fils. Je ne lui ai toujours pas parlé parce que je jugeais que le moment opportun n'était pas encore venu. Mais on dirait que vous me forcez la main.

— Est-ce que quelqu'un de St Anselm est au courant ? » demanda Kate.

Gregory la regarda comme s'il la voyait pour la première fois et que sa vue en fût offensée. « Personne. Mais il faudra bien qu'ils sachent maintenant, et ils vont me reprocher d'avoir tenu si longtemps Raphael dans l'ignorance. Et eux aussi, par la même occasion. La nature humaine étant ce qu'elle est, je les vois mal me pardonner ça. Et je me vois mal jouir encore longtemps de ce cottage. Mais comme je n'avais pris ce poste que pour me rapprocher de mon fils et que le collège va bientôt fermer, peu importe à présent. Pourtant, j'aurais souhaité conclure de façon plus agréable cet épisode de mon existence. »

Kate demanda : « Pourquoi le secret ? Même le personnel de l'hospice ne savait rien. Pourquoi ce mariage si personne ne devait l'apprendre ?

— Je crois l'avoir expliqué. Raphael devait l'apprendre, mais quand je jugerais le moment venu. Je n'imaginais pas être impliqué dans une enquête sur un meurtre et voir la police fouiner dans ma vie privée. A mon avis, le moment n'est toujours pas venu, mais je pense que vous allez vous offrir le plaisir de le mettre au courant maintenant.

— Non, rétorqua Dalgliesh. C'est votre responsabilité, pas la nôtre. »

Les deux hommes se regardèrent, puis Gregory dit : « Vous avez sûrement droit à une explication dans la mesure où je peux vous en donner une. Vous devez savoir mieux que personne que nos intentions sont rarement aussi simples et aussi pures qu'elles le paraissent. Nous nous sommes rencontrés à Oxford, où j'étais son professeur. A dix-huit ans, elle était extrêmement séduisante, et quand elle m'a montré clairement qu'elle voulait coucher avec moi, je n'ai pas pu résister. Ça a été un désastre humiliant. Je ne m'étais pas rendu compte qu'elle se posait des questions sur sa sexualité et qu'elle m'utilisait comme expérience. Avec moi, elle était mal tombée. J'aurais sûrement pu être plus sensible, plus imaginatif, mais je n'ai jamais conçu l'acte sexuel comme un exercice d'ingéniosité acrobatique. J'étais trop jeune et peut-être trop vaniteux pour prendre avec philosophie un échec sexuel aussi spectaculaire. On peut faire face à beaucoup de choses, mais pas au franc dégoût. Je n'ai pas dû être très aimable. Quand elle m'a appris qu'elle était enceinte, il était déjà trop tard pour un avortement. Je crois qu'elle ne voulait pas voir les choses en face.

Ce n'était pas une femme raisonnable. Raphael a sans doute hérité d'elle sa beauté, mais certainement pas son intelligence. Il n'a pas été question de mariage ; l'idée d'un pareil engagement m'a toujours horrifié, et quant à elle, elle ne cachait pas qu'elle me détestait. Elle ne m'a rien dit au moment de la naissance, mais elle m'a écrit plus tard qu'elle avait donné le jour à un garçon et qu'elle l'avait laissé à St Anselm. Ensuite, elle est partie à l'étranger avec une femme et nous ne nous sommes jamais revus.

« Je n'ai pas cherché à savoir ce qu'elle devenait, mais elle s'est apparemment tenue au courant de l'endroit où je vivais. Au début du mois d'avril 1988, elle m'a écrit pour me dire qu'elle était mourante et me demander de venir la voir à l'hospice d'Ashcombe House près de Norwich. C'est alors qu'elle m'a demandé de l'épouser, m'expliquant que c'était pour son fils. Et puis je crois qu'elle avait trouvé Dieu. Les Arbuthnot ont une fâcheuse tendance à trouver Dieu dans les pires moments.

— Mais pourquoi le secret ? demanda de nouveau Kate.

— Elle y tenait. J'ai pris les dispositions nécessaires et dit à l'hospice que je l'emmenais en promenade. L'infirmière qui s'occupait plus particulièrement d'elle était dans le secret et devait servir de témoin. Je me souviens qu'on a eu un problème avec le deuxième témoin, mais une jeune femme de passage à l'hospice pour un entretien a accepté de tenir ce rôle. Le prêtre était un malade que Clara avait rencontré à l'hospice et qui officiait à l'église St Osyth, à Clampstoke-Lacey. Il avait obtenu une autorisation spéciale de l'archevêque afin qu'il ne soit pas nécessaire de publier les bans. Le mariage a été célébré, et j'ai reconduit Clara à Ashcombe House. Elle voulait que je garde le certificat de mariage, et je l'ai toujours. Elle est morte trois jours plus tard. D'après l'infirmière qui la soignait, elle est morte sans souffrances ; toujours d'après elle, le mariage lui avait enfin apporté la paix. Tant mieux, si l'un de nous en a tiré quelque chose ; pour moi, il n'a rien changé. Elle m'avait demandé d'annoncer la nouvelle à Raphael quand je jugerais le moment venu.

— Et vous avez attendu douze ans. Aviez-vous vraiment l'intention de lui dire ?

— Pas forcément. En tout cas, je n'avais pas l'intention de me charger d'un fils adolescent ni de le charger d'un père. Je n'avais rien fait pour lui, pris aucune part dans son éducation. Cela me paraissait odieux de me présenter soudain comme pour le jauger et voir si je pouvais l'accepter comme fils.

— Il me semble pourtant que c'est ce que vous avez fait, remarqua Dalgliesh.

— D'accord, je plaide coupable. Je me suis découvert une certaine curiosité, ou peut-être faut-il appeler ça l'appel des gènes. Etre parent est après tout notre seule façon d'être immortel. Je me suis informé discrètement, et j'ai appris qu'il avait passé deux ans à l'étranger après l'Université, et qu'il était rentré avec l'intention de devenir prêtre. Comme il n'avait pas étudié la théologie, cela signifiait qu'il devait suivre une formation de trois ans. Il y a six ans, j'ai passé une semaine ici comme hôte. Plus tard, j'ai appris qu'on cherchait un professeur de grec ancien à temps partiel, et j'ai postulé.

— Vous savez que St Anselm est pour ainsi dire condamné à fermer. La mort de Ronald Treeves et le meurtre de l'archidiacre ne peuvent que hâter sa fermeture. Vous devez vous rendre compte que vous avez un mobile pour le meurtre de Crampton. Vous et Raphael. Votre mariage a eu lieu après l'entrée en vigueur de la loi sur la légitimité de 1976. Le deuxième paragraphe de cette loi stipule que, si les parents d'un enfant illégitime se marient et que le père habite l'Angleterre ou le pays de Galles, l'enfant en question devient légitime à compter de la date du mariage. J'ai vérifié la formulation exacte du testament de Miss Agnes Arbuthnot. Si le collège ferme, tout ce qui s'y trouve et provient d'elle doit être partagé entre les descendants de son père, par les hommes ou les femmes, à condition qu'ils soient membres de l'Eglise d'Angleterre et enfants légitimes selon la loi anglaise. Raphael Arbuthnot est le seul héritier. Vous voulez me faire croire que vous ne le saviez pas ? »

Pour la première fois, le masque de détachement ironique de Gregory menaça de tomber. « Raphael ne le sait pas, dit-il d'un ton péremptoire. Je comprends que vous voyiez là un excellent mobile pour faire de moi votre principal suspect, mais toute votre ingéniosité ne vous donnera pas un mobile pour Raphael. »

Il y avait bien sûr d'autres mobiles que le profit, mais Dalgliesh ne s'y attarda pas.

« Vous dites que Raphael ne sait pas qu'il est l'héritier, lança Kate, mais nous n'avons là-dessus que votre parole. »

Gregory se leva d'un bond. « Faites-le venir immédiatement. Je vais le lui dire devant vous.

— Est-ce une sage décision ? demanda Dalgliesh.

— Sage ou pas sage, je m'en fiche ! Je ne laisserai pas Raphael être accusé de meurtre. Allez le chercher, je vais lui dire. Mais laissez-moi d'abord prendre une douche. Je n'ai pas l'intention de me présenter à lui comme un père qui pue la transpiration. »

Il disparut dans la maison, où ses pas résonnèrent dans l'escalier. Dalgliesh dit à Kate : « Allez trouver Nobby Clark et demandez-lui un sac. Je veux qu'on examine ce survêtement. Et dites à Raphael qu'il vienne ici dans cinq minutes.

— Vous croyez que c'est vraiment nécessaire, monsieur ?

— Pour son bien, oui. Gregory a raison : le seul moyen de nous convaincre que Raphael ignore qui est son père est de voir sa réaction quand on le lui dira. »

Quand Kate revint avec le sac, Gregory n'était toujours pas sorti de la douche. « J'ai vu Raphael, annonça-t-elle. Il sera là dans cinq minutes. »

Ils attendirent en silence. Dalgliesh regarda la pièce autour de lui et le bureau par la porte ouverte ; l'ordinateur placé face au mur, les classeurs, les rayonnages où les livres reliés de cuir étaient méticuleusement rangés. Ici, rien n'était superflu, pas de décoration, rien pour flatter l'œil. C'était le sanctuaire d'un intellectuel qui aimait le confort et l'ordre. Avec une ironie désabusée, il songea que cet ordre allait bientôt en prendre un coup.

Ils entendirent la porte s'ouvrir, et Raphael déboucha du bureau dans le jardin d'hiver. Quelques secondes plus tard, il fut suivi de Gregory, avec un pantalon et une chemise marine fraîchement repassée, mais les cheveux toujours ébouriffés. « Il me semble qu'on ferait mieux de s'asseoir », dit-il.

Quand tout le monde fut assis, Raphael, intrigué, regarda Gregory puis Dalgliesh, mais sans dire un mot.

S'adressant à lui, Gregory annonça alors : « J'ai quelque chose à vous apprendre. Ce n'est pas le moment que j'aurais choisi, mais la police s'est prise d'un intérêt soudain pour ma vie personnelle, si bien que je n'ai pas le choix. J'ai épousé votre mère le 27 avril 1988. Peut-être aurait-il été plus convenable que cette cérémonie ait eu lieu quatorze ans plus tôt. Je ne vois pas comment dire ça sans paraître mélo, mais je suis votre père, Raphael. »

Les yeux fixés sur Gregory, Raphael rétorqua : « Ce n'est pas vrai. Je n'y crois pas. »

C'était la réaction typique à une nouvelle difficile à admettre. Il répéta d'une voix plus forte : « Je n'y crois pas », mais son visage exprimait une réalité différente. Son front, ses joues, son cou pâlirent comme si le flux de son sang s'était brusquement inversé. Il se leva et, parfaitement immobile, regarda tour à tour Dalgliesh et Kate comme pour leur demander un démenti. Son visage semblait s'être momentanément affaissé, ses rides naissantes approfondies. Et l'espace d'un instant, Dalgliesh vit pour la première fois une vague ressemblance avec son père.

« Soyez raisonnable, Raphael, dit Gregory. Il me semble que nous devrions pouvoir jouer cette scène sans avoir recours à Mrs Henry Wood. Le mélodrame victorien m'a toujours fait horreur. Je ne suis pas du genre à plaisanter sur un sujet pareil. Le commandant Dalgliesh possède une copie du certificat de mariage.

— Ça ne veut pas dire que vous soyez mon père.

— De toute sa vie, votre mère n'a fait l'amour qu'avec un homme : moi. J'ai reconnu ma responsabilité dans une lettre qu'elle me réclamait. Après notre mariage, elle me l'a remise avec le reste de notre maigre correspondance. Et puis il y a l'ADN, bien sûr. On ne peut pas aller contre les faits. » Il s'interrompit un instant avant d'ajouter : « Je suis désolé que la nouvelle vous soit à ce point désagréable.

— Qu'est-ce qui s'est passé ? » La voix de Raphael était si froide qu'on la reconnaissait à peine. « L'histoire habituelle, j'imagine. Vous l'avez baisée, vous l'avez mise enceinte, et comme le mariage et la paternité ne vous intéressaient pas, vous vous êtes tiré ?

— Ce n'est pas tout à fait ça. Nous ne voulions un enfant ni l'un ni l'autre, et le mariage n'était pas possible. J'étais l'aîné, c'est sans doute moi qui suis le plus à blâmer. Votre mère n'avait que dix-huit ans. Il me semble que votre religion repose sur un acte de pardon cosmique, alors pourquoi ne pas lui pardonner ? Vous étiez mieux avec ces prêtres que vous l'auriez été avec elle ou moi. »

Après un long silence, Raphael dit : « J'aurais été l'héritier de St Anselm. »

Gregory regarda Dalgliesh, qui annonça : « A moins que ne m'échappe je ne sais quelle subtilité juridique, vous êtes l'héritier de St Anselm. Dans son testament, Agnes Arbuthnot écrit que, si le collège ferme, tout ce qu'elle lui a légué doit revenir aux héritiers légitimes de son père, par les hommes ou les femmes, pourvu qu'ils soient membres pratiquants de l'Eglise d'Angleterre. Elle ne demande pas que ces héritiers soient nés dans le mariage, mais qu'ils soient "légitimes selon la loi anglaise". Vos parents se sont mariés après l'entrée en vigueur de la loi sur la légitimité de 1976, et cette loi fait de vous un enfant légitime. »

Raphael s'approcha de la fenêtre et resta un moment à contempler le promontoire. Puis il dit : « Je m'y habituerai, j'imagine. Je me suis habitué à avoir une mère qui m'a abandonné comme un paquet de vieux habits à une œuvre de charité. Je me suis habitué à ne pas connaître le nom de mon père et à ne même pas savoir s'il était vivant. Je me suis habitué à grandir dans un collège théologique plutôt que dans une famille. Je m'habituerai à ça aussi. Mais à présent, tout ce que je demande, c'est de ne plus jamais vous revoir. »

Dalgliesh se demanda si Gregory avait perçu l'émotion vite réprimée qui avait fait trembler la voix de son fils.

« Ça devrait pouvoir s'arranger, dit Gregory, mais pas dans l'immédiat. J'ai l'impression que le commandant Dalgliesh veut que je reste ici. Il paraît que cette histoire de mariage me donne un mobile. Comme à vous, d'ailleurs. »

Raphael se tourna vers lui. « Vous l'avez tué ?

— Non, et vous ?

— Mon Dieu, quelle situation absurde ! » Puis, s'adressant à Dalgliesh : « Je croyais que vous étiez là pour enquêter, pas pour semer la pagaïe dans la vie des gens.

— Les deux vont souvent ensemble, hélas. »

Dalgliesh regarda Kate, et tous deux se dirigèrent vers la porte.

« De toute évidence, il faudra informer Sebastian Morell, dit Gregory. Il me semble que ce serait à moi ou à Raphael de le faire. Qu'en dites-vous, Raphael ?

— Débrouillez-vous. Dites-lui ce qu'il vous plaira. Je m'en fiche complètement. Il y a dix minutes je n'avais pas de père, je n'en ai pas davantage maintenant. »

Dalgliesh demanda à Gregory : « Combien de temps encore pensez-vous attendre ? Ça ne peut pas être remis indéfiniment, vous savez.

— Ça ne le sera pas — encore qu'après douze ans une semaine de plus ou de moins ne semble guère faire de différence. Je préférerais ne rien dire avant que votre enquête soit terminée, à supposer qu'elle le soit un jour. Ou si vous voulez, je lui parlerai à la fin de la semaine. Je crois avoir le droit de choisir le moment. »

Raphael était déjà sorti. A travers les baies vitrées, on le voyait traverser à grands pas le promontoire en direction de la mer. Le suivant des yeux, Kate dit : « Vous croyez qu'il n'y a rien à craindre ? Est-ce qu'il ne vaudrait pas mieux que quelqu'un le surveille ?

— Il s'en remettra, décréta Gregory. Il n'est pas du genre Ronald Treeves. Malgré ses jérémiades, la vie l'a bien traité. Mon fils a la solidité que donne une saine estime de soi. »

Quand Dalgliesh fit appeler Nobby Clark pour qu'il prenne possession du survêtement noir, Gregory ne fit aucune difficulté, et il observa Kate d'un œil moqueur tandis qu'elle le mettait à l'intérieur d'un sac en plastique et étiquetait celui-ci. Puis il les raccompagna tous trois à la porte comme des hôtes de marque.

Tandis qu'ils s'en retournaient vers St Matthieu, Kate dit : « C'est un mobile, c'est vrai. Je pense qu'il faut considérer Gregory comme notre principal suspect, mais tout de même, ça n'a pas beaucoup de sens. Quel que soit le moment où fermera le collège, Raphael héritera. Il n'y avait pas de raison de bousculer les choses, non ?

— Mais si, voyons, réfléchissez, Kate. »

Il ne donna aucune explication, et Kate comprit qu'il serait inutile d'en demander.

Lorsqu'ils arrivèrent au cottage St Matthieu, Piers les accueillit à la porte. « J'allais vous appeler, monsieur, dit-il. On a reçu un coup de fil de l'hôpital. L'inspecteur Yarwood est maintenant suffisamment bien pour être interrogé, mais le mieux serait d'attendre jusqu'à demain pour qu'il soit tout à fait reposé. »

6

Tous les hôpitaux sont les mêmes, songeait Dalgliesh, quelles que soient leur situation et leur architecture — même odeur, même peinture, mêmes panneaux dirigeant les nouveaux venus, mêmes images inoffensives dans les couloirs, mêmes visiteurs avec des fleurs et des paquets, même personnel en uniforme, mêmes visages résolus et fatigués. Combien d'hôpitaux avait-il visités depuis ses débuts dans la police, montant la garde devant la chambre de prisonniers ou de témoins, prenant des dépositions sur un lit de mort, questionnant des infirmières ou des médecins qui avaient bien autre chose en tête que ses préoccupations ?

Tandis qu'ils approchaient de la chambre, Piers dit : « J'essaie d'éviter ces endroits. On y attrape des infections incurables, et si vos visiteurs ne vous tuent pas de fatigue, les visiteurs de vos voisins s'en chargent. On n'y dort jamais assez, et la nourriture est immangeable. »

Dalgliesh sentit sous ses propos poindre une répugnance plus profonde, une véritable phobie. « Les médecins, c'est comme la police, dit-il. On ne pense pas à eux jusqu'à ce qu'on en ait besoin, et alors on attend qu'ils fassent des miracles. Vous resterez dehors pendant que je parle à Yarwood, en tout cas au début. Si j'ai besoin d'un témoin, je vous ferai entrer. Il faudra que j'y aille en douceur. »

Un interne ridiculement jeune, stéthoscope autour du cou, confirma que l'inspecteur Yarwood était désormais en état d'être interrogé, et les dirigea vers une petite chambre devant laquelle un agent de police montait la garde. Il se leva vivement à leur approche et se mit au garde-à-vous.

« Vous vous appelez Lane, c'est bien ça ? demanda Dalgliesh. Je ne pense pas que votre présence sera encore nécessaire ici une fois que l'on saura que j'ai parlé avec l'inspecteur Yarwood. Vous serez content de vous en aller, j'imagine.

— Oui, monsieur. On manque d'hommes en ce moment. »

C'est partout pareil, se dit Dalgliesh.

Le lit était disposé de telle façon que son occupant pouvait voir par la fenêtre les toits des maisons de banlieue. Yarwood avait une jambe en extension. Après leur rencontre de Lowestoft, ils ne s'étaient

vus qu'une fois brièvement à St Anselm. Dalgliesh
avait alors été frappé par son air résigné. Maintenant, il semblait avoir rétréci, et son air résigné
avait fait place à un air de défaite. Les hôpitaux
n'agissent pas seulement sur le corps, songea Dalgliesh ; dans ces étroits lits fonctionnels, nul n'a plus
de pouvoir. Yarwood était diminué physiquement et
mentalement. Les yeux qu'il tourna vers Dalgliesh
exprimaient la honte qu'un destin malveillant l'ait
conduit si bas.

Ils se serrèrent la main, et Dalgliesh posa la question rituelle : « Comment ça va ? »

Yarwood ne répondit pas directement. « Si Pilbeam et le garçon ne m'avaient pas trouvé, je ne
serais plus là. Et ça aurait mieux valu pour tout le
monde, pour Sharon, pour les enfants, pour moi. Je
suis une lavette, je sais, mais dans ce fossé, avant
que je perde connaissance, je ne ressentais plus rien,
ni douleurs ni soucis, rien qu'une grande paix. S'en
aller comme ça, ça n'aurait pas été si mal. En fait,
Mr Dalgliesh, j'aurais bien voulu qu'on me laisse là.

— Pas moi. On a déjà suffisamment de morts à
St Anselm. » Il ne dit pas qu'il y en avait eu une nouvelle.

Regardant par-dessus les toits, Yarwood dit : « Ne
plus lutter pour être à la hauteur, ne plus avoir ce
sentiment d'échec. »

Dalgliesh cherchait en vain des mots consola-
teurs. « Il faut vous dire que, quelle que soit la difficulté de la situation présente, elle passera, déclara-
t-il. Rien ne dure toujours.

— Mais elle peut aussi empirer. C'est difficile à
croire, mais c'est possible.

— Seulement si vous la laissez empirer. »

Il y eut un silence, puis Yarwood dit avec un effort
manifeste : « Vous avez raison. Désolé de vous avoir
laissé tomber. Qu'est-ce qui s'est passé, au juste ? Je
sais que Crampton a été assassiné, mais c'est tout.

Vous avez réussi à tenir la presse à l'écart, et la radio ne donne aucun détail. J'imagine que vous êtes venu me chercher après la découverte du corps, et que vous avez remarqué que j'avais disparu. Ça arrangeait bien vos affaires, un meurtrier en liberté, et le seul homme dont vous pouviez attendre une aide professionnelle se conduisant comme un suspect. C'est drôle, mais je trouve tout ça sans intérêt, je m'en fiche. Et dire qu'on m'a reproché d'être trop zélé ! A part ça, je ne l'ai pas tué.

— Cette pensée ne m'est pas venue. C'est dans l'église qu'on a trouvé Crampton ; il semble que quelqu'un l'ait attiré là. Si vous aviez voulu le tuer, vous pouviez le faire chez lui.

— Ce qui est vrai pour tout le monde au collège.

— L'assassin tenait à incriminer St Anselm. L'archidiacre devait être la principale victime, mais pas la seule. Je ne crois pas que vous ayez eu ces sentiments-là. »

Yarwood ferma les yeux et remua nerveusement la tête sur l'oreiller. « Non, je n'ai pas ces sentiments-là. J'adore St Anselm. Et j'ai tout mis par terre.

— St Anselm ne se laisse pas mettre par terre si facilement. Comment avez-vous fait la connaissance des pères ?

— C'était il y a environ trois ans. J'étais sergent alors, et nouveau dans le Suffolk. Le père Peregrine avait heurté un camion en faisant une manœuvre sur la route de Lowestoft. Il n'y avait pas de blessés, mais il a quand même fallu que je l'interroge. Il est trop tête en l'air pour ne pas être dangereux au volant, et j'ai réussi à le persuader de renoncer à conduire. Les autres m'en ont été reconnaissants, je crois. En tout cas, ils m'ont toujours bien accueilli chez eux. Je ne sais pas pourquoi, mais je me sentais différent là-bas. Quand Sharon m'a quitté, j'ai pris l'habitude d'y aller pour la messe du dimanche.

Je ne suis pas croyant, et je ne comprenais rien à ce qui se passait. Mais ça n'avait pas d'importance. Je me sentais bien là, c'est tout. Les pères sont parfaits avec moi. Ils ne m'embêtent pas, ils ne me poussent pas aux confidences, simplement ils m'acceptent. J'ai eu droit à tout, médecins, psychiatres, psychologues. Rien ne vaut St Anselm. Non, je ne leur ferais pas de mal. Mais dites-moi, il y a un policier devant la porte, non ? Je ne suis pas idiot. Un peu dingue, c'est vrai, mais pas idiot. C'est ma jambe qui est cassée, pas ma tête.

— Il est là pour vous protéger. Je ne savais pas ce que vous aviez vu, ni quel témoignage vous pourriez apporter. Il n'était pas impossible que quelqu'un cherche à se débarrasser de vous.

— Vous ne croyez pas que vous exagérez ?

— En tout cas, je ne voulais pas prendre de risques. Maintenant, est-ce que vous pouvez me raconter ce qui s'est passé dans la nuit de samedi ?

— Oui, jusqu'à ce que je perde conscience dans ce fossé. La promenade dans le vent est un peu floue — elle paraît plus courte qu'en réalité — mais je me rappelle le reste. L'essentiel tout au moins.

— Commençons par le commencement. A quelle heure avez-vous quitté votre chambre ?

— Vers minuit cinq. La tempête m'avait réveillé. Je somnolais, je ne dormais pas vraiment. J'ai allumé et j'ai regardé ma montre. Vous savez ce que c'est, une mauvaise nuit. On espère toujours qu'il est plus tard qu'on ne croit, que c'est bientôt le matin. Et puis la panique vient. J'ai essayé de lutter contre elle. J'étais tout en sueur, paralysé de peur. Il fallait que je sorte, que je sorte de la chambre, de Grégoire, de St Anselm. Ç'aurait été pareil où que je sois. J'ai dû enfiler un manteau sur mon pyjama et mettre mes chaussures sans chaussettes. Je ne me rappelle pas cet épisode. Le vent ne m'inquiétait pas outre mesure. D'une certaine façon, il m'aidait. J'aurais marché même dans le blizzard et cinq mètres de neige.

— Par où êtes-vous sorti ?

— Par la grille qui sépare l'église et Ambroise. J'avais la clé ; on en donne une à tous les visiteurs. Mais vous le savez. »

Dalgliesh dit : « On a trouvé la grille fermée à clé. Vous souvenez-vous de l'avoir fermée à clé ?

— Il faut bien que ce soit moi, non ? C'est le genre de choses qu'on fait automatiquement.

— Est-ce que vous avez vu quelqu'un près de l'église ?

— Non, personne. La cour était vide.

— Et vous n'avez rien entendu, vous n'avez pas vu de lumière ? La porte de l'église était ouverte ?

— Je n'ai rien entendu que le vent, et je ne crois pas qu'il y avait de la lumière dans l'église. En tout cas, je n'en ai pas vu. Pour ce qui est de la porte, je pense que j'aurais remarqué si elle avait été ouverte, mais pas si elle était entrebâillée. Mais j'ai vu quelqu'un, j'ai vu quelqu'un juste quand je passais devant la porte d'Ambroise. C'était Eric Surtees. Il n'était pas près de l'église. Il était dans le cloître nord et se préparait à entrer dans la maison.

— Ça ne vous a pas paru bizarre ?

— Pas vraiment. Je n'arrive pas à décrire ce que j'ai ressenti sur le moment. Au milieu de tout ce vent, j'avais surtout le sentiment d'être enfin dehors, au grand air. Si je m'étais posé des questions à propos de Surtees, je crois que je me serais dit qu'on avait fait appel à lui pour réparer un truc tombé en panne. C'est l'homme à tout faire, non ?

— Après minuit, en pleine tempête ? »

Le silence s'établit entre eux. Il était intéressant, se dit Dalgliesh, de voir comment toutes ses questions, plutôt que d'accabler Yarwood, semblaient lui redonner du nerf et le décharger, du moins temporairement, du poids de ses soucis personnels.

Yarwood dit alors : « Je le vois mal dans le rôle de l'assassin. C'est un gentil garçon, toujours prêt à aider. Et pour autant que je sache, il n'avait pas de raison de détester Crampton. De toute façon, ce n'est pas dans l'église mais dans la maison qu'il entrait. Pourquoi y serait-il allé si on ne l'avait pas fait venir ?

— Il allait peut-être chercher les clés de l'église. Il savait où les trouver.

— Ça aurait été un peu culotté, non ? Et pourquoi cette hâte ? Est-ce qu'il ne devait pas repeindre la sacristie lundi ? Il me semble que j'ai entendu Pilbeam dire ça. Et puis s'il avait voulu les clés, il aurait pu les prendre avant. Il peut se promener dans la maison comme il veut.

— Plus tôt, ça aurait été plus risqué. Le séminariste qui prépare l'église pour l'office aurait remarqué qu'un des jeux de clés manquait.

— C'est vrai, d'accord. Mais ce que vous m'avez dit tout à l'heure est valable aussi pour Surtees. S'il voulait en découdre avec Crampton, il savait où le trouver, il savait que la porte d'Augustin était ouverte.

— Vous êtes sûr que c'était Surtees ? Vous pourriez au besoin le jurer devant la cour ? C'était après minuit, et vous n'étiez pas très en forme.

— C'était Surtees. Je l'ai vu assez souvent. Il n'y a pas beaucoup de lumière dans les cloîtres, mais je n'ai pas pu me tromper. Je le soutiendrais devant la cour dans un contre-interrogatoire, si c'est ce que vous voulez savoir. Mais ça ne servirait pas à grand-chose. J'entends la défense s'adresser au jury. Visibilité déplorable. Silhouette à peine entrevue. Témoin peu fiable, assez fou pour aller se promener la nuit en pleine tempête. Sans compter que, contrairement à Surtees, je détestais Crampton. »

Cependant Yarwood commençait à se fatiguer. Son soudain élan d'intérêt pour l'enquête paraissait l'avoir épuisé. Il était temps de partir, et avec sa nouvelle information Dalgliesh était pressé de le faire. Mais il lui fallait d'abord s'assurer qu'il n'y avait rien d'autre à apprendre. « Nous aurons besoin d'une déposition, dit-il, mais ce n'est pas urgent. Est-ce que vous avez une idée de ce qui a pu provoquer votre crise de panique ? La querelle du samedi avec l'archidiacre ?

— Vous êtes au courant ? Evidemment que vous l'êtes. Je ne m'attendais pas à le voir à St Anselm, et je pense que pour lui aussi ça a été un choc. Ce n'est pas moi qui ai commencé la bagarre, c'est lui. Il m'a une fois de plus lancé ses vieux reproches à la tête. Il tremblait de rage, comme s'il faisait une crise. Tout ça remonte à la mort de sa femme. J'étais sergent à ce moment-là, et c'était ma première affaire de meurtre.

— De meurtre ?

— Il avait tué sa femme, Mr Dalgliesh. J'en étais convaincu à l'époque et je le suis toujours aujourd'hui. D'accord, j'ai péché par excès de zèle, j'ai bousillé l'enquête. Il a fini par porter plainte pour harcèlement et j'ai été réprimandé. Ça n'a pas arrangé ma carrière. Si j'étais resté à la police métropolitaine, je ne serais sûrement pas passé inspecteur. Mais je suis sûr aujourd'hui comme alors qu'il a tué sa femme.

— Sur quoi se base cette certitude ?

— Elle avait une bouteille de vin à côté de son lit. Elle est morte d'une surdose d'aspirine et d'alcool. La bouteille de vin a été soigneusement essuyée. Je ne sais pas comment il s'y est pris pour lui faire avaler tout un flacon de cachets, mais je suis certain qu'il l'a fait. Et il a menti, je sais qu'il a menti. Il a dit qu'il ne s'était pas approché du lit — tu parles ! »

Dalgliesh remarqua : « Il a peut-être menti ; il s'est peut-être approché du lit et il a peut-être essuyé la bouteille. Mais tout ça n'en fait pas un meurtrier.

S'il l'a trouvée morte, il a pu paniquer. Les gens font de drôles de choses dans ces cas-là.

— Il l'a tuée, Mr Dalgliesh, répéta Yarwood avec entêtement. Je l'ai lu sur son visage et dans ses yeux. Il a menti. Mais ça ne signifie pas que j'aie voulu venger sa femme.

— Vous voyez quelqu'un d'autre qui aurait pu le faire ? Elle avait des parents, des frères et sœurs, un ancien amant ?

— Personne, sauf son père et sa mère, qui ne m'ont pas paru particulièrement sympathiques. On ne lui a pas rendu justice, Mr Dalgliesh, et à moi non plus. Je ne regrette pas que Crampton soit mort, mais je ne l'ai pas tué. Et je ne m'arracherai pas les cheveux si vous ne retrouvez pas son meurtrier.

— Nous le retrouverons, dit Dalgliesh. Vous qui êtes officier de police, vous ne pouvez pas penser ce que vous venez de dire. On se reverra. Gardez pour vous ce que vous m'avez raconté. Mais vous savez ce que c'est que la discrétion.

— Vous croyez ? Oui, sûrement. Mais en ce moment, j'ai du mal à croire que je puisse me retrouver un jour sur une enquête. »

Il détourna la tête dans un geste de rejet délibéré. Il y avait toutefois une dernière question que Dalgliesh avait à poser. « Est-ce que vous avez parlé de vos soupçons concernant l'archidiacre à quelqu'un de St Anselm ?

— Non. Ça ne leur aurait sûrement pas plu. Et puis c'était du passé. Je ne m'attendais pas à le revoir un jour. Mais ils doivent savoir maintenant... en tout cas si Raphael Arbuthnot a pris la peine de leur raconter ce qu'il a entendu.

— Raphael ?

— Il était dans le cloître sud quand Crampton m'a agressé. Il a tout entendu. »

7

Ils s'étaient rendus à l'hôpital dans la Jaguar de Dalgliesh. Ayant attaché leur ceinture, ils traversèrent en silence le faubourg est de la ville, puis Dalgliesh raconta brièvement ce qu'il avait appris.

Lorsqu'il eut terminé, Piers dit : « Je ne vois pas Surtees en tueur, mais si c'est lui, il n'a pas agi seul. Sa sœur est dans le coup. Je ne peux pas imaginer qu'il se soit passé quoi que ce soit dans la nuit de samedi au cottage St Jean sans qu'elle en ait été informée. Mais pourquoi ces deux-là auraient-ils souhaité la mort de Crampton ? D'accord, ils devaient savoir qu'il avait l'intention de faire fermer le collège à la première occasion. Ça pouvait ne pas plaire à Surtees — il semble s'être fait une petite vie très agréable avec son cottage et ses cochons — mais tout de même, il n'allait pas liquider l'archidiacre pour empêcher la fermeture. Et s'il lui en voulait pour des questions plus personnelles, pourquoi l'attirer dans l'église, pourquoi cette mise en scène ? Il savait où dormait Crampton ; il savait certainement aussi que sa porte n'était pas fermée à clé.

— C'est le cas de tout le monde au collège, y compris les invités, rétorqua Dalgliesh. Celui qui a tué Crampton tenait à faire savoir que c'était l'œuvre de quelqu'un de la maison. C'est évident depuis le début. Mais je ne vois pas quel mobile auraient pu avoir Surtees ou sa sœur. Du point de vue du mobile, George Gregory est le suspect numéro un. »

Rien de tout cela n'avait besoin d'être répété, et Piers regretta de ne pas s'être tu. Il avait appris que quand AD n'était pas d'humeur à parler, mieux valait se taire, surtout si l'on n'avait rien d'original à dire.

De retour au cottage St Matthieu, Dalgliesh
décida d'interroger les Surtees avec Kate. Ils arrivèrent cinq minutes plus tard, escortés de Robbins.
Karen fut introduite dans la salle d'attente, et la
porte soigneusement fermée.

Lorsque Robbins était venu le chercher, Eric Surtees nettoyait sa porcherie. Maintenant, il apportait
dans la salle d'interrogatoire une odeur forte mais
pas désagréable de terre et de bête. Il n'avait pris le
temps que de se laver les mains, qu'il tenait à présent poings serrés sur ses genoux. Elles étaient si
parfaitement immobiles qu'elles semblaient en
curieux désaccord avec le reste de son corps, rappelant à Dalgliesh deux petits animaux ramassés sur
eux-mêmes et pétrifiés de peur. Il n'avait pas eu le
temps de consulter sa sœur, et le coup d'œil qu'il
lança derrière lui quand la porte se ferma trahissait
le besoin qu'il avait de sa présence et de son soutien.
Seuls ses yeux bougeaient, allant de Dalgliesh à
Kate et de Kate à Dalgliesh. Dalgliesh savait reconnaître la peur et l'interpréter. Il savait que l'innocent
était souvent celui dont l'affolement était le plus
visible, et que le coupable, une fois préparée son histoire, avait hâte de la raconter et se trouvait porté
au cours de l'interrogatoire par une vague d'orgueil
et de bravade qui chassait devant elle toute manifestation embarrassante de culpabilité ou de peur.

Il ne perdit pas de temps en formalités. Il dit :
« Quand on vous a interrogé, dimanche, vous avez
déclaré ne pas avoir quitté le cottage durant la nuit
de samedi. Je vous pose une fois de plus la question : samedi après complies, vous êtes-vous rendu
soit au collège soit à l'église ? »

Surtees jeta un coup d'œil du côté de la fenêtre
comme en quête d'une issue, puis se força à regarder Dalgliesh.

« Non, bien sûr que non, répondit-il d'une voix

anormalement haut perchée. Pourquoi est-ce que j'y serais allé ?

— Mr Surtees, un témoin vous a vu entrer à St Anselm par le cloître nord juste après minuit. Il ne peut pas y avoir de doute quant à l'identité.

— Non, ce n'était pas moi. Ça devait être quelqu'un d'autre. Personne n'a pu me voir puisque je n'étais pas là. C'est un mensonge. » Lui-même semblait peu convaincu par ses dénégations.

« Mr Surtees, tenez-vous à ce que nous vous arrêtions pour meurtre ? » demanda Dalgliesh sur un ton patient.

Surtees parut rapetisser. Il avait maintenant l'air d'un petit garçon. « Oui, dit-il après un long silence, je suis retourné au collège. Je me suis réveillé, j'ai vu de la lumière dans l'église et je suis allé voir.

— Cette lumière, à quelle heure l'avez-vous vue ?

— Vers minuit, comme vous avez dit. Je m'étais levé pour aller aux toilettes ; c'est comme ça que je l'ai vue. »

Kate parla pour la première fois : « Les cottages sont tous construits sur le même plan, Mr Surtees. Les chambres à coucher et les salles de bains sont derrière. Dans votre cottage, elles donnent au nord-ouest. Comment avez-vous pu voir l'église ? »

Surtees humecta ses lèvres. « J'avais soif, dit-il. Je suis descendu pour boire un verre d'eau et j'ai vu la lumière du salon. J'ai cru, en tout cas. Elle était plutôt faible. Je me suis dit qu'il fallait aller voir.

— Vous n'avez pas pensé à réveiller votre sœur ou à téléphoner à Pilbeam ou au père Sebastian ? demanda Dalgliesh. Ç'aurait été la chose à faire.

— Je ne voulais pas les déranger. »

Kate observa : « C'était courageux de votre part de vous aventurer seul dans la tempête, en pleine nuit, pour affronter un éventuel intrus. Qu'est-ce que vous aviez l'intention de faire une fois dans l'église ?

— Je ne sais pas. Je n'avais pas les idées très claires.

— Maintenant non plus, vous n'avez pas les idées très claires, si ? dit Dalgliesh. Mais tant pis, continuez. Vous êtes donc allé jusqu'à l'église. Et ensuite ?

— Je ne suis pas entré. Je ne pouvais pas, je n'avais pas de clé. La lumière brillait. Je suis allé dans la maison chercher les clés dans le bureau de Miss Ramsey, mais une fois revenu dans le cloître nord, j'ai vu que la lumière avait disparu. » Il parlait maintenant avec plus d'assurance, et ses poings s'étaient quelque peu desserrés.

Après un coup d'œil à Dalgliesh, Kate reprit l'interrogatoire. « Qu'est-ce que vous avez fait alors ?

— Rien. J'ai pensé que je m'étais trompé, qu'il n'y avait jamais eu de lumière.

— Mais avant, vous étiez pourtant sûr de l'avoir vue, sinon vous ne seriez pas sorti dans cette tempête. Une lumière qui s'allume puis disparaît, c'est bizarre, non ? Vous n'êtes pas allé voir dans l'église ? C'était ce que vous aviez en tête quand vous êtes sorti du cottage, non ?

— Ça ne m'a pas paru nécessaire puisqu'il n'y avait plus de lumière, marmonna Surtees. Je vous l'ai dit : j'ai pensé que je m'étais trompé. » Après quelques hésitations, il ajouta : « J'ai essayé la porte de la sacristie et j'ai vu qu'elle était fermée. Il ne pouvait donc y avoir personne dans l'église.

— Après avoir trouvé le corps de l'archidiacre, on a remarqué qu'un des trois jeux de clés de l'église avait disparu. Il y en avait combien quand vous avez pris le vôtre ?

— Je ne me souviens pas. Je n'ai pas fait attention. Je voulais quitter le bureau de Miss Ramsey au plus vite. Je savais exactement où se trouvaient les clés ; j'ai pris le premier trousseau qui se présentait.

— Et vous l'avez remis à sa place ?

— Non. Je n'ai pas voulu retourner dans la maison.

— Dans ce cas, Mr Surtees, intervint tranquillement Dalgliesh, où sont-elles, ces clés, à présent ? »

Kate avait rarement vu un suspect céder si brusquement à la panique. L'espoir et la confiance qui semblaient habiter Surtees quelques instants plus tôt s'étaient évanouis d'un coup, le laissant effondré sur sa chaise, tête basse, tremblant de tout son corps.

Dalgliesh dit : « Je vais vous répéter la question. Est-ce que vous êtes entré dans l'église dans la nuit de samedi ? »

Surtees parvint à se redresser et à regarder Dalgliesh. Kate eut alors le sentiment que, chez lui, la panique cédait et faisait place au soulagement. Il allait dire la vérité ; il était heureux que prenne fin le supplice de mentir. Maintenant, les policiers et lui seraient du même côté. Ils l'approuveraient, ils l'absoudraient, ils le comprendraient. Elle avait vu tout cela tant de fois.

« Oui, dit Surtees, je suis entré dans l'église. Mais je n'ai tué personne, je le jure. Je ne pourrais pas. Je jure devant Dieu que je ne l'ai pas touché. Je ne suis pas resté une minute.

— A faire quoi ? demanda Dalgliesh.

— Je cherchais quelque chose pour Karen, quelque chose dont elle avait besoin. Ça n'avait rien à voir avec l'archidiacre. C'est un truc à nous.

— Un truc à nous ! ironisa Kate. Mr Surtees, vous devez vous douter qu'on ne va pas se contenter de ça. Pourquoi êtes-vous allé dans l'église à minuit samedi ? »

Surtees regarda Dalgliesh comme pour l'inviter à comprendre. « Karen avait besoin d'une autre hostie consacrée. Il fallait qu'elle soit consacrée. Elle m'a demandé d'aller lui en prendre une.

— Elle vous a demandé de voler pour elle ?

— Elle ne voyait pas ça comme ça. » Il resta un moment silencieux avant d'ajouter : « Enfin, oui, si vous voulez. Mais ce n'était pas sa faute, c'était la mienne. Je n'étais pas forcé d'accepter. Je ne voulais pas le faire — les pères ont toujours été bons pour moi —, mais c'était important pour Karen, alors finalement j'ai dit oui. Il fallait qu'elle l'ait ce week-end parce qu'elle en a besoin vendredi. Elle voyait ça comme quelque chose sans importance. Pour elle, c'était un simple bout de pain. Elle ne m'aurait pas demandé de voler un objet de valeur.

— Mais une hostie, c'est quelque chose de valeur », remarqua Dalgliesh.

Surtees se tut.

« Bon, reprit Dalgliesh, racontez-moi ce qui s'est passé dans la nuit de samedi. Réfléchissez, et tâchez d'être clair. Je veux tous les détails. »

Surtees était plus calme maintenant. Il semblait se ressaisir et la couleur revenait à ses joues. « J'ai attendu qu'il soit très tard, expliqua-t-il. Je voulais être sûr que tout le monde soit couché. Je n'étais pas mécontent du temps qu'il faisait : avec cette tempête, personne n'irait se promener. Il devait être minuit moins le quart quand je suis sorti.

— Vous étiez habillé comment ?

— J'avais mis mon pantalon de velours brun et une veste de cuir. Rien de clair. On a pensé que ce serait plus sûr si je mettais des vêtements foncés. Mais je n'étais pas déguisé.

— Vous portiez des gants ?

— Non. On... j'ai pensé que ce n'était pas nécessaire. Je n'ai que des gants de jardin et de gros gants de laine. Il aurait fallu que je les enlève pour prendre l'hostie. Et puis quoi, j'ai pensé que c'était sans importance. Le vol passerait inaperçu. Une hostie de plus ou de moins, ça pouvait être une erreur de calcul. C'est en tout cas ce que je me suis dit. A part ça, il y avait le problème des clés : moi, j'ai seulement celle de la grille et celle de la porte qui communique avec le cloître nord. D'ordinaire, je n'en ai pas besoin : toutes les portes sont ouvertes pendant la journée. Je savais que les clés de l'église étaient dans le bureau de Miss Ramsey. Il arrive que j'apporte des fleurs et le père Sebastian me demande de les mettre dans de l'eau à la sacristie. C'est toujours un étudiant qui décore l'église. Des fois, le père Sebastian me donne les clés ; des fois, il me dit d'aller les chercher au bureau. On est censé signer dans ces occasions-là, mais on ne s'en donne pas toujours la peine.

— On vous fait confiance, j'imagine. C'est facile de voler des gens qui vous font confiance ! »

Il y eut une seconde durant laquelle Dalgliesh fut simultanément conscient d'une note de mépris dans sa voix et de la surprise muette de Kate. Il devenait trop personnel.

Avec plus d'assurance qu'il n'en avait montré jusque-là, Surtees rétorqua : « A qui est-ce que j'aurais fait du mal ? A personne — j'en suis incapable. Même si j'avais réussi à voler l'hostie, je ne vois pas à qui ça aurait nui. Personne n'aurait su. Ce n'était rien, juste une hostie. Ça ne doit pas coûter plus d'un penny.

— Revenons-en plutôt à ce qui s'est passé, dit Dalgliesh. Oublions les excuses et les justifications, et tenons-nous-en aux faits.

— Eh bien, comme je vous ai dit, il était environ minuit moins le quart quand je suis sorti. Il faisait un vent terrible. Il n'y avait pas de lumière au collège. La seule lumière, c'était dans une des chambres d'hôtes, et les rideaux étaient tirés. Je me suis servi de ma clé pour entrer dans le collège par la porte de derrière. Je suis passé par l'arrière-cuisine. J'avais une lampe de poche, alors je n'ai pas eu besoin d'allumer. Dans le hall, la petite lampe sous

la Madone brûlait. Si jamais je rencontrais
quelqu'un, j'avais préparé une histoire. J'aurais dit
que j'avais vu de la lumière dans l'église et que je
venais chercher les clés pour aller voir. Ça tenait
plus ou moins debout, mais je ne pensais pas que
j'aurais besoin de donner des explications. J'ai pris
les clés, et je suis ressorti par le même chemin en
fermant la porte derrière moi. J'ai éteint les lampes
du cloître et j'ai longé le mur. Je n'ai pas eu de problème avec la serrure de la sacristie ; elle est toujours huilée et la clé tourne très facilement. J'ai
ouvert et j'ai débranché le système d'alarme.

« Jusque-là, ça s'était déroulé sans problème, et je
commençais à avoir moins peur. Je savais où se
trouvaient les hosties, bien sûr — sur la droite de
l'autel dans une espèce de niche avec une lumière
rouge au-dessus. On garde là les hosties consacrées
pour le cas où un prêtre en aurait besoin pour
apporter la communion à un malade ou célébrer la
messe dans une des églises de village où il n'y a pas
de prêtre. J'avais une enveloppe pour l'hostie que
j'allais prendre. Mais quand j'ai ouvert la porte donnant dans l'église, j'ai vu qu'il y avait quelqu'un. »

Durant le silence qui suivit, Dalgliesh s'abstint de
faire des commentaires et de poser des questions.
Tête penchée en avant, Surtees tenait maintenant
ses mains jointes devant lui. Les souvenirs semblaient à présent venir plus difficilement.

« Il y avait de la lumière à l'extrémité nord de
l'église, reprit-il. C'était le projecteur du *Jugement
dernier*. Et il y avait quelqu'un, quelqu'un avec une
pèlerine brune et son capuchon. »

Kate ne résista pas à demander : « Vous avez
reconnu qui c'était ?

— Non. C'était mal éclairé, et un pilier le cachait
en partie, et puis il avait mis son capuchon.

— Comment était-il ? Grand ? Petit ?

— Moyen, il me semble, pas particulièrement

grand. Je ne me souviens pas vraiment. Et puis pendant que je regardais, la grande porte sud s'est ouverte et quelqu'un est entré. Je ne l'ai pas reconnu non plus. Je ne l'ai pas vraiment vu, je l'ai seulement entendu demander : "Où êtes-vous ?" et j'ai refermé la porte. J'avais raté mon coup. Il ne me restait qu'à m'en aller.

— Vous êtes tout à fait sûr de n'avoir reconnu personne ? demanda Dalgliesh.

— Tout à fait. Je n'ai vu aucun des deux visages, et le second personnage, c'est à peine si je l'ai aperçu.

— Mais vous pensez que c'était un homme ?

— J'ai entendu sa voix.

— D'après vous, qui ça pouvait être ?

— D'après la voix, je pense que ça aurait pu être l'archidiacre.

— Autrement dit, il parlait fort ? »

Surtees rougit. « Oui, j'imagine. Ça ne m'a pas frappé sur le moment. La chapelle était complètement silencieuse et la voix résonnait. Je ne pourrais pas jurer que c'était l'archidiacre. C'est juste l'impression que j'ai eue à ce moment-là. »

Convaincu qu'il ne pourrait rien leur apprendre d'intéressant sur l'identité des deux personnages, Dalgliesh lui demanda ce qu'il avait fait en sortant de l'église.

« J'ai rebranché l'alarme, j'ai fermé à clé derrière moi, et je suis sorti par la cour en passant devant la porte sud de l'église. Je ne pense pas qu'elle était ouverte. Je ne crois pas avoir vu de lumière, mais je n'ai pas vraiment fait attention. J'étais pressé de m'en aller. Je me suis bagarré contre le vent pour rejoindre le cottage et j'ai raconté à Karen ce qui s'était passé. J'espérais avoir l'occasion de remettre les clés à leur place le dimanche matin, mais quand on nous a tous convoqués à la bibliothèque pour nous annoncer le meurtre, j'ai compris que ce serait impossible.

— Et qu'en avez-vous fait ?

— Je les ai enterrées dans un coin de la porcherie, répondit Surtees d'une voix misérable.

— Quand nous en aurons fini avec vous, le sergent Robbins vous accompagnera pour les chercher. »

Surtees se leva pour partir, mais Dalgliesh l'arrêta. « J'ai dit : "Quand nous en aurons fini avec vous" — ce n'est pas encore terminé. »

L'information qu'ils venaient d'obtenir était la plus importante qu'ils aient recueillie jusqu'ici, et il dut résister à la tentation de se lancer tout de suite sur cette nouvelle piste. Mais d'abord, il fallait vérifier la version de Surtees.

8

A la demande de Kate, Karen Surtees entra dans la pièce. Elle ne montrait aucun signe de nervosité. Sans attendre qu'on l'invite à s'asseoir, elle prit place à côté de son demi-frère et se tourna vers lui.

« Ça va, Eric ? On ne t'a pas torturé ?

— Ça va, merci. Je suis désolé, Karen, mais je leur ai dit. » Il répéta : « Je suis désolé.

— Pourquoi ? Tu as fait de ton mieux. Ce n'était pas ta faute s'il y avait quelqu'un dans l'église. Tu as essayé. Et c'est tant mieux pour la police. J'espère qu'ils te sont reconnaissants. »

Le visage de Surtees s'était éclairé à sa vue, et lorsqu'elle posa brièvement sa main sur la sienne, on sentit presque la force qu'elle lui communiquait. Il avait prononcé des mots d'excuses, mais il n'y avait rien de servile dans la façon dont il la regardait. Dalgliesh reconnut la plus dangereuse complication : l'amour.

Elle se tourna alors vers lui, le fixant d'un air de défi. Ses yeux s'agrandirent, et il eut l'impression qu'elle retenait un sourire.

« Votre frère a reconnu s'être rendu dans l'église samedi soir, dit Dalgliesh.

— Pas samedi soir, il était plus de minuit : dimanche matin très tôt. Et il n'est que mon demi-frère, même père, mères différentes.

— Il nous a raconté sa version des faits. J'aimerais maintenant entendre la vôtre.

— Ce sera la même. Eric ne sait pas mentir, comme vous avez dû vous en apercevoir. C'est un inconvénient qui a ses avantages. De toute façon, ce n'est pas bien grave. Il n'a rien fait de mal. L'idée qu'il puisse tuer quelqu'un est ridicule. Il n'arrive même pas à tuer ses cochons lui-même ! Je lui ai demandé d'aller me chercher une hostie consacrée dans l'église. Si vous ne le savez pas, c'est un disque blanc fait de farine et d'eau de la taille d'une pièce de deux pence. Même s'il avait réussi à en prendre une et s'il s'était fait attraper, je l'imagine mal passer en jugement pour avoir volé quelque chose qui ne valait rien.

— Tout dépend de l'échelle de valeurs, rétorqua Dalgliesh. Pourquoi vouliez-vous cette hostie ?

— Je ne vois pas ce que ça a à faire avec l'enquête, mais je veux bien vous le dire. Je suis journaliste indépendante et j'écris un article sur les messes noires. Cet article m'a été commandé, et j'ai fait l'essentiel des recherches. Les gens parmi lesquels j'ai réussi à m'infiltrer ont besoin d'une hostie consacrée et j'ai promis de leur en avoir une. Je sais, j'aurais pu en avoir une boîte entière de non consacrées pour une livre ou deux — c'est ce que m'a dit Eric. Mais je travaille dans le vrai et je voulais du

vrai. Peut-être que vous ne respectez pas mon travail, mais je le fais aussi sérieusement que vous le
vôtre. J'avais promis une hostie consacrée et je
tenais à en avoir une. Mes recherches auraient été
une perte de temps sans ça.

— Vous avez donc persuadé votre frère d'en voler
une pour vous ?

— Si j'en avais demandé une au père Sebastian,
vous croyez qu'il me l'aurait donnée ?

— Votre frère a agi seul ?

— Bien sûr. Je n'ai pas vu la nécessité d'augmen-
ter les risques en l'accompagnant. Lui, si on l'attra-
pait, il pouvait justifier sa présence dans le collège.
Moi pas.

— Mais vous l'avez attendu ?

— Evidemment.

— Il vous a donc fait son récit tout de suite.

— Oui, il m'a raconté ce qui s'était passé dès qu'il
est rentré.

— Miss Surtees, c'est très important. Réfléchissez
et essayez de vous rappeler exactement ce qu'il vous
a dit et en quels termes.

— Les mots, je ne crois pas que je puisse me les
rappeler exactement, mais le sens était clair. Il m'a
dit qu'il avait trouvé les clés sans problème. Il avait
sa lampe de poche. Il a ouvert la porte de la sacristie puis celle de l'église. C'est alors qu'il a vu de la
lumière — la lumière qui éclaire le tableau accroché face à l'entrée principale, *le Jugement dernier*, je
crois. Et un personnage debout à proximité qui portait une pèlerine avec capuchon. Puis la porte principale s'est ouverte, et quelqu'un d'autre est arrivé.
Je lui ai demandé s'il avait reconnu ces gens. Il m'a
dit que non, ni l'un ni l'autre. Celui qui avait le capuchon lui tournait le dos, et l'autre, il n'a fait que
l'entrevoir. Il l'a entendu qui disait "Où êtes-vous ?"
ou quelque chose comme ça. Il s'est dit que c'était
peut-être l'archidiacre.

— Et pour l'autre personnage, il ne vous a pas dit qui ça pouvait être ?

— Non. Il ne s'en est pas inquiété, d'ailleurs. Un personnage encapuchonné dans l'église, ça n'avait rien de particulièrement alarmant. Ça fichait tout en l'air pour nous et à cette heure de la nuit, c'était assez bizarre, mais il a tout naturellement pensé que c'était un des prêtres ou un des étudiants. Et moi aussi. Dieu sait ce qu'ils fabriquaient là après minuit. Ils célébraient peut-être leur messe noire à eux, mais qu'est-ce que j'en ai à faire ? Evidemment, si Eric avait su que l'archidiacre allait être assassiné, il aurait fait plus attention. Je pense, en tout cas. Qu'est-ce que tu crois que tu aurais fait, Eric, si tu t'étais trouvé face à un type armé d'un couteau ? »

Regardant Dalgliesh, Surtees répondit : « J'aurais décampé, j'imagine. Et j'aurais donné l'alarme, bien sûr. Comme les appartements des hôtes ne sont pas fermés à clé, je serais sûrement allé à Jérôme pour vous demander de l'aide. Là, j'étais surtout déçu qu'après avoir réussi à m'introduire dans l'église je doive laisser tomber. »

Il n'y avait rien d'autre à apprendre de lui pour l'instant, et Dalgliesh lui dit qu'il pouvait s'en aller, non sans les prier tous les deux de tenir absolument secret ce qu'ils venaient de raconter. L'obstruction à la justice était la moindre des accusations qu'ils risquaient d'encourir. Le sergent Robbins irait maintenant avec Surtees récupérer les clés.

Après s'être engagés à ne rien dire — Eric avec solennité, Karen de mauvaise grâce —, tous deux se levèrent pour partir, mais Dalgliesh dit : « Je voudrais que vous restiez, Miss Surtees. J'ai certaines choses à vous demander. »

Il attendit que la porte se soit fermée sur son demi-frère pour continuer : « Quand j'ai commencé à interroger votre frère, il m'a dit que vous vouliez qu'il vous procure une autre hostie. Ce n'était donc pas la première fois. Il y avait déjà eu une tentative. Racontez-moi.

— Eric s'est mal exprimé, répondit-elle d'une voix tranquille. Il n'y a jamais eu d'autre occasion.

— Je ne vous crois pas. Je peux toujours le rappeler pour lui demander de confirmer, bien sûr, mais ce serait plus simple si vous m'expliquiez vous-même ce qui s'est passé la première fois.

— Ça n'avait rien à voir avec ce meurtre. Ça s'est passé le trimestre dernier.

— Le rapport avec le meurtre, c'est à moi d'en juger. Qui a volé l'hostie pour vous, cette fois-là ?

— Elle n'a pas été volée. Elle m'a été donnée.

— Par Ronald Treeves ?

— En effet, bravo. Certaines hosties sont consacrées et amenées dans les églises manquant temporairement de prêtre mais où se donne la communion. Les hosties sont consacrées et amenées à l'église par celui qui assure l'office ou sert d'assistant. Une semaine où c'était le tour de Ronald, il a pris une hostie pour moi. Une parmi beaucoup d'autres. Ce n'était pas demander grand-chose. »

Kate s'en mêla soudain : « Pour lui, c'était demander beaucoup, et vous deviez le savoir. Qu'est-ce que vous lui avez donné en contrepartie ? Ce à quoi je pense ? »

La fille rougit, mais de colère et non de gêne. Un moment, Dalgliesh pensa qu'elle allait se rebeller, ce qui aurait été normal. Il s'empressa de dire : « Ne le prenez pas comme une insulte. Je vais reformuler la question. Comment avez-vous réussi à le persuader ? »

Karen s'était déjà calmée. Elle le regarda d'un œil calculateur puis se détendit. Il put identifier la seconde où elle comprit qu'il serait plus prudent, et peut-être plus satisfaisant, de jouer la candeur.

Elle dit : « Je l'ai persuadé en lui offrant ce que vous pensez, et je vous en prie, n'essayez pas de me

faire la morale. Ce n'est pas vos oignons. » Elle
lança à Kate un regard hostile. « Ni les vôtres. Et je
ne vois pas ce que tout ça a à faire avec le meurtre
de l'archidiacre. Il ne peut pas y avoir de rapport.

— Rien ne permet d'être aussi affirmatif, rétorqua Dalgliesh. Il se peut qu'il y ait un rapport. Si je
vous pose des questions sur ce vol d'hostie, ce n'est
pas parce que j'éprouve une curiosité malsaine à
l'égard de votre vie privée, croyez-moi.

— Que voulez-vous que je vous dise ? J'aimais
bien Ronald. Ou plutôt, il me faisait un peu de
peine. On ne l'aimait pas beaucoup ici. Son père
était trop riche et trop puissant, et pas dans le
domaine où il aurait fallu — l'armement, c'est plutôt mal vu. Bref, Ronald n'était pas intégré. Quand
je venais chez Eric, il m'arrivait d'aller me promener avec lui le long de la falaise jusqu'à l'étang. On
parlait. Il me disait des choses que vous ne lui auriez
pas fait sortir en un million d'années, et les prêtres
non plus, confession ou pas confession. Et je lui ai
rendu un service. A vingt-trois ans, il était puceau.
Et il ne rêvait que de sexe, il en crevait. »

Il en était peut-être mort, songea Dalgliesh tandis
que la voix continuait : « Le séduire n'a pas été désagréable. Séduire une vierge, les hommes font de ça
toute une affaire. Dans l'autre sens, c'est sûrement
plus facile, et moins fatigant ! Maintenant si vous
voulez savoir comment on s'y est pris pour qu'Eric
ne s'aperçoive de rien, je vous dirai qu'on s'est passé
de lit : on a fait ça dans les fougères, sur la falaise.
Il a eu bien de la chance de m'avoir pour l'initier
plutôt qu'une pute — ce qu'il a essayé un jour, mais
il a été pris d'un tel dégoût qu'il n'a pas pu aller
jusqu'au bout. » Elle s'interrompit, et comme Dalgliesh ne disait rien, elle continua sur la défensive :
« Il voulait devenir prêtre, non ? De quelle utilité
aurait-il été pour les autres s'il n'avait pas vécu un
peu ? Il parlait de la grâce du célibat ; le célibat,

d'accord, c'est peut-être bien pour certains, mais lui, je peux vous dire que ce n'était pas son truc. Il a eu de la chance de me trouver.

— Qu'est-il advenu de l'hostie ? demanda Dalgliesh.

— Là, je n'ai pas eu de chance. C'est à ne pas croire. Je l'ai perdue. Je l'ai mise dans une enveloppe que j'ai rangée dans ma serviette avec d'autres papiers. Ensuite, mystère. Elle a dû finir dans la corbeille à papier avec des trucs que j'ai jetés. En tout cas, je ne l'ai pas retrouvée.

— Alors vous lui en avez demandé une autre, et il ne s'est pas montré aussi complaisant.

— On peut dire ça comme ça, oui. Pendant les vacances, il a dû réfléchir. Voilà que je passais pour celle qui ruinait sa vie, et non plus celle qui contribuait à son éducation sexuelle.

— Et une semaine après, il était mort.

— Je n'y suis pour rien. Je ne voulais pas qu'il meure.

— Vous pensez que ça pouvait être un meurtre ? »

Cette fois, elle le regarda d'un air stupéfait, et il vit à la fois de la surprise et de la terreur dans ses yeux.

« Un meurtre ? Bien sûr que non. Qui aurait voulu le tuer ? C'était un accident. Il a fourragé dans la falaise et déclenché une avalanche de sable. Il y a eu une enquête. Vous connaissez le verdict.

— Quand il a refusé de vous fournir une deuxième hostie, est-ce que vous avez essayé de le faire chanter ?

— Quelle idée !

— Vous ne lui avez pas laissé entendre qu'il était désormais en votre pouvoir, que vous saviez sur lui des choses qui pourraient le faire expulser du collège et compromettre ses chances d'être ordonné prêtre ?

— Mais non, voyons ! s'exclama-t-elle. Absolument pas. A quoi est-ce que ça m'aurait avancé ? Ça aurait compromis Eric, et puis de toute façon c'est Ronald que les prêtres auraient cru, pas moi. Je n'étais pas en position de le faire chanter.

— Vous pensez qu'il en était conscient ?

— Mais comment voulez-vous que je sache ce qu'il pensait ? Il était à moitié fou, c'est tout ce que je sais. Ecoutez, c'est sur le meurtre de Crampton que vous êtes censé enquêter. La mort de Ronald n'a strictement rien à voir avec ça.

— Une fois encore, je vous demanderai de me laisser trancher sur ce point. Que s'est-il passé quand Ronald Treeves est venu au cottage St Jean la veille de sa mort ? »

Voyant qu'elle ne répondait pas, Dalgliesh reprit : « Vous et votre frère avez déjà gardé pour vous des informations vitales pour cette enquête. Si nous avions appris dimanche matin ce que vous venez de nous dire, quelqu'un aurait peut-être été arrêté. Si ni vous ni votre frère n'avez rien à voir dans la mort de l'archidiacre Crampton, je vous suggère de répondre honnêtement à ma question : que s'est-il passé lorsque Ronald Treeves est venu au cottage St Jean ce vendredi soir-là ?

— J'étais déjà là. J'étais venue de Londres pour le week-end. Je ne savais pas qu'il passerait. Il n'avait absolument pas le droit de venir comme ça. Bon, les portes sont presque toujours ouvertes, mais c'est tout de même censé être la maison d'Eric. Et voilà qu'il fait tout à coup irruption au premier et qu'il nous trouve au lit, Eric et moi. Il est resté à regarder, planté sur le pas de la porte. Il avait l'air dingue, absolument dingue. Et puis il s'est mis à cracher des accusations ridicules. Je ne me souviens pas vraiment de ce qu'il a dit. J'imagine qu'on aurait pu en rire, mais c'était plutôt effrayant. C'était comme de se faire engueuler par un fou. Encore que le mot ne soit pas le bon. Il ne criait pas, c'est à peine s'il élevait la voix. C'est pour ça que c'était terrifiant. Eric et moi, on était nus, ce qui nous mettait à notre désavantage. On était assis et on le regardait pendant qu'il nous invectivait. Bon Dieu, c'était incroyable. Imaginez-vous qu'il s'était mis en tête que j'allais l'épouser. Moi, une femme de prêtre ! Il était fou. Il avait l'air cinglé et il était cinglé. »

Elle disait cela d'un air d'incrédulité ahuri comme elle l'aurait confié à une amie autour d'un verre.

Dalgliesh dit : « Vous l'avez séduit, et il a cru que vous l'aimiez. Il vous a donné une hostie consacrée parce que vous le lui aviez demandé et qu'il ne pouvait rien vous refuser. Il savait exactement ce qu'il avait fait. Et là-dessus il s'est aperçu qu'il n'y avait jamais eu d'amour de votre part et qu'il avait été utilisé. Le lendemain, il s'est tué. Miss Surtees, vous sentez-vous d'une quelconque façon responsable de cette mort ?

— Pas du tout ! répondit-elle avec véhémence. Je ne lui ai jamais dit que je l'aimais. Ce n'est pas de ma faute s'il se l'est imaginé. Et je ne crois pas qu'il s'est tué. C'était un accident. C'est ce que le jury a conclu et c'est ce que je crois.

— Non, j'en doute beaucoup, dit calmement Dalgliesh. Moi, je crois que vous savez très bien ce qui a poussé Ronald Treeves à la mort.

— Même si c'était vrai, je ne serais pas responsable pour autant. Qu'est-ce qui lui a pris de débarquer comme ça, de monter au premier comme s'il était chez lui ? Et maintenant, je pense que vous allez avertir le père Sebastian pour qu'Eric se fasse éjecter du cottage.

— Non, je ne dirai rien au père Sebastian. Votre frère et vous vous êtes mis dans de drôles de draps. Je ne saurais assez vous recommander de ne rien répéter de ce que vous m'avez dit.

— Il n'y a pas de risque. Pourquoi est-ce qu'on

parlerait ? Mais je ne vois pas pourquoi je me senti-rais coupable au sujet de Ronald ou de l'archidiacre. On ne l'a pas tué, même si ça vous arrangerait qu'on l'ait fait. Allez voir du côté de ces sacro-saints prêtres plutôt que de vous acharner sur nous. Et pour ce qui est de la visite d'Eric à l'église, je pen-sais que ça n'avait pas d'importance. Je pensais que c'était un des étudiants qui avait tué l'archidiacre, et qu'il se confesserait. C'est à ça que ça sert, la confession, non ? Vous ne réussirez pas à me culpa-biliser. Je ne suis pas cruelle, je ne suis pas sans cœur. Je suis désolée pour Ronald. Je ne l'ai pas forcé à me procurer cette hostie. Je lui ai demandé et finalement il a accepté. Je n'ai pas fait l'amour avec lui pour obtenir ce que je voulais. En tout cas pas seulement. J'ai couché avec lui parce qu'il me faisait de la peine et parce que je m'ennuyais, et peut-être pour d'autres raisons que vous ne pourriez pas comprendre et qui ne vous plairaient pas. »

Il n'y avait plus rien à dire. Elle avait peur, mais elle n'avait pas honte. Aucun raisonnement n'aurait pu la faire se sentir responsable de la mort de Ronald Treeves. Et pourtant, c'était le désespoir qui en était la cause. Il s'était trouvé devant une alter-native impossible : rester à St Anselm sous la menace constante d'être trahi et torturé par ce qu'il avait fait, ou se confesser au père Sebastian et ris-quer de se faire renvoyer chez lui auprès d'un père qui le considérait comme un raté. Dalgliesh se demandait ce que le père Sebastian aurait fait. Le père Martin, lui, aurait certainement pardonné, mais pour le père Sebastian, ce n'était pas si sûr. Et puis, même s'il avait passé l'éponge, comment Ronald aurait-il pu rester en sachant qu'il serait désormais en sursis ?

Finalement, il la laissa partir. En même temps qu'une profonde pitié, il ressentait de la colère contre quelque chose qui allait plus loin et était

moins identifiable que Karen Surtees et son insensibilité. Mais de quel droit éprouvait-il de la colère ?
Karen avait sa propre morale. Ayant promis une
hostie consacrée, elle refusait de tricher. Elle prenait
son travail de journaliste très au sérieux. Mais ses
idées et celles de Treeves étaient inconciliables. Elle
ne pouvait imaginer qu'on se suicide pour un petit
disque de farine et d'eau. Pour elle, faire l'amour
était une façon de se désennuyer. Y accorder plus
d'importance menait au mieux à la jalousie, aux exigences, aux récriminations, à la pagaïe, et au pire à
mourir enseveli sous le sable. Durant ses années de
solitude, lui-même n'avait-il pas séparé sa vie
sexuelle d'un engagement affectif, même s'il s'était
montré plus prudent dans le choix de ses partenaires et plus attentif à ne pas les blesser ? Qu'allait-
il pouvoir raconter à Sir Alred ? Sans doute se
contenterait-il de lui dire qu'un verdict ouvert aurait
été plus logique que celui de mort accidentelle, mais
qu'il n'y avait rien de suspect dans l'affaire... alors
que ce n'était pas vrai.

Oui, il garderait le secret de Ronald Treeves.
Celui-ci n'avait pas jugé bon de laisser un mot où il
parlait de suicide. Il avait peut-être changé d'avis au
tout dernier moment, alors qu'il était déjà trop tard.
S'il était mort parce qu'il ne pouvait se faire à l'idée
que son père apprenne la vérité, ce n'était pas à lui,
Dalgliesh, de la lui révéler maintenant.

Il prit conscience que le silence se prolongeait et
que Kate, assise à côté de lui, contenant tant bien
que mal son impatience, se demandait pourquoi il
ne parlait pas.

« Bien, dit-il. Il semble que nous allions enfin
quelque part. Nous avons trouvé le jeu de clés manquant, ce qui signifie au bout du compte que Caïn
est retourné au collège pour remettre à sa place
celui qu'il avait dû emprunter. Il nous reste maintenant à trouver cette pèlerine brune. »

Comme en écho à ses propres pensées, Kate
lâcha : « A supposer qu'elle existe toujours. »

9

Dalgliesh appela Piers et Robbins dans la salle
d'interrogatoire et les mit au courant. Il demanda :
« Avez-vous vérifié toutes les pèlerines brunes ? »

Ce fut Kate qui répondit : « Oui. Maintenant que
Treeves est mort, il y a dix-neuf étudiants résidants
et donc dix-neuf pèlerines. Quinze étudiants sont
absents et tous ont pris les leurs sauf un, qui est allé
fêter l'anniversaire de sa mère et l'anniversaire de
mariage de ses parents. Il devait donc rester cinq
pèlerines. Elles y étaient. Elles ont été soigneusement examinées ainsi que celles des prêtres.

— Elles portent des étiquettes avec le nom ? Je
n'ai pas eu l'idée de regarder.

— Oui, toutes, répondit Piers. Apparemment, ce
sont les seuls vêtements à en porter. Parce qu'elles
sont absolument identiques à part la taille, j'imagine. »

Il n'y avait aucune certitude que le meurtrier ait
réellement porté une pèlerine au moment de l'agres-
sion. Une troisième personne avait très bien pu se
trouver dans l'église au moment de l'arrivée de
l'archidiacre, quelqu'un que Surtees n'avait pas vu.
Mais du moins une pèlerine avait été portée, et peut-
être par l'assassin : les cinq pèlerines devraient être
soumises à un examen minutieux pour voir si l'on
y retrouvait des traces de sang, des cheveux ou des
fibres. Et puis, la vingtième, celle de Ronald Treeves,
n'avait-elle pas pu être oubliée quand ses habits

444   Meurtres en soutane

avaient été empaquetés pour être rendus à sa
famille ?

Dalgliesh repensa à son entretien avec Sir Alred
à New Scotland Yard. Le chauffeur de Sir Alred
avait été envoyé au collège avec un autre conducteur
pour récupérer la Porsche, et ramener le paquet de
vêtements à Londres. Mais la pèlerine en faisait-elle
partie ? Il fit un effort de mémoire. Il avait à coup
sûr été question d'un costume, de chaussures et
d'une soutane, mais une pèlerine avait-elle été mentionnée ?

« Appelez Sir Alred pour moi, dit Dalgliesh à
Kate. Il m'a donné une carte avec son adresse et son
numéro de téléphone personnels avant de quitter le
Yard. Vous la trouverez dans le dossier. Il y a peu
de chances qu'il soit chez lui à cette heure, mais
il y aura quelqu'un. Dites que je veux lui parler
personnellement et que c'est urgent. »

Il s'attendait à des difficultés. Sir Alred n'était pas
un homme facilement accessible par téléphone, et
il était toujours possible qu'il soit à l'étranger. Mais
ils eurent de la chance. Celui qui prit la communication chez lui finit par se laisser convaincre de donner le numéro de son bureau à Mayfair. Là, une voix
leur répondit sèchement que Sir Alred était en
réunion. Dalgliesh dit qu'il fallait aller le chercher.
Le commandant pouvait-il patienter ? L'attente ne
durerait certainement pas plus de trois quarts
d'heure. Dalgliesh rétorqua qu'il ne pouvait pas
attendre même trois quarts de minute. « Alors restez en ligne », dit la voix.

Moins d'une minute plus tard, Sir Alred était au
téléphone. Sa voix autoritaire n'exprimait aucune
inquiétude mais une impatience contrôlée. « Commandant Dalgliesh ? J'attendais de vos nouvelles,
mais sûrement pas en plein milieu d'une conférence. Si vous avez quoi que ce soit à m'apprendre,
je préférerais que ce soit plus tard. J'imagine que

cette affaire de St Anselm est liée à la mort de mon fils ?

— Rien encore ne l'indique. Je vous en reparlerai lorsque j'aurai fini mon enquête. Pour l'instant, nous nous concentrons sur le meurtre. Mais je voulais vous poser une question à propos des vêtements de Ronald. Je me rappelle que vous avez dit qu'on vous les avait renvoyés. Etiez-vous là quand le paquet a été ouvert ?

— Pas quand il a été ouvert, mais juste après. Normalement, je ne m'y serais pas intéressé, mais ma gouvernante, qui s'est occupée de les déballer, a voulu me consulter. Je lui avais dit de tout donner à Oxfam, mais comme le costume était de la taille de son fils, elle voulait savoir si ça ne me dérangerait pas qu'elle le lui donne. Et puis elle se demandait que faire de la soutane. Comme Oxfam n'en aurait sûrement pas l'emploi, elle se disait qu'il serait peut-être bien de la renvoyer à St Anselm. Je lui ai répondu que si ça les avait intéressés, ils l'auraient certainement gardée, qu'elle n'avait qu'à en faire ce qu'elle voulait. Je crois qu'elle a fini à la poubelle. C'est tout ?

— Et la pèlerine, une pèlerine brune ?

— Il n'y avait pas de pèlerine.

— Vous en êtes tout à fait sûr, Sir Alred ?

— Non, puisque je n'ai pas ouvert le paquet. Mais s'il y en avait eu une, Mrs Mellors m'aurait certainement demandé ce qu'elle devait en faire. Et si je me souviens bien, les vêtements étaient toujours dans leur papier d'emballage. Je ne vois pas pourquoi elle aurait retiré la pèlerine. J'imagine que c'est important pour votre enquête ?

— Très important, Sir Alred. Merci de votre aide. M'est-il possible de joindre Mrs Mellors chez vous ? »

La voix s'impatienta. « Aucune idée. Je ne surveille pas les allées et venues de mes domestiques.

Mais elle loge chez moi, vous devriez pouvoir la joindre. Au revoir, commandant. »

Ils eurent de la chance également en rappelant la maison de Holland Park. Le même homme que précédemment répondit et les mit en communication avec la gouvernante.

Mrs Mellors, une fois certaine que Dalgliesh avait parlé à Sir Alred et téléphonait avec son approbation, se sentit en confiance et reconnut que, oui, c'était elle qui avait ouvert le paquet des vêtements de Mr Ronald renvoyés de St Anselm, et qu'elle avait dressé la liste de son contenu. Il n'y avait pas de pèlerine. Sir Alred lui avait gentiment donné le costume. Le reste avait été emporté par un employé de la maison au magasin Oxfam de Notting Hill Gate. La soutane, elle l'avait jetée. Elle avait trouvé dommage que le tissu soit perdu, mais elle n'avait vu personne que la chose aurait pu intéresser.

Elle ajouta, de façon assez surprenante pour une femme dont la voix assurée et les réponses intelligentes avaient paru parfaitement rationnelles : « La soutane, c'est ce qu'on a retrouvé près de lui, non ? Je ne suis pas sûre que j'aurais voulu la porter. Elle avait quelque chose de sinistre. Je me suis demandé si j'allais récupérer les boutons — ils auraient pu être utiles — mais finalement je n'ai pas voulu y toucher. Pour tout dire, j'ai été contente de la voir dans la poubelle. »

Après qu'il l'eut remerciée et qu'il eut raccroché, Dalgliesh dit : « Alors, qu'est devenue cette pèlerine et où est-elle maintenant ? Il faut voir avec la personne qui a emballé les vêtements. Le père Martin m'a dit que c'était le père John Betterton qui s'était chargé du travail. »

10

Devant la grande cheminée de pierre de la bibliothèque, Emma donnait son deuxième séminaire. Elle n'espérait guère distraire les pensées de son petit groupe de ce qui se passait par ailleurs autour d'eux. Dalgliesh n'avait pas encore autorisé le père Sebastian à célébrer les services de réouverture et reconsécration de l'église. L'équipe du labo était toujours à l'œuvre, débarquant chaque matin d'une sinistre fourgonnette que quelqu'un devait avoir amenée de Londres et qui restait toute la journée garée devant l'entrée principale, en dépit des protestations du père Peregrine. Le commandant Dalgliesh et ses deux inspecteurs poursuivaient leurs mystérieuses investigations et le cottage St Matthieu restait allumé jusque tard dans la nuit.

Le père Sebastian avait interdit aux étudiants de parler du meurtre — selon ses propres termes, « de se faire complice du mal et de l'aggraver par de vagues on-dit et des propos spéculatifs ». Il ne pouvait guère s'attendre à ce que cette interdiction soit observée, et Emma s'interrogeait sur son utilité. Certes, les spéculations s'étaient faites plus discrètes et plus rares, mais leur interdiction ajoutait une certaine culpabilité à la tension et à l'anxiété existantes. A son avis, il aurait mieux valu pouvoir parler franchement. Comme disait Raphael : « Avoir des flics dans la maison, c'est comme être envahi par les souris ; il n'y a pas besoin de les voir ni de les entendre pour savoir qu'ils sont là. »

La mort de Miss Betterton n'avait guère ajouté au climat d'angoisse. C'était comme un deuxième coup plus léger sur des nerfs déjà anesthésiés par l'horreur. Ayant accepté cette mort comme accidentelle, la communauté la trouvait moins horrible que le meurtre de l'archidiacre. Les étudiants ne voyaient que rarement Miss Betterton, et seul Raphael la pleurait véritablement. Mais même lui semblait avoir retrouvé une espèce d'équilibre depuis la veille, un équilibre précaire entre le retrait dans son monde intérieur et de soudaines bouffées d'aigreur. Depuis leur conversation sur le promontoire, Emma ne l'avait jamais revu seul. Elle en était heureuse. Etre avec lui était trop difficile.

Il y avait une salle de séminaire à l'arrière de la maison, au deuxième étage, mais Emma avait préféré la bibliothèque. Elle se disait qu'il était plus pratique d'avoir sous la main les livres dont elle pouvait avoir besoin, mais elle savait que son choix obéissait à une explication moins rationnelle. Du fait de ses dimensions comme de son atmosphère, la salle de séminaire était étouffante. Et si la présence de la police avait quelque chose d'inquiétant, mieux valait la sentir à proximité plutôt que d'avoir recours à son imagination en étant isolé au deuxième étage.

La nuit précédente, elle avait dormi, et même bien dormi. Les appartements des hôtes étaient désormais équipés de serrures qui pouvaient se fermer à clé. Mais Emma était contente d'avoir déménagé à Jérôme et de ne plus avoir cette fenêtre donnant sur l'église. Henry Bloxham était le seul à avoir mentionné le changement. Elle l'avait entendu dire à Stephen : « J'ai cru comprendre que Dalgliesh avait changé de logement pour se rapprocher de l'église. Il doit compter que l'assassin reviendra sur les lieux du crime. Tu crois qu'il passe toute la nuit à regarder par la fenêtre ? »

Lorsqu'elle était à St Anselm, il arrivait qu'un ou deux des prêtres, n'ayant rien de mieux à faire, viennent assister à son séminaire, non sans en avoir demandé la permission au préalable. Ils ne parlaient jamais, et jamais elle n'avait le sentiment qu'ils la jaugeaient. Le père Betterton s'était joint aux quatre séminaristes d'aujourd'hui. Comme toujours, le père Peregrine trônait silencieusement à son bureau, à l'autre bout de la pièce, indifférent à leur présence. Un petit feu brûlait dans l'âtre, pour le plaisir plus que pour la chaleur, et tout le monde s'était assis en rond devant la cheminée sur des sièges bas, sauf Peter Buckhurst, qui avait choisi une chaise à haut dossier sur laquelle il se tenait bien droit, ses mains pâles reposant sur le texte comme s'il lisait du braille.

Comme sujet de ce trimestre, Emma avait choisi le poète George Herbert. Rejetant le confort de la familiarité, elle avait décidé d'étudier aujourd'hui un poème plus difficile, *la Quiddité*. Henry avait fini de lire à haute voix les derniers vers.

Il y eut un silence, puis Stephen Morby demanda : « "Quiddité", qu'est-ce que ça signifie ?

— C'est ce qu'est une chose, son essence, répondit Emma.

— Et dans le dernier vers, "Je suis avec toi et vois prendre tout" ? Je sais bien que ce n'est pas vrai, mais on dirait qu'il y a une faute d'impression. En tout cas, je comprendrais mieux si c'était "dois" plutôt que "vois".

— Dans mon édition, intervint Raphael, une note dit que ça se rapporte à un jeu de cartes. Le gagnant prend tout. Pour moi, Herbert dit que quand il écrit de la poésie il tient la main de Dieu, la main gagnante. »

Emma dit : « Herbert adore les termes de jeu. Vous vous souvenez dans *le Porche* de *l'Eglise* ? Il pourrait s'agir d'un jeu de cartes où l'on se débarrasse de certaines cartes pour en obtenir d'autres meilleures. Il ne faut pas oublier que Herbert parle de sa poésie. Quand il écrit, il a tout parce qu'il est un avec Dieu. Les lecteurs de l'époque devaient connaître le jeu de cartes auquel il se réfère.

— J'aimerais le connaître aussi, dit Henry. En faisant des recherches, on devrait pouvoir en apprendre les règles. Ce ne serait pas difficile.

— Pas difficile mais inutile, protesta Raphael. J'ai envie que le poème me conduise à l'autel et au silence, pas à un livre de référence et à un paquet de cartes.

— D'accord. C'est typique de Herbert. Chez lui, le terre à terre et le frivole sont sanctifiés. Mais je voudrais bien comprendre quand même. »

Les yeux d'Emma étaient fixés sur le poème, et c'est seulement lorsque les quatre étudiants se levèrent qu'elle prit conscience que quelqu'un venait d'entrer. Le commandant Dalgliesh se tenait sur le pas de la porte. S'il était gêné d'interrompre un séminaire, il ne le montra pas, et sa façon de s'excuser auprès d'Emma semblait plus conventionnelle que sincère.

« Je suis désolé, je ne savais pas que vous occupiez la bibliothèque. Il faut que je parle au père Betterton, et on m'a dit que je le trouverais ici. »

Le père John, un peu gêné, se leva de son siège. Emma se rendait compte qu'elle rougissait ; elle dut faire un effort pour regarder Dalgliesh. Elle était demeurée assise, et elle avait le sentiment que les quatre séminaristes s'étaient rapprochés d'elle pour faire front à l'intrus comme des gardes du corps en soutane.

Parlant un peu trop fort et d'un ton ironique, Raphael dit : « Les paroles de Mercure sont rudes après les chants d'Apollon. Le policier poète, exactement l'homme qu'il nous faut. On est aux prises avec un problème que nous pose George Herbert. Pourquoi ne pas vous joindre à nous et nous faire profiter de votre savoir, commandant ? »

Dalgliesh le regarda quelques secondes avant de rétorquer : « Je suis sûr que Miss Lavenham a tout le savoir nécessaire. Vous êtes prêt, mon père ? »

La porte se referma derrière eux et les quatre

séminaristes se rassirent. Pour Emma, l'importance de l'épisode se situait au-delà des mots et des regards échangés. Elle était convaincue que Dalgliesh n'aimait pas Raphael. Certes, il n'était pas homme à laisser ses sentiments personnels influer sur sa vie professionnelle. Mais elle avait la tranquille certitude de ne pas avoir interprété à tort cette petite étincelle d'antagonisme. Ce qui l'étonnait, c'est que cette pensée pût lui procurer du plaisir.

11

Trottant à côté de Dalgliesh, bras croisés sous sa pèlerine noire pour adapter son pas au sien, le père Betterton traversa le hall, sortit par la porte principale et prit le chemin du cottage. Il semblait plus embarrassé qu'inquiet. Dalgliesh se demandait comment il allait réagir à l'interrogatoire. D'après son expérience, quiconque s'était déjà fait arrêter par la police n'était jamais plus à l'aise avec elle. Il craignait que le procès et l'emprisonnement du père Betterton ne l'aient traumatisé. Kate lui avait raconté avec quel dégoût stoïquement surmonté il avait laissé prendre ses empreintes, mais, il est vrai, rares étaient les suspects qui acceptaient de bon cœur ce vol officiel de leur identité. Cependant, il avait paru moins visiblement affecté par la mort de sa sœur que le reste de la communauté, présentant toujours le même air de résignation étonnée devant une vie qu'il fallait endurer sans jamais pouvoir espérer en devenir le maître.

Lorsqu'il eut pris place dans la salle d'interrogatoire, Dalgliesh demanda : « Est-ce vous, mon père,

qui vous êtes occupé d'emballer les habits de Ronald
Treeves pour les renvoyer à son père ? »

Le père John rougit d'un air coupable : « Mon
Dieu, je crois que j'ai fait une bêtise. Vous voulez
savoir ce qu'est devenue la pèlerine, non ?

— En effet. L'avez-vous renvoyée avec ses autres
vêtements ?

— Non, non, hélas. C'est assez difficile à expliquer. » L'air gêné bien plus qu'apeuré, il jeta un coup
d'œil en direction de Kate puis dit à Dalgliesh :
« Commandant, est-ce que je ne pourrais pas plutôt parler devant l'inspecteur Tarrant ? C'est très
embarrassant, vous comprenez. »

Normalement, Dalgliesh n'aurait pas souscrit à
une pareille requête, mais les circonstances étaient
tout à fait inhabituelles. « En tant qu'officier de
police, répondit-il, l'inspecteur Miskin a l'habitude
d'entendre des confidences gênantes. Mais si vous
préférez...

— Oh oui, c'est sûr. Oui, je vous en prie. Je sais
que c'est idiot de ma part mais ce serait plus facile. »

Sur un signe de tête de Dalgliesh, Kate quitta la
pièce. En haut, Piers s'activait sur un ordinateur.

« Le père Betterton a quelque chose à dire qui
pourrait choquer mes chastes oreilles féminines,
annonça-t-elle. AD veut que tu me remplaces. Il
semble que la pèlerine de Treeves n'ait jamais été
renvoyée à son père. Si c'est le cas, on aurait pu
nous le dire plus tôt. Ces gens sont incroyables.

— Incroyables ? Ils ne raisonnent pas comme des
flics, c'est tout.

— Ils ne pensent comme aucune des personnes
que je connais. Ah, les bons vieux méchants d'autrefois ! »

Piers lui céda sa place et descendit dans la salle
d'interrogatoire.

Dalgliesh demanda : « Alors, que s'est-il passé,
mon père ?

— Je pense que le père Sebastian vous a dit qu'il m'avait chargé d'empaqueter les habits. Il pensait — et nous avec lui — qu'il vaudrait mieux que l'un de nous s'en charge plutôt qu'un membre du personnel. Les vêtements sont quelque chose de si intime. C'est une procédure toujours très pénible. Je suis donc allé dans la chambre de Ronald pour chercher ses habits. Il n'en avait pas beaucoup. On demande aux étudiants de ne prendre avec eux que le nécessaire. J'ai tout rassemblé, mais quand j'ai voulu plier la pèlerine j'ai remarqué que... » Il hésita, ne sachant comment terminer sa phrase. « J'ai remarqué qu'elle était tachée à l'intérieur.

— Comment ça, tachée ?

— Il était évident qu'on avait fait l'amour sur cette pèlerine.

— C'était une tache de sperme ? demanda Piers.

— Oui, une grosse tache. Je ne voulais pas renvoyer cette pèlerine à son père dans cet état. Ronald n'aurait pas voulu, et je savais — enfin, nous savions tous — que Sir Alred était opposé à son entrée à St Anselm et ne voulait pas qu'il devienne prêtre. S'il avait vu la pèlerine, il aurait pu faire des ennuis au collège.

— Vous voulez parler d'un scandale sexuel ?

— Quelque chose comme ça, oui. Ça aurait été tellement humiliant pour ce pauvre Ronald. C'était vraiment la dernière chose qu'il aurait souhaitée. Je n'avais pas les idées particulièrement claires, mais il m'a paru évident que je ne devais pas renvoyer la pèlerine dans cet état.

— Vous n'avez pas essayé d'enlever cette tache ?

— J'y ai pensé, mais j'ai tout de suite vu la difficulté. J'avais peur que ma sœur me voie et qu'elle me demande ce que je faisais. Et puis je ne vaux pas grand-chose côté lessive. J'ai donc abandonné l'idée. J'ai fait le paquet pour le chauffeur de Sir Alred, et je me suis dit que je m'occuperais de la pèlerine plus tard. C'était stupide, je sais, mais je voulais aussi éviter que les autres soient au courant, notamment le père Sebastian. Vous comprenez, je savais qui c'était. Je connaissais la femme avec qui il avait fait ça.

— Parce que c'était une femme ? lança Piers.

— Oh oui, c'était une femme, je peux vous le dire en confidence. »

Dalgliesh déclara : « Si ça n'a rien à voir avec le meurtre de l'archidiacre, il n'y a pas de raison que qui que ce soit l'apprenne en dehors de nous. Mais je crois pouvoir vous aider. S'agissait-il de Karen Surtees ? »

Le visage du père Betterton trahit son soulagement. « Oui, c'était elle. C'était Karen. Vous comprenez, j'aime beaucoup observer les oiseaux, et je le fais à la jumelle. Ils étaient ensemble dans les fougères. Bien sûr, je ne l'ai dit à personne. C'est le genre de choses que le père Sebastian aurait eu beaucoup de peine à laisser passer. Et je pensais à Eric Surtees. C'est un gentil garçon ; il se plaît beaucoup ici avec ses cochons. Je ne voulais rien dire qui puisse compromettre son avenir ici. Et puis j'avoue que je ne trouvais pas la chose si terrible. S'ils s'aimaient, s'ils étaient heureux ensemble... Ça, je n'en sais rien, bien sûr. Je n'en ai pas la moindre idée. Mais quand on pense à la cruauté, à l'orgueil et à l'égoïsme sur lesquels nous fermons si souvent les yeux, je n'ai pas l'impression que ce que Ronald faisait était si grave. Il n'était pas vraiment heureux ici, vous savez. Il ne s'était pas bien adapté, et je pense qu'il n'était pas heureux chez lui non plus. Alors peut-être qu'il avait besoin de quelqu'un qui lui montre de la sympathie et de la gentillesse. La vie d'autrui est un tel mystère. Nous devons éviter de juger. Les morts comme les vivants méritent notre pitié et notre compréhension. J'ai donc prié et décidé de ne rien dire, et je me suis retrouvé avec cette pèlerine sur les bras. »

Dalgliesh dit : « Mon père, il nous faut la trouver rapidement. Qu'en avez-vous fait ?

— Je l'ai roulée aussi serrée que possible et je l'ai mise au fond de ma penderie. Ce n'était pas très malin, mais sur le moment je n'ai rien trouvé de mieux. Et je me disais que rien ne pressait. Mais plus les jours passaient, plus ça devenait difficile. Et ce samedi je me suis rendu compte que je devais prendre une décision. J'ai attendu que ma sœur parte faire sa promenade, j'ai sorti la pèlerine, et j'ai bien nettoyé la tache en frottant avec un mouchoir, de l'eau chaude et du savon. Je l'ai ensuite essuyée avec une serviette et l'ai mise à sécher devant le chauffage à gaz. Ensuite, j'ai pensé que le mieux à faire était d'enlever l'étiquette avec le nom qui aurait rappelé aux gens la mort de Ronald. Et puis je suis descendu au vestiaire où je l'ai accrochée à une patère. Ça ferait une pèlerine de plus au cas où un étudiant oublierait la sienne. J'avais décidé de dire au père Sebastian que la pèlerine n'avait pas été renvoyée avec les autres vêtements, sans autre explication. Je savais qu'il croirait simplement à une étourderie de ma part. Ça me paraissait vraiment la meilleure solution. »

Dalgliesh avait appris par expérience que bousculer un témoin conduisait souvent au désastre. Il réussit à maîtriser son impatience. « Et maintenant, dit-il, où est-elle cette pèlerine ?

— Elle n'est plus à la patère où je l'ai accrochée, la dernière patère sur la droite ? Je l'ai suspendue là samedi avant complies. Elle n'y est plus ? Comme vous avez fermé le vestiaire à clé, je n'aurais pas pu vérifier même si j'y avais pensé.

— A quel moment, exactement, l'avez-vous mise là ?

— Je vous l'ai dit, juste avant complies. J'ai été un

456 Meurtres en soutane

des premiers à entrer dans l'église. Nous étions très peu nombreux. La plupart des étudiants étaient partis pour le week-end, et leurs pèlerines étaient accrochées là. Evidemment, je ne les ai pas comptées. J'ai suspendu celle de Ronald là où je vous l'ai dit, à la dernière patère.

— Mon père, vous est-il arrivé de porter cette pèlerine pendant que vous l'aviez chez vous ? »

Le père Betterton regarda Dalgliesh d'un air perplexe. « Oh non, je n'aurais jamais fait ça. Nous-mêmes avons nos propres pèlerines noires. Je n'aurais pas eu besoin de celle de Ronald.

— Les étudiants portent-ils habituellement leur pèlerine personnelle ou s'agit-il, en quelque sorte, de vêtements communautaires ?

— Oh, chacun porte la sienne. Il arrive parfois qu'ils se trompent, mais ça n'aurait pas pu se passer ce soir-là. Aucun étudiant ne met sa pèlerine pour aller à complies sauf au plus froid de l'hiver. Depuis le cloître nord, on est tout de suite à l'église. Et jamais Ronald n'aurait prêté sa pèlerine à un autre. Il avait le sens de la propriété. »

Dalgliesh demanda : « Mon père, pourquoi ne pas avoir raconté tout ça plus tôt ? »

Le père John leva vers lui son regard étonné. « Vous ne m'avez rien demandé.

— Mais quand vous nous avez vus examiner tous ces vêtements à la recherche de traces de sang, il ne vous est pas venu à l'idée qu'il serait important pour nous de savoir s'il en manquait ?

— Non, répondit le père John sans se démonter. Et la pèlerine ne manquait pas, que je sache. Elle était dans le vestiaire avec les autres. »

Dalgliesh s'abstint de nouveaux commentaires, et tandis que le silence se prolongeait, la légère confusion du père John tourna à l'affolement. Il regarda tour à tour Piers et Dalgliesh mais ne trouva pas sur leurs visages le réconfort qu'il espérait. « Je n'ai pas réfléchi aux détails de votre enquête, à ce que vous faisiez et à ce que cela signifiait. Je n'en avais pas envie et il me semblait que ce n'était pas mon affaire. Je n'ai rien fait d'autre que répondre honnêtement aux questions que vous me posiez. »

Ses arguments se tenaient parfaitement, songea Dalgliesh. Pourquoi le père John aurait-il pensé que cette pèlerine était importante ? Quelqu'un connaissant mieux les méthodes de travail de la police, quelqu'un de plus curieux, de plus intéressé, aurait sans doute fourni l'information de lui-même sans se soucier qu'elle soit utile ou non. Le père John n'était pas de cette espèce, et même si l'idée de parler lui était venue, il aurait certainement jugé plus important de protéger le pitoyable secret de Ronald Treeves.

« Je regrette, dit-il alors d'une voix contrite. Je ne voulais pas vous compliquer les choses. Est-ce que c'est important ? »

Que répondre honnêtement à une pareille question ? se demanda Dalgliesh. « Ce qui est important, dit-il, c'est que nous sachions l'heure exacte à laquelle vous avez mis la pèlerine au vestiaire. Vous êtes certain que c'était juste avant complies ?

— Oh oui, absolument certain. Il devait être neuf heures et quart. A complies, je suis toujours un des premiers dans l'église. Ce soir-là, je voulais parler de l'affaire au père Sebastian après l'office, mais il a disparu très vite et je n'en ai pas eu l'occasion. Et le lendemain matin, il m'a paru hors de question de l'embêter avec de telles vétilles.

— Merci, mon père, dit Dalgliesh. Merci de l'aide que vous nous avez apportée. Ce que vous nous avez dit est important. Et il est important que vous n'en parliez pas. Je vous serais reconnaissant de ne pas mentionner cette conversation devant qui que ce soit.

— Même le père Sebastian ?

— Même lui. Quand l'enquête sera terminée, vous serez libre de lui raconter tout ce que vous voulez, mais pour l'instant, je veux que personne ne sache que la pèlerine de Ronald Treeves est toujours au collège.

— Alors elle est toujours sur sa patère ?

— Non, mon père. Elle n'y est plus. Mais je pense que nous allons la retrouver. »

Dalgliesh reconduisit le père Betterton à la porte. Soudain, le prêtre semblait n'être plus qu'un vieil homme inquiet et déboussolé. Mais juste avant de sortir, il se retourna et trouva la force de dire : « C'est entendu, je ne parlerai à personne de cette conversation. Mais puis-je vous demander à mon tour de ne rien dire des relations de Ronald Treeves avec Karen ?

— Si elles ont quoi que ce soit à voir avec la mort de l'archidiacre, il faudra qu'on en parle. C'est cela, un meurtre, mon père. Quand un être humain est tué, il n'y a pas grand-chose qu'on puisse garder secret. Mais il n'en sera question que si c'est nécessaire. »

Ayant une fois encore souligné l'importance qu'il y avait à ne rien dire à personne au sujet de la pèlerine, Dalgliesh laissa le père John s'en aller. Lorsqu'on avait affaire à des prêtres et des futurs prêtres, se dit-il, l'avantage était qu'on pouvait raisonnablement espérer que, s'ils avaient promis quelque chose, ils resteraient fidèles à leur parole.

12

Cinq minutes plus tard, toute l'équipe, y compris les représentants du labo, était réunie derrière les portes closes du cottage St Matthieu. Dalgliesh raconta ce qu'il avait appris de nouveau. « Nous allons commencer les recherches, dit-il. Il faut d'abord que nous soyons au clair à propos de ces trois jeux de clés. Après le meurtre, un seul manquait. Durant la nuit, Surtees en a emprunté un, qu'il a ensuite enterré dans la porcherie — nous l'avons maintenant retrouvé. Autrement dit, Caïn doit avoir pris un autre jeu de clés et l'avoir remis à sa place après le meurtre. Si nous supposons que c'est lui qui portait la pèlerine, celle-ci peut être cachée n'importe où à l'intérieur ou à l'extérieur du collège. Ce n'est pas une chose facile à cacher, mais pour le faire, Caïn avait tout son temps — entre minuit et cinq heures trente — et bien plus d'espace qu'il n'en faut — la maison, le promontoire, le rivage. Qui sait, il l'a peut-être même brûlée. Il y a plein d'endroits où il aurait pu faire un feu sans que personne le voie. Tout ce qu'il lui fallait, c'était du pétrole et des allumettes. »

Piers dit : « Je sais ce que j'en aurais fait, moi. Je l'aurais donnée à manger aux cochons. Ils bouffent n'importe quoi, en particulier s'il y a du sang dessus. C'est tout juste s'ils auraient laissé la petite chaîne en laiton à l'arrière du col.

— Eh bien, essayons de la retrouver, rétorqua Dalgliesh. Vous et Robbins, allez voir au cottage St Jean. Le père Sebastian nous autorise à aller où nous voulons, de sorte que nous n'aurons pas besoin de mandat sauf si quelqu'un nous fait des histoires. Il est important que personne ne sache ce que nous cherchons. Où sont les étudiants en ce moment, est-ce que quelqu'un peut me le dire ?

— Je crois qu'ils sont dans la salle de cours du premier, répondit Kate. Le père Sebastian tient son séminaire de théologie.

— Parfait, comme ça, nous ne les aurons pas dans les pattes. Mr Clark, pouvez-vous vous charger du promontoire et du rivage avec votre équipe ? Ça m'étonnerait que Caïn soit allé jeter cette pèlerine à la mer alors que la tempête se déchaînait, mais vous verrez qu'il y a plein de cachettes possibles. Je m'occuperai de la maison avec Kate. »

L'équipe se dispersa. Tandis que ceux du labo partaient en direction de la mer et que Piers et Robbins se dirigeaient vers le cottage St Jean, Dalgliesh et Kate se rendirent dans la cour ouest. Le cloître nord était maintenant débarrassé de ses feuilles, mais on n'avait rien trouvé d'intéressant sauf la petite branche dont avait parlé Raphael.

Dalgliesh ouvrit la porte du vestiaire. La pièce sentait le renfermé. Les cinq pèlerines pendaient à leurs crochets comme si elles étaient là depuis des décennies. Dalgliesh mit des gants de fouille et retourna le capuchon de chaque pèlerine. Les étiquettes avec les noms étaient à leur place : Morby, Arbuthnot, Buckhurst, Bloxham, McCauley. Ils passèrent dans la buanderie. Il y avait quatre paniers à linge sous la table recouverte de formica placée entre les deux hautes fenêtres. Quatre machines à laver étaient installées contre le mur de droite, leur hublot fermé.

Kate resta debout sur le seuil tandis que Dalgliesh ouvrait les trois premiers. Alors qu'il se penchait devant la quatrième machine, elle le vit se raidir et s'approcha. Derrière le verre épais, on devinait les plis d'un vêtement brun. La pèlerine.

Sur la machine, il y avait une carte. Kate la prit et la tendit sans mot dire à Dalgliesh. L'encre était noire, les lettres méticuleusement formées. « Ce véhicule ne devrait pas être garé dans cette cour.

Soyez assez aimable pour le mettre à l'arrière du bâtiment. P. G. »

« C'est le père Peregrine, dit Dalgliesh. On dirait qu'il a arrêté la machine. Il y a cinq centimètres d'eau au fond. »

Kate demanda : « De l'eau avec du sang ? » Et elle se pencha pour regarder de plus près.

« C'est difficile à voir, mais le labo aura tôt fait de se prononcer. Avertissez l'équipe, et aussi Piers. Qu'ils laissent tomber les recherches. Je veux qu'on ouvre cette machine et qu'on envoie la pèlerine au labo. Et je veux des échantillons de cheveux de tout le monde à St Anselm. Quelle chance que le père Peregrine soit passé par là ! Si la machine avait fait tout son cycle, on n'aurait plus rien retrouvé, ni fibres, ni cheveux, ni sang. Je vais lui parler avec Piers.

— Caïn a pris un risque énorme, remarqua Kate. C'était de la folie de revenir et de mettre la machine en marche. Cette pèlerine, on aurait très bien pu la retrouver plus tôt.

— Il s'en fichait qu'on la retrouve. C'est peut-être même ce qu'il voulait. L'important, c'était qu'on ne fasse pas le lien avec lui.

— Mais il devait savoir que le père Peregrine risquait de se réveiller et de venir arrêter la machine.

— Non, Kate, il ne le savait pas. C'est l'une des rares personnes ici qui ne se servent jamais de ces machines. Vous vous rappelez le journal de Mrs Munroe ? George Gregory donne son linge à laver à Ruby Pilbeam. »

Le père Peregrine était assis à son bureau à l'extrémité ouest de la bibliothèque, à peine visible derrière une pile de livres. Il était seul dans la pièce.

Dalgliesh demanda : « Mon père, la nuit du meurtre, avez-vous arrêté une des machines à laver ? »

Le père Peregrine leva la tête. Apparemment, il ne reconnut pas tout de suite ses visiteurs. « Ah oui, fit-il, c'est le commandant Dalgliesh. De quoi parlons-nous ?

— De la nuit de samedi à dimanche, celle où l'archidiacre a été tué. Je vous demandais si par hasard vous étiez allé cette nuit-là dans la buanderie arrêter une machine à laver.

— Vous croyez ? »

Dalgliesh lui tendit la carte. « C'est vous qui avez écrit ça, j'imagine. Il y a vos initiales.

— C'est moi, oui. Oh mon Dieu, on dirait que c'est la mauvaise carte.

— Que dit la bonne ?

— Que les séminaristes ne doivent pas utiliser les machines à laver après complies. Je me couche tôt et j'ai le sommeil léger. Les machines sont vieilles et leur bruit est très dérangeant. Je crois que ça vient du système d'eau plus que des machines elles-mêmes. Mais la question n'est pas là. Les séminaristes sont censés garder le silence après complies. Le moment est mal choisi pour faire sa lessive.

— Et vous avez entendu la machine, mon père ? Vous êtes allé mettre cette carte dessus ?

— Puisque vous le dites. Mais je devais être à moitié endormi ; ça m'est sorti de la tête.

— A moitié endormi, mon père ? intervint Piers. Il ne faut pas être à moitié endormi pour trouver de quoi écrire et rédiger une note.

— Mais je vous l'ai dit, inspecteur. C'est la mauvaise carte. J'en ai un certain nombre toutes préparées. Elles sont dans ma chambre si vous voulez les voir. »

Ils le suivirent dans la cellule qui lui servait de chambre. Là, sur une bibliothèque encombrée de livres, une boîte contenait une demi-douzaine de cartes, sur lesquelles Dalgliesh lut : « Ce bureau m'est réservé. Les étudiants sont priés de ne pas y entreposer leurs livres. » « Soyez assez aimables pour replacer les livres sur les rayons dans le bon ordre. » « Ces machines ne doivent pas être utilisées après complies. A l'avenir, toute machine fonctionnant après vingt-deux heures sera arrêtée. » « Ce tableau d'affichage est réservé aux communications officielles, non à l'échange de fariboles entre les séminaristes. » Tous les messages étaient signés P. G.

« Pour me tromper de carte, il fallait vraiment que je sois à moitié endormi », dit le père Peregrine.

Dalgliesh hocha la tête. « De toute évidence, le bruit de la machine vous a réveillé et vous êtes allé l'arrêter. Vous n'avez pas pensé que ça pouvait être important quand l'inspecteur Miskin vous a interrogé ?

— Cette jeune femme m'a demandé si j'avais entendu quelqu'un entrer ou sortir de la maison, ou si j'étais sorti moi-même. Je me rappelle parfaitement qu'elle m'a demandé d'être très précis dans mes réponses. Je l'ai été. J'ai répondu que non. Il n'a jamais été question des machines à laver.

— Toutes les machines avaient leur porte fermée. D'ordinaire, il me semble que quand elles ne marchent pas, on les laisse ouvertes. Est-ce vous qui les avez fermées ? »

Le père Peregrine répondit d'un air satisfait : « Je ne m'en souviens pas, mais ça se pourrait bien. Mon goût de l'ordre s'accommode mal de ces machines ouvertes. »

Il semblait que l'esprit du père Peregrine fût à nouveau tourné vers ses livres et son travail. Il s'en retourna dans la bibliothèque suivi de Dalgliesh et de Piers, et reprit place au bureau comme si l'entretien était terminé.

Mettant dans sa question tout le poids qu'il pouvait, Dalgliesh demanda : « Mon père, est-ce que

m'aider à mettre la main sur l'assassin vous intéresse le moins du monde ? »

Nullement impressionné par le mètre quatre-
vingt-cinq de Dalgliesh, et ne voyant apparemment
aucun reproche dans ses propos, le père Peregrine
répondit après réflexion : « Les assassins doivent
être pris, c'est sûr, mais je ne crois pas avoir les com-
pétences qu'il faut pour vous aider, commandant.
Demandez plutôt au père Sebastian et au père John.
Ils lisent beaucoup de romans policiers, ce qui leur
donne une certaine perspicacité. Une fois, le père
Sebastian m'en a prêté un. De Mr Hammond Innes,
je crois. C'était bien trop subtil pour moi. »

Piers, sans voix, haussa les épaules d'un air
impuissant. Cependant, les yeux sur son livre, le
père Peregrine parut s'animer et releva la tête.

« Juste une chose. Cet assassin, son forfait accompli, devait avoir envie de disparaître. Il devait avoir
une voiture toute prête devant le portail ouest. Ce
serait logique. Mais je le vois mal s'occuper de faire
sa lessive à un moment pareil. Cette histoire de
machine à laver ne fait qu'embrouiller les choses.
Ou plutôt les esprits. Car pour ce qui est de la réalité matérielle, elle est ce qu'elle est, et personne n'y
peut rien changer. Vous ne me contredirez pas
là-dessus, commandant ? »

Dalgliesh soupira. « Non, non. Mais vous n'avez
vraiment rien vu ni entendu quand vous avez quitté
votre chambre ?

— J'ai sans doute entendu la machine à laver,
mais comme je vous l'ai dit, commandant, je n'ai
aucun souvenir d'avoir quitté ma chambre. Mais
puisque la machine était arrêtée et que ma carte
était là, je comprends parfaitement les conclusions
que vous en tirez et je me range à votre scénario.
Mais je ne peux rien de plus pour vous aider. Désolé,
commandant. »

Le regard du père Peregrine était retourné à son livre, et Dalgliesh et Piers le laissèrent à son travail.

Une fois hors de la bibliothèque, Piers dit : « Je n'arrive pas à y croire. Ce type est dingue. Dire qu'il enseigne à des étudiants de troisième cycle !

— Il paraît que c'est un professeur brillant, rétorqua Dalgliesh. Et ce qu'il raconte se tient. Il est réveillé par un bruit qu'il déteste, il se lève à moitié endormi, il prend la carte sans se rendre compte qu'il se trompe, il va arrêter la machine et il retourne se coucher toujours à moitié endormi. Le problème, c'est qu'il ne croit pas un seul instant que quelqu'un de St Anselm puisse être le meurtrier. Son esprit refuse d'admettre cette possibilité. C'est la même chose qu'avec le père John et la pèlerine brune. Ni l'un ni l'autre ne cherchent à nous mettre des bâtons dans les roues, pas plus qu'ils ne refusent délibérément de coopérer. Mais ne pensant pas comme pense un policier, ils ne voient pas l'intérêt de nos questions, et ils refusent d'envisager ne serait-ce que la possibilité que le responsable soit quelqu'un d'ici.

— Alors, ils vont avoir un de ces chocs ! Et le père Sebastian ? Et le père Martin ?

— Eux, ils ont vu le corps, Piers. Ils savent où et comment. Mais est-ce qu'ils savent qui, toute la question est là. »

13

Dans la buanderie, la pèlerine dégoulinante avait été sortie de la machine et placée dans un sac plastique. L'eau, teintée d'un rose si pâle qu'on le croyait plus imaginaire que réel, était siphonnée dans des bouteilles étiquetées. Deux des hommes de Clark époussetaient la machine pour relever les empreintes. Dalgliesh avait le sentiment que l'exercice était inutile ; Gregory portait des gants à l'église, et il était peu vraisemblable qu'il les eût retirés avant de regagner son cottage. Mais le travail devait être fait ; la défense chercherait n'importe quelle occasion de mettre en doute la qualité de l'enquête.

Dalgliesh dit : « Cela confirme Gregory comme suspect numéro un, mais il l'était déjà depuis qu'on a découvert son mariage. Où est-il, à propos ? Est-ce qu'on le sait ?

— Il est parti à Norwich ce matin, répondit Kate. Il a dit à Mrs Pilbeam qu'il rentrerait vers le milieu de l'après-midi. C'est elle qui fait le ménage chez lui ; elle y était ce matin.

— Nous l'interrogerons dès son retour, et cette fois l'entretien sera enregistré. Deux choses sont importantes. Il ne doit pas savoir que la pèlerine de Treeves est restée au collège, ni que la machine à laver a été arrêtée. Piers, allez parler à nouveau au père John et au père Sebastian, voulez-vous ? Et faites preuve de tact. Essayez de vous assurer que le message parviendra au père Peregrine. »

Lorsque Piers fut sorti, Kate dit : « Est-ce qu'on ne pourrait pas obtenir du père Sebastian qu'il annonce que la porte du cloître nord est ouverte et que les étudiants peuvent à nouveau se servir de la buanderie ? En surveillant, on verrait si Gregory vient rechercher la pèlerine. Il voudra certainement savoir si nous l'avons trouvée.

— C'est ingénieux, Kate, mais cela ne prouvera rien. Il ne va pas tomber dans le piège. S'il se décide à venir, il prendra du linge sale avec lui. Mais pourquoi se donnerait-il cette peine ? Son idée était que la pèlerine soit trouvée pour nous convaincre une fois de plus que le meurtrier est quelqu'un de la maison. Tout ce qui l'intéresse, c'est qu'on ne puisse pas

prouver qu'il la portait la nuit du meurtre. En principe, il n'avait rien à craindre. Il n'a pas eu de
chance que Surtees se rende dans l'église samedi
soir. Sans son témoignage, rien ne prouverait que le
meurtrier portait une pèlerine. Et il n'a pas eu de
chance non plus que la machine ait été arrêtée. Si
elle avait fait le cycle de lavage complet, il ne serait
sûrement plus resté trace d'aucun indice.

— Il pourrait toujours prétendre que Treeves lui
avait prêté cette pèlerine, dit Kate.

— Ce serait peu convaincant. Treeves était jaloux
de ses affaires, pourquoi aurait-il prêté sa pèlerine ?
Mais vous avez raison. Ça fera probablement partie
de sa défense. »

Cependant, Piers était revenu. « Le père John était
dans la bibliothèque avec le père Peregrine,
annonça-t-il. Je crois qu'ils ont compris la situation.
Mais on a intérêt à guetter Gregory et à l'intercep-
ter aussitôt qu'il arrivera.

— Et s'il demande un avocat ? dit Kate.

— Il nous faudra attendre qu'il en ait un », répondit Dalgliesh.

Mais Gregory n'avait que faire d'un avocat. Une
heure plus tard, il prenait place à la table de la salle
d'interrogatoire avec toute l'apparence du calme.

Il dit : « Je crois connaître suffisamment mes
droits pour faire l'économie d'un avocat. Ceux qui
pourraient vraiment m'aider ne sont pas dans mes
moyens, et ceux qui sont dans mes moyens ne
m'avanceraient à rien. Mon notaire, parfaitement
compétent pour rédiger un testament, ne serait
pour nous tous qu'une source d'irritation. Je n'ai pas
tué Crampton. Non seulement la violence me
répugne, mais je n'avais aucune raison de souhaiter sa mort. »

Dalgliesh avait décidé de laisser Kate et Piers
mener l'interrogatoire. Ils s'assirent tous deux en
face de Gregory, et Dalgliesh alla se planter devant

la fenêtre est. La pièce faisait une curieuse salle
d'interrogatoire, songea-t-il. Avec sa table carrée, ses
quatre chaises et ses deux fauteuils, elle était aussi
maigrement meublée que quand ils en avaient pris
possession. Pour tout changement, ils avaient mis
une ampoule plus forte à la lampe éclairant la table.
Aucune trace de leur occupation des lieux sinon
dans la cuisine, où flottait une vague odeur de sandwichs et de café, et dans le salon en face, un peu plus
confortable, où Mrs Pilbeam avait trouvé moyen de
mettre un bouquet de fleurs. Il se demandait comment un spectateur tombé du ciel aurait interprété
la scène qui se déroulait en ce moment dans cet
espace anonyme entre trois hommes et une femme
manifestement si absorbés par leur affaire. Avec le
grondement rythmé de la mer qui soulignait l'atmosphère menaçante de secret, il ne pouvait décidé-
ment s'agir que d'un interrogatoire ou d'une conspiration.

Kate mit le magnétophone en marche, et on passa
aux préliminaires. Gregory donna son nom et son
adresse, et les trois policiers leur nom et leur grade.

Ce fut Piers qui posa la première question :
« L'archidiacre Crampton a été assassiné samedi
dernier aux environs de minuit. Où étiez-vous ce
soir-là après vingt-deux heures ?

— Je vous l'ai déjà dit la première fois que vous
m'avez interrogé. J'étais chez moi et j'écoutais du
Wagner. Je n'ai quitté le cottage que pour me rendre
à la bibliothèque afin d'assister à la réunion susci-
tée par Sebastian Morell.

— Nous avons la preuve que quelqu'un s'est
rendu cette nuit-là dans la chambre de Raphael
Arbuthnot. Est-ce que c'est vous ?

— Je viens de vous dire que je n'avais pas quitté
le cottage.

— Le 27 avril 1988, vous avez épousé Clara
Arbuthnot, et vous nous avez dit que Raphael était

votre fils. Saviez-vous, à l'époque, que ce mariage ferait de lui un enfant légitime et l'héritier de St Anselm ? »

Il y eut un bref silence. Il devait se demander qui les avait informés sur le mariage et ce qu'ils savaient d'autre, songea Dalgliesh.

« Je n'en étais pas conscient, à l'époque, répondit enfin Gregory. Ce n'est que plus tard — mais ne me demandez pas quand — que j'ai pris conscience que la loi de 1976 légitimait mon fils.

— Au moment de votre mariage, est-ce que vous connaissiez les clauses du testament de Miss Agnes Arbuthnot ? »

Cette fois, il n'y eut pas d'hésitation. Dalgliesh ne doutait pas que Gregory se soit informé, mais certainement sous une fausse identité, ce qui rendrait la chose difficile à prouver. « Non, je ne les connaissais pas, répondit-il.

— Votre femme ne vous en a pas informé, avant ou après le mariage ? »

Nouvelle petite hésitation, puis il décida de se lancer : « Non, elle ne m'a rien dit. Ce n'était pas l'avenir financier de notre fils qui l'intéressait, c'était de sauver son âme. Et si ces questions un tantinet naïves sont destinées à prouver que j'avais un mobile, je me permettrai de vous signaler qu'il en va de même pour les quatre prêtres résidants.

— Tiens, fit Piers, je croyais que vous n'étiez pas au courant du contenu du testament.

— Je ne pensais pas aux avantages pécuniaires. Je pensais à l'antipathie qu'éprouvait presque tout le monde au collège pour l'archidiacre. Et si vous prétendez que je l'ai tué pour assurer un héritage à mon fils, puis-je vous rappeler qu'il était prévu que le collège ferme ? Nous savions tous que notre temps était limité. »

Kate s'en mêla : « La fermeture était peut-être inévitable, mais pas pour tout de suite. Le père

Sebastian aurait fort bien pu obtenir un ou deux ans
de plus, c'est-à-dire assez de temps pour que votre
fils puisse terminer sa formation et être ordonné
prêtre. C'est ça que vous vouliez ?

— J'aurais préféré le voir suivre une autre carrière. Mais c'est là, je crois, un de ces petits agace-
ments auxquels doivent se faire les parents. Les
enfants font rarement des choix sensés. L'ayant
ignoré pendant vingt-cinq ans, il me semble difficile
de dire maintenant à Raphael comment il doit
mener sa vie. »

Piers dit : « Nous avons appris aujourd'hui que le
meurtrier de l'archidiacre portait presque certainement la pèlerine d'un séminariste. Nous avons
découvert une pèlerine brune dans une des
machines à laver de la buanderie de St Anselm. C'est
vous qui l'y avez mise ?

— Non, ce n'est pas moi, et je ne sais pas qui l'a
fait.

— Nous savons également que quelqu'un, probablement un homme, a téléphoné à Mrs Crampton à
vingt et une heures vingt-huit la nuit du meurtre,
appelant soi-disant du bureau du diocèse pour
demander le numéro du téléphone portable de
l'archidiacre. C'est vous qui lui avez passé ce coup
de fil ? »

Gregory réprima un sourire. « Votre interrogatoire est étrangement simpliste venant de ce que je
croyais être une des plus fines équipes de Scotland
Yard. Non, je n'ai pas donné ce coup de téléphone
et j'ignore qui l'a fait.

— C'était l'heure où les prêtres et les quatre séminaristes devaient aller à complies. Où étiez-vous à
ce moment-là ?

— Chez moi à corriger des travaux. Et je ne suis
pas le seul à ne pas être allé à complies. Yarwood,
Stannard, Surtees et Pilbeam ont résisté au désir
>d'aller écouter prêcher l'archidiacre et de même les

trois femmes. Vous êtes sûrs que c'est un homme qui a passé ce coup de fil ? »

Kate dit : « Le meurtre de l'archidiacre n'est pas la seule tragédie qui ait mis St Anselm en péril. La mort de Ronald Treeves y a contribué. Le vendredi soir, il était avec vous, et il est mort le lendemain. Qu'est-ce qui s'est passé, ce vendredi-là ? »

Gregory la regarda. Son expression d'aversion et de mépris était aussi parlante que s'il avait craché. Kate rougit. « Il a été rejeté et trahi, reprit-elle. Il est venu auprès de vous dans l'espoir d'être réconforté et rassuré, et vous l'avez renvoyé. C'est bien ça qui est arrivé, non ?

— Il est venu pour une leçon de grec néotestamentaire que je lui ai donnée. La leçon a duré moins longtemps que d'habitude, c'est vrai, mais c'était à sa demande. Vous devez savoir qu'il avait volé une hostie consacrée. Je lui ai conseillé de se confesser au père Sebastian. Il n'y avait pas d'autre conseil à lui donner, et vous auriez sûrement fait de même. Il m'a demandé s'il risquait l'expulsion, et je lui ai dit qu'avec les idées du père Sebastian il fallait s'y attendre. Honnêtement, je ne vois pas comment j'aurais pu le rassurer. Mieux valait risquer l'expulsion que de tomber aux mains d'un maître chanteur. Etant donné la fortune de son père, cette femme aurait pu le faire payer pendant des années.

— Qu'est-ce qui vous fait croire que Karen Surtees est un maître chanteur ? Vous la connaissez bien ?

— Suffisamment pour savoir que c'est une jeune femme sans scrupules qui a le goût du pouvoir. Avec elle, le secret de Treeves n'en serait jamais resté un.

— Alors il vous a quitté et il s'est tué, dit Kate.

— Malheureusement oui. Et je ne pouvais ni le prévoir ni l'empêcher.

— Et il y a eu une autre mort, intervint Piers. Nous avons la preuve que Mrs Munroe avait découvert que vous étiez le père de Raphael. Elle vous a dit qu'elle le savait ? »

Il y eut un nouveau silence. Gregory avait mis ses mains sur la table et tenait les yeux fixés sur elles. On ne voyait pas son visage, mais Dalgliesh savait qu'il était en train de prendre une décision. Il s'interrogeait une fois de plus sur ce que la police savait. Il se demandait si Margaret Munroe avait parlé à quelqu'un d'autre ou peut-être même laissé une lettre.

Le silence ne dura pas six secondes mais parut bien plus long. « Oui, elle est venue me voir, finit par répondre Gregory. Elle avait fait certaines recherches — elle n'a pas précisé lesquelles — qui avaient confirmé ses soupçons. Apparemment, deux choses la dérangeaient. D'abord elle estimait que je trompais le père Sebastian en travaillant ici sous un faux prétexte, et surtout elle pensait que Raphael devait être mis au courant. Ce n'étaient pas ses affaires, mais j'ai cru bon de lui expliquer pourquoi je n'avais pas épousé la mère de Raphael quand elle était enceinte, et pourquoi j'étais ensuite revenu là-dessus. Je lui ai dit aussi que, pour parler à Raphael, j'attendais d'avoir des raisons de croire que la nouvelle ne lui serait pas trop pénible. Je voulais choisir le moment. Mais je lui ai promis que je lui parlerais avant la fin du trimestre. De son côté, elle s'est engagée à garder le secret. »

Dalgliesh dit : « Et la même nuit, elle est morte.

— D'une crise cardiaque. Si le traumatisme causé par sa découverte et l'effort qu'elle a fait pour m'en parler lui ont été fatals, je le regrette. Mais je ne crois pas qu'on puisse me tenir responsable de toutes les morts qui se produisent à St Anselm. Bientôt, vous allez m'accuser d'avoir poussé cette pauvre Agatha Betterton dans l'escalier de la cave.

— Vous l'avez fait ? » lança Kate.

Cette fois il eut soin de cacher son antipathie. « Je

croyais que vous enquêtiez sur la mort de l'archidiacre Crampton, dit-il, je n'imaginais pas que vous
alliez m'attribuer le rôle du tueur en série. Ne
croyez-vous pas qu'on ferait mieux de se concentrer
sur la seule de ces morts qui soit incontestablement
un meurtre ? »

Dalgliesh prit la parole : « Nous allons prélever
des échantillons de cheveux chez tous ceux qui ont
passé la nuit de samedi au collège. Je pense que
vous n'y voyez pas d'inconvénient ?

— Si tout le monde doit subir cet affront, non. Je
ne crois pas que la chose exige une anesthésie générale. »

Prolonger l'interrogatoire n'était guère nécessaire.
Ils y mirent donc fin dans les règles et Kate arrêta
le magnétophone.

Gregory dit : « Pour les cheveux, je vous attends
maintenant. J'ai l'intention de travailler et je ne voudrais pas être interrompu. » Sur quoi il disparut.

« Je veux ces échantillons ce soir, dit Dalgliesh.
Ensuite, je retourne à Londres. Je voudrais être au
labo quand la pèlerine sera examinée. Si on veut
bien nous donner la priorité, il ne faudra pas plus
de deux jours pour connaître les résultats. Vous
deux, vous resterez ici avec Robbins. Je vais
m'arranger avec le père Sebastian pour qu'il vous
installe dans ce cottage. S'il n'a pas de lits de
réserve, il devrait au moins pouvoir vous fournir un
matelas et un sac de couchage. Il faudra surveiller
Gregory vingt-quatre heures sur vingt-quatre.

— Et si rien ne sort de l'examen de la pèlerine ?
dit Kate Nous n'avons rien d'autre, aucune autre
pièce à conviction sur laquelle fonder notre
affaire. »

Ni Dalgliesh ni Piers ne jugèrent nécessaire de
rétorquer quoi que ce soit à une telle évidence.

14

Du vivant de sa sœur, le père John paraissait rarement aux repas sauf pour le dîner, que le père Sebastian voyait comme une célébration de la vie commu-
nautaire et où il comptait que tout le monde soit
présent. De manière un peu inattendue, il se présenta cependant pour le thé du mardi. Le décès de
sa sœur n'avait donné lieu à aucune réunion ; le père
Sebastian avait annoncé la nouvelle à chacun en
particulier sans autre forme de procès. Les quatre
séminaristes avaient déjà rendu visite au père John
pour lui présenter leurs condoléances, et maintenant ils essayaient de manifester leur sympathie en
lui remplissant sa tasse et en lui apportant tour à
tour des sandwichs, des scones et du gâteau. Tranquille petit homme amoindri, il se tenait assis près
de la porte, souriant parfois et toujours d'une
exquise politesse. Après le thé, Emma suggéra qu'ils
commencent à trier les affaires de Miss Betterton,
et ils montèrent ensemble à l'appartement.

Pour l'emballage, Mrs Pilbeam lui avait donné
deux solides sacs en plastique, l'un destiné aux vêtements qui seraient les bienvenus à Oxfam ou autre
organisation charitable, l'autre pour ce qui n'était
plus bon qu'à jeter. Mais les deux sacs noirs avaient
tellement l'air de sacs à ordures qu'elle avait décidé
de commencer par trier les vêtements et d'attendre
que le père John soit absent pour les emballer et les
enlever de l'appartement.

Elle le laissa assis dans la lueur bleue de son
chauffage à gaz pour aller dans la chambre de
Miss Betterton. Un plafonnier avec un poussiéreux
abat-jour démodé dispensait une maigre lumière,
mais il y avait sur la table de chevet une lampe
d'architecte pourvue d'une puissante ampoule, et en

en dirigeant le faisceau sur la chambre elle fut en
mesure de se mettre au travail. A droite du petit lit,
une chaise voisinait avec une commode. Le seul
autre meuble était une immense armoire d'acajou
occupant tout l'espace entre les deux fenêtres.
Emma l'ouvrit et fut assaillie par une odeur de renfermé sur laquelle flottait un parfum de lavande et
de naphtaline.

Mais le travail de tri se révéla moins pénible
qu'elle ne s'y attendait. Dans sa vie solitaire,
Miss Betterton s'était débrouillée avec peu de vêtements et l'on avait du mal à croire qu'elle eût acheté
quoi que ce soit depuis dix ans. Emma sortit de
l'armoire un lourd manteau de rat musqué assez
râpé, deux costumes de tweed dont les vestes ajus-
tées aux épaulettes très rembourrées semblaient
dater des années 1930, un ensemble hétéroclite de
cardigans et de jupes longues, des robes du soir de
velours et de satin d'excellente qualité mais de
coupe archaïque et qui n'étaient plus guère portables que pour un bal costumé. La commode contenait des chemisiers et des sous-vêtements en piteux
état, quelques vieilles combinaisons et d'épais bas
roulés en boule, presque rien qui pût être donné.

Emma ressentit un élan de pitié pour Miss Betterton en pensant que l'inspecteur Tarrant et son
collègue avaient fouillé parmi ces dépouilles pathé-
tiques. Qu'avaient-ils espéré trouver : une lettre, un
journal, une confession ? Les fidèles du Moyen Age,
exposés chaque dimanche aux terrifiantes images
du Jugement dernier, priaient pour qu'une mort
soudaine leur soit épargnée, craignant de paraître
sans absolution devant leur créateur. Dans ses derniers moments, l'homme actuel était plus susceptible de regretter le travail inachevé, les projets non
réalisés, les lettres compromettantes.

Le tiroir inférieur lui valut une trouvaille inattendue : soigneusement enveloppée de papier brun,

une tunique d'officier de la RAF avec des ailes au-dessus de la poche gauche, deux galons sur les manches et le ruban d'une décoration. Elle la déploya sur le lit et resta un moment à la contempler en silence.

Elle trouva les bijoux dans le tiroir supérieur gauche de la commode, rangés dans un petit coffret de cuir. Il n'y avait pas grand-chose, et les camées montés en broche, les lourdes bagues d'or, les longs colliers de perles semblaient être des héritages. Leur valeur était difficile à évaluer, et elle se demanda comment s'y prendre pour répondre au désir de les vendre qu'avait formulé le père John. Le mieux serait peut-être de prendre le tout à Cambridge et de le faire estimer par un bijoutier de la ville. L'inconvénient serait d'en être responsable dans l'intervalle.

Le coffret avait un double fond, sous lequel elle trouva une enveloppe jaunie par le temps. Elle l'ouvrit et en fit glisser une bague en or avec un rubis entouré de diamants, des pierres de dimension modeste mais joliment montées. Sans réfléchir, elle la mit au médius de sa main gauche et la reconnut pour ce qu'elle était : une bague de fiançailles. Si Miss Betterton l'avait reçue de l'aviateur, celui-ci devait avoir été tué ; sinon comment serait-elle entrée en possession de sa tunique ? Emma eut soudain la vision d'un avion solitaire, Spitfire ou Hurricane, traînant derrière lui une longue langue de feu avant de plonger dans la Manche. Ou bien le disparu avait-il été abattu aux commandes d'un bombardier au-dessus d'une cible ennemie, rejoignant dans la mort ceux que ses bombes avaient tués ? Agatha Betterton et lui avaient-ils eu le temps d'être amants ?

Pourquoi était-il si difficile de croire que les vieux avaient été jeunes, beaux, forts, qu'ils avaient aimé et été aimés, qu'ils avaient ri et connu l'optimisme triomphant de la jeunesse ? Elle revit Miss Betterton telle qu'elle était les rares fois où elle l'avait rencontrée, marchant le long de la falaise, un bonnet sur la tête, le menton en avant, comme si l'ennemi qu'elle affrontait n'était pas simplement le vent, ou alors croisant Emma dans l'escalier avec un bref signe de tête et un regard perçant de ses yeux sombres et curieusement inquisiteurs. Raphael l'aimait bien ; il avait passé du temps avec elle. Mais son affection était-elle sincère ou obéissait-elle à la volonté d'être aimable ? Et si la bague était réellement une bague de fiançailles, pourquoi avait-elle renoncé à la porter ? Peut-être simplement parce qu'elle représentait quelque chose qui était terminé et qu'il fallait ranger tout comme elle avait rangé la tunique. Parce qu'elle n'avait plus voulu d'un symbole qui avait survécu au donateur et allait lui survivre à elle, qui rendait publics son chagrin et sa perte à chaque geste de sa main. C'était un lieu commun facile de dire que les morts vivaient dans le souvenir des vivants, mais comme substitut de la voix aimée, des bras rassurants, que valait le souvenir ? N'était-ce pas là ce dont se nourrissait toute la poésie, l'aspect transitoire de la vie, de l'amour et de la beauté, la conscience que les roues du chariot ailé du temps sont garnies de couteaux ?

On frappa discrètement et la porte s'ouvrit. Emma se retourna sur l'inspecteur Miskin, qui la regarda sans aménité avant d'annoncer : « Le père John m'a dit que je vous trouverais là. Le commandant Dalgliesh m'a prié d'informer tout le monde qu'il était retourné à Londres, mais moi-même, l'inspecteur Tarrant et le sergent Robbins demeurons là pour l'instant. Maintenant qu'il y a des serrures sur les portes, il est important que vous vous enfermiez à clé quand vous êtes chez vous. Je serai au collège après complies ; je vous accompagnerai à votre appartement. »

Ainsi, le commandant Dalgliesh était parti sans dire au revoir. Mais pourquoi aurait-il pris cette peine ? Il avait mieux à faire que de se soucier de courtoisie. Il devait avoir pris congé du père Sebastian. Les circonstances n'en exigeaient pas plus.

Le ton de l'inspecteur Miskin était on ne peut plus poli, et Emma savait qu'elle avait tort de lui en vouloir. « Je n'ai pas besoin qu'on m'accompagne chez moi, dit-elle. Vous croyez que nous sommes en danger ?

— Pas précisément, mais tant qu'on n'a pas arrêté le meurtrier, il vaut mieux prendre des précautions.

— Vous pensez l'arrêter bientôt ? »

L'inspecteur Miskin réfléchit avant de répondre : « Nous l'espérons. En tout cas, c'est pour ça que nous sommes ici, non ? Je regrette, mais je ne peux pas vous en dire plus pour l'instant. A tout à l'heure. » Et elle s'en alla en refermant la porte.

A nouveau seule, regardant la tunique dépliée sur le lit, la bague toujours au doigt, Emma sentit des larmes couler sans savoir si c'était sur elle-même, sur Miss Betterton ou sur cet amant mort qu'elle pleurait. Puis elle replaça la bague dans l'enveloppe et elle se remit au travail.

15

Le lendemain, avant le jour, Dalgliesh se rendit au laboratoire de Lambeth. Toute la nuit, la pluie était tombée, et bien qu'elle eût maintenant cessé, les lumières rouges, orange et vertes des feux de circulation projetaient leur image tremblante et criarde sur la chaussée toujours trempée, et le fleuve à marée haute emplissait l'air d'un frais parfum. Londres ne semblait dormir qu'entre deux et quatre heures du matin, et encore d'un sommeil agité. A présent, lentement, la capitale se réveillait, et les travailleurs allaient prendre possession de la ville par petits groupes préoccupés.

Les objets à analyser provenant de lieux de crime du Suffolk étaient normalement envoyés au laboratoire de Huntingdon, qui se trouvait alors surchargé. Lambeth, en revanche, acceptait de traiter cette affaire en priorité, comme le voulait Dalgliesh. On le connaissait bien au labo, et il fut accueilli chaleureusement. Le Dr Anna Prescott, principal expert en biologie, l'attendait ; elle avait témoigné pour la Couronne dans nombre de ses affaires, et il savait à quel point le succès pouvait dépendre de sa réputation de scientifique, de la confiance et de la lucidité avec laquelle elle présentait ses conclusions devant la cour, et de la calme assurance dont elle faisait preuve lors des contre-interrogatoires. Mais comme tous ses confrères, elle n'était pas attachée à la police, et si Gregory passait en jugement, elle serait là en tant qu'expert indépendant n'obéissant qu'aux faits.

La pèlerine avait été séchée dans le séchoir du labo ; elle était maintenant étalée sur une vaste table éclairée par quatre lampes fluorescentes. Le survêtement de Gregory avait été emporté dans une autre partie du labo pour éviter une éventuelle contamination. Toutes les fibres susceptibles de provenir du survêtement étaient récupérées sur la pèlerine avec du ruban adhésif pour être ensuite examinées et comparées au microscope. Si cet examen préliminaire s'avérait positif, une série d'examens comparatifs supplémentaires serait entreprise, y compris l'analyse de la composition chimique des fibres elles-mêmes. Mais tout cela prenait beaucoup de temps et se ferait plus tard. Le sang était déjà parti à l'analyse, et Dalgliesh attendait le rapport sans inquiétude ; il ne doutait pas qu'il provenait de l'archidiacre Crampton. Ce que le Dr Prescott et lui cherchaient maintenant, c'étaient des cheveux. Ensemble, revêtus d'une blouse et masqués, ils se penchèrent sur la pèlerine.

Dalgliesh eut l'occasion de constater que l'œil humain est un instrument de recherche remarquablement efficace. Il ne leur fallut que quelques secondes pour trouver ce qu'ils cherchaient. Entortillés dans la chaîne de laiton placée au col de la pèlerine, il y avait deux cheveux gris. Le Dr Prescott les enleva avec précaution et les plaça dans une coupelle de verre. Aussitôt, elle les examina sous un puissant microscope et dit avec satisfaction : « Les deux ont des racines. Ça veut dire qu'on a une bonne chance d'avoir notre profil d'ADN. »

16

Le surlendemain, à sept heures et demie du matin, on téléphona le message du laboratoire à Dalgliesh, dans son appartement des bords de la Tamise. Les deux racines de cheveux avaient révélé leur ADN, et c'était celui de Gregory. Dalgliesh s'y attendait, mais il accueillit la nouvelle avec un certain soulagement. L'analyse microscopique indiquait également que les fibres prélevées sur la pèlerine et sur les épaules du survêtement étaient les mêmes, mais il fallait encore attendre les résultats définitifs. En reposant le récepteur, Dalgliesh réfléchit un instant. Fallait-il patienter encore ou agir immédiatement ? Il répugnait à différer l'arrestation. L'examen de l'ADN montrait que Gregory avait

porté le manteau de Ronald Treeves, et la comparaison des fibres ne pourrait que confirmer cette
preuve incontournable. Sans doute pouvait-il prévenir Kate ou Piers à St Anselm ; tous deux étaient
parfaitement compétents pour opérer une arrestation. Mais il avait besoin d'être présent et savait très
bien pourquoi. Appréhender Gregory, le prévenir
personnellement que tout ce qu'il dirait pourrait
être retenu contre lui, compenserait d'une certaine
manière l'échec de sa dernière enquête, lorsqu'il
avait découvert l'identité du meurtrier, avait
entendu ses aveux vite rétractés, mais n'avait pas eu
assez de preuves pour le faire inculper. Ne pas participer cette fois-ci à la curée laisserait à l'affaire
quelque chose d'inachevé, sans qu'il sût précisément
quoi.

Comme prévu, ces deux dernières journées
avaient été particulièrement agitées. Il avait
retrouvé une quantité de travail en retard : des problèmes qui relevaient de sa responsabilité et
d'autres qui s'imposaient à lui comme aux autres
officiers supérieurs. Scotland Yard manquait sérieusement de personnel. Mais comment recruter
d'urgence, dans toutes les couches de la société, des
hommes et des femmes intelligents, instruits et très
motivés, à un moment où tant d'autres carrières
offraient des salaires plus élevés, un prestige supérieur et moins de stress ? Il fallait aussi réduire le
poids de la bureaucratie et de la paperasserie,
accroître l'efficacité des enquêteurs et lutter contre
la corruption, laquelle ne se réduisait plus désormais à un billet de dix livres glissé dans une poche
mais signifiait partager les énormes profits du trafic illégal de drogue. En attendant, fût-ce pour
quelques jours, il allait retourner à St Anselm. Sans
doute n'était-ce plus le havre de bonté et de paix
sans mélange qu'il avait connu naguère, mais il
avait un travail à y terminer et des gens à revoir. Il

se demanda si Emma Lavenham se trouvait encore au collège.

Ecartant de son esprit son emploi du temps surchargé, les dossiers en souffrance et la réunion prévue pour l'après-midi, il laissa un message au préfet de police adjoint et à sa secrétaire. Puis il téléphona à Kate. Le calme régnait à St Anselm, un calme anormal, lui semblait-il. Tout le monde vaquait à ses activités quotidiennes, mais avec une sorte d'intensité contenue, comme si le cadavre sanglant reposait encore dans l'église sous *le Jugement dernier*. Le collège tout entier paraissait, dit-elle, attendre une issue à demi espérée et à demi redoutée. Gregory ne s'était pas montré. A la demande de Dalgliesh, il avait remis son passeport après le dernier interrogatoire et ne risquait pas de s'enfuir. Mais il n'avait jamais songé à fuir — Gregory n'avait aucune envie d'être ramené ignominieusement d'un quelconque refuge inhospitalier à l'étranger.

Il faisait froid et Dalgliesh sentit pour la première fois dans l'air londonien l'âpreté métallique de l'hiver. Un vent mordant mais hésitant soufflait sur la ville, et lorsqu'il parvint sur l'A12 les rafales se firent plus violentes et plus soutenues. La circulation était inhabituellement fluide, en dehors des camions qui gagnaient les ports de la côte est, et il conduisit vite et sans à-coups, les mains posées légèrement sur le volant, les yeux fixés droit devant lui. Il ne disposait que de deux cheveux gris, mais il lui faudrait bien se contenter de ces frêles instruments de la justice.

Laissant vagabonder ses pensées, Dalgliesh se retrouva mentalement en train d'exposer ses arguments devant le tribunal. Impossible de récuser l'ADN ; Gregory avait porté la pèlerine de Ronald Treeves. Mais l'avocat de la défense prétendrait probablement que Gregory la lui avait empruntée après le dernier cours de grec, en se plaignant peut-être

du froid, et qu'il portait alors son survêtement noir.
Rien de moins probable, mais serait-ce l'avis des
jurés ? Gregory avait d'excellentes raisons de commettre le crime, mais il n'était pas le seul, il y avait
notamment Raphael. La petite branche retrouvée
sur le sol du salon de ce dernier avait parfaitement
pu y être soufflée par le vent sans qu'il s'en aperçoive
lorsqu'il était sorti rendre visite à Peter Buckhurst ;
le ministère public aurait sans doute intérêt à ne
pas trop s'en prévaloir. Le coup de téléphone à
Mrs Crampton, depuis la cabine du collège, était
dangereux pour la défense, mais huit autres personnes, dont Raphael, auraient pu le passer. Par
ailleurs, de lourds soupçons pesaient sur Miss Betterton. Elle avait de bonnes raisons de commettre
le crime et aucun alibi, mais aurait-elle eu la force
de manier le lourd chandelier ? Personne ne le sau-
rait jamais, puisqu'elle était morte. Gregory n'avait
pas été accusé de l'avoir tuée, pas plus que d'avoir
tué Margaret Munroe, aucun indice ne permettant
de justifier dans l'un et l'autre cas ne fût-ce que son
arrestation.

Le voyage lui prit moins de trois heures et demie.
A l'extrémité du chemin d'accès, une mer agitée
s'étendait devant lui, couverte de moutons jusqu'à
l'horizon. Il arrêta la voiture et appela Kate au téléphone. Gregory avait quitté son cottage depuis environ une demi-heure et se promenait sur la grève.

« Attendez-moi au bout de la route côtière et
apportez des menottes, dit Dalgliesh. Nous n'en
aurons peut-être pas besoin mais je ne veux courir
aucun risque. »

Quelques minutes plus tard, il la vit arriver à pied.
Sans un mot elle monta dans la voiture, et il fit
marche arrière pour gagner l'escalier descendant à
la plage. Ils apercevaient maintenant Gregory, silhouette solitaire en manteau de tweed tombant sur
les chevilles, le col relevé contre le vent. Debout à

côté d'un des brise-lames en ruine, il regardait vers le large. Ils foulaient les galets qui roulaient sous leurs pas lorsqu'une brusque rafale s'engouffra dans leur veste, les contraignant à avancer courbés, mais le rugissement du ressac couvrait presque les hurlements du vent. L'une après l'autre, les vagues explosaient en gerbes, bouillonnant autour des brise-lames et projetant des paquets d'écume, qui dansaient et roulaient comme des bulles de savon iridescentes sur la crête des rochers.

Ils se dirigeaient côte à côte vers la silhouette immobile, lorsque Gregory se retourna pour les regarder s'approcher. Mais lorsqu'ils furent à une vingtaine de mètres de lui, il monta sans hésiter sur la digue et s'avança jusqu'à l'extrémité, socle minuscule à une trentaine de centimètres à peine au-dessus de la houle furieuse.

« S'il saute, téléphone à St Anselm, ordonna Dalgliesh. Dis-leur que nous avons besoin du canot et d'une ambulance. »

Puis, avec une égale détermination, il grimpa sur le brise-lames et s'approcha de Gregory. A deux mètres de lui, il s'arrêta. Les deux hommes se faisaient face. Gregory parla à tue-tête, mais c'est à peine si Dalgliesh l'entendit dans le tumulte de la mer.

« Si vous êtes venu m'arrêter, me voici. Mais il va falloir venir plus près. N'êtes-vous pas censé prononcer je ne sais quelle ridicule mise en garde officielle ? J'ai le droit de l'entendre, non ? »

Dalgliesh ne lui répondit pas. Pendant deux minutes ils se regardèrent en silence, et il eut l'impression que ce bref laps de temps condensait la fugitive connaissance de lui-même accumulée en une demi-existence. Ce qu'il ressentait maintenant était quelque chose de nouveau, une rage d'une intensité inconnue. La colère qu'il avait éprouvée devant le cadavre de l'archidiacre n'était rien auprès de cette émotion irrésistible. Sans l'approuver ni la condamner, il en acceptait simplement la violence. Il savait pourquoi il avait répugné à affronter Gregory à la petite table de la salle d'interrogatoire. En restant ainsi un peu en retrait, c'était avec bien autre chose que la présence physique de son adversaire qu'il prenait ses distances. Mais il ne lui était désormais plus possible de garder du recul.

Dalgliesh n'avait jamais considéré son travail comme une croisade. Il connaissait des policiers chez qui le spectacle de l'anéantissement pathétique de la victime imprimait une image mentale si puissante qu'elle ne pouvait être exorcisée qu'au moment de l'arrestation. Certains, il ne l'ignorait pas, allaient jusqu'à conclure des pactes intimes avec le destin : ils cessaient de boire, d'aller au pub ou de prendre des vacances jusqu'à ce que l'assassin fût capturé. Il partageait leur pitié et leur indignation mais jamais leur implication ni leur hostilité personnelles. Pour lui une enquête était un engagement professionnel et intellectuel à découvrir la vérité. Mais il était bien loin de ressentir cela maintenant. Ce n'était pas seulement que Gregory avait profané un lieu où lui-même avait été heureux — quelle grâce sanctifiante, se demanda-t-il amèrement, le bonheur d'un Adam Dalgliesh pouvait-il bien conférer à St Anselm ? Ce n'était pas simplement non plus qu'il révérait le père Martin et ne pouvait oublier le visage horrifié du prêtre lorsqu'il avait levé les yeux du cadavre de Crampton. Ni encore la douce caresse des cheveux noirs sur sa joue et Emma tremblant dans ses bras si fugitivement qu'il se demandait presque si l'étreinte avait jamais eu lieu. Cette émotion incoercible avait une autre raison, plus primitive et plus ignoble. Non content d'avoir prémédité et accompli le meurtre alors que lui, Dalgliesh, dormait à cinquante mètres de là, Gregory entendait désormais consommer sa victoire. Il allait nager vers le large pour y mourir de froid et d'épuisement, trépas miséricordieux dans l'élément qu'il adorait. Et ce n'était pas tout. Dalgliesh lisait dans les pensées de Gregory aussi clairement que celui-ci dans les siennes. Il voulait entraîner son adversaire avec lui. Si Gregory plongeait, il le suivrait. Il n'avait pas le choix. Il ne pourrait pas supporter l'idée d'avoir laissé un homme se noyer tranquillement sous ses yeux. Et ce n'était pas par compassion et par humanité qu'il allait risquer sa vie, mais par entêtement et par orgueil.

Il évalua leurs forces respectives. Leur condition physique était probablement à peu près égale, mais Gregory serait le meilleur nageur. Ni l'un ni l'autre ne résisterait longtemps dans la mer glacée, mais si les secours arrivaient vite — comme c'était probable —, ils survivraient. Il songea à reculer de quelques pas pour donner instruction à Kate de téléphoner à St Anselm et de faire mettre le canot de sauvetage à l'eau, mais y renonça ; si Gregory entendait des voitures arriver à toute vitesse sur le chemin en haut de la falaise, il n'hésiterait plus. Il restait encore une chance, si faible fût-elle, qu'il changeât d'avis. Mais Dalgliesh savait que Gregory avait sur lui un avantage décisif : seul l'un d'eux était prêt à mourir.

Ils continuaient de se faire face. Puis, presque avec désinvolture, comme par une journée d'été devant le miroir bleu et argent de la mer, Gregory laissa glisser le manteau de ses épaules et plongea.

Ces deux minutes d'affrontement muet avaient semblé interminables à Kate. D'abord figée, chaque muscle bloqué, les yeux fixés sur les deux silhouettes immobiles, elle s'était ensuite avancée insensiblement, sans s'en rendre compte mais furtivement. Les vagues lui léchaient les pieds mais elle ne sentait pas leur morsure froide. Les mâchoires serrées, elle murmurait et jurait : « Reviens, mais reviens, laisse-le faire », avec une intensité que devait certainement percevoir Dalgliesh, bien que, le dos tourné, il demeurât inflexible. Et soudain la situation s'était dénouée, elle pouvait enfin agir. Elle pressa frénétiquement la touche du collège. La sonnerie resta sans réponse et elle se surprit à cracher des obscénités qu'elle n'aurait jamais imaginé pouvoir proférer. Le téléphone sonnait toujours, puis elle entendit le ton calme du père Sebastian.

« C'est Kate Miskin, dit-elle en essayant de maîtriser sa voix. J'appelle de la plage. Dalgliesh et Gregory sont dans l'eau. Nous avons besoin du canot et d'une ambulance. Faites vite ! »

Le père Sebastian ne lui posa aucune question : « Restez où vous êtes pour indiquer l'endroit. Nous arrivons. »

Ce fut une nouvelle attente, plus longue encore, mais qu'elle chronométra : trois minutes et quinze secondes avant d'entendre le moteur des voitures. Dans les crêtes bondissantes, elle n'apercevait plus les deux têtes. Elle se précipita au bout du brise-lames, là où s'était tenu Gregory, ignorant l'explosion des vagues et les torgnoles du vent. Et voilà qu'elle les entrevit soudain — la tête grisonnante et la tête sombre, à deux mètres à peine l'une de l'autre —, avant qu'elles ne disparaissent derrière la courbe nette d'une vague et une gerbe d'embruns.

Il ne fallait surtout pas les perdre de vue, mais de temps en temps elle jetait un coup d'œil vers l'escalier. Elle avait entendu plus d'une voiture mais seule la Land Rover était visible, garée au bord de la falaise. Le collège tout entier s'affairait avec rapidité et méthode. Ils avaient ouvert les portes de l'abri et déroulaient la rampe de lancement sur les galets en pente de la plage. Ils firent glisser le bateau sur les lattes de bois, puis trois hommes de chaque côté le soulevèrent et le transportèrent en courant jusqu'au bord de l'eau. Pilbeam et Henry Bloxham bondirent dans l'embarcation. Curieux, pensa-t-elle, que Stephen Morby ne participe pas au sauvetage, il avait l'air plus robuste que Henry. Mais peut-être ce dernier était-il meilleur marin. Il semblait impossible de lancer le canot pneumatique à l'assaut de ce mur liquide, mais au bout de quelques secondes elle entendit le grondement du moteur hors-bord et le vit foncer droit devant lui avant d'entamer un large virage dans sa direction. De nouveau elle entrevit les têtes et les leur désigna.

On n'apercevait plus ni les nageurs ni le canot, sauf parfois fugitivement sur la crête d'une vague. Désormais inutile, elle rejoignit le groupe qui courait le long de la plage. Raphael transportait un rouleau de cordages, le père Peregrine une ceinture de sauvetage ; Piers et Robbins avaient chargé sur leurs épaules deux civières de toile roulées. Mrs Pilbeam et Emma étaient également là, la première avec une mallette de premiers secours et Emma avec des serviettes et une pile de couvertures aux couleurs éclatantes. Ils guettaient la mer ensemble.

Le canot revenait. Le bruit du moteur se fit plus fort, et il surgit soudain au sommet d'une lame, avant de plonger dans le creux.

« Ils les ont, s'écria Raphael. Ils sont quatre à bord. »

Ils approchaient assez vite maintenant, mais il semblait impossible que le canot pût sortir indemne d'une mer aussi forte. Et le pire arriva. Ils n'entendirent plus le moteur et virent Pilbeam se pencher désespérément au-dessus pour redémarrer. Ingouvernable, le bateau était ballotté comme un jouet d'enfant. Soudain, à vingt mètres de la rive, il se souleva par l'arrière, s'immobilisa un instant à la verticale, puis chavira.

Raphael avait attaché une extrémité de la corde à l'un des montants du brise-lames, et, fixant l'autre bout autour de sa taille, il entra dans les flots. Stephen Morby, Piers et Robbins le suivirent. Le père Peregrine retira sa soutane et se lança dans les déferlantes comme si cette mer turbulente était son élément. Henry et Pilbeam, avec l'aide de Robbins, s'efforçaient de regagner le rivage. Le père Peregrine et Raphael se saisirent de Dalgliesh, Stephen et Piers de Gregory. Quelques secondes plus tard, ils étaient jetés sur les galets. Le père Sebastian et le père Martin se précipitèrent pour les hisser sur la plage. Affalés au bord de la grève, Pilbeam et Henry essayaient de reprendre leur souffle tandis que les vagues se brisaient sur eux.

Seul Dalgliesh avait perdu connaissance. Kate se précipita vers lui et vit qu'il s'était cogné la tête contre la digue. Mêlé d'eau de mer, le sang ruisselait sur sa chemise déchirée. Il avait une marque sur le cou, rouge comme le sang qui coulait, là où les mains de Gregory l'avaient empoigné. Elle arracha la chemise et la pressa sur la plaie. Elle entendit alors la voix de Mrs Pilbeam : « Laissez-le-moi, mademoiselle. J'ai des bandages. »

Mais ce fut Morby qui prit la situation en main : « Il faut d'abord lui faire cracher l'eau qu'il a avalée », ordonna-t-il, et, retournant Dalgliesh, il entreprit de le ranimer. Sous la surveillance de Robbins, un peu à l'écart, Gregory était assis en caleçon, la tête entre les mains, et tâchait de retrouver son souffle.

« Enveloppe-le de couvertures et fais-lui boire quelque chose de chaud, dit Kate à Piers. Dès qu'il sera un peu réchauffé et capable de comprendre ce que tu fais, tu l'inculpes et tu lui mets les menottes. Pas question de prendre de risques. Oh, et tu peux aussi ajouter une tentative de meurtre à l'accusation principale. »

Elle se retourna vers Dalgliesh. Soudain il eut un haut-le-cœur, vomit de l'eau et du sang et murmura quelques mots indistincts. C'est seulement alors que

Kate remarqua qu'Emma Lavenham était age-
nouillée, livide, auprès de sa tête. Surprenant le
regard de Kate, elle se leva sans un mot et s'écarta
légèrement, comme si elle comprenait qu'elle n'avait
rien à faire là.

L'ambulance n'arrivait toujours pas. Piers et
Morby étendirent Dalgliesh sur l'un des brancards
et le portèrent en trébuchant vers les voitures, flan-
qués du père Martin. Grelottant sous leurs couvertures, ceux qui étaient entrés dans la mer se passaient une flasque de main en main. Ils se
dirigeaient à leur tour vers l'escalier lorsque, brusquement, les nuages s'entrouvrirent et un timide
rayon de soleil illumina la plage. A voir ces jeunes
hommes presque nus se frictionner les cheveux et
sautiller pour rétablir la circulation, Kate pouvait
presque croire que c'était une baignade estivale et
que d'un instant à l'autre ils allaient se poursuivre
joyeusement sur le sable.

Le premier petit groupe était arrivé en haut de la
falaise et chargeait la civière à l'arrière de la Land
Rover. Kate sentit la présence d'Emma à ses côtés.

« Il va s'en sortir ? demanda-t-elle.

— Oh, pas de problème, c'est un dur à cuire. Les
blessures à la tête saignent toujours beaucoup, mais
celles-ci n'ont pas l'air profondes. Il sera sur pied
dans quelques jours. Et de retour à Londres.
Comme nous tous.

— Je retourne à Cambridge ce soir. Pouvez-vous
lui dire au revoir de ma part et lui transmettre mes
meilleurs vœux de rétablissement ? »

Sans attendre de réponse, elle fit volte-face et
rejoignit le petit groupe de séminaristes. Robbins
poussait Gregory, menotté et enfoui sous des couvertures, dans l'Alfa Romeo. Piers s'avança vers
Kate et tous deux regardèrent Emma.

« Elle rentre à Cambridge ce soir, dit Kate. Pourquoi pas ? C'est son univers.

— Et quel est le tien ? » demanda Piers.

Il n'attendait pas vraiment de réponse, mais elle dit : « Toi, Robbins et AD. Qu'est-ce que tu imaginais ? C'est mon boulot, après tout. »

LIVRE IV

Une fin et un commencement

C'est par une magnifique journée de la mi-avril, où le ciel, la mer et la terre en renouveau conjuguaient une douce harmonie de beauté sereine, que Dalgliesh se rendit à St Anselm pour la dernière fois. Dans la voiture décapotée, l'air qui ruisselait sur son visage exprimait toute l'essence — parfumée, nostalgique — des avrils de son enfance et de sa jeunesse. Ses quelques réticences initiales s'étaient dissipées dès que s'était estompée la dernière banlieue est, et son atmosphère intérieure communiait désormais avec la paix ambiante.

Le père Martin lui avait envoyé une invitation chaleureuse à se rendre à St Anselm maintenant que le collège était officiellement fermé. « Nous serons ravis de pouvoir dire au revoir à nos amis avant notre départ et nous espérons qu'Emma se joindra également à nous pendant ce week-end d'avril. » Il voulait manifestement que Dalgliesh soit averti de la présence d'Emma ; l'avait-il aussi prévenue ? Et dans ce cas, déciderait-elle de ne pas venir ?

Puis ce fut enfin la bifurcation familière, si facile à rater sans le frêne couvert de lierre. Les jardins devant les cottages jumeaux regorgeaient de jonquilles, dont l'éclat contrastait avec le jaune pâle des primevères massées dans le gazon délimitant les plates-bandes. Les haies bordant l'allée poussaient leurs premiers bourgeons vert tendre. Haut dans le ciel, invisible et à peine audible, un chasseur traçait dans l'azur immaculé un ruban blanc qui s'effilo-

chait. Puis, avec une bouffée de joie, il aperçut enfin
la mer, qui s'éployait jusqu'à l'horizon pourpre en
bandes immobiles d'un bleu scintillant. L'étang, lui,
était d'un blanc laiteux, et n'avait rien de menaçant.
Il pouvait imaginer la lueur argentée des poissons
glissant sous cette surface calme. La nuit du
meurtre de l'archidiacre, la tempête avait démanti-
bulé les derniers baux de l'épave, si bien que ne
subsistait même plus l'aileron de bois noir et que le
sable s'étendait vierge entre le banc de galets et
l'onde. Par une telle matinée, Dalgliesh ne pouvait
même pas regretter ce témoignage du pouvoir des-
tructeur du temps.

Avant de s'engager sur le chemin côtier qui
menait au collège, il s'approcha du bord de la falaise
et coupa le contact. Il voulait relire la lettre que
Gregory lui avait envoyée une semaine avant d'être
condamné à la réclusion à perpétuité pour le
meurtre de l'archidiacre Crampton. L'écriture était
ferme, précise et verticale ; le nom de Dalgliesh figu-
rait seulement sur l'enveloppe.

*Excusez le papier à lettres que, vous vous en dou-
tez, je n'ai pas choisi. Vous devez déjà savoir que j'ai
finalement décidé de plaider coupable. Je pourrais
prétendre vouloir ainsi épargner à ces pitoyables
imbéciles, le père Martin et le père John, l'épreuve de
comparaître comme témoins de l'accusation, ou
encore invoquer ma répugnance à voir mon fils ou
Emma Lavenham exposés à l'ingéniosité quelque peu
brutale de mon avocat. Vous ne me croiriez pas, et à
juste titre. Ma raison, naturellement, est d'éviter que
Raphael ne subisse toute sa vie la honte du soupçon.
J'ai fini par me persuader que j'avais une chance très
réelle d'être acquitté. L'habileté de mon avocat est
presque proportionnelle à l'importance de ses hono-
raires, et il m'a très vite assuré qu'il était persuadé que
je pourrais m'en tirer à bon compte, bien qu'il se soit*

bien gardé d'employer une pareille expression. Je suis, après tout, tellement bourgeois, tellement respectable.

J'avais toujours prévu d'être acquitté si jamais l'affaire venait devant les tribunaux et je ne doutais aucunement de l'être. Mais j'avais décidé d'assassiner Crampton une nuit où je serais sûr de l'absence de Raphael. Comme vous le savez, j'ai pris la précaution de passer chez lui pour vérifier qu'il était bien parti. L'eussé-je trouvé dans sa chambre, aurais-je mené le meurtre à bien ? La réponse est non. Pas cette nuit-là, et peut-être jamais. Il est en effet douteux que toutes les conditions nécessaires à sa réussite se seraient de nouveau représentées de manière aussi fortuite. Je trouve intéressant que Crampton soit mort à cause d'un simple acte de bonté de Raphael envers un ami malade. J'ai déjà remarqué que le mal vient souvent du bien. Fils de prêtre, vous êtes plus à même que moi d'élucider cette énigme théologique.

Ceux qui, comme nous, vivent dans une civilisation moribonde ont trois choix. Tenter de conjurer le déclin, comme un enfant bâtit un château de sable au bord de la mer montante. Ignorer la mort de la beauté, du savoir, de l'art, de l'intégrité intellectuelle, en cherchant refuge dans des consolations personnelles. Et c'est ce que j'ai essayé de faire pendant quelques années. Enfin, nous pouvons rallier les barbares et prendre notre part des dépouilles. C'est le choix habituel et j'ai fini par m'y résoudre. Le Dieu de mon fils lui a été imposé. Il est entre les mains de ces prêtres depuis sa naissance. Je voulais lui donner le choix d'une divinité plus contemporaine : l'argent. Maintenant qu'il a de l'argent, il va s'apercevoir qu'il est incapable d'y renoncer — totalement du moins. Il restera riche ; le temps seul montrera s'il restera prêtre aussi.

Il n'y a rien, j'imagine, que je puisse vous dire du crime que vous ne sachiez déjà. Ma lettre anonyme à Sir Alred visait, bien entendu, à susciter des ennuis à St Anselm et à Sebastian Morell. Comment aurais-je *pu prévoir qu'elle amènerait au collège le plus distingué des enquêteurs de Scotland Yard ? Mais votre présence, loin de me décourager, a ajouté une gageure à l'opportunité. Mon plan pour attirer l'archidiacre dans l'église a parfaitement fonctionné ; il brûlait de voir l'abomination que je lui avais décrite. La boîte de peinture noire et le pinceau étaient commodément à ma disposition dans le sanctuaire, et j'avoue avoir pris plaisir à vandaliser* le Jugement dernier. *Quel dommage que Crampton ait eu si peu le temps de contempler mon œuvre !*

Peut-être vous interrogez-vous sur les deux morts dont je n'ai pas été accusé. La première, l'étouffement de Margaret Munroe, était nécessaire. Elle a exigé peu de préparatifs et a été facile, presque naturelle. C'était une femme malheureuse à qui il restait probablement peu de temps à vivre, mais suffisamment pour me nuire. Peu lui importait que son existence fût raccourcie d'un jour, d'un mois ou d'un an. C'était important pour moi, en revanche. J'avais prévu de ne révéler l'origine de Raphael qu'après la fermeture de St Anselm, lorsque le scandale de l'assassinat se serait estompé. Naturellement, vous avez vite compris l'essentiel de mon plan. Je voulais tuer Crampton et en même temps jeter les soupçons sur le collège sans fournir de preuves concluantes contre moi. Je voulais que le collège ferme rapidement, de préférence avant que mon fils soit ordonné prêtre, et je voulais que son héritage reste intact. En outre, je le confesse, je me réjouissais aussi de voir la carrière de Sebastian Morell s'achever dans le soupçon, l'échec et l'ignominie. Comme il avait fait en sorte que la mienne se terminât.

Peut-être vous posez-vous des questions sur la mort malencontreuse d'Agatha Betterton, autre femme malheureuse. Mais je n'ai fait que profiter d'une occasion inattendue. Non qu'elle ait été en haut de l'escalier lorsque j'ai passé ce coup de téléphone à

Mrs Crampton. *Elle ne m'a pas vu à ce moment-là.
Mais elle m'a vu rapporter la clé la nuit du meurtre.
J'aurais pu, je suppose, la tuer alors, mais j'ai préféré
attendre. Ne passait-elle pas pour folle ? Même si elle
m'accusait de m'être trouvé dans la maison après
minuit, je doute que son témoignage aurait prévalu
contre le mien. Mais elle est venue me dire dimanche
soir que mon secret était parfaitement gardé. La cohé-
rence n'a jamais été son fort, mais elle m'a fait comprendre que le meurtrier de l'archidiacre Crampton
n'avait rien à craindre d'elle. Je ne pouvais courir ce
risque. Vous n'ignorez pas qu'il vous serait impossible
de prouver l'un ou l'autre de ces crimes. Le mobile ne
suffit pas. Et si cette confession est retenue contre
moi, je la désavouerai.*

*J'ai appris quelque chose de surprenant sur le
meurtre en particulier et sur la violence en général.
Vous le savez probablement, Dalgliesh ; vous êtes,
après tout, un expert en la matière. Mais personnellement, je trouve cela intéressant. Le premier coup était
intentionnel, non sans une réticence naturelle, voire
une certaine répugnance. Il s'agissait simplement de
concentrer sa volonté. Rien d'ambigu dans mon processus mental : j'avais besoin que cet homme meure
et c'était la manière la plus efficace d'y parvenir.
J'avais l'intention de porter un seul coup, deux au
plus, mais c'est après le premier coup que l'adrénaline agit. La soif de violence s'empare de vous. J'ai
continué à frapper sans volonté consciente. Même si
vous aviez surgi à ce moment-là, je doute que j'aurais
pu m'arrêter. Ce n'est pas quand nous envisageons la
violence que l'instinct primitif de tuer nous envahit,
mais seulement lorsque nous portons le premier
coup.*

*Je n'ai pas vu mon fils depuis mon arrestation. Il
n'a nul désir de me rencontrer et c'est assurément
pour le mieux. J'ai vécu toute ma vie sans affection*

*humaine et il serait malvenu de m'y abandonner
maintenant.*

La lettre se concluait ainsi. Dalgliesh la plia et la
rangea en se demandant comment Gregory suppor-
terait un emprisonnement qui risquait fort de se
prolonger une dizaine d'années. A condition de disposer de ses livres, il y survivrait sans doute. Mais
songeait-il seulement à regarder à travers les bar-
reaux de sa cellule en espérant lui aussi respirer la
douceur de cette journée printanière ?

Il fit démarrer la voiture et gagna directement le
collège. La porte d'entrée était grande ouverte aux
rayons du soleil et il entra dans le hall désert. La
lampe brillait toujours aux pieds de la statue de la
Vierge et l'air était encore imprégné de la légère
odeur ecclésiastique, mélange d'encens, d'encaustique et de vieux livres. Mais il lui sembla que la
maison avait déjà été en partie vidée et qu'elle attendait avec une résignation discrète la fin inéluctable.

Bien qu'il n'eût pas entendu de bruit de pas, il
sentit soudain une présence et, levant les yeux, vit
le père Sebastian en haut de l'escalier. « Bonjour
Adam, lança ce dernier. Montez donc, je vous prie. »
C'était là première fois, pensa Dalgliesh, que le
supérieur l'appelait par son prénom.

Dans le bureau où il le suivit, Dalgliesh constata
qu'il y avait eu des changements. La toile de Burne-
Jones n'était plus accrochée au-dessus de la cheminée et le buffet avait également disparu. Un changement subtil se distinguait aussi chez le père
Sebastian : il avait troqué la soutane pour un costume au col ecclésiastique et il paraissait plus âgé
— le meurtre avait laissé des traces. Si les beaux
traits austères n'avaient rien perdu de leur autorité
et de leur assurance, ils exprimaient désormais
quelque chose de nouveau : l'euphorie dominée de
la réussite. La chaire universitaire qu'il avait obte-

nue était prestigieuse et nul doute qu'il y avait longtemps rêvé. Dalgliesh le félicita.

« Merci, répondit Morell. On dit que c'est une
erreur de revenir en arrière, mais j'espère qu'il en
ira autrement, pour moi et pour l'Université. »

Ils s'assirent pour bavarder quelques minutes,
concession nécessaire à la politesse. Morell n'était
pas homme à se sentir mal à l'aise, mais Dalgliesh
eut l'intuition qu'il était encore agacé par la pensée
déplaisante que l'homme assis en face de lui avait
pu le soupçonner de meurtre. Et il doutait que
Morell oubliât ou pardonnât jamais l'indignité
d'avoir dû laisser prendre ses empreintes digitales.

Un peu comme s'il s'y sentait obligé, il mit Dalgliesh au courant des dernières nouvelles du collège : « Les étudiants ont tous pu s'inscrire dans
d'autres écoles de théologie. Les quatre séminaristes
que vous avez rencontrés lorsque l'archidiacre a été
assassiné ont été acceptés à Cuddesdon ou à St Stephen's House, à Oxford.

— Raphael n'a pas renoncé à devenir prêtre ?
demanda Dalgliesh.

— Bien sûr que non. Ça vous étonne ? » Puis il
ajouta après un instant de réflexion : « Raphael a été
généreux, mais il lui restera une jolie fortune. »

Il évoqua ensuite brièvement les prêtres du collège, mais avec plus de franchise que ne l'eût
attendu Dalgliesh. Le père Peregrine avait accepté
un poste d'archiviste dans une bibliothèque de
Rome, ville où il avait toujours eu très envie de
retourner. On avait proposé au père John de devenir chapelain d'un couvent près de Scarborough.
Sans doute, depuis sa condamnation pour pédophi-
lie, était-il tenu de signaler tout changement
d'adresse, mais il y trouverait certainement un asile
aussi sûr qu'à St Anselm. Dalgliesh, réprimant un
sourire, se dit qu'on n'aurait pu lui trouver un
emploi plus approprié Le père Martin était en train

de s'acheter une maison à Norwich ; les Pilbeam y emménageraient pour s'occuper de lui et hériteraient de l'endroit à sa mort. Bien que les droits de Raphael sur son patrimoine aient été confirmés, la situation juridique était compliquée ; il restait bien des problèmes à régler, et notamment la question de savoir si l'église serait rattachée à la paroisse locale ou désaffectée. Raphael tenait à ce que le Van der Weyden servît de retable et l'on cherchait un sanctuaire susceptible de l'accueillir. Dans l'intervalle, le tableau était conservé dans un coffre de banque, de même que l'argenterie. Raphael avait également décidé de donner aux Pilbeam et à Eric Surtees les cottages qu'ils occupaient. Le bâtiment principal avait été vendu et serait transformé en centre de méditation et de médecine parallèle. Le père Sebastian dit cela d'un ton réprobateur, bien qu'il n'ignorât pas, pensa Dalgliesh, que c'était un moindre mal. Les administrateurs avaient autorisé les quatre prêtres et le personnel à demeurer au collège jusqu'à l'arrivée des nouveaux acquéreurs.

Lorsque l'entretien fut manifestement arrivé à son terme, Dalgliesh tendit la lettre de Gregory au père Sebastian. « Je crois, dit-il, que vous avez le droit de voir ça. »

Après l'avoir lue en silence, le père Sebastian plia la lettre et la rendit à Dalgliesh, en disant : « Merci. Il est extraordinaire qu'un homme qui aimait la langue et la littérature de l'une des plus grandes civilisations du monde en soit réduit à se justifier avec une aussi pitoyable grandiloquence. J'ai entendu dire que les meurtriers sont invariablement arrogants, mais là, c'est digne du Satan de Milton. "Mal, sois mon bien." Je me demande quand il a lu le *Paradis perdu* pour la dernière fois. L'une des critiques que m'adressait l'archidiacre Crampton était juste : j'aurais dû choisir avec plus de soin les gens que j'invitais à travailler ici. Vous restez parmi nous ce soir, j'imagine ?

— Oui, mon père.

— Nous en sommes tous ravis. J'espère que vous serez confortablement installé. »

Le père Sebastian n'accompagna pas Dalgliesh jusqu'à son ancien appartement de Jérôme, mais il appela Mrs Pilbeam et lui en remit la clé. Elle se montra beaucoup plus bavarde que d'habitude et s'attarda à vérifier soigneusement que tout était bien en ordre dans la chambre.

« Le père Sebastian vous a certainement informé des changements. Je ne peux pas dire que la médecine parallèle soit quelque chose qui nous plaise beaucoup à Reg et à moi, mais les gens qui sont venus n'ont pas l'air de mauvais bougres. Ils voulaient qu'on continue à travailler pour eux, et Eric Surtees aussi. Je crois qu'il sera content de rester, mais Reg et moi nous sommes trop vieux pour changer. Ça fait des années et des années qu'on est avec les pères et on aurait du mal à se faire à une autre vie. Mr Raphael dit qu'on est libres de vendre le cottage, alors on va sans doute faire ça et mettre un peu d'argent de côté pour nos vieux jours. Le père Martin a dû vous dire que nous pensions nous installer à Norwich avec lui. Il a trouvé une très jolie maison avec un bon bureau pour lui et toute la place nécessaire pour nous trois. Vous ne voyez pas le père Martin vivre seul, n'est-ce pas ? A plus de quatre-vingts ans. Et un peu d'animation ne lui fera pas de mal — et à nous non plus. Vous avez tout ce qu'il vous faut, Mr Dalgliesh ? Le père Martin sera ravi de vous voir. Vous le trouverez sur la plage. Mr Raphael est revenu pour le week-end et Miss Lavenham est aussi parmi nous. »

Dalgliesh gara sa Jaguar derrière le collège et partit à pied vers l'étang. Dans le lointain il vit que les cochons du cottage St Jean vagabondaient maintenant en liberté sur le promontoire. Ils avaient l'air aussi plus nombreux. Apparemment, même eux semblaient conscients qu'un changement s'était produit à St Anselm. Comme il se faisait ces réflexions, Eric Surtees sortit de sa maisonnette, un seau à la main.

Au bout du sentier de la falaise, du haut des marches, il vit enfin la plage s'étendre tout entière à ses pieds. Les trois silhouettes semblaient faire obstinément bande à part : au nord, Emma lisait un livre sur un monceau de galets ; Raphael était assis sur l'un des brise-lames les plus proches et contemplait la mer, les pieds dans l'eau ; près de lui, sur un banc de sable, le père Martin paraissait construire un feu.

Entendant les souliers de Dalgliesh rouler sur la rocaille, il se redressa avec difficulté et un sourire transforma son visage. « Adam, je suis si content que tu aies pu venir. Tu as vu le père Sebastian ?

— Oui, et je l'ai félicité pour sa chaire.

— C'est celle qu'il a toujours voulue, et il savait qu'elle serait vacante à l'automne. Mais naturellement il ne l'aurait jamais acceptée si St Anselm n'avait pas fermé. »

Il s'accroupit de nouveau pour reprendre sa tâche, et Dalgliesh vit qu'il avait creusé dans le sable un trou peu profond autour duquel il commença à dresser un petit mur de pierres. Un sac de toile et une boîte d'allumettes étaient posés à côté. Dalgliesh s'assit, appuyé sur ses bras tendus derrière lui, et enfonça ses pieds dans le sable.

Sans interrompre son travail, le père Martin demanda : « Es-tu heureux, Adam ?

— Je suis en bonne santé, j'ai un travail qui me plaît, de quoi manger, vivre confortablement et m'offrir à l'occasion le superflu qui peut me tenter. Sans compter ma poésie. Si l'on considère la situation des trois quarts de l'humanité, me prétendre

malheureux serait d'une complaisance perverse,
vous ne croyez pas ?

— Je dirais même que ce serait un péché, ou du
moins une attitude à combattre. Si nous sommes
incapables de louer Dieu comme Il le mérite, nous
pouvons du moins Le remercier. Mais toutes ces
choses te suffisent-elles ?

— C'est un sermon, mon père ?

— Pas même une homélie. J'aimerais te voir
marié, Adam, ou du moins te voir partager ta vie
avec quelqu'un. Je sais que ta femme est morte en
couches. Ce doit être une ombre qui te poursuit.
Mais nous ne pouvons repousser l'amour, ni même
souhaiter le faire. Pardonne mon insensibilité et
mon impertinence, mais il y a parfois une certaine
complaisance à s'abandonner au chagrin.

— Oh ce n'est pas par chagrin, mon père, que je
reste célibataire. Rien d'aussi simple, naturel et
admirable. Non, c'est par égoïsme. L'amour de la
solitude, le refus de souffrir ou de rendre quelqu'un
malheureux. Et ne dites pas que la souffrance serait
bonne pour ma poésie. Je le sais bien. J'en vois assez
dans mon travail. » Il se tut un instant, puis ajouta :
« Vous êtes un mauvais marieur, mon père. Je ne
crois pas qu'elle voudrait de moi, vous savez. Trop
vieux, trop soucieux de préserver mon intimité, bien
trop indépendant — et peut-être trop de sang sur les
mains. »

Le père Martin choisit une pierre lisse et ronde
et la disposa soigneusement, avec l'application
radieuse d'un enfant.

« Et il y a probablement quelqu'un à Cambridge,
reprit Dalgliesh.

— Oh, une femme comme elle, c'est probable. A
Cambridge ou ailleurs. Il faudra donc te donner du
mal et risquer un échec. Ça te changera, en tout cas.
Eh bien, bonne chance, Adam. »

Dalgliesh se leva et regarda en direction d'Emma.

Elle aussi s'était levée et s'avançait vers la mer. Une cinquantaine de mètres seulement les séparait. Je vais attendre, pensa-t-il, et si elle vient vers moi, au moins ça voudra dire quelque chose, même si c'est seulement pour me faire ses adieux. Puis cette pensée lui parut lâche et peu galante ; c'était à lui de faire le premier pas. Il s'approcha de l'eau. Les six vers qu'il avait écrits étaient toujours dans son portefeuille. Il sortit la petite feuille de papier et la déchira en mille morceaux, qu'il jeta dans la première vague et regarda disparaître lentement dans l'écume rampante. Puis il se tourna vers Emma — elle aussi s'était retournée et se dirigeait vers lui sur la langue de sable entre le banc de galets et la mer en reflux. Elle s'approcha encore et, sans échanger un mot, ils se retrouvèrent côte à côte, les yeux tournés vers le large.

Lorsqu'elle parla enfin, sa question l'étonna : « Qui est Sadie ?

— Pourquoi me demandez-vous ça ?

— Quand vous avez repris connaissance, vous aviez l'air de penser la trouver là. »

Eh bien, songea-t-il, je devais être beau à voir quand on m'a hissé à demi nu sur les galets, tout égratigné, couvert de sable, vomissant de l'eau et du sang, crachant et secoué de nausées. « Sadie était une fille adorable, répondit-il. C'est elle qui m'a appris que, même si c'était une passion, il n'y avait pas que la poésie dans la vie. Sadie était pleine de sagesse pour ses quinze ans et demi. »

Il crut entendre un petit rire rassuré, mais celui-ci se perdit dans un brusque souffle de vent. Eprouver un pareil désarroi était ridicule à son âge, songea-t-il, partagé entre l'agacement devant cette confusion adolescente et le plaisir pervers d'être encore capable d'une émotion si violente. Mais il lui fallait maintenant en venir au fait. Et lorsque ses mots s'égrenèrent sourdement dans la brise, il fut

accablé par toute leur banalité, toute leur insuffi-
sance :

« J'aimerais beaucoup vous revoir, dit-il, si l'idée
ne vous paraît pas insupportable. Je pensais, j'espérais que nous pourrions faire un peu mieux connaissance. »

Je dois avoir l'air d'un dentiste qui note le prochain rendez-vous, songea-t-il. Puis il se tourna vers
elle et ce qu'il lut dans ses yeux lui donna envie de
crier de joie.

Elle lui déclara gravement : « Il y a des trains très
commodes entre Londres et Cambridge, vous savez.
Dans les deux sens. »

Et elle lui tendit la main.

Le père Martin avait terminé de préparer son feu.
Il sortit du sac de toile une feuille de papier journal
qu'il froissa et bourra dans le foyer. Puis il posa dessus le papyrus d'Anselm et, s'accroupissant, craqua
une allumette. Le papier s'embrasa aussitôt, et les
flammes semblèrent bondir sur le papyrus comme
sur une proie. La chaleur intense le fit reculer. Il
s'aperçut alors que Raphael s'était approché de lui
et regardait en silence. « Que brûlez-vous, mon
père ? demanda-t-il.

— Un document qui a déjà entraîné quelqu'un à
pécher et qui risque d'en tenter d'autres. Il est grand
temps de le faire disparaître. »

Après un moment de méditation, Raphael dit :
« Je ne serai pas un mauvais prêtre, mon père. »

Le père Martin, le moins démonstratif des
hommes, posa un instant la main sur son épaule.
« Et peut-être même un bon prêtre, mon fils »,
acquiesça-t-il.

Ils regardèrent tous deux sans mot dire le feu
mourir et les derniers lambeaux de fumée blanche
se dissiper au-dessus de la mer.

Table

Du même auteur :

La Proie pour l'ombre *(An Unsuitable Job for a Woman)*, Mazarine, 1984, Fayard, 1989.
La Meurtrière *(Innocent Blood)*, Mazarine, 1984, Fayard, 1991.
L'Ile des morts *(The Skull Beneath the Skin)*, Mazarine, 1985, Fayard, 1989.
Sans les mains *(Unnatural Causes)*, Mazarine, 1987, Fayard, 1989.
Meurtre dans un fauteuil *(The Black Tower)*, Mazarine, 1987, Fayard, 1990.
Un certain goût pour la mort *(A Taste for Death)*, Mazarine, 1987, Fayard, 1990.
Une folie meurtrière *(A Mind to Murder)*, Fayard, 1988.
Meurtres en blouse blanche *(Shroud for a Nightingale)*, Fayard, 1988.
A visage couvert *(Cover Her Face)*, Fayard, 1989.
Mort d'un expert *(Death of an Expert Witness)*, Fayard, 1989.
Par action et par omission *(Devices and Desires)*, Fayard, 1990.
Les Fils de l'homme *(The Children of Men)*, Fayard, 1993.
Les Meurtres de la Tamise *(The Maul and the Pear Tree)*, Fayard, 1994.
Péché originel *(Original Sin)*, Fayard, 1995.
Une certaine justice *(A Certain Justice)*, Fayard, 1998.
Il serait temps d'être sérieuse... *(Time to Be in Earnest)*, Fayard, 2000.

Composition réalisée par JOUVE

Imprimé en France sur Presse Offset par

BRODARD & TAUPIN

GROUPE CPI

La Flèche (Sarthe).
N° d'imprimeur : 17456 – Dépôt légal Éditeur 30699-03/2003
Édition 01
LIBRAIRIE GÉNÉRALE FRANÇAISE - 43, quai de Grenelle - 75015 Paris.

ISBN : 2-253-18238-9   ⟐ 31/8238/3